MEMORY HOUSE

记忆坊文化

才不要和老板谈恋爱

Time sends your love to me

上

叶斐然——著

江苏凤凰文艺出版社
JIANGSU PHOENIX LITERATURE AND ART PUBLISHING, LTD

目录

Time sends your love to me

...第一章

薪尽自然凉，老板帮帮忙

“周法官啊，你看那个宏发小额贷款纠纷案年前什么时候有空去强制执行？我也知道你们执行庭最近忙，庭里的车都不够用，但我们当事人眼巴巴地盯着呢，你们什么时候有空，我们律所愿意出车……”

“上次的管辖权异议被驳回了，我们会对裁定提出上诉，开庭日子这样能拖到年后了，有充足时间准备上庭材料了。”

临近年关，不少白领已经提前休假回家过年，写字楼电梯里来往的人越发稀少，多数公司已经进入了休假预备模式，然而精诚律师事务所办公室里还是一派繁忙。

钱唯在同事们的电话声里咬了咬笔杆，等了又等，直到办公室里渐渐安静，其余同事开庭的开庭，外出见客户的见客户，偌大的开放式办公区只剩下几个实习生，她这才给自己又打了打气，然后鬼鬼祟祟闪身进了合伙人陆询的办公室。

挺不巧，陆询正在接一个美国客户的电话，钱唯很识时务地坐在一边，安静地等待陆询打完这通电话。

陆询的办公室朝南，冬日的阳光毫不吝啬地照射进来，透过他办公室里的落地绿植，映在他白皙的脸上，挺翘的鼻尖下正打出一个漂亮的阴影，一张薄而线条完美的嘴唇里吐着纯正流利的美音。这个男人成熟、英俊、强大，仿佛无懈可击，连头上翘起的那几根头发，都在昭示着与众不同，钱唯就想起前几天在厕所隔间里听到几个女实习生在讨论陆询“陆Par（Partner的缩写，意为合伙人）的后脑勺都英俊得让人在人群里一眼能认出来”。陆询的后脑勺英俊不英俊她没有研究，但她也不得不承认，陆询这张脸啊，就算自己看了好几年，照理就算没审美疲劳也该对他的外貌免疫了，但某些瞬间冷不丁地这么来一眼，还真是挺有冲击力。此刻陆询戴了一副金边镜框的平光镜，在电话的间歇喝了一口水，喉结在白皙修长的脖颈间微微滚动，那突出的弧度里似乎写满了荷尔蒙的暗示，一股禁欲系精英范儿衣冠禽兽的气质扑面而来。

陆询打电话从没一句废话，很快就结束了这通电话，他摘下了金边镜框的平光镜，随意往桌上一丢，看向钱唯，也不说话。

钱唯被他这种目光看得有些头皮发麻，不敢对视，只好盯着他放在桌上那双骨节分明的手看，硬着头皮声音谄媚道：“老板……”

“不行。”

钱唯这下忍不住抬头了：“我还什么都没说啊！”

陆询冷冷笑了声：“通常以这种称呼开头都没有好事。”

钱唯讪笑道：“你怎么这么说呢……”

“那你这次是有什么好事找我？请我吃饭？给我送礼？”

“这个……”钱唯组织了下语言，“我听说你最近接了个案子，高科机电拟以14亿美元收购母公司旗下锅炉公司65%股权的，我怕你团队人不够，我愿意主动请缨加入这个收购案。”

“做梦。”

虽然长着一张如诗如画般的脸蛋，可惜陆询两片姣好的嘴唇里吐出的是这样无情的两个字。

“陆询！”钱唯这下也绷不住了，“好歹我们同学一场，肥水不流外人田啊！这么大一个案子，我听说你都点名让几个实习律师加入学习了，我好歹和你一年参加工作的，也算半个资深律师吧！我办案子的能力，也是有目共睹的！难道我就没机会吗？”

陆询抿着嘴唇不说话。

钱唯决定打悲情牌：“真是饱汉不知饿汉饥啊，你想象一下，你找上门的案子多到分身无暇只能推掉的时候，你的老同学我，正在大过年的冰天雪地里嗡着窝窝头愁着明年的案源和收入……”

“窝窝头是粗粮，挺健康的。”

钱唯还准备垂死挣扎：“陆询，以前是我对不起你，是我那时候太年轻太冲动……”

“我的计时收费标准是5000元人民币一小时。”陆询按下了桌上的计时器，“你还有什么想和我说的吗？”

“没有了，谢谢老板！”

钱唯看着计时器上跳动的数字，二话没说，赶紧从椅子上站起来往门外走，她算是死心了。

“等下。”

难道是陆询良心发现了？钱唯惊喜地想，脸上又带了笑，讨好地回了头。

“下次记得进门前敲门。”陆询重新戴上了眼镜，埋头看案卷，头也没抬，“出去把门带上。”

去死吧陆询！

钱唯和陆询同样毕业于A大法学院，是同届，可惜……

钱唯一想到过去，就后悔得肠子发青。

“我那时候哪知道陆询有朝一日会做我老板？明明一届的，我还是个小律师，他竟然一路平步青云都升合伙人了！合伙人！Partner！人家是陆Par，我却还是钱律！我能有什么办法，我也很绝望啊！我也想当钱Par啊！”

这天下班后，钱唯约了刘诗韵，在一家轻音乐酒吧，大吐苦水。

刘诗韵是钱唯的大学室友，虽然是少数毕业后并没有从事法律相关工作的同学之一，却是钱唯最好的朋友。

“真是朱门酒肉臭，路有冻死骨！”钱唯把眼前的鸡尾酒一饮而尽，“你说说，陆询怎么这么小心眼？我不就不小心得罪了他一下？”

“你那哪是得罪了一下？”刘诗韵翻了个白眼，“你帮钱川撬了人家的墙脚，把人家女友莫梓心都给抢了，四舍五入一下就是夺妻之仇，这哪个男人受得了？而且吧，陆询看起来很长情，这么多年，一直单身，恐怕是对莫梓心‘曾经沧海难为水，除却巫山不是云’，忘不了啊忘不了。而且被撬墙脚这种事，不仅是感情上不能接受，男人的自尊心也无法释怀啊。结果你还这么大刺刺成天在他眼皮底下晃荡，不停提醒他过去的耻辱，他没拿刀捅你恐怕都是因为顾忌刑事犯罪会被吊销律师执照！”

钱唯有些嘀咕：“有这么严重吗？”

“当然了！”

“可严格说来，莫梓心不算陆询女友吧。”

“是啊，毕竟人家还没正式捅破窗户纸谈恋爱呢，你就给人家三下五除二把墙脚撬了。钱唯啊，你听没听过，得不到的永远在骚动？陆询都没有曾经拥有过，你想这心里的遗憾和不甘得有多强烈？莫梓心就是他心里的白月光。”

钱唯还试图给自己开脱：“但钱川是我的双胞胎弟弟，不管怎么说，人都是帮亲不帮理的，设身处地，陆询也会这么做的！”

“你这话留着去给陆询讲吧，反正你和他这个梁子是结下了，别指望他和你世纪大和解了。”

“唉！”钱唯苦闷地叹了口气，“你这么说的话，最近陆询的确越来越阴阳怪气了。上次吧，好不容易我大姨给我介绍了个男的，不害怕我女律师身份的，我千难万难从客户的时间里挤出了一个晚上准备去相亲，结果陆询知道了，那个晚上给我丢了个案子，害得我连续为这个案子加班了一个月！等我空了，那男的都有对象了！陆询一定是心里不平衡，自己因为我单身到现在，就看不惯我，忍不了我脱单，死也拉个垫背的！”

“说吧，陆询丢给你的那个案子，标的额多少？是什么案子？”

“600万……”钱唯吞吞吐吐道，“是个银行坏账，代表银行方面……”

“银行坏账本来就是走个诉讼流程好进行后续核销而已，你官司打成什么样，人家银行也不会对你有施压，600万的标的，等于给你送钱了。”刘诗韵鄙视地看了眼钱唯，“你别说，陆询这招真是对症下药，知道你见钱眼开，给你这种案子。你也有点骨气啊，你完全可以不接这个案子继续去相亲的！活该你单身！”

“我要是像你这么有钱，我当然也能有骨气。”钱唯没好气，“要不是家里困难，这年头谁出来做律师啊！”

刘诗韵是个企业家二代，家里是开连锁酒店的，因而从A大法学院毕业后，就接手酒店管理了。

“不过我说你，你反正也不会从事法律行业，你当年在法学院学习那么刻苦那么用功到底为什么啊？怎么那么想不开还好好学习？你报考法学院就是个错误！”

刘诗韵抿了一口饮料，字正腔圆道：“我从小立志做一个奸商，不好好学习法律，怎么更好地钻法律的空子？”

难得抽空和刘诗韵小聚后，钱唯不得不又投入到工作中去，还有不少事需要在年前扫尾，因而片刻不能松懈。

倒是几个实习生，除了帮忙复印、整理案卷外已经没有别的事，午休时便聚在一起聊天。

“对了，你们听说过没，那个安澜山庄边上有座小寺庙，据说是一百来年前建的了，现在是文化保留建筑，特别灵，只要在里面许愿，没有不成的。”

“我知道！可灵了！许什么成什么！”

钱唯一边整理着证据目录，一边听着她们叽叽喳喳的对话，心中有些羡慕她们的年轻和活力，然而就在她准备继续听的时候，那群实习生似乎都约好般集体噤声了。

钱唯抬头，才发现陆询开了办公室的门，正朝大办公区走来。

“啪”地一下，一沓材料被丢到了钱唯的办公桌上。

“怎么了？”

钱唯被吓了一跳，始作俑者陆询就站在她办公桌前，高大的身躯一下子遮住了全部的阳光。

“案源。”陆询惜字如金，他用手指轻轻点了下那沓材料，“这个案子你接。”

“哦哦，好的。”钱唯下意识地点了点头。

如果是过去，等到钱唯这个反馈之后陆询就会离开了，然而今天的陆询又在钱唯的办公桌前多逗留了一会儿。

“明晚你去吗？”

钱唯愣了愣，才意识过来陆询说的是明晚的大学同学聚会，刘诗韵那天和她说过，地点就定在律所附近。

“我去的，你是有什么东西要我带给哪个同学吗？”因为实在太忙，陆询一向很少参加这类聚会。当年的大学同学里如今除了当律师的之外，大部分都在公检法领域从业，算是个人脉圈子，有时聚会也会互相帮个忙带个材料或者谈论个案子。钱唯平时只想回家睡觉，也从不参加这类聚会，这次也是拗不过刘诗韵才答应去的。

“不用，我去。”陆询说完，并没有离开，只是盯着钱唯看了一眼，然后便看了下桌子上自己刚放下的那沓材料。他垂下的睫毛在阳光下轻轻颤动，在眼下留下扇形的阴影，“这个案子的材料好好看，一定要看仔细，马上看。”

说完，也不等钱唯反应，陆询就转身离开了。

“等等！陆询！”倒是钱唯叫住了他，她摆弄了一下眼前的案子材料，

"你怎么突然这么……这么友善地给我案源了？"

"你问题这么多，是窝窝头还没吃厌？"

"……"

不管怎么说，钱唯内心还是充满了感动，她望着陆询的背影，心怀愧疚地想，以后再也不背后说陆询坏话了，自己真是以小人之心度君子之腹，陆询不愧被称为当年A大法学院之光，果然品德和他的容貌在一致的高度。

不知道陆询给自己的是什么样的案子？总之就是陆询手里随便漏出来的小案子，收入都不会少，钱唯美滋滋地打开了资料袋，材料里的"法律援助"四个大字顿时映入眼帘。

这是一个法律援助案件，除了连成本都覆盖不了的那点办案补贴，不收费！一分也不收！

对陆询给的法律援助案件，钱唯大致翻了翻，这竟然还是个婚姻案件，虽然并不涉及多少财产标的，但当事人的陈述颠来倒去，又夹杂了很多个人感情，需要律师花费很多精力进行整理和提炼有用信息。钱唯看了看日程表，决定先把这个案子放在一边，等年后直接约谈当事人。

"你还不走？"

一忙起来，钱唯就完全忘记了工作以外的事，直到这天下班时陆询走到她面前，她才意识到今晚便是约定的同学聚会的日子。

钱唯火速地收拾了文件："走走走！陆询等等我！搭个便车！"

陆询不置可否，然而确实放慢了脚步，钱唯终于跟着他进了电梯。

陆询的黑色宾利空间宽敞，钱唯感慨有钱真好。虽然他和自己有仇，但钱唯也不得不承认，陆询这个人，真是干什么都很出色，他赚钱的能力和他的容貌一样出众。多金、英俊、有才华，而且还长情，对莫梓心这么多年了还涛声依旧。

"上次给你的案子材料看了吗？"

就在钱唯苦思冥想如何开启话题的时候，陆询竟然先开了口。他的声音带了种微凉的质感，又有种若即若离的意味，每次都让人捉摸不透他语气里的情绪。

钱唯不知道为什么，本能地觉得如果老实回答没看，陆询一定会生气，权衡之下她最终撒了个谎："看了看了！"

陆询沉默了片刻，才最终道："你看完有什么想和我说的吗？"

为了讨好老板，钱唯咬了咬牙，决定出卖自己的灵魂："虽然是个法律援助案件，但是我知道，这一定是老板的良苦用心，我相信这个案件一定能带给我全新的视角和锻炼，能让我在未来的工作中受益匪浅，我一定办好这个案件，不辜负老板的一片苦心！"

"你根本没看。"可惜陆询一针见血地戳破了钱唯的谎话，"同学会结束了回去加班，把材料看完。"

陆询，我上辈子一定和你有仇吧！

钱唯和陆询到的时候，其余同学早已热火朝天地聊开了。

"做女律师真是不容易，每次相亲恨不得和人家保证未来要是闹离婚，我绝对不会让人家净身出户到一分钱没有。"

"做法官也很辛苦啊，万一判决不合当事人的意，还有当事人去法院门口拉横幅的！压力也很大，还只能拿体制里的死工资，你们律师都开Q5了，我们还在开QQ。"

众人见了陆询这位稀客，赶紧把他迎进来，和在学校时一样，陆询不论出现在哪儿，都是众星捧月的人群焦点。

"陆询来了！"

"这次怎么还是一个人来的？物质文明建设得已经够好了，什么时候建设一下精神文明脱个单？"

"最近。"

众人哗然，陆询虽然言简意赅，但大家都知道，他说"最近"就真的是最近。

钱唯有些诧异地抬头看了一眼陆询，陆询最近会脱单？他什么时候有潜在对象了？平时完全是留在所里加班顺带压榨揉捏自己啊，难道和云养猫似的是在云恋爱？

不比陆询，钱唯并非众人的焦点，她找到了刘诗韵，在她对面坐下。

刘诗韵意味深长地看了一眼被包围着的陆询："我开始就在纳闷，今年陆询怎么会参加同学聚会。"她神神秘秘地压低了声音，"你知道吗？莫梓心今天也要来。"

钱唯有些惊讶："她回国了？"

"怎么不是，而且这次是要彻底回国发展了。"刘诗韵抿嘴一笑，"我就说吧，陆询就是个长情的人。本来从不参加同学会的人，为了心爱的女人，还不是破例了？你没听见？刚才陆询不还说最近要脱单了。”

钱唯有些恍然大悟的同时有些疑惑：“可莫梓心有男友啊，她和钱川分手后出国留学了，我听钱川说她后来交了个美国男友，都快结婚了吧。”

“嘁！你能撬陆询的墙脚，不许他撬别人的墙脚啊？”

“你说如果这次我帮陆询撬墙脚，陆询会不会原谅我，自此和我冰释前嫌？”

刘诗韵眨了眨眼睛：“当然会，男人嘛，他爱情事业都美满了，哪里还有空来折磨你，现在的陆询一看就是长期没有性生活导致变态了。不信你听我分析啊……”

结果刘诗韵分析到一半就戛然而止了，她看了眼门口，激动地站起来了。

“莫梓心来了！”

钱唯后知后觉地回头，才看到了莫梓心，她正站在门口，迎接着同学们热情的问候。莫梓心长得非常漂亮，不仅是学霸，琴棋书画还都精通，女神级的人物，如今在国外待得久了，穿衣打扮方面，更是洋气精致。

只是女神并没有和老同学聊很久，她穿过人群，朝钱唯走来。

“钱唯，好久不见。”

钱唯下意识站起来：“弟妹！好久不见！”说完她就尴尬起来，“不好意思，当初叫习惯了……别在意！”她左顾右盼看了看，发现陆询还坐在一边，并没有动作，只是安静地看向这里。

这家伙，明明是为了莫梓心来参加同学会的，结果关键时刻人家莫梓心到了，陆询还玩起了羞涩少年的把戏？

“听说你要回国发展了，那你男友呢，也一起来中国发展吗？”钱唯只能硬着头皮尬聊。

莫梓心撩了撩头发，有意没意地朝陆询的方向瞟了一眼，微微一笑：“我现在单身。”

有戏啊，大兄弟！钱唯朝着陆询拼命挤眉弄眼，结果陆询却只是面无表情地看着她。

钱唯有些恨铁不成钢，这个陆询，竟然还会有这种紧张到不知所措的时候？算了！是时候自己将功赎罪了！

然而莫梓心很快转换了话题：“我回国以后也想做律师，钱唯，说说你的体会分享分享吧，做一个好律师，需要什么书啊东西啊，我要提前准备的。”

嘿，就算你转移话题也难不倒我！

钱唯笑了笑：“让我这种学渣分享经验肯定不如让我们学霸分享来得强啊，陆询现在是我老板，他已经是合伙人了，他的经验一定比较有参考性。陆询，不如你说说做律师的感受？有什么需要准备的？”

自己这么好心地帮忙牵线搭桥，结果陆询一点也不上道。

“做律师挺好的，就是不少人会有点头冷。”他的声音平平淡淡，一点不热情，他看了一眼莫梓心，“你头发也不是太多，准备点柳屋生发液吧。”

陆询，你真是活该单身这么久！

之后的聚会里，钱唯都尽心尽力地想给陆询和莫梓心制造机会，然而在不解风情的陆询面前，一切都是徒劳。

没过多久，陆询接了个客户电话，拿起大衣就要走。

“走了。”

钱唯正和几个同学聊得热火朝天，对站在自己面前的陆询目瞪口呆：“陆询，你走就走了，和我汇报什么啊？你是我老板，又不是我是你老板！”

“你也知道我是老板？”陆询瞟了一眼钱唯，“我是让你走。”

“为什么啊！我接下来没有事啊，我还想多聊一会儿。”

“现在走，我能顺路送你。”

“谢谢！不过不用了，我自己待会儿打车吧！而且你哪里和我顺路了？你家和我家两个方向好吗？”

“我回律所，顺路送你一起回律所。”

钱唯很茫然：“我回律所干什么？”

“你忘了？”陆询微微一笑，“加班。”

一路上，陆询和钱唯谁都没说话，直到快到目的地，钱唯终于忍不住，问道：“陆询，什么时候我可以不用这么加班啊？”

陆询沉默了片刻，就在钱唯以为他不准备回答的时候，他开了口：“等我有女朋友的时候。”

“说实话，你是不是记恨我让你在大学最美好的青春里没机会恋爱？”

“呵。”

这就是记仇了……

“我们有没有可能……”钱唯小心翼翼地措辞道，“重修旧好？然后一起发财一起飞？”

“所以你准备怎么弥补我？”陆询的面色仍旧冷静，但声音的尾音里带了一点点微妙的情绪，钱唯还来不及去分辨，这情绪就像一缕轻烟般消散，让人琢磨不到了。

对于陆询的这个问题，钱唯只有哑口无言，她想，这还真把她难倒了，她确实没法弥补陆询，怎么弥补人家无处安放的青春，怎么弥补人家这么多年求而不得的痛苦？就算现在莫梓心是单身，以陆询这么多年的空白经历来说，他没准也没多少泡妞技巧，也未必就能打动佳人，再一次重温旧梦终成眷属……

一段谈话，就这么谈到了死路，钱唯最终决定闭嘴，而就这样，陆询这个周扒皮还真的把钱唯送回了律所，当然，对钱唯狠，陆询对自己也狠，钱唯加班，他也进了办公室开始处理邮件。

钱唯看了一眼电子钟，又恨恨地望着陆询办公室的灯光，赌气地想，加班就加班，可我偏要和你对着干，我就不看那个法律援助案件材料，我研究我的医疗纠纷案！

钱唯就这么被陆询盯着被迫加了个班，好在已经到了年关，陆询为了个破产重组的案件第二天就出了差，钱唯则忙着在年前处理完所有工作，但不知怎么的，最近就是背到了天上去，案件败诉了好几个，出门还真踩到了狗屎，半小时前还从八卦王刘诗韵那里得知前几天还单身的莫梓心火速交了新男友，并且就在这么几天内闪婚了！钱唯简直不敢想象陆询得知这个消息后的脸色，更不敢想象陆询出差回来后想起新仇旧恨会用什么方式折腾自己，未来简直一片愁云惨淡。

这天她见完郊区的一个客户，正准备等车回律所，转头看见对面“安澜山庄”几个大字。钱唯想起了实习生说的那座很灵的寺庙，她看了看时间，闲着无事，决定去寺庙里拜拜转转运。

虽然是座小寺庙，但大约因为传闻，人十分多，跪拜竟然还需要排队。

钱唯虽然心里并没有多么相信这种仪式，但本着来都来了的心态，还是也像模像样地跪下，心中许愿起来。

“神明啊，让我案源滚滚发大财吧！

“不不不，还是先让往事随风，陆询能和我握手言和吧！

“哎，不行不行，还是先让陆询能和莫梓心重修旧好吧，让莫梓心赶紧离婚和陆询在一起吧！”

钱唯絮絮叨叨嘀咕了半天，人到底是贪心，一个愿望过后又冒出另一个愿望，在地上跪了半天，她身后排队的大妈忍不住了。

“姑娘啊，你快点啊！这个寺庙虽然很灵，但是愿望也只能许一个啊。”

“那就让我重新回到19岁还没得罪陆询的那年吧！就这一个愿望！”钱唯双手合十，十分虔诚。

彼时钱唯没有想到，自己随口许下的愿望，竟然真的会成真。

她真的重回了19岁，可惜压根不是按照什么令人愉快的方式。

就在钱唯刚走出寺庙后，手机就收到了一条短信，低头一看，来自老板陆询，于是她哪里敢怠慢，赶忙掏出手机准备一边看一边往前走，结果就这么一时不察没看路，一脚踩空。在还没来得及反应之前，她就狠狠摔进了道路施工挖开的一个深坑里去。

在她彻底失去意识之前，她的脑海里只闪过了三个念头。

第一，千万不要边看手机边走路！真的会死！

第二，这是哪个施工队！施工不知道放置警示标志吗？根据《侵权责任法》，在公共场所或者道路上挖坑、修缮安装地下设施等，没有设置明显标志和采取安全措施造成他人损害的，施工人应当承担侵权责任啊！大家不能有点文化、讲点法律和公德吗！

第三，重生我就说说而已，我不是真的想死啊！！！

第二章...

重回19岁，抱好未来老板金大腿

钱唯是在一阵聒噪的铃声中醒来的，她昏昏沉沉拿了手机，下意识想要滑动触摸屏，摸索了半天才发现手里拿着的竟然是一款老式的翻盖手机，10年前流行的那种样式。如果说这时她还以为自己在做梦，那下一瞬间手机接听后传来的钱川那大嗓门让她一下子醒了一半。

“钱川？你什么时候回国了？”

“钱唯，你是不是脑子坏了？什么回国？我现在在东区男生宿舍2栋下面，你赶紧来。”

东区男生宿舍2栋？？钱唯蒙了半天，她往四周看了一眼，说完全陌生，似乎也不尽然，这显然是一间女生宿舍，屋子一侧并列放着两排上下铺四张床，另一侧则是四张书桌。钱唯又看了看，这下越看越熟悉，越看身上冷汗也越多起来。

这……这分明是自己大学的宿舍啊！她用力捏了自己一把，疼！真疼！钱唯抬头看了一眼墙壁上的挂历，2009年9月12日。真的是她19岁那年。

看来自己真的挂了！钱唯痛心疾首地想到，早知道昨晚那小破寺庙竟然这么灵，自己就不该乌鸦嘴许什么重回19岁的愿望，就算没许“再给我500个愿望”这类的，再不济也许个中千万大奖的愿望啊！何况死就死了，竟然还是掉坑里这么让人无语的死法，好歹给她一个壮美一点的死法啊，至少见义勇为一下吧！死了还能上个电视收获“英勇好市民”的称号……

“钱唯！都说了你多少次了，下次睡觉前手机一定要调静音！”

钱唯的床在下铺，她的上方传来了上铺刘诗韵的抱怨声，钱唯甚至能听到她嘟囔着翻了个身以后床板“嘎吱嘎吱”的声音。

2009年9月12日，这个日期在钱唯的心中渐渐清晰起来，一切都如19岁那年一样，一个普通的早晨，昨晚忘了把手机调成静音，钱川的电话打破了睡眠。

等等！钱川的电话！东区男生宿舍2栋！

这些线索在钱唯的心中渐渐汇聚成一小块拼图，她这下完全醒了，连滚带爬地从床上爬起来，随手套了件衣服。就在她准备往外冲的时候，上铺蚊帐里伸出一只细白的手，拉住了她衣服上的帽子，然后一个贞子一样披头散发的女人从蚊帐里坐起来，又伸出了另一只手，手里赫然捧着一盆仙人掌。

“钱唯，你要下楼吗？帮我把我的仙人掌放到一楼的大露台上晒晒太阳，我们宿舍的阳台都没太阳，我的仙人掌都快死了。”

2009年9月，大二开学没多久，隔壁女生宿舍楼发生了色狼半夜潜入的事件，虽然因为发现及时，色狼没得逞就跑了，可一时之间大家都很恐慌，在枕头底下藏水果刀的藏水果刀，买报警器的买报警器。刘诗韵就很另辟蹊径了，她把自己的仙人掌搬到了床上，号称一旦有色狼接近，就可以直接抄起仙人掌把人给砸昏。

“就算被我的仙人掌砸了以后逃跑了，我也能靠着分辨他脸上的仙人掌刺把他抓起来！”

钱唯还很清楚地记得刘诗韵当时信誓旦旦的表情。只是过去了一周，色狼没再出现，刘诗韵的仙人掌反而奄奄一息，连刺也软软地耷拉下来。

“等等！我有急事！”

刘诗韵却不依不饶地拉住了钱唯的帽子，钱唯情急之下只能接过了她的仙人掌，抱着盆仙人掌风风火火地出了宿舍楼。

她得赶紧赶到东区男生宿舍2栋去，钱川正在那儿找陆询约架呢！上一世，她被钱川的电话吵醒后根本没在意，而是翻个身继续睡，等她醒来，钱川已经和陆询在宿舍楼前狠狠地打了一架，两人自此结仇，钱唯也就是从这里开始被钱川带着走上了得罪陆询的道路。

既然上天给她机会重活一世，那这一次，她一定要好好把握，和自己未来的老板搞好关系！

可惜钱唯还是慢了一步，等她冲到男生宿舍楼前的时候，钱川正照着陆询的脸上给了一拳。

19岁的陆询身材修长，唇红齿白，眉眼还是一如既往的英俊，精致的比例让人想起旧日民国那种大户人家的贵公子。他的脸极具青春饱满的少年感，充满了干净透彻的别样美感，而那张五官端正的脸上也已经有了日后禁欲系高岭之花的雏形。陆询就是这种人，每个阶段你都以为这是他颜值的巅峰，但每一次，他都能用自己极具侵略性和存在感的长相打破你的认知，刷出新的巅峰。

只是很可惜，此时这张漂亮的脸蛋被钱川一个拳头破了相。陆询的左脸红肿了一小块，嘴角破皮流了血。

他轻轻地抹了抹嘴角，低头看了眼自己指尖上沾到的血，面无表情地看了一眼钱川，平平静静的，也不气不恼，只是开始慢条斯理地挽袖子，动作仍旧优雅极了。

钱川得意扬扬地看着陆询："怎么了？打不过了？你们学文科的男人就是体弱。"

只有钱唯大叫要糟。陆询这个人，反应越是平静，行动就越是狠辣。她现在才理解为什么上一世，钱川会在男宿舍门口被陆询揍个半死了，这种程度的挑衅不是作死是什么？陆询根本不体弱，他从十来岁就开始练散打了……

"盯着我看干什么啊？有本事你上啊。"

钱川还在不知死活地蹦跶，钱唯冲上去照着他的后脑勺就是一下。

"谁？！"钱川暴怒地大叫了一声回头，看清了钱唯，他的语气缓了缓，"你终于赶来帮我加油助威了啊。"

陆询应着钱川的声音，也把目光投向了钱唯。说时迟那时快，钱唯用川剧变脸的速度一秒换上了一副如花笑脸，她热情地冲上去握住了陆询的手。

"陆询同学！我仰慕你很久了！"

陆询被这突如其来的剧情发展也惊得手有点僵硬，一时之间都忘记了抽走自己的手。

钱唯厚了厚脸皮："你好！我叫钱唯，虽然因为我常常逃课，你不一定对我有印象，但我也是法学院的，和钱川是双胞胎，虽然只比他早出生一分钟，但毕竟是他姐姐，长姐如母，我替他向你道歉！希望你看在我们同是法学生的面子上，原谅他这一次！我这个弟弟是体科院的，作为体育特招生进的A大，你懂的，体科院嘛，四肢发达，头脑简单，脑子不大好使，希望你不要计较。"

"钱唯！你在说什么啊？你脑子是不是坏掉了？谁四肢发达，头脑简单？！”钱川怒吼道，“我第四任女朋友又因为这个陆询和我分手了！说喜欢上他了，你还帮这个小白脸？”

钱唯狠狠白了钱川一眼：“钱川，这种事，怎么也能赖到陆询的身上？你自己的四个前女友都看上陆询跑了，首先你没有证据证明陆询做了男小三；其次就算人家是男小三，你也应该先好好找找自己的问题，如果你和你前女友们情比金坚，别人怎么有空子可钻？”

钱川一张面孔因为愤怒和震惊彻底扭曲了：“钱唯你……你……”

“你什么你？你的前女友和你分手，那是因为你没有陆询有魅力有知识有涵养，你应该学会在挫折中成长，在对比中坚强啊！怎么能殴打比你优秀的同学呢？”钱唯说完，谄媚地看了一眼陆询，“陆询，你嘴角的伤不要紧吧？我带你去医务室？你有什么吩咐尽管说！”

陆询看着这一场变故，脸上的表情似笑非笑，他看了一眼钱唯，语气挺意味深长：“你是不是能把我的手放开了？”

钱唯这才意识到自己还紧紧握着陆询的手，她讪笑了一下，赶紧放开了对方的手：“我这是太激动了，有点情难自禁，请你一定要接受我的歉意！”

重活一世，这一次一定要改写命运！不仅不能得罪陆询，还要第一时间和陆询成为好朋友！拍好未来老板的马屁！毕竟未来的陆询就是行走的人民币和散财童子！

陆询指了指自己受伤的嘴角，声音凉飕飕的：“你弟弟把我打成这样，你一句轻飘飘的道歉我就必须原谅吗？其余一点表示也没有？如果我没记错，我们学校的学生手册第23页第3章第10款里规定了，殴打同学，要记大过扣10个学分的。”

钱唯脑门有些冒汗，她不想得罪陆询，但也不能真的出卖自己弟弟啊。钱川那点可怜的成绩，再扣掉10个学分，到大四估计都没法修满学分毕业……

也不知道是不是人在绝境就容易爆发小宇宙，钱唯突然想起自己手上的仙人掌。

“怎么会没表示！送给你！”钱唯说着，一把把这盆仙人掌郑重其事地塞到了陆询的手里，“男人，就要能屈能伸，没有隔夜的仇。”

“所以你的表示是送我一盆仙人掌？”陆询冷笑了声，“仙人掌的寓意是坚强，你送我这盆仙人掌是想让我被你弟弟莫名其妙打了一拳之后还保持坚强吗？”

钱唯硬着头皮解释道：“仙人掌也算个绿色植物，绿色代表和平和友谊，而仙人掌是在沙漠里也能存活的植物，我是希望你和我弟弟之间的和平、友谊能够像仙人掌一样生命力旺盛。”

陆询盯着仙人掌看了看，然后朝钱唯笑了：“是吗？可你这盆仙人掌，刺都已经耷拉了，感觉不出几天就要死了。我和你弟弟的和平和友谊，我看也和这盆仙人掌一样，很快就要走到尽头了吧？”

钱唯欲哭无泪：“我替钱川赔罪，行吗？”

“我的脸都破相了，赔罪就完了？”

“那你说吧！我怎么做，你能和钱川和解？不管你提任何补偿措施，我都一定帮你实现！”钱唯谄媚道，“何况其实你一直是我学习的榜样，我追赶的标杆，钱川打了你，虽然受伤的是你，但是我的心里也很不好受，试问谁能眼睁睁看着自己偶像被打呢？你是我们法学院的骄傲啊！就算你大仁大义原谅了钱川，我也原谅不了他，我回去一定会好好修理他教育他的！”

陆询轻飘飘地看了一眼钱唯身边咬牙切齿的钱川：“既然这样，这次我就不追究了。”他转眼看向钱唯，“至于补偿措施，等我想好了再告诉你。”

陆询说完，很随意地擦了擦嘴角的血迹，又看了一眼钱唯，还真的捧着盆仙人掌走了。一场风波终于就此平息，看热闹的人散了，钱唯也终于松了一口气，这个点是午饭时间了，她也有些饿了，直接便往食堂方向走。

“钱唯！”钱川这时也终于彻底反应过来，态度激烈，他三步并作两步追上钱唯，在饭桌上堵住了她，质问道，“你说，你是不是也看上陆询这个小白脸了？”

钱唯一边吃着糖醋小排，一边翻了个白眼：“你真是不知道自己躲过了一场什么样丢人的风波。”

“什么丢人？难道你觉得我打不过陆询那种小白脸？”

“确实打不过。”钱唯鄙夷道，“你别觉得自己是体育生就一定比人家强壮，人家陆询是穿衣显瘦脱衣有肉的类型好吗？”上一世，钱川挑衅陆询，结果不仅没讨到好，还差点被陆询打成猪头。陆询这家伙别看平时斯文内敛，心里煤球一样黑，打起人来专门拣脸上和身上疼却不致命的地方下手，和钱川那种没章法的乱打根本不同。钱川事后顶着那张姹紫嫣红堪比彩虹的脸恢复了一个月才敢出门见人，因此和陆询有了不共戴天之仇。

“你看过？”钱川气吼吼的。

“我没看过，我还不能意淫？”

“你果然对这个小白脸有意思。”钱川阴阳怪气地笑了笑，“我说你今天怎么一反常态对陆询那么溜须拍马，原来是想泡他。什么学习的榜样？我认识你19年就没见你什么时候想认真学习过，你上课就没不迟到过，连早起都做不到的人，就突然在学习上有了偶像？”

“你这个人思想不要这么龌龊好不好？陆询根本不是我喜欢的那类型好吗？”钱唯停下了筷子，脑内浮现出28岁斯文败类衣冠禽兽般的陆询，“我喜欢清纯不做作的男人，陆询那种妖艳贱货型的我可驾驭不了。”

“妖艳贱货？”钱川对这个未来的流行词很陌生，“虽然我看他不爽，但也不能平白污蔑人吧，陆询哪里妖艳贱货了？他穿得清清爽爽的，一张小白脸也干干净净的，虽然我也是男人，但也承认他确实长得不错……”

“你懂个屁。”钱唯敲了敲餐盘，“陆询就是那种骨子里很骚的妖艳气质，看人要透过表象，你看看陆询现在就够招蜂引蝶了，虽然如今还是一张清纯的脸，但他再过几年绝对就进化了，那种骨子里的妖艳就会从脸上透出来了。”

“咳咳咳咳咳。”

“你咳什么咳？什么东西都没吃还能被自己口水呛成这样？眼睛呢？眨这么快是抽筋了？”钱唯看了一眼突然大声咳嗽不断眨眼的钱川，有些莫名其妙。

她显然没收到钱川好心的示意，直到陆询冷着张脸出现在她面前，钱唯才意识到危机。

“这个……我可以解释……”倒了血霉，竟然在食堂吃个饭还能继续撞见陆询，“陆询……是我用词不当，我请你吃饭，你听我慢慢说……”

可惜陆询的脸色并没有转好看：“我突然想好让你做什么补偿措施了。”他冷飕飕地说道，“你不是要请我吃饭吗？行，那就请吧，一个月。”

钱唯松了一口气，刚要点头称好，就听见陆询恶魔般的声音继续响了起来：“一个月早饭。”

陆询一定是故意的吧！钱唯欲哭无泪，他一定听到钱川的话了，明知道自己是绝对早起不来，连上课都迟到的人，却要帮他打一个月的早饭。A大的食堂早餐非常丰盛，也因此十分火爆，如果不早起排队，根本抢不到早点。

钱唯试图垂死挣扎：“最近的早点真的很难抢，能不能缩短点时间，半个月怎么样？一个月实在有点强人所难啊……”

“不行。”陆询面无表情，语气淡淡的，“毕竟我是妖艳贱货，我们妖艳贱货就是喜欢强人所难。”

"……"

"你手机号？"

"就……就不用交换手机号码了吧？"

陆询瞥了钱唯一眼："你是不是想多了？以为是言情偶像剧，还'女人，你成功引起了我的注意'？你放心，我视力和品位都很好，不用去眼科。没有你的手机号，第二天早上我想吃什么怎么提前发给你？"

陆询，你果然19岁和28岁的时候一样令人讨厌！但本着讨好未来老板的心，钱唯敢怒不敢言，只能乖乖地交出了自己的手机号码。

"那以后我是打好早饭后在食堂等你吗？"

"为什么要等我？"陆询的语气里充满了理所当然，"我在哪里，你直接给我送过来不就行了？"

陆询，你个周扒皮！除了要辛辛苦苦早起打饭，竟然还要包邮？去死吧！

钱唯吃过午饭，又打包了一份，再拐去校外小摊上买了一盆新的仙人掌，这才回了宿舍。

刘诗韵果然还没起来，钱唯打开了打包来的饭菜，这家伙才像是循着人肉味而行动的丧尸一样循着香味爬了起来。

"是酱香鸡腿吗？好香啊……"

刘诗韵吃完，终于想起了自己的宝贝仙人掌，她看一眼，有些狐疑："这真的是我那盆仙人掌？怎么一下子颜色也不黄了，刺也不软了，水分都饱满了，连个头都长大了点？"

钱唯面不红心不跳："万物生长靠太阳啊，你看到钱川了没，185厘米的身高你知道怎么来的吗？他就是晒太阳长的，你这仙人掌晒晒给你长大点也不奇怪啊！"

刘诗韵恍然大悟："那我以后再也不做防晒了，既省钱，还能长高!"

钱唯心虚地朝刘诗韵抛了个媚眼，准备爬上床来一个午觉，结果手机屏幕里"叮"地跳出一个提醒。

"中国法制史补考！"

这七个大字让钱唯浑身一激灵，被中国法制史统治的恐惧又一次浮现。法制史的老师姓强，名力，外号"强哥"，因为出题角度刁钻而得到"强哥出征，寸草不生"的江湖名讳，班上几乎80%的人都被挂了，就连很多学霸也没有幸免于难。上一世钱唯就栽在中国法制史上，大二开学补考也是靠着暑假结束前最后一个礼拜恶补才低空飞过，可如今……钱唯只想咆哮，她根本没复习啊！什么法制史，早就还给老师了！如果这次再挂，就得重修了，弄得不好还会影响毕业，这绝对不行！

好在钱唯急中生智，她拼了命地努力回想，终于勉强想起了当时补考的两道论述大题是什么，可惜知识点太多，临近考试已经来不及背了。钱唯想了想，决定破釜沉舟，她索性合上了书，急匆匆赶到了补考的教室。

A大的补考相对来说比较宽松，提前一刻钟可以入场，位置随便坐，只需保证一个隔开一个坐就行。

钱唯一入场就选中了一个相对比较偏的座位，然后开始在课桌上做小抄，她准备把模糊回忆起的两道论述大题答案赶紧抄在课桌上以便作弊。

“你在干什么？”

正当钱唯抄得热火朝天的时候，一个干净冷冽的男声在她的头顶响了起来。

钱唯抬头，十分惊讶了：“陆询？连你也挂了啊？”学霸如他，竟然也被强哥挂了，钱唯同情的同时，内心也平衡了不少。

既然打定了主意要讨好未来老板，钱唯决定不放过任何一个机会，她热情地朝陆询笑了笑，指了指自己的桌面，偷偷摸摸低声道：“我在做小抄啦，今天补考的最后两道论述题，要是别人我绝对不告诉。”

陆询瞟了桌面上密密麻麻的小抄一眼：“这次补考试卷是绝对保密的，你怎么知道最后两道大题？”

“我有超准的第六感。”钱唯得意地扬了扬眉毛，“算了，我现在不论怎么说，估计你也不信，等你拿到考卷就知道听我的没错了，你要不要也赶紧把这两题的答案抄到课桌上，反正就算没考到，你也不亏啊。”

陆询显然不为所动，钱唯还想劝说他，却见陆询站了起来，往讲台的方向走。

“还有十分钟考试，请大家把书、复习材料和手机都放到讲台上来。

“因为强老师临时有事，所以这次法制史的补考由我来监考。”陆询说起话来慢条斯理的，每一个字都像是凌迟般戳在钱唯的心上。

是啊，钱唯怎么忘了，陆询这种人，怎么可能会挂科啊！就算老师变态，他比老师更变态啊！

钱唯的心在打鼓，好在陆询已经开始给补考试卷拆封了，也没提及钱唯的小抄。钱唯的心里刚要放松，却见陆询把试卷翻到了最后的论述题部分看了一眼，然后他抬起头，看了一眼钱唯。

“现在请大家站起来，换一下座位。”

这禽兽！

一锤定音，钱唯的小抄行动宣告失败。

作弊虽然不光荣，但直接举报同学作弊这种事，也会被认为非常不上道，举报人最后的下场往往也是被人孤立，就算是陆询这种偶像型选手，也得口碑大跌，为人不齿。钱唯料定了陆询不会戳穿自己做小抄，却没料到这家伙这么阴。他分明是发现最后两道论述大题确实被自己猜中了才要换位置！而自己刚刚辛辛苦苦抄的一桌面的小抄，就这么付之东流了！

钱唯只觉得心在滴血，她后悔得恨不得像个大猩猩一样怒捶胸口。但她能怎么办？她只能忍着心痛，飞速地用手把桌上铅笔写的小抄全部抹掉。自己抄不到，也不能便宜别人！更不能留下把柄被别人知道自己做小抄！

然而就在她终于抹干净了桌面站起来准备调换位置时，陆询又开了口：

“算了，马上到考试时间了，座位就不换了，大家按照原来的位置坐下吧。”

钱唯愤怒地抬头，果然发现陆询正似笑非笑地看向她：“你是有什么问题吗？”

阴！真是阴！

陆询这大牲口明明就是预料到了她的所有行动，让她的情绪云霄飞车般地上上下下，人生最懊悔的事是什么？是没成功作弊吗？不是！是曾经有一个作弊的机会摆在我面前，我却自己亲手扼杀了！

钱唯在心中给陆询比了无数个中指，但嘴里只能强颜欢笑说出温顺的三个字：“没问题。”

幸好抄小抄的时候多少记了一点，钱唯只好硬着头皮开始答题。

平时的补考基本是一小时后大家都开始交卷了，因为补考这种事，做不出就是做不出，干坐在教室里也没用。然而今天钱唯发现情况很不一样，两个小时的考试，竟然只有稀稀拉拉几个人提前交卷了。她环顾四周，终于发现了症结所在。除掉交卷的几个男生，整个教室里现在剩下的，全是女生了。让大家乖乖坐在补考教室里的，显然不是分数，而是陆询。不少女生假意再检查一遍答题，实则都不时偷偷瞟陆询两眼。

钱唯循着不少少女含情脉脉的眼神，朝站在讲台上的陆询看去。他微微低垂着头，正随手翻着什么，额前的发丝轻轻垂在他光洁饱满的额头上，睫毛遮住了他的眼眸，看不清他的表情，嘴角的伤口已经清理过了，但并没有贴创可贴，还带了点青红。陆询就这么大方地把伤口展示出来，他浑然不在意，他也确实不需要在意，因为任何伤口也不能减损他的容貌。他就那么安安静静地站着，9月教室外已经有早开的桂花，阳光斜照，他站在光影交界里，一切就像一幅静止的油画。

陆询长得真的太好看了，好看到钱唯都觉得这种长相应该是一种易碎品。“陌上人如玉，公子世无双”，这个刹那，钱唯的脑海里只有这句话，也难怪即便是陆询毕业后，法学院乃至整个A大，都还不断流传着他的名字。

一场补考，终于结束，大家相继交了试卷，开始散场。陆询收完试卷，站在讲台上整理。钱唯交卷后磨磨蹭蹭地收拾文具，她在等其余人走光，她的包里躺着医用消毒过氧化氢和创可贴，准备找准机会给陆询。等陆询整理完开始往外走，钱唯也赶紧掏出了包里装着创可贴的袋子紧跟着出了教室。

“陆询。”钱唯的声音跟着另一声“陆询”几乎同时发出。

钱唯抬头，才看到来人是谁。那嫣然站在陆询面前的，不是莫梓心是谁？此时别的教室里也有补考结束的学生鱼贯而出，无一例外地，所有男生路过莫梓心身边时，总会有意无意地瞟上几眼。莫梓心是那种非常白皙高挑的美女，一头长发，没有烫染，就那么不加雕琢地垂在腰间，极具古典的韵味，一阵风过，那长发的发梢轻轻飘起，带出一阵淡淡的洗发水香味。不像别的漂亮姑娘，莫梓心从不过度装扮自己，然而极简就是美，她这样，身上反而有一种别人无法复制的清纯。莫梓心不仅人长得好看，成绩也是顶尖，说话柔柔的，带了种天然的娇美。别说男人，就是钱唯看了都觉得赏心悦目，难怪陆询和钱川都对她一往情深。

此刻，漂亮的莫梓心就站着，微微抿着嘴唇，等着钱唯开口。

钱唯赶紧摆摆手：“你先说你先说，我找陆询没什么事。”

莫梓心撩了撩长发，微微低下了头，样子像极了徐志摩诗里不胜凉风娇羞的水莲花：“我也是正好在等我补考结束的室友一起吃晚饭。”然后她终于抬起头，抿嘴笑了笑，从手里拿出了一盒东西，递给了陆询，“看到你嘴角有些伤，正好我有创可贴，给你。”

很好！钱唯忍不住在心中鼓掌，幸好自己手里的创可贴还没递出去，既然是要撮合未来老板和老板娘，那自己怎么能抢走莫梓心对陆询关心的机会呢？

“不用了。”然而没料到陆询竟然拒绝了，“谢谢。”

没有料到这个结果的莫梓心愣了愣，她有一些尴尬地又撩了撩头发：“还好是小伤，你没事就好。啊，我室友出来了，那我先走了。”

看着莫梓心离开的背影，钱唯目瞪口呆，陆询这家伙，智商爆表但情商是负分吧？明明之后还为了莫梓心杠上了校外的混混，此时人家主动抛出橄榄枝竟然视而不见？也难怪后来莫梓心被钱川追走。

“你刚才叫我什么事？”陆询回了头，看了钱唯一眼。

钱唯晃了晃手里的袋子：“本来想给你这个，但看来是不用了。”

陆询皱了皱眉：“什么？”

“创可贴和过氧化氢啊。”

“拿来。”

在钱唯还没反应过来之前，陆询轻轻一勾，拿走了她手上的袋子。

钱唯愣了愣，才反应过来：“陆询啊，虽然男儿有泪不轻弹，但是有时候在女生面前适当地示弱，不仅不会让女生看不起，反而会让女生有保护欲，对你有保护欲，才能慢慢激发出爱意啊。”

“你在胡扯什么？”陆询不仅没有彻悟，反而语气不善，果然被戳破心事后很恼羞成怒吧。

“你明明想要创可贴，但对着自己心仪的女生，硬生生地为了营造自己不为小伤所动的硬朗形象，就这么生硬地拒绝了莫梓心的关心！”钱唯很是恨铁不成钢，“你这样不行啊，莫梓心很快会被别人追走的。”

“心仪的女生？”陆询的眉毛挑了挑，脸色不善，“你哪只眼睛看到我喜欢她？”

“解释就是掩饰，你不用再说了。”钱唯一脸了然，“否则你干什么不拿莫梓心的创可贴却拿我的啊？还不是因为在意她，所以要在她面前打肿了脸充胖子。”

“嗬，你这么能编怎么不去写小说？不过总算有自知之明，没意淫出我拿你的创可贴是因为对你与众不同这种桥段。”陆询冷哼了一声，“全校要送我东西的女生那么多，难道我什么都收？既然没那方面的意思，就不应该收任何东西以免造成别人的误会。至于你，”陆询指了指嘴角，“这是你弟弟打的，没问你要医药费都不错了，收你一盒创可贴也正常。”

“反正就算你现在对莫梓心没那方面的意思，以后也会有的。”

“你这么厉害，连我未来喜欢谁都知道，那你怎么没预料到今天做小抄被抓？”

钱唯厚着脸皮：“莫梓心人漂亮，脑袋聪明，有气质，还会弹钢琴，我们学校论坛上她是票选第一公认的校花。而你呢，你是票选第一公认的校草，长相智商也都是出类拔萃，很巧地，钢琴弹得也堪称登峰造极。这么一看，你和莫梓心门当户对，简直是天造地设的一对啊，以后还能四手联弹陶冶情操，你说是吧？虽然不止A大，整个A市大学里都遍布了对你有非分之想的女生，但真正能够配得上你的，也只有莫梓心了，你现在说对她没意思，如果不是口是心非，就是还不够了解她，莫梓心这个人，你越深入接触，越是忍不住喜欢，也只有她能走进你的心里。”钱唯挤眉弄眼，“相信我，没错的。”

“你这个语气和口吻，我怎么觉得像是学校门口那些推销五块钱一张盗版黄色光碟的？”陆询皱了皱眉，“而且你怎么知道我会弹钢琴？我从没有对任何人说过。”

糟糕，忘记这茬儿了！陆询不知道为什么，在大学期间从没暴露过自己会弹钢琴，钱唯也是工作后意外撞见他弹琴才知道的……19岁的自己断然没有可能得知陆询会钢琴，这个怎么解释呢……

很多时候，当别人抛出一个你无法回答的问题时，最好的办法不是正面硬杠，而是——转移话题！

钱唯咳了咳，提高了声音：“陆询，没想到你买过学校门口的盗版黄色光碟！”

钱唯一向中气十足，她这句话果然吸引了周围几个学生的目光。

陆询的脸色完全黑了，他几乎是咬牙切齿地一字一顿道：“我、没、有、买、黄、色、碟、片！”

“你要没有买，你怎么都知道五块钱一张啊！”

“那盗版摊子前纸板广告上不是写着五块一张吗？那么大的字，我又不瞎！”

“你要不是对那个感兴趣，你怎么会记得这么清楚，而且都能分心去看一眼人家的广告牌，就说明你动心了！”

“是个正常人走过任何摊头看到了那么显眼的广告牌也能记住，这不代表我有兴趣。”陆询已经有些目眦欲裂。

“既然你随便走过个摊头就能记住人家广告词，那校门口那个卖水果的摊头上广告词写的什么？香蕉多少钱一斤？你记得吗？人家写的可也是大字啊，你看，这你就不记得了吧，你说不上来，因为你对香蕉没兴趣。”

陆询的脸不仅黑，如今还浮现着一层隐约的杀气。

钱唯也终于意识到大事不妙，虽然转移话题成功，但现在显然有了新的问题……

她咳了咳，试图挽回：“我这么说，只是打个比方，你们这个年纪的年轻人，看两张黄色碟片也不是什么大事，放心，你没有牟利，是不构成传播淫秽物品罪的。我说这个事，只是想说明人不应该口是心非，嘴上说着不要，身体却很诚实，要正视自己内心的感情，喜欢什么就是什么，喜欢谁就是谁，没必要遮遮掩掩的，你就是你，世间不一样的烟火！”

“钱唯，你闭嘴。”

“好的！那不打扰你去送考卷了！”钱唯见好就收，赶紧顶着陆询冷冷的视线脚底抹油地溜了。

28岁的陆询十分难以取悦，只是没想到19岁的他也同样难搞。

怎么在维护陆询那骄傲自尊心的前提下，让他不那么别扭地和莫梓心终成眷属？这可是个需要从长计议的问题啊。

这天早晨给周扒皮陆询买好早饭送去以后，钱唯又睡了个回笼觉，她躺在宿舍的床上，已经很久很久没能这样回笼觉睡到自然醒了。19岁新的一天，又这样到来了，钱唯深吸了一口气，从前从没意识到睡懒觉是一种多么奢侈的幸福。

“有些日常的幸福，虽然总是被忽略，但失去后才会意识到是多么难能可贵，就比如现在这样窝在被窝里，这每分每秒，我都要好好珍惜。”

“也就你能把赖床说得这么冠冕堂皇了。”刘诗韵相当不屑，“是不是呀，小萌，我们不能学钱唯，我们要早睡早起健康成长。”

“小萌”是刘诗韵那盆仙人掌。她不知道从哪里看来的理论，说植物也通人性，如果一直和植物聊天培养感情，植物会长得更好，甚至会释放一种让养护人变美的生物磁场。

钱唯看了一眼刘诗韵望着仙人掌的慈祥眼神，毫不怀疑，要不是仙人掌有刺，她老早像老母亲般深情抚摸她的“小萌”了。

“几点了？”

刘诗韵看了看手机：“十点了。”

钱唯一鼓作气爬了起来：“我要去上选修课了。”

刘诗韵惊愕地看着她：“你没事吧？你竟然说要去上选修课？”

大二上学期，钱唯选修了大学生理财课，她之所以选修这门课，也是向往届学姐学长打听到这门课的张老师从不点名，可以放心逃课，期末考试也不难，不至于挂科的缘故。

钱唯来不及也无法解释自己的变化，她看了看时间，赶紧去宿舍楼下超市买了几大袋吃的，专门挑既算零食但又比较管饱的买，塞满了包才往教室跑去。

她记得很清楚，这门大学生理财选修课，李崇文也修了。

等她气喘吁吁跑到教室，还好还没开始上课，钱唯左顾右盼，终于找到了李崇文。他坐在第三排，正安安静静地拿着一本什么书在看，侧脸宁静美好。李崇文长得清俊，身材挺拔，他的身上果然也聚焦着不少女生的目光，只可惜没过多久，这些目光中大部分都意志不坚定地另寻新欢了。

钱唯朝门口一看，看到了陆询，上一世她专注逃课，压根不知道原来陆询竟然也选修了这门课。

钱唯偷瞄了眼陆询，又看了看李崇文，不得不说，李崇文眉眼虽然没有陆询那种常人难以达到的精致，但在A大法学院也是很惹眼了。他和陆询尤其不同的是，陆询为人冷淡，是高岭之花那挂的，长相和神态都有种与生俱来的贵气；李崇文则为人谦和，说话做事都温和有礼，有种温润如玉的邻家男孩感。钱唯其实挺为李崇文鸣不平，明明性格比陆询好上千万倍，却反而是陆询那种人风头更劲，更被女生追捧，大概当代女大学生都有点斯德哥尔摩综合征吧。

陆询顶着他那张漂亮的脸蛋目不斜视地走进了教室，身姿挺拔绰约，李崇文抬头朝他笑着打了个招呼，陆询脸上终于也带了点笑意。他坐到了李崇文的右边，此刻李崇文身边就只有左边的位置还空着了。

钱唯鼓起了勇气，硬着头皮坐到了左边那个空位上。她倒不是害羞，纯粹是因为第三排是大家公认的危险区域，因为这门课的张老师，尤其喜欢请坐在第三排座位的学生起来回答问题……并且张老师上课时讲到激情处，更是唾沫横飞，第三排是重点“喷溅区”……

李崇文听见身边的动静，从书本上抬起了头，看到了钱唯后对她笑了一笑，他的笑一贯如此，让人有种如沐春风的感觉。这一笑，钱唯心里就涌起了酸涩。陆询也漫不经心地抬头看了一眼钱唯，然而他什么也没说。

钱唯忍住心里的情绪，掏出了零食，自己吃了两口，然后就拍了拍后面座位的同学，掏出其余几包零食，一人一袋请大家一起吃，这之后才自然而然地把最后一袋零食放到了李崇文的面前：“李崇文，给你。”

李崇文愣了愣，又笑了笑：“不用了。”

钱唯却很坚持：“大家都吃啦，这个真的超级好吃，我买了好多袋，你也吃点。”

最终李崇文拗不过钱唯，也伸手接过了那包零食。

钱唯心里终于松了一口气。她买了那么多袋，就是为了不突兀地把其中一袋塞给李崇文。

也不知道是不是巧合，零食分发到李崇文的时候正好是最后一袋，没有多余的了。钱唯小心翼翼地看了一眼李崇文身边的陆询。刚才分发零食的时候他刚好出去接了个电话，不久前才回来，似乎并没有注意自己，钱唯心里松了口气，幸好陆询是根本不屑于关注自己在干什么的，否则发零食发到他就没有了，这多尴尬。

钱唯看着安静地坐在她身侧脸色健康红润的李崇文，心中感慨万千。上一世，其实自己和李崇文压根不熟，李崇文毕业后选择进了法院成了一名法官。工作后钱唯唯一一次和他的互动来自一次开庭，钱唯为自己的当事方医院进行一个医疗纠纷的质证，正好去了李崇文所在的法院，结果在法院门口被对方当事人的医闹专业团队截住。他们作势要殴打钱唯，是正好路过的李崇文护住了钱唯，甚至为了保护钱唯而挨了打。再之后，再得知的，就是他被查出胃癌的消息了。也是直到那时，钱唯才知道李崇文的家境，他出身于偏远的山村，虽然有国家助学金，但他的母亲长期瘫痪，父亲酗酒赌博，还有一个正在念书的妹妹，他不得不拼命打工供养全家。为了省钱，他从大学开始就常常忍着饿不吃饭，日积月累，才会年纪轻轻就得了胃癌。

李崇文是那种自尊心非常强的男生，在大学期间，他自食其力，不想惊动别人给他捐款。钱唯自然也不能直接塞钱给李崇文，她想来想去，只想到了用零食这招，能非常自然地把东西塞给他，他不会拒绝。重活一世，除了提前巴结她的未来老板，她还希望能改变李崇文的命运，他是个好人，不应该那么年纪轻轻得病。

今天成功把吃的东西塞给了李崇文，钱唯浑身轻松，然而她高兴得太早，上课没多久，坐在第三排正在走神的她，就被张老师叫起来回答问题了。

“这位同学，请你说说，如果是你，你会怎么理财？”

钱唯只好站了起来，对这个问题，她倒是真的很有发言权：“如果是我，在不影响学习的情况下，我会拼命打工，把打工挣的钱拿去买房，实在没钱，借钱也要买，最好买他个七八套的。”

张老师推了推眼镜：“为什么要买七八套这么多呢？”

“因为我认为现在均价4000元一平方米的房价，在七八年后就会涨到40000

一平方米。”钱唯咳了咳，“物价会不断贬值，现在人均50元能下的馆子未来会变成人均两三百。”

不止张老师，连其余同学也忍不住笑起来，在他们看来，钱唯说的简直是天方夜谭。

“这位同学，虽然你的这些预测很大胆，但我不得不说，离现实还是有点远，而你说的通过买很多房产进行理财的方式，这一听就是没有任何理财观念和专业知识的外行人的想法。”张老师骄傲地抬了抬下巴，唾沫精准地往前三排喷射，“这就是大家有必要来选修我这门课的原因。在这门课上，我会有条理地纠正大家像刚才那位同学那样的理财误区。我认为，未来理财的趋势和风口还是在股市，买房产只会套牢你的资金……”

钱唯心里忍不住吐槽，叫你们不信我，等着七八年后想起今天这一刻悔不当初哭去吧！

一节课浑浑噩噩终于结束，钱唯拿起包准备离开，想了想又停下来，她对身边的李崇文认真道：“李崇文，你记住，以后赚钱了第一时间就要买房，知道吗？一定一定要记住！就算你不相信房子未来会那么大涨，你作为一个男的，想要娶老婆也要提前准备好婚房的！所以一定要赶紧买！”

李崇文愣了愣还来不及反应，他身边的陆询漫不经心抬头看了钱唯一眼，钱唯也不在意他的反应，就朝他摆了摆手，脚底抹油地走了，她还赶着去图书馆呢。

上学期间，常常听到父母或者老师耳提面命地忠告：“在学校一定要好好读书。不然等你毕业进社会肯定会后悔的，觉得大学里要是更努力一点多学点东西就好了。”

可是自钱唯大学毕业之后，她一次都没这么想过，反倒是一直懊悔，想着：在学校念书时，要是更潇洒一点，想干什么就干什么该多好。死记硬背了那么多无聊的东西，简直是浪费人生。

重活一世，如果用来认真学习，简直是挥霍生命！

钱唯去图书馆，当然不是去学习，她是去应聘的。她记得，每年9月开学的时候，学校的图书馆都会有一些勤工助学的打工岗位。新的人生，她要勤劳致富，打工买房，过上未来躺着收租的幸福生活。

钱唯往图书馆走的路上，才发现陆询也往那个方向走。怎么也要努力和未来老板搞好关系啊，钱唯想到陆询往后接的那些上千万标的的案子，觉得拍好未来老板的马屁刻不容缓，没有机会就要制造机会，第一步，先和未来老板熟起来！

陆询腿长，步子迈得大，钱唯一路小跑才终于跟上他。

“陆询，今天天气不错啊。”

陆询目不斜视，别说理睬，连看也没看钱唯一眼……

但钱唯岂是这么容易被打败的？她一点也没觉得丢人，再接再厉道：“你是去图书馆自习吗？”

回答钱唯的还是陆询的沉默……

“最近食堂推出了一个超级好吃的手枪鸡腿，形状大小和手枪一样，你吃过没？要不要我买来给你？

“昨天学校论坛里你被评选为年度最帅校草，把隔壁A市艺术戏剧学院推选的几个男生都比下去了，人家那几个可是已经被经纪公司看好签约的未来男明星预备役呢，你竟然以高出人家好几百票的优势把人家都给打败了！”

可惜不论钱唯找什么样的话题，陆询都打定了主意不理她。

“陆询！你鞋带开了！”

陆询这下终于顿了顿，下意识看了一眼自己的鞋。自然，那鞋带好好地系着，意识到自己还是上了当，陆询终于给了钱唯一点回应，他冷冷瞪了钱唯一眼。

“无聊。”

“那我们聊点有聊的呀。”

“没空。”

钱唯又找了几个话题，可惜面前的高岭之花显然不为所动。

“陆询，你前面路上有狗屎！！”

有了鞋带的前车之鉴，陆询这次保持了自己一贯的目不斜视，然后……真的一脚踩到了狗屎……

“钱唯！”陆询看着自己鞋子上沾到的黄褐色污渍，终于再也高冷不起来了，他的声音充满了努力克制的愤怒。

“我不都已经提醒你了吗？”钱唯很无辜，“我说了前面路上有狗屎啊。”

“行了，你能不能别跟着我了？”陆询终究是忍无可忍。

“我没跟着你啊，我也去图书馆。”

只可惜从此处到图书馆只有一条路，否则钱唯毫不怀疑，陆询是宁可绕远路也不愿意和自己同行的。

“我真的不是尾随你，我就是想交个朋友。”钱唯摆出了一副诚恳的表情。

“你就这么缺朋友？要到路上找？连个同行去图书馆的都不放过？”

钱唯觍着脸：“我就是只想和你交朋友，我说过，你是我学习的榜样啊，和你做朋友，我觉得自己一定能变得更加先进。”

“是吗？”陆询的声音冷飕飕的，“既然你这么想和我交朋友，刚才理财选修课上，怎么零食发到我这里就没有了？周围那么多人，唯独没有发给我？”

“这个……”钱唯脑门上有些冒汗，但还是急中生智道，“因为其他人对我而言都是普通同学，都一视同仁发同样的零食就好，但你是我的偶像，对我来说是与众不同的，对待你，我当然要更加郑重，怎么能让你和普通同学的待遇一样呢？今天给他们发的都是普通国产零食，国产零食怎么配得上你？！当然要进口的才行啊！”

陆询露齿一笑：“谢谢。”

钱唯心里美滋滋的，看来陆询这家伙也和别人没什么不同，都喜欢听马屁，你看，一夸赞只有进口食品才配得上他把他给高兴的。

“那明天给我送早饭的时候把配得上我的进口零食一起带给我吧。”陆询的脸上还是带着微笑，“放心，你都把我捧成你的偶像了，你的礼物我是一定会收的。”

陆询难道不知道这种夸赞就和“下次请你吃饭”一样，根本就是给彼此下台阶的场面话?

不过没事！钱唯自我安慰道，这至少是个突破口，自己的初衷不就是成为陆询的小狗腿吗？从小，钱唯就被教导，做任何事就要做到极致，做到无人代替！所以做狗腿，也要做到极致，做到无人代替，敢为别人之不敢为！

“陆询！把你的球鞋给我洗吧！”钱唯大义凛然，“不管怎么样，确实是我提醒不够缜密，才让你踩到了狗屎，我应该负责！”

洗踩到狗屎的鞋，钱唯自觉为了拍未来老板的马屁已经做出了巨大的牺牲，然而没想到陆询竟然丝毫不领情。

“你该不会是那种喜欢收集别人贴身物品的变态吧？”他狐疑地看了钱唯一眼，“让我都怀疑那狗屎是你故意放在路中间的了。正常人谁会跑来说要洗鞋，我们很熟吗？”

要换作平时的钱唯，早就“放你的狗屁竟敢污蔑你姑奶奶我是变态”了，可对着陆询，钱唯想想未来，不自觉矮了一截。

“我真的只是想和你做朋友，对你也没有非分之想，只有仰慕之心，让我做你的跟班也行！”钱唯语重心长道，“你怀疑我就是怀疑你自己，难道你对你自己的人格魅力那么没有自信吗？”

陆询沉吟了片刻，打量着钱唯：“你是有所图吧？怎么，是想哪门课期末考试让我给你偷看？”

“我怎么会是那种人！”钱唯义正词严，“当然，你要是愿意让我偷看也是可以的！刑法你觉得怎么样？不行的话，法理学也可以！”

“我不愿意。”

给点面子你也不用拒绝得这么快吧……

“至于做不做朋友，那就看你未来的表现了。”陆询似笑非笑地看了钱唯一眼，这才转身回头走了。

这？这是和陆询的关系终于有了一线生机？！钱唯望着陆询的背影，差点热泪盈眶，她仿佛看到了很多年后她靠陆询的资源扶摇直上，赚钱数钱到手抽筋的场景，美，这场景真是太美了！

陆询！你放心！我一定会好好表现的！

陆询离开后，钱唯还是继续去了图书馆应聘，今年图书馆勤工助学的岗位很多，钱唯没什么悬念地成功上岗。应聘完，在图书馆正遇上来自习的李崇文，钱唯趁机搭讪问他借了民法的课堂笔记。她自然没有洗心革面，借笔记不过是多了个由头，有借就有还，这样就有了下一次为了表示感谢请李崇文吃饭的正当借口，水到渠成，堪称完美。

和未来老板陆询成为朋友，帮助陆询和莫梓心终成眷属，成为未来老板老板娘的媒人，改变李崇文的人生，避免他重蹈覆辙得病，让他走上打工攒钱买房的致富道路——截至目前，重生以后的这几件大事，钱唯可谓是有条不紊慢慢地推进着。回宿舍的路上，钱唯一边走一边盘算，想了想，唯独遗漏一件事，事不宜迟，现在就干！

刘诗韵对钱唯突然捧回来的一堆东西好奇地围着左转右转，她照着那些包装盒上的字念了出来。

“章光101……霸王洗发水……钱唯？你买了这么多都是什么玩意儿？”

钱唯从众包装盒中拿出了一套章光101和霸王洗发水递给了刘诗韵：“好东

西，你值得拥有，这可是目前市面上最好的几款了，看在我们深厚的革命友谊上，送你一套了。”

刘诗韵很愣然：“这都是生发、治脱发的，你头发又不少，我也多着呢，买这玩意儿干吗？你该不是被什么传销组织洗脑做什么代理经销商了吧？”

钱唯拍了拍刘诗韵的肩膀，语重心长道：“你以后就知道了，咱们学法律的，容易头冷，防患于未然，年轻人，以后你就会感激我了。”

“那这个呢？”刘诗韵从一堆生发产品里找出了一张色彩艳俗的卡片，“‘阳光健身’？你？一个四体不勤五谷不分的人，竟然办了学校里那个健身房的会员卡？”刘诗韵沉吟了片刻，才有些恍然大悟，“我知道了！你看上健身房里哪个男的了吧？”

“你懂个屁！”钱唯白了刘诗韵一眼，“学法律，需要有绝对强健的体魄！身体强壮，才能熬夜以后不猝死，另外尤其需要练习短跑长跑，以后被对方当事人围攻的时候方便跑路。”

“哈哈哈哈哈，得了吧，钱唯，你肯定是看上谁了。”刘诗韵哈哈大笑完，又有点忧伤，“不过你这生发产品我先收着吧，最近我是有愁的事，感觉头发都愁掉了。”

“什么啊？”

“还不就是之后的职业技能大赛吗？系主任让我组织，可说实话，这种活动谁有兴趣啊，虽说有奖金，但也才那么点，谁看得上啊？要是搞个什么噱头就好了，我们法学院女的多，比如能把陆询叫上参加，那就能带动其余女生来参加了。”

“那你去游说陆询啊！”

刘诗韵翻了个白眼：“别想了，陆询才不可能参加这种级别的活动，太幼稚太不上档次了，人家根本看不上。他可都是参加国际性比赛的，那个Jessup（杰赛普）模拟法庭辩论赛，全英文专业法律性辩论，你知道吗？算了，不和你说了，我去想想怎么搞今年下个月的职业技能大赛吧。”

刘诗韵去忙她的事了，钱唯也没闲着，她是个行动派，当晚就去了健身房。

上一世的钱唯确实如刘诗韵所言，从没有想过锻炼身体，健身房的大门一次都没踏进去过。这次去，还真是大开眼界。A大的健身房，设在体育馆一楼，设施算得上豪华了。器械室内有一排跑步机和踏步机，在锻炼的人也不多。器械室的一侧则是校体育馆的游泳池，这个泳池是A市体育赛事时都曾征用的，设施十分完备；而器械室另一侧是一个练功房，平时有瑜伽课和芭蕾等舞蹈课，这个点了，练功房里倒是传来一阵阵女生们叽叽喳喳的声音和音乐声。钱唯一问才知道原来是学生会文娱部正在为今年中秋的舞蹈节目排练。连接着器械室的健身房大厅里有一个台球桌，这个点了，真正健身的人倒是不多，反而是台球桌很有人气，围着一群人。钱唯好奇看了一眼，打台球的这帮男生痞里痞气的，顶着当年流行的洗剪吹发型，好几个头发染得五颜六色的，耳朵上还挂着耳钉，为首的那个手指间还夹着一根点燃的香烟，完全无视了健身房的禁烟标志。这些年因为扩招，A大也下设了二级学院，虽然同样冠着A大的名，教学楼宿舍也都在A大里，但实际录取分数线比A大的正统本科部低了不知多少，生源自然不怎么样。有不少家境不错的小混子也被家人出钱送了进来，结果没在学校里好好学习，反而成天拉帮结派横行霸道，眼前这群打台球的八成就是二级学院的那部分人。

那些人此时交头接耳在说着什么，钱唯也没在意，径直走到器械室，上了一台跑步机开始跑起来。

20分钟挥汗如雨，正在渐入佳境之际，她突然听到大厅传来了骚动的声音。

“留下陪我们天哥打个台球怎么了？不情愿？”

“给个面子一起打个球，待会儿请你吃夜宵。”

“麻烦让一让，我们要回宿舍了。”

吵吵嚷嚷的几个男声里，那脆生生的女声回复就显得非常清晰了。

钱唯停下跑步，往台球桌那儿一看，就看到了熟悉的面孔。

莫梓心和几个女生正被那群小混子拦在台球桌前，她们身上还穿着舞蹈服，原来刚才在练功房里排练节目的正是她们。

为首的被称为天哥的混子头目笑嘻嘻的，撩了撩自以为很帅气的长刘海：“你叫什么？留个号码，交个朋友。”

他看向的自然是最漂亮的莫梓心。此刻她身上的贴身舞蹈服紧紧包裹着她的身体，勾勒出她漂亮的身材曲线，因为刚跳完舞脸上还红扑扑的，带了点汗珠，充满了吸引力，但她的脸上写满了拒绝和冷淡。

“我有男朋友了，不好意思。”

“有男朋友也可以分手，这种时候都不陪你、不来接你回宿舍的男朋友，要来干吗？不如现在换一个，我送你回去？”

莫梓心从来都是被人捧着的待遇，遇到这样二皮脸纠缠不休的，很快就不耐烦了："你让不让开，不让开我报警了。"

处在这种荷尔蒙上脑年纪的小混子最在乎的就是面子。当着其他几个女生还有自己手下的面，被莫梓心用这种态度回复，被称为天哥的头目果然拉下了脸，他摁灭了手里的香烟，吊儿郎当地朝着手下几个弟兄使了个眼色。

"今晚你们不仅要留下打球，还要陪我们去外面再玩玩。"

钱唯心里干着急，莫梓心啊莫梓心，你就不能服个软虚与委蛇一下，一定要跟人家硬碰硬？和莫梓心同行的几个女生大概也从来被人捧惯了，也不是省油的灯，叽叽喳喳就和几个混子吵起来了，几个混混也开始上手拉扯莫梓心一行，局势越发不可控起来。

钱唯实在看不下去，可惜此刻器械室锻炼的男生都走了，她只能赶紧给钱川打了个电话："我在体育馆遇到点事，赶紧带点你们体科院的兄弟过来救急。"

钱唯匆匆关照完钱川，就从器械室冲了出去，准备去大厅帮莫梓心解围。

"你凑什么热闹，好好待着。"

就在她要往外冲之际，一只手从她身后拉住了她的衣领，一个慵懒的男声响起。

钱唯回头，才看清来人是谁。

9月的夜晚，眼前的少年身上穿着松垮的运动T恤，刚从冲淋房出来，额前的发上还滴着水，雪白的脸上因为冲淋房的温度还带着淡淡的粉，嘴唇饱满，带着健康又艳丽的红色，眼珠黑亮，睫毛纤长，从运动裤下露出的长腿笔直性感。钱唯也忍不住咽了咽口水，陆询这双腿，线条实在是很美，皮肤下能看到蛰伏的肌肉线条，既不失阳刚又不至于粗犷，恰到好处得让人难忘。

但钱唯好在没忘记正事，她指了指大厅，见了救星一般激动："陆询，莫梓心被几个小混混缠住了！"

陆询瞟了一眼大厅，撩起运动T恤下摆随意擦了擦还没来得及吹干的头发，顷刻间便有细小的水珠飞洒出来，落到了钱唯的脸上。钱唯这才发觉自己的脸上有多烫，她看着陆询因为动作而露出来的紧实腹部，只觉得脸发热到仿佛那滴水珠刚接触自己的皮肤，就会被自己脸上的温度蒸发。越是不经意越是撩人，19岁的陆询，介于成熟与青涩之间，举手投足间都散发着荷尔蒙，钱唯只能在心里默念"非礼勿视非礼勿视"，可他的腹肌和人鱼线还是在她脑海里晃荡……她乱七八糟地想着，陆询当律师真是可惜了，当男公关可能发家致富更快一点……

“外面那么吵，什么事？”陆询踢了踢发呆的钱唯。

钱唯移开了眼睛，清了清嗓子：“莫梓心被几个小混混缠住了！我本来想去帮忙的！现在幸好你来了。”

“行了，没你什么事。”陆询一边说着，一边就往大厅走，钱唯亦步亦趋地跟在他身后。

莫梓心很快也看到了走来的陆询，她原本表情冷淡的脸上露出了一丝如释重负般的笑意：“陆询，太好了，你来了。”她转头看了一眼被称为天哥的混子头目，“这是我男朋友，他运动完要送我回宿舍了。”一边说着，莫梓心一边小鸟依人地上前挽住了陆询的手臂，她黑亮的眼珠看了看陆询，那样子楚楚动人极了。

陆询的手臂顿了顿，他没有接莫梓心的话茬儿，只是瞟了一眼她们一行女生：“你们先走，剩下的事我来。”他瞥了一眼眼前的小混混，“有什么问题就男人之间解决，总不至于一群男人欺软怕硬专挑女生下手吧。”

“行啊，有你这句话就行，那我们就男人和男人之间聊聊。”那混子头目撇嘴笑了笑，没有再阻拦女生离开。

那些女生如蒙大赦，道谢后就准备离开，莫梓心咬了咬嘴唇，站在陆询身边，轻声道：“我陪你。”

陆询皱了皱眉，这次他不着痕迹地抽走了莫梓心挽住他的手臂，把对方往外面推了推：“你先走。”

莫梓心终于一步三回头地走了，最后那个眼神情意绵绵得让钱唯都要融化了。

很好，这不就是电视剧里英雄救美的经典桥段吗？莫梓心被纠缠，陆询挺身而出，假扮男友后假戏真做，自此芳心暗许，你是风儿我是沙缠缠绵绵到天涯，可以说非常完美了。钱唯心里有些澎湃，难道这一世，这么快就能见证未来老板和老板娘的终成眷属？钱唯沉浸在美好的幻想中，直到陆询不客气的声音打断了她的思绪。

“你还杵着干什么？”陆询瞪了她一眼，“留着添乱？”

看看，让人家莫梓心走的时候多客气，对待自己就这样了……真是人比人气死人……

钱唯想了想，自己留着确实没什么用，她估摸着钱川也快到了，自己不如这时候去体育馆外面接应钱川和他的兄弟们。

“我给你叫了人，我去外面接应。”钱唯压低声音，对陆询挤眉弄眼表忠心，“你放心，我不是临阵脱逃的人，我钱汉三会再回来的！陆询，加油！一定要撑到我回来！”

陆询瞥了钱唯一眼：“你怎么台词这么多，你又不是主角，赶紧别给自己加戏了，快走。”

莫梓心一行人走了，钱唯则焦急地在体育馆门口翘首以盼等钱川。

“走吧。”

可钱川这死小子左等右等都没来，反而是陆询自己双手插在裤子口袋里走了出来，喊了钱唯一声。

钱唯：“……你怎么出来了？”

“所以这时候我应该还在里面被他们群殴？”

“我不是这个意思……”钱唯打量了一眼陆询，“你身上有哪儿受伤了吗？”

陆询不屑地哼了声：“难道所有问题都要靠武力解决？你以为我是你弟弟？”

“所以你竟然这么快就感化了那几个混混？”

“人要都这么好感化还要法律干什么？”

“那你是怎么解决的？”钱唯实在好奇。

“我和他们说，莫梓心卸妆了特别丑。”

“……”

“我正要提分手，如果他想追更好，我马上把联系方式给他，我来支着帮他追，省得莫梓心纠缠我不肯放手。”陆询耸了耸肩，“最后他死活不要联系方式，让我赶紧走。”

“……”

晚间的校园，微风习习，从体育馆回宿舍楼一路人并不多，钱唯和陆询并肩走着。

“幸好这事就这么平息了，我本来叫了钱川带几个他们体科院的同学来的，结果他在外面唱KTV，刚才也没赶来，不过你这么厉害都解决了，所以我也让他不用来了。”虽然钱唯最终没帮上忙，但她怎么能错过这种表忠心的机会，“我本来在跑步，一看到遇上麻烦的是莫梓心，我马上就想着去帮忙的，你要不出现，我肯定也会为莫梓心挺身而出的！”

既然是表忠心，不仅要对未来老板表，自然也不能忘记未来老板娘，毕竟在未来老板面前表示自己要维护未来老板娘，也是十分加分的！

然而陆询这家伙不走寻常路，钱唯这么上道，他竟然并没有表现出任何感激，反而是责难般地挑了挑眉：“莫梓心和你有什么关系，你挺什么身？你挺身了又能干什么？”

这么一说，自己挺身而出确实没什么用……

但这时候怎么能露怯，钱唯清了清嗓子，道：“我虽然不能打，但是，我可以用法律震慑他们。我会告诉他们，他们的行为已经触犯了《治安管理处罚条例》第28条，任意追逐、拦截他人，这是寻衅滋事罪，会受到10日以上15日以下的拘留，还会罚款！”钱唯拍了拍胸口，“你放心，我也是很聪明的，我和钱川不一样，我也会用脑子解决问题，靠过硬的法律知识征服强敌！”

“是第26条。”陆询看了一眼钱唯，“聪明的你看起来法律知识不是很过硬，而且10日以上15日以下拘留是情节较为严重的，就刚才他们那样的，5日以上10日以下拘留就行了。”

你不在意这些细节会死吗，陆询！

“还好我今晚去游泳了。”陆询沉默了片刻，才笑了笑。

钱唯也放松下来，是的，要不是今晚陆询去体育馆游泳了，莫梓心就要危险了。现在这样的结局，真是很好。经过这一晚，不论怎样，在莫梓心心中，陆询的形象肯定是十分高大的，而陆询见到莫梓心遇难，想必也渐渐意识到她在自己心中的重要性吧。

两个人就这么并排走着，一时之间有些安静，钱唯觉得有些尴尬，正准备继续找话题，前方宿舍楼里突然传来了女生们大声的尖叫。

“色狼！抓色狼啊！”

钱唯愣了愣，才意识到是之前半夜翻进女生宿舍的色狼又出没作案了，而就在她发愣的当口，只见有个戴着帽子的男人从前面宿舍楼里急匆匆地逃了出来。

“抓色狼啊！别让他跑了！”楼上的女生趴在阳台上指着那男人叫着，钱唯还没彻底反应过来，陆询就已经跑了出去，朝着楼上几个女生指引的方向追了过去。钱唯和陆询正在宿舍楼下不远处，此时确实有追击的优势。

陆询人高腿长，即便刚游过泳，体力还是一级棒。等钱唯气喘吁吁跟着跑过去的时候，他已经追上那偷窥的色狼，把对方按倒在地，准备把对方的手扭到背后。

那色狼大概为了不被扭送到公安机关，开始拼命挣扎，钱唯眼尖，看到他从裤子口袋里拿出了一把折叠刀向陆询扎去。

“陆询，小心！”

钱唯下意识地冲上前用手想打开对方的凶器，这么一阻碍，倒是替陆询挡住了攻势，陆询很快又一次扭倒了对方，骑到对方身上，狠狠给了他一拳，彻底压制住了他。也是这时，其余路过的见义勇为的男生追了过来，一起按住了那色狼。

刚才那一瞬间，钱唯也没多想，她的手为陆询挡住了冲着他腹部去的刀子，硬生生被划了一刀，此刻回过神来，才感觉到疼。她面色惨白地盯着自己手上不断出血的伤口，惊吓中有种眩晕的感觉。

陆询见有其他人制住了那色狼，也不再管剩下的，只是急匆匆皱着眉头朝钱唯走来，他一把抓起了钱唯受伤的那只手：“走，我带你去医务室。”

“我……我腿软……”这倒不是矫情，钱唯特别贪生怕死，此刻心里想着自己那个不断流血的伤口，只觉得大限已至，怕不是要失血过多死了吧……

陆询看了一眼脸色惨兮兮的钱唯，也没说话，索性一把打横把钱唯抱了起来。

因为抓色狼，本来就寝的女生几乎都醒了，此刻来围观的也有不少，陆询这么显眼的行走荷尔蒙，本身就因为抓住了色狼够有英雄光环了，现在竟然当着这么多人的面不管不顾地抱起了个女生，其余围观群众震惊了。

钱唯心里只想着自己的伤口，反倒是压根没顾得上这些探究的、嫉妒的、不明所以的目光，她也没彻底反应过来自己是在陆询怀里，只是一把紧紧抓住了陆询的上衣。

“陆询，我有一句话要和你说，我怕现在不说，以后就没机会了。”

陆询这一次的声音难得地有些紧张和无措：“你别说话了，会没事的，我带你去医务室。”他一边说着，一边加快了脚步，但抱着钱唯的双手，还是稳稳当当的。

“陆询，你就给我这个机会吧，我只有这么一个要求了。”钱唯虚弱地道，“你一定要记着我今天的伤是为救你受的，如果我大难不死……”

“是要我以身相许是吗？”

“不！”钱唯激动地抓紧了陆询胸口的衣服，“我怎么会是那种乘人之危的人？我没有非分之想！我只想对你说……”

“陆询，苟富贵勿相忘！”钱唯深情道，“他日你若飞黄腾达，一定要记得带我一起发财一起飞。以后你要是做律师做合伙人，一定要把最好的案源给我。要是我做了你的下属，你一定要关心我照顾我，平时不要让我加班，年终奖多给我点。如果有好的小伙子，记得介绍给我，最好是那种家财万贯但父母双亡的，这样不容易有婆媳问题……”

“你都在想什么乱七八糟的？”

不知是不是钱唯的错觉，陆询的脚步开始没那么快了。

“陆询，你没力气了吗？走快点！再慢点我可能要失血过多死了！”钱唯催促道，“我现在觉得自己头很晕，眼前都有点发黑，身体也发冷，人还有点犯困，我看电视剧里都说，这时候如果一旦睡着，就醒不过来了……”

“现在是9月，今晚的气温有26度。”

“还不是因为我的血一直在流，带走了我体内的温度啊。”钱唯露出了悲惨的表情，“我根本不敢去看我的伤口，我怕看到那不停流的血就昏过去。我要坚强！”

“那你还有什么要交代的吗？”不知道是不是钱唯的错觉，陆询的声音此刻听起来又一点不紧张了，反而是慢条斯理的。

“有，我还有，”钱唯挣扎道，“如果我大难不死，在期末法理学考试上，我希望能得到你的帮助……”

“给你偷看是吧？”

“如果是你主动愿意给我看，那不叫偷看，那叫互助合作，共同进步，先富带动后富……”

“还有呢？”陆询一边走一边问。

钱唯心中感慨万千，苍天有眼啊，给了自己这么一个机会为陆询挨了一刀，也不算亏，至少陆询还算知恩图报，能主动问自己还有什么要报答的，现在就是收获的时刻，自己可以趁机提要求了！

“我希望你以后不论发生什么事，都对我友爱一点。”

“还有呢？”

“我知道你每次专业课都不缺课的，能不能偶尔帮我签个到？”

“还有呢？”

“我希望你能帮忙参加一下我室友刘诗韵下个月要组织的法学院职业技能大赛。”

“还有呢？”

怎么这么多了，还有？陆询这么好说话就不正常了！这绝对有诈！钱唯一激灵，意识到有些不对，她抬头一看，才发现了问题所在。

“哎！不是要送我去医务室吗？你什么时候往回走了？啊？陆询？你不能这样，是你要我提要求的，现在你嫌我提得多了，不准备让我去医务室治疗，准备让我自生自灭了吗？你别忘了，你这是不作为的犯罪！我是为了救你受的伤，你对我是有救助义务的！我要有个三长两短，你是要被问责的！”

“钱唯，我看你身体挺好的，不用去医务室了。”

为了引起陆询的重视，钱唯夸张道：“我的手被划了一刀！现在的我感觉更冷了，眼前都快看不见了！”

“是吗？”钱唯只听到陆询似笑非笑的声音，他指了指钱唯受伤的那只手，“可是你的伤口早就不流血了啊。”

钱唯看了一眼，还真的……不再流血了……

刚才害怕之下她根本没敢仔细看伤口，此刻一看，才差点昏厥过去，那根本就是一道很细很细的皮外伤，最开始涌出的血早就凝固了……

她抬头才看到陆询正微笑地看着她。

这就真的很尴尬了……

“这个……血可能刚止了吧……”钱唯开始打哈哈，“吉人自有天相，哈哈，哈哈哈。”

然而陆询相当不给面子，他笑了笑：“在你说要记得给你介绍好的小伙子的时候，就止了。

“谢谢你精彩绝伦的表演，现在可以从我手上下去了。”

陆询你个禽兽，我和你不共戴天！钱唯从陆询怀里蹦了下来，简直恨不得找个地洞钻进去，难怪刚才陆询的步子越来越慢，原来是看了自己一路好戏！她就知道，重生一世，怎么可能把搞定未来老板陆询的任务完成得如此轻松！这根本还是艰难模式好吗！

“还有，明天的早饭我想吃食堂的素烧卖和水晶灌汤包，记得早起帮我抢。”

算你狠！钱唯恶狠狠地盯着陆询的背影，如果目光能化为实物，恐怕此刻陆询背上都被烧出两个窟窿了。虽然伤口很小，但自己为他挡刀这个情谊，难道就能忽略不计吗?

“别瞪我。”陆询却似乎背后长了眼睛一样，“跟我去一趟男生宿舍。”

“不！我拒绝！我是有原则的人！”

陆询瞥了钱唯一眼：“你别想多了，我可没准备让你进我宿舍，你就在宿舍楼下等一下。”

钱唯最终还是扛不住陆询的淫威，乖乖就范等在了男生宿舍楼下。这个点了，时间不早了，寝室楼都快锁门了，很多男生正赶在锁门之前回宿舍，看到门口还站着的钱唯，都好奇地忍不住看了几眼，搞得钱唯像某个等在男宿舍楼下的女痴汉似的。

幸好陆询还算有良心，没让钱唯等上太久，过了片刻，他就往宿舍门口走来，手里拿着袋东西，随手丢给了钱唯。

“过氧化氢和创可贴。”他言简意赅，“上次你给我的，你回去自己处理下伤口吧，别留疤。”

钱唯刚想说谢谢，就听见陆询这家伙继续道：“毕竟你不是我，留疤还是会影响你未来找对象的。”

钱唯想穿越回一分钟前打死想说谢谢的自己。

“谢谢。”

钱唯愣了愣，才意识到这句谢谢不是自己说的，而是对面的陆询说的。

他似乎对道谢也有些不自然，目光看向了别处：“下次别这么冲动了，男人打架，躲远点。”

见钱唯没反应，陆询又有些没好气：“听见了没？”

“哦……听见了……”钱唯想了想，决定为自己争取下利益，“既然你想谢我，那明天的早饭是不是可以……”

“嗯，明天早饭不用送到宿舍楼下了，在食堂等着吧，我自己来吃。”陆询说完，朝她挥了挥手，“回去吧。”

那样子，气派得和皇帝挥手让伺候自己的小太监跪安似的……

钱唯想，自己为什么这么苦命，为什么自己未来的老板会从小就是这种作威作福的大爷，为了表示对自己挡刀的谢意，于是如此“大发慈悲”地免掉了自己包邮的跑腿……你倒是给我把抢早饭的活儿也免了啊！

...第三章
哼，高岭之花

钱唯手里提着素烧卖和水晶灌汤包，坐在食堂门口的餐桌上伸长了脖子等着陆询。刘诗韵挂着两个黑眼圈站在她的边上，等她们两人的哈欠打了十来个，陆询终于慢悠悠地来了。他穿了一件米色的休闲上衣，卡其色的裤子，其实是很普通的大学生穿着，然而他那张脸实在不普通，丢到哪儿都是鹤立鸡群的效果，钱唯身边那桌的两个女生便在悄声讨论他。

“喏，那个就是我们学校的门面担当陆询，法学院的活招牌，之前我们法学院官网上用了他的照片和视频做宣传，结果法学这种全国就业率倒数第一的专业，填报志愿的女生一下子爆满了。你今天来我们学校串门还真是来对了，平时很难能看到他的。”

“好帅啊！真的好帅！一对比，我们学校的校草简直不能看了，完全是庸脂俗粉。”

钱唯听着她们的对话，忍不住想翻白眼，一看就是怀春少女什么都不懂，她们要是知道28岁陆询的雷霆手腕和在法律圈内的名号，就知道什么叫作“蛇蝎美人”了。

“哎，他好像在往我们这边看哎，好像朝着我们这边走……”

陆询在这两个女生偷偷地余光打量中，径直走到了钱唯和刘诗韵的面前坐了下来。他显然被人看得多了，早就习惯了这种明着暗着的注视，浑然不在意。

可钱唯不是陆询，她一直是个普通的人，虽然长得比普通强些，但学习成绩普通、家境普通、爱好普通，工作以后业绩也普普通通。如今因为对面的陆询，连带着遭到了许多打量和注视，即便身边还有刘诗韵陪着，她也一下子不自在起来。

陆询瞥了一眼刘诗韵，抬头对钱唯道："和你吃饭还买一送一？我约她了？"

钱唯嘿嘿笑了声："我这不是为了你好吗？你想，食堂人多眼杂，要是大家都看到你和我单独吃饭，过10分钟估计就要传出你和我有点什么的绯闻，再过20分钟可能学校论坛里就有超过30个目击者要提供40种我们的恋爱故事版本。"她拉了拉身边的刘诗韵，"我带上我朋友，这样就不是我们两个人单独吃饭，就不容易对你有不好的影响了嘛。"

"你知道以前和我传过绯闻的都是谁吗？"

"我知道我知道。"刘诗韵抢答道，"历来和你传过绯闻的分别是：播音主持系的系花蔡欣欣，新闻传播学院女神陈嘉萌，土木工程学院那个知名的大一新生乌龙茶妹妹，不过据说你真正喜欢的是咱们法学院之花莫梓心……"

陆询看了一眼钱唯，就光笑笑，也不说话。

钱唯牙痒痒地想，你不就是想说，就算广大群众看见我们单独吃饭也不至于传你和我的绯闻吗？讽刺我就算了，你还此时无声胜有声了？看在你是我未来老板的分上，我忍了！

她忍辱负重地把一直捂在手里的素烧卖和水晶灌汤包拿给了陆询："那你慢慢吃，我还有点事先走了！"

但陆询哪里有那么好打发，他眉毛上挑："你买的这些够吃吗？"

钱唯有些无语，自己分明买得足够的了。因为一起工作，她很清楚陆询的用餐习惯，他通常只吃七八分饱，早餐尤其吃得少而精，所以她完全是按照他的习惯来买的早饭，哪知道19岁的他显然骨骼清奇，胃口奇大……

"再买三杯豆浆。"

真懂得享受……要了吃的还要喝的，一喝还要喝三杯，你是属饕餮的吧，陆询？

行了，总不能让未来老板饿着，钱唯虽然心里吐槽，但还是利索地重新去排队买早点了。

可惜此时素烧卖和水晶灌汤包早就被抢没了，钱唯只能硬着头皮买了两个大肉包，豆浆倒是买上了。

等钱唯把东西一股脑推到陆询面前准备走人的时候，陆询又叫住了她。

“坐下。”

“嗯？”

陆询看了她一眼，又看了一眼她身边显然很激动的刘诗韵：“请你们一起吃。”他笑了笑对钱唯道，“毕竟昨晚要感谢你，你也别因为能和我一起吃饭太激动。”

钱唯盯着陆询那张妖孽的脸，只觉得胸中有一口浊气。这算请？明明是我自己花了钱花了时间排了队买的啊！我为什么要激动啊？我有什么好激动的啊！

只可惜现在是2009年9月，新浪微博还刚开始内测没多久，还没有那些风风火火的营销大V，否则去给“我的老板是极品”投个稿，钱唯相信，陆询怎么都能轻松上榜年度十大极品老板排行榜，不是榜首也能混个亚季军。

都说吃东西时最能显示一个人的教养，陆询吃起早饭来和吃米其林法餐似的，带了一种贵族的傲慢和慵懒，钱唯两三口就吞了包子，刘诗韵盯着陆询的脸都忘了吃。陆询还在优雅地小口吃着素烧卖，钱唯想起工作后他对自己各种颐指气使的场景，忍不住翻了个大白眼。

结果很不幸，本来低头吃着东西的陆询突然微微抬了头，一下便看见了这个毫不遮掩的大白眼。

陆询冷笑一声：“钱唯，你对我有什么意见吗？”

“没，没有，我对你绝对没有意见。”

“那你刚才那个白眼是怎么回事？不是说要和我做朋友？怎么翻朋友白眼？”

钱唯指了指自己眼睛：“我这两天在你的精神指引下每天挑灯夜读，这不眼睛都有点看抽筋了。”说罢，为了佐证自己的说辞，她硬着头皮又连环翻了几个白眼，这下可真的快把眼睛翻抽筋了……

陆询显然并没有买账，他黑色的眼珠转了两圈，线条冷峻的嘴巴微微抿着，虽然什么话也没说，但以钱唯对他的了解，他这是准备找碴儿的前奏。

绝对不能让他找碴儿！

钱唯急中生智：“其实，我对你是有一个意见的！”

陆询挑了挑眉：“哦？”

钱唯神色严肃地从袋子里掏出了一个乐扣保鲜盒，用番邦小国进贡似的姿态恭恭敬敬地摆在了陆询面前，保鲜盒里面整整齐齐摆放着一盒菠萝切片，正是她为了拍陆询马屁提前准备的。

“我对你唯一的意见，就是你这个人学习做事太认真，太不注意自己身体了！”钱唯谄媚地笑了笑，“饭后两小时来点水果，对身体好，我给你准备了菠萝，平时也要劳逸结合……”

陆询瞥了钱唯一眼：“可惜我不太喜欢吃菠萝。”

难道钱唯会为此就偃旗息鼓放弃吗？当然不会！狗腿，也讲究灵活变通！

好在钱唯工作后早就练就了睁眼说瞎话的本领，她看了一眼陆询，淡定道：“菠萝从发芽到成长，再到灿烂地盛开、结果都能心无旁骛，行者无疆，即使方寸之土，也要深入精髓，带着追求完美的信念，所以菠萝象征着完美无缺，就和你一样！我觉得水果之中，只有菠萝配得上你！真的，你应该学着喜欢吃菠萝，那才是符合你气质的水果！这次，试试吧！”

虽然这番说辞充满了吹捧之意，但好歹陆询没有再发作了，他终于收起了之前风雨欲来的表情，意味深长地看了一眼钱唯，好在最终把那盒菠萝收下了。

工作后被陆询凌虐惯了，钱唯对他的不计较下意识就想感恩，她谄媚道：“还有那个，我今天开始在图书馆里打工，二楼东馆。”她朝陆询眨了眨眼睛，“只要我在一天，东二里就有你的专属座位一天。你知道的，这可是很难得的，你想想，现在9月天气热，你可以去吹空调，等10月下旬温度开始降低了，图书馆里有暖气也比较暖和。”

2009年，A大的宿舍里还没有装空调，9月A城气温仍旧很高，因此有空调吹的图书馆就成了大家争抢的地盘。图书馆早晨7点开门，而5点30分就已经有人在排队准备抢座了，开馆10分钟内6层楼10个馆内自习室全部会被哄抢一空。因为在A大，这馆内座位可是重要物资，在大学里追姑娘，连续几个月送花不一定行，反而是连续几个月每天帮姑娘在图书馆里占位绝对更有效。要还不行，再试试帮姑娘全宿舍一起占位，拉大统一战线，如果这都不行，那就是真的不行了。

图书馆勤工助学的工作是一学年聘用制度的，钱唯自认为她抛出的橄榄枝很有吸引力，毕竟这等于帮陆询确保了未来一年内的图书馆座位。

只是陆询总是不按常理出牌，他的脸上波澜不惊，压根没一点激动的表情，一张脸十分平静：“我不太去图书馆。”他微微一笑，“以我的成绩不太需要去图书馆，何况每次去了以后反而都没法安心学习。”

“为什么不能安心学习？”

“总是有女生给我写纸条。”陆询看起来有些困扰，“有一次还有个男的。”

行了行了，知道你是万人迷了。

在不少女生各色的目光中顶着压力和陆询吃完早饭后，钱唯回宿舍带上课本和刘诗韵一起赶去上刑法课。刑法是法学14门核心课程之一，也是司法考试重点学科。当然，让钱唯不得不出席的理由主要是，刑法课老师每节课都会对前一次上课内容进行随堂测验，一学期的随堂测试分数将作为平时分，如果随堂测试成绩不理想，即便期末考合格了，那仍旧有挂科的风险。

钱唯有个本事，就是上课昏迷，一到下课就清醒。刑法课一结束，她就赶紧收拾东西，没顾上刘诗韵，先快步追上了李崇文。她走的时候余光扫了一眼坐在窗边的陆询，莫梓心正走到他身边和他说着什么。

“李崇文，上次的民法课堂笔记还给你。”刑法课结束的时间正好差不多是午饭时间，钱唯终于追上李崇文，“为表感谢，我请你吃饭吧。”

李崇文还是一如既往地温润文雅，他淡淡地笑笑：“不用了，都是同学，只是借笔记而已，没什么，不用破费请我吃饭了。”

钱唯知道，他八成并不准备吃午饭。但即便如此，李崇文从没有那种捉襟见肘的狼狈，他总是克制的、温柔的、文雅的，像极了民国时期那种受过良好教育的救国青年。他的痛苦、他的不安都是自己的，他不会为此责怪外界，也不会怨天尤人，更不会心态失衡，即便身处困顿，也绝不认输，每天仍旧能充满希望体面地生活，一步一步，即便慢也要朝着目标奋进。

“主要是今天刑法课上老师讲的几个案例，我其实不是很理解，想再找你请教一下，想着正好一边吃饭一边问问你，这样下节课随堂测试成绩也能好一点。”

钱唯还想再说点什么显得自己更有诚意，结果被刘诗韵的声音打断了思路，她刚整理好课本，也追上了钱唯。

“钱唯，你不会是发烧了吧？脑子没事吧？”她狐疑地看了眼钱唯，摸了摸她的额头，“你怎么突然转性要好好学刑法了？不是你说的，现在这个社会，大案看政治，中案看影响，小案看关系，大部分时候不看法律，所以不用好好学习了吗？”

钱唯泪流满面，她以前为了不学习可找尽了各种冠冕堂皇的理由啊……刘诗韵啊刘诗韵，你不知道我是多么艰难才能找到借口请李崇文吃饭的吗！你就不能别拆台吗！

钱唯咳了咳："怎么不看法律了？期末考试的时候就看法律。"她义正词严道，"而且刑法一定要好好学。"

刘诗韵不解："为什么？"

"因为你长大了就会明白，赚大钱的办法，都写在《刑法》里。"

李崇文这下终于忍不住笑了出来："好了，那一起吃饭一起研究未来赚大钱的方法吧，好好商量下是准备抢劫银行还是杀人越货。"

三人一同去了食堂，这次还真的是一边吃一边探讨刑法问题。钱唯实则对那几个案例并没有不理解之处，但为了自然而然地找李崇文吃饭，狠下了心强迫自己听着枯燥的法学分析。

"原来是这样！"李崇文分析完，钱唯佯装恍然大悟道，"你这么一讲，真是豁然开朗啊！"

李崇文面露微笑："还有哪里有问题吗？"

"没有了，没有了！你讲得真的太清楚了，不过刑法每节课都有随堂测试，我以后能不能再请教你？组个学习小组这样？作为报答，我帮你买一个月早饭吧。"钱唯的如意算盘打得不错，反正她也要早起替陆询买早饭，不如帮李崇文一起买了。李崇文是个好人，他不应该那么年轻就得了胃癌，更何况他未来可是个法官，和他处好对自己未来的人脉也很有帮助呀。

"你别不同意。"钱唯抢在李崇文婉拒之前说道，"我是那种宁可自己不吃早饭也要赖床的人，这学期决定早起晨读，但我要自己一个人，肯定坚持不了，你就给我个机会，让我给你买早饭，你就当这样一举两得，监督我早起了吧。"

李崇文最后到底拗不过钱唯，只能点头同意了。

"对了，我昨天去超市，菠萝买一送一，我买多了，自己一个人也吃不掉，给你一盒啊。"大概是刚才给陆询菠萝的时候说顺口了，钱唯想也不想就脱口而出拍马屁道，"菠萝从发芽到成长，再到灿烂地盛开、结果都能心无旁骛，行者无疆，即使方寸之土，也要深入精髓，带着追求完美的信念，所以菠萝象征着完美无缺，就和你一样！我觉得水果之中，只有菠萝配得上你！看到这盒菠萝的时候，我就想到了你，你一定要给我这个面子，把这盒菠萝给吃了。"

李崇文不比陆询，陆询对待这些溢美之词面不改色心不跳，显然早就免疫了，也或者是厚脸皮的他不论怎样的吹捧都能淡然收下；李崇文就害羞多了，他听了钱唯这番话，白净的脸颊微微泛红，眼睛也不敢正视那盒菠萝般地看向了别处，不过好在钱唯达到了目的，他最终收下了那盒菠萝。

等李崇文走了，刘诗韵才从刚才的目瞪口呆中缓了过来，她意味深长地看了眼钱唯，朝她竖起了大拇指。

“高，你真是太高了。”刘诗韵拍了下自己的大腿，语气充满了懊恼，“我怎么没想到呢！要是我有你一半的智慧，我至于现在还是单身吗？”

“我做得最错的事，就是一次只有一个目标，鸡蛋就不应该放在一个篮子里啊，上次那个建筑系的系草和后来那个计算机学院的才子，我应该一起追的啊！用同一套方法就行了，多线进行，Multi-Task（多重任务），还省时省力效率高，比如像你这样，早饭，两个一起买；菠萝，两个一起送；就算是讨好人家的说辞，也背一套就行了！你看你刚才那个菠萝象征什么完美无缺，随便往哪个想追的人身上一套都能用。”刘诗韵拍了拍钱唯的肩膀，“钱唯，你真是个人才！你也很有勇气，竟然想陆询和李崇文一起追，这两个可都是咱们法学院的，你不怕事情败露？”

“我什么时候要追这两个人了？”钱唯咳了咳，“我只是为了和这两个人搞好关系，你没听过一句话吗？‘金鳞岂是池中物，一遇风云便化龙。’你看看，陆询和李崇文，这俩一看就是未来法律圈的精英，我未来可是要做律师的，和未来圈中大佬搞好关系不吃亏啊！这是一种投资！以小博大！人啊，就是相识于微时去结交，感情才深，你要等人家飞黄腾达了，没准再看一眼人家都是死罪！”

可惜不论钱唯怎么解释，刘诗韵也用一种“我懂你，你不用解释了”的表情看着她，直到下午，她还一脸忧心忡忡地盯着钱唯。

“你说你万一要是把陆询和李崇文都追上了怎么办啊？这时候到底拒绝谁呢？哎，我替你想想就好头痛啊，好难抉择。”她说完，又自己否定了自己，“不过应该不会，毕竟他们都不瞎。”

刘诗韵摸了摸下巴，还不忘补刀：“至少我们陆询肯定不会。李崇文性格看起来比较温和，还没准被你和平政变成功；陆询就不可能了，他那么冷艳高贵，完全就是天山雪莲型的，平时恨不得拿鼻孔看人，你放心，你应该不会面临难以抉择的困境的……”

听到这里，虽然没有非分之想，但钱唯不服气了：“为什么陆询一定看不上我啊？我也有很多优点也很聪明伶俐活泼可爱啊。”

刘诗韵撇了撇嘴，对天翻了个大白眼："行，聪明伶俐活泼可爱的你要是能把陆询搞到手，我叫你爸爸。"

"哼。"钱唯死撑着打肿了脸充胖子，"我的聪明伶俐不需要通过这种事证明，我的才智应该运用到推动中国法制进步上！做人，怎么能局限于儿女情长的小爱，应该胸怀国家的大爱！"

回答她的，是刘诗韵一个极其有力的"呸"。

"钱唯，今天晚上有空吗？有空的话和我一起去大礼堂吧。"

钱川来找钱唯的时候，钱唯正奋斗在抄法理学论文的前沿，"去大礼堂干什么啊？"钱唯抬头瞥了一眼人高马大的钱川，"站边上点，你挡着我光了。"

钱川笑嘻嘻的："今天晚上大礼堂举办校园十佳歌手大赛，我有个哥们儿的女朋友去参赛了，他要多拉点人给他女朋友去现场加油助威。你要没什么事就一起去呗，等比赛结束了他请客吃饭，那哥们儿你也认识的，就是我们篮球队的张立强。"

校园十佳歌手大赛！钱唯心里一激灵，一下子清醒了，她激动道："不行，我不去，你也不能去！"

校园十佳歌手大赛是历年学生会文娱部组织举办的大型活动之一。上一世，钱川就是在这个十佳歌手大赛上，第一次遇到了作为文娱部主办方工作人员的莫梓心。那天的莫梓心打扮得特别漂亮，外加作为主持人，站在台上本身就万众瞩目，钱川自此对莫梓心一见钟情，开始了昼思夜想、魂牵梦萦的单恋岁月。最终钱唯看不过去他相思成疾的苦情，在他的迫切恳求下挺身而出，一方面出招给他提供了追女生的各种锦囊妙计，另一方面背地里各种搞破坏，坚决不让陆询和莫梓心有二人世界的机会，坚决争做新时代的电灯泡。长此以往，双管齐下，就此成功帮助钱川撬了陆询的墙脚，钱唯也自此开始了得罪陆询的作死之路。

重活这一世，钱唯说什么也不能让历史重演，绝对要在源头上杜绝悲剧的发生，这一次，她一定要阻止钱川今晚见到莫梓心，从而沦陷！

对钱唯的过激反应，钱川有些迷茫："为什么啊？你有事不去就算了，为什么我也不能去啊？"

钱唯露出一脸悲凉的表情，睁眼说瞎话道："实不相瞒，你那个哥们儿张立强，其实是我暗恋的人。之前听说他有女朋友，我已经万箭穿心，和死一样难过了，难道现在你还忍心叫我去给他的女朋友加油助威，看着他们恩恩爱爱、卿卿我我吗？”钱唯一边说一边摸着胸口，“感觉心又绞痛起来了，钱川，扶扶我，我喘不过气了……”

钱川大惊：“你竟然暗恋张立强？什么时候的事？虽然他人不错，可他不爱洗澡，夏天整个人汗臭和脚臭交织啊……”

钱唯面不改色：“这叫男人味，我就喜欢他这种有味道的男人。”

“……”

“总之，我不能接受我的弟弟竟然去给我的情敌加油助威，这是我作为姐姐最后的倔强。”

钱川皱了皱眉，最终露出了无可奈何的表情：“行了行了，那我也不去了，陪你总行了吧。”

“你好歹表示表示，我这可是失恋了，这样吧，今晚我就给你个机会请我吃大王火锅吧，新光广场那边新开的那家。”

“行吧。”

说走就走，钱唯拽着钱川，两个人一路风风火火地就朝大王火锅走去，大王火锅才开没多久，十分火爆，等位要等上个把小时。钱唯去拿了个号，前面竟然还有15桌，与其干等着，不如去逛逛，于是她拉着钱川就逛起新光广场来。

A大位于A市的大学城，说是大学城，其实就是A市的郊区，这儿最大的综合性购物中心就是新光广场了，因此新光广场里几乎都是周边校区的大学生，尤其以情侣居多。钱唯和钱川走在其间，也吸引了不少目光。不是钱唯护短，钱川这家伙人高腿长，虽然面部五官不及陆询贵气，但也是浓眉大眼、鼻梁高挺、很阳光的小伙子，算个帅哥绝对没问题。而虽然是双胞胎，但钱唯和钱川长得并不相像，两个人走在一起，乍一看倒像是一对很有默契、颜值上佳的情侣。

以失恋的名义，钱唯决定好好敲钱川一顿竹杠。她一会儿买个鞋，一会儿买条裙子，买完了就指挥钱川去买单，买完单钱川还得充当提包的，拎着一堆大包小包。

这么逛了一圈，走到糖炒栗子铺时，钱唯又有些忍不住地嘴馋了，然而正当她准备回头喊钱川去排队时，却在眼角的余光里看到了两个熟悉的人影。

那不是陆询和莫梓心？

这两人，男的俊，女的靓，正站在糖炒栗子铺的队尾，俨然一道亮丽的风景线。莫梓心含羞带怯、两颊绯红，一会儿低头看看地面，一会儿抬头看看陆询，而陆询这家伙还是那副高岭之花的清贵模样，身姿挺拔，目光直视前方，似乎没什么能入了他的眼。就算身边站着这么漂亮的姑娘，他仿佛也视而不见。

钱唯在心里骂了一句假正经。瞧瞧这男人，嘴上说着不要，身体却很诚实。在自己面前口是心非地说着对莫梓心没有那份心，结果背地里和人家都约会上了。约会就约会吧，还装得这么不近女色似的道貌岸然，也不怕被雷劈。

“钱唯，怎么折回来了？你不是嚷着要吃糖炒栗子吗？我看到就在前面啊，要不要我去帮你排队？”

钱唯一把拽过钱川就往回走：“不吃了不吃了，我突然肚子好疼想去厕所。”

钱唯不禁疑惑为什么莫梓心没有去校园歌手大赛现场，她今天打扮得比上辈子歌手大赛时还漂亮，幸好钱唯急中生智，还是成功避免了钱川和莫梓心历史性的相遇。

只是钱唯没想到的是，重活一世，她做出了不同的选择后，似乎其余事也都有了她无法预测的变数，有些相遇，终究仍是阻挡不了。

见到莫梓心和陆询后，钱唯也没心思再逛了，她拉着钱川就回了大王火锅门口排队，结果她前脚刚走到火锅店门口，后脚就撞上了陆询和莫梓心……

虽然她不停在钱川面前蹦跳着试图阻挡他的视线，但她的个子比钱川实在矮了太多，根本是杯水车薪……

钱川一把提溜开了钱唯：“你干吗？在我眼前蹦来跳去的，晃得我头晕……”他还想说什么，就看见了不远处的陆询，“哟，这不是我们小白……”

“小白脸”三个字没说完，钱川就顿住了，钱唯知道他本来是想讽刺陆询两句的，然而如今的他，两只眼睛完全越过陆询，盯住了他身后的莫梓心。他小麦色的脸颊上慢慢升腾起一点害羞的表情，完全忘记了自己刚才说到一半的话。

钱唯只觉得眼前一黑，她的脑海里只闪过一句话：命运的六芒星开始旋转，冥冥之中暗藏玄机……人生啊，很多事不论你怎么阻止，注定要发生的还是仍旧要发生。

在钱唯还没反应过来之前，钱川比她行动更为迅速，他调整了一下表情，语气真挚热情地道：“陆询！好兄弟！你怎么在这里？好久不见了啊！”

钱唯目瞪口呆，钱川泡妞时候的这种伶俐劲怎么没见他用在学习上？他要对学习有这种精神，早就去少年班了吧。

陆询嘴角斜了斜，露出个玩味的冷笑。

钱川也不恼，就顶着陆询这个笑容，毫不在意道：“你们也是来吃大王火锅的吧？”他像久别重逢的好兄弟一般冲上前搂住了陆询的肩膀，眼神友善温柔地看了一眼他手里拿的号，“哎，你这个号前面还有16桌呢，要不你们和我们一起吃呗，我和钱唯的号马上就要到了，反正大家都是朋友。”他说完，状若不经意般瞟向了陆询身后的莫梓心，“这位是？”

“莫梓心，我和钱唯的同学。”陆询笑了笑，看了一眼钱川，“不过，我们什么时候是朋友了？我怎么记得你说过，下次见我一定要先给我一拳？”

钱川干笑了两声：“咱俩是典型的不打不相识。”他轻飘飘地用拳头点了点陆询的肩膀，“我说的一拳是我这种独特的打招呼方式，你可别理解错了，之前虽然咱们有点误会，可在钱唯的疏导下，我早就对你有了新的了解。钱唯说你为人正派，长得帅，人还聪明，穿衣显瘦，脱衣有肉，有八块腹肌，简直是男人中的男人……”

钱唯恨不得跳起来掐死钱川，可闭嘴吧他，为了结交莫梓心，竟然这么可劲地吹捧陆询，还能凭空扯出这么多吹嘘他的话，还尽往她钱唯的头上扣。

钱川越说越离谱，陆询倒是一直安安静静地没打断他，只是表情仍旧淡淡的，让人摸不透，钱唯偷偷瞥了他一眼，他也就那么漫不经心地回了钱唯一个眼神。

“钱川，人家陆询和莫梓心都是我们法学院的尖子，人家出来吃饭肯定是有什么正事要聊的，我们还是别给人家添乱打岔了，怎么能打扰别人呢。”钱唯扯了扯钱川的袖子，准备叫钱川把他们的号让给陆询。

结果钱唯还没继续说下去，陆询就慢条斯理地开口了：“不打扰。”

钱川哪能错过这种机会，他当下勾住了陆询的肩膀：“走走，好兄弟，一起吃，今天我请客。”

钱唯知道陆询人高腿长，但没想到他站在185厘米高的钱川身边竟然还比钱川略高一点。钱唯站在原地，目瞪口呆地看着钱川和陆询一同走进火锅店的背影。

钱川刚才说什么？他请客？这家伙平时对钱唯几乎一毛不拔，根本没有姐弟爱，要不是钱唯祭出失恋大招，他压根都不会想起来请她喝一口热汤，现在竟然说要请客？

同样站在原地的还有莫梓心，她咬了咬嘴唇，脸色并不怎么好看。钱唯和她打招呼，她也带了点敷衍地简单点了点头。

不用莫梓心说，钱唯也知道，这心情能好吗？本来是出来二人世界的，结果半路冲出两个程咬金，偏偏陆询这没情商的家伙竟然就这么大剌剌把这场约会变成了四人聚餐。

莫梓心落座之后脸色还有些没缓过来，因而显得有些冷淡，当然这完全挡不住怀春少男钱川的热情。

"来来，喝杯果汁。"

"梓心吃辣吗？点个鸳鸯锅吧，这家火锅的辣特别劲，我怕你受不了。"

"筷子给你。"

"要我帮你去弄点火锅酱吗？"

钱唯实在看不下去了："钱川，你坐下好好吃行吗？怎么这么嘚瑟？"

"为女生服务，本来就应该是绅士所为。"

"那你怎么不给我也服务下？"

钱川撇了撇嘴："你这么汉子，算女的吗？"

这黑良心，有了心仪的女生就忘了亲姐，钱唯懊恼不已，上一世自己到底眼睛被什么蒙蔽了去帮钱川撬墙脚啊？平白得罪了衣食父母陆询。不值，实在太不值了。

这厢钱川这么积极主动，那边的陆询却岿然不动。人吧，就怕有对比，这一对比吧，就高下立见，这么长此以往，莫梓心心里能好受？钱唯瞅了陆询好几眼，朝他挤眉弄眼了好几下，试图提醒他也起身给莫梓心服务一下，结果陆询却怎么也找不到点，他不仅仍旧和个少爷似的坐着没动，还指使起了起身准备去拿火锅酱料的钱唯。

"海鲜酱、沙茶酱、芝麻酱、一勺麻油。"

"什么？"

陆询微微一笑："帮我也调一份火锅酱，你不是顺路吗？我要什么调料记下了吗？"

陆询啊陆询，就你这个大爷样，活该上一世被撬墙脚！

"来，梓心，吃个包心丸子，这个是这家店的特色。"

"这个牛肚好了，来，尝一点。"

"要不要我给你拿点西瓜什么的？"

一顿饭，简直变成了钱川对莫梓心献殷勤的大型表演现场，钱唯坐在一边干着急，可陆询却仍旧一派云淡风轻，丝毫没有流露出因为莫梓心被人觊觎而该有的紧张、嫉妒和不安。他吃得十分文雅，像吃的不是火锅，而是什么米其林大餐，莫梓心因为钱川的贴心服务，脸上终于露出了笑容。陆询无动于衷，就那么安安静静坐着，自己一个人慢悠悠吃着，对已经和钱川笑着攀谈的莫梓心，也丝毫没有干预的意思。

这可怎么办？难道历史又要重演？莫梓心又一次会被钱川追走？钱唯又一次会被陆询当作夺妻仇人进行打击报复？

钱唯一会儿看看钱川，一会儿看看莫梓心，一会儿看看陆询，心里紧张得不得了。

钱川这没皮没脸的家伙却丝毫没感受到钱唯的“急冻光线”，他为了博美人一笑显然什么都愿意出卖了。

“其实我这个人，平时一直埋头认真学习，也不喜欢结交乱七八糟的人，所以大部分时候都不会出来逛街的，今天出门也是特殊情况。”钱川叹了口气，“今天出来，主要是因为钱唯失恋了，我是陪她来散心的，你看，这些大包小包，都是为了让钱唯开心，我给她买的。”

醉心学习、人际关系简单、为人单纯、姐弟情深、出手大方、待人体贴温柔，这就是钱川一番话向莫梓心传递的信息。

钱川这家伙，别看平时大大咧咧的，该奸诈的时候一点也不落下风，真是套路得不得了！

莫梓心果然很买账，她抿嘴一笑，看了一眼钱唯：“你们感情真好，钱唯，真羡慕你，我也好想有个这样的兄弟。”

钱川借坡下驴：“那没问题，感觉上我应该是比你大那么一点儿，我给你当哥哥好了。”他还想趁机再接再厉，却不料一直安静不发言的陆询终于有了反应。

“你失恋了？”陆询抬头看了一眼钱唯。

“怎么不是，她啊，原来暗恋我一个哥们儿，结果我这哥们儿有女朋友了，她可伤心了。其实吧，要是钱唯早点和我说，我说什么也帮她把我这哥们儿给搞定啊。”钱川接过话头，然后又把话题转回了莫梓心身上，“梓心，你要有什么要帮忙的，可别学钱唯，尽管和我开口，我一定帮你搞定。”

这一刻，钱唯发自内心地对钱川佩服，以前从没看出这小子这么有水平，不论什么话题，都能轻松绕一圈为自己所用，也是个奇才了。

可钱唯能说什么呢？她只恨自己给自己挖了坑，现在说什么也没法澄清了。不过钱唯也不算太在意，毕竟陆询和莫梓心，恐怕也都不会对自己的感情生活有什么大兴趣，不过当个八卦听过就算了。

钱川面对着让他一见钟情的莫梓心，情绪更是高昂，美人的微笑是最好的催化剂，他夹菜端碗倒水更勤快了，最后完全是司马昭之心也不准备掩饰了，他完全忽视了在座的钱唯和陆询。钱唯在桌下踢了钱川几脚提醒他稍微收敛点，他也直接无视，最终逼得钱唯给了他一脚狠的。可惜爱情大概真的给人力量，钱唯这一脚踢得连桌子都震了震，把陆询夹到嘴边的丸子都震了下来，然而钱川竟然毫无知觉般继续谈笑风生。最后莫梓心起身去拿酱料，他还要护花使者般地跟去。偌大一个火锅前，于是就剩下了陆询和钱唯。

“你刚才踢我踢得挺开心？”

陆询开口时，钱唯嘴里正塞着个包心丸子，他的话吓得钱唯不小心咬破了丸子里的夹心，那滚烫的汤汁流出来，烫得她一口又把那丸子毫无形象地吐了出来，丸子掉进面前的碗里，溅出了汤汁。

陆询动作迅速地向后仰了仰，像是要闪避那可能飞溅到他身上的汤汁。他皱眉检查了一遍全身，确认没被溅到后，才带着警告意味地看了一眼钱唯。

失策啊失策，踢的竟然是陆询，难怪钱川不为所动……

“误会误会！”钱唯赶紧解释，“我其实是要踢钱川的，你大人不记小人过，别和他一般见识，他体科院的，你懂的，那大脑，用来下火锅都嫌浪费火锅料。”钱唯认真道，“你放心，我保证，绝对不会让钱川再冒出来破坏你和莫梓心约会的，我待会儿就把他拽走。”

陆询看了钱唯一眼，抿着嘴没说话。

钱唯有些感慨，看来就算是未来在律师界呼风唤雨、只手遮天的陆询，在青涩期的恋爱中也是如此不开窍的。男人这生物啊，看来还是要敲打敲打的。

“陆询啊，喜欢就要追，感情这种事，男人一定要主动。”钱唯语重心长道，“我知道你平时被人捧惯了，很难一下子变换模式，但女朋友，就是拿来宠的啊。”钱唯指了指不远处正交谈的莫梓心和钱川，“钱川我可以帮你搞定，从中作梗，但是莫梓心这么漂亮聪明，就算没有钱川，也会有别人。你不能再这样了，你也要多表现自己，全方位展现自己的魅力，比如吃饭的时候多照顾照顾莫梓心，帮她夹点菜，主动帮她去拿火锅酱料。”

“我什么时候说了我要追莫梓心？”

你看看，事到临头还不承认？！

“你都和她两人约会了，还不是追？”钱唯一脸了然的表情，脸上就差挂上“年轻人，不要害羞，诚实地面对你自己”这句话了。

“她因为上次健身房的事感谢我请我吃饭。”陆询顿了顿，“我本来拒绝了，但她请了我几次，一直坚持。”

钱唯痛心疾首：“你看看你，人家莫梓心都已经这么勇敢地走出了第一步，你竟然还不好好珍惜，人情往来讲的不就是有去有还吗？今天她请你吃饭，不就给了你理由回请吗？一来二去，你乘胜追击下，你们俩就成了！”

钱唯还想再说，可惜钱川已经带着莫梓心朝这边走来了，她朝陆询挤了挤眼睛，适时地闭了嘴。

钱川嘴巴甜，也不知说了什么把莫梓心哄得笑声连连，陆询却一点没有听进钱唯的忠告，继续表情淡然地自顾自优雅用餐。

钱唯实在有些恨铁不成钢，她决定使出大杀招：“哎，陆询，莫梓心，我想起来我和钱川还有点事，现在吃得也差不多了，我们就先走了。”说完，她给钱川使了个眼色。

然而钱川却全然不顾：“你有事你先走吧，我没什么事啊。”

“我失恋了，难道你不陪着我？”钱唯瞪大了眼睛，“我要是想不开去跳河了割腕了，你怎么和爸妈交代？你的良心过得去吗？”

钱川翻了个白眼：“就看你刚才那个食量，你也不像想不开的人，你看看你刚才吃了多少猪肉丸子？12个！你一见到丸子眼睛都亮了，你能自杀？”他朝莫梓心和陆询道，“钱唯这个人，你们放心吧，她就是还剩一口气，也会挣扎着爬起来吃东西，尤其喜欢猪肉，只要猪还没灭绝，她就死不了。”

“我那是痛苦至极之下的暴饮暴食！”

“那你要是自杀了正好便宜我，本来家产还要分两份，现在全归我了。”钱川挥了挥手，“钱唯，你走吧，我还得留下买单呢。”

他这番话，逗得莫梓心又笑起来：“你们感情真好。”

钱唯心中在咆哮，我们哪里感情好？！

钱川嬉皮笑脸地看了一眼钱唯：“你不是要走吗？那赶紧走吧，别耽误了你正事啊。”

钱唯本来主要目的是想把钱川带走，这下偷鸡不成蚀把米，但骑虎难下，她不舍地看了眼火锅汤里沸腾的鱼片肉片，咬牙切齿道：“那我走了！”

“我也先走了。”就在钱唯站起来之际，陆询清冽的声音响了起来，“你们两人慢慢吃。”

钱川笑得差点合不拢嘴："陆询，你路上可一定当心啊，改天我再好好请你吃个饭，咱俩好好叙叙，你这个兄弟我交定了。待会儿那就麻烦照顾下钱唯，正好送她一起回学校了！有你在，我也放心！"

钱唯看着钱川，心里有些绝望，这狗腿的基因，她和钱川真是一脉相承……

陆询果然饶有兴味地看了眼钱川，再看了眼钱唯，他一句话没说，但眼神已经说明了一切。

钱唯还试图挽救局面，这怎么能让钱川和莫梓心单独相处啊！这绝对不行！

"陆询，我没事的，我可以一个人走回学校，你留下和钱川他们一起吃饭吧。"

陆询看了一眼钱唯，声音懒洋洋的："可是我没准备送你回学校啊，我是有事去别的地方。"

钱唯心里充满了咆哮：陆询，就算你看不上我，你在莫梓心面前伪装一下绅士形象会死吗？你至于脸上挂着这么明显的"你想多了"这种表情吗？

虽然钱唯极力阻止事情往最差的方向发展，但显然现实是残酷的，等她回过神来时，她已经和陆询走在了离开的路上，钱川这小子还是成功地和莫梓心单独吃饭了。

钱唯简直痛心疾首："陆询，我给你制造了那么多机会表现你自己，你为什么都没有好好珍惜？现在是有很多女生喜欢你这种看起来冷酷到不行的类型，但你要知道，大家不是真的希望做了男朋友以后你还这么冷，是希望你对别人都这么冷，只对自己一个人暖，全世界只有自己是独特的，要的是这个感觉。"

"所以你喜欢这种类型？"陆询瞥了钱唯一眼。

"哦，我啊，高冷型、忠犬型、糙汉型、小鲜肉型、中央空调暖男型、霸道总裁型，我都可以接受。"

陆询显然被钱唯的回答噎了噎，他顿了顿，才问道："你有集邮癖？"

"我只是比较博爱。"

"那你的前任是哪一款？"

钱唯白了陆询一眼："你能不能不要关注这些不重要的细节？"

陆询扯了扯嘴角："我只是觉得，失恋的你似乎精神很亢奋，一点也看不出痛苦，怕你这是受刺激过度，用正常的行为来掩盖内心的压抑，别真想不开了连带我也被扯上关系。”

钱唯没好气道：“我好得很！陆询啊陆询，你怎么就不能理解我的一片苦心呢？我根本没失恋！失恋这种话是我编出来骗钱川的。本来莫梓心应该在学校大礼堂里参加歌手大赛，钱川也会去，我骗他说我失恋才把他拉出来逛街，避免他们两个人见面，我怎么会想到莫梓心也没去参加，也上这儿吃饭来了啊！”

陆询听到钱唯没失恋，似乎觉得自己不会被失恋的她牵连到，神情整个放松下来，但随即他又面露讥诮道：“在钱川今天第一次见莫梓心之前，你就算出他会追莫梓心了？还真是未卜先知，难怪一口咬定我会追莫梓心，你是不是有什么妄想症？”

钱唯梗着脖子解释：“我就是知道！我有点预知能力，你那天不也看到了？中国法制史考试的几道大题，我都提前预知到了。”

陆询冷笑了一声：“我也有点预知能力。”

钱唯不服：“你能预知什么啊？”

“要下暴雨了。”

钱唯抬头看了看天，虽然是个阴天，但也没看出下雨的征兆。

结果钱唯和陆询没走几步，竟然真的狂风大作，豆大的雨点噼里啪啦地往下砸。

钱唯简直目瞪口呆：“你……你怎么能预测到这些？难道你每次成绩这么好，都是因为真的有预测能力，能预测到试卷题目？”

“怎么可能。”

“那，难道你就是传说中的乌鸦嘴？好的不灵坏的灵？”

陆询面无表情地道：“气象新闻十分钟前刚发布了全市暴雨黄色预警。你以后可以多关注点天气预报，少看点封建迷信。”

天气预警果然十分精准，这雨不一会儿就上升到了暴雨的程度。此刻钱唯和陆询正走到一条小路，跑了十来分钟才终于找到了一家可以躲雨的偏僻小咖啡馆，钱唯也顾不得什么，跟着陆询就冲进了咖啡馆。

等钱唯进了室内，才意识到这是一家猫咪主题的咖啡馆，店铺虽然不大，但沙发上、地上都懒洋洋地睡着各色的猫咪。许是早就习惯了人类，这些猫咪也不怕生，喵喵地叫着，就朝着钱唯和陆询走来，有一只热情的布偶径直跳到了陆询面前的桌上。

钱唯眼疾手快地一把把那只布偶抱离了陆询。结果不知道陆询是有什么吸引力，连猫也对他似乎更加青睐一点，钱唯手里那只布偶还没放下，就有一只美短朝陆询跃跃欲试，她只能左手拎着布偶，右手过去提起了美短。

“陆询，你离我远点！”

陆询皱了皱眉：“你到底在干什么？”

钱唯提着两只猫，颇有点“两手抓，两手都要硬”的风姿，她卖了个关子：“记得我和你说过我有预知能力吧？”

“所以？”

“我可以告诉你，你猫毛过敏，你以前肯定不知道吧？”钱唯刻意营造出了神神道道的氛围，“我劝你躲开点，否则小心肿成猪头直接毁容。”

结果陆询只是略带嘲讽地笑了一声：“不用你预测，我从五岁开始就知道自己猫毛过敏，这种事也不是秘密，只要找我同宿舍的打听下就知道了。”他说完，从口袋里拿出一个小盒子，取了一小颗白色药片塞进了嘴里，“所以我常备抗过敏药。”

陆询吃完，神色淡定地走到钱唯面前，一左一右抱起了钱唯手里的两只猫，径直走到窗边的沙发上休息起来。

钱唯望着陆询的背影，简直目瞪口呆。

什么？从五岁时就知道自己猫毛过敏？身边还常备抗过敏药？可上一世里，钱唯记得清清楚楚，陆询第一次发现自己猫毛过敏可是在工作后啊！那次有一位客户咨询拜访时带上了养的猫，结果一个会开下来，陆询整张脸都肿了。钱唯非常确定自己没有记错，因为最后是陆询强迫钱唯照顾了他一个晚上，直到他那张脸恢复成英俊的出厂设置。

所以是哪里出了问题？

“两位要来点什么吗？”

“一杯摩卡，”陆询看了一眼钱唯，“一杯热巧。”

热腾腾的巧克力端上来以后，钱唯很快放弃了思考，她一边喝着热饮，一边抖了抖因为被雨淋湿黏在身上的衣服。窗外的雨看起来一时半会儿还不会停，她转过了头看向对面的陆询：“要不我们聊聊天？培养一下革命友谊？”

陆询放开了腿上的两只猫，他瞥了一眼钱唯，似乎本来想说什么，然而只看了她一下，就仓促地转开了脑袋，动作甚至大到有些粗鲁，破坏了他一贯的文雅贵气。

“我们没什么好聊的。”

至于这么无情吗……

陆询整个人把头偏了过去，只留给钱唯一个侧脸，连一个眼神也没有给她。他那双漂亮得有些锋利的眼睛看着窗外，浓密的睫毛卷翘中带了点羽翼般的质感，皮肤白皙，侧脸的线条漂亮而流畅，如果外面是条人来人往的大路，恐怕陆询单单这么坐着，就能为咖啡店吸引来不少客流。

钱唯盯着陆询的脸看了片刻，才转头看了眼窗外，雨还在下，她发着呆，陆询仍旧没有理睬她，但间或，她能感受到陆询瞟过来的目光，然而等她转头看向对方，陆询那种若有似无的目光便又看向了别处。

昏黄的暖色灯光下，钱唯终究把打量这家咖啡馆的目光又转回到了陆询身上，然而这一次她发现了陆询的异样。

“陆询，你的脸好红！不会刚才淋雨感冒发热了吧？”钱唯指了指陆询的脸颊，她不说不要紧，这么一说，陆询似乎连耳朵都开始泛红了。

然而面对钱唯的关心，陆询的态度有些奇怪地恶劣，他看了钱唯一眼，马上像看到什么不该看的东西一样，飞快地移开了目光，甚至都称得上有点慌乱。

钱唯简直莫名其妙，就算自己的长相不是莫梓心那一款的，但也不至于长得辣眼睛啊，平时捯饬捯饬走在街上，也是常常有人搭讪的，陆询至于这样吗？

“陆询……”

结果钱唯话还没说，就被陆询打断了：“你安静点，别和我说话。”

就这样，两人之间保持着绝对的安静一起坐在咖啡馆里。陆询似乎打定主意不看钱唯，他的头一直望着窗外，脸上的红色终于渐渐消退，然而眼神偶尔瞟到钱唯时仍旧有些忽闪。

好在暴雨来得快，结束得也快，窗外的雨终于停了，天空也重新澄澈起来。钱唯站起来，迫不及待想马上回宿舍去，身上的衣服还有些湿漉漉的，她急着回去换。

然而她刚站起来准备往外走，陆询就一把拽住了她的手。

“你坐着。”

“为什么啊？”

陆询也站了起来，高大的身躯遮住了钱唯面前的光线，他看了一眼钱唯，又移开了目光，姿态挺独裁。

“你问那么多干什么。就在这里等着，别走开。”

他说完，又带着警告意味地看了一眼钱唯，然后竟然自己一个人转身推开门快步走了出去。

钱唯一个人被留在咖啡厅里，看着陆询高大的背影目瞪口呆，这是什么发展？明明天气都好了，为什么不能两个人一起走，陆询一定要让自己等着？

好在陆询说到做到，并没有让钱唯等很久，就行色匆匆地推开了咖啡馆的门，钱唯还没来得及发问，他就劈头盖脸丢了一件黑色外套给她。

“穿上。”

“啊？”

陆询皱了皱眉：“把这件衣服穿上，我说得还不够详细吗？”

“可是我不冷啊……”

“刑法课期末论文我帮你写。”陆询看了钱唯一眼，“你穿上。”

“好好好！我穿！我穿！”钱唯在这个巨大的喜讯面前，都有点找不着北了，她几乎是抢一般地从陆询手里拿过那件外套，赶紧往自己身上套了上去。

“把拉链拉上。”

钱唯连连点头，赶紧把黑外套胸口的拉链拉了上去。

她穿上衣服后，陆询才终于好像能重新直视她一般把头转了过来，他扫了钱唯一眼，脸色变好看了不少。

难道是怕自己淋雨后着凉吗？钱唯看了一眼脸有点臭的陆询，突然有点释然：“谢谢你啊，陆询。”看来自己未来的黑心老板，也还是可以抢救一下的。

陆询抿起嘴角，面色冷峻：“不用谢，你里面那件衣服太难看了，影响市容。”

钱唯望了眼自己套着的显然是随手买的宽大黑外套，想不明白陆询买的这一件，能美化市容到哪里去，从咖啡馆玻璃窗的倒影里看，她总觉得自己像是套着个黑色垃圾袋，还是大号的那种……

可惜陆询显然对自己的审美没有继续深聊的兴趣，钱唯只能亦步亦趋跟着他，两人没再说话，直到走到了学校门口，钱唯才突然想起了什么。

“哎？陆询，你不是要去别的地方，不回学校的吗？”

陆询似乎才想起来似的愣了愣，但片刻后他就重新恢复了自己高冷的神态：“我衣服也湿了，先回宿舍换。”

“哦……不过你为什么绕路啊？从学校大门进来走教学楼那条近路，明显先到男生宿舍啊！”

“女生宿舍到了，你还不走？”陆询挑了挑眉，“你时间这么多，我看你刑法课论文完全可以自己写了。”

“哎哎哎，我没时间，我很忙的，刑法论文就交给你了！我先走了！再见！”

钱唯说完，赶紧一溜烟地跑了，生怕陆询反悔似的。

“你怎么穿得和个黑乌鸦似的回来了？”一进宿舍，正在涂指甲油的刘诗韵就盯着钱唯的黑外套有些愕然，“出去的时候穿的明明不是这件衣服啊！”

“你也觉得这件外套丑吧？还特意给我买了让我穿……”

钱唯一边嘀咕一边把外套脱了下来，她正要继续抱怨，却被刘诗韵的一个口哨声打断了。

钱唯抬头，才看见刘诗韵正意味深长地盯着她的胸口看：“钱唯啊钱唯，你竟然喜欢这么性感的黑色蕾丝内衣啊。平时看不出来啊，你这事业线相当深啊。”

钱唯低头下意识看了一眼胸口，才终于意识到刘诗韵的意思。今天她穿了一件白色T恤出门，现在被暴雨淋过以后，紧紧贴在身上，毫无保留地勾勒出了身体的线条，更要命的是这件白色T恤湿了以后完全变成了透视装，可以清清楚楚地看清里边的内衣……

钱唯的脸轰地就红了，连耳朵都变得滚烫起来。

她刚才，竟然就穿着这样的衣服在陆询面前走来走去……

刘诗韵的语气八卦：“你话还没说完呢，是谁特意给你买了那个黑乌鸦似的外套让你穿？是谁看到了我们钱唯小同学如此壮观的事业线？”刘诗韵眯了眯眼睛，“说吧，你在谁面前上演了这出湿身诱惑？是故意的？搞上没？你这个胸器应该无往不利啊。”

钱唯红着脸，没好气道：“没！我没想搞人家，也没搞上！”

“哎，不应该啊，人家都给你买衣服让你穿了，这就是不希望你这个身材让其他人看啊，而且买个这么丑的衣服，总感觉故意似的，好让你穿这么丑就没其他人关注你，感觉这男的用心挺险恶，老奸巨猾啊……”刘诗韵摸了摸下巴，“我感觉你完全不是对方的对手。”

刘诗韵这家伙言情小说真是看多了，钱唯心想，陆询能看上她？啧，那恐怕他得真的瞎了才行。

第四章...

打败恶势力!

钱唯再次见到陆询，是在第二天早上，这时候的钱唯已经做好了心理建设，决定忽略咖啡厅的插曲。她一如既往地给陆询送早餐，这一次陆询没有再要求钱唯一起吃，而是直接拿走了早饭，只在临走前又回头喊住了她。

“图书馆座位的事，现在还有效吗？”不知是否是错觉，陆询的脸上露出了一点别扭的表情，他昂着头，眼睛只看了一眼钱唯，就又移开了。他今天穿了一条修身的裤子和藏青色上衣，腿型笔直，而深色的衣服则衬得他容色逼人，恍惚中钱唯想起来校园论坛里说的，陆询的长相让人觉得自己能和他讲话都是一种荣幸。

“有！当然有！”钱唯搓了搓手，表忠心道，“我对你，我对你的承诺，永远都不会撤销！”

“哦。”陆询转开了眼神，“那帮我在图书馆占个座位吧，我最近都准备去。”

“没问题！你什么时候到图书馆直接来东二馆找我就行。”钱唯朝陆询了然地笑笑，“这次要抓住机会啊。”

陆询皱了皱眉，又问了一遍：“什么？”

钱唯朝他挤眉弄眼了一番：“你懂的。”陆询这家伙也太能装蒜了，这种事遮遮掩掩有意思吗？之前自己明明说不爱去图书馆，也不在乎钱唯提供的占座服务，现在却特意来说希望她给他搞个座位。嗬，钱唯心想，还不是因为最近一个礼拜开始，莫梓心常常出没在钱唯负责的东二馆里自习吗？还真当钱唯瞎看不出陆询心里那点小九九？明明喜欢人家莫梓心，很想追，可偏偏还傲气，追人还不肯大大方方地追，还不想被别人知道，要偷偷摸摸地进行。

“有人少一点的座位吗？”

钱唯比了个“OK”的手势：“全包在我身上了。”

早上刚和钱唯说过，下午陆询就到图书馆东二馆报到了。钱唯一边把陆询引到给他预留好的座位处，一边神秘地笑笑：“一会儿有惊喜。”

钱唯为陆询占的座位是图书馆靠墙壁拐角的一张桌子。别处都摆了六人能坐的大桌子，只有这里因为空间限制，摆了张只够两人坐的桌子，毕竟周边也没有其余自习桌了，在座位资源这么稀缺的图书馆里堪称是相当安静的VIP式待遇了。

陆询那张难以取悦的脸上果然露出了难得的满意笑容，甚至还少见地对钱唯笑了一下。

钱唯得意扬扬，她想，等着吧，待会儿你会更感激我的。

果然没过多久，钱唯就在东二馆的门口看到了莫梓心袅袅婷婷的身影，从上周开始，她几乎每天这个点都会来东二馆自习。

“莫梓心。”钱唯压低声音喊住了她，“我帮你预留了座位，你不用再找啦。”钱唯说完，指了指墙壁的拐角处，“那儿，我领你去。”

莫梓心虽然有些惊讶，但放眼一看，此时图书馆里确实没看见其余空位，她柔美地和钱唯道了谢，便走向了钱唯给她指点的座位。

钱唯就这样看着莫梓心朝陆询所在的书桌走去，心中很是雀跃，她想，自己这个事恐怕办得十分体贴了，这个惊喜想必陆询心中一定十分喜欢。

可惜钱唯的安生日子没能持续多久，她刚交班，就被等在图书馆门口的钱川逮住了。

“钱唯，我有件事情想拜托你帮忙。”钱川的语气热情洋溢。

“没门。”钱唯听也没听就给予了对方无情的拒绝。

钱川看了她这个反应，果然有些气急败坏：“这次不是问你借生活费，我就是想让你帮我出出主意，我想追莫梓心。”

这怎么行？！莫梓心可是自己的未来老板娘！

“钱川，听我一句，莫梓心和你不合适，你们是不会长久的！”

钱川不服道：“你凭什么这么说？我这次是认真的，我决定和人家谈一场永不分手的恋爱，现在不是流行从校服到婚纱吗？我就要这样的感情。”

钱唯心想，按照上一世的经历，你就算追上了莫梓心，最终你们也会分手的。可是面对此刻被爱情冲昏了头脑的钱川，钱唯估计自己说什么对方都不会信。

“反正你别指望我给你当狗头军师或者帮你牵线搭桥。”钱唯无情地看了钱川一眼，“而且人家陆询也喜欢莫梓心，你自己掂量掂量，你和陆询一起竞争，谁更有戏？更何况陆询和莫梓心都是我们法学院的，平时能相处的机会也多，近水楼台先得月，又都是学法律的学霸，还有共同语言。”

“什么叫我自己掂量掂量？”钱川一边说着一边就恨不得撩开衣服准备展示自己的肱二头肌，“我哪里比不上陆询？何况陆询对莫梓心根本没那档子意思。你看那天吃火锅时候他都什么表现啊，根本没有要追的意思，我看他全程都在专心地吃东西，几乎没怎么看莫梓心，反而是看了你不少眼，要不是他看的是你这个德行的人，我都以为他是看上你了。”

这下轮到钱唯不满了：“什么叫我这个德行？我怎么了？”

“如果莫梓心是顶级的进口鱼子酱，你就是鱼子酱边上用来陪衬的那些洋葱。”

“钱川，我和你的亲情到此结束了！再见！”

和钱川不欢而散之后，钱唯回了宿舍，她特意替刘诗韵也打包了一份晚饭，可是对方竟然不在。直到钱唯独自把自己那份饭菜快吃完，刘诗韵才推开门回了宿舍。

“累死我了，最近学生会那边事好多。”她四仰八叉地坐到了椅子上，谢过钱唯后拿起那份盒饭就狼吞虎咽吃起来，吃到一半，她想起了什么，“对了，钱唯，这周末一起去郊区那边新开的主题公园吗？学生会组织的活动，我们包了车，行程什么都不用操心，会安排好，一起去吗？听说那个主题公园很好玩的。”

钱唯对此并没有多大兴趣，她摇了摇头：“我就不去了，大好周末，还是在宿舍睡觉来得实在。”

刘诗韵有些惋惜：“钱川去，我还以为你也去呢。”

一听到钱川的名字，钱唯一下子清醒了过来，钱川这家伙一向不喜欢什么游乐场主题公园，这次这么反常必然有妖：“我们学院还有谁去？莫梓心去吗？”

“去啊。”刘诗韵眨了眨眼睛，“陆询也去的。”

“那我也去！”钱唯精神了，人家陆询和莫梓心好好地去个主题公园培养下感情，绝对不能让钱川这家伙半路又杀出去破坏！绝对不行！

刘诗韵却是误会了：“现在不双线进行了啊？放弃攻李崇文，专注于陆询了啊？”她笑得挺意味深长，“这次活动是两天一夜啊，第一天我们在主题公园活动，第二天就去主题公园附近那个森林公园里玩，你可要抓住机会啊！”

钱唯知道怎么解释也没用，索性放弃了挣扎。

时间过得飞快，到了周六这一天，钱唯便跟着刘诗韵在校门口集合。

平时没见钱川多积极，这次活动他确实铆足了劲。钱唯和刘诗韵到集合点的时候，他已经穿得人模狗样地站在了一边，手里还提着热气腾腾的奶茶和蛋挞。他晃着脑袋对着校门口翘首以盼莫梓心，并没有注意到钱唯走过来，直到被钱唯一把抽走了手里的东西。

“到底是我亲弟弟啊，真贴心，一大早还给你姐姐我准备了这么多好吃的，那我就笑纳了。”

“钱唯？！东西还我！那不是给你买的！”钱川有些气急败坏，就想赶紧从她手上把甜点、饮料抢回来。

钱唯自然知道这些东西是钱川准备给莫梓心献殷勤的，因此她更不能让他留着，于是不顾形象地一口气把四只蛋挞都一股脑地塞进了嘴里，还硬是吸了一口奶茶。

陆询到的时候，看到的就是钱唯的这副尊容。他似乎也被钱唯的模样震慑住了，愣了片刻才缓过神来。也就在这时，钱唯忍着噎，终于把蛋挞都咽了下去。钱川也顾不上和钱唯掐了，因为也就是这时，莫梓心到了。

“上车了，上车了。”

时间一到，其余学生陆续进入了包租的大巴里。钱唯本来也想上车，但刚才伤敌一千自损八百，吃得太快实在有些难受，只能站在原地缓一缓。但即便这样，钱唯也没忘记自己的任务，那就是拦截钱川，先确保陆询和莫梓心上车坐在一起，别被钱川横插一脚。

可惜天不遂人愿，结果陆询经过钱唯身边的时候，竟然弯腰停了下来。钱唯一看，他竟然在不慌不忙地系鞋带。莫梓心虽然刻意放慢了脚步，有心和陆询一起上车，然而毕竟是女生，总不能做得太明显。陆询这么一停，莫梓心总不能也同样停下，只能略带不甘心地上了车，而她一上车，钱川自然也赶紧跟着上了车。可想而知，以钱川那无孔不入的个性，莫梓心身边的座位肯定是他的囊中之物了。

钱唯看了眼气定神闲的陆询，心里真是一万个恨铁不成钢，明明刚才他的鞋带也没有多松啊，怎么就这么不会挑时间，一定要选这么个时候蹲下系呢？

钱唯一想到这一路行程，钱川都能和莫梓心近距离接触，心里就颓了一半，都提不起精神来。等她上了车，更是绝望地发现莫梓心的身边果然坐着春风满面的钱川，而陆询，则坐在他们身后的座位上，他身边的位置还是空的。

“钱唯！这儿！”刘诗韵朝钱唯挥了挥手，热情地叫住了她，拍了拍自己身边的空位，“这儿有位！”

钱唯顿了顿，此刻钱川正在眉飞色舞地谈笑风生，而陆询则塞着耳机，相当冷淡地看着窗外，也没有加入钱川和莫梓心谈话的意图。

这样下去怎么行？陆询这样不主动进攻，岂不是把莫梓心拱手让人？要是自己不在场，钱川这家伙就更肆无忌惮了！陆询现在这个模样，哪里是他的对手？

钱唯内心挣扎了片刻，最终还是对刘诗韵摆了摆手，磕磕巴巴道：“哎，我不坐你那儿了，我坐这儿，离钱川近点。”说完，她就厚着脸皮坐到了陆询的身边。

因为钱唯的动静，陆询终于转过身，从他宝贵的时间里抽出了那么一小点，看了钱唯一眼，但还是那副爱理不理的模样，并没有什么热情的表示，只这么一眼过后，又转过了头。

然而陆询之外，其他人的目光就热切多了。历年来学生会的该类活动，从没有哪次达到今天这样的参与度的，而如今这么一辆车里坐着的，除去情侣之外，80%都是女生。这些女生是冲着谁来参加的，自然不言而喻。

钱唯坐在陆询身边，顶着众多女生复杂的视线，实在如坐针毡。

紧张之下，钱唯又猛吸了一口奶茶，结果不小心一下子吸太猛，差点呛到，为了缓解尴尬，钱唯只能假意抱怨道：“太甜了！其实我比较喜欢三分甜，而且最好是乌龙波霸，哈哈哈哈……”

回答她的，是陆询嫌弃的后脑勺……

汽车发动了，在发动机的噪声中，钱唯看了一眼钱川和莫梓心，动作很轻地戳了戳陆询。

陆询这下终于看向了钱唯，虽然表情还是那么拽了吧唧。

钱唯看了看四周，朝陆询倾了倾身，压低了声音：“陆询啊，现在不是你耍小性子的时候了，战斗的号角已经打响了！到了生死攸关的时刻啊！钱川这个人，认定的事是绝对不会回头的，他说了要追莫梓心，就一定不会放弃，而且他这个人道德水平很低，就算莫梓心和你在一起了，他也会做男小三的！所以你一定得加油，先一鼓作气追上莫梓心，当然追上之后也不能掉以轻心，免得被撬墙脚。你放心，我是你的友军，我很了解钱川的弱点，只要有我帮你坐镇，你多加配合，咱们一定能打败钱川！打败邪恶势力！”

钱唯说了一通有的没的，都有些口干舌燥：“至于这个具体的方法，我会见招拆招，我会想尽一切办法帮你破坏钱川和莫梓心单独相处的机会！之后如果不方便直接讲话，我会给你发短信的，你一定要密切关注手机啊！

“还有，今天莫梓心的几个好朋友也在的，你也要和人家搞好关系，这样你才能得到莫梓心第一手的情报。我看钱川这家伙已经开始拍莫梓心那些朋友的马屁了，你可得当心，你懂的，关键时刻，关键的岗位咱们得有自己人！”

钱唯低声交代了一堆，情绪非常亢奋。她看着陆询，心中充满了澎湃的使命感，她此刻觉得很好，好极了！因为陆询今天终于听进她的话了！陆询这一次全程都没有反驳或者打断过钱唯！他甚至乖巧得一句话都没说，而是就这么十分顺从地看着钱唯，这简直都安静得都有些过分了。

“哎，你看你，这次终于肯放下架子好好听我的建议了。”钱唯感慨道，“这果然就是爱情的力量啊……”

结果她话还没全部说完，就见到对面一直很安静的陆询终于动了动。钱唯正襟危坐，准备等待陆询听完自己这一番话后的反馈。

陆询就这样在她热切的注视里拿掉了耳机。这一刻，钱唯才听到从他耳机里传来的重金属摇滚那激烈的声音，陆询对钱唯微微一笑：“你刚才说什么？”他晃了晃脑袋，毫无诚意道，“我耳机刚才声音开得有点大。”

陆询！祝你年纪轻轻就耳背吧！

“你知道我是冒着多大的风险坐在你身边的吗？”钱唯最终还是忍了忍心里的邪火，动之以情，晓之以理，“这车里吧，没有十个也至少有八个女的是冲着你来的，原本大家心照不宣保持着微妙的平衡，虽然都虎视眈眈地盯着你，但你身边的空位，没有一个人去主动坐。我这么坐在你身边，破坏了大家之间的制衡，简直像是冒天下之大不韪，我是为了谁啊？你能体谅下我吗？”

“你想坐我身边就直说，不用找借口。”

陆询，你能不能和我在一个频道上啊！我并不想坐你身边啊！

“这大巴的空调坏了吗？这么热。”陆询却丝毫没有在乎钱唯的反应，他有些不耐烦地解开了自己衬衫的一颗扣子，露出了白皙性感的锁骨。

虽然钱唯很不想承认，但是陆询这个人，身材真的是十分好了。他如今虽然只解开了一颗扣子，根本并没有想要展示自己的意思，但有一个词叫“含而不露”，有时候犹抱琵琶半遮面反而更有种吸引人继续探寻的效果。比如此刻的陆询，钱唯的视线里，是他线条优美的白皙脖颈。大概渴了，陆询拿出了矿泉水，一口口喝起来，他喉间便因为这个动作有了一起一伏。大巴正经过一段不平坦的路面，突然地颠簸下，陆询的手轻轻晃动了一下，矿泉水的瓶子歪了歪，有一缕透明的水线，不慎从他线条美好的嘴唇里漏了出来，顺着他的下巴，一路蜿蜒，淌过他修长的脖颈，然后顺着锁骨的轮廓，慢慢滑入衣领的更深处。英俊的男生有很多，但没有几个人能做到陆询这样既英俊又禁欲，如此充满原始荷尔蒙的。

钱唯不自然地咳了咳，她移开了眼睛，突然觉得陆询说得一点没错，这大巴里真是让人燥热极了。

从A大到主题公园的路途并不短，但车上每个人都很兴奋，大家叽叽喳喳聊着天，已经在计划着去了主题公园以后的游玩顺序。说是主题公园，其实就是个仿迪士尼乐园的大型游乐场，是今年A市花了大价钱建造的旅游景点。

“听说里面有4D电影，可好玩了，排队的人特别多，我们一进去就先排那个去，得抢占先机。”钱唯竖起了耳朵，把脸贴到了前面座位的靠背上，努力在车里大家交谈的声音中分辨着钱川在说什么。

“4D电影？那是什么呀？”莫梓心果然很好奇。

2009年，4D电影在国内还没有很普及，是相当稀罕的东西，钱川显然对此做了功课，搞得自己很博学般地解释着：“这个其实就是把震动啊、喷水啊、吹风还有气味，甚至布景这些电影里的场景，模拟出现在电影院里，比如说，电影里正放到主人公在策马奔腾，那我们坐着的椅子就会模拟坐在马背上一样上下颠簸起来；电影里要是正好下着淅淅沥沥的小雨，那电影院的上空也会有专门的设施喷点水雾在我们身上，让我们好像真的置身在电影里一样，最大限度地身临其境。”

“说得我很心动呀。”

两个人你一句我一句地聊着，钱唯听得断断续续，但至少抓住了重点。

一下车后，钱川会带着莫梓心先去4D电影项目排队！

这怎么行？钱唯心想，绝对绝对不能让钱川和莫梓心坐在一块看电影，否则在黑暗的电影院里不小心碰到摸个小手，或是为了避免打扰邻座只能凑近耳边轻声低语，再或者分享第一次看4D电影的惊喜，这些都实在太容易滋生暧昧了！

“陆询，待会儿一下车，我们就去看4D电影！”

陆询看了钱唯一眼，似乎正要开口，也正是此时，莫梓心的声音也响了起来：“陆询，钱川说4D电影很好玩，你们也一起来呀。”

大概莫梓心的邀请比较有分量，陆询顿了顿，慢悠悠道：“哦，好。”

钱唯心里一块大石头落了地。只要陆询愿意去，在自己的帮助下，钱川就不会有机会！

不知不觉离目的地主题公园已经越来越近了，钱唯严阵以待，准备一下车就拉着陆询跟紧钱川和莫梓心。她已经计划好了，由她来拖住钱川，然后让莫梓心和陆询能顺利先入场坐在一起，总之说什么也不能让钱川和莫梓心一块，钱唯就是做电灯泡也要夹在他俩中间。

可惜不知道是不是钱唯太紧张了，越是临近目的地，她的胃里越是开始有些翻江倒海般地难受。刚才上车前为了不让钱川对莫梓心献殷勤，她拼死吃下了四个蛋挞一杯奶茶，这一路上原本就撑得慌，此刻大巴经过的路段却和钱唯有仇似的颠颠簸簸，外加堵车，开开停停，一会儿一个刹车，让她更是晕乎乎了。

忍住忍住，胜利就在眼前！钱唯不断做着心理暗示，然而大概万事真的都逃不开墨菲定律，如果你担心某种情况发生，那它就一定真的会发生。

在大巴窗户外已经能看到主题公园大大的广告标牌时，钱唯还没来得及高兴，结果大巴一个可怕的急刹，她就乐极生悲地没有忍住胃里的翻江倒海，哇的一口吐了出来。

几乎在她吐的同时，陆询气急败坏的声音响了起来：“钱唯！”那声线的尾音里都带上了颤抖，仿佛遇到什么不可思议之事的感觉，陆询甚至放弃了一贯的优雅从容。

钱唯吐完就顿感困扰自己胃部的不适消散了，颇有种神清气爽的感觉，只是一抬头，她看到了陆询黑到赛锅底的脸。这时她才发现，因为刚才那阵颠簸，自己的呕吐物有一半吐到了陆询的身上……

“我擦！”

“钱唯！”陆询咬牙切齿，简直是出离地愤怒，“你吐了我一身，还骂脏话？”

“冤枉啊！”钱唯手忙脚乱地拿出了纸巾，“我这不是骂脏话，我想说的是我擦，我帮你擦！我擦还不行吗？”

然而陆询躲开了钱唯在他身上擦拭的手：“你不要再擦了。”他看着钱唯冷冷一笑，“我是不会给你机会让你以擦为借口在我身上乱摸的。”

就在这时，大巴终于到达了目的地，车门一开，众人鱼贯下车就开始分头行动去各自感兴趣的项目排队。

“梓心，走吧，我带你去看4D电影。”

莫梓心却没有动，她咬了咬嘴唇看了眼陆询衣服上那大片污渍：“可陆询身上这样一定很难受……”

钱唯立刻道：“要不你们先等等，我带陆询去厕所清洗一下弄脏的地方？毕竟都说好了大家一起去看4D电影的嘛。”

钱唯无视钱川那一张臭脸准备继续说，却被陆询的声音打断了。

“你带我去厕所清洗？”他冷笑了一声，“所以你是准备跟我进男厕所还是让我跟你进女厕所？还不是只能我自己一个人洗？”陆询说完转头看了一眼钱川，“4D电影有场次限制，现在不赶紧去排队。待会儿就不能入场了，你们先走，不用等我。”

钱川差点过去给陆询一个拥抱：“陆询，你真是为人着想，不愧是让我们钱唯一直挂在嘴边的偶像，那我不和你客气，我带梓心先走了啊。”

“那我一起去！”钱唯赶紧准备跟上，如今陆询出局了，自己肩负的责任就更重了，务必为自己未来的老板做好钱川和莫梓心的电灯泡！

“钱唯，你留下。”可惜钱唯的满腔热血，显然并没有得到自己这位未来老板的认可，他叫住了钱唯，“有一句话你应该听过，谁污染谁治理。”

“你不都说了我留下也帮不上什么忙吗？毕竟只能你一个人进厕所去清洗……”

“你还准备让我穿这件衣服？”陆询呵呵冷笑，“你吐了这么多在我身上，指望厕所里洗洗让我继续这么穿着？”

钱唯小心翼翼道：“那……那你是要赤膊？这样也不是不可以，毕竟你身材是不错，就是这样有点太显眼……”

“你还指望看我半裸？”

钱唯连连摆手：“没没没……我不是这个意思。”

“那还愣着干什么？走啊。”

“啊？”

“这个主题公园东南面有周边商店，应该会有周边文化衫卖。”陆询挑高了眉，“还不走？”

钱唯看了一眼他胸口的污渍，最终只能垂头丧气地看着钱川眉飞色舞地带着莫梓心朝完全相反的4D电影院方向走去，她却只能一步三回头地跟着陆询朝周边商店走去。

如果说陆询之前一路上只是黑着脸，那等他到了周边商店里，整张脸就变成黑中带青、青中带黑了。

“只有这一款？”他似乎强忍着怒意，尽量平静地开口问道。

“只有这一款了，这个主题公园刚开没多久，我们店也急忙刚开张的，进的货还不全，主题文化衫还在设计呢，目前有的就这么些了。”

陆询看着挂在货架上设计简单，甚至可以被称为简陋的文化衫，脸色整个沉了下来。

不怪陆询这个脸色，这些文化衫实在是钱唯都觉得辣眼睛。看起来劣质的白色布料上用显眼的黑色加粗字体写着“主公”“忠臣”之类的两个大字，大字旁边还印着相关形象的夸张卡通人物形象，设计者似乎审美很有问题，这些卡通形象还用大红大绿这类显眼又足够突兀的配色进行了涂染，远远一看，像是行走的红绿色盲鉴别图，实在是品位堪忧。

钱唯小心翼翼地看了陆询一眼，试图安抚：“其实吧，长得帅的人，穿什么都帅。”她谄媚道，“陆询，你长得这么好看，就算穿这种文化衫，也是人中龙凤。你懂的，丑的人吧，穿名牌的效果也跟穿地摊货差不多，但帅的人就不一样了，就算穿地摊货也有穿潮牌的效果。”

“所以你也知道这看起来像地摊货？”

“这个……哈哈……那不是还没到你身上吗？到了就不一样了。”钱唯想赶紧搞定这事，她还急着带陆询去围堵钱川、莫梓心呢，“来，老板，买一件XXL的。”她一边赶紧把钱塞到老板手里，一边对陆询示意道，“你赶紧挑一件呗，总穿着你现在这个脏衣服也不是个事啊。”

陆询显然拉不下面子穿那种辣眼睛的文化衫，他站在原地，盯着货架上的衣服，脸上一阵青一阵红的。

可惜现实是残酷的，最终陆询还是不得不低头，他黑着脸，从货架上拿了一件衣服走进了换衣间。

等他出来，就算钱唯已经做好了心理建设，还是差点没笑出声来。有些话还是不能说太满，有些衣服吧，就算穿它的人英俊无敌，也挡不住衣服丑啊……

陆询穿了一件“主公”的衣服，那主公形象的卡通人物上面大色块的红色和绿色，让陆询看起来像一个会动的红绿灯，那红配绿赛狗屎般的强烈视觉冲击和乡土气息，让人总觉得下一秒从陆询嘴里就会传出《最炫民族风》。

陆询的脸自然还是好看的，只是这衣服上身以后，气质就一秒从全校女生爱慕的冰王子变成了全村养鸡场姑娘心仪的村长儿子……人再帅，也经不住这衣服的糟蹋啊……

陆询望着镜子里的自己，一声不吭，脸色犹如乌云罩顶。而几乎是他穿着这件衣服一出来，周边商店里的其余顾客，甚至是老板和员工，都忍不住朝他看了过来，大部分人还能礼貌地憋住笑，有几个缺心眼的则是当场笑出了声。

钱唯忍住了脸部的表情，睁眼说瞎话道：“陆询啊，你这个脸蛋，其实不论穿什么衣服，走在人群里都是大家的焦点，本来就有很高回头率的……大家不停看你，主要是你实在太优秀。现代社会，成功人士总是人群焦点，总是要不断被人看的……”

陆询看了钱唯一眼，突然笑了：“你说得有道理。”

钱唯还没来得及高兴，就听到陆询继续道：“老板，再买一件，要那件，给她穿。”

陆询低头朝钱唯又笑了一笑：“你口才这么好，未来绝对也会是个成功人士，不如现在先适应适应成功人士的生活，适应适应做众人焦点的感觉？”

陆询把文化衫往钱唯手里一塞：“愣着干什么？去换啊。”他又非常和蔼可亲般地笑了下，“不用你付钱，你这件算我送你的，高兴不高兴？惊喜不惊喜？”

惊喜你个球啊！

钱唯被推进换衣间，看着手上的衣服，简直欲哭无泪，丑，真的太丑了！

等她换好出去一照镜子，更是差点昏厥过去，自己的背后，赫然印着“奸臣”两个大字……

“能换一件吗？好歹给我换个‘忠臣’吧？”钱唯看了看陆询身上的“主公”，再看了看自己身上的“奸臣”，试图挣扎。

陆询挺意味深长地说：“现在这件才适合你。”

就这样，钱唯只能和陆询穿着显眼的上衣，穿梭在主题公园里。果不其然，两个人所到之处，几乎就是众人目光聚焦之处。饶是钱唯足够厚脸皮，一路走下来，也有些招架不住，反倒是陆询，一派淡定闲适。

这个时间，差不多4D电影快结束了。果然，等钱唯拖着陆询走到4D电影院门口，就看到上一拨观影的人正陆续出来。钱唯眼尖，一眼就看到了人群中个子高高的钱川，他正极其绅士地为莫梓心在拥挤的人流中隔开一条路，护着莫梓心走。

钱唯一把拽过陆询，上前拍了拍钱川的肩膀。

“终于是赶上你们了，接下来咱们就一起活动吧。”

钱川皱着眉头显然十分不悦，但这不悦在看到钱唯和陆询身上的衣服后就烟消云散了。

“啊哈哈哈哈哈，主公和奸臣，啊哈哈哈哈哈，钱唯，这太适合你了啊。”

莫梓心看了一眼陆询，又看了一眼钱唯，倒是没有要笑的神色，反而看起来有些欲言又止，钱唯觉得她似乎心情不佳。

钱唯赶紧解释：“我们这不是情侣服，是那个店里就只有这种款式。”她朝陆询使了个眼色，“我也是后来发现自己身上也被吐到了才换的衣服。”

结果她这个眼色不使还好，一使就彻底坏事了，陆询想起什么似的：“你自己身上可一点没被吐到，全吐在我身上了。”

陆询，你至于当场拆台吗？我这不是为你操心帮你和莫梓心解释吗？你不懂什么叫善意的谎言吗？

陆询说完，莫梓心看钱唯的目光果然就有些变了，仿佛钱唯就是找尽借口和陆询穿情侣装的心机女。钱唯噎了噎，不知道从何解释，苍天啊，她原本是特意找理由帮陆询澄清，免得莫梓心多想，结果陆询这个祖宗一句话把她变得里外不是人起来……

“钱唯！”仿佛嫌热闹还不够大似的，钱唯耳畔传来了刘诗韵的声音，原来她也刚看完4D电影出来，而因为不知道呕吐插曲，她看到钱唯和陆询，反应则更夸张，“你们刚才去哪儿了？为什么衣服都换了？还是情侣装？当代大学生都像你们这么肆无忌惮、毫不避讳？完全不顾忌我们围观群众的感受？”她盯着钱唯看了两眼，“而且你们这是什么品位？”

钱唯不得已又赶紧重新解释了一遍，刘诗韵虽然表情还有些狐疑，但总算是放过了这茬儿。

“接下来去哪个项目？钱川，据说你做好了详细的攻略，你们准备去哪儿？”

对于刘诗韵的提问，钱川显然有点藏着掖着的意味，他急于摆脱其余闲杂人员，好专心致志攻他的女神，可惜莫梓心很大方地告知了大家他们的计划。

“钱川刚才和我说准备去鬼屋。”莫梓心微微抿嘴一笑，她看了一眼陆询，“要不我们大家一起去？据说这个鬼屋里几乎百分之百还原了几个知名鬼片里的场景，还有工作人员扮鬼，特别可怕，人多比较不容易害怕。”

钱唯求之不得：“一起去一起去，我们大家都一起去。”

笑话，鬼屋这么气氛阴森可怕的场景，最适宜男生展现男子气概和魅力了，钱唯还不知道钱川打的什么主意吗？要是就他和莫梓心两个人，待会儿一进鬼屋，莫梓心绝对会害怕，那时候就只能依赖身边的钱川了。女生一害怕别说拉手，就是冲到男生怀里都有可能，这一下就够暧昧了，女生享受了被保护的感觉，一来二去，也更容易对男生产生好感。

“钱唯，你不是夜盲而且最怕鬼吗？！你去什么鬼屋啊？！”钱川眼见自己的如意算盘就要落空，忍不住喊起来，“我可不想待会儿没被鬼屋吓死，被你的鬼叫吓死！”

钱唯逞强道：“你不是说我汉子吗？我这么阳刚，不怕鬼，夜盲岂不是正好，黑乎乎的让我都看不清鬼啊。”

“没事，钱唯有我呢，我可是看遍全球所有鬼片还能面不改色的‘刘大胆’。”刘诗韵过来搂住了钱唯脖子，招呼道，“别愣着了，大家走，早点去，少排会儿队。”

对于去鬼屋这个提议，陆询也没有反对。

这一下，大局已定，钱川饶是心中再不甘，也只能看着钱唯、刘诗韵、陆询三人一同加入。

一行人顺利排队进了鬼屋，然而作为热门项目，鬼屋里人竟然十分拥挤。走过入口处的一条走廊，正式进入鬼屋后，室内为了渲染恐怖气氛，就变成了伸手不见五指般的黑。因为夜盲，每次在光线昏暗的情况下，钱唯视物就不那么清晰，有时甚至完全看不清东西，只能看出模糊的轮廓，因此她其实很怕黑，总觉得黑暗里潜伏着什么。但这时候已经顾不上其他了，她咬了咬牙，努力挤开人群，紧跟着钱川，试图将莫梓心和他隔开来，借着偶尔出现的“鬼火”，她回头时看到陆询正不紧不慢地跟着她，而刘诗韵则一直在自己身边。

“啊啊啊啊啊啊！”

“啊——”

不知道前方是什么恐怖场景，钱唯还没进去，就听到了屋内传来的高声尖叫，她一颗心都悬了起来。

而有部分已经进入下个恐怖场景的游客，大概忍受不了场景内的恐怖气氛，竟然沿着原路直接冲了回来，这一下便把钱唯等人都冲散了开来，黑乎乎的又看不清，不知道什么时候，刘诗韵竟然被人群冲开已经不在她身边了。钱唯心中害怕，只能循着刚才钱川站立的位置去寻找，好在最终，她终于找到了钱川。在黑暗中，虽然面目看不清楚，但钱川那高高的个子不会错，钱唯捞救命稻草似的赶紧一把抓住了钱川的胳膊。

“我害怕！”

和钱川也没什么不好意思的了，钱唯瑟瑟发着抖，躲在他的身后：“哎，下个场景好像很可怕，你走前面吧，我跟在你后面，我眼睛闭上了啊，我不敢看。”她说完，就把钱川往前面推了推。

因为人群的拥挤再加上钱唯的蓄意破坏，这时候钱川和莫梓心也被冲散了。大概钱川心里有点疙瘩，因此钱唯抓着他腰往他身后躲的时候，他的身体很僵硬地顿了顿，钱唯的手触到了他腰间薄薄的肌肉线条。

钱唯捏了一把钱川的腰：“我去，你最近练得不错啊，这个肌肉轮廓，感觉像是我网上看到的那种公狗腰啊，包夜最起码一千一次的那种。”钱唯嘿嘿一笑，“对了，你听过没，男人练腰，女人受不了；女人练腰，男人受不了；男女都练腰，床受不了。”

虽然钱唯和钱川每次都喜欢互相抬杠，打嘴炮损损对方，但其实两人关系确实很好，什么玩笑都会互相开。

钱唯捏了一把还不过瘾，又摸了摸，印象里钱川并没有特意去练过身体线条，可如今她手下，却有很明显的腹肌。顺着腹肌的轮廓往下，钱唯就快摸到传说中人鱼线的时候，钱川的手制止了她的行为，不客气地把她的手甩开了。

钱唯撇了撇嘴：“果然是春心萌动了啊，最近塑形这么积极。行了行了，不折腾你了，赶紧前面带路走吧，这鬼地方阴森森的，吓死人了，咱们快出去。”钱唯说完，拍了拍钱川的屁股，还别说，这家伙最近真的练得不错，屁股肌肉结实紧绷，从手感上来说，应该是很性感挺翘的类型。钱唯想，还真是看不出，平日里钱川穿的裤子难道不显身材吗？她明明记得他的屁股很扁很平的。

可惜就算躲在钱川身后进了鬼屋的下个场景，钱唯还是没出息地被突然飘移来的“鬼火”效果，以及鬼屋内诡异的光影，还有时不时散发的血腥怪异味道吓得屁滚尿流。她本来就高度紧绷的情绪，更是被悄无声息出现在身边化装成恐怖形象的鬼屋工作人员拉到了极限。她终于绷不住，放开嗓子尖叫了起来，更为悲剧的是，此刻不少女生也是和钱唯一样的反应，并且被“鬼”追着四散逃窜，慌乱之下钱唯就被人群从钱川身边挤走了。

钱川说得没错，她认㞞，从小就怕黑怕鬼，长这么大压根不敢看恐怖片。

许是钱唯的反应太惨烈，钱川终于想起来了姐弟爱这回事，在钱唯吓得瑟瑟发抖之际，有一双手伸过来，在黑暗中握住了她的手。钱唯抬头，才模糊看到了人群中钱川站得笔直的身影，他很高，站在黑暗中，即便看不清脸，也有一种他仿佛是灯塔的错觉。钱唯紧紧拽住了钱川的手，他的手宽大温厚干燥，仅仅是这么握着，就让她能安下心来。这也是钱唯成年后第一次和钱川握手，不知不觉间，自己的弟弟也长大了，钱唯手心里那双明显属于男性的手，骨节分明，手指修长。钱唯欣慰之余内心仅存的良心也有一点点不安，为了自己未来的“钱途”，这么出卖钱川，胳膊肘往外拐，帮陆询做狗头军师真的好吗……但反正就算上一世自己帮忙，最后莫梓心还是和钱川分手了，钱唯想了想，以后还是要对钱川好点，等回学校赶紧张罗着给他介绍个新的对象，好让他能转移注意力。

这时候陆询应该和莫梓心在一起吧？想必这时候两人之间的气氛应该很好，没准等出了鬼屋，就没钱川什么事了。

钱唯本来正分散精力想着这事，却没料到前面下个场景里传来更为尖锐惨烈的尖叫，恐怕是有什么极度可怕的场景。而正当她下意识准备往后逃之际，一双手从她身后伸过来，捂住了她的眼睛，她的视线顿时从可怖的鬼屋场景中被隔断了开来，她下意识眨了眨眼睛，都能感受到自己睫毛轻轻拂过那双手的触感。周遭是此起彼伏的女生的尖叫和鬼屋令人发抖的音效声，然而钱唯的世界里却只剩下这双干净修长的手，这一刻，她觉得自己是被保护着的，即便知道是钱川，她还是忍不住心跳有点加快。你别说，这招用来泡妞真是挺无往不胜的，钱唯心想，钱川这臭小子，没想到还挺有两把刷子，要是她没有从中破坏，估计陆询还真不是他的对手。

黑暗中，虽然气氛骇人，环境嘈杂诡异，人群拥挤，但钱唯就这么被一路牵引着，走过了一间又一间鬼屋的不同场景，她握着手里那只干燥温暖的手，觉得十分安心。

钱唯这次对钱川十分感激，因此她决定投桃报李安抚下钱川：“追莫梓心这件事我不支持你吧，你也别觉得我是胳膊肘往外拐，你说咱俩是血亲，我能真的舍弃你去巴结陆询吗？我帮陆询，这个事现在很难解释，但绝对不会害你，而且你要知道，陆询在我心里的地位绝对没有你高，你才是第一位的。你在我眼里比陆询优秀多了，光平易近人接地气这一条，你就甩了陆询10万条街。他简直就是冷艳高贵的天山雪莲，眼神永远空明，仿佛别人都是尘埃，都是虚无，仗着自己长得有几分姿色，对别人都爱理不理的，我就不知道难道陆询从没听过这句话吗，‘今天的你对我爱理不理，明天的我你高攀不起’……”

不知道为什么，平日里一直话多的钱川这一路异常沉默，但这并没有影响钱唯的热情。在这种黑暗里，没有什么比扯风马牛不相干的话题更能减少恐惧感的办法了。

“其实我很多时候不明白为什么这么多人迷恋陆询那张脸，他看起来就是那种没有情趣的‘性冷淡’啊，帅是帅，但常年冷冰冰的，面无表情，皮肤又那么白，年纪轻轻搞得和肾虚似的……”

钱唯上辈子工作后就被陆询折磨得够呛，新仇加旧恨，一吐槽起来简直像开闸泄洪一样连绵不绝。

不知不觉，就这么一路吐槽着陆询，钱唯跟着钱川，竟然已经走到了鬼屋的出口处。这儿灯光渐明，一扫刚才的阴森气氛，钱唯喘了一口气，抬了头，然后受到了比鬼屋还可怕的惊吓。

此刻站在她面前的，根本不是什么钱川，赫然是陆询，他的脸异常英俊，表情也异常难看……

钱唯僵硬着脖子顺着自己的手一看，自己牵着的，也正是陆询那只白皙干净的手……而顺着这双手往上看，便是陆询带了雪霜气的脸，仍旧很白皙，只是眉眼间隐约有些杀气……

“陆询！对不起对不起！我刚才说的都不是真心的。”钱唯赶紧放开了陆询的手，就差跪下痛哭流涕了，“其实我家里重男轻女，钱川被众星捧月像是生活在天堂，而我却像菲佣一样什么脏活累活都要干，还动不动就会被骂被打，生活暗无天日，每天都像生活在地狱里过着猪狗不如的日子。为了生存，我不得不委曲求全，拍好钱川的马屁，在他面前我根本不敢说他一点不好，其实我心里自然是觉得你才是最棒的，可，毕竟现实让我没法挺起腰杆，我只能这样艰难地在夹缝里求生存，从小学会了看人脸色和睁眼说瞎话……”钱唯做出凄苦的表情，“其实我说的都是假话，钱川怎么比得上你在我心里的地位呢？你可是我的偶像，而且我就说，钱川根本没有你这个身材的，他哪里有你那种腰和屁股啊，想想也不可能，哈哈，我刚才一边摸一边心里就在嘀咕，哈哈，果然不是他……”

钱川，对不起了！这个黑锅你先背一下！

紧张之下钱唯慌不择言，这话说完才意识到不妙，这简直是哪壶不开提哪壶啊！这不是提醒陆询刚才自己那么摸人家的腰和屁股吗……钱唯回想了下自己刚才说的话，简直羞愤欲死，什么公狗腰什么床受不了，自己刚才都说了什么啊！幸好这是2009年，法律上还没有对男人的强制猥亵罪！钱唯第一次感恩中国法制发展还没那么与时俱进。

“包夜一千一晚？”陆询说这话的时候面带微笑，他的表情显得非常友好，但这样反而让钱唯内心更加忐忑瑟瑟发抖，陆询是那种越生气反而越平静的类型。

“我刚才以为是钱川呢！”钱唯道，“他撑死就值一千一晚，不能再多了！但以陆询你的学识、才能和长相，怎么可能才一千一晚？！你这样层次的，最起码五千一晚！你知道的，现在各行各业毕竟都讲综合素质，你这样的，非常稀缺啊！”

“钱唯你这是在讽刺我看起来像‘鸭’吗？”陆询继续笑笑，“可刚才不是又说我肾虚吗，肾虚怎么做‘鸭’？我们学法律的，最讲究的是逻辑，钱唯，不如你给我解释一下？”

钱唯欲哭无泪，得罪谁也别得罪学法律的，尤其是陆询这种。上学期的法律逻辑学，那么变态的课程，全班平均分是64分，钱唯在考试前给老师连续发了一个月的早安晚安溜须拍马才终于低空飞过，可陆询竟然考了满分。

“你怎么可能肾虚！要是你的话，我相信一夜七次不是梦！”

“我是不是还要谢谢你对我的信心？”

钱唯干笑：“那怎么敢！能对你表达我对你的信任，是我的荣幸！”她转了转头，四处找了找，就这样成功转移了话题，“哎，钱川他们呢？其实我刚才是准备帮你拆散钱川和莫梓心的，只是没想到不巧，把你误认成钱川了。”一说到这里，钱唯也忍不住有些捶胸顿足，“真是便宜钱川了，陆询啊，咱们接着可得加把劲了！”

陆询脸色淡然不置可否，一点也没有紧张的表情：“我陆询追女生不需要别人的帮忙。”

看，就这清高劲，都这时候了，还争一口气，钱唯忍不住叹了口气，她想，你这话留着十年后去说吧，有本事就别因为没追上莫梓心单身了那么久，记恨了她那么久啊！

“我就给你打打下手，不妨碍你发挥自我去追求莫梓心。”钱唯看了陆询一眼，“我不是准备当你的小跟班吗？在我心里，你就是我的主公啊！”

“我是主公，可你的定位好像不是忠臣。”陆询说完，看了一眼钱唯的衣服，那上面赫然是“奸臣”两个大字。

似乎嫌钱唯内心吐槽的素材还不够，陆询又颇为冷艳高贵地补充了一句：“而且问题是，我陆询需要追女生吗？”

陆询，男人骄傲成你这样，真的是会单身的！你以为一直被女生倒追了不起啊！等你发现，原来还有女生不吃你这套，不仅不追你，还对你免疫的时候，你就哭去吧！钱唯心想，到那时，我就静静地看着你还怎么装！

此刻鬼屋又拉拉杂杂出来了一批批游客，然而钱唯左等右等，就是没见到钱川的人影，别说钱川，莫梓心和刘诗韵也连带着不知上了哪儿。钱唯打了电话，但主题公园里到处都是音乐和人声，他们可能压根听不到铃声，电话没人接。

“难道比我们还先出来？”钱唯等了半天，鬼屋里上一批游客都出来得七七八八了，也没见着其他人。倒是她的肚子，不争气地“咕噜噜”直叫，她有些不好意思地咳了咳，试图掩盖这声音，幸好陆询望着别处，看起来并没有听到。

“不等了。”陆询双手插着口袋，“我饿了，先吃饭。”

大概饥饿是会传染的，陆询竟然就这么直接迈开腿朝餐厅方向去了。

钱唯一边跟着他跑，一边忍不住劝解道：“要不我们再等等？这样待会儿吃饭可以和莫梓心一起，你看你俩都连续两个项目没一起玩了！万一我们吃完饭又错过了她，这可怎么办啊！”可惜很不争气地，钱唯话刚说完，她的肚子又叫了起来。

陆询没说话，盯着钱唯的肚子看了一眼。

“我可以等的！这点时间我能坚持住！”

陆询懒洋洋道：“我不能等。”

“那要不你先去吃，我在这儿等等？待会儿等到莫梓心以后，我带她过来和你碰头？”

陆询皱了皱眉：“你不是要当我的跟班？难道不应该是跟班鞍前马后去排队点餐的吗？”

行吧……钱唯无法反驳，只能跟着陆询去了餐厅。

进入主题公园内不能自带食物和饮料，因而园内的餐厅属于垄断行业，此刻饭点，都被四面八方涌来的游客占满了，陆询还真没说错，还真的需要排队。这里的餐饮不是点餐类的，而是更偏向快餐型的，因而顾客都是排着长龙付钱点单，统一在出菜品的地方领取餐点。餐饮中心里分别有几个不同的类型可供选择，比如比萨、盖浇饭、汤面等。

“陆询，我请你吃比萨！”

结果陆询对钱唯的热情并没有领情，他颇鄙夷地看了一眼她：“我不吃垃圾食品，我自己去排汤面就好，你去排你的比萨吧。”

钱唯也乐得清闲，她就好好地在买比萨的队伍里等起来。虽然是陆询所不屑的垃圾食品，但排队的人意外地多，然而就在钱唯一边发着呆一边等待的时候，原本站在队伍外面徘徊的一男一女，突然以迅雷不及掩耳的速度若无其事地插进了钱唯的前面。这对男女看起来像对年纪轻轻的大学生情侣，但这插队技术娴熟得让钱唯简直目瞪口呆。

“喂，同学，麻烦你们去后面排队，不要插队。”

在她以往的经验里，一般被这么直接地提醒，插队的人多半是会灰溜溜地走开的，然而今天这对男女显然战斗力很不寻常。

那女生转过头来，挑了挑自己精致的眉毛，对钱唯露出个鄙夷的笑容：“插队？我和我男朋友可是从刚才起就一直排在这里。”她说着，看了眼自己的男友，钱唯顺着她的视线，才发现站在她面前的这男生身材挺高大，露在衣服外面的膀子也相当粗壮，脸上一对倒三角眼，面相上十分凶恶难惹。

那男生面色不善，居高临下地看了钱唯一眼：“我们就是排在这里的，你有什么意见？”

他那模样一看就不是善茬儿，排在钱唯后面，同样被这两人插队影响到的几个人，因此最终也选择了敢怒不敢言，秉承着多一事不如少一事的原则，他们甚至没敢声援一下钱唯。

这一男一女现在见惯了这种场面，那女生嚣张地笑笑，故意大声说：“亲爱的，待会儿我们是要点6份比萨对吧？”

男生也笑：“是的，已经让猴子他们去占位了，点7份吧，我和他都能吃下两份。”

“你们插队没素质也有个限度好吗？”这儿的比萨都是现烤的，这插队男女一开口就要点走7份，钱唯可又得等上好一阵才能点上单了，这实在太让人忍无可忍了，“你们这种插队惯犯，是不是恨不得什么事都要插队？”

“是，我们就是什么事都要插队，而且要专门插你的队，你管得着？”那女生一张脸上写满了得意，“你看人家有你意见这么多的吗？就你话多是吧？你以为自己是谁啊？不知道出门在外少管闲事？”

钱唯身后有个女生也拉了拉她的衣袖：“同学，算了吧，别和这种人一般见识，也没多大影响，就是稍微晚一点点到餐。”

作为一个法律人，或许骨子里都充满了战斗维权的基因，钱唯也较真了：“就是人人都这么息事宁人，才会越来越纵容这种没素质的人出现。”她深吸了一口气，中气十足地大喊了一声，“你们两个插队的，给我出去。”

这声音十分大，导致半个餐饮中心的人都朝这边转过了头，那对插队男女面对这么多探究的目光，终于有些撑不住。尤其是那女生，一张脸上赤橙红绿青蓝紫依次闪过，甚是难堪，而那男生就粗鲁多了，他直接用力推搡了钱唯一把。

“你什么玩意儿？！给我女朋友道歉！”

这男的人高马大，又为了维护女友面子用了七八成的力，钱唯被那么一推，一个趔趄就没站住，眼见着朝身后倒去，只是刚后退了那么一小步，她的肩就被一双有力的手扶住了。

“没人教过你不能对女生动粗吗？”

这声线带了点冰冷的质感，然而此刻在钱唯听来，却从没有那么动听过。

钱唯在这声音中回头，然后看到了陆询。

陆询瞥了插队的男女一眼，声音仍旧冷冷的，但说出来的话一如既往地刻薄：“你们既然什么事都爱插队，是不是以后连死也要赶着插个队先死？”

插队男果然被激怒，他露出自己粗壮的膀子：“本来这儿没你的事，别多管闲事就行了，你偏偏要自己凑上来，想挨揍了不是？”

虽然对面的男人整个人都很粗壮，对钱唯而言简直是庞然大物般的存在，然而陆询往这儿一站，就能看出对方还比陆询矮上了那么点。

陆询仍旧是那副高岭之花的模样，用一种蔑视人类般的眼神扫了一眼对面的男人：“我从来不管闲事，也不管和我无关的事。”他看了一眼钱唯，“这个人，你还真没资格碰。”

陆询说这话的时候双手仍旧悠闲地插在口袋里，仿佛根本不把眼前的男人当回事，而这种态度果然激怒了对方。

“你说不能碰就不能碰？”那插队男举起了拳头，眼见着就要往钱唯脸上去。

陆询却气定神闲，他似乎对对方的行动早有准备，他从侧边切入，一把握住了对方的手腕，在钱唯都没来得及反应过来之前，就只这么顺势一拉，一个漂亮的过肩摔，就把对方按在了地上。明明对方是个看起来很壮的男人，但陆询像是甩了个麻袋一样轻而易举。

“啊啊啊！”那男人被陆询死死按在地上，因为疼痛发出了呻吟。

陆询眼神狠厉：“向她道歉。”

“我凭什么要道歉？公共场所你就这么随便打人，目无王法吗？你不怕坐牢吗？”

“我当然不怕。”陆询笑笑，“造成轻伤以上才构成故意伤害罪，我这样对你，根本不属于《刑法》管理范畴，撑死算触犯《治安管理处罚条例》，可惜情节太轻微，只会调解处理，甚至都不会对我罚款。”陆询的声音十分嚣张，“没事别插队，多读读书，毕竟没文化真的很可怕了。”

钱唯呆呆地听着，恨不得当场给陆询拍手，学霸果然是学霸，一切场合都能活学活用，果然是学好治安法，打架都不怕。

大概是因为陆询的出现，刚才钱唯身后那几个对插队敢怒不敢言的人终于也站了出来。

“是这两个先插队的！我们都看见了！”

“素质可真差，而且超级没品，连女生都想打……”

大概是群体效应，随着站在钱唯、陆询一边的人越来越多，那对插队的男女气势也越来越弱，而那插队男被陆询按在地上，不论如何挣扎也无法翻身，生理和心理上都败下阵来。

最终那插队男嘟囔了一句：“对不起……”

然而对此，陆询显然并不满意，他冷冷道：“大声点。”

那插队男面色难看，又扭捏了一会儿，终于大声道：“对不起！”

陆询这才收了手，放开了对方，那男的大概也觉得十分丢脸，一扫刚才蛮横的嚣张气焰，低着头一句话没说，灰溜溜地蹿进人群里走了。

这对男女一走，人群重新恢复了平静和秩序，然而因为陆询的存在，连带着钱唯也被无数目光逡巡着注视，她只能硬着头皮承受着这些来自四面八方不同女性的灼热目光。那目光里艳羡、憧憬、嫉妒和打量的意味实在太过明显，让她都有些坐立难安起来。

“你不回到你自己的队伍去点餐吗？”陆询两手空空，显然还没有轮到他点餐，他就被钱唯这边的动静吸引了过来，钱唯看了他一眼，“刚才谢谢你了。”她挺不好意思，“早知道，我就不和他们起冲突了，害你还特意跑来一趟，刚才的队都白排了。”

“法律就是为了解决冲突而存在的，你一个学法的怕什么起冲突？”明明是特意过来帮钱唯解了围，可惜陆询这家伙就是永远一副眼睛长在头顶的模样，说起话来还是那么硬邦邦的，然而钱唯也不得不承认，顶着他那张脸，总让人觉得他干什么都可以被原谅。他脾气臭，那叫个性；他嘴巴毒，那叫犀利。陆询这个人确实有一种与生俱来的强者气势，英俊而锋利，像一把控制生杀予夺的宝剑，并不轻易出鞘，但一出鞘，必定大杀四方，而他那种高岭之花的倨傲，在钱唯看来，也觉得是理所当然，有时候陆询什么话也不说，光是摆着自己那张英俊的脸冷冰冰往那里一站，钱唯都恨不得在他的万丈光芒下跪下感恩，恨不得对他说一句“你下凡辛苦了”！

“不回去了。”陆询言简意赅，“我也排这里好了。”

“你不是不吃垃圾食品？这条队伍只能买比萨啊……”而且陆询之前排的那条队伍明明人也不多，排回去很快就能轮到点餐了，钱唯有些想不明白。

陆询面色不善地挑了挑眉：“我突然爱吃垃圾食品了，你有意见？”

“不敢不敢！”钱唯讨好道，“那要不就给我个机会请你吃这顿比萨吧！”

陆询姿态十分高傲地看了钱唯一眼，不置可否，钱唯就当他是默许了。

自古垃圾食品一向比健康食品更受欢迎，买比萨的人实在很多，钱唯不得不和陆询一起站着等。陆询显然没有再和钱唯搭话的念头，他塞上耳机，听起歌来，钱唯只好自己一个人等着，她百无聊赖之下四处转头看着，却不料又看到了熟悉的面孔。

刚才灰溜溜逃走的那对插队情侣，竟然纠结了几个跟班，贼眉鼠眼地又出现了，此刻正往钱唯这里看来。钱唯心中警铃大作！这时她才想起来，刚才那对情侣曾说过要订7个比萨，可见是有同伴的人。

“陆询……”钱唯下意识地拉了拉陆询的衣袖。

不论何时，陆询这尊大神都十分镇定，他慢条斯理地收起了耳机，然后挽了挽衣袖，轻轻活动了一下手腕，大有“来一个打一个，来一双打一双”的架势。

刚才被陆询按着不能动弹的插队男，显然没料到陆询见义勇为完了竟然还没走，一下子就委顿了。他自知并不是陆询的对手，此刻只能狠狠瞪了钱唯一眼，再一次灰溜溜地走了。

钱唯这才恍然大悟，陆询继续留着和她一起排队，并不是突然变了想法，想吃垃圾食品了，而是怕刚才那对情侣回来打击报复。这群小混混在陆询手上吃了亏，但横行惯了，肯定咽不下这口气，他们猜测陆询一定会在事情结束后离开，所以就准备回来找钱唯的麻烦消火，何况那个插队男，是在女友面前丢了脸，绝对要找回场子找回自信。

虽然陆询总是眼高于顶，但是关键时刻，确实是心思缜密而周到的，钱唯真心实意道："陆询，谢谢你。"

"你别想太多。"对此，陆询却别开了脸，语气一如既往不近人情，"我就是真的突然想吃比萨了。"虽然努力做出了对钱唯不屑一顾的姿态，但他微微发红的耳尖，还是泄露了他的情绪。

钱唯望着陆询的侧脸，心里更是思绪翻滚、热血沸腾。看看，陆询果然就是口是心非，面对自己的道谢也是如此，更别说面对自己心仪的莫梓心了，越是喜欢，嘴上越是否认。钱唯想，就冲着今天陆询帮自己站台这事，说什么自己也要为他未来的幸福加油一把！

对着陆询的背影，她暗暗握拳道："陆询，你下半生的幸福！交给我吧！"

...第五章

非分之想？

可惜钱唯的豪情壮志很快就被现实浇灭了。她不断四处张望，也没见到钱川和莫梓心的身影，这一下，她便突然觉得失去了目标，相当沮丧。

“唉，这可怎么办啊！这下钱川可以和莫梓心单独相处一整天了，完蛋了完蛋了！”

可陆询却还是十分淡定，钱唯都替他急成那样了，他反而在一边说着风凉话：“你觉得这么一天单独相处下来，莫梓心就一定会和钱川在一起？”

“要是不巧起来，很难说啊！钱川这家伙我了解，他要真的追起人来，可是很会溜须拍马那一套的，鞍前马后体贴得很。刚才在鬼屋，莫梓心一害怕，他作为护花使者挺身而出牵个小手什么的，鬼屋里那么黑，莫梓心肯定吓得心怦怦乱跳，最后也分不清了，还以为是心动呢！这么一来二去，也就在一起了啊！”

“并不是单独相处一天就必然会在一起的，有些人相处的时间再久，也不见得就能成为情侣。”陆询笑笑，不以为意。

钱唯唉声叹气：“我劝你还是不要盲目乐观，这个男女之间的荷尔蒙啊很奇妙，你还是不要过分自信轻敌……”

陆询挑了挑眉：“那我们两个现在这样单独相处一天，会在一起吗？”

“那……那不一样……”钱唯噎了噎，“这两人单独相处要能在一起，也是有前提的，就是这两人中必须至少一人对另一人要有非分之想，我发誓我对你绝对没有非分之想！”

“那你怎么知道我对你没有非分之想？”

“这……这不太好吧……”钱唯一时之间有些结结巴巴，“我就听过癞蛤蟆想吃天鹅肉，但从没见过天鹅上赶着要献身给癞蛤蟆的啊……”

陆询的嘴角轻轻歪了下，露出了个毫无保留的笑容，钱唯这才意识到对方是在开玩笑，她松了口气。

“喂，陆询，你可别开这种玩笑，让我心理压力也太大了。”

陆询听完，果然不乐意了：“怎么，要是被我喜欢，你还不开心了？还要有压力？还不满意？”

“不不不不！”钱唯谄媚地解释道，“被你喜欢自然是光荣！但问题吧，就出在你是天鹅，而我是癞蛤蟆上，你想，咱俩都不是一个阶层的。你这种天鹅呢，应该去喜欢同类的天鹅，万一真是眼瘸看上了我这种癞蛤蟆，你让我能没有压力吗？第一，你现在眼瞎，可要是以后这审美缺失的毛病突然好了，以你的条件，分分钟能回到你的天鹅群里去找个同类，那我作为被抛弃的癞蛤蟆，肯定相当惨，而且都吃上天鹅肉了，以后还能看得上其余癞蛤蟆吗？那被抛弃后恐怕就要孤老终生了！第二，本来像你这样资质的天鹅就少，竟然还被我这个癞蛤蟆霸占了，这不是极大地破坏了你们天鹅群里的择偶市场吗？我能不被其余盯着你的天鹅排挤死吗？而作为个癞蛤蟆，竟然不找同为癞蛤蟆的矮穷矬，找了个天鹅，我在癞蛤蟆群体里也同样不受待见，毕竟大家都只能接受别人过得比自己差或者半斤八两，绝对不能接受原来和自己层次差不多的人突然飞黄腾达这种事，那你看，我到头来不就走哪儿哪儿嫌弃吗？更何况，从生物学的角度来说，癞蛤蟆和天鹅在一起，也是没有好结果的。”

“钱唯，你讲起歪理来，口才倒真是挺好。”陆询笑笑，“不过你也不用妄自菲薄，你绝对不是癞蛤蟆。”

一贯嘴巴极其毒辣的陆询能说出这种话，钱唯的心中十分感动，看来在陆询心中，自己也是个人才啊！不仅不是癞蛤蟆，还是和他一样的天鹅咯！

可惜钱唯还没来得及高兴多久，就听到陆询继续道：“我看你皮肤挺好的，很光滑，癞蛤蟆就都疙疙瘩瘩的，从这一点来说，你绝对不是个癞蛤蟆，你至少是个青蛙。”

陆询，我真是谢谢你了！

幸好早饿了，钱唯埋头苦吃，一下子解决了大半个比萨，反倒是陆询，明明刚才说着饿到一刻也不能等，突然想吃比萨的人，此刻拿着刀叉，对着比萨显得意兴阑珊。

“对了，我们接下来去哪儿呢？”钱唯很快把精力转移到了正事上，两人用完了餐，总不能一直在餐饮中心就这么干等着，这儿人来人往，恐怕并没有多大希望找到莫梓心一行人了。给钱川发的短信打的电话自然都石沉大海，这家伙才不会主动把活动路线暴露。

“以我对钱川的了解，我觉得他之后会带莫梓心去坐过山车。毕竟过山车这种项目，只要男生在别人鬼叫的时候保持镇定自若，就会显得特别有男子气概，而女生坐完过山车下来，总会有个惊魂未定啊头疼头晕的，男生这时候就又有表现机会了，贴心关怀多加安慰，又是好感度暴增。”钱唯挽了挽袖子，“事不宜迟，我们赶紧走，去过山车项目那儿排队，八成能逮着钱川和莫梓心。”

“我坐过山车是没问题。”陆询仍旧慢悠悠的，他看了一眼钱唯，“只是你行吗？”

“不用担心我！我可以的！”

“我不是担心你，”陆询顿了顿，“我是担心我自己。”

既然坐过山车没问题，又担心自己，那看来陆询终于开始步上正轨，担心自己干不过钱川被他捷足先登了。

钱唯拍了拍胸口，安慰道：“陆询，你放心，有我在，绝对不会让钱川得逞的！我一定会破坏钱川和莫梓心到底！”

“我是担心你刚吃饱饭就去坐过山车，下来以后又吐在我身上。”

绝对不要和自己未来的老板生气，绝对不能殴打自己未来的顶头上司……钱唯在心中默念了十来遍，才终于把情绪调整了过来，能继续面对着陆询微笑。

“你倒确实应该担心你自己。”或许是时候给陆询施加点压力了，“你要再这么不紧不慢的，万一莫梓心和钱川真的发展迅速，两个人在一起了，你那时候再想追莫梓心，就名不正言不顺了，就是万恶的男小三了，是要被人唾骂的，你还要不要形象了？”

陆询却一脸不屑：“在爱情里，本来就没什么道德可言，你在爱情里讲谦让和先来后到完全没有意义，瞻前顾后也只能说明你还根本不够爱。我陆询喜欢的人，我就是做小三也不会放弃，形象那种东西，可以吃吗？比起我喜欢的人，有什么重要的？”

钱唯很想把这段话录下来以后放给十年后的陆询听，陆询啊陆询，你既然这么有觉悟，为什么当初莫梓心被钱川追走了，你就默默地单身了这么多年啊！你有本事去做男小三把人家抢回来啊！说大话谁不会啊！

“何况我喜欢的人，我不会让她和别人有交往机会的。”陆询语气不屑地补充道，“我陆询根本不至于沦落到做男小三的地步。”

行行行，钱唯很想告诉他，十年后你那是沦落到了连做男小三也没机会的地步！

好在虽然嘴上很硬气，但陆询到底还是跟着钱唯走到了过山车项目的排队处。过山车也是主题公园内的大热项目，排队的人不少，钱唯踮起脚尖四处张望，可直到排队轮到了她，她也没见着队伍里有莫梓心和钱川的脸。

主题公园的门票也不便宜，来都来了，还排在队伍里等了这么久，既然轮到了，那不去白不去！

秉持着这种想法，钱唯还是硬着头皮拉着陆询一起坐上了过山车。钱唯其实是个很惜命的人。原本的她，过山车这种项目完全不在她的考虑范畴内，上辈子也从没有坐过过山车，因而虽然听过别人形容过山车的恐怖，也在过山车下面听过车上人在空中的鬼哭狼嚎，但因为自己没体验过，心里总还是没有真正意识到过山车的可怕。

然而这一次……过山车一发动，钱唯就开始后悔了；过山车加速的时候，她开始喊了；过山车垂直俯冲的时候，她开始哭了；等过山车终于绕完一圈结束的时候，她发誓，这辈子就这么一次了……

等钱唯走出过山车，她觉得自己的腿都是软的。陆询坐在她身边，刚才倒是全程没有一句呼喊，安安静静、镇镇定定，让钱唯恍惚觉得这家伙就是那种还能在过山车上接电话然后淡定告诉对方“这会儿有点吵，马上就好了”的类型。此刻的钱唯自然满脸菜色，但不知为何，陆询的脸色竟然也十分不好看，他皱着眉，抿着好看的嘴唇，脸色犹如罩着寒霜。

难道陆询碍于男人的面子什么都没喊，但其实内心怕得要死？

钱唯观察了半天，还是决定上前关心一下未来老板的心理健康：“这个过山车吧，确实挺可怕的，主要是那种失重感，要是你想尖叫也是很正常的，那个，不是有首歌唱的吗，男人哭吧哭吧不是罪。我说，有时候啊，心里的情绪要大声发泄出来叫出来才行，觉得过山车可怕完全不是什么问题，可把刚才的恐惧感压抑在心里，那样憋着才难受，没准还搞出心理阴影了。”

“全程一句话没说的我会害怕？”

“那……那你的脸色怎么这么难看啊？”

陆询似乎试图忍耐，但最终显然失败了，他的声音带了一点咬牙切齿：“你没发现下了过山车以后就一直有很多人在看我们？”

钱唯抓了抓脑袋：“有吗？”她刚才光顾着腿软了，压根没注意别人的目光，此刻经陆询一提，她一转头，才发现确实有不少也是刚从过山车上下来的人，正看着她和陆询偷偷地笑，甚至还有几对活泼的情侣，热情地走上前朝她挥了挥手，然后意味深长地看了一眼她身边的陆询：“你就是陆询吧？”

钱唯目瞪口呆：“他们盯着你看，是因为你比较帅？不过为什么连他们都知道你叫陆询？你竟然这么有名？”

陆询仿佛用了巨大的努力克制着情绪：“准确地说，他们是盯着你看，钱唯，你知道你刚才坐过山车喊成什么鬼样子了吗？你还记得你喊了些什么乱七八糟的吗？”他有些忍无可忍，“就几分钟而已的过山车，你骂了起码有三分钟的粗话。行，人害怕的时候或许下意识就会忍不住骂粗话，我接受了。你这些粗话还不带重样的，行，作为个学法律的，口才好也正常，我也接受了。但你骂着骂着突然连带着把我也骂上是什么意思？”陆询恶狠狠地看着钱唯，“不然你觉得他们怎么知道我的名字？”

在陆询质问的语气里，钱唯才隐隐约约地想起来，自己刚才确实……确实喊着喊着就开始骂陆询了，毕竟自己会来坐这么恐怖的过山车，就是为了帮陆询追莫梓心啊！

但面对陆询一张臭脸，钱唯只能干笑道：“可能是因为你艳名远播，实在太有知名度吧……”反正没有证据，钱唯准备打死不承认，“我刚才可能确实太害怕忍不住粗话脱口而出了，但我肯定没骂你，你肯定听错了，我不是这种人，你可是我的偶像，人怎么能随便骂偶像呢！”

“两位，要看一下刚才在过山车上我们为你们拍的照片吗？”

钱唯正准备继续往外走，却被过山车项目的工作人员打断了，对方热情地指了指电脑。现在游乐场都很有商业头脑，在过山车垂直俯冲的那一段设置了摄像和拍照功能装置，好把人们那一刻的表情固定下来。毕竟很难得才有勇气坐这样一趟过山车，大部分人还是愿意买下这些具有纪念意义的照片和视频的。

“我看看。”钱唯好奇地把头凑到了电脑上，结果她刚看了一眼，就恨不得当场销毁整台电脑。

自己被抓拍到的那张照片，实在是太丑了！

抓拍时过山车正经过垂直俯冲的轨道，钱唯只记得当时自己觉得快死了，而抓拍很精确地保存了她那一刻的表情。因为俯冲的速度很快，钱唯的前刘海糊到了脸上，嘴巴张得老大，显然在尖叫，虽然是静态的照片，但仿佛都能听到她的惨叫，眼睛吓得正翻起了一个巨大的白眼，眉头差不多扭成了一朵麻花。而坐在她身边的陆询，表情十分平静，即便在这样飞速疾驰的过山车上，他也姿态端庄，只是一张脸上写满了生无可恋，仿佛坐在钱唯身边都是一种忍辱负重。

工作人员显然也看到了这张照片，自知抓拍得并不好看，他咳了咳：“照片不要也没事，我们还有摄像的小视频……”

钱唯还没来得及说不，热情的工作人员就点开了所谓的小视频，钱唯那撕心裂肺的大喊大叫便毫无预警地响了起来。

“啊啊啊啊啊啊！陆询你这个浑蛋！陆询去你×××的，我×你祖宗十八代陆询！啊——”

陆询面无表情，他看了一眼钱唯：“你肯定没骂我？”

“陆询，你听我解释……”

“我肯定听错了？”

“这个……我……”钱唯急中生智，信口开河道，“你也知道坐过山车在那种刺激的情况下，有些行为，人是会不由自主的，你是我的偶像，平时高大的形象一直在我心中，我就不由自主说出了你的名字。”钱唯拽了拽陆询，“你看时间也挺赶的，咱们还是赶紧先去找钱川和莫梓心吧，就别在这儿逗留了……”

“两位要买下这份视频吗？留个纪念？”

“不买不买！”

几乎是在钱唯说出口的同时，陆询的声音也响了起来，他还是一如既往地言简意赅：“好，多少钱？”

“视频的话220元一份，照片50元一份，两个一起买的话250元。”

“好，视频和照片一起买。”

钱唯急了：“陆询，250这数字多难听，买了不是二百五吗？再说我们又不是情侣，这有什么纪念意义的！”骂了陆询被当场抓包已经很糟糕了，如果还让陆询保留下这段视频，本来随着时间就能忘记的事，这不给自己埋下一个定时炸弹吗！万一未来陆询什么时候翻出来看一遍，不是不断提醒和加深她骂他的印象吗！这能不破坏未来员工和老板之间的和谐友爱吗！绝对不能让陆询买！

钱唯劝说道："你看这视频拍得也不咋样，尤其这照片你看看，把我拍得多丑！哪里值250块钱啊！"

陆询看了一眼照片："把你拍得是不怎样。"他淡然一笑，"可把我拍得很好啊，尤其在你的对比下，我显得实在太好了，我觉得很值得收藏。"

钱唯很想说，那你考虑一下被拍得很丑的我的心情好吗……

"我自己付钱收藏自己的照片，你有意见吗？"

"没……"行行行，你美你有理，我丑我闭嘴，掏钱的才是大爷，钱唯心想，我怎么敢对未来老板有意见？只要未来你愿意多给我点年终奖，你说什么都是对的！

坐完了过山车，钱唯又愁苦起来，钱川这小子如脱缰的野马一去不复返，偌大一个主题公园，压根见不到他人影。这么大半天，她也有些自暴自弃了，反正难得来一趟主题公园，索性自己玩算了。

钱唯看了看不远处的旋转木马，有些心动："陆询，我们去坐旋转木马吧！"

"不要。"陆询却显然不准备给她面子，拒绝得十分果断。

钱唯还不放弃，继续鼓吹道："我们既然买了主题公园的门票，就不能浪费了啊，你看看，别的项目排队的人都超级多，一看就得等个半天；但旋转木马这儿根本不用排队，我们正好可以一边玩一边从长计议，商量商量下面去哪个项目找钱川和莫梓心成功概率比较大。"

陆询抬了抬眼皮："你觉得我看起来娘吗？"

钱唯不明所以地摇了摇头："不娘啊！"

"那不就行了。"陆询翻了个白眼，"你看看去坐旋转木马的都是什么人？都是女的，我一个男的，去坐旋转木马，你不觉得不太搭？"

钱唯还不死心："可你看，那儿也有男生啊！也有男生在坐的！"

"那都是情侣里男的陪着女朋友坐的。"陆询看了一眼钱唯，"请问我们是情侣吗？"

"你就当是朋友陪我坐一下？"

陆询又看了钱唯一眼："请问我们是朋友吗？"

“陆询，你这就太不够意思了吧！”钱唯道，“我们好歹是战略合作伙伴啊！我可是大义灭亲帮你撬自己亲弟弟的墙脚啊！难道我们这个交情连朋友也算不上？”

陆询微微一笑：“是朋友所以总是变着法子说我坏话背地里骂我？我甚至都怀疑你是钱川特意派来把我支开的。”

“我对天发誓，我是无辜的！”

陆询瞥了钱唯一眼，他刚想说什么，突然顿了顿向某个方向看去，然后也没顾上再理睬钱唯便快步朝那个方向走了过去。钱唯循着他的目光，才发现在他们不远处的垃圾桶旁，有个五六岁模样的小男孩正一个人一边哭一边抹着眼泪。

等钱唯也朝着那儿走去的时候，陆询已经走到了小男孩面前。

“小朋友，你为什么哭？是和家人走失了吗？”

平时从来冷面冷语，让人感觉多和他说一句话都得付费似的陆询，此刻竟然用一种钱唯从没见过的温柔语气询问着那个哭泣的小男孩。甚至大概为了不让小孩害怕，平日里十分在意形象的陆询竟然就这么蹲下了身，让自己的身高不至于给小男孩造成压力，而由于腿实在太长，要下蹲至和小男孩视线齐平就十分吃力，但陆询保持着那个让钱唯看起来就难受的姿势，竟然保持了很久。他那张冷淡疏离的脸上，神色也十分温和，阳光照在他的半边侧脸上，仿佛为他棱角分明的脸也画上了毛茸茸的边框，这是钱唯从没有看到过的陆询，温柔得像是初春三月里暖洋洋的风。

“我和妈妈走散了。”小男孩回答完，嘴一撇，又准备继续哭。

钱唯也低下头：“小朋友不哭了，姐姐带你去找妈妈好吗？”

小男孩眨巴眨巴眼睛，很不给面子地继续哭起来，一边哭还一边嚷嚷：“妈妈说不能和陌生人随便乱走。”

钱唯有些尴尬，她自己找台阶道：“哎，现在的小朋友都很精明的，都知道不要随便和陌生人走，那要不这样，我们陪着这个小孩站在原地等他妈妈算了。”

“那哥哥带你找妈妈好吗？”陆询揉了揉小男孩的头，然后朝小男孩伸出了手，“妈妈现在一定很着急。”

小男孩看了陆询两眼，最终擦干了眼泪，有些腼腆地笑笑，然后也伸出了自己的小手，放到了陆询的手中。

钱唯心想：小朋友，你那套不随便和陌生人走的理论呢？为什么到陆询身上就失效了？

陆询牵起了小男孩的手，走了没几步，他想起什么似的停下来，又摸了摸小孩的头：“你在这里等一下哥哥，哥哥买点东西就来。”

说完他就快步朝不远处的主题公园商店走去，再出来时手上就多了两个彩色圈圈棒棒糖。

“这个给你吃。”陆询拿着其中一个棒棒糖，再次蹲下身，递给了小男孩。

然后他看了钱唯一眼，把另一个递给了她。

钱唯看着棒棒糖愣了愣：“给我？”

陆询别开了头，有些羞赧又有些不耐烦似的：“买一送一的，你不要我扔了。”

“要要要！”钱唯生怕他后悔似的，赶紧一把接过了他手里的棒棒糖，虽说有些幼稚，可不论多大年龄的女生，对糖果都无法抗拒，她尤其嗜甜，平时工作时嘴里都塞着颗糖，好像生活压力再大都能靠着嘴里的那点甜味过下去。

钱唯就这么嘴里叼着个棒棒糖，和陆询牵着小男孩一起朝游客中心走去。主题公园里人来人往，怕孩子被撞到，陆询牵着他走了没多久，就索性一不做二不休干脆把小男孩抱了起来。四五岁的男孩子，体重也不轻，但陆询竟然就毫不费力地把他单手托起，在路过一队熙熙攘攘的旅游团游客时，竟然还有余力伸出另一只手来拉了钱唯一把。钱唯被陆询这么拉了一下，才意识到刚才他看似随意的动作，其实堪堪护住了自己的左肩，让她免于被旅游团中一个身材臃肿的老阿姨推搡。

然而钱唯还没来得及感谢，陆询就瞥了她一眼：“只是随手的，换谁我都会这么做，你别想多了。”

算了，钱唯心想，我还是收回我心里那一点点刚萌芽的感动。

就在陆询带着小男孩往前走的途中，小男孩突然轻轻拉了拉他的衣领：“我、我想起来了，妈妈刚才是去了厕所，叫我在旋转木马那里等她。”他一边说，一边指了指不远处的旋转木马。

“真的吗？”

小男孩用力点了点头：“真的！”

“好，那哥哥就带你去旋转木马那里等妈妈好不好？”

小男孩又点了点头，他机灵的黑眼珠转了转：“那我们能不能一边坐旋转木马一边等？”

陆询看了一眼旋转木马，显然有些犹豫。他的长相本来就够有回头率了，此刻这么年纪轻轻还带着个孩子，就更加显眼了，万一再去坐旋转木马，可以说想不让人注视都难了。

那小男孩也是古灵精怪，他看出了陆询的迟疑，于是放了个大招，他看着陆询腼腆一笑，甜甜地道："漂亮哥哥，我们能去坐旋转木马吗？"说完还亲昵地把自己的头埋进了陆询的脖颈间蹭了蹭，样子可爱极了。

可惜卖萌也没用，钱唯心想，陆询这家伙可不吃这一套。以往做一个案子时，对方辩护律师是个长相甜美可爱、初出茅庐的小女生，庭里庭外向陆询卖萌撒娇了无数回，结果他一点不为所动，不仅让人家输了，还让人家输得十分难看。

结果令钱唯惊掉下巴的事发生了，陆询对着那小男孩粲然一笑，轻轻刮了下对方的鼻尖："能，那哥哥带你去坐旋转木马。"

等等……说好的形象呢，陆询？明明刚才自己各种讨好劝说也不肯去坐的旋转木马，小崽子的一句"漂亮哥哥"就搞定了？

"你不是也要坐？"

钱唯站在原地，瞪着陆询走向旋转木马的背影，直到对方转身喊了自己，她才意识过来，跟了上去："那我也去！"

当柔和的音乐响起，钱唯坐在木马上，看着周遭的景致也开始旋转，突然有种自己回到童年的错觉。

一圈结束，钱唯还颇有些意犹未尽，望向旋转木马的眼神还很留恋。

"你难道是第一次坐旋转木马吗？"

钱唯愣了愣，才发现是那小男孩正站在一边观察着她，明明一个小屁孩，此刻插着腰，语气倒是有几分大人的姿态。

"第一次坐不行吗？"

那小屁孩看了一眼钱唯手里和自己如出一辙的棒棒糖，语气相当不屑："你好幼稚呀。"

竟然还被一个这么屁点大的孩子鄙视了。这小屁孩，明明刚才找不到妈妈还哭鼻子，现在有了陆询这个靠山，竟然趾高气扬起来。

钱唯作势吓唬小孩道："敢鄙视我，信不信我教训你！"

结果这小屁孩精得和猴似的，他冲上去撒娇似的抱住了陆询的大腿："漂亮哥哥救我。她要以大欺小！"

陆询也由着他抱，还笑眯眯地摸了摸他的头："有哥哥在，你不要怕。"

他看了一眼钱唯，“她很听哥哥的话，哥哥让她不要打，她就不会打。”

陆询，虽然你是我未来老板，可也不能这么嚣张吧……

为了挽回尊严，钱唯只能咳了咳：“小朋友，对待我这样的长辈，你得懂礼貌，你看，你是不是应该喊我什么呀？你要是喊声好听的，我就不和你计较你不礼貌的事情了。”

那小男孩又求助似的看了一眼陆询。

“懂礼貌的小朋友最可爱。”陆询笑笑，样子温柔极了。

那小屁孩嘟了嘟嘴，最后不情不愿般地开了口：“姐姐。”

“你叫他漂亮哥哥，那你应该叫我什么呀？就只叫姐姐吗？”

“跟班姐姐。”

不应该也叫她漂亮姐姐吗？钱唯心想，难道自己刚才给的暗示还不足够？

“为什么我是跟班姐姐？”

小男孩很得意：“你不是听漂亮哥哥的话吗？那不就是听话的跟班吗？”

“那除了跟班呢？你看看姐姐还有别的什么特点吗？”

小男孩摇了摇头：“没有了哎。”

钱唯本还想争取一下，却听轻轻一声，是陆询笑出了声。

自己这点小心思，肯定是被陆询看穿了，此刻即便是钱唯，也有些尴尬。

“行了，小朋友，你就叫她一声漂亮姐姐吧。”

小屁孩仰起头：“可是，她不算漂亮呀！老师教我们不能说谎啊！”

钱唯顿时感觉自己心头又被插了一刀。童言无忌，小孩子并不懂得那些人情世故，也不懂得不让人难堪的道理，因而说的话反而更加犀利和直白。

“那在你眼里什么样的才是漂亮呢？”

小男孩比画起来：“我们班级的王萌萌我觉得才是漂亮，她的脸是圆圆的，笑起来有两个酒窝，头发是卷卷的。”

陆询笑了笑：“你觉得卷发有酒窝的圆圆脸漂亮，但哥哥就不觉得；而你觉得这个跟班姐姐不漂亮，哥哥倒是觉得她漂亮。每个人对漂亮都有不同的理解，所以千万不要轻易就用自己的单一标准下结论。”他轻轻刮了一下小男孩的鼻尖，“而且男生是绝对不可以当着女生的面说人家不漂亮的。知道了吗？”

小男孩咬了咬嘴唇，然后郑重地点了点头。

“那现在知道怎么叫这个姐姐了吗？”

“嗯！”小屁孩朝钱唯笑了一下，声音洪亮，“漂亮姐姐！”

“真乖。”

钱唯听着陆询和小男孩的这段对话，不知道为什么，脸就有些红，尤其当陆询说她漂亮时，明知道这大概是陆询给她找的台阶，但还是有些内心悸动。被这样一个英俊的男人说漂亮，即便知道对方言不由衷，也没法完全无动于衷。

而看着陆询此刻温柔的侧脸，钱唯也忍不住有些感慨，平时死板着一张脸搞得生人勿近般的陆询，没想到竟然这么喜欢小孩。看着陆询一个人过了那么多年，平时醉心于工作完全不问感情，钱唯还一直以为他对家庭对孩子并没有什么大的向往呢。

“你真的是第一次坐旋转木马？”

钱唯愣了愣，才意识到陆询是在问她。

说起来有些丢人，钱唯之前确实一次也没坐过旋转木马。因为她和钱川是双胞胎，她又和钱川一样好动，一直以来，要是去公园去游乐场，为了方便看管不容易走散，她的爸妈常常让她和钱川玩一样的项目，钱川那小子自然看不上旋转木马这种太过女性化的项目，从来都只能她陪着他玩那些男性化的项目。

“所以说，别说旋转木马，其余小女生会喜欢的项目我通通没有玩过。”钱唯一边解释一边趁机表忠心，“所以我说我是从小生活在钱川的压迫之下嘛。”

“嘟嘟！”

“妈妈！”

就在钱唯准备继续趁机损钱川的当口，有个穿着红裙的中年女人朝着他们跑了过来，她脸色急切，声音里难掩喜悦。而一听到这个声音，那小男孩的眼睛也亮了起来，他这次一点也不再黏陆询了，撒开腿就朝着那女人跑了过去，一下扑进了对方怀里。

“可让妈妈找到你了，是妈妈不好，下次一定到哪儿都带着嘟嘟，再也不能把我们嘟嘟给弄丢了。”那女子蹲下身，摸了摸小男孩的头，眼神间都是怜爱。

得知是钱唯和陆询陪着嘟嘟在旋转木马处等待，她郑重地感谢了二人。

“谢谢你们两位，你们心肠这么好，又郎才女貌登对得很，你们一定会幸福和美的。”

“我们不是……”钱唯知道对方是误会自己和陆询是情侣了，可澄清的话还没说出口，就被陆询打断了。

“谢谢。”他没有解释，只是道了谢。

等嘟嘟和嘟嘟妈妈走了，钱唯有些不解：“陆询啊，我们明明不是情侣，你怎么不解释啊？你看，人家绝对误会了。”

“人家又不关心我们是什么关系。她找回了孩子，急着回家，不过是客套的感谢话，我为什么还要多一事去花时间解释。”陆询瞥了钱唯一眼，语气有些质问，“何况就算被误会成情侣了，也是我比较吃亏，我都没急着解释，你这么着急干什么？难道你是觉得被误会成情侣的话我配不上你？”

“我那不是替你不值吗？竟然被误会和我是一对，你这种条件，怎么也得和莫梓心配一对才是！”钱唯讨好地笑了笑，“不过真没看出来，你原来这么喜欢小孩。”

陆询哼了一声：“不可以？”他说起小孩子，脸上也难得地露出一丝笑意，“你不觉得小孩很可爱吗？最开始是白白软软的一团，后来会咿咿呀呀，跌跌撞撞地走路，会哭会笑，会依赖你，会相信你，自己这么慢慢养大一个小孩，你不觉得很好玩？”

“看不出啊，我总觉得你是那种工作狂，对家庭对小孩都没什么渴望的……”

“我绝对不会是那种只知道工作，都快三十而立了也没有结婚，更没有感情生活，没有家庭温暖的人。”陆询撇撇嘴，“我以后可是会早早结婚生孩子的，我的计划是28岁的时候就儿女双全。”

钱唯心想，陆询这梦倒是做得挺美，可惜他或许不知道，上一世里，他就真的是自己此刻嗤之以鼻的那种快三十了但没有结婚也没有女友没有感情生活的人……只是真的看不出，原来高冷如陆询，真实的内心世界竟然是这样的！真是造化弄人啊，其实有时候那些三十好几了没有感情生活只有工作的人，内心或许也很渴望家庭的温暖呢！人家平时都是假装坚强，每天加班到深夜，一个人回到冰冷的家里，没准半夜都钻在被窝里哭呢！钱唯又看了眼陆询，脑补了一下他每天从律所回家一个人哭唧唧的模样，突然有些忍俊不禁。

这下钱唯看陆询的眼神也有些同情了：“话也不能这么说，有些三十好几没结婚没对象的，或许是有事业心，内心有梦想，想要无所牵挂地大干一场呢！更何况，有些人三十好几没对象，也不是自己不想谈啊，工作忙起来，就很难有时间去谈恋爱，而且现代社会，节奏这么快，也不是一定就能很快找到适合自己的那个人的，有些人幸运遇见另一半比较早，但也有些人慢半拍的。”这倒不只是维护上一世的陆询，钱唯这么说，下意识也是维护她自己，毕竟和陆询一样，她也是快三十了没个对象没感情生活只有工作啊……

陆询却嗤之以鼻：“算了吧，是个人只要正常都多少会对感情有渴望。都快三十了心中只有工作的，恐怕是爱无能，而那种想找对象却推脱说工作忙没时间的，就单纯是能力差了。优秀的人从来都能够兼顾好工作和感情的。”

陆询，真希望你这些话能被快30岁的你自己听到，不知道那脸得打得有多响……

“哎！钱唯！可算找着你了！”

就在钱唯腹诽陆询的时候，突然传来了刘诗韵的声音，钱唯抬头，才看到刘诗韵气喘吁吁地正朝着她跑来，而她的身后，正站着脸色相当臭的钱川。

钱唯盯着钱川看了许久，都没看到莫梓心，她好奇地问道：“莫梓心呢？”

钱川一脸吃了屎的表情：“走散了！”

“什么时候走散的？”

“鬼屋里就走散了。”钱川没好气道，“你满意了吧？”

钱唯这下确实心满意足，连自己那点兴奋都懒得掩饰。陆询这一路没能和莫梓心同行，结果老天开眼，让钱川也没得逞，这下可太好了，钱川这下也没什么优势了。

为了确认，钱唯追问道：“那之后你和莫梓心都没碰上头，你一路都是和刘诗韵在一起？”

钱川别过了头，默认了这个事实。

钱唯大笑着一把搂住了刘诗韵：“你果然是我的好闺密啊，啊哈哈哈哈。”

钱川冷冷笑了声：“确实是你的好闺密，坑我的方式都如出一辙，你们看看……”他伸出了胳膊，露出了上面青红的几个手指印，“这就是她捏的！”他斜睨了一眼刘诗韵，“你不是十里八乡闻名的‘刘大胆’？那你倒是别在鬼屋里鬼叫着，全程挂在我身上啊？行，你就算挂在我身上，那你也行行好别捏我啊。你和钱唯都是学法律的，你们自己看看，我这构不构得成轻伤了，这构不构得成故意伤害了！”

“呸，你才故意伤害，我这可是和泰国人学过的正宗泰式按摩指法，给你捏捏没问你要钱都便宜你了，你还想怎么的啊？”

钱川气急：“你这女人怎么这样！得了便宜还卖乖！你们法学院是教你们来颠倒黑白的吗？”

刘诗韵对空翻了个白眼：“钱川我跟你说，我刘诗韵今天对你已经算是客气的了，这还是看在你是钱唯弟弟的分上呢。”

钱唯赶紧煽风点火：“千万不要看我的面子，请尽情地对他不客气！”

因为钱唯的原因，刘诗韵一直是认识钱川的，但也仅止于认识而已，即便上一世，过了那么多年，刘诗韵也没和钱川热络上，但两人倒一直对彼此挺友善，平日里见面也都能互相点个头笑笑的。钱唯没想到重生一世，这两人竟然就这么杠上了。

刘诗韵撸了撸袖子，得到了钱唯的首肯后，大有大干一场的架势：“什么叫颠倒黑白，我这叫口才，你有这智慧和大脑吗你？”刘诗韵呵呵笑了一声，“哎呀，我忘了，你可是体科院的，你肯定没有，你那大脑，估计就是下火锅当脑花都不够格，都嫌浪费火锅底料。”

钱川气得语无伦次：“你……你……”

好在此刻已近傍晚，临近大家集合的时间，没多久，其余人也陆陆续续都走了回来。钱川眼尖，一下就看到了正从不远处走来的莫梓心，立马抛下了刘诗韵，不再恋战，赶紧调整了情绪，又挂上了一张阳光的笑脸，准备迎上前去。只可惜莫梓心这样的美人，就算和钱川失散，也绝对不会孤身一人，此刻她的身边陪着一个高个的男生，两人也正有说有笑，钱川顿感危机四伏。莫梓心身边那男生，显然也对佳人有意，一双眼睛警惕地看着钱川，处处挡着他，颇有种不准备让他接近莫梓心的意图。

幸而莫梓心先主动走了过来：“钱川，刚才不知怎么就和你们走散了，这是我刚才买的小纪念品，送你一份。”

钱川拿了纪念品，很是嘚瑟，他忍不住对钱唯使了个眼色炫耀起来：“瞧瞧，她对我就是与众不同的，就算你百般设计破坏我们，就算今天我没能陪着她玩。我早就知道，我在她心里已经占据了最独特最重要的地位了。”

钱唯呵呵一笑：“那你看看那边。”

钱川一转头，就见莫梓心走到了其余同学身边，给每个人都送上了一份和钱川那份一模一样的小纪念品，钱唯和刘诗韵也各自拿到了一份。

送完这一圈，莫梓心才状若自然地走到了陆询身边，她低下了头，微微抿着嘴，样子有些腼腆：“陆询，这份是给你的。”

虽然莫梓心的动作很快，但钱唯还是看清了，她送给陆询的这份包装是不同的，看起来比别人的都大。陆询对莫梓心这么不殷勤，结果到头来，莫梓心对他还是最与众不同。

可惜对于美女的这番示好，陆询一点没表现出热情，还是那副冷冷淡淡的死样子，像是没有导热功能的元器件，客气疏离地对莫梓心点了点头，道了声谢谢，言简意赅得仿佛多说两个字就会要他的命似的。

钱唯心里捏了一把汗，虽然说有时候不论男女，偶尔的矜持都能让自己更为动人，可陆询，你这也矜持得有点过头了吧！

好在莫梓心倒很是坚强，对于陆询这份冷淡，神色只闪过一丝尴尬便又恢复了灿烂，她又笑着和陆询说起了什么，钱唯本想努力靠近听个墙角，结果刘诗韵这家伙就蹦跶到了她身边。

“我说你们没去看那4D电影简直是太对了，你知道那是啥玩意吗？电影里骑马，那破座位就给我一阵阵地颠，快把我颠吐了，主角在里边迎风奔跑吧，就给我迎面一阵阵吹冷风，都快把我吹感冒了。”刘诗韵形容着她的第一次4D经历，显然很是起劲，她扫了一眼钱唯，然后更来劲了，“我天，你这也太幼稚了吧，竟然买了块那么浮夸的棒棒糖。”

“这是别人买的时候买一送一的，人家多了不想吃，就给我了，可不是我自己买的。”

刘诗韵朝钱唯翻了个大大的白眼：“得了吧你，你以为我没去那个商店里转悠啊！这糖我刚才还在那个周边商店里看到，别看这么一丁点，可贵了，根本没有什么买一送一的活动，你吃就吃吧，我不嘲笑你了。”

“啊？”钱唯愣了愣，没有买一送一的活动？那陆询刚才为什么撒谎……

“大家集合了集合了！我们去下一站了！”

可惜钱唯还没来得及细想，本次活动的几个主办人就开始召集大家重新上大巴去之后的目的地了。

这次的行程安排里，今天一天是在主题公园，明天一天就安排在附近的森林公园里户外活动。而这个森林公园已经开发了很成熟的旅游配套设施，不仅有专供烧烤的区域，还有让人能体验到露营感受的小木屋，这些小木屋依山而建，需要拾级而上，屋子有单人套间的，也有别墅式的小树屋。今晚钱唯一行预定的就是这里的家庭公寓式小树屋。因为人多，学生会负责人预定了几栋连在一起的小树屋，这些小屋内部也有可以互相通行的门，晚上串起门来也十分方便。

森林公园离主题公园并不远，大巴行驶了十来分钟，就到达了目的地，钱唯和刘诗韵下了车，便听到几个学生会成员在安排住宿分组的事。

“钱唯、刘诗韵、莫梓心、陆询、王浩、张明、陈萌萌……你们这几个法学院的就安排在一个小木屋了啊。”

其中被点名的王浩举起了手：“我能不能和我电科院的朋友一间啊，我们早就说好了的。”

钱川瞅准了机会：“兄弟，那正好，我和你换，我去你们法学院那间，你和你电科院的朋友与我们体科院的住一块好了。我爸妈老关照我，出门在外一定要保护好我姐，时刻不能离开她左右，要让我晚上不能和我姐住一起，我会担心得睡不着觉的。”

“行，那你就去法学院那间吧。”

钱唯目瞪口呆地看着钱川就这么得意扬扬地踱到了自己这队人里，他朝莫梓心笑笑，一脸诚恳的模样：“你们法学院女生多男生少，这在山上的小树屋，不像酒店，树屋外面没什么防护设施，万一半夜有个什么事的，有我在也好保护你们。”他一边说着，一边假装不经意般撩起了自己的衣袖好展示出自己的肌肉。

“钱川，你刚刚不是还说要时刻保护我不离开我左右？”钱唯一把拽住了钱川，把他从莫梓心身边拖了开来，“那你就好好待在我身边保护我吧。”

钱川瞪了钱唯一眼，但总算安分了下来。

大家各自按照分组进了不同的树屋放好了行李。家庭公寓式的小树屋一共有三层，一楼是宽阔的客厅和活动场所，二楼有两个房间和一个卫生间，三楼也是同样的格局。最后的分配方案是女生统一住在三楼，钱唯和刘诗韵住一间，莫梓心和陈萌萌在另一间；男生则住在二楼，钱川抱着知己知彼百战不殆的原则，紧紧跟随陆询，不惜套近乎也要和人家住一间，另外两个男生就住了剩下另一间。

“走吧走吧，赶紧去外面准备烧烤啦。”刘诗韵一想到吃，就情绪激昂，“吃完烧烤我们可以去森林里面看萤火虫，是这边专门引进的，可漂亮啦。”

这森林公园挺有商业头脑，靠近低矮山体的部分做出了供游客住宿的各类树屋，而在空旷的地方另外开辟了一块烧烤区域，专供大家野餐。这儿食材可以自带，但酒水饮料不能自带，烧烤炉按照小时收租金，另外总要买些木炭、锡纸和竹签，加上很多人带的食材也不够，一吃高兴了会在景区再买些，算下来景区有钱赚，游客也能尽兴，还带动了森林公园的人流量，倒是两全其美。

一群人分工明确，女生负责洗菜，男生则负责生火和烤，不一会儿，伴随着烧烤的那股烟味，食物的香味便传了出来。

今天傍晚的天气十分好，阳光虽已被云层遮蔽，但还挥洒着余温，一行人席地而坐，那草地上还有淡淡的暖意，微风拂过，带着清新的触感。钱唯坐着，看着大家一边吃着烧烤，一边聊天，每个人年轻的脸庞上都带着那种对未来跃跃欲试的昂扬。钱唯突然就想起了北岛的诗，“那时我们有梦，关于文学，关于爱情，关于穿越世界的旅行。”她忍不住感慨，年轻真好啊。这一刻，她由衷地庆幸，上天给了她机会让她能再次体会到这种年轻的无忧无虑和天真坦然；这一刻，她暂时放下了去改变自己未来的那点冲动，而是仅仅想要好好地珍惜这个刹那。钱川和刘诗韵在她身边不远处拌嘴，莫梓心在笑，陆询还是那副睥睨众生的模样坐在一边喝着饮料，夕阳的余晖洒在他们每一个人的身上、脸上，让他们变得仿佛也发着光不真实起来。这一刻很快就会过去，但钱唯心想：我要牢牢记住它，即便未来钱川定居国外鲜少回国，与我也渐渐没那么亲厚；即便刘诗韵也因为有自己事业的重心，而没法再和我分享生活中的点点滴滴；即便莫梓心彻底消失在我的生活里；即便陆询变成了压榨我的老板……但只要有这一刻的回忆和温暖，未来长大的日子里，那些我们不得不褪去青涩独自面对的人生里，那些我们不得不变得成熟稳重的岁月里，我觉得，仿佛就能靠着这一刻的力量独自走下去。

“光吃烧烤实在太没劲了，要不我们来玩真心话大冒险吧！”也不知道是谁打断了钱唯的思路，这么提议起来。

这个方案倒是受到了大家一致的欢迎。

“来啊！来啊！”

“那我们就转这个空啤酒瓶，瓶口朝谁就轮到谁回答真心话或者去大冒险，瓶底朝谁就轮到谁问或者提大冒险要求，下次就由中招回答真心话或者进行大冒险的人去转瓶子决定下一组。”提议的男孩说完，不经意般地看了眼坐在他对面的一个女孩，“那现在开始吧，我就抛砖引玉，第一轮就由我来做，谁第一个问我问题或者要我大冒险？”

“李志强，那、那我来问你，你有喜欢的女生吗？”

被叫作李志强的男生话音刚落，他对面的那个女孩子就问了起来。

“有！而且今天她也在。”

李志强回答完，大家一阵起哄声，而那女孩也红了脸。其实不难看出，李志强和那女孩互有好感，八成正在暧昧期，就差一个契机捅破窗户纸在一起了，所以这大概也是李志强提议玩这个真心话大冒险游戏的初衷，而在座的其余男女生，存着这份心思的也不在少数。

李志强回答完就转动了瓶子，开始了下一轮。

很快，真心话大冒险的战火就烧到了钱唯他们这边，钱唯一看，瓶口朝着陆询，瓶底朝着莫梓心。

“陆询，你毕业后想做什么样的工作？”

莫梓心倒是挺客气，问了陆询一个挺中规中矩的问题。钱唯心想，这个问题，别说陆询，我都能替他回答，他想做什么，当然是律师啊！毕竟只有律师这种工作按小时收费能满足他了！

“法官。”

钱唯愣了愣，怀疑自己是不是听错了，然而她抬起头，就见陆询正抿着嘴唇，神态认真地回答。

钱唯当下忍不住道：“你不是开玩笑吧？你不想做律师吗？法官检察官这种虽然是公务员金饭碗，可我告诉你啊，未来公务员体制肯定会改革，以后公务员收入可完全比不过律师，而且法官办案压力也很大的！律师才‘钱途’无量！”

陆询皱了皱眉，瞥了钱唯一眼，满脸不屑地说：“我不是只看钱的那种人。”他顿了顿，“在法律体系里，律师的工作固然很重要，但律师的任务是帮助自己的当事人竭尽所能辩护，而不是匡扶正义判断真相，我想做法官，钱少也没事。”

钱唯满头雾水，她很想问，那你怎么上辈子一毕业二话不说就当了律师？

“那你要是当法官，过了十几二十年，你那些当律师的老同学都住千万别墅了，就你住个‘老破小’，你肯定会后悔。”

“我做的决定，绝不后悔。”陆询态度很坚定。

“好了好了，下一组下一组！”

在大家热闹的聊天里，真心话大冒险很快又进行了好几轮，这一次终于轮到了莫梓心，好巧不巧，可以问她问题的竟然是钱川。

钱川显得有一点小紧张，他清了清嗓子，问：“我想问问莫梓心，你的择偶标准是什么样的？”

莫梓心显得有些害羞：“现在谈择偶标准还有点早吧，我也没有特别的想法，合眼缘就行，但身高一定要高。”

话至此处，钱川还一脸笑眯眯的，身高高，他很符合啊！合眼缘，他相信自己多在莫梓心面前晃荡下，也能让人家越看越顺眼。

可没想到莫梓心话锋一转，添了一句：“其余的话，就想找个和我同行业的，毕竟我们学法律的，平日里法言法语说多了，我觉得找个同行比较能说得来话，一起讨论案子也不怕没话题。”

莫梓心说完，看了陆询一眼，可惜陆询垂着眼睛，压根没在意莫梓心的这拨春光潋滟。

瓶子又转起来，又轮到了李志强回答，大家也大声起哄起来，钱川就在这起哄声里非常郁闷地凑到了钱唯耳边，声音哀怨：

“你说我现在学法律，要用几年才能通过司法考试？”

刘诗韵离得近，也听到了钱川的话，她脸上表情揶揄：“我劝你还是放弃吧，要是哪天丧尸病毒来袭，我和钱唯肯定得到处逃跑才能保住小命，你倒是绝对安全不用怕，为什么呢？因为你这个大脑啊，连丧尸也看不上。”

钱川望着不远处的莫梓心，忍了忍，他此刻充满了豪情壮志：“没关系，如果考一年考不上，我就考第二年，第二年还考不上，我就考第三年！我就不信邪了，只要功夫深，铁杵磨成针，只要我努力，一定可以的！”

“司法考试以后肯定是会改革的，非法本就考不了了。”钱唯喝了口橙汁，拍了拍钱川的肩膀，语重心长地说，“钱川啊，你恐怕在司法考试改革前都是考不过的，你没听过吗？适时放弃是一种智慧，会让你更加清醒地审视自身内在的潜力和外界的因素，会让你疲惫的身心得到调整，这样你才能开始新的追求,才能成为一个快乐明智的人。”

“滚！”

“钱唯！到了你！快回答问题吧！”

钱唯正在发愣的当口，刘诗韵晃了晃她的胳膊，钱唯这才意识到原来这次瓶口对准了自己，提问的是个不认识的男生，因为彼此不熟悉，他的问题也并不让人为难。

“你毕业后想从事什么工作？”

对这个问题，钱唯想也没想就答道：“我要做一个女律师。”

那男生挺崇拜：“看来未来你是那种事业型的女强人啊。”

陆询也难得地抬头分了一点眼神给钱唯。

这下倒搞得钱唯有些不好意思：“我也不是要当事业型，我的出发点其实很单纯，律师钱多啊！我就是想过那种买东西不用看价格的人生啊！最好以后找个律师同行，大家一起发财一起飞，过上‘腐朽的资本主义’生活！没准我还能傍上个合伙人呢。”

“庸俗。”陆询的评价一向言简意赅直击要点。

钱唯看了眼陆询，腹诽道：你这个未来的资本主义典型，还好意思说我庸俗？

她拍了拍陆询的肩膀：“你现在这么说，是因为还太年轻了，以后什么不要花钱啊？谈个恋爱就要钱好不好？”

“难道你谈恋爱就只在乎钱？”

钱唯耸了耸肩：“当然肯定有愿意陪男生吃糠咽菜的女生，但我可是娇花，吃不了大苦，恋爱虽然不是只在乎钱就好，但面包和爱情同等重要，而且你可能不知道，公务员的离婚率其实非常高，远远超过律师的离婚率。更何况我觉得你更适合当律师。”

“哦。”陆询似乎若有所思，但简短的应答后，他就陷入了沉默，并没有再说话，只是看了钱唯一眼。

钱唯也没在意，虽然不知道此刻陆询为什么这么想当法官，但不论怎样，或许他后来受了什么很大的刺激，或许是认识到了现实，总而言之最后他会成为一名律师。虽然重生一世，一切都可能改变，但对于这一点，钱唯非常笃定，她有一种预感，陆询最终会选择律师的道路。

第六章…

性感撩人

“走，钱唯，去看萤火虫。”

一场烧烤后，大家都对森林公园里的萤火虫跃跃欲试，只有钱唯对刘诗韵的邀约提不起什么兴趣，不知道是吃太多了还是玩太累了，钱唯总觉得浑身上下不对劲。

“我不去了，我要先回去洗澡，这里蚊子太多了，我浑身痒。”

“蚊子？哪里有？”刘诗韵有些意外，“我怎么一下也没被叮到。”

钱唯回小树屋之前，特意留意了下，她环顾四周，没找到钱川，莫梓心也不在，而再找找，连陆询也不见了。

“他们去哪里了？”

“钱川说太困了要回去睡觉。”

钱唯愣了愣，四周一看，没发现莫梓心的身影，顿时了然：“莫梓心也回树屋了吧？”

刘诗韵点了点头。

“那陆询呢？”

“陆询？我倒没注意，我刚才好像看到他已经朝萤火虫森林那个方向去了。”刘诗韵一边说，一边做出了摩拳擦掌的动作，“不说了，我也准备出发了，还能趁着人少的时候抢占先机多拍点照片。”

钱唯一听陆询竟然一个人去看萤火虫，而放任钱川和莫梓心两个人在树屋里独处，差点一口老血也被气出来。她赶忙往树屋走，要不是自己给他时刻盯着钱川，陆询这墙脚，早就被撬了！

等钱唯回了树屋，第一反应就是观察敌情，屋内挺安静，莫梓心的房门关着，而钱川的房门则半掩着。钱唯轻声闪进了钱川的房间，出乎她的意料，两张单人床中的一张上，竟然真的躺着个人。钱唯一看那被子的花色，知道是他们老钱家给他们姐弟俩的那条，他俩一人一条一模一样。秉承着老钱家的出行习惯，他俩对宾馆住宿有点特殊的洁癖，总要自带被单床单套在宾馆被子和床上。那被子挺轻薄，下面便是个人形轮廓，即便只是个轮廓，也能看得出人高腿长，对方整张脸埋在被子里，只露出了一点头发。钱川这次竟然没撒谎，他还真的是困到不行了回来睡觉了。

钱唯松了一口气的同时，也生出点恶作剧的心态。她蹑手蹑脚地走到床边，然后出其不意地突然发难，动作迅速地用被子蒙住了钱川的头，整个人飞快地翻身骑到了他的身上。这是钱唯从小就乐此不疲的爱好。老钱家其实丝毫不重男轻女，大部分时候老钱夫妇都更宠爱钱唯，因此钱唯从小不仅没受到过钱川的所谓压迫，其实反而常常压迫钱川，比如她从小一直喜欢这么把钱川当马骑，钱川睡觉时恶作剧更是不在话下。

钱川大概是真睡着了，钱唯的动作一下惊醒了他，很快他就挣扎起来。

“你给我下来！”

大概因为被蒙在被子里，此刻他的声音都变得有些失真，听起来都不像他自己了。

钱唯得意扬扬：“挣扎是没用的，被我奴役就是你的命，你还是认命为好。来，你姑奶奶我手冷，给我暖暖手。”她一边说，一边就把自己那双刚用冷水洗过的爪子一把塞进了被窝里，紧紧贴到了钱川的身上。钱唯胡乱摸了两把，才最终找到了钱川的背，把自己那双冷冰冰的手固定了上去。

“你小子最近皮肤挺细腻啊，难道你们男生最近也都走保养皮肤的路线了？你这摸起来的手感怎么和陆询差不多啊。”

“钱唯！”

不仅连皮肤手感像陆询，怎么连声音都像起陆询来了？

就在钱唯心中感慨的时候，她身下的人猛地掀开了刚才蒙在他头上的被子，一个翻身，一下子形势逆转，她被对方压到了床上，而对方的双手按住了她的双手，伏在她的身上，几乎是恶狠狠地瞪着她。

“陆、陆、陆询……”

钱唯盯着自己眼前那张放大的脸，惊吓得连说话也结巴了。

陆询的表情很不好看，以往钱唯总觉得自己在工作中早就见惯了陆询的臭脸，但她发誓从没见过他的脸这么阴晴不定过。他一双漂亮的眼睛里都似乎充着血，大概是被蒙在被子里久了，一张脸都发着红，他那双按住钱唯的手也带着燥热，一贯冷静自持的他此刻呼吸也带了粗重，只有头发带着从被窝里钻出来的那种慵懒凌乱。陆询穿了一件很松垮的睡衣，如今伏在钱唯上方的姿势，让钱唯能够顺着他大开的衣领看清他微微起伏的胸以及那些优美的肌肉线条，伴随着他那种竭力克制的喘息声，他紧实的腹部也有韵律地上下起伏。

这也太撩人了。

钱唯愣愣地看了会儿，才清醒过来似的赶紧转开了头。

陆询低下头，额发轻轻扫过钱唯的脸颊，咬牙切齿地说：“你故意的。”随着他一字一顿的语句，他说话间的呼吸便轻轻拂过钱唯的皮肤，那种温暖潮湿的气息，让钱唯觉得喘不过气来。

钱唯还没来得及细想自己到底故意干了什么，陆询就放开了钱唯的双手，很快翻身下床，然后朝屋外走去。那背影虽然看起来仍旧冷静，但钱唯总觉得他的心情并不平静，否则为什么他刚才按住自己的手在微微发抖，而自己的手腕也被他用力地按出了红痕。

“啊，洗个澡真舒服啊！”

几乎是陆询前脚刚走，钱川就穿着个松松垮垮的大T恤一边用毛巾擦着湿漉漉的头，一边走进了房门。

“钱唯？你怎么在我们房里？”

钱唯没回答，只看了看他身后：“陆询呢？”

“陆询啊，刚才绷着脸去厕所了，真是的，我本来还准备在卫生间里吹头呢，结果他突然冲进来叫我出去。”钱川哼了哼，然后他看了眼四周，发现没人，才把头凑到了钱唯耳边，压低了声音，神秘地道，“本来陆询把我强行赶出厕所，我是有点生气的，不过后来我看到了他睡裤下面的反应，我就决定原谅他，毕竟那确实没法忍。”

“什么反应？”

钱川挤眉弄眼：“就是男人的那种反应。”他嘿嘿笑了一声，“没想到陆询看着这么冰清玉洁，竟然一个人偷偷在被窝里做那种事，啧啧啧，看不出看不出。”他白了一眼钱唯，“你说你什么时候来不行，偏偏赶上了人家进行到关键时刻，你知不知道我们男人有时候很脆弱的，突然被惊吓可能会造成终生的阴影甚至不举啊！真是的，你们女生的房间是闺房不能乱进，我们男人的房间也有隐私好不好？虽然陆询是我的情敌，但是今天这件事上，作为男人，我同情陆询。钱唯，你这个事情做得太不地道了。”

钱唯平日里脸皮一向很厚，但这一刻，她终于忍不住整个人都发起烫来。钱川不知道，但是她知道，陆询并没有在被窝里做那种事，人家真的好好在睡觉，是自己突然发难蹦到了人家身上，还伸手到人家身上一顿摸，才给人家摸出了反应……

钱川压根没觉察出钱唯的情绪变化，还在一个劲地感慨：“不过作为男人，我对陆询还是有点嫉妒。”

“嫉妒什么？”

钱川白了钱唯一眼：“你不知道我们男的就是一起去上厕所都忍不住要比一下大小吗？”他指了指下身，“这里，刚才我看到的，虽然隔着睡裤，但是陆询这个小白脸竟然尺寸惊人。”他一边比画一边说，“支起了这么高！”

“你快闭嘴吧。”钱唯感觉整个人都快着火了，“你这人怎么这么口无遮拦啊，我可是个女生，你当着个女生的面说这种话，你都不害臊啊！”

“拉倒吧你。我上次随手翻到你那本言情小说里写得更露骨，男主角还一夜七次呢，你不还看得津津有味？”

不提还好，钱川这一提，钱唯的脑海里更是浮现出了“尺寸惊人”等少儿不宜的词语，再一想刚才陆询的种种反应，顿时觉得自己整个人都不好了。她也没再顾上什么，趁着陆询还没回房间，赶紧落荒而逃。

钱唯“噌噌噌”跑回房间，关上门就准备躲着不出去了，结果她的情绪刚刚有所缓和，安静了没多久，就听到钱川“啪啪啪”在外边拍门。

“快出来啊，一起打牌了，一起打牌。”他的大嗓门一如既往，“我和陆询还有莫梓心都准备好了，三个人有点少，你一起来啊，三国杀最好四个人才好玩啊。”

2009年，诸如《王者荣耀》《阴阳师》这样的手机游戏还没出现，风靡校园的还是三国杀这类纸牌游戏，钱唯记得有一阵子钱川很是痴迷，果然他今晚也是铁了心要玩，钱唯不出去，他就一直在外面拍门。

在他的“魔音刺耳”里，钱唯想了想，最终还是决定咬咬牙去直面淋漓的鲜血。毕竟就算今天躲着陆询，以后也总要狭路相逢，未来更是还要做上下级，再说了，再尴尬的事，脸皮厚一厚，不也就解决了吗？

钱唯下楼的时候，陆询、钱川和莫梓心已经都在房里等了。莫梓心坐在小茶几边，钱川自然殷勤地为她倒着茶，而陆询就显得置身事外了。他换掉了刚才那身睡衣，穿着休闲但并不随意，即便此刻逆着光，仍旧肤色雪白。他神情淡漠，仿佛刚才那个恶狠狠按住钱唯的人并不存在，但不知道是不是钱唯的错觉，当她看向他的时候，总觉得他的睫毛每一次都会微微颤动，不复之前的平静安宁。

“来来来！”

钱川热情地招呼钱唯坐下，几个人就这么打起三国杀来。

一局结束，莫梓心欠了欠身去了厕所，钱川也趁机跑出屋外准备给莫梓心买奶茶去，于是房内就只剩下了陆询和钱唯。

明明刚刚喝过水，钱唯却觉得有些口干舌燥，她的眼神闪躲，从没哪一刻像现在这样，觉得和陆询单独相处是那么艰难的一件事。而陆询，即便屋内只有他和钱唯两人，也始终侧着头，没有看钱唯。

“我刚才真的不是故意的。”

死一般的尴尬中，钱唯开了口，可刚开完口，就恨不得打死自己，这简直是哪壶不开提哪壶。不知道为什么，面对陆询的时候，钱唯仿佛总不能好好地思考，总不能控制住情绪，她有点想不通，自己这都是接近三十岁的内心了，但在尚二十来岁的陆询面前，总还是会毛手毛脚，难道因为知道他是自己未来的老板，所以战战兢兢吗？

陆询抿着嘴唇，没说话，他只看了钱唯一眼，然后拿起桌上的一瓶罐装啤酒，干脆利落地扭开了易拉罐的拉环。

毕竟是未来老板，总不能就这么尴尬下去吧！

钱唯给自己做了做心理建设，硬着头皮解释道：“真的，这不能怪我。你盖着的那床被子明明是钱川的，那被单花色和我的被子是一模一样的，就是平时我和钱川外出一直带着的，所以我真以为被子下面是钱川，我真的不知道里面会是你……”

“所以不是你的错，都是我自己的错？”

陆询说完话，给了钱唯一个蜻蜓点水般的目光，他几乎是扫过钱唯，就又转过了头去。

“这个……我也不是这个意思，我只是也搞不懂你怎么会在钱川的被窝里……”

陆询似乎打定了主意不理睬钱唯，钱唯也无奈，两人只能这么安静地坐着，感觉空气里溢满了尴尬。

钱唯望着陆询的侧脸，那线条和棱角真是美好，而她的思绪也随着陆询侧脸的轮廓而开始纷飞，她试探道："难道你……你很欣赏钱川这类的？所以才睡进了他的被窝？"

陆询这一次终于把身体转了过来，正面面对了钱唯。钱唯虽然努力想回避，但是还是忍不住瞥了一眼陆询的下身，这一瞥，刚才的场景回忆顿时涌来，钱唯更尴尬了。

"我到底喜欢女人还是男人，你刚才不是看得很清楚？"

陆询这句话可谓是咬牙切齿了，在"很清楚"这三个字上，更是一字一顿。

钱唯红着脸，装傻充愣道："我不知道你在说什么，但喜欢男女这回事吧，其实也不好说。因为有类人吧，既可以喜欢女人，也可以喜欢男人，人家双性恋；还有类人吧，平日里觉得自己绝对只喜欢女的，是钢铁直男，但其实只是没遇到自己看对味的男性，一旦遇到吧，'弯'起来比谁都快。尤其是你这种长得好看的男的，更是很难说。你知道吧，其实百分之百的纯金都是很软的，可以弯曲的，同理，长得好看特别优质的男人，也很容易就'弯'了，优秀或者纯粹到极致的东西吧，就这样。"钱唯摊了摊手，"否则我真的很难理解为什么你钻进了钱川的被窝里。"

"他开可乐喷出来把两床床单都弄脏了，我想睡觉所以他把他的被单先给了我。"陆询沉默了很久，才终于给出了回答，他看了一眼钱唯，"你怎么就这么期待我喜欢男人？我喜欢男人对你有什么好处？"

"不不不，你这么一解释，事情就说得通了，我怎么会期待你喜欢男的呢？你要不喜欢女的，那简直是我们全人类女性的损失啊！"钱唯溜须拍马道，"现在真相大白，所以说这件事不能赖我，错不在我，也不在你，这都是钱川那兔崽子的错，我真的不是故意的，这就是个美丽的误会。"

"我不想再说这个话题了。"陆询皱了皱眉，神情有些狼狈，似乎为了掩盖这种狼狈，他狠狠地灌了一口啤酒，"这件事，就当没发生过。"

"来，两位女士的热奶茶！"

正在尴尬之际，钱川就回来了，他前脚进门，莫梓心后脚也回来了，四个人又打了几局三国杀，其余看萤火虫的人也陆续回来了，钱唯终于用刘诗韵当借口赶紧溜了。

“那个萤火虫森林真的很棒啊，钱唯你没去真是亏大了，我给你看我拍的照，超级美。

“对了，到了萤火虫森林里，之前玩真心话大冒险的李志强表白了，真浪漫啊，不过文学院那对情侣不知道因为什么事吵起来了，结果去的时候还你侬我侬，回来的时候已经分手了。哎，钱唯，你在不在听啊？给点反应哪！”

“我身上蚊子叮的包痒，痒得我顾不上其他的了。”

刘诗韵嘟囔了一句：“哪里有什么蚊子啊。”

对刘诗韵的八卦，钱唯心不在焉。虽说陆询要钱唯当作那件事完全没发生过，但不知道是不是越想忘记的东西就越是忘记不掉，直到入睡前，她的脑海里还都是陆询在床上按着她双手时恶狠狠的眼神。

这一晚，钱唯是在陆询恐吓她不发年终奖的噩梦以及浑身的瘙痒里醒来的，也不知道怎么了，这森林公园里的蚊子是不是有毒，钱唯这辈子没这么痒过，而更糟糕的是浑身上下似乎没有哪里不痒，抓一抓还更痒了。

钱唯迷迷糊糊走到了卫生间，开了灯一看，这不看不要紧，一看就把她彻底吓醒了。

这哪里是蚊子叮的包啊，分明就是皮肤过敏，她的胳膊、脖子里都是一片片的红疹，她忍不住痒抓了抓，这红疹也立刻变得更严重了些。

“刘诗韵，刘诗韵！”

钱唯慌忙跑回房间，试图叫醒刘诗韵，结果她的好闺密只翻了个身，嘟囔了一句：“酱排骨给我留一块！”继而又睡死过去打起呼来，任凭钱唯再怎么喊，也没有反应。

钱唯无奈，只能下楼拍起钱川的房门。

“钱川开门啊！”

可惜房内并没有人应答，看起来屋内的两人睡得都挺沉。钱唯又喊了几声，仍然没有回应，而她身上奇痒难耐，她一边抓，一边扯开了嗓门：

“开门开门，警察查房，扫黄打非！”

房门仍然没有开。

钱唯又深吸了一口气，憋着嗓子喊道：“特殊按摩服务，全套包夜888，走过路过不要错过啊。”

“嗒”的一声，这次房门终于被大力地打开了。

“钱川，你有没有搞错啊，喊包夜888你才醒了，你这么小小年纪怎么满脑子黄色啊。”

结果钱唯说完一抬头就后悔了，此刻站在她面前的并不是钱川，而是穿着睡衣睡眼惺忪的陆询。

“钱川呢？”面对陆询，钱唯本能地有些唯唯诺诺，“我，我找钱川……”

陆询睡到中途被人吵醒，脸色自然谈不上多好看，他双手抱胸，倚在门口：“钱唯，你大半夜敲门，最好有个好理由。”

“我过敏了！痒得受不了！”钱唯力证清白，赶紧拉开了自己的一条裤腿，“你看，全部是红疹，我是来敲门让钱川带我去医院的。刘诗韵晚上喝酒了，现在死活摇不醒，而且这森林公园那么偏，大半夜的，我想着找个男的一起去医院比较安全……”她探头探脑地看了看陆询身后，“那个，能不能帮我叫一下钱川。”

“你等一下。”陆询说完，又“砰”地关上了门。

过了片刻，门才重新打开，钱唯一抬头看见来人就愣了愣。

“陆询？”

站在门口的不是钱川，仍旧是陆询。他已经换下了睡衣，穿了一身简单的T恤和修身牛仔裤，一双眼睛里已经没了惺忪，他看了一眼钱唯：“还不走？你不是痒得受不了了？”

“是很痒，不过……”

“那你愣着干什么，走啊，我带你去医院。”

钱唯下意识跟着陆询走着，但还有些摸不着头脑：“你帮我叫醒钱川就行了，不用你带我去哎。”

“钱川后来一个人喝了五瓶啤酒，一个人又唱又跳了半个小时才肯睡觉，现在完全睡死了。”

“没事，你不用怜惜他，踹醒他就行了。”

“钱唯。”

“嗯？”

陆询看了她一眼：“你再废话我就回去了。”

“我闭嘴，我闭嘴。”

不知不觉，钱唯已经跟着陆询走出了小树屋，她看着陆询叫了车，然后跟着他坐进了车里。最近的医院在三公里处，车到了以后，陆询叫钱唯在医院大厅等着，自己一个人利索地挂了号买了病历本，然后带着她去了皮肤科的急诊。幸好这间医院以皮肤科和血液科出名，因而为了保持特色，急诊处也有皮肤科医生。

大半夜的，虽然身上过敏，但钱唯也迷迷糊糊的。尤其到了医院，看着医院大厅里来来往往脸上充满病容和倦意的人群，再看看走在自己身前的陆询，这一刻，钱唯由衷地觉得安心，陆询永远是陆询，永远让人能够信赖，仿佛只要跟着他，就不用再动任何脑筋一样。这大概是他身上的特质，不论是如今，还是在遥远的未来，和他在一起，钱唯总会忍不住想要依赖他。

皮肤科急诊在一楼，钱唯跟着陆询到了门口，被科室外排队的人吓了一跳。作为夜间急诊，一般科室并不会有那么多看病的人，然而皮肤科外却不一样，竟然有十来号人，还是年轻人居多，吵吵闹闹推推搡搡，其中三个显然认识，正有点发生冲突的模样。

“你自己说，你在外面到底给我带了多少绿帽子！你说！不然为什么我会得这种病？！不然我为什么要这个点了，来挂医院的皮肤科急诊？！还不是你在外面和她乱搞从她那儿传来的！你就为了这种女人要和我分手吗？”

“什么叫我这里传来的！是你男朋友他自己骗我说自己是单身，我才和他交往的，我本身好好的一个人，又是被当作小三又是被传染了这种病，你让我上哪儿讲理去？你怎么不问问你的垃圾男人他那病到底在哪里得的？”

“肯定是你先勾引他的！他本来那么老实一个人，不然怎么会……”

“收好你的人渣男友吧，我可不要，我还要告他呢！”

钱唯正纳闷着，就见排在自己后面的一个大妈在唉声叹气：“半夜看个急诊人都这么多，现在这些小年轻男女关系怎么这么乱！这要等到猴年马月才能轮到我！这些小年轻哪，怎么就不知道洁身自好，这么年轻就得了病，现在这个社会真是道德沦丧啊。”她说罢，瞥了一眼钱唯和陆询，眼神颇有些意味深长。

钱唯用胳膊捅了捅陆询：“要不你先下楼去吧，我看医院外面就有个24小时便利店，你去那儿喝杯热饮算了，别在这里了。”

陆询有些意外，但他拒绝了钱唯的提议：“不用，我在这里等就好。”

钱唯侧过身，凑近陆询的耳朵低声道：“我觉得你还是到便利店等比较好。这个皮肤科其实全名叫皮肤性病科，也就是说看性病的和皮肤病的都在一块，前面那几个人恐怕是来看性病的，你懂的，虽然我只是皮肤过敏，但有些人可能不这么想，你要是继续待着，人家也可能会觉得你有那个方面的病……”

钱唯这么一解释，陆询脸上果然就不好看了，然而他却并没有离开。

“我不在乎别人的眼光。”他看了一眼钱唯，“我等你看完。”

钱唯又劝说了几次，但陆询仍旧不为所动，他仍旧身姿挺拔地站着。而他这种长相和气质，就算在医院，也仿佛自带聚光灯，不仅皮肤科急诊外等着的病人悄悄打量着他，就是偶尔路过的年轻女护士，也总忍不住瞟他两眼。刚刚还说着并不在乎别人眼光的陆询，钱唯明显能感到，每次一有目光落在他身上，他就有些轻微的不自在。虽然他嘴上说着不在意，但钱唯一直知道，陆询有着比一般人更高傲的自尊心，她意识到，他还是在意的。

可能是半夜脑子有些混乱，钱唯鬼使神差地抬头问：“陆询，你是不是有点喜欢我啊？”

陆询的身体绷了绷，然后抬起头，一时之间，钱唯看不到他脸上的表情，只听到他的声音：“没有。”

“那你为什么半夜陪我来医院啊？”

“日行一善。”

好吧，钱唯心想，自己真是半夜没睡醒，竟然会问陆询这种问题。果然，“他看了我一眼，他对我笑了一下，他一定是喜欢我”是人生三大错觉之一……也是了，陆询心中还有莫梓心这道白月光呢。

不过他明明对别人可能存在的误解在意得要死，但本着那份做事的责任心，即便只是与他平常交情的女生，他也要一直陪着在医院等待。钱唯心想，陆询大概就是这种人吧，别扭得要死，总是高傲，摆着一副不想理你的模样，冷冰冰的，偶尔看着你的时候眼神仿佛在告诉你，你就是个傻子，但人并不坏。

医院的急诊效率挺高，很快就轮到了钱唯，陆询是陪着她一起进去的。

“是荨麻疹。如果之前从没有犯过，家里也没有遗传因素，那可能是吃了什么过敏的东西，或者是最近休息不好免疫力出现了问题。我先帮你开一点药，外涂的，外涂还不止痒的话再吃这个内服药。”女医生的态度很耐心，她说完，看了眼陆询，“荨麻疹一定要记得按时涂药，另外尽量避免去抓，记得督促你女朋友，否则女孩子皮肤起这么多红疹很不好看啊。”

“好的，谢谢医生，那既然有可能是吃了过敏的东西，需要做个变应原测试吗？”

“如果过了半个月荨麻疹还没退，记得再来医院，那说明是慢性荨麻疹，那时候就需要做一个变应原测试排查了，现在的话没必要做。”

陆询点了点头，看了下钱唯："那我先去排队付费取药。"

医生看着陆询离开的背影笑笑，把病例递给了钱唯："你男朋友很帅而且还很仔细，能大半夜陪你来医院看皮肤科急诊，而且是所有陪同家属里唯一一个全程没有玩手机的，这样的男生要好好珍惜呀。"

钱唯有些不好意思："其实不是我男朋友，是同学。"

那年轻女医生露出了了然的笑容："那他一定喜欢你。"

钱唯还试图解释，那医生便叫了下一号病人，临走时还俏皮地对钱唯做了个握拳的姿势："加油！赶紧拿下！别错过了！"

女医生的玩笑话钱唯自然没在意，陆询喜欢的是莫梓心那样全方位都很完美的女生，就他那眼高于顶的模样，自己这种绝对不入他的眼。她脑子一热问的蠢问题他也那么否认了，她实在不好再自作多情，不过也因为觉得陆询绝对不喜欢自己，即便和他之间出现过再尴尬的场面，她也能继续心无旁骛地和他相处。

回去的路上，天已经蒙蒙亮了，钱唯望着她身边面无表情的陆询，他的五官都笼在一层淡淡的黄晕里，过分英俊的脸也因此显得柔和而真实。对于他这次大半夜陪自己出来看病，钱唯内心是非常感激的，她就这么看着陆询，心里暗暗地下着决心，一定要帮他追到莫梓心，一定要让他避免成为30岁还单身的孤家寡人。他这么喜欢小孩子，一定要让他能早早就结婚生子体验家庭的温暖，而不是变成人生里只有加班的工作狂。钱唯，加油了！

"陆询，你知道吗，为了感激你这么大晚上陪我来看病，我决定做一件事报答你，你最近有什么愿望吗？只要是合理合法的，我一定努力帮你满足。"

"有。"出乎钱唯的意料，这次陆询竟然没有无视她，而是搭理了她。

"是什么，是什么？"

"我在图书馆的那个座位，麻烦你不要再安排莫梓心坐过来了。"

钱唯有些惊讶地问："为什么？你来图书馆难道不就是为了偶遇莫梓心？我这才好心把你们两人安排到一起的，你知道位置僻静、一张桌子只有两个座位的地段在图书馆有多难找啊。"

陆询冷冷瞥了钱唯一眼，说："谁跟你说我去图书馆是为了偶遇莫梓心的？"

"你不是说你平时从来不会去图书馆学习的吗？不是为了见莫梓心，那你去图书馆干什么啊？"

"睡觉。"

“啊？”

陆询皱了皱眉，说：“最近宿舍有点太热了，还有几个室友喜欢打牌有点吵，图书馆里有空调又很安静，很适合午睡。”

“……”

“所以，我不希望有别人来打扰我午睡。”

“你睡你的就是了呀，莫梓心每次来图书馆自习都很安静，怎么可能会打扰到你？”钱唯劝慰道，“你也不用觉得在莫梓心面前睡觉不好意思，就算你在睡觉，毕竟出现在了她面前，这也算刷了个存在感，而且有时候图书馆里男女安静地坐在一起本身就很能滋生一些暧昧情愫了。”

“她身上香水味太重了，我睡不好。”

钱唯这一刻心中对陆询佩服得五体投地，陆询啊陆询，你到28岁没结上婚、没追上莫梓心真的不冤啊，你这完全是凭实力单的身。

等钱唯和陆询回到小树屋的时候，钱川和刘诗韵都还在呼呼大睡。

“药记得涂。”陆询把一路拎着的那袋子药丢给了钱唯，然后打开房门走了进去，钱唯也蹑手蹑脚地上了楼，赶紧简单上了药，然后躺到床上补觉。

这一觉没能睡太久，就到了起床活动的时间。

“森林公园里好多项目我都想玩呀！”刘诗韵一大早就拿着森林公园里的活动宣传单研究，“骑马、森林小火车这几个听起来很有野趣，攀岩、蹦极、滑索这些也很有挑战性，这儿水上项目也好多，还有手划竹筏、漂流，我每个都不想错过怎么办！”

比起刘诗韵的激情四射，钱唯就显得萎靡多了，涂抹药膏后她的荨麻疹已经好得七七八八，但是严重缺觉让她对什么都提不起兴趣来。

“那我们就先去激流勇进！这个漂流项目推荐度很大，都说特别刺激好玩。”

不比昨天在主题公园，今天在森林度假村内的活动由大部队一起行动，钱唯没什么意见，跟着大家一起准备去漂流。

一路上钱川仍旧精神奕奕地给莫梓心讲着各种笑话和趣闻，逗得佳人笑声连连。

“对了，说起来好玩，我昨天还做了个奇怪的梦，梦见钱唯半夜来敲门，还喊着什么扫黄打非然后大半夜把陆询叫出去了，结果吧，我半夜醒过来发现陆询真的不在！我昨晚喝了啤酒，酒醒以后就睡不着，等了陆询大半夜也没见他回来，后来撑不住睡着了，再然后等我醒过来他就回来了。”钱川嘿嘿笑了两声，盯着陆询看了两眼，“我看你一直在打哈欠，看来昨晚确实没睡好啊，你这是大半夜上哪儿去了啊？”

陆询表情很平静，声音也稀松平常：“我去了哪里，你问钱唯啊，我不是配合她去扫黄打非了吗？”

钱唯本来有些紧张，虽然自己和陆询并没有做什么，但毕竟孤男寡女半夜三更一同出门实在很可疑，很怕给莫梓心造成不必要的误会，她心里懊丧。陆询这家伙，不知道什么叫善意的谎言吗？就一定要实话实说吗？

然而让她想不到的是，钱川对于陆询的回答哈哈大笑：“我就开个玩笑，大半夜你怎么可能和钱唯一起出去，不是我打击钱唯，但她还没那么大魅力把一个男人从睡床上叫醒半夜出门。”钱川说完，还对钱唯露出了个欠扁的笑容，“真不知道我们钱唯什么时候可以找到男朋友，然后就此不再奴役我。”那语气，说得钱唯找不到男朋友似的。

钱唯大怒，要不是碍于莫梓心在场，她恨不得当场就为自己扬眉吐气，你姑奶奶我不止半夜三更把陆询从床上叫醒了，还让人家陪我去了趟医院呢！说出来要你相信！这就是你姑奶奶我的人格魅力！

“来，大家穿上救生衣，我们上充气皮筏艇啦。”

幸好大部队终于抵达了漂流项目的出发点，钱唯跟着大家一起穿好了救生衣，大家分成两船，就在叽叽喳喳的愉快氛围里出发了。

钱唯、钱川、刘诗韵、莫梓心还有陆询自然在一条船上，随着颠簸，橡皮筏就带着一行人出发了。这里不愧是推荐度十分高的森林度假区，顺着河流沿途是非常值得欣赏的景观，有浓密的绿色植被覆盖，还有鸟语萦绕。

可惜景色虽好，但期待着刺激的刘诗韵很是失望：“不是说这是最刺激的项目吗？为什么水流这么平缓啊，这哪里是漂流，这是漂浮啊。”

“叶公好龙。”钱川冷哼一声，“别忘记你在鬼屋是怎么死死抓着我的，这漂流要是真刺激了，你指不定又要鬼哭狼嚎。”

钱唯心想，钱川和刘诗韵这个梁子结得一定很大，因为即便莫梓心在场，钱川竟然也暂时放下了献殷勤，把宝贵的时间用来和刘诗韵拌嘴。

“水！好多水！”

莫梓心的惊呼终于唤回了钱川的神志，他循着莫梓心的视线一看，抬头狠狠瞪了刘诗韵一眼：“你要的刺激来了，这破皮筏艇进水了！”

“快把水舀出去！”

不知道是谁喊了一句，大家这才如梦初醒般地赶紧开始用手捧着水往外洒，幸而这皮筏艇船体漏气的部分不多，不多时，进的水已经被处理掉了。

“可这漂流还有好长一段呢，总不能一路都这么边进水边舀水啊，万一待会儿来不及舀水，我们岂不是要沉了？谁知道后面有没有深水区。”

有人叫道：“我们现在已经漂到一半了，没法靠岸啊！”

“这个漏水的洞倒是很小。”陆询却仍旧很淡定，他一边观察一边试探，“只是用手堵不住，手掌上有空隙，而且手一直保持堵住洞的这个姿势也坚持不住。”

刚才还期待着刺激的刘诗韵此刻果然紧张起来：“我不会游泳哎！怎么办，怎么办！我这么美，我不能死啊！钱唯，你会游泳吗？”

“游泳我是不会，不过我能堵住洞就是了。”钱唯二话没说，拨开陆询，“让我来。”说完，她就在万众瞩目里一屁股朝着皮筏艇上的洞坐了下去，“手掌肯定是没法堵啦，但是这样就没问题了，只要我安分坐着不乱挪屁股就行了。”

“钱唯，你真是个人才，这办法你怎么想出来的？”

面对刘诗韵的感叹，钱唯摊了摊手，说：“你们上小学时难道没做过一篇阅读理解吗？寒冷的冬天，公交车上，虽然有很多空座位，但是有个穿军大衣的男人，却固执地站在一扇车窗边。大家心里想着他怕不是个傻子吧，有位子一定要站着，结果等他到站离开，车里的其余人才感到一阵无法忍受的寒风袭来，定睛一看，刚才那军大衣站立处的窗玻璃，破了个洞，原来刚才是他用自己的身躯为大家挡住了寒风，挡住了整个冬天。”她拍了拍胸口，“我，就是这种情操高尚的人。”

众人对此很是感恩，唯独陆询挺不上道，他扯了扯嘴角：“你就是想不用划桨能名正言顺坐着发呆睡觉吧。”

这句话说完，众人再看看哈欠连天的钱唯，果然神色有些了然。

陆询，你不说话没人当你是哑巴啊！

结果解决了进水问题，大家还没顾上轻松多久，后面那条皮筏艇就追了上来。这条船上的人显然都很活泼好战，经过钱唯他们的皮筏艇时，对方竟然出其不意地用船桨开始朝钱唯一行泼水。这简直就是赤裸裸的宣战啊。眼见着莫梓心被泼了一身水，钱川第一个不同意，他也抡起船桨，奋力朝对方反击起来。这下可好，两船人都燃起了战斗的激情，越来越多的人加入进来，互相泼水，在皮筏艇上打起水仗来。

这一番激战下来，本来堪堪保持着平衡的皮筏艇，就随着大家风骚的走位晃动起来。更雪上加霜的是，此刻皮筏艇终于流经了刺激的河段，河流一个大的转弯，水流湍急，还打着旋涡，伴随着一个大的俯冲，钱唯他们的皮筏艇终于不堪重负，一不做二不休，直接翻船了，一船人，就这么齐齐整整地都掉进了水里。

钱唯本来坐在船头的破洞处安心地堵住漏水点，大部分人集中到了船尾去和紧跟在他们船后的另一条船激战了，她在船头并没有遭到水战过多的波及，正在温暖的阳光晒烤下昏昏欲睡，结果就这么一眨眼的工夫，她就掉水里了，更为悲催的是，其余人都从船尾落水，而只有钱唯一个是从船头落水，而漂流的方向是船头朝前顺流而下，因此钱唯落水的地方比其余人更靠前，加上湍急的水流，她被冲得比其余人都更远。

也不知道是怎么回事，这破救生衣穿了和没穿一个样，八成是个假冒伪劣产品，不仅没有浮力，还竟然遇水就沉！不仅钱唯如此，别的落水者显然也意识到了这个问题，开始在水里拼命扑腾起来。

“救命啊！我也不会游泳啊！钱川！快救我啊！！钱川——”

钱唯刚喊完，翻掉的皮筏艇撞击河流中的石块就打出了一个大的浪花，直直往她嘴里灌去，她呛了一大口水，终于开始慌张，拼命扑腾起来。她被湍急的流水带着，快速地往下游冲去，虽然试图抓住河流里的石块，但除了把手臂撞青擦伤之外，都是徒劳，这水流实在太急了。

“啊，救命！”

一时之间，哀叫连连，但即便在这紧急的时刻，钱唯还是不得不承认，在这么一片鬼哭狼嚎的救命声里，莫梓心的声音仍旧是如天籁般柔弱无助，让人一下能分辨出来。而她即便落水，那种慌乱也总让人觉得比别人更加优雅一点，当钱唯四肢都使劲扑腾狼狈不已的时候，她却只是无助地轻轻拍打着水面。钱唯不合时宜地想，莫梓心或许拉个屎都比别人优雅吧。

“陆询！陆询！”此刻莫梓心就在一片狼藉中，呼喊着陆询的名字。而很巧地，陆询落水的位置，只离莫梓心差了那么几米远，陆询显然会游泳，他已经在水中迅速地调整好了换气和呼吸。

“钱川！快来救我啊！！”钱唯趁着自己头抬出水面的片刻大喊着。

可惜钱川爱莫能助，他虽然是运动健将，游泳也不在话下，可是刘诗韵紧紧抱住了他的脖子，让他在水中连保持平衡都已经分身乏术。因为要顾着刘诗韵，他没法去救离他不远的莫梓心，更没法游到钱唯身边解救她。

钱唯心想，难道自己重生一世，竟然要命丧于此？这可真是天妒英才啊！唯一令她欣慰的是，在心仪的女孩和亲姐姐同时掉水里，只能救一个的问题上，钱川总算展现了亲情的伟大。他虽然迟疑了片刻，但此刻仍是坚定地朝着钱唯游来，只可惜因为还要防止抱着他的刘诗韵被水冲走，他游的速度受到了限制，完全没法赶上钱唯顺流而下的速度。

就在钱唯绝望地认为小命休矣的时候，她突然发现陆询并没有朝着莫梓心游去，他明明可以很快够到莫梓心的，但是他竟然就这么忽视了莫梓心对他的求助，直直地游过了她的身边。钱唯脑海里写满了问号，陆询这是怎么了？难道他掉到水里后一下激发了怕死的本能，决定赶紧自己先逃命上岸？这可不行啊，陆询！你和莫梓心还没在一起呢，怎么就能表现出大难临头各自飞的自私啊！你还想不想要对象了！

钱唯一边乱七八糟地想着，一边又呛了几口水，她扑腾了两下，就在她感觉自己马上要沉底之际，突然发现陆询在水中越过一个又一个落水的人，但并没有朝着岸边游去，而是朝着自己游了过来。

之后的画面仿佛电影定格的慢镜头，钱唯看着陆询就那么游到了自己的身边，然后拉过了自己的一只手。

“还有力气抱住我吗？”他努力在水中保持着平衡，“不要怕，会没事的。”

钱唯几乎是下意识按照他的指示做着，她抱住了陆询。

“抱紧一点。”

钱唯从善如流地抱得更紧了点。

“现在我带你去岸边。”即便在这么狼狈和危险的境地里，陆询的声音还是一如既往地镇定。

钱唯这一刻觉得只要陆询在，什么事都不用害怕，她想，或许一直以来，自己潜意识里就是这么认定的。在刚开始是个菜鸟律师的时候，她搞砸了案子，也总会下意识地寻求陆询的帮助，而只要有陆询在，不论多糟糕的案子，最终都能扭转乾坤。

钱唯一直知道自己的斤两和志向，重来一次，她从没想过做合伙人。她一直觉得，自己不是陆询，她散漫，她跳脱，她有办案的热情，能在意想不到的时候为案件引入新思路，同情弱者向往正义，她热爱她的工作，热爱吃专业饭，用专业技能为客户排忧解难；但她不够沉稳，她不如陆询那样细致，不如陆询那样冷静，她扛不住做律所合伙人的压力，她不擅长管理和协调，她没有能力负责运营一整个律所。有些人生来是出人头地的，但是她只想做一个安静工作的普通人，然而这一刻，她不得不反思，她是不是一直在下意识地依赖着陆询？因而从没有想过取而代之做合伙人，而是仍旧想好好做陆询的下属？因而不论陆询多么压榨她，她也没有想过跳槽。

不得不承认，陆询的能力太强悍了，强悍到绝对压制，让人根本没想过挑战他的权威，让人自动想顺服，只想跟随着他的领导……这么说来，陆询这个人，实在是很有那么点人格魅力的，不过换种说法，陆询这个人，看来实在是很有毒啊……

钱唯就这么抱着陆询，一路胡思乱想着被他带到了岸边，等她上了岸，被风一吹，才发现自己早已经冷得瑟瑟发抖。

“钱唯，钱唯。”陆询轻轻摇了摇她的肩膀，“不用怕了，你已经上岸了。”

钱唯这才意识到自己仍旧失态地死命抱着陆询，而他俩都湿漉漉地从水里刚出来，衣服全部紧贴着身躯，此刻抱在一起，甚至都能感受到彼此身体的线条。钱唯的手就落在陆询的腰间，是个相当暧昧的姿势，她赶紧像是摸到什么烫手的东西一般放开了陆询。

“谢、谢谢。”

因为浑身淋了水，多少有些狼狈，陆询的头发湿漉漉地垂在额头，他随手抹了一把脸上的水，可那些水仿佛贪恋他的体温般，并没有乖顺地从他身上全线撤退。他浓密的睫毛上还沾着水珠，此刻他盯着钱唯，稍稍眨眼，那水珠就调皮地从睫毛上滚落下来，然后顺着脖颈，一路蜿蜒进他那藏在衣服下的身体里。

虽然不合时宜，但钱唯此刻脑海里只有一句话——

这真是要命的性感。

“你好好待在这里。”陆询一边说，一边脱掉了累赘的外衣，这下钱唯终于清清楚楚地看到他那些线条漂亮的腹肌和人鱼线了，她一想到自己那天摸的就是这样的身体，顿时整张脸都红了。

陆询说完，马上又转身往河边走去，雷厉风行地，他再一次跳进了水里，开始营救其余还在水中挣扎的人。钱唯望着他的背影，这一刻发自内心觉得他有些时候真太帅了。

陆询的水性不错，他动作迅速地又救起了两个女生。钱唯心想，自己真是错怪他了，他不仅不是贪生怕死，还比任何人都勇敢，只是非常可惜，他最该营救的莫梓心，在陆询救她时，莫梓心早就已经被别人救了，即便陆询又在水里救起了好几个人，也没法再有机会对莫梓心英雄救美了。

“钱唯，你没事吧！”

钱唯抬头，才发现钱川和刘诗韵也正一脸湿漉漉地站在自己面前。

钱川有些紧张，四下捏了捏钱唯的胳膊和手，发现她真的无碍后，才放松下来：“幸好你没事。”他检查完钱唯，才走近了莫梓心，问了问她的情况，这之后，他就转身也加入了陆询的队伍，重新跳进水里继续救起人来。

刘诗韵安全以后，情绪稳定下来，她挤了挤钱唯的胳膊，朝她挤眉弄眼道：“你看莫梓心好像很落寞啊。”

钱唯一双眼睛全盯着还在水里的钱川和陆询，生怕他们在水里出什么意外，随口应和道：“什么？”

“刚才钱川因为我，没能第一时间救她，结果陆询本来离她挺近的，但竟然也没去救她，反而过来救了你。”刘诗韵有些不解，“陆询不是喜欢她吗？怎么搞的？钱川虽然失去了英雄救美的机会，至少上岸后还去关心了一下莫梓心的情况，陆询到底怎么回事啊？我看他上岸后就马上转身继续救人了，都没去关心下人家莫梓心。”

“可能陆询正好没看到莫梓心吧，而且救人心切，所以都没来得及先关心下她就去救人了。”

刘诗韵摸了摸下巴：“陆询这也太不开窍了，还是难道他不喜欢莫梓心这款的，喜欢你这款的？”

“莫梓心的档次在这里。”钱唯在自己的头顶比了比，“我的档次在这里。”她又在自己脚底那儿比画了下，“你觉得陆询瞎吗？”

钱唯虽然这么说，但内心里也非常难得地升腾起了一点点念想，陆询不会真的突然发现自己不错吧……但……应该不对啊，如果陆询能欣赏自己这种性格，为什么上辈子都一起工作了那么几年，也没见他有什么表示？更别说他确确实实应该喜欢着莫梓心，毕竟上辈子钱唯可是见证了他表白被莫梓心拒绝的惨淡场面……

陆询这样的人，实在是太金光闪闪了，因为实在太优异，优异到让钱唯都生出了距离感，只敢远观，不敢亵玩，总觉得只是自我脑补一下“霸道陆询爱上我”，那感觉都和违法犯罪似的生出些罪恶感了……

钱唯一边想着，一边偷偷打量了一下不远处的莫梓心。她犹如一条美人鱼一般坐在地上，如海藻般浓密的长发湿漉漉地垂在身侧，她的五官仍旧美丽，然而大约因为受惊，她的脸色显得苍白。刘诗韵说得也没错，她那双平时顾盼生姿的黑眼睛，此刻如蒙尘的珠宝一般，带了点黯淡和失落。钱唯看向她的时候，莫梓心也正好看向钱唯，她就那么盯着钱唯，眼神有些晦涩不明。

“谁学过人工呼吸急救知识？快救救王成刚！”

钱唯被呼喊打断了思绪，她赶紧站了起来：“我会！我会人工呼吸！”

结果她刚要往王成刚身边跑，就被背后一双湿漉漉的手拉住了，她回头，才发现正是陆询。他刚救完最后一个落水的人，身上披着森林公园闻讯而来的工作人员提供的薄毯，他丢了一条给钱唯，然后皱了皱眉：“你坐着，擦干。”

“可王成刚马上得人工呼吸啊！”

“我去做。”

陆询一连来回几趟救了好几个人，就是体力再好，此刻也有些微微的透支和喘息，钱唯想了想还是决定自己去：“你休息休息吧，我的急救可是在学校医务室培训过的，绝对没问题，这点你相信。”

陆询却没有松开拉住钱唯的手，他径直地往王成刚躺着的地方走去，连头也没有回，钱唯只听得到他淡淡的声调：

“你一个女生去给男生做人工呼吸不合适。”

钱唯愣了半天，才反应过来，此刻陆询已经俯身在给王成刚做人工呼吸。钱唯心里吐槽道，陆询这是哪门子的偏见啊，人工呼吸是为了救人，救人的时候哪里还想什么男女授受不亲啊？而且她自己作为女生都不在意，陆询在意个啥啊？

好在陆询的急救技术也没问题，躺在地上的王成刚很快呛出了一口水，咳嗽起来，恢复了意识。这下大家清点了人数，发现船上所有人都已经上了岸并且安全无碍。森林公园的工作人员此刻也都赶来做了善后工作，一个劲地道歉处理事故，几个学生代表叽叽喳喳地和公园方面交涉着要求赔偿，陆询却没凑这个热闹，他径直朝钱唯走了过来。

陆询明明刚刚救过自己，但他的姿态还是有些别扭，神情还是挺波澜不惊，带了点刻意而为的疏离和冷淡，他走到钱唯面前，踢了踢她的脚尖：“你怎么样？”

钱唯正坐在地上休息，她不得不努力抬头才能仰视到陆询的脸，他站在逆光的方向，但她仍觉得此刻他的脸仿佛白得在发光。她并不擅长识别和记忆人脸，但不论任何时候，陆询的脸在她的脑海里总是清晰的，他微皱的眉，矜持抿着的嘴唇，高挺而秀美的鼻梁。

钱唯愣了愣，才找回了自己的思绪："我挺好的。"她第一次面对陆询有些羞赧，"今天谢谢你了。"

陆询的眼睛淡淡地看着钱唯，他有时候并没有什么特殊的表情，然而有时候最是无情却有情，为人高冷的他，很具有反差地长了一双看人时仿佛总含情脉脉的眼睛。

"那就快点回房间洗热水澡换衣服，然后喝点热的，别感冒。"

钱唯拍了拍屁股，然后站了起来，她凑近陆询，压低声音道："那个，谢谢你的关心，不过你要不要去关心一下莫梓心？"

陆询瞥了眼不远处的莫梓心，此刻她身边除了钱川外，还有个刚才救她的男生，因为漂亮，不论在哪儿，莫梓心永远是受到异性青睐的。

"她身边看起来不缺关心。"陆询双手插进口袋，"我不喜欢凑热闹。"

难道是看莫梓心身边爱慕者太多所以他吃味了？

"女生是不会嫌弃关心多的，就像没人会嫌弃钱多一样。不过我有个问题，刚才落水以后你明明离她比较近，她还叫你名字直接向你求救了，你为啥没救她，反而来救我了？"钱唯有些疑惑，"虽然我很感谢你救了我，但是刚才英雄救美的时机，你错过真的太不明智了。"

陆询扯了扯嘴角："所以我救了你，我还错了？"

钱唯搓了搓手："我当然是感谢你的，但我这不是设身处地为你着想吗？你不救我，我也不会怨恨你，但你救了我，错失了救莫梓心的机会，我这不是良心不安吗？"

"我不救莫梓心，也有别人救她；我不救你，你还能这么活蹦乱跳在我面前说话？"陆询说的话还是一如既往地欠扁，"你看看她，她现在身边缺别人关心吗？不缺。你身边呢？她落水的地方是大家比较集中的地方，就在她刚才呼救以后，我就看到她边上有个男生朝她游过去了，在你落水的地方要是没人来救你，你早就被冲到下游不知道哪儿去了。我不去，她不会有安全问题，但你这里，我不来，你现在就不知道什么情况了。"

钱唯恍然大悟，陆询这家伙，还真的蛮让人感动的，虽然内心也有着小情小爱，但关键时刻，还挺有大爱的。

不过对于他的鄙夷，钱唯还是试图挣扎："钱川刚才还是先来关心我的！刚才在水里他也是准备来救我的！我也是有人关心的！"她指了指陆询，"而且你不是来关心我了吗？”

陆询撇嘴一笑：“你不要在意，我只是来献爱心的。”陆询歪了歪头，还补刀一般补了一句，“就像去山区支教那样。”

钱唯有些小心翼翼的：“不过陆询啊，我觉得你现在这样做，在别人眼里看来，都会觉得你可能不喜欢莫梓心，喜欢我……虽然我知道你是日行一善，但，别人不这么想啊，我不希望你以后有什么遗憾……”

“你怎么这么啰唆？”陆询听起来有些气呼呼的，“我谁也不喜欢。”

行了行了，这又是恼羞成怒了。

“你下次还是多考虑点自己，不用设身处地为我着想。”陆询看了钱唯一眼，“你在船头，落水会比任何人漂得远，就算有救援人员，也会先选择救助集中在船尾落水的人，如果等救起船尾的人再去救你，恐怕就来不及了。”他又看了一眼钱唯，“毕竟不是每次都有我这样献爱心的人。”

这一次，钱唯没有反驳，她有点惊讶，她不知道陆询在那么危急的情况下，考虑得还是这么全面。以往被他压迫着加班时，她在背后没少骂他周扒皮，但此刻，她内心有些愧疚，虽然陆询是典型的优秀“剥削者”，但她决定以后还是不骂他了！她此时也发自内心地想投桃报李，帮陆询解决老大难的单身问题，陆询这次的行为在莫梓心心里肯定是负分滚出的级别，看来自己是得好好帮他想想如何重新赢回莫梓心的好感了！

乌龙的漂流事故后，大家全部变成了落汤鸡，虽说有些垂头丧气，但这个年纪的年轻人，带着点劫后余生的欣喜和激动，竟然也并不觉得十分扫兴，反而因为这个插曲，大家彼此之间熟悉了很多。男生们三三两两勾肩搭背，女生们也聚在一起聊着八卦，一路往树屋走准备换洗衣服。

刘诗韵不知道因为什么事又和钱川掐起来了，钱唯就落了单，陆询走在她不远处，而莫梓心就是这时候走到钱唯身边的。她的长发发尾还是有些湿漉漉的，让她看起来像是一株出水的睡莲，而她的眼神也幽幽的，如同某种夜晚才绽放的花朵。

“钱唯，你和陆询是不是在一起了？”

钱唯从没想过莫梓心会问出这么直接的问题，她愣住了三秒钟，才想起来什么似的赶紧摆手辟谣：“不不不，没有的事，我和陆询是一清二白的同学关系！”

明明是这种女孩子间的话题，莫梓心却仿佛并不在意陆询知道般的，并没有刻意压低声音，对于钱唯这个回答，她天真地眨了眨眼：“可我觉得你喜欢陆询哎。”她说完，还特意看了陆询一眼。

怎么能让未来老板娘误会自己觊觎未来老板？！钱唯当即情绪激动地自证清白：“我不喜欢陆询！”

大概莫梓心的这种误会实在是太令人尴尬了，陆询显得有些狼狈，从钱唯的角度，能看到他走路的姿势都突然变得有些僵硬了。

“当然陆询也不喜欢我！”钱唯补充道，她绞尽脑汁，试图做出让莫梓心和陆询都满意的回答，“陆询喜欢那种安静、温柔、聪明、特别优秀的女生，我这个人聒噪、脾气差、智商也就中等，放在人堆里就是个群众中的群众，他怎么可能喜欢我嘛。”

“你真是说笑啦，你也是很聪明优秀的女生呀。”莫梓心掩着嘴笑了笑，那模样就是安静温柔的样板，连同为女生的钱唯也不得不承认她的美好，“其实我一直特别喜欢你这样的女生，敢作敢当，超级有活力，一直想和你做朋友。”

未来老板娘的橄榄枝接不接？当然接！搞定未来老板的女人，不就等于搞定未来老板?

钱唯拍了拍胸口：“那咱们就是好朋友了！”

莫梓心的眼睛亮了亮：“真的吗？那太好了！”她一边说着一边小鸟依人般带了点害羞地过来挽住了钱唯的手臂，“以后出去玩什么的都记得叫上我呀。”

“没问题！”

“不过，你不喜欢陆询是不是因为自己已经有男朋友了？”

虽然这个问题有些私密，但既然莫梓心已经是自己的朋友了，那闺密之间问这样的问题，仿佛也是再自然不过。

“没有啊，我是单身。”钱唯想了想，补充了一句，“就像陆询一样。”

但莫梓心不知为何对钱唯的感情生活有了兴趣：“那你有自己喜欢的人吗？”

钱唯摇了摇头：“没有啊。”

“你是大学里不想谈恋爱？要专注学习吗？”

“恋爱这种事就随缘吧，但我谈不谈恋爱反正都不会专注学习就是了……”

“那你，那你以前谈过恋爱吗？”

这时候，和刘诗韵结束掐架的钱川插了进来，挤眉弄眼道：“她没谈过，她不喜欢和男人谈恋爱，她喜欢看两个男人谈恋爱，她最喜欢看那种搞基小说。我们钱唯就是那种传说中的咸鸭蛋女孩。”

莫梓心有些不解：“什么是咸鸭蛋女孩？”

“外表白白净净，内心黄得流油啊。”

钱唯恶从胆边生：“钱川你这个臭小子皮痒了是不是？看我打死你！”说着就朝钱川胳膊上打去。

钱川怪叫一声：“杀人灭口啦！”一边叫着一边蹿开了。

莫梓心忍不住笑起来，钱唯有些不好意思，她咳了咳，解释道：“我现在已经不看小说了，我现在看名著，增强自我净化的能力。”

“你真可爱。”莫梓心抿了抿嘴，“不过都说大学时候的恋爱是最纯最珍贵的。我姐姐就是大学时候没谈恋爱，现在毕业工作了，认识人的圈子也小了，只能依靠相亲找对象，那就功利多了。她一直和我抱怨没办法体会到那种青葱的校园恋情是此生最大的遗憾呢，我觉得有机会还是要在大学里体验下恋爱呢。”

对对对！所以你赶紧和陆询在一起吧！钱唯内心这么想着，一边就偷偷看了眼走在一边的陆询，这个距离，他应该能听清自己和莫梓心之间的对话。只是陆询低着头，情绪有些晦暗不明，从刚才起就没有说过一句话。

“我堂哥也在我们学校，比我们高一届，英语系的，如果你不介意，能不能认识下呢？”莫梓心柔声道，“我觉得你和他超级配的，他就喜欢你这种性格的女生。”她说到这里，声音有些怯怯和尴尬，“不过你要是觉得不合适也没关系，我这么说可能有些唐突，只是我实在真的很喜欢你这种性格，想着既然是朋友，你又是单身，也不排斥谈恋爱，那就肥水不流外人田……”

虽然钱唯对谈恋爱并没有兴趣，毕竟她的热情在买房上，但莫梓心都那么说了，更何况她也是一片好心，配上她那种仿佛提了巨大不合理要求般羞愧的神色，钱唯总觉得，自己不答应她，这才是有罪。

“没事没事，既然是你堂哥，那认识一下也没事啊。”反正就当多认识个朋友呗。

莫梓心转忧为喜：“那太好了！钱唯，你人真好。”

钱唯抓了抓头笑了笑，她的余光瞥到陆询，才发现对方此刻完全沉着脸了，仿佛谁欠了他几百万似的。

钱唯心想，这男人吧，尤其是英俊的男人，还真是说晴是晴，说雨是雨啊。可惜长得帅吧，就是可以这么任性。

...第七章

冷艳高贵，生人勿近！

等大家回到树屋洗好热水澡换好衣物，也到了回学校的时间，虽然有些意兴阑珊，但两天一夜，也算充实，大家就这样坐上了回程的大巴。为了方便清点人数，回程大巴上的座位安排沿袭了来时的模样，因此钱唯还是坐在了陆询的身边。只是明明大家都心情灿烂地在聊天吃零食，陆询却安安静静地坐着，他就那么侧着头，倚在玻璃窗上，百无聊赖般拿着手机刷着。虽然他仍旧面无表情，但钱唯感觉他心情并不怎样。

陆询放下了手机，屏幕还亮着，钱唯瞥了一眼，虽然并没有想偷看，但好死不死地，谁叫自己视力超群，一眼就看到了他的短信聊天记录。

“对不起啦，陆询，把你的移动硬盘给弄坏了，我去维修店修了，那边说修不好，我给你买个新的吧。”

大概是陆询室友的短信，他的回复仍旧简洁：“没事，不用。”

钱唯恍然大悟，看来陆询就是因为这事心情不怎么妙，好好的移动硬盘坏了，里面大概存了不少资料，想来心情有些郁闷也是正常的。

陆询是自己的未来老板，这次又救了自己，她心里本来就在摩拳擦掌想着回报，帮他追求莫梓心是个长期工程，看来一时半会儿也不可能有成效，那就从眼前自己能做的做起！

几乎是一下车，大伙一解散，钱唯就拉着钱川“噌噌噌”地奔赴了A大附近的软件一条街，虽然离A大校区有一点距离，但这儿的电脑配件质量和售后都是最靠谱的。

钱川一脸不解：“我那个移动硬盘借你不就完了？你干啥还要买新的啊？”

“你别管这么多了，赶紧给我参谋参谋，买什么移动硬盘好？你不是对这方面挺有研究？”

钱川虽然一肚子疑惑，但还是认真地帮钱唯看起来。他们货比三家，最终在一家比较大的店里，钱川帮钱唯挑了一个希捷2.5寸的移动硬盘。

“给我最大容量的，500G的！”

2009年，希捷500G的移动硬盘价格在800左右，当年的800块那可和如今不同，尤其对于当时的大学生，可算是笔巨款了。

店里的销售小哥看到这么大一笔生意，很激动：“小姑娘你要什么颜色？像你们女生的话我推荐这款红色的。”

“不，不是我用，买给别人的。”钱唯比对了几个不同颜色，决定还是选择最安全的黑色。

钱川愣了愣：“你不是自己用，那是买了送谁？男的？”

钱唯不理他，直接付了钱：“帮我包装成礼物。”

钱川嗅到了八卦的味道：“是谁？你和谁好上了？还是正准备和谁好上？”他转了转眼珠，“这么贵的东西，看来是送给谁的生日礼物，最近这个月快要过生日的，我认识的人里我想想啊，是周英杰？啊，不至于，他个子比你还矮；那是张文强？不不，他俩门牙之间那缝大得，平时说话都漏风了，你应该看不上；那王子涛？虽然他说话有点娘里娘气的，但捯饬捯饬外形还成……”

店里的销售小哥也好奇起来：“小姑娘你送男生啊，是你男朋友吗？”

钱唯顺口回答了这两位八卦的男士：“虽然送的人是男的，但既不是我男朋友，也不是我要追的人。钱川你也别乱猜了。”她想起陆询在水里救她时的样子，补充道，“虽然不是男朋友，但算是朋友吧。”

销售小哥点了点头：“既然是男性的朋友，不是男朋友，也不是喜欢的男生，那我帮你在移动硬盘里附赠点好东西吧！”他嘿嘿笑了笑，“这可都是我珍藏了几年的好东西，要不是你一次性买了这个500G的硬盘，一般人我都不愿意拿出来分享。”

“是电影吗？”

销售小哥点了点头，笑嘻嘻的：“是的，都是国外那些最经典的，国产的都不行，你朋友看了就知道了，还有一些学习资料。”

钱唯道了谢，心想没料到这电脑软件店里的销售小哥竟然还挺好学上进，不仅存了好几年的学习资料，看电影也都只看进口经典大片，国产电影竟然还入不了眼，想必是个审美情趣异常高雅的人。

2009年的A大，就算宿舍开通了网络，那网速慢得都能让人瞬间泪流满面。打个游戏吧，时间都过了老半天了，你还没进副本，因而平日里大家都是在家里下载好了电影电视剧，拷贝进移动硬盘带来学校看的。陆询原本的移动硬盘坏了，他恐怕也丢了不少存货，正好这下一举两得，既能送他一个大容量的移动硬盘，还能附带些电影和学习资料。钱唯觉得，自己这下实在是很贴心的狗腿了。

钱唯喜滋滋地收好了移动硬盘，心情不错：“走，今天我请客。”

软件一条街离A大其实并不算近，要不是买电子产品，A大的学生基本不会选择来这里，因而钱唯和钱川对这一带的小饭馆并不熟悉，两人商量下来，决定随缘，就近走进了一家酸菜鱼馆。

等一大盆热气腾腾的酸菜鱼片端上桌的时候，钱唯忍不住感慨：“真实在！”食材用的是片好的黑鱼，酸菜也爽口，汤的味道不浓不淡，正好入味，料也足。

此时正好是晚饭的饭点，因为离A大颇有一段距离，这个地段少有A大学生，但软件一条街附近有好几个电子配件工厂，因而小小的酸菜鱼馆，此刻也基本上满员。

“这酸菜鱼汤怎么这么烫？想烫伤老子？还有这碗筷，根本没洗干净啊！还有这盘银鱼炒蛋里怎么有头发？”

就在钱唯准备大快朵颐的时候，她听到了不远处传来的嘈杂吵闹声。钱唯循着声音随意抬头看了一眼，她没什么凑热闹的爱好，并不在意，可这本来随意的一眼就看出了问题。

发难的是一个大嗓门的中年男人，从穿着看便知道此人怕是没什么正经工作，满脸横肉，一双倒三角小眼睛里写满了奸诈和市侩，有个穿着酸菜鱼馆工作服的服务生正低头站在他面前。这种本来是稀松平常的事，却因为这个服务生的脸而不同了。

那服务生不是别人，竟然是李崇文。

即便是这种被人刁难的情况，他仍旧是清俊而克制的：“对不起，但我们的碗筷都是高温消毒的，并且后厨会有两个人反复检查清洁度，绝对不会存在您说的碗筷不干净的情况；至于头发，我们的厨师长是个光头，不可能炒菜时候留下头发，而我们端菜的每个服务员也为了防止头发掉进饭菜里，都戴着工作帽；您说的酸菜鱼太烫的问题，是因为一开始上菜时您声称不够热，我们才特意为您加热的。”

他不卑不亢，一番话有理有据，只可惜即便正理站在你这一面，要是遇上蛮横不讲理的人，也是完全没办法。

“你别瞎扯，你们家根本不卫生，我昨天吃了就拉得半死！”

秉承着多一事不如少一事的原则，看得出来，李崇文已经非常克制情绪了，他仍旧非常礼貌：“如果您用餐有什么不舒服的，可以去医院进行鉴定，如果是我们的责任，我们一定会负责到底。”

“什么叫如果是你们的责任？这就是你们的责任！想要赖了不成？！”

那中年男人显然是故意找碴儿的，他哗啦一下掀翻了饭桌，李崇文始料未及，一大盆滚烫的酸菜鱼便全部倒在了他的手上和胸前。钱唯看到，在被烫到的那一刻，他的眉头因为疼痛而微微皱起，但他仍旧一声不吭。

“我和你们说啊，这就是家黑店，这里的鱼都不新鲜，吃完了绝对拉肚子！”这男人没完没了起来，他环顾一周，开始骚扰其余用餐的客户，不多时，有两对刚坐下还没点餐的小情侣，就因为他的聒噪选择了离开，而其余已经在用餐的客人脸上也都露出了不耐烦。

李崇文原本还努力维持着对顾客的谦卑，但毕竟是年轻人，此刻终于有些忍无可忍：“你够了没有？你已经连续一个礼拜来找碴儿了？这一个礼拜里的霸王餐也都是我帮你付钱了，你还想怎么样？店里的酸菜鱼如果不新鲜让你吃病了，你还能不间断地继续来？希望你不要再无理取闹了，你这已经违法，影响了餐馆的正常经营！”

那中年男人剔了剔牙：“行啊，重点大学的大学生啊，说话就是这么顺溜，那大学生，你怎么不给大伙说说，我为什么天天就上你这儿蹭吃蹭喝找你晦气啊？”他扯开了嗓门，“我来这儿，是因为这个看起来有头有脸的大学生，欠了我的钱不还！”

饶是一贯平静温和的李崇文，此刻也终于上了火，他的脸颊带着不正常的红晕，一双平素安宁的眼睛此刻仿佛燃烧着火焰：“我没有欠你钱，请你不要再骚扰我！”

“那你报警啊，你看警察管不管这事？”

这中年男人显然是老油条了，知道警察来了，对于这类小纠纷，也只会进行调解，他只要想纠缠李崇文，李崇文根本跑不掉，这人无赖极了。

钱唯朝钱川使了个眼色：“这是我同学，去帮帮忙。”

钱川愣了愣，然后便了然地点了点头。

“你是自己出去还是我把你提出去送去派出所？”

体科院的男生体格可不是盖的，钱川185厘米的个头，肩宽腿长，加上阳刚的气息，光是站在那里就足够有气场了。他走过去一加入战局，那猥琐的中年男人果然气焰就弱起来。

但气焰弱归弱，嚣张的姿态还是没有变的，他昂起脖子：“小兄弟，你不要觉得自己是惩恶扬善。”他指了指李崇文，“你问问他，我为什么天天来找碴儿，还不是他欠了我的钱不肯还，我走投无路才只能来这里堵他！”

李崇文握着拳头：“我再说一次，我没有欠你钱！”

“是啊！欠我钱的是你老子，但父债子偿天经地义啊！你老子跑了，我还不能找你要钱吗？”

“谁欠的你找谁还！”

“大家快来看重点大学生欺负人啊！”这中年男人眼见李崇文不为所动，撒起泼吆喝起来，大有要用舆论逼迫李崇文就范之意。

引起注意和围观，这怕是如今的李崇文最不想要的。而如钱唯所猜测的一般，李崇文刚才还镇定的脸，如今在中年人的大声吆喝里快速地涨红起来，但对方说的大概确实属实，因此他只能这么难堪地站着，承受着四面八方探究的目光。

“儿子和爸爸是两个不同的个体，法律上从来没有父债子偿这种概念，你要是觉得他欠钱不还，你就去法院告吧！”钱唯也站了起来，“你既然这么有理有据，就用法律保护自己啊，你看，要不要我弟弟亲自陪你去派出所和法院？”

“关、关你们什么事？”

“真不好意思啊，这位呢，是我的朋友，我不能看你这么骚扰他，你要想继续呢，先过我弟弟这关吧。”钱唯说完，拍了拍钱川的肩膀，“对了，把你那几个体科院的朋友都叫来，肌肉最壮的那几个，不是还有个打泰拳的吗？那个一定要叫上啊。”

“没问题。”钱川一边说一边就准备掏手机。

那中年男人审时度势，觉得不太妙，顿时也没再纠缠，又骂骂咧咧了一阵，然后才满脸愤懑地走了。

他这一走，餐馆终于恢复了平静，众人也开始继续用餐，没人再注意李崇文，李崇文也仿佛终于能够重新呼吸，他低了头，开始收拾起被中年男人掀翻的那些饭菜残局来。

他不想说话，钱唯也不催，只示意钱川和自己一起帮忙收拾。

过了半晌，李崇文终于开了口。

“是我爸爸。”他说得很艰难，仿佛每个字都用尽了勇气，“他喜欢赌钱，每次都是欠下一屁股债就跑出去避一阵风头，刚才那个人找不到他，就跑来找我催债。”

李崇文一直是骄傲而独立的。上一世，那么久的时间里钱唯和同学们就压根不知道他的家庭情况，很显然，他即便自己再苦再累地打工，被人骚扰，也并不愿意拿这些困难来博得大家的关注和同情，甚至完全不想让人知道。如今钱唯意外撞见他一直努力保守的秘密，想必他的内心也很挣扎。

钱唯拍了拍他的肩膀：“你不用和我解释，我和钱川也只是路见不平而已，就算换作别人，我们也会帮忙的。你不用觉得因为我们顺手帮了你，你就必须给我们一个解释，你有你的苦衷和隐私，没事的。”她笑了笑，“今天的这些事，我和钱川也都会替你保密的，包括你在这里打工的事。”

李崇文愣了愣，随即，他终于绽开了今天第一个笑容，那笑容不带阴霾，干净纯粹，他用一双清澈见底的眼睛看着钱唯：“我的家境并不好，平时的学费都靠奖学金和勤工俭学，除了自己的开销，我还要供我妹妹，我妈妈也病着，没法工作。”他顿了顿，“我确实不想别人知道这些事，所以打工才选了离学校这么远的地方，但这些不是因为虚荣，也不是怕别人嫌弃我穷，只是我不想别人因为这些事就对我不同，给我什么特殊优待。这些困难我能克服，已经有助学金了，我不想再接受别人的捐款，浪费社会资源。要不是我爸老去赌博，靠着打工和助学金，已经完全足够了。这个社会上有比我更急需捐款的人，有就靠着那点钱才能活下去的人。”

钱唯有些意外，李崇文竟然就这么对自己和盘托出了，她愣了愣，但随即也笑了。是啊，李崇文就是这样的人，从来坦坦荡荡，有自己的故事，但从不用这些博出位，从来堂堂正正，连解释也如此。他秉承着自己的原则和骄傲，明明可以靠捐款活得更加轻松点，但他不愿意，他有自己的坚持，即便出身并不富有，但从来都有一颗悲悯的心，他知道，这个世界上，有比他更需要帮助的人。

钱川拍了拍胸：“你放心吧，我一定给你保密，这种事还是别让人知道的好，鬼知道会被传成什么样。你行得正，也不一定就能在谣言里独善其身，没准传出去变成你骗人钱被追债，只能偷偷打工偿还了。”

李崇文笑了：“谢谢你们。”

只可惜虽然钱唯和钱川相当理解李崇文，但酸菜鱼馆的老板可不能这么感同身受，得知店里刚起了纠纷的他匆忙赶来，看了一眼现场，脸色不善。

“小李啊，你工作态度真的没话讲，可自从上个礼拜开始，就有人一直来餐厅里闹事找你，我们也就是个家庭小餐馆，这么下去，经营都受到影响了……”

李崇文怎么会不知道这话里的潜台词，他低了头，但最终，客气而谦卑地感谢了老板，然后主动提出了辞职。

老板走后，李崇文回头对钱唯笑笑：“看来要找新工作了。”

钱唯灵光一闪：“钱川正好在找英语家教，你英语很不错的，有没有兴趣啊？

“今年12月就要考英语四级了，我弟弟体科院的嘛，你知道的，这个文化成绩不咋样，尤其英语啊，特别差，语法什么的一塌糊涂。本来正愁怎么找个靠谱的英语补习老师，给他补补课，让他一举通过四级，但我们找了好几个，虽然人家英语不错，但是讲课就是不够深入浅出。”

钱唯继续胡扯道：“你上次给我讲刑法题，我就一下子觉得特别好懂，你很适合讲课的，能不能拜托你帮钱川补习下呢？我真的是找不到合适的好老师了。拜托拜托！”

“那好吧，我免费给他补习就行了，就当对你们这次帮忙的感谢。”

“那怎么行！”钱唯道，“得按照市面上的家教价格来，至于你感谢我们嘛，那就免费一节课好了。”钱唯笑笑，“那就这么敲定了！下个礼拜开始，你就来帮钱川补课吧！”

帮人补课做家教是大学生最普遍的勤工俭学方式，钱唯想，这可比在餐厅擦桌子端盘子轻松多了，何况钱川和李崇文都在一个校区，省去了往返的路途，平时也能帮李崇文节省下不少时间。而有了这份工作保底，李崇文在余裕之下，也能再找个环境更好的兼职；另一方面，每周让钱川不得不在李崇文那里消耗掉点时间，也很好地牵制了他上莫梓心那儿刷存在感的机会，可谓一石二鸟，棒极了！

等两人离开了酸菜鱼馆，钱川还很愤愤：“你怎么就这么把我卖了呢？我虽然其余成绩是不怎样，但我英语可是很强的！而且我英语四级早就过了啊！我就是六级，也过了啊！”

钱唯打哈哈道：“你就当帮我这个忙呗，而且学无止境，你英语过了四六级，那也要戒骄戒躁，平时多跟着李崇文学学，不妨再冲刺一下专业八级啊。”

钱川差点晕厥，他反抗道：“你不是看上陆询了吗？又是给买早饭又是狗腿拍马屁的，怎么，现在又看上李崇文了？钱唯，我发现你这个人思想很危险啊。你不能这样啊，一边对陆询不放手继续买早饭追求人家，一边又开始进攻李崇文。行，就算你比较博爱，两个都想要，你也自己上啊，想给李崇文送钱，你也不能拿我借花献佛啊！”

钱唯瞪了钱川一眼：“你脑子里都在想什么啊？我这是对未来的投资，陆询和李崇文一看就都是人中龙凤，我现在和人家成了朋友，以后人家发财还能不提携我？我本来也想自己上啊，可李崇文是我的同学，他知道我英语不错啊。”钱唯朝他挤了挤眼睛，“行了行了，一周也就一次课，你就当交个朋友呗。”

“那行，不过你得表示表示，毕竟我花费了宝贵的时间，本来这些时间我会用来打工赚钱的，赚到的钱呢，正好可以换诺基亚最新款的手机。”钱川说完，眨巴眨巴眼睛，很无辜地看着钱唯。

行啊，兔崽子你就趁火打劫吧！鬼才信你平时会打工！钱唯虽然恨得牙痒痒，但没办法，还是同意了这个“丧权辱国”的交易。

“你去跟李崇文上课，手机我给你买。”

钱川飞了个吻：“钱唯，很多时候最亲近的亲人之间，可能常常忘了说出那三个字。”他深情道，“我爱你。”

“滚！”

“不过钱唯，你这种操作，万一两个都追上了怎么办？你要怎么选？到底你更偏爱谁一点呢？”钱川一边说着，一边就分析起来，“论长相，陆询更好一点；论身材，陆询也更好一点；论家境，应该也是陆询强；但是论脾气，我觉得还是李崇文更胜一筹。陆询这小白脸一看就阴得很，别看他平时道貌岸然的，没准黑起来谁都黑不过他，没准未来还会有家暴行为。但从好的一方面来说，陆询这样的实力，保护你就绰绰有余，倒是李崇文，看起来文绉绉的，不像是会动武的人。啊，好难抉择啊。”钱川说到这里，突然像是想到什么，猥琐地嘿嘿一笑，“算了，你还是选陆询吧，上次我看到了，人家那里比较壮观，估计使用体验会比较好。毕竟我看到，性生活不和谐是导致现代人离婚的重要因素之一。”

“钱川！”钱唯捂住了耳朵，“你怎么这么不害臊啊！”

“嘁，别以为我不知道你看的那些男人和男人的故事，比我这个尺度大、刺激多了好吗？”他瞪着眼睛数落钱唯，“上次我看到了！你看的什么那个文……”

钱唯没说话，直接上手一把捂住了钱川的嘴：“你可闭嘴吧你！”两人这时已经回到了校园里，往来的都是学生，钱唯可怕又被谁听去了误会。

钱川压低了声音：“那你告诉我，陆询和李崇文你到底选谁？”

钱唯认真思考了下：“这样吧，要是他们真的都瞎了喜欢我，那就李崇文做正室，陆询做小三吧。”

钱唯拿着移动硬盘，兜兜转转晃到了陆询的宿舍楼下，给他发了个短信，果然没多久，陆询就下了楼。

他刚洗过澡，穿着随意，棉质的裤子和上衣，并不修身，但仍旧给人一种慵懒的诱惑感。他的头发还没完全吹干，偶尔滴落的水珠顺着他的耳朵垂向小巧的耳垂，那里因为洗澡的水温还有些微微泛红。

可惜拥有这样可爱耳垂的主人却并不怎么可爱，而是相当冷艳高贵，漂亮的嘴唇只吐出了三个字：“什么事？”

“送你的礼物！”

钱唯早就习惯了陆询的性格，也不多说，就把移动硬盘递了出去：“谢谢你落水时候救我。看到你移动硬盘坏了，我特意给你买的。”她谄媚地笑笑，“里面有几个G的好东西，都是我特意帮你下的。”

钱唯说完，也不知道怎的，就有点害羞，她不等陆询反应，就挥挥手跑开了。

“钱唯！”

钱唯一回到宿舍，就受到了刘诗韵热情的欢迎：“来来来，喝口热水润润嗓子，赶快坐下我给你捏捏肩。”

“说吧，有什么要求我的？”

刘诗韵讪笑道：“是这样的，上次我和你说过的职业技能大赛，下周末就要开始了，参赛人数还差几个人，你看你下周要不参加一下？”她鼓吹道，“这个比赛的前三名都有奖金，都上千的，而且吧，陆询也参加了！”

钱唯着实有些意外：“陆询？你不是说他只参加国际性比赛吗？你到底怎么说服他屈尊来参加这种小打小闹的比赛的？”她的内心升腾起一个想法，难道是那次自己要求他参加，他真的因为答应过自己就参加了？但随即，钱唯就打破了自己的猜测，人吧，就很容易陷入“他看了我一眼怕是很在意我”或者“他对我笑了一下一定是喜欢我”这种人生几大错觉，她扪心自问，自己实在不应该自我感觉良好到觉得自己对陆询有这么大影响力。

刘诗韵耸了耸肩：“说实话，我压根没去游说，就上周吧，陆询突然自己找到我，说要报名参加这个比赛，把我给高兴坏了。你知道吗？自从我打出陆询要参加的旗号，我们法学院里的女生简直一呼百应啊，呼啦啦一下子好多人报名了！现在就差几个！你也来吧！求你了！”

钱唯拗不过刘诗韵的死缠烂打，最终同意了报名。

好不容易回到宿舍，钱唯换上了自己的大花睡衣，披头散发准备看集综艺消遣消遣，结果她的电脑刚打开，就听到宿管阿姨在楼下一声大吼。

“钱唯！有人找！”

这声音洪亮，吓得钱唯一哆嗦。

等钱唯随手换了件衣服好奇地下了楼，才发现楼下门前站着的，竟然是陆询。他双手插着口袋，低着头，脸上的表情看不真切，但就算他把头像个鸵鸟似的埋进沙堆里，恐怕他那个出众的屁股，也能让来往的女生认出来。此刻三三两两的女生们经过他时都忍不住偷偷瞟上两眼，有几个定力不够好的甚至直接羞红了脸蛋。

此时女生宿舍楼门口正好来往的人很多，钱唯有些躲躲闪闪，她并不想让别人看到陆询是在等她，可惜她这点低调的做派瞬间被陆询破坏了。

“钱！唯！”

陆询几乎是一看到钱唯，就有些咬牙切齿地喊起了她的名字。

钱唯只能顶着众人热烈的目光，硬着头皮朝陆询走去：“怎么啦？”她看到陆询一只手里正拿着她买的那个移动硬盘，“是我买的移动硬盘有质量问题？”

“你买的移动硬盘好得很。”陆询这句话几乎是一个字一个字从嘴里蹦出来的。

钱唯试探道：“难道颜色你不喜欢？”

陆询的脸色铁青："你还有脸在这里问，你自己心里清楚，你都给我在移动硬盘里存了什么东西。"

"不是精选的进口电影？"

陆询怒极反笑："是，全是进口电影。"

"不止啊，还有学习资料啊。"

陆询听完，看起来要气炸了："你不仅让我看，还要让我学？！"

这下钱唯也有些莫名其妙了："让你学习怎么了？我这不是让你既能有电影看着消遣，又能同时学习吗？这有什么问题吗？"为了拍马屁，钱唯谎称道，"而且这几个G的好东西，都是我用宿舍里那种慢到断线的网速，给你一点一点精选收藏了下载下来的，老天做证，我真的是一片苦心啊！"

"你真的很好。"陆询一字一顿道，"看来我是应该感谢你这么坚持不懈克服困难给我下了10个G的黄片，还附带5个G的姿势教学？"

钱唯只觉得晴天一个霹雳，她双膝一软差点跪下："大人！我是冤枉的啊！这，这不是我下的！我不知情啊！"

陆询冷冷一笑："不是你用宿舍的破网坚强地1KB、1KB亲自下载下来的吗？而且你不是很清楚这里是'进口电影'和'学习资料'吗？"

钱唯只觉得欲哭无泪，她觉得面对这种情况，就像被抓奸在床一般，怎么解释和抵赖都没有用了……她想，销售小哥，看你白白净净，竟然内心如此龌龊！白信你了！

"钱唯！原来你在这里呀！"

幸好在这尴尬时分，莫梓心天籁般的声音出现在了钱唯的后方。钱唯回头，果然就瞧见她站在一侧，今天的她穿着粉色的裙子，略施粉黛的脸更加美得动人。她似乎有些意外陆询的出现，微微一笑，打了个招呼："没想到陆询也在呀。"

"什么事？梓心你找我一定有什么重要的事对吧？"钱唯一边说一边朝莫梓心眨了眨眼，期待她把自己从陆询的虎视眈眈里解救出来。

莫梓心笑了笑："你现在有空吗？上次和你说过，很想介绍你和我堂哥认识，今天我正好约了他一起吃晚饭，你一起来呀。"

钱唯求之不得："走走走！"

"不用那么急，我们约的一小时后见呢。"

钱唯急于从陆询的目光中逃脱，她胡扯道："不要等一个小时了，我突然特别想谈恋爱了，迫不及待想见到你哥。"

“可……可我哥也要一个小时后才到哎。”

“我现在特别紧张，他没到正好，因为我需要早点到，先做下心理准备，用最好的状态来迎接他的到来。”

莫梓心看了眼钱唯的打扮，小心翼翼地建议道：“那你要不要回去换套衣服？这套是不是有点太随性了？”

钱唯一看，自己刚才奔下楼时随手扯的衣服，竟然就是之前下雨时陆询给自己买的黑乌鸦一般的那件，莫梓心评价说太随性，都是给足了面子……

“这件衣服……我觉得不是很适合你呢，你身材很好，这件衣服太宽松了，完全不显身材。”

莫梓心仍在委婉地劝说，钱唯瞥了一眼不远处那个买衣服的人，对方果然正挑着眉挑衅般地看着她，那眉眼里写满了“你看着办”。

职场生存守则第一条，怎么能质疑老板的品位？

钱唯拍了拍莫梓心的肩膀：“不，我觉得这件衣服非常好，宽松的穿着舒服，随性中带着一丝洒脱，洒脱中充满了个性。我想，如果一个人喜欢我，一定不会只肤浅地喜欢穿着显身材的衣服的我，而是会爱上任何模样的我，黑色也是最经典的颜色，庄重典雅，很有气质！”

莫梓心大概没想到钱唯会这么信口雌黄，她不可置信到都顾不上委婉了：“黑色虽然是很经典的颜色，但这件衣服的款式，你不觉得有点土？”

职场生存守则第二条，别人质疑老板品位的时候，坚决维护老板！

“怎么会？！梓心，这就是你的不对了，虽然这件衣服不是最新的款式，但不叫土，这叫怀旧啊！”

莫梓心用一种“你怕不是眼睛瞎了吧”的目光看着钱唯，钱唯只好硬着头皮迎着这种惊愕的目光保持微笑。

“事不宜迟，赶紧走吧！我就保持这样原汁原味毫无修饰好了！毕竟爱一个人，就要爱上真实的她！”不知是不是错觉，钱唯感觉陆询正玩味地看着她，她有点心虚，一把拽起莫梓心，赶紧就走了。

莫梓心说得没错，钱唯确实到得太早了。莫梓心选定了一家距学校不远的日料店，这个点，甚至还没到饭点，因此日料店里除了员工外并没有其余客人，电视机里放着叽里咕噜的日语新闻。

莫梓心解释道：“我哥今天下午在帮系主任做一个论坛的翻译，这个论坛活动还没结束，他也没办法提早赶过来。”

钱唯挥了挥手：“没事没事。”

“既然还得等一个小时，我们也不应该浪费时间。”莫梓心咳了咳，然后掏出了一个红本本，“这样吧，我们来轮流背法条吧！”

钱唯定睛一看，莫梓心掏出的正是红封皮的《中华人民共和国民事诉讼法》法条，她挣扎道：“我民事诉讼学得不好，背不出来啊……”

“这样啊，那算了，不背民事诉讼了吧。”幸好莫梓心看起来很善解人意。

然而还没等钱唯彻底松口气，莫梓心就从包里掏出了《合同法》《民法通则》《婚姻法》等。

莫梓心微笑道：“所以我们来背其他吧！”

此刻，她的周身散发着学霸的光辉，这不愧是进步女青年，钱唯想，如果是自己，这一个小时，八成只能用来聊娱乐八卦……

面对这一大摞红本本，钱唯此刻只想选择死亡！

等莫梓心的堂哥莫涛来的时候，钱唯几乎可以用望眼欲穿来形容，一见不远处莫涛的身影，钱唯激动得差点哭出来。终于，终于等来了莫梓心这位堂哥解救自己于背法条的水深火热之中了！

到底是莫梓心的堂哥，莫涛的长相也完全在水准之上，虽然没有莫梓心那么精致，但五官硬朗、文质彬彬，一双含情的桃花眼更是流光溢彩，外加大约是英语系的，浸淫欧美文化比较多，他的穿着也很西化，非常洋气。在2009年的大学校园里，能穿出自成一派的时尚感的，已是千里挑一了。

“哥！这边！”莫梓心热情地挥了挥手。

莫涛落座后，莫梓心简单地为两人做了介绍。

“啊呀！”莫梓心突然拿起手机，“我室友忘记带宿舍钥匙被关在门外了，我得回去给她开门！要不你们两个先吃？我先走开下！”她说完就提着包匆匆跑了。

虽然莫梓心人长得漂亮，学习成绩也好，但钱唯不得不说，她的演技实在有些差劲，这实在太刻意了……

面对完全陌生的莫涛，钱唯此刻也觉得有些尴尬，想来想去，就算算上上一辈子，这次都是钱唯第一次“相亲”，她也有些忍不住局促，偷偷打量了两眼莫涛，对方倒确实是个人才。听莫梓心介绍说，他是英语系的风云人物，本身英语系男生就少，长得周正的就更少了，莫涛这个等级的颜值，外加出类拔萃的语言能力和地道发音，实在是让一拨少女们都很沉醉，平日里就没断过倒追。

上辈子，钱唯在陆询的高强度工作压迫下，根本就没机会谈恋爱，如今阴错阳差竟然被相亲了，心中倒也有些好奇。

相比她的拘束，莫涛倒是挺自然：“你看看想点些什么菜？”

第一次相亲见面，女生一定要表现出温柔和好相处！钱唯想起以前刘诗韵对她的科普，下意识微笑着道：“我没有什么忌口的，什么都吃，你点就好了。”

莫涛有些意外，但他显然对钱唯此举十分欣赏，只是出于礼貌，又确认了一遍：“真的什么都可以？”

“点你喜欢的就行。”钱唯装模作样地继续微笑着，“我相信你的品位，你喜欢的菜色肯定不赖，我也会喜欢的。”

于是乎莫涛叫了服务员，然后开始点菜。

“蔬菜天妇罗、日式铁板豆腐、水果沙拉、日式菌菇火锅、素手卷、牛油果寿司……”

莫涛挺大方，第一次见面就点了一堆菜，然而钱唯越听越疑惑：“这个……你点的怎么都是素菜？要不再来点刺身和肉菜？”

莫涛有些意外：“啊，我以为梓心和你说了。”他淡淡一笑，“我是素食主义者。”

钱唯一颗心，拔凉拔凉的……她忍了忍，最终还是决定开诚布公：“对不起！虽然你真的很优秀，但是……我没法为了爱情放弃猪肉牛肉羊肉鱼肉鸡肉鸽子肉兔子肉黄鳝肉牛蛙生蚝北极贝！”她一口气说完，才终于把刚才都紧绷的情绪放松下来，“虽然你也不一定就会喜欢我，但我想还是现在说出来比较好，以免误导了你，浪费了你的时间，毕竟就算你不强迫我也吃素，咱俩吃不到一块去吧，这个未来是有很多矛盾的……”

“噗。”迎接她的是莫涛低低的笑声，他微微翘起嘴唇，连带着那双漂亮的桃花眼也弯了起来，“其实我也想和你交代。”他顿了顿，“我暂时不想谈恋爱。真的很抱歉，因为梓心一直坚持说你是个好姑娘，希望我能认识一下，而且她也是一片好心，我实在不好拒绝，所以想着先过来和你吃个饭，好好当面和你道歉，告诉你其实我目前没有谈恋爱的心情。”

钱唯有些意外：“啊？为什么啊？”

讲起这个话题，莫涛显得有些忧愁。

钱唯一看他这个表情，马上就懂了：“你是心里有喜欢的人了吧？”

莫涛愣了愣：“有这么明显？”

“是啊！很明显啊！”钱唯点了点头，“一看就是深陷在感情旋涡里的怀春少男。”

“……”

“不过你既然这么喜欢，干吗不去追啊！你条件这么好，女生不会拒绝的。”

莫涛叹了口气：“我也想追啊，可我都不用想，她肯定会拒绝我。”他看了一眼钱唯，“她大我七岁，是我以前的邻居，小时候她一直很照顾我，人真的很温柔又漂亮能干，我喜欢她很久了，就连我的素食主义，也是受了她的影响。”

哇！钱唯心想，看不出啊看不出，莫涛这家伙这么时髦，原来是一段单相思的姐弟恋。

“没有跨不过去的坎！”钱唯拍了拍胸，“放胆去追，让本大师来为你出谋划策，保管你一击即中！”

莫涛比钱唯大一届，今年堪堪20岁，喜欢的女人大他7岁，那也才27岁，比上一世的钱唯还小点。27岁女性的心态，钱唯自诩还是了解的。

“可就算她现在接受我，未来我们就能走过一生一世吗？”莫涛的声音充满了怀疑，“大众对姐弟恋的容忍度太低了，何况这还不是大两三岁，是大了七岁，我不想只和她谈一段恋爱，我想未来一辈子都陪着她走下去。”

“不用急，再等几年社会就宽容了，姐弟恋不仅不会被人侧目，甚至还会是新时尚和潮流，成熟的小姐姐们都喜欢‘小奶狗’‘小狼狗’了，还有很多名人也会姐弟恋修成正果。高圆圆你知道吧？人家之后也会嫁给一个比自己小五岁的男演员的。未来社会啊，是会越来越包容，越来越多样化的。”钱唯一边说一边为莫涛科普了一下“小奶狗”“小狼狗”这些专有名词。

莫涛将信将疑：“真的？”

“真的！”钱唯郑重地点了点头，“包在我身上！”她敲了敲桌面，“你的竞争对手多数是她的同龄人，那首先我们要做个SWOT分析，列举出你和你的潜在竞争者们的优劣势，然后各个击破。你的优势就是年轻充满了激情和活力，没有成熟的男人那么套路和世故，感情纯粹；劣势自然是未来充满更多不确定性，心智可能也不够沉稳，所以你更要打消她在这一点上的顾虑……”

钱唯分析得头头是道，莫涛听得聚精会神，一来一去，等一顿饭结束，莫涛已经和钱唯缔结了很好的革命友谊。

“听你这么一讲，真是豁然开朗，我先按照你说的做，过几天我再请你吃饭，你再给我分析分析！”

钱唯摆了摆手：“请吃饭就不用了吧，我们互相交换个电话号码，再加个QQ，以后你有什么事，直接这么找我就行，也别浪费那饭钱了，何况你那素菜我也吃不惯……”

莫涛笑笑：“那下次你吃肉，我吃素就行。”他神秘地眨了眨眼，“而且我劝你最好还是和我一起出来吃饭，这样梓心也会比较放心。”

“为什么啊？”

“以我对她的了解，她这么急迫地介绍你认识我，希望我们谈恋爱，恐怕是因为她喜欢上了什么男生，然后觉得你可能是她的潜在竞争对手，所以她着急把你先排除出战局。你每周定期和我出来吃个饭呢，她也会比较安心。”他笑了笑，“虽然她是我的堂妹，但我也不会偏袒她，你要是对那男生有意思呢，也大胆出手。我呢，就给你打掩护迷惑梓心就是了，当然前提是你必须教我怎么追我喜欢的人。”

钱唯叹了口气：“其实我也挺纳闷的，她怎么会觉得我是她的竞争对手？像她这样的条件，不应该是打败我不费吹灰之力吗？而且我真的没对陆询有过幻想，他和我简直不是一个世界的人啊！根本想都不敢想好吗！”

莫涛笑笑：“你自己可能意识不到，你有一种亲和力，和你在一起没压力，很轻松，不自觉就很开心。”

“行了行了，你打住，别吹捧了，你不吹，我也会好好帮你出谋划策的。”

“那我们就定期出来吃饭！”钱唯果断地敲定了计划，她要两手抓，两手都要硬，既要促成莫涛和他的小姐姐，也要促成陆询和莫梓心！

莫涛眼睛转了转：“这样吧，如果你不介意，我有个不情之请。”

“嗯？”

“如果你目前没有喜欢的男生，能不能请你就假装是我的女朋友？”莫涛有些羞赧，“反正假装我俩在谈恋爱或者暧昧都行？说起来怪不好意思的，我们外院现在有个学妹倒追我，成天围追堵截的，发誓我没脱单就绝对不放弃，我拒绝了她好些次，也说了自己心里有喜欢的人了，但她就是不听，偏执得可怕。我在想，反正我们会定期出来吃饭，不如就这么掩人耳目？”莫涛的姿态挺诚恳的，“让她死心了就行！真的，拜托了！”

钱唯摸了摸下巴，自己的计划不就是促成莫梓心和陆询吗？让未来老板娘竟然认为她有威胁，那可是她的重大失误！因此莫涛的这个忙，顺手帮了也算是一举两得？

于是她点了点头：“那你得请我吃顿好的！”

就这样，钱唯给莫涛出谋划策，莫涛开始了自己的追求行动，而两人频繁的互动也让莫梓心十分满意。

一切都有条不紊地进行着，钱唯也开始临时抱佛脚准备周末的法学院职业技能大赛，倒不是想得奖，而是万一表现太差劲，那就太丢人了，今年因为有陆询的参加，来观看比赛的人尤其壮观。

“钱唯，待会儿上场了一定要拿出我们宿舍法律人的风采啊！”临到比赛当天，刘诗韵很是郑重其事，她拍了拍钱唯的肩，“你也别临时急着背法条了，今年我举办的这届职业技能大赛吧，和往年那种什么比赛背法律条款还有写法律文书的都不一样，我力争让这届比赛成为历届比赛中的一股清流，单纯不做作，清新无套路。我这些题目吧，都得靠平时丰厚的法律知识积累以及法律人独有的处变不惊！所以你也没什么好准备的。而且我对你有信心极了！”

钱唯就这么在刘诗韵的鼓励里上了场。因为本次比赛参与的人数众多，所以先分成了小组赛，一轮轮淘汰，最终由两位选手进行对决，钱唯抽了签，感天动地，她并没有和陆询分在一组。

刘诗韵说得没错，她确实没有出那些死记硬背的题目，相反，这次比赛的题目都是实际的法律案例，要求参赛者给出相关的法律指导，这下钱唯真的是如鱼得水了。她毕竟上辈子也是个从业好几年的律师了，死记硬背不在行，但实际操作中分析案例可是强项，就这样，她过五关斩六将，竟然轻而易举就在自己那几个小组里脱颖而出。为了比赛快速进行到白热化的最终对决，开始的小组赛采取了不同场地同时进行的策略，钱唯这边通关得早，但其余几个小组还在热火朝天地继续晋级，她乐得清闲，于是准备溜达到别的小组赛观赛。

此时还有三个小组赛没有比完，但其中两个，观赛的人寥寥，只有一个赛场，观赛人数几乎爆满，钱唯挤进去一看，顿时就了然了。

这正是陆询所在的小组。

“陈某救助轻生女子，两人之间存在无因管理之债，根据《民法通则》的规定，无因管理人或者服务人可以要求受益人偿付必要的费用，包括在管理或者服务活动中直接支出的费用，以及在该活动中受到的实际损失。所以陈某因为救助轻生女子造成的身体损伤治疗费用，可以要求被解救的轻生女子赔偿。”

几乎是每次陆询一回答完，现场就要响起一片掌声。19岁的陆询比起之后自己老奸巨猾的进阶版本虽然青涩不少，但陆询到底是陆询，不论如何复杂的案例，到了他的嘴里，都能抽丝剥茧还原出真相，逻辑清晰，思维缜密。他所在的小组抽到的案例分析比钱唯抽到的复杂不少，但那么多问题，法律涉及从包罗万象的民法到具体微观的房地产法，陆询竟然都能回答得分毫不差；最可怕的是他那种冷淡的回答风格，没有一句废话，仿佛是一台精准的法律机器，随时准备拿出大规模杀伤武器。

最后的赢家，毫无疑问是陆询。钱唯看着那些和陆询打擂台赛的男生，心里简直写满了同情，和陆询同台，这简直是单方面的屠杀和凌虐，陆询大放异彩，而其余参赛选手就灰头土脸多了。

只是钱唯没想到自己刚刚还在同情那些与陆询同台的选手，不一会儿的下一轮比赛抽签，就轮到她做那个不幸的炮灰了……

作为大赛主持的刘诗韵声音十分激昂：“下面将进入第二轮淘汰赛，第一场，将是我们法学院之光陆询对战法学院之花钱唯！本场的题目将采取全新的角色扮演模式，由抽签决定各自扮演的对立角色，针对考题，进行法律攻讦、智商角逐！大家敬请期待！”

陆询是当之无愧的法学院之光，但是自己……饶是钱唯脸皮厚，面对“法学院之花”这个称呼，也有些尴尬。她瞥了一眼台下，正好见到真正的法学院之花莫梓心坐在观众群里，幸而莫梓心对刘诗韵的主持词并不在意，因为她的一双眼睛，全部放在陆询身上，大概也确实没有什么比此刻的陆询更耀眼的东西了——19岁的少年，身姿挺拔，容色逼人，一张雪白的脸上写满了生人勿近的高傲冷艳，然而这种奇妙的反差，反而让人更移不开眼了。

“陆询同学，请问对决第一小组胜出者钱唯同学，你的心里是否有些紧张？”

面对刘诗韵这个活跃气氛的问题，陆询这个全场的焦点，只是轻飘飘地笑了笑，然后他又这么轻飘飘地看了钱唯一眼。

钱唯心想，你的蔑视也不要这么明显好不好，我虽然是个学渣，但好歹还有几年的律师从业经验，年轻人，待会儿就让现实分分钟教你做人！

“那我们就进入下一阶段的比赛了，好，我来为陆询和钱唯抽取第一道题。”刘诗韵一边说着一边展开了手中抽出来的题目纸条，“第一题的情景里，你们是一对感情破裂要离婚的夫妻，拥有3000万的共同资产，请问如何最大限度地利用法律漏洞转移婚内财产，以达到减少对方分割额度的目的？”

钱唯心想，这是什么鬼题目……说好的职业技能大赛为什么要考怎么用法律来更专业地厮杀？不知道离婚争夺财产的夫妻嘴脸是最穷凶极恶的吗？这种题目真的符合和谐社会的主旨吗？刘诗韵，你还真是说到做到地为了更好地钻法律的漏洞而认真学习啊！连出的题目都这么刘诗韵!

刘诗韵读完题目，补充道：“题目没有发言顺序，可以抢答，另外已经说过的观点和方法，另一方就不能再重复发言了，所以谁先发言可以抢占先机，另外要注意角色扮演！钱唯是妻子，陆询是丈夫的角色，好了，那么，现在开始！”

陆询虽然也对这种非主流的题目有点意外，但很快恢复了镇定，他抬头看了眼钱唯：“你先。”

钱唯心想，呵呵，那就让你看看姑奶奶我的智慧。如何转移婚内财产，这类问题实操性这么强，她觉得自己赢定了。

她笑了笑，开口道：“确定要离婚后，在提出离婚前，我不会打草惊蛇，首先去小银行办理一张我……”钱唯顿了顿，想起角色扮演的事，有些磕磕巴巴地改口道，“办一张我老公不知道的银行卡；然后断断续续地，每次以不同数额从我原有的银行卡尤其是工资卡里取现，取出的钱再存入新办的银行卡里。这种情况下，我老公既不知道我新卡的开户行，也不知道新卡的账号，就算起诉离婚，也没法让法院来查询我的新卡银行流水，而老银行卡里我每次的取现，我则会声称是用于家庭开支。比如我可以给对方买一件批发市场十几块的衬衫，但声称是我用取现的几千块买的，这种很难举证，于是自然而然，这样就能完美地完成财产转移了。”钱唯看了一眼陆询，继续得意道，“另外，《婚姻法》第24条规定，债权人就婚姻关系存续期间夫妻一方以个人名义所负债务主张权利的，应当按夫妻共同债务处理。所以更狠一点，我还会炮制好多份婚内巨额借款，比如和我的兄弟姐妹或者爸妈，然后我只要在借款借据上写明钱是借了用来炒股，并且现实生活里把炒股收益转账还家庭房贷的，这笔借款就没法举证是个人债务，所以会需要夫妻共同承担。这样的话，对方和我离婚不仅分不到钱，还要承担一屁股债务，我完全可以轻松榨干对方的钱，反正对方帮忙还了债后，这些钱也是进了我兄弟姐妹或者爸妈的口袋，还不是我自己的吗？”

2009年，《婚姻法》第24条被负债的规定还没有进行修订，因此是妥妥地可以用来坑婚内对象的。

钱唯回答完，现场一片安静……连刘诗韵都忘记了活跃气氛，大家显然都被钱唯的回答震惊了，直到过了片刻，大家窃窃私语的讨论声才响起。

“竟然还有这么损的办法，服气服气。”

“钱唯真狠，这以后谁还敢和钱唯结婚啊，万一要离婚，连个钢镚儿都拿不到。”

“也不知道她怎么想出这么鸡贼的方法的……”

钱唯不以为意，她想，年轻人，你们还太天真了，等你们出了校园，进入社会，才会发现人心险恶，这些招数可都是别人玩剩下的了，如今用来参加职业技能大赛，简直是绰绰有余。

就在钱唯以为胜券在握的时候，陆询轻轻笑了声：“你回答完了？”

“嗯！”

“那下面就轮到我了。”他的神情一派云淡风轻，“我不会用我太太的方式，这种方式其实有风险。第一，虽然她开设的新的银行卡难以查证，但是几千万的共同财产，想要靠每次取现进行转移，其实会很麻烦；并且如果每次取现特别大额，就算声称是用于婚内消费，也会过于不合理，这部分钱款极有可能得不到法官的支持，极有可能并不会被认定为用于家庭开支。另外，如果遇到我这样所有事项喜欢记账、流水清晰的丈夫，家庭开支账单会一目了然，用这种方式转移不现实；而利用《婚姻法》第24条的办法，如果是伪造出一两百万的债务，声称是用于家庭的，还能算合理，但总共有3000万共同财产，一下制造出千万的债务，还辩称是用于家庭开支，那实在太假了，很容易有破绽被对方举证。”

钱唯愣了愣，她没想到19岁的陆询也如此犀利，还能如此有条不紊地找出实际操作中可能存在的漏洞，但是她并不觉得陆询能提出比她的方案更可行的了。

“陆询，你不能光提出质疑，除非你有其他办法，否则还是算我赢。”

陆询笑笑：“加勒比海地区有一个叫多米尼克的国家，只要申请人满18岁，无犯罪记录证明，向这个国家的经济多元化基金捐款10万美金，就能轻松获得这个国家的护照，整个过程只需要三个月。虽然我国不承认双重国籍，但是只要你暂时不在国内主动注销身份证，可以拥有事实上的‘双重国籍’。拿到多米尼克护照后，用新护照去澳门注册银行账号A，同时用自己的身份证、港澳通行证再注册另一个银行账号B，然后找澳门的地下钱庄，把国内的资金通过地下钱庄避开外汇管制转移到银行账号B里，全部取现，之后存入银行账号A中，然后声称在澳门用于私设的地下赌场赌博，并且全部输光了。这样就算国内的法院或者妻子能够根据身份证等信息查到银行账号B，里面的钱已经全部取走了，用多米尼克护照注册的银行账号A，他们是无论如何查不到的；而用于赌博的这部分钱款也无法追查下落，并且资金已经在澳门，就算对方能查到什么蛛丝马迹，法院也没法强制执行，这部分钱对方绝对没任何希望追回。”陆询说完，看了一眼钱唯，“怎么样，3000万的夫妻共同财产，花费10万美金还有很小的地下钱庄手续费就能轻松转移，没有任何可能被追回的风险，而且是存在自己名下的账户，款项的安全性也更有保证。毕竟如果是做了虚假债务，把钱款打给自己的兄弟姐妹，也不见得一定就安全了。”

钱唯目瞪口呆，一个19岁的法学院在读学生竟然能想得出这么复杂精深的操作，简直可怕。她本以为自己好歹有过几年工作经验，搞定个19岁的陆询绰绰有余，她完全没有想到，陆询之所以以后能成为在法律圈叱咤风云的合伙人，并不是因为到了28岁才无往不利，19岁的他亦如此。有些人，不论什么年纪，都能锋利得像一个随时能出鞘取人首级的杀伤性武器。

人群再一次沸腾了。

“天啊！陆询好厉害！是怎么想到这种办法的！”

“好帅！我听完钱唯的答案还觉得怎么都想不出更好的办法了，没想到陆询能想出来，思维真的好缜密，佩服死了。”

“感觉陆询知识面好广啊，还知道那什么加勒比海上的小国，还有澳门的地下钱庄操作方法，听完两个方案，我还是觉得陆询的更胜一筹。”

同样是如何转移婚内财产的题目，为什么我想出来了方案就被说是鸡贼？为什么陆询明明想出了更加鸡贼的操作，大家都夸他有远见，法律知识扎实？就因为那张脸，陆询就可以为所欲为吗？就可以让众多女生没有节操地双标吗？

“第一题，陆询胜出!”刘诗韵显然很为钱唯惋惜，“那么我们进行下一题，题目的情景是，你们是一对貌合神离的夫妻，彼此都有婚外情对象，并且都与婚外情对象出双入对，现在你们要离婚，但对方很难缠，现在你们要为了证明对方才是过错方，请问有什么取证对策？”

“第三题的情景，你们是一对争夺子女抚养权的夫妇，请问如何最大限度地取得抚养权？”

“第四题的情景，你们是一对争夺继承权的兄妹，请问如何尽可能减少对方的继承份额？”

“第五题的情景，钱唯是即将被开除的员工，陆询是公司的人事总监，请问如何斡旋为自己或公司争取最大利益，也就是说，钱唯如何要到最多的经济补偿金，陆询如何用最少的钱开掉钱唯？”

……

钱唯心想，刘诗韵这些题目真的另辟蹊径，一个个都是这么鸡贼的场景，考察的都是如何运用法律，以及如何专业地厮杀，这样真的好吗？

然而这种完全新颖的比赛形式却很受大家的欢迎，也或者说只要有陆询参加，任何形式的比赛都能大受好评。

本来钱唯很自信能以自己上一辈子的执业经验轻松打败陆询，结果这次被啪啪啪狠狠打脸。整场比赛十道题，前面九道题都是她抢先回答的，但最终赢的竟然都是陆询，不论她从多刁钻的角度给出策略，陆询仿佛总能轻而易举地用更加刁钻的实操方案进行攻击。或许这世界上有一类人，他们的优秀让人即便再努力再积累也超越不了，跨越9年的时间，面对陆询，钱唯还是毫无胜算，他是真正意义上的天生的律师。

“最后一题的情景里，钱唯是法学院的学生，倒追陆询，你需要列举找个法学院女朋友的好处来打动陆询，而陆询为了拒绝钱唯，需要列举找法学院女朋友的坏处。”刘诗韵的声音带笑，“最后一道题，我们就轻松一点，不考让人头疼的专业知识了，但是作为压轴的考题，最后的情景里，我们需要两位全情投入，真的按照角色来表演。钱唯你必须说服陆询接受你的倒追才算赢，而陆询你必须心服口服让钱唯死了心才算赢。”

这是不考专业知识了，但一点没轻松好吗！这种题，让钱唯怎么回答？简直太羞耻了，要当着那么多人面对陆询自吹自擂，实在是……而且为什么是自己倒追陆询，为什么不是陆询追自己？刘诗韵这家伙，真的是自己的朋友吗？这种朋友，顿时不想要了好不好！

十道题输了九道，不论钱唯多努力挽尊，总之是大势已去，因而她已经决定躺倒认输，连抢答都没抢答。她心里盘算着，先让陆询回答，陆询回答完，她就干脆缴械投降主动举白旗认输，这样她就不至于要尴尬地自吹自擂倒追陆询了。

然而陆询却笑了笑，轻轻地看了钱唯一眼：“女士优先。”

这是铁了心要她出丑吗？

钱唯有气无力道：“陆询，因为学法律，我平时考试多，绝对讲道理不黏人，而且绝对不会问你女朋友和老妈掉水里先救哪个的问题，因为我知道，你对你妈有救助义务，不救她是违法，所以我一定能处理好未来婆媳问题……请你考虑一下接受我的追求……”

陆询挑了挑眉：“我还没接受你，你就在想婆媳问题了？”

钱唯想，果然这才是陆询本色，嘴巴一天不毒就不是他了，她做了下心理建设，准备好了陆询用各种犀利的回答来奚落她的“追求”。

“好。”

现场开始骚动，钱唯也有些意外地看向陆询，她还以为自己是幻听了。

陆询仍旧顶着那张冷冰冰但英俊异常的脸，他又看了钱唯一眼：“我答应你。”

陆询笑笑：“这道题我认输。”

钱唯有一瞬间的心悸，陆询那双黑曜石般的眼睛，正盯着她，然后嘴里说着无法拒绝她的话，即便知道这是情景模拟，她仍旧忍不住有些慌乱。

而就在钱唯胡思乱想之际，她又听到陆询云淡风轻地补充道：“法学院的女生都很好，我找不出理由拒绝。”

雷鸣般的掌声顿时响了起来，可以想见陆询说完这句话后，在场的法学院女生们的疯狂和激动。

好嘛，钱唯心想，陆询这个家伙撩妹技能也挺一流啊。一场职业技能大赛，除了高调炫技之外，竟然还能在最后这么轻而易举地取悦现场所有法学院的女生，这拨操作也真是很骚了。只是明明这时候看起来也挺开窍的，怎么一到莫梓心身上，陆询就和个榆木疙瘩一样呢？难道这就是传说中近乡情怯一般的感情，越是对待在乎的人，就越是无法发挥真实的自我，再成熟的人面对喜欢的人也绊手绊脚狼狈起来？

在阵阵不断的掌声里，钱唯扫了一眼台下人群里坐着的莫梓心，她的双颊带了点绯红，虽然矜持地没有跟着大家的节奏一起鼓掌，但她那含羞带怯又有些小高兴的眼神泄露了她的心事。陆询这个回答，显然也让她悸动。想想也是，对于闷骚的陆询，这种话四舍五入约等于当众表白了，试问哪个女生能够淡然面对？就连钱唯，一瞬间也觉得心跳加速。

如果这时候这位当事人能好好地把目光穿过人群紧紧盯着他的白月光，两人靠目光互相放电交流个片刻，再此时无声胜有声一下，半推半就，这事多半就成了。

只可惜陆询这家伙关键时刻竟然害羞起来，他站得笔直，目不斜视，压根没看一眼人群，他只盯着钱唯。

看我干什么啊！看莫梓心啊！要不是还在台上，钱唯恨不得跳到陆询面前，用手把他的头掰到他该看的方向去。

一场职业技能大赛，就这么在陆询的大放光彩之下结束了。陆询下了台，瞬间被法学院低年级的学妹包围了，这届年轻人热情奔放，并不吝于当众表达自己的感情。

"学长你好帅！"

"陆询学长，能不能给我签个名呀？"

"学长学长，为了庆祝你夺得第一名，我给你买了奶茶！"

在场上答题的时候多少有点紧张并没有随意观察场下，现在下了场，钱唯才发现原来自己也有亲友团，自己的舍友坐在一起，竟然还拿了块鞋盒的纸板做成的应援板，上面歪歪扭扭写着"钱唯万福，千秋万代，一统天下"！

"钱唯，这边这边！"

不出意料，钱唯一抬头，就看到了身高腿长在和她挥手的钱川。钱唯顺着他一看，在他的身边果然发现了莫梓心，而让钱唯有些意外的是，除了莫梓心，莫涛竟然也在。他比钱川稍微矮了一点，但178厘米的身高和出挑的长相，也让他仍旧显眼。

"陆询。"

直到莫梓心出声，钱唯才发现刚才还被众星捧月包围着的陆询，竟然已经冲出重围，走到了他们的面前。明明以压倒性优势赢了比赛，但陆询的脸色并不好看，钱唯心想，难道刚才那几个学妹的纠缠让他不悦了？

好在莫梓心的情绪相当不错，她笑着和陆询聊着刚才题目里那些操作，询问着一些问题。钱唯心想，这大概就是学霸之间的爱情吧……平时可以靠讨论司法案例来进行精神世界的共鸣……

"这个给你。"

钱唯被眼前的鲜花从思绪里拉了回来，她一抬头，才发现莫涛正微笑着看着她，手中拿着一束新鲜的橘黄色玫瑰，那娇嫩的花瓣上还带着水珠。莫涛这家伙最近用了钱唯的计策，和那位邻家小姐姐的互动十分顺畅，眼见着越发往甜蜜的方向进行，因此此刻也是春光满面。

钱唯接过花："你怎么也来啦？还难为你特意买了花。"

“怎么？不能来？”莫涛笑笑，一双桃花眼顾盼生姿，“给你买花不是应该的吗？要没有你，我现在能这么开心？何况给法学院之花买花，天经地义啊，我都恨自己少买了一束，因为通过这场比赛我才发现，你完全是美貌和智慧并举啊！一束花都不够衬托你。”

自从那天之后，钱唯和莫涛联系十分频繁，钱唯这个狗头军师为莫涛追邻家小姐姐支了不少招。两个人一来二去，倒是发现性格很合得来，很快就“沆瀣一气”“狼狈为奸”地成了好朋友，彼此也喜欢开玩笑，尤其喜爱互相吹捧。

钱唯自然不甘示弱：“你也不差，你也不差，竟然有你这么帅的人给我送花，我真是感动得泪流满面。”

本在和莫梓心说着话的陆询大概是实在有些听不下去了：“这位是法学院的吗？怎么以前没见过你？”

莫梓心笑了笑：“这是我的堂哥莫涛，比我们大一届，外语学院英语系的，现在他和钱唯嘛，应该算是？”讲到这里，她顿了顿，然后看向钱唯。

这下，几双眼睛都这么盯着钱唯了。

“钱唯，老实交代，缴枪不杀！”钱川摩拳擦掌。

而一边的莫梓心也鼓励地看着钱唯，大概被这种气氛感染，连平时完全不关心八卦的陆询，都难得地抬了头，看向钱唯。

“他俩最近老一起定期约会呢！”结果钱唯还没顾上说话，刘诗韵就道破天机般一语惊人，“几次了！钱唯一接到莫涛电话，就鬼鬼祟祟笑嘻嘻地下楼了！连我这种鼻炎患者都闻到她身上恋爱的酸臭味了！”

这位朋友，你的鼻炎看来真的很严重啊，我身上哪儿有恋爱的酸臭味？难道不是革命友谊散发出的清香？

“这个，我和钱唯嘛，正在培养感情！至于我们出去干什么，那是个秘密。”

莫涛笑了笑，他的余光看了眼不远处某个方向，钱唯循着他的目光，能看到那儿正站着个日系打扮的女孩子，此刻她正紧紧盯着莫涛。莫涛那句话说完，她的眼神里就闪过了愕然和挫败，钱唯想，大约就是那个苦追莫涛的女生了。

莫涛说完，钱川就大叫一声了：“真是会咬人的狗不叫，钱唯，你竟然背着我偷偷摸摸比我还先脱单了！你俩还培养感情？都那么肉麻地互相吹捧了，肯定这感情好得再培养就要变质了！”他转头诚恳地对莫涛道，“大兄弟，希望你继续保持眼瞎，不要去眼科医院治疗，继续和我们钱唯相亲相爱，祝你们幸福！祝你们幸福！”

钱川，你这是祝福我吗？

“对了，我下午有场篮球赛，我们篮球队的练习赛，就在东区篮球场，你们哪些人有空来给我做啦啦队？”

刘诗韵撇了撇嘴：“你要能赢，我就来。”

“那还用说，肯定能赢，等我赢了请你们吃饭！”

钱唯摸了摸下巴：“既然有免费的饭吃，那我就去吧。”

莫涛也笑笑：“钱唯的弟弟打球，我怎么能不去。”

莫梓心没出声。

钱川抓了抓头，果然开始影帝上身，他略带失落道：“别人都请了好多后援团，我怕我上场就你们几个稀稀拉拉的加油声太寒碜了，哎，要是后援团人再多点就好了。”他说完，那可怜巴巴的眼神果然飘向了莫梓心。

莫梓心抿嘴笑了笑：“我下午也没什么事，那就正好过来看你打篮球吧。”她说完，看了一眼一直一言不发站在一边的陆询，“陆询，你一起来吧？”

就在钱唯以为陆询会一口答应的时候，却听到对方用那一贯干净的声线简洁地说出了两个字：

“没空。”

这么简洁不加修饰的拒绝也真的是很骨骼清奇了，果然，陆询刚说完，莫梓心的表情就有些不好看了。

祖宗哎，你多说几个字，稍微解释下自己下午要忙什么不行吗？又不是多讲话要收费！

钱唯赶紧试图活跃气氛：“陆询，你下午要忙什么呀？要是不太紧急的话，先来和我们一起看钱川打球吧。”

老板，只能帮你到这里了！你不解风情不解释，那我就循循善诱引导你解释，你可一定要争气地给出个值得为此拒绝莫梓心邀约的理由啊！

陆询抬了抬眼皮：“我忙着学习。”

钱唯望着陆询挺拔的背影，简直目瞪口呆，朋友，你说忙什么都好，忙着学习？对于以“从来不学习但考试甩第二名几十分”闻名法学院的陆询来说，忙着学习这样的理由简直就像“我和她只是正好没穿衣服躺在一张床上但我们之间什么也没发生”一样让人“信服”……

钱唯还想说什么，但钱川赶紧眼疾手快拉住了她："钱唯，人家陆询都说要学习了，你怎么能因为我要打场篮球赛，就去肆无忌惮地打扰人家呢？你不能这样影响别人的上进！"他说到此处，话锋一转道，"何况有梓心和你们为我加油，就够了，因为你们每个人在我心中的分量都是沉甸甸的！"

钱唯看着钱川得意的眼神，真是痛心疾首，陆询啊陆询，你这真是自毁前程啊！明明今天职业技能大赛以后握着一手好牌，现在竟然全被你分分钟打得稀巴烂！

第八章...

心悸vs开窍

钱川的篮球赛在下午4点，太阳开始西落，不太热也不太冷。钱唯早早买好了几袋瓜子之类的零食，就跟着刘诗韵、莫梓心和莫涛去了篮球场。

钱川穿着宽大的球衣，正在球场上运着球热身，这家伙显然今天准备在莫梓心面前好好表现一番，甚至不吝于在球赛正式开始前消耗体力，连着运球做了好几个炫技的灌篮。他的动作标准又潇洒，加上高大端正，很快就成了球场上的焦点，这时钱唯才发现他说的没有后援会根本是假的，来看球赛的很多女生，都在喊着他的名字。

“钱川！钱川！加油！加油！”

被叫着名字的少年时而歪头看向钱唯这边，他抹了抹汗，灿烂一笑。

10月的风带来桂花的清香，钱唯在篮球场外的草地上席地而坐，看着球场里奔跑着的钱川，有些恍惚，也有些沉醉，真好呀，这就是青春。

整场球赛很有看头，因为是练习赛，A大篮球队分成了两组打比赛切磋。虽然陆询拉高了钱唯对帅哥的审美，但不得不说，场上还是有不少男生也可圈可点的。

因为都是篮球队相熟的同学，一场球赛，张弛有度，有互相竞争抢球，也有摔倒后伸出手的搀扶，两支队伍势均力敌，比分咬得很紧，而钱川表现得确实非常优秀，他连续抢了对方好几个篮板，还完成了两个漂亮的灌篮。赛场上气氛热烈，赛场外女生们也各自为自己喜欢的球员加油呐喊助威。

一切看起来都完美极了，在那几个外校男生出现之前。

A大所在的大学城附近除了其余重点大学外，还有几家职高，而因为A大的体育设施是几所学校里最好的，平时外校的学生偶尔也会来A大的球场打打球，然而只是没想到今天来的是隔壁那家职高的学生。

“那个为首的手臂上有文身的，以前和我一个高中，叫赵鹏，高中就因为打架斗殴留级过好几次，后来去了职高，更是找到了一群臭味相投的混子，据说之前还拿刀捅伤人进了局子……”

像是为了印证身边女生的话一般，球场上，赵鹏的几个手下小弟就开始推搡钱川的队友。

“都让一让，今天我们鹏哥要在这里打球。”

都是血气方刚的小伙子，又被本校女生看着，饶是谁也受不了，被推搡的男生推了一把回去：“这是我们学校的篮球场，凭什么让给你们？何况做什么事都讲先来后到，该让开的是你们，影响到我们篮球队的练习了。”

本来气氛热烈和谐的篮球赛不得不因此中断下来。试图和赵鹏这类小混混说道理根本是行不通的事，赵鹏和他的小弟们趾高气扬，钱川和他的小伙伴们也并不妥协，也不知道是哪方最先动的手，总之这场突发的冲突就这么渐渐升级了。

要是真的和这帮混混打起来就糟了，他们不在乎学历和毕业，但篮球队的同学们，可都是希望好好上学的，钱川拦住了自己这边的兄弟：“不打架，既然你们不肯走，想打球，那我们陪你们好好打，让你们输得心服口服，以后再也不敢来抢我们的场地。”

“对！打得他们屁滚尿流！”对于钱川的提议，篮球队的小伙子们都齐声附和。

因为留级的关系，赵鹏其实比在场的大学生年纪都大些，二十四五的年纪，身材强壮，也比20岁不到的学生更加彪悍些，他轻蔑地笑笑，也没表态，但随即直接上手抢走了钱川队友手里的篮球，然后招呼自己的小弟们硬抢起场地玩起来。

赵鹏的小弟很自信，他一边看着自己的老大运球冲出了篮球队的包围直接进了一球，一边得意扬扬地说：“等着输的可是你们，大话说太多了，小心在全场观众面前丢脸丢到家。”

"我们把球抢回来！"

篮球队的队员们一时之间空前团结，大家也不打练习赛了，刚才分开练习的两支队伍直接合成了一支，开始一致对外，和赵鹏的那伙人打起对垒来。

篮球队的男生们毕竟是常年经过专业训练的，彼此之间也默契，抢球、传球、三步上篮，一气呵成。没多久，钱川就进球得了分，队员之间互相击掌鼓励，而在场外的A大女生们也为他们欢呼起来。

"篮球队加油！篮球队加油！"

"钱川加油！钱川你是最棒的！"

一时之间，篮球队队员气势昂扬，然而令人意外的是，赵鹏的那群人竟然也不差，那小弟的自信来得确实不是平白无故。更糟糕的是，赵鹏他们同样人高马大，球技也不赖，但估计野球打多了，打起球来完全不讲规矩，他们中有个大块头，仗着自己的身材优势，开始毫无顾忌地撞人抢球，而且阴险得很。钱唯看得分明，赵鹏一队的人多次用胳膊肘给篮球队的队员狠狠来了那么一下，这一下撞击显然很痛，因为被撞的篮球队队员拼命咬了咬牙才稳住了身形。

比赛就这么达到白热化，两方竟然势均力敌，而钱川他们这边因为刚才已经进行了半场比赛，体力消耗较大，如今也渐渐显出一些疲态来，但大家都咬牙坚持，狠狠咬紧比分。

"啊！"伴随着一声痛呼，篮球队一个小前锋被赵鹏的人狠狠撞击摔到了地上。

"陈华，你怎么样？"

"没大事。"陈华捂着脚踝。

钱川一看，他的脚踝这都已经微微肿起来了，他喊了暂停，再转头对陈华道："我扶你下去休息。"

陈华却很倔强："我没事，我还能打。"

陈华是非常优秀的小前锋，一直和钱川这个得分后卫配合默契，他如果下场，整个球队里都没有人能代替他，篮球队将损失一大主力。

钱川不会不知道这一点，他黑着脸把陈华送下了场，继而重新部署了球队里的分工。

球赛重新开始，可少了陈华，新上任的小前锋张瑞原先是控球后卫，对自己的新角色显然还不怎么熟悉，不大一会儿，一个本能上篮的球，就被赵鹏的人截和了。这之后球场上的形势更是急转直下，钱川的队伍不仅没能再得分，还不得不看着赵鹏他们连续进了两个三分球。

“看看到底谁得让出场地。”赵鹏阴沉地笑笑。

在对方的急攻下，篮球队越发显出劣势，而赵鹏这帮人更是气焰嚣张得寸进尺，继陈华之后，他们又犯规把另外几个队员都撞伤了。其中最严重的是张瑞，而张瑞一下场，场上一下子既失去了小前锋，又等于失去了控球后卫，饶是钱川再拼命，也没办法一身分饰三角。更为糟糕的是，赵鹏的人显然盯上了钱川，实行了恶心的盯人策略，三个人就和苍蝇似的围着钱川，隔离钱川，导致钱川压根就没机会碰到球。

虽然离球场有些距离，但钱唯很明显地感觉到钱川开始烦躁了，他一烦躁，动作中的破绽就更多了，眼见着这场球赛篮球队这边真的就快输了，她心里干着急，但一点办法没有。钱川这家伙吧，别看平时嬉皮笑脸的，别的事情失败了都没事，就算失恋了也能乐天派地很快走出来，但唯独对他心爱的篮球，他的自尊心特别强。体育是他擅长并喜爱的事，他一向自信，钱唯不希望他因为这场球赛而觉得挫败和难过。

钱唯忍不住拍了拍身边的莫涛：“哎，你打篮球行不行，能不能上去帮下钱川，他们队伍里的几个中坚力量都被对方撞伤了，现在人手都不够。”

可惜莫涛爱莫能助：“如果是足球，我还能勉强凑个数，可惜我不会打篮球啊。”

钱唯顿时也一筹莫展起来。上天啊，快帮帮钱川吧！她只能在心里默默念叨。

而仿佛冥冥之中真的有神明听到了钱唯的祈祷，就在此刻，离篮球赛结束还有十分钟之际，钱唯听到了观众群里女生的叫声和欢呼。

“陆询！哇！陆询在就好了！”

“陆询要上场了！”

钱唯循着这一阵高过一阵的声音，才在自己身后的观众席里看到了陆询。很难得地，他戴着一顶鸭舌帽，披着一件宽松的外套。

钱唯心想，他不是沉迷学习无心看比赛吗？怎么偷偷摸摸过来了？来就来了，还怕被认出来，所以戴着个遮住大半张脸的鸭舌帽？你有本事“口嫌体正直”，你就别不承认啊！

陆询站起来后，轻轻扫了一眼钱唯和莫梓心的方向，然后就转开了头。他摘掉了鸭舌帽，脱下了外套，不知道为什么，光是这样简单的动作，陆询此刻做起来，就仿佛是指挥千军万马的将军般从容潇洒，阳光打在他年轻英俊的面容上，钱唯坐着，能看到他几乎完美的侧颜。

周边是各种女生叽叽喳喳的讨论和窃窃私语，陆询置若罔闻，他朝着球场走去，经过钱唯的时候，仍旧目不斜视，只是手上轻轻一甩，等钱唯意识过来的时候，才发现陆询是把自己的鸭舌帽和外套都扔了过来。

“拿着。”

等钱唯反应过来时，陆询已经走远了，而他的鸭舌帽和外套，就堪堪掉在钱唯和莫梓心的座位中间。

钱唯尴尬地看了一眼坐在她左边的莫梓心，然后赶紧把陆询的鸭舌帽和外套塞到了她手里：“哎，失误失误，陆询走得太急扔错人了！应该是给你的，你替他先拿着！”

莫梓心接过了陆询的衣物，马上便又抬头看向球场，其实此刻不止莫梓心，在场的所有女生几乎都是这么做的，现场的大家都忘了加油，只是屏气凝神地看向球场。

陆询上场，并没有做出暂停比赛的手势或要求，他只是果断而干脆地直接冲进了这场比赛，他并没有和钱川说话，但只是通过眼神交流，两个人便仿佛达成共识般地点了点头。

陆询刚上场一分钟，就拦截了对方一个三分球，狠狠地给了对方一个大盖帽。

“啊啊啊，陆询好帅！”

现场观赛的女生仿佛此刻才被陆询的这个动作启动了开关，大家欢呼着鼓起掌来。

而球场上篮球队的气势仿佛被这个动作点燃了一般，随着这个动作，钱川也成功抢到了一个篮板球。

上一世，钱唯从没见过陆询打篮球，她一直还以为陆询的运动神经不怎么样，然而这一刻，她才意识到，自己到底是多浅薄啊，强悍如陆询，能有什么他不擅长的呢？

186厘米的身高，肌肉比例堪称完美的身材，不输任何一个篮球队专业队员的弹跳力和爆发力，还有那几乎可以称得上无懈可击的投篮动作。

虽然至此局势并没有改变，但钱唯发现，钱川之前的烦躁劲已经渐渐消减了，他的眼神里又燃起了那种不服输也不会输的火苗。

短暂的中断后，比赛再度继续。然而这一次，局势完全扭转。陆询和钱川配合默契，陆询填补了小前锋的空缺，而他在球场上几乎强势到嚣张。只见他左手持球，几个假动作绕开了赵鹏的盯梢，一个快速变向，转身甩开几个对方球员，然后跃起，一个标准而精湛的远距离投篮，整个动作一气呵成。

“砰”，毫无悬念般地，球稳稳地进了篮筐。

现场爆发出一阵尖叫，刚才还嘴里喊着“钱川加油”的女生们，此刻竟然毫不留情地全部移情别恋了。

不得不承认，陆询就是这种人，他低调的时候已经够耀眼，如果他决定高调，那真是神也无法阻挡他的光芒。

钱唯看着陆询在场上奔跑、旋转、起跳，即便身高腿长，但每一次跳跃，他都显得轻盈毫不费劲，而每一次起跳，他的运动裤微微向上收起，露出一截脚踝，白皙、轮廓分明。钱唯不知道为什么，视线盯着那截脚踝就有点移不开，她现在开始相信以前律所里实习生们说的话了，陆询这个人，身上每个部分仿佛都透露着性感。

“哇！陆询好棒！”

“陆询加油加油！”

就在她胡思乱想之际，陆询又毫无悬念地进了一个球，篮球队和赵鹏一行人之间的比分差距开始缩小，从刚才陆询上场前的9分差距，到现在只剩下1分差距。

“离球赛结束还有3分钟。”

虽然一开始只是篮球队内部的练习赛，但A大的校队本来就是位列A市里前三名的队伍，因而学校也非常重视篮球队，平日里的物资配备非常齐全，就算是小练习赛，也有电子计时器和专门的记分牌、计分人员。

赵鹏一行人只需要在最后3分钟里盯紧陆询和钱川，让篮球队的人无法得分，就能凭借1分的差距赢得比赛。他们大概也意识到了这一点，因此这最后的3分钟，赵鹏一改之前主动进攻抢球的策略，开始以防守为主，他们几个队员，分别死死咬紧了陆询和钱川，让这两人都无法传球或者是带球上篮。

形势一下子就紧张起来，1分钟过去了，陆询还是没能成功突围投篮，钱唯不免也着急起来。

好在钱川和陆询交换了个眼色，快速变换了策略，钱川抢到球后，不再试图传给陆询，而是转身传给了另外一个队员。赵鹏的那队人这才手忙脚乱地从陆询身边撤出一个人手赶着去围堵篮球队拿到球的队员，那队员技术有些青涩，很不幸地，被赵鹏这群打野球的人拦截了下来。但钱川没有气馁，他不断抢球，然后传给不同的队员，赵鹏的人阵脚大乱，不得不满场盯人，原本紧盯着陆询的三个人也变成了一个。

还剩最后一分钟。

钱川又一次抢到了球。

“张琛，接着！”

然而这一次，就在赵鹏一行人以为钱川会又一次传给他喊的张琛时，钱川手起刀落快速而利落地传给了陆询。

因为钱川的迷惑，此刻陆询身边就只有一个人盯梢，他拿到了球。

“不要让他投篮！”

就在陆询朝着篮筐奔跑时，赵鹏出现了，狠狠用胳膊肘给了陆询腰侧一下。

钱唯的一颗心提到了嗓子眼，情急之下，她也顾不上那么多了：“陆询！撑住啊！”

赵鹏这个人出手又阴又狠，显然这一下用足了劲，即便是陆询也微微被他撞了个趔趄。

不知是不是自己的错觉，钱唯总觉得，在自己喊陆询的时候，他似乎微微瞥了一眼她的方向，他原本可以避开这一下的，然而最终没有避开，就这么硬生生受了他一下，也没轻易改变路线放开球。

时间还剩下倒计时的10秒，然而陆询离篮球筐还有一大段距离，这个距离投篮，实在是太危险了，可赵鹏就像鬼魅般继续死死堵住了陆询前进的方向，连一向不服输的钱川此刻也露出了挫败和认命的颓丧表情，其余观众也都沮丧等待着预期中的结果。

连莫梓心都有些丧气：“就算陆询也没办法挽救这场比赛了，太可惜了，对方简直欺人太甚。”

可不知道为什么，钱唯却不愿意接受这种结局，她总觉得，如果是陆询的话，是不会输的。

这一刻，钱唯紧紧盯着球场上的陆询。

也不知道是不是错觉，陆询突然停了下来，然后他抬头朝钱唯的方向笑了一下，接着就在这个距离点上跳跃，一个漂亮的投篮。

球在空中划出了近乎完美的抛物线，在篮筐上转了一圈，然后“砰”的一声，终于稳稳当当地落进了篮筐里。

得分了！

这么远的距离，陆询都投篮成功了！！

现场观众们的情绪几乎被点燃了，大家欢呼鼓掌起来。

面对如此多的掌声，陆询脸上的表情却始终淡淡的，他只是又朝钱川微微笑了下，钱川伸出手，两个人在空中击了个掌。篮球队其余队员也冲上来，围住了陆询，不知是谁带头开始拥抱陆询，这些大男孩竟然就这样里一层外一层地把他包裹起来，有几个还轻轻用拳头捶了他几下，他们的头发上都滴落着汗珠，年轻阳光得肆无忌惮。

多好啊，这样飞扬的青春。

因为陆询，这场本来没有任何胜算的比赛，就这样在他的力挽狂澜下扭转乾坤，反败为胜。

众人簇拥着陆询走出了球场，赵鹏等人灰溜溜地跟在篮球队众人的身后。

“既然你们输了，是不是应该遵守承诺，以后再也不要来我们的篮球场？”被赵鹏等人使绊子导致下场休息的陈华一瘸一拐地走过来，满脸骄傲，“现在请你们几个都各回各家各找各妈去吧，别再出现在我们面前搞得乌烟瘴气了。”

这番话说得足够解气，也足够不客气。果然赵鹏的脸上就一阵红一阵黑，阴晴不定起来。这些仗势欺人的家伙，做派从来嚣张跋扈，今天也没想到因为陆询的横插一脚而吃了败仗，此刻脸上写满了愤懑，但碍于在场的见证人实在太多，又不好发作反悔。

有几个被赵鹏等人使绊子受伤的球员早已买来了冰可乐，一人一听发起来。球队的队员们都沉浸在庆祝的气氛里，唯独陆询，一张雪白的脸因为奔跑而难得地出现了红晕，但脸上的神情仍旧波澜不惊地寡淡。

其余队员都互相搂抱着玩闹，只有陆询，他一声不吭，看起来根本不像是刚堪堪赢了一场比赛。

他径直走到了钱唯面前问：“我外套呢？”

莫梓心羞涩地站了起来，说：“在我这里，我帮你拿着，现在要穿吗？”一边说着，一边将他的衣物递过去。

陆询看了一眼衣服，也没接，但他整张脸上都写满了“我准备找你麻烦了”的表情，他看了钱唯一眼：

“我让你拿的，你给别人干吗？”

得了得了，钱唯心想，是我愚笨，没能揣摩出圣上的心意，原来衣服和帽子是让我拿，毕竟这种跟班的活儿，还是适合狗腿的我……

“去帮我买瓶矿泉水。”

莫梓心抿了抿嘴唇，道：“陆询，要不我帮你去买吧。”

钱唯心想，你可别了，你的陆询就是舍不得你啊！还是皮糙肉厚的我去跑腿吧！

陆询果然朝钱唯抬了抬下巴：“不用，就她去。”

钱唯领了“圣旨”，迈开腿就往小卖部走去，然而她还没走出多远，就听到后面莫梓心和莫涛的惊呼。

“小心！”

“快让开！”

钱唯下意识地回头，才发现一个篮球正朝着自己的方向划着令人心颤的抛物线飞速砸来。那速度实在太快，钱唯一瞬间有些头脑空白，她的应激反应能力一向很差，而球速又实在太快，她下意识地就闭上眼抱住了头。

然而预期中的疼痛并没有到来，钱唯没有被球撞上，反倒是被一个温热的人体撞上了。

她闭着眼，但仍能感受到这是一具刚激烈运动过的身体，皮肤上甚至都有尚未风干的汗珠，然而竟然意外地并没有那种难闻的汗味，相反，她觉得这具身体的气息非常干净。钱唯就这样被这个身体的主人猛地扯住拉进了怀里，几乎猝不及防，她撞到了这个人的胸口，也就在这个刹那，她听到这个身体的主人传来的轻轻闷哼。

钱唯没有被篮球砸到，因为有人替她挡住了这一击。

仓皇间钱唯抬头，猝不及防地，她就这么撞进了陆询的眼睛里，这么近的距离，那漂亮的乌黑滚圆的瞳仁里，此刻满满的只有她。

钱唯突然剧烈地心悸起来。

她想起某本书上说过的，你不能和一个长得太过美丽的人对视，那样会迷失你自己的。

其实陆询抱住钱唯的姿势并没有持续多久，然而钱唯却觉得时间定格，仿佛过了一个世纪，不知道为什么，如此靠近陆询和他的气息，她一时间都觉得有些无法呼吸。

幸好在她脸越发红，觉得自己就快窒息之前，陆询放开了她，他的眼神带了点凶狠，语气也并不温柔：“你傻吗？看见球飞过来不知道躲？”

“我……我……”

钱唯结结巴巴正想解释，陆询就打断了她。

“算了，不是你的问题。”他带着警告性质地瞪了钱唯一眼，“赶紧闪一边去。”

说完，他就捡起了篮球，朝赵鹏走去，虽然刚才钱唯觉得陆询的语气挺凶，但和现在的他对比起来，刚才那简直称得上温柔。

此刻的陆询满脸煞气，偏偏脸却是极其英俊的，颇有种古代帝王遇神杀神遇佛杀佛的气场。

“球打不赢，就靠背后偷袭逞能？”虽然面上有着滔天怒火，但陆询的声音是极平静的，“你们作为男人就这点能耐？欺负欺负女生，就连背后偷袭，都朝着女生去扔，不敢往男生身上去扔。”

28岁的陆询从来气场强大，在法庭上让人毫无招架之力，而19岁的陆询目光肃杀，眉眼间也已经隐隐有了那种让人不敢反驳的威仪。

站在最中立客观的角度来说，钱唯也不得不承认，这一刻的陆询，真的是蛮帅的。

就在钱唯胡思乱想之际，她看到陆询指了指她，姿态强硬：

“不要以为欺负女生就没事。你们记住，欺负她，不行。”

大学时候的男生，最强的就是集体荣誉感，同是A大的学子，绝对见不得自己的校友被外人欺负，陆询这么一带头，其余篮球队队员也纷纷表态。

“绝对不允许你欺负我们的女生！”

钱川更是亮了亮自己的膀子：“欺负钱唯，想吃我一拳吗？”

一时之间，大家空前团结地挡在钱唯的身前，钱唯第一次享受了一下如此众星捧月的VIP待遇。

赵鹏的人为篮球队的气势所震慑，也有些畏首畏尾起来，但面子使然，还强撑着场面，看起来颇为挑衅。

钱唯拉了拉陆询的衣袖：“算了算了，不值得。”陆询虽然看起来挺斯文，但钱唯知道，这家伙疯起来恐怕比赵鹏他们都狠，如今两方胶着，她不希望事态就此扩大，造成什么不好的影响。

莫梓心显然也很明白以大局为重的道理，她也看了眼陆询，轻声道：“陆询，别和他们一般见识了。”她很聪慧地给陆询找了个台阶下，“你待会儿还约了张老师讨论论文，别迟到了。”

结果陆询压根忽略了莫梓心的这番好意，他只是回头扫了钱唯一眼：“什么算了？要不是我，刚才被砸的就是你。”陆询说完，也没再废话，他拍了拍手里的球，然后朝赵鹏丢了过去，这一丢看似随意，然而球却精准地砸到了赵鹏的左脚上，分毫未差。

陆询的力气显然很大，这球速快到钱唯只来得及捕捉到它砸上赵鹏后飞速反弹开的抛物线，她抬头，果然看到了赵鹏拼命忍痛的表情。按照钱唯对陆询的一贯了解，这家伙八成是看着赵鹏的脚趾砸过去的，十指连心，脚尖被那么砸了一下，有时候甚至比吃了一拳还疼。陆询的字典里，从来没有“忍气吞声”这回事。

许是没料到陆询如此嚣张，赵鹏等人反而一下子像是泄了气一样。

“我们走！”不过即便这样，赵鹏竟然还死撑着面子，大手一挥，号令小弟们跟着走了，他的姿态仍旧很“江湖大佬”，但钱唯总觉得，他那一瘸一拐的走姿里透露出了不为人知的倔强……

赵鹏一走，陆询才终于回了头，他瞥了钱唯一眼，然后又看了眼莫涛，许是平白无故替钱唯挨了一砸心里不爽，陆询对莫涛并不友好。

“你自己的女朋友，不知道要护着？还要别人来保护？”他的语气挑衅，表情不善，说完，又看了莫涛一眼，眼神里是毫不掩饰的不屑，他冷哼了一声，又扫了一眼钱唯。

莫涛显然被气到了，他回呛道：“你不要妄图分裂我和钱唯的感情，反正不管你怎么说，我和钱唯都是情比金坚的！”

此时正好前方有篮球队的几个人喊陆询，陆询黑着脸恶狠狠地又看了一眼钱唯和莫涛，一声不吭地走了。

莫梓心咬了咬嘴唇，最终拿着块小毛巾，朝着陆询走的方向跟了上去。

同钱川一样，陆询看来也以为莫涛是钱唯的男朋友了。莫涛还在对这口飞来横锅目瞪口呆，他看了看陆询的背影，又看了看钱唯：“这人怎么这样？我也是想挡球的啊，可我天生运动细胞差，反应能力慢，我能怎么办，我也很绝望啊！他以为我不想英雄救美啊？”

钱唯拍了拍莫涛的肩膀，安慰道：“人家毕竟因为我被球砸了，你别在意。”

可惜莫涛还沉浸在自己的世界里义愤填膺：“难道像我这样体育不好、反应差的人，就不配有女朋友吗？我平时也是个与人为善的好市民，可陆询这家伙怎么看着就这么不顺眼啊！”他决绝道，“总之，要么他有种别追求梓心，否则我第一个出来踩刹车！陆询这就是嫉妒，他自己单身狗，看不得别人成双入对感情甚笃！看看这男人的小心眼！”

在一旁的钱川立刻见缝插针道：“涛哥，那你觉得我怎么样？看着顺眼不？”他溜须拍马地挤眉弄眼道，“不瞒你说，我一见哥你就觉得亲近，那话怎么说的，什么‘与君初相识，犹如故人归’，我一见你，就觉得和亲人似的。”

钱唯心中有些无语，钱川这家伙，这讨好的嘴脸，也太丑恶了吧！

但说者无心，听者有意，莫涛和钱川这番话，倒是提醒了钱唯。她想，事不宜迟，以陆询这个别扭性子，她都怀疑他是不是一辈子不会和人表白，自己看来还是要多关心关心未来老板的感情生活啊！看来还是得找个机会好好和陆询谈一谈。

结果非常令人吃惊，这边钱唯正合计着找陆询，陆询竟然就在第二天的晚上主动找上了门。

接到陆询电话的时候，钱唯正在炮制明天马克思主义哲学公共课的论文，她一只手捏着鼠标奋力地复制粘贴，一只手接通了电话。

“钱唯，你下楼一趟。”手机那端，传来陆询低沉磁性的声音。

“什么事呀？”

十分难得地，这一次，陆询的声音竟然并没有一贯的理直气壮，他顿了顿，才带了些微的恼羞成怒：“你先下来。”

未来老板的指令，怎么敢怠慢？

钱唯赶紧“噔噔噔”地跑下楼，陆询就站在宿舍门口。

这也太显眼了！钱唯二话没说，就先拽着陆询跑到了女生宿舍楼左边那条人少的林荫小道上。

“你以前答应我的话，还算数吗？”

钱唯愣了愣：“啊？”

“你说过要帮我追莫梓心。”陆询说完，就转开了头，状若无意般地踢了一脚小路上的石子。

这突如其来的开场白让钱唯几乎陷入了狂喜，她甚至快要有种老母亲般的老泪纵横，陆询啊陆询，我盼星星盼月亮，可终于把你盼开窍了啊！

“那当然啊！”钱唯很激动，钱唯很兴奋，钱唯差一点就手舞足蹈起来，“你可终于说出这句话了，你知道不知道我等你这句话等了多久啊？你要自己没那份心没危机感没主动，任凭我在你边上再怎么蹦跶也没用，现在你自己意识到自己的内心了，这事儿就好办了！”

对于钱唯这个反应，陆询却显然并不怎么高兴，他扫了钱唯一眼：“你怎么和拉皮条的似的，又不是你追莫梓心，你这么激动干什么？”

“我这不是替你开心吗！”钱唯拍了拍胸，“你放心，这事交给我，我钱唯可是轻易不出手，出手必伤人的，我出手，没有你搞不定的！”

“这周末你有空吧？”

陆询点了点头。

“这样，这周你约莫梓心去电影院看电影。我记得刘诗韵说这周片单里有恐怖片，你俩看个恐怖片，她肯定会害怕，到时候一害怕吧，你可以趁黑握住她的手安慰她。”钱唯想了想，又补充道，“还有，电影院里不是不能大声说话吗？到时候她一害怕，你就正好能凑到她耳朵边低声地安抚她，这种场景就够暧昧够让女生心跳加速了，再加上你声音这么好听，哇，想想都觉得这画面很浪漫啊。”

“你这些经验倒挺丰富。”钱唯这边在激动地给他出谋划策，陆询倒是挺阴阳怪气的。

钱唯翻了个白眼警告道：“陆询，你到底想不想追莫梓心啊？你要不够诚心，我可不浪费我的时间了啊！”如今风水轮流转，死要面子的陆询可得指望着自己，钱唯终于有种农奴翻身把歌唱的扬眉吐气，“你说说，你问这问题什么意思？啊？做人做事都要专注，现在我们研究的是你怎么追莫梓心，你开小差去研究我的经验干什么？”

陆询看了她一眼：“哦，我就是要确认一下，是不是这个办法是出自你的经验之谈，是不是经得住实践考验，可靠不可靠。”

“你管这么多干吗！”钱唯咳了咳，“我理论水平高，不需要实践，追个姑娘而已，你这又不是新药研发，还得带临床试验才能投产。而且我是女的，我还能不知道别的女的怎么想的？”

钱唯本以为听到自己这个主意并没有经验证明可靠之后，陆询会不满，然而恰恰相反，他听完，本来皱着的眉头反而松散了些，看起来情绪也好了点，嘴角竟然还带了点笑意。

“行了，那就这么说定了，这周末你先请人家去看电影。”

“不行。”结果陆询又有了新问题，他顿了顿，“我这样单独请她看电影，太突兀了。”

陆询一本正经道：“我希望我能够潜移默化地和她相处，不要追求得太显眼，如果直接约的话，万一她拒绝我怎么办？我岂不是很没面子？”

拜托！你都要追人家了，还扭扭捏捏想不那么明显地追吗？！钱唯心里恨不得咆哮，陆询啊陆询，你这么磨磨唧唧不那么明显地追求别人，别人也会不那么明显地就和别人跑了啊！面子这玩意能吃吗！等莫梓心被人追走的时候，你就抱着你的面子哭去吧！

可惜不论钱唯如何劝说，陆询就是不听，坚持要不那么突兀的办法……

“那这样吧！”钱唯无奈道，“我就牺牲小我完成大我吧。你按照计划去约莫梓心周末看电影，但是告诉她，把我也一起约上了，由头你自己随便想个，比如正好有三张电影票啊之类的，这样就不是单独主动约她一个了，符合你不那么突兀的要求了。等电影放映以后，我就找个理由借故离开，这样你就可以和她一起，不必在意我这个电灯泡了。这个方案你觉得怎么样？”

陆询似乎正等着这个回答，他点了点头，难以取悦的脸上终于露出了满意的微笑：“这样可以。”

钱唯在心中翻了个大白眼，心想，这位未来的老板哪，你可真是矫情得够可以！

“那就这么愉快地决定了！”如此一锤定音后，钱唯就准备回宿舍继续研究她的马克思主义哲学。

然而陆询叫住了她：“追人这种事，不可能一次两次就成功吧。”

“那当然，你可做好心理准备啊，对待感情得有耐心，什么事都不可能一蹴而就啊！”

陆询眨了眨眼，他的睫毛伴随着眨眼的动作扑闪扑闪，他低下了头：“那这次要是没成功，下次你也会帮我吧。”

这可是表忠心的好机会，钱唯怎么会错过，她拍了拍陆询的肩膀：“你放心，只要你和莫梓心一天没有终成眷属，我就一天随时待命帮你出谋划策。这次不成，下次再战！你有什么需要随时联系我！”

“那万一我想联系你的时候你在约会怎么办？”

钱唯挤眉弄眼道：“你放心吧！不论什么时候，你都是第一位的！你的事就是我的事！就算我在约会，你也是优先级！”她没解释自己和莫涛那档子事，一来答应了莫涛保密，二来觉得没什么必要，何况让陆询有这种误会也挺好，竟然把他排在比男朋友还靠前的位置，试问，哪个老板会不动容？面对这样的钱唯，陆询以后好意思不给她加薪吗？

给陆询出的怎么追莫梓心的主意，钱唯也没浪费，她把这个套路按部就班地提供给了莫涛。女性嘛，从18岁到28岁，有些喜欢的东西是共通的，少女心这玩意也是共通的，反正都是追姑娘，放在莫梓心身上有效果的招数，对莫涛的小姐姐也绝对有效。

莫涛这家伙就比陆询上道多了，听完钱唯的方案，各种狗腿马屁，感恩戴德了一番就准备实践去了。

到了周末的这天傍晚，钱唯难得地没窝在被窝里看小说，而是爬了起来准备出门。

刘诗韵一边在网上打着麻将，一边瞥了钱唯一眼："待会儿晚饭帮我打一份！"

"我今天不在学校吃晚饭。"钱唯解释道，"我要去大光明影城看电影。"

刘诗韵放下了电脑，一脸八卦："哟，你这是去约会？"她打量了一眼钱唯，皱了皱眉，"不过你这约会怎么穿成这样啊，又穿那个黑乌鸦似的衣服，这也太丑了！别说男人，我看到了都想和你分手！赶紧换一件吧！要不要我给你参谋参谋？"

"不用了！这件正好！"钱唯看了眼手表，赶紧拽上包就出门了。

她和陆询约了4点在大光明影城门口见，影城距离A大有一站路的距离，虽然她风风火火的，但其实留足了时间，到影城门口的时候也才3点45分。

结果她早到了一刻钟，却见陆询竟然也早早等在了门口。

工作时的陆询，和客户约了8点见，就绝对只会8点到，连一分钟都不会早，因为按照他的说法，一小时咨询费5000元起的他，平均一下，每分钟价值83.3333333……

而如此信奉"时间就是金钱"，时间也确实就是金钱的陆询，为了莫梓心，竟然可以提前到，甚至愿意等别人，钱唯不得不感慨，这果然就是爱情的力量啊！

"你等了很久了？"

陆询神色有些被人戳穿后的尴尬，但还强撑着气势："没有，我也刚到。"

嘁，骗谁呢，钱唯想，我早在离大光明影城还有一条街的地方就看到你了，就你这招蜂引蝶的样子，往哪儿一搁都是鹤立鸡群的效果好吗？

钱唯眼尖，一眼就瞧见了陆询手里拎着的东西，看着那一袋子零食，钱唯顿时有种老怀甚慰的感慨。不容易啊，情商负分的陆询终于也知道和妹子约会要提前准备好小零食了。

这次陆询显然想得挺周到，不仅准备了吃的，喝的也没落下。钱唯看了眼他手中的一个包装袋，就有些了然。Molly奶茶，因为用的是真的牛奶而不是奶精，口味纯正，这家奶茶店当初可谓是雄霸大学城的，有段时间风靡到风头无两。钱唯记得，每次她路过奶茶店门口，都能看到排着长队，每次要买上一杯奶茶，可是要等上最起码半小时的。陆询这家伙嘴上说着刚到，但手里的奶茶早就泄露了他的行踪，他最起码已经等了半小时。

啊，果然爱情很美妙啊，竟然能把锱铢必较的陆询也变得如此柔软和贴心！

可惜钱唯还没来得及继续歌颂爱情，她定睛一看，就发现……陆询果然还是个周扒皮！那么难买到的奶茶，他只买了两杯！一杯已经在他自己手里喝着了，袋子里就剩下一杯了！

不用说明，钱唯也知道，那杯奶茶肯定是留给莫梓心的了。

难道自己这样的电灯泡，就连喝杯奶茶的机会都没有吗！难道除了莫梓心，别人在陆询眼里都不是人吗！好生气！

可惜钱唯心里还在气鼓鼓的，陆询倒是恶人先告状起来。

他拉了拉钱唯的那件黑外套，皱了皱眉："你怎么穿这件衣服出来？"

看吧！还嫌弃上她的衣服了！难道做电灯泡也要讲究真善美吗？

钱唯梗着脖子："这不是你给我买的吗？你不是说过挺适合我吗？"

陆询噎了一噎："那也没让你一直穿啊！"

"你给我买的，我穿着觉得光荣！觉得这就是你对我的认可！"钱唯晃了晃脑袋，"我这么珍惜你给我买的东西，难道不好吗？还是你自己也觉得这件衣服丑？"

这一次陆询只能无言以对。

离4点只剩下5分钟了，电影4点10分开始，钱唯四处张望着："莫梓心呢，怎么还没到？不会有什么事耽搁了吧？"她忍不住有些抱怨，"早知道就应该我带着她一起来。"她看了一眼陆询，"结果你偏说什么莫梓心想要一个人来，让我不要去找她，你看吧，这下好了，万一堵在路上了怎么办？这电影都开始检票了，可别错过了啊！"

比起钱唯，陆询倒显得很镇定，他大概对自己很有自信，觉得以自己的魅力，莫梓心一定会来的吧。

可惜什么不灵什么来，4点过5分，莫梓心还是没到。

钱唯急得团团转："我给她打个电话去。"

结果陆询这家伙终于主动起来，他眼疾手快地制止了钱唯："我给她打。"

大概是总归有些害羞，陆询走离了钱唯一些，钱唯见他举着电话，然后说了几句，没多久，他就挂了电话又朝钱唯走了回来。

"怎么说？"

"她来不了了。"陆询言简意赅，"突然拉肚子了。"

钱唯的反应比陆询还大，她哀号一声："怎么会这样！"

陆询大概一下子自信受到了毁灭性的打击，一张脸竟然平静到可怕，仿佛心情完全并没有受到影响似的。

钱唯记得，有理论研究表明，当一个人遭遇过大的打击时，有部分人的反应反而会平静到过分，其实是自己的心理防御机制对此进行了保护，这部分人，表面越是风平浪静，内心就越是惊涛骇浪……

钱唯看着陆询，心里有些嘀咕，陆询这家伙吧，可以用一生顺遂来形容，从来都是想要什么都能得到什么，但一般都说，这样太过顺风顺水的人生，万一来点打击吧，这个抗挫折的能力会特别差……

钱唯压根不敢问陆询接下来怎么办，她生怕陆询的心态会崩……

幸好在沉默了片刻后，陆询终于开了口："既然她没办法来，我电影票也买了，人也都到电影院门口了，就不要浪费了。"他抬头看了钱唯一眼，"你陪我看吧。"

陆询这般平静，心里该有多痛苦啊！

钱唯一思及此，内心都生出了点同情，哪里还敢刺激陆询，只一个劲地点头："好好好，我陪你看！"

"喏，奶茶给你。"

钱唯倒确实有些渴了，她接过奶茶，喝了一口，哎，三分甜的乌龙波霸，正是自己最喜欢的口味。她心里替莫梓心有些惋惜，这陆询难得这么积极主动一回，怎么就这么背，摊上身体不好了！本来这将是一个多么难忘的二人世界！

"那我们进场吧！"

陆询点了点头，又顿了顿，想起了什么似的看了钱唯一眼："今天莫梓心身体不舒服的事，我希望你事后不要去询问她，我不想给她压力，觉得我在这件事情上责怪她。"他又补充了一句，"还有，今天的所有事，我希望你都能保密。”

钱唯心中了然：“我理解我理解！”虽然是因为身体不适没能来，但不管怎么说，男人嘛，这种被心爱的女生放了鸽子的事，不管怎么样都不太光彩，说出去了确实丢面子；而去当面问莫梓心，确实也是容易造成自己帮着陆询去责怪她放鸽子行为的嫌疑，显得陆询授意似的，反而不大气。

钱唯崇拜地看着陆询，看来这家伙开窍以后，也还是孺子可教的啊！想得竟然这么细致全面！值得表扬！

陆询把奶茶递给钱唯后，又把零食也递给了她。两个人在影片快开播前一分钟终于坐进了电影院里。钱唯坐定后拆开了零食，让她挺惊讶的是，她知道陆询平日里完全没有吃零食的习惯，本以为他对零食也没什么研究，没想到这次为了莫梓心，他倒是下了苦心了。这袋子里装的，都是特别好吃的进口零食。2009年不比2018年，进口零食还不能随处买到，想要买这么多进口的好吃的，陆询根本不可能在一两天里搞定，恐怕真的是煞费苦心才收集好这么多零食。

钱唯一边想着，一边剥开了一颗进口巧克力，草莓夹心的巧克力在口中慢慢融化，她感受着嘴里的甜，颇为同情地想，可怜的陆询，现在心中得有多苦啊！

可惜很快，钱唯就也甜不起来了。好死不死，为了推动莫梓心和陆询的关系，钱唯给他们安排了一部恐怖电影，这片子的气氛十分阴森，尤其配乐，简直是让人毛骨悚然。钱唯从来怕鬼，本以为自己中途溜走就不用看这片子，结果这下搬起石头砸自己的脚。

她偷偷瞥了一眼她身边的陆询，对方正襟危坐，仿佛丝毫不受荧幕里的恐怖气氛影响，反倒是她，已经开始瑟瑟发抖。

虽然钱唯已经在内心不断默念马克思他老人家的唯物主义，告诫自己鬼怪都是封建迷信，都是假的，可一个惊悚镜头一闪，胆小的她就露了怯。顾忌着这是在电影院里，不能放声大叫影响别人，她只能靠行动来发泄自己害怕的情绪，她几乎想也没想，就下意识抓住了陆询放在座椅把手上的手。

手中被她抓着的那只手微微动了动，但最终并没有抽开，而是静静地继续被她捏着。

一个血腥镜头闪过。钱唯赶紧抓紧了那只手。

又一个鬼的镜头闪过，钱唯又一次狠狠捏住了那只手。

明明怕得要死，但说好了陪陆询的，钱唯觉得自己不能言而无信中途落跑，于是就这么强撑着继续看下去。

终于，电影进入了高潮，阴森的布景，恐怖的音乐，还有突然闪现的鬼怪，就在钱唯的尖叫已经蓄势待发之际，有一只手从容地伸了过来，捂住了她的眼睛。

“害怕就别看了。”

钱唯在黑暗中，听到了陆询近在咫尺的声音。为了不打扰周围的人观影，他凑到了钱唯的耳边，声音也刻意压低，然而那种淡淡的气声，不知道为什么，在此刻响彻着恐怖音乐的电影院里，反而更加清晰了。

“要出去吗？”陆询的手还是捂着钱唯的眼睛，而大概视觉受限后，人的其余感官会变得尤其灵敏，她甚至能感受到自己耳边陆询那带着湿润气息的呼吸。不知道为什么，她甚至能想象到陆询嘴唇轻轻翕动的模样，这种想象让她有些心烦意乱。

钱唯心想，我现在可终于有实践经验保底，可以中气十足地说出这个结论了——在黑暗的电影院里，男生侧头凑近用性感低沉的声音轻轻说话的时候，确实非常动人，这招对女生绝对管用！因为就连钱唯，在某一刻都觉得自己的思想十分危险，她努力劝说自己，才觉得自己没有误入歧途。

另一方面，她又实在替陆询惋惜，看看，现在坐在他身边的要是莫梓心，这招要是正用在她身上，那该是多么完美！

就在钱唯胡思乱想的时候，陆询那只一直被钱唯当救命稻草抓着的手，反客为主地过来握住了她的手，然后拉着她，开始往外走。

“你怕成这样，别看了。”

钱唯就这么被陆询拉着，在他轻声的抱歉声里，穿过一排排观众，在短暂的黑暗后，她终于重见了光明。

一出观影厅，钱唯看了眼时间，实在有些羞愧，她才在里面待了半小时：“不好意思啊陆询，都怪我害得你电影也没看完就出来了，真是白白浪费你买的电影票了。”钱唯双手合十，“我一定会补偿你的！”

陆询大概有莫梓心放鸽子的打击在前，此刻对这些小事压根不放在心上，反倒是对钱唯的补偿挺感兴趣：“怎么补偿？”

“这样吧，下次我请你看电影！看搞笑片！”钱唯试探道，“不过你会不会不喜欢搞笑片？”

钱唯说完就有些后悔了，她偷偷看了陆询一眼。上一世，钱唯的妈妈也给她张罗介绍过几个适龄单身男青年，可她忙于工作压根没见面，只是网上加了好友聊天，结果每次聊到爱看的电影，彼此就话不投机了。只要钱唯一介绍自己心爱的搞笑片，对方就会相当鄙夷。

“我喜欢纸牌屋，你应该也看看，不过你们女生可能就只喜欢看搞笑的或者韩剧。”

“搞笑片啊？那挺没营养的啊，你不觉得看那个浪费时间？”

长此以往，钱唯都不好意思再给别人介绍搞笑电影了。

“我知道可能大部分人看不起搞笑电影，觉得哈哈哈完了以后啥也没有，没什么深刻的主题和内涵，不过我还挺喜欢搞笑片的，因为觉得看搞笑片容易心情舒畅，何况本身就是消遣，也没必要时时刻刻都讲究格调看那种晦涩的片子吧？人本来也需要娱乐啊，能博人一笑，我觉得就挺好……”钱唯一边自行挽尊，一边觉得有些尴尬，自己也真是的，陆询怎么会喜欢搞笑片呢！陆询这种高冷卦的，怎么都觉得更适合欧洲小众的那种“性冷淡”独立电影啊！那才和陆询的气质相投，下里巴人的搞笑片，显然陆询不会喜欢啊！

“我喜欢。”

“嗯？”

陆询笑了笑：“钱唯你不用再说了，我没看不起搞笑片，也没觉得看搞笑片的人格调就不行，我挺喜欢搞笑片的。”

钱唯来了精神，把自己心爱的中外搞笑片都给陆询推荐了一遍。让她很错愕的是，不论自己提及多么久远和冷僻的搞笑片，陆询竟然都能准确无误地说出故事情节甚至能回忆出精髓笑点。

上一世里，钱唯除了找陆询讨论案子外，几乎没和他聊过工作以外的话题，如今竟然意外发现自己和他的爱好里有很多共同点。聊着聊着，钱唯发现两人竟还挺投机，要是放以前，她说什么也想不到，自己有朝一日会和以高冷和难接近著称的陆询聊搞笑片聊得这么起劲，尤其更想不到，自己竟然还能见识陆询这家伙一本正经地讲着冷笑话。

看着这样的陆询，钱唯心里挺激动的，以前总觉得他挺难取悦的，但此刻仿佛突然之间自己和陆询的关系近了一大步。如果说之前钱唯还是迫于他老板的身份想帮他追求莫梓心，那这一刻，她就开始发自内心地想要帮助他结束单身生活了！

“陆询！这次因为意外，莫梓心没有来，那我们要再接再厉！”钱唯主动结束了搞笑电影的话题，“既然出来了一趟，我们就不能浪费了机会，我听莫涛说莫梓心的生日快到了，不如趁着现在你去给她挑个生日礼物？正好我也在，可以站在女生的角度上给你一些建议。”

大概因为被莫梓心放了鸽子，提起莫梓心的话题，陆询显得有些提不起精神，恐怕内心到底有些低落，但他最终还是看了钱唯一眼，接了话题：“那买什么？”他想了想，补充道，“如果是你，你生日的时候希望别人送你什么？”

“我啊……”钱唯摸了摸下巴，“我喜欢首饰，金银珠宝什么的。”

陆询显然有些意外：“你喜欢那么不实用的东西？”

这回答，一看就是直男本男了。

钱唯敲打道：“你没听过吗？女生都是龙啊，就喜欢睡在自己囤的金银珠宝上面，就算这些东西不能吃不能喝，但是就是盘踞在这些金光闪闪的玩意上，就觉得自己很富有很幸福啊！”

陆询显然不认同：“你怎么有这么庸俗的爱好，还扯什么龙不龙的理由，你和龙有什么关系。”

“怎么没关系！我们华夏子孙，不就是龙的传人？喜欢金银珠宝不是很正常吗？”

虽然嘴上说着不认同，但陆询还是非常配合地跟着钱唯进了周大福。

“这款呢？小姑娘你皮肤白，戴这款金手链不要太洋气呀。

“还有这款，是和手链配套的项链，这个挂坠很精致，戴着真的很漂亮。”

柜台的销售人员非常热情，不停地为钱唯推荐款式。

本着为未来老板娘挑礼物的心情，钱唯不厌其烦地试戴着，而刚才还不屑一顾的陆询在进了饰品店后倒也相当耐心，钱唯每试戴一次，他都非常仔细地观察后给出了评价。

“她手细，这个链子粗了点，换一款细一点的试试。”

“嗯，这款戴着还可以，但比较普通。”

为莫梓心挑礼物，陆询这家伙竟然十分上心。钱唯试戴了不少款式，他都觉得不甚满意，直到她戴上了一款玫瑰金的手链，他脸上终于露出了点满意的表情。

其实别说陆询，钱唯戴上这款玫瑰金手链也觉得爱不释手。这条手链设计并不繁复，但极简的风格反而衬托出它落落大方，玫瑰金的色泽时尚又不失浪漫，细细的链子上挂着一把小巧的钥匙和锁，钱唯几乎是一眼就爱上了这条手链。

“这个真的很美！”钱唯发自内心地赞扬道，然而她看了一眼吊牌价，就有些惊讶了，“怎么这么贵？！”

虽说看得出陆询为了博莫梓心一笑对礼物的预算比较宽裕，然而毕竟是学生，负担一条将近2000元的手链，实在有些太过了。

“因为这款是自主设计师和我们合作设计的款式，很独特的，而且因为是设计师特意设计的，并且小挂坠都是纯手工打造的，价格会比较贵点，如果觉得价位上不合适的话，要不看看另外这几款？也都是玫瑰金的，也都是今年最流行的新款呢。”

钱唯看了眼，另外几个新款的价格就合适了不少，从几百到一千左右，选择面还挺大，只是戴起来虽然也不丑，比起刚才设计师合作款，到底是逊色了不少。

陆询瞥了钱唯一眼：“你喜欢那个设计师合作款？”还没等钱唯回答，他就又笑笑，“那就这款吧，麻烦你帮我包起来。”

“哎！我还什么都没说啊！”

“行了，你也别说了，你那种眼神早就替你回答了。”

钱唯心想，自己有这么明显吗？

不过到底是自己未来老板，真是财大气粗。以2009年的物价来说，一条近2000块的手链，对于一个学生而言，都是相当奢侈的消费了。结果就这样，陆询决定买下和付钱时都不带一丝眨眼和犹豫。

钱唯不得不有些佩服，干大事的人，果然要如此果决才行啊！陆询看来对莫梓心真的一片痴心了，她相信，以陆询这个手笔和态度，追上莫梓心可谓是指日可待。

“你男朋友可真是眼光好，这条手链也是最后一条了，其余店里也都卖完了。他刚付完钱，我们就在内部系统里看到城北那家店有人想买，找我们调货呢。”销售笑眯眯的，“幸好下手快，否则可能就要被别家店的客人买走了。”

钱唯本来还准备自己攒够钱了也来入一条，结果一听没了，顿时都顾不上澄清陆询和自己的关系了，只是瞪大了眼睛：“啊？没有了啊？这是最后一条了？”

销售点点头：“是的，我们A市所有门店的最后一条了。”

钱唯顿时相当惋惜，她确实相当喜欢这条手链，不过她在心里自我安慰道：为了未来老板的幸福，牺牲小我完成大我吧！要是自己把未来老板和老板娘撮合成功了，成了大功臣，以后陆询那些好案子能少了自己吗？等钱赚多了以后买手链就买他个十几条！

就这样，虽然没看完电影，但钱唯好歹陪着陆询为莫梓心挑好了生日礼物，也算有所收获。

两人买好手链，差不多正到了晚饭时间。

“我在二十座订了位，既然莫梓心没来，也不要浪费了，走吧。”

二十座是一家老牌的日料店，是地道的日本人开的，刺身都很新鲜，而且物美价廉，环境又足够雅致安静，不论在大学生中还是通勤的白领中人气都非常高。可惜之所以叫二十座，是因为这家店店面非常小，只有二十个座位，因此每次也只能接待二十人。物以稀为贵，这家店一直非常火爆，每次预定都要在当天凌晨预约系统开放时疯狂刷新，才有机会抢到一席之地。

钱唯心想，陆询为了这次和莫梓心的约会可真的是煞费苦心，竟然把超级难抢位的二十座都搞定了。

上辈子，钱唯其实并没有机会去过二十座，她完全没有能大半夜起床抢预定的精神。钱川倒是为了莫梓心抢过几次，并且吃完后赞不绝口，导致钱唯一直挺好奇，这次倒是托了莫梓心放鸽子的福，有幸去尝尝。

二十座果然名不虚传，内里的装修非常日式，环境古朴，每个座位边都有日式园林的小布景，枯山水也非常典雅。

为了约会的陆询今晚穿得十分雅致，与二十座的格调非常相近，然而钱唯就显得有些格格不入了，她就随意穿了那件黑乎乎的大外套，一走进二十座，便多多少少感受到周遭的目光，她这个衣服实在丑得太显眼了……

反倒是作为同伴的陆询，浑然不在意，他长得清贵，穿搭也显然很讲究，此刻彬彬有礼，态度也是难得地非常温和，在日式灯笼朦胧的灯光下，竟然让钱唯生出点恍惚感，仿佛这一切都是一个梦。

可能在与莫梓心的感情上受了点挫折，需要发泄在食物上，陆询点了一个又一个招牌菜，那种很贵的大海蟹，他竟然一口气点了个套餐，点菜完全秉承“只选贵的，不选对的”……

虽然有些没义气，但是陆询情场失意，钱唯“吃场”得意，她几乎是满足地吃完了那些海蟹腿。不愧是二十座，蟹肉晶莹剔透，口感新鲜中带着丝甜美，简直让钱唯胃口大开，反倒是陆询，大概因为心情算不上太好，吃得并不多，钱唯本着心疼钱的原则，风卷残云都给吃完了。

最后这顿饭，搞得就和钱唯直播吃饭的个人表演似的。

不过陆询虽然自己没怎么吃，但结起账来倒是干脆利落。

吃人嘴软，回学校的路上，钱唯觉得自己有义务安慰安慰陆询。男人嘛，自尊心受挫的时候，最需要听到的就是鼓励了！

“陆询，不要气馁，你很棒的！你是我见过的最优秀的人！在你的光芒面前，其余男人都是庸脂俗粉，根本没办法在莫梓心面前和你竞争！”

本来一直不置可否的陆询，听到这句话后，似乎生出点兴趣，他挑了挑眉：“是吗？那莫涛呢？我比他也优秀吗？”

“莫涛？”钱唯有些意外，“为什么问他？他是莫梓心堂哥，不可能和你有竞争啊，你不用担心他。”

陆询低了头：“正因为他是莫梓心的堂哥，我才会在意，毕竟如果他比我优秀很多，那莫梓心和莫涛一起长大，选男友时自然会不自觉地以自己的堂哥为参照物，万一他很优秀……”他说完，看了钱唯一眼，眼神颇有些伤感和忐忑，一脸欲言又止。

唉！钱唯想不到！臭屁如陆询，竟然也有这么可怜巴巴的一天，果然啊，不论是谁，在爱情里，谁先爱上，谁就是弱者！这可真是一点没错！

但见到一直骄傲如公孔雀的陆询这样示弱的一面，被欺压惯了的钱唯都有些觉得同情了，她拍了拍陆询的肩膀：“你别担心，莫涛哪有你优秀！你甩莫涛几万条街，真的，光是我就能一口气说出你比莫涛优秀的100个点。”

结果对这个回答，陆询并不满意，他“哦”了一声，追根究底道：“那我具体比他优秀在哪里呢？”他朝钱唯微微一笑，“知己知彼百战不殆，我想更了解自己和莫涛比起来的优劣势，这样才好准备得更充分。”

莫涛，为了未来的“钱途”，只能对不起你了！！

“呃……”钱唯结结巴巴道，“首先，你比莫涛身材好，那个，你身高比他高，身材也比他好，他更偏向文弱一点，但你就不会，你看你，你那个腹肌和人鱼线都练得那么好，这个他一时半会儿肯定练不出来；第二，你长得比他也更加出挑，莫涛吧，也挺帅，但是就是属于正常人里长得好的水平，你就不一样了，你属于那种和明星比起来也不差多少的；这个第三呢，第三，莫涛这家伙有双桃花眼，而且性格比较开朗活泼，很容易就变成妇女之友型的万能男友，让人感觉不安全，这个你嘛，你看起来对人爱理不理的，女性关系感觉会比较单纯；第四……第四……”钱唯实在胡诌不下去了……

陆询盯着钱唯，唇边带了点笑意：“不是说能说出100点我比他优秀的地方？”

“这……”钱唯急中生智道，“你知道，毕竟莫涛也是我的男朋友，虽然我理智上是知道他和你相比根本没有胜算，但感情上，我还是没法这么大张旗鼓地说出他的缺点。”钱唯说着，露出个为难的表情，“你懂的，情人眼里出西施嘛。”

大概没给陆询真的列出100个优点，这家伙顿时就有点不高兴了。

钱唯只好小心翼翼地问道：“你生气了吗？”

“没有这回事，我高兴得很。”陆询矢口否认，但一张脸拉得老长。

钱唯想，《倚天屠龙记》里，张无忌的妈临死前交代张无忌，越漂亮的女人越会撒谎，反之亦然，这越是漂亮的男人，也越是喜欢撒谎啊……

...第九章

至尊恋爱技巧？

“钱唯，你的招数可真是太灵了！”一大早，莫涛就迫不及待地给钱唯发来了喜讯，“我周末的时候请邻居小姐姐看了恐怖片，本来她在我面前都端足前辈架子的，结果恐怖片面前一秒打回原形，差点扑在我怀里都快吓哭了。然后我按照你昨天的建议给她买了个手链，刚给她送去，她虽然嘴上说着我乱花钱，可看得出来超开心的，马上就戴上了！”

“我钱唯一出手，就知有没有啊，哈哈哈哈哈，我就说了你信我的，准保你追上你的小姐姐。”

钱唯周末和陆询回学校后，就接到了莫涛的求助。他喜欢的邻居姐姐今天第一天正式工作，他想买个礼物，钱唯就同样建议他也买个手链，这不，刚才就收到了他的报喜。

钱唯的心里喜滋滋的，同样的招数，莫涛这儿这么管用，陆询那儿绝对也不会差。

可惜人算不如天算，正当钱唯对自己的攻略技能得意扬扬之际，陆询就找上门了。

“手链她不收。”

“什么？”

“她说手链太贵了，她不能收这么贵重的礼物。”

钱唯简直一头雾水：“不应该啊不应该。”上辈子她记得很清楚，莫梓心还没答应钱川追求的时候，钱川可是大手笔给她送了3000多元的一套化妆品，也没见她以“太贵重了”为理由给拒绝啊！怎么轮到陆询，一条2000元不到的手链就拒收了？

“总之她不收。”陆询抿着嘴唇，表情不悦。

继约会看电影后，竟然送礼也遭遇了滑铁卢，钱唯光是想象，就能感受到陆询心中的悲怆……这可真是“我本将心向明月，奈何明月照沟渠”啊！

“给你了。”

钱唯正在替陆询惋惜，就看到随着对方的声音，一个小盒子朝自己抛了过来，她下意识接住了，低头一看，才发现正是周末自己陪他买的那条手链。

虽然自己确实十分眼馋这条手链，但就这么收下，似乎也有些不妥啊。

“这个太贵重了，我也不能收啊！”钱唯诚恳道，“我是个有节操的人，无功不受禄！”

陆询听完就呵呵了：“那考场上你让我给你偷看的时候节操上哪儿了？”

“……”

“反正给你了，你不要就扔了。”陆询说完，双手往裤袋里一插，摆出了“一旦送出，拒不收回”的姿态，然后就这么拽了吧唧地走了。

钱唯看看手里的手链，再看看陆询的背影，简直目瞪口呆。

陆询啊陆询，对莫梓心的拒绝，你为什么不能像对自己这样强权到底啊？没准人家莫梓心只不过是意思意思做个回绝的姿态，你稍微坚持下，人家一来二去就收了啊！就算人家不收，你摆出这副“爱要不要，不要我就扔了”的姿态，是个人最后也会收下啊！

钱唯心里只想咆哮，陆询，你但凡在莫梓心面前能拿出平时十分之一的霸权主义，也不至于送个礼都遭遇滑铁卢啊。难道对我就可以毫无负担地强权政治，对莫梓心就狠不下手吗！钱唯心想，好气呀！

而大概是因为首战惨败，陆询终于开始有些急迫了，这两天开始，钱唯发现，他约自己商量战术也越来越频繁了。

她本来正在和莫涛在咖啡馆里一起商量怎么继续加把劲追莫涛的小姐姐呢，结果陆询一个电话就来了。

“我们一个小时后见行不？我现在有点事呢。”

陆询这次倒是挺通情达理，他简洁地应道：“嗯，好。”

钱唯正准备挂电话，咖啡店里的侍者就走到她和莫涛桌前：“两位要来点什么吗？”

“我要一杯热拿铁。”莫涛看了钱唯一眼，“你要什么？”

“我？我也热拿铁就好。”钱唯说完，和陆询说了句拜拜就准备挂电话。

“等等。”结果电话那头的陆询又叫住了她，“我现在想马上见到你。”

钱唯一脸蒙。

“我想想，现在一分钟也等不了。”陆询咳了咳，声音有些不自然，“我想马上和你商量下对策，我怕等得越久变数越多，说不定莫梓心就被别人追走了。”大约心里真的很急，生怕钱唯不同意似的，陆询补充道，“而且不是你说的？就算你在约会，也把我放在第一位。”

“没问题，没问题！”你是未来老板，当然你说了算！

钱唯二话没说，和莫涛打了个招呼，就赶紧挂了电话朝和陆询约定的地方赶了。

一贯处变不惊的陆询，竟然也会怕莫梓心被人追走而紧张到一分钟都没法等，钱唯心想，嘿嘿，你也有今天！真是风水轮流转，莫梓心就是上天派来惩罚你的！

钱唯和陆询约在了学校外面的一家西餐店，钱唯总觉得，经历过几次打击后，最近的陆询接地气了不少，至少他知道拍好自己这个狗头军师的马屁了。今天陆询选的这家西餐店，并不是那种快餐式西餐店，而是相当正宗的老牌西餐厅，光是从这家店里的摆设，就能看出档次不低。钱唯对此表示十分满意。

平日里陆询总是仗着自己天生丽质并没有过分讲究过穿着，然而最近开始追求莫梓心以来，他倒是注意了不少，今天穿着的，也不是一贯那种休闲式的衬衣裤子，更带了点小心机的正式，但又不至于过分。

19岁的男孩子，即便长得并不英俊，穿上半正式的小西装，也会让人眼前一亮，更别说拥有陆询那样有杀伤力的脸蛋的人了。

钱唯由衷道：“陆询啊，我发现恋爱真是让你开窍啊！你看看你，这个衣服穿得就很有心机了，真应该穿这个多在莫梓心面前晃晃，是个人都会忍不住盯着你多看两眼的，这杀伤力很大啊。”

令人意外地，陆询竟然有了那么一点害羞，他掩饰性地咳了咳，然后移开了目光：“是吗？”

陆询这家伙竟然还会有害羞的时候，钱唯心想，这么稀奇的时刻，此刻的陆询看起来才有些19岁小男孩的青涩，她忍不住就想恶作剧。

“嗯，赏心悦目，秀色可餐。”她故意夸张地点了点头，然后就捧着脸大大方方盯着陆询看起来。

这么被盯着一看，原本被万千女生围观也脸不红心不跳的陆询，虽然脸上还勉强维持着他那装腔作势的平静，然而慢慢变红的耳朵，还是泄露了他的真实情绪。

钱唯鬼使神差地觉得，这一刻的陆询竟然有那么一点可爱……

啊，这恋爱的酸臭味！竟然把陆询都改变了！

今天的陆询似乎有什么心事，话并不多，直到上菜，他才终于状若漫不经心般地开了口。

“除了多接触多增加见面机会，慢慢潜移默化进入对方生活，等到对方对我开始有好感，有了合适的时机，我需要表白吗？”

“不！当然不能！”

陆询有些愕然：“为什么？不是你成天和我说要主动出击？”

钱唯放下了刀叉，语重心长地说：“陆询，这就是你不懂了，主动出击不等于就是要主动表白啊！你可别小看恋爱啊，恋爱也是一场博弈，甚至还涉及营销学，你要让一个人喜欢你，不就是要把自己推销给她吗？那就和卖商品似的，你要让人家了解你的产品性能、你的特色、你的性价比，你说你主动冲上去，对别人说‘买我买我’‘我想被你买’，你觉得人家买账吗？”

“……”

“都说太简单得到的，人就会不珍惜，这话是有道理的。真正的好产品，会成天到大街上拉着人推销吗？不会的！产品的优秀是在生活中潜移默化让人接受的，恋爱同理。”钱唯讲得头头是道，“太容易得手吧，不论男女，都不会那么珍惜，一定要让莫梓心觉得，你真的特别好，是她主动想和你在一起，而不是她特别好，你主动想和她在一起。”

陆询沉默了。

钱唯拍了拍他的肩膀，鼓励道：“别急，我对女性心理可有研究了，你听我的就行。我讲的‘主动’讲究的是策略，是让你主动散发自己的吸引力，让莫梓心先注意到你，发现你的优点，要让她习惯你在她身边出现。等她发现自己已经依赖你的时候，你再后撤，比如借故消失个两天，这两天里就不要主动了，她就会发现，啊，原来我非你不可，你不在浑身都觉得不自在，然后你这时候再出现，你们两个就能水到渠成在一起了！”

陆询终于抬了头，他盯着钱唯看了会儿，才开口道：“你们女的都这样？”听他的语气，显然并不怎么认同钱唯。

“女人来自火星，男人来自水星，这话你听过吧？男的和女的思维是完全不同的，就拿我自己来举例子，我这个人吧，就有一种很奇怪的心态，一旦哪个男的喜欢我，又被我知道了，我就不喜欢这个男的了。”钱唯喝了口鲜榨橙汁，“我知道在你心里可能觉得恋爱要讲究真诚，只要有一颗真心就可以，但现实很多时候不是这样的，你空有一颗真心，但如果毫无铺垫地把自己这颗血淋淋的心挖出来捧到对方眼前，对方只会受到惊吓，而非感动。”

这一次陆询似乎终于被说服了，他看了一眼钱唯，没有再反驳，只是问道：“别人喜欢你，你就不喜欢别人，为什么？”

钱唯摸了摸下巴：“说实话，我也不知道，可能就是传说中的渣贱心态吧……算了算了，先不说我，我们赶紧商量下下一步怎么走，我可不能白吃你这么一顿贵的饭不干活啊！”

钱唯一边吃一边分析道：“有两种情况能表现出吸引力，第一是硬实力，第二就是软实力。硬实力就是身材外貌这些外在的东西；软实力呢，就是比如性格之类。这样吧，我们就先在莫梓心面前展现一下硬实力吧！你这么好的身材不能浪费了！要不你约莫梓心一起去游泳？不行不行，忘了莫梓心不会游泳了。要不一起去唱KTV？你声音挺好听的。”钱唯一拍大腿，“我觉得这招行，KTV包厢里那种暧昧昏暗的灯光下，啊，音乐响起，你磁性的嗓音给莫梓心来一首陈奕迅的《十年》，不用多说什么，只需要偶尔深情地望向她几眼就行……”

陆询面无表情道：“我走音。”

这招不行，那就再换一招，钱唯再接再厉道：“据说男人运动时是荷尔蒙分泌最旺盛的时候，要不这样，你约莫梓心一起去打羽毛球？然后在她面前展现出你的风采和高超技术！”

“我的羽毛球打得很烂。”

不应该啊……钱唯心想，明明工作后你的羽毛球简直杀遍全所无敌手，甚至A市律协里都没人干得过你，怎么在大学里羽毛球技竟然很差？难道陆询这么精湛的羽毛球技术，都是工作以后苦练的？

算了算了，羽毛球不行，换别的也成，钱唯继续建议道：“那网球呢？”

“不会打。”

绝了绝了，原来陆询连那都能媲美职业选手的网球都是工作后学的……

钱唯几乎绞尽脑汁，想了一个又一个计策，然而不是陆询做不到，就是操作性不强，她真是万万没想到，工作后全能型的陆询，在学校时竟然是个这也不会那也不会的菜鸟。

然而大概是皇天不负有心人，和陆询吃完饭后心事重重想不出办法来的钱唯，正走在回宿舍的路上，随意一抬头，却看到了新的希望。

那是一张校园舞蹈大赛的海报。

是了！上一世，也是这个时候，学校号称为了提升当代大学生的文艺素养，组织了第一届校园舞蹈比赛，为了保证比赛的参与度，每个学院必须至少选送三组选手。

上辈子，这场舞蹈大赛，就是由陆询和莫梓心的双人探戈夺冠的！

钱唯记得这么清楚，是因为这场比赛的获胜院系，将获得学校的活动经费拨款，因此学院的辅导员季老师对此十分热诚，她可谓到处鼓动大家参赛，就连对参加学校活动毫无热情的钱唯也被她拉住进行了动员。而作为法学院文娱活动门面担当的莫梓心自然是当仁不让，她从小沐浴在琴棋书画的氛围里，有相当不错的舞蹈功底，其中以探戈最为擅长。

而非常巧，陆询的探戈跳得也非常棒，最终就在辅导员的撮合下，两人作为法学院代表参加了比赛。

钱唯没有去现场观赛，她对这些知道得这么清楚全靠钱川，那年的钱川正在苦追莫梓心，对莫梓心和情敌陆询的一举一动可谓明察秋毫。

虽然没看过莫梓心和陆询比赛，钱唯却知道，陆询的探戈，跳得真的是非常好的。

工作后，因为经常出席国外客户的酒会，陆询又没有女朋友，为了省事，他丝毫没有顾忌地利用老板的身份压迫钱唯，对她进行了短期紧急培训。钱唯自此作为女伴出席了不少此类的酒会，不过她对此也挺乐意，因为每一次，陆询都会给她算双倍加班费。

事不宜迟，钱唯三步并作两步就跑到了莫梓心的宿舍。

“梓心，你是要参加舞蹈大赛吧？你的舞伴找到没？”

莫梓心脸上有些愁苦：“没有呢，我本来准备跳探戈，可是男生里都没有人可以当舞伴。”

“找陆询啊！陆询会跳探戈！”

莫梓心叹了口气："我知道，辅导员说他以前在个人资料里写过探戈是他的特长之一，所以我们特意去找了他，但是他拒绝了。"

"啊？"

莫梓心显然有些失落："总之他说什么也不愿意，辅导员说以后公共选修课点名时对他缺席可以睁一只眼闭一只眼，他也没动心。我们也不能强人所难，毕竟他可能就是不想参加这种舞蹈比赛吧。"

钱唯几乎是风风火火找到了陆询。

"莫梓心和辅导员都直接找你拜托你当舞伴了，你为什么不同意啊！"钱唯满脸不可置信，"不是说好了要追莫梓心吗？你又不是不会跳探戈，这不正好让莫梓心拜倒在你的舞姿下吗？"

"我不太会。"陆询看了一眼钱唯，还是那个多说一个字就要损失100万的模样。

钱唯气不打一处来："你不都在个人简介里写过探戈是你的特长吗！还不太会？陆询，过分谦虚就是骄傲啊！"

"明星的个人简介你看过没？"

"啊？"

"明星的个人简介里特长和爱好部分都会写个钢琴、芭蕾，语言技能里至少也写个会英文，但实际？张霖说的英文你听得懂？陈嘉连五线谱都不懂但不是照样用钢琴十级做宣传？"陆询撇了撇嘴，"特长这个东西，你不知道大家都是虚假宣传、营销包装？"

"可……可你明明跳得确实很好啊！"

陆询耸了耸肩："你又没看我跳过，你怎么知道我跳得好？"

"……"

"探戈，我确实会一点，但是跳得不算太好，只学了点皮毛，而且和莫梓心跳，我会紧张，肯定会跳得更差，更别说上舞台跳了。"

钱唯听了陆询的解释，这才终于恍然大悟，是了！现在的陆询可只是19岁的小男生，面对心仪的女生，紧张之下发挥不出平时的水平，也是再正常不过的事。

"那也不能就这么轻易放弃机会！"

然而陆询的态度很坚决："我不去。"

这男人的自尊啊，这就是怕不仅没能好好表现反而出丑了！

钱唯想了想，决定牺牲小我："那这样吧，我碰巧也会一点探戈的皮毛，要不我先给你做陪练？你慢慢适应起来找回感觉，争取一把？"

"你也会探戈？"陆询对此倒是有点意外。

"会一点！"钱唯努力劝说道，"来吧，我陪你，你对着我练习，就不会紧张了！"

虽然钱唯努力劝说，但其实并没抱啥希望，陆询这个人脾气很倔，自己决定的事，别人怎样都没法改变他的想法。

然而大概因为涉及莫梓心，陆询也终于例外了一次，他沉吟了片刻，竟然点了点头。

"那就按你说的，我跟着你练一下探戈。"

为了爱情，连陆询这次也识时务了！

钱唯心里其实打好了如意算盘。她想，陆询的探戈基础是很好的，现在只是因为有些不自信和紧张，自己多陪练陪练，多鼓励鼓励，人家的自信心上来了，感觉回来了，还不是能继续和莫梓心携手拿个舞蹈比赛大奖回来？

然而钱唯的这些小心思，在正式开始和陆询练习以后，就彻底破灭了。

谁来告诉她，眼前这个手脚不协调，舞步总不能对应音乐的人是谁啊！真的是那个探戈跳到让所里小姑娘都想脱裤子的陆询吗！

面对显得对探戈几乎一无所知的陆询，钱唯出离地悲愤："陆询，你这怎么好意思把探戈写到个人简历的特长栏里！虚假广告罪你真的应该了解一下！"

看来上辈子陆询也是为了莫梓心才临时抱佛脚学会的探戈无疑了。

"来，探戈要采取额角相贴的姿势，舞伴之间的头要靠得非常近，位置呢，要这样交错着，对，差不多了，然后再靠近我一点。"

"手放在我的腰上，往上一点。"

"音乐节拍到这里，要记得旋转，然后踢腿。"

"腰！把你的腰还有胯部像我这么扭起来!"陆询这家伙简直孺子不可教，不管钱唯怎么口头指导，这家伙的动作总是不能到位，害得钱唯只能直接上手给他摆姿势，"屁股！屁股抬起来！再高一点！对！"

"抱我紧一点！"跟随着音乐，钱唯一边说着，一边拉着陆询的手往自己腰上放了放，"探戈是一种身体的交流，你要用心去感受对方的身体，对方舞步的意图，感受音乐，感受节拍。"

“身体要贴紧我，再近一点，然后你的小腿和我的足尖是这样交缠的舞步……”

经过了一个小时的培训，钱唯简直快力竭而亡，她一时没忍住，说：“陆询啊陆询，你平时做任何事不都一学就会？怎么到跳舞上，你就这么笨啊！”这个陆询，竟然所有动作都要钱唯一一手把手地指正，这资质愚钝成这样也真是令人无语了！工作后陆询竟然能把探戈跳得那么性感撩人，这样看来，人还是应该相信勤能补拙的！

钱唯累到不行，陆询这家伙明明都没怎么做对动作，此刻竟然脸也有些微红。

“你这样不行啊，陆询，离舞蹈大赛还有一个月，以你现在这个水平，从明天起，每天你都得来魔鬼集训。”

“好。”

唯一让钱唯欣慰的是，陆询虽然资质差了点，但态度还是挺端正的。

也不知道是法学院的谁走漏了风声，钱唯刚秘密培训了陆询几天，钱川就找上了门来。

“哇，陆询这个人真的不要脸，我听说他竟然准备和莫梓心一起跳探戈舞，枉费我之前还觉得错看了他，结果他竟然还是贼心不死想追莫梓心！”

“这次舞蹈大赛选送的队伍都是以学院为单位的好不好？”

钱川十分懊恼地说：“不知道我现在转专业来不来得及。”他十分痛苦，“你说你们法学院也真是的，跳个国标不行吗？华尔兹也可以啊。为什么一定要选择跳探戈这么色情的舞啊！”

这下钱唯不乐意了：“探戈怎么色情了？探戈那是艺术！”

钱川夸张地模仿起了探戈的动作：“你自己瞧瞧，这么搂一下，抱一下，摸一下，扭一扭，蹭一蹭的，放在20世纪80年代那就是妥妥的流氓罪了！照我说，这种舞就该被废除！跳起来太暧昧了！一边跳，我看还能一边眉来眼去，太不正经了！”

钱唯不自觉就维护起探戈来：“探戈没有机会做大量的眼神交流！你对探戈误解也太大了吧！探戈采用的是闭式拥抱，舞伴之间头虽然靠得近，但是是交错开的，根本没机会做眼神交流好不好！”

“动作都那么暧昧纠缠了，也没必要再眼神交流了！”钱川的语气怨气冲天，“我观察过，电影里只要出现跳探戈的场景，基本都是狗男女，出轨的！

见不得人的那种在跳！所以你看，难怪头要交错开，为啥咧？为了左顾右盼时刻保持警觉，看看自己老公老婆回来没，免得偷情被发现！”

不管钱川怎么污蔑探戈，钱唯还是继续对陆询进行着短期魔鬼培训，只可惜因为陆询的后进，原本每天一小时的练舞时间，不得不延长成了两小时。

但对此，陆询竟然还不甚满意：“今天不能继续再练练吗？”

钱唯看了眼时间：“要不明天多练会儿，今天是真不行，我约了人。”

陆询的声音酸溜溜的：“哦，约会？”

“学习！”钱唯眨了眨眼，她决定安慰一下至今没有脱单的陆询，难得解释道，“我这真是学习，我约了李崇文，让他给我讲刑法真题。”

陆询的脸色稍微缓和了点：“刑法题啊，我也不是不可以给你讲。”

“不用了，不用了，不麻烦你了。”钱唯连连摆手，让李崇文给自己讲刑法题，这可都是她故意安排的，因为只有这样，自己才能以感谢的名义在他每次讲完题目后请他吃饭。

结果陆询这次倒挺坚持：“不麻烦，你每次和我跳完舞，我给你讲就行了。”他转开了目光，“就当是我对你陪我练舞的感谢吧，你也别老去麻烦人家李崇文了。”

“真不用，我的刑法题是长期让李崇文讲的，我和他早就说好了的，不麻烦。”

“刑法的随堂测试每次我都考得比他好。”

“李崇文考得也不差呀。”

陆询不说话了，他明明没什么表情，但钱唯总觉得他有些气鼓鼓的。

“你定期和李崇文一起学刑法？”

“是呀！”

“那莫涛能忍？你这学习刑法的频率都快赶上和他约会的频率了吧。他做你的男朋友可真惨。他也不管管你。”陆询的语调阴阳怪气的，“要不就是根本不够喜欢你，所以才这么放任你。”

钱唯愣了愣，才意识到他的意思，她“嘿嘿”笑了两声，决定在陆询面前威风一回：“我一早就和莫涛说过了，想做我的男朋友，就得知书达理，温柔贤惠，你知道吧，得懂事，识大体，绝对不可以干涉我的生活。”

陆询什么话也没说，但一张脸上，显然写满了“三观炸裂”。

“行了，你别为莫涛操心了，你好好操心下你自己吧。”钱唯一边收拾，一边想起了什么，“对了，我给你借了不少书，刚才忘了给你了，你拿回去好好看。”

陆询一低头，就看到钱唯递过来了一摞书。

“《28个打动人心的说话技巧》《追女孩的方法》《谈恋爱的技巧》《1分钟让别人喜欢你》……”陆询一边念一边脸色就有些沉，“钱唯，这些是什么？”

“这可是我根据网上的好评度给你精心筛选出的，你可好好加强下理论修养吧！我和李崇文约好的时间快到了，先不和你说了，走了啊！”

练习了大半个月，钱唯决定验收一下成果。

“之前每天都是把一整支探戈舞里的动作一个个分解了练的，今天我们就完整地跳一遍吧。”

钱唯开了音乐，*Por Una Cabeza*的前奏响起，她缓缓走上前去，摆出了探戈的姿势，轻轻搂住了陆询。

她在和陆询完整跳这支舞前并没有抱什么希望，因为平日练习时他表现得实在太笨拙了，她都做好被他踩脚的准备了。

然而不知道是不是累积的陪练终于起到了作用，陆询不仅没有出错，甚至表现得比钱唯更加技巧娴熟。

他的舞步堪称优雅，流畅又自然，举手投足间自成风流。靠近、跟随、引带，像刻意的勾引，又像是若即若离的试探。不能言语，然而一切都是讯息：轻轻触碰的脚尖、偶尔摩挲的小腿、紧紧搂着的腰肢、恰到好处的旋转，还有那些秘而不宣的默契、欲语还羞的节奏。

钱唯所有的探戈舞步，全是师承陆询，而此刻，她跳着他教的动作，拥抱着19岁的他。

28岁的陆询更为成熟和内敛，即便偶尔交错的眼神里，他的目光都沉静而幽深，然而19岁的他，却是炽热而张扬的。

或许探戈是最适合陆询性格的舞蹈，闷骚，然而充满引诱，靠近你，又远离你；挑逗你，又无视你；拥抱着你，却并不盯着你。

探戈是有生命的，在渐入佳境的舞步里，陆询终于放开了一切，他整个人都随着探戈释放着那种若隐若现的荷尔蒙，那一双漂亮的眼睛，充满让人欲罢不能的魅力。钱唯没有想到，19岁的陆询，跳起探戈来实在太性感和充满欲望了。

下意识地，钱唯根本无法直视陆询的眼睛，她闭上了眼睛，让自己的身体跟随陆询的引领。

然而陆询的脸离她太近了，他炽热的呼吸就那样轻轻撩过她的脸颊，拂过她的睫毛，那温度仿佛灼人，她突然觉得连那最经典的背景音乐也听不到了，她的整个脑海里，只有一种声音，那就是自己的心跳。她的胸腔里，也仿佛其余器官都不存在了，只堪堪剩下那一颗剧烈跳动的心脏。

一个原本娴熟的舞步，钱唯突然踩错了节拍；又一个舞步，她直接踩到了陆询的脚。

万万没想到，陆询状态全开，自己这个名义上的老师却反而漏洞百出。

错误这种东西，仿佛开了个头，就会源源不断，最终，钱唯面红耳赤、手忙脚乱地和陆询跳完了这首《一步之遥》。

反观陆询，倒是气定神闲,让钱唯恍惚回到了28岁那次他教她跳探戈的时刻。

“你这样的水平，和莫梓心跳应该没问题了，绝对能拿个大奖回来。”

“嗯。”陆询喝了口水，脸色因为刚才的运动，微微有些泛红，然而表情倒是挺平静。

钱唯心想，你就装吧你，可不知道你内心现在激动成啥样了！

然而就在钱唯觉得一切就绪只欠东风的时候，陆询这家伙，竟然又出幺蛾子了！他打篮球，竟然把脚给扭了！

“你扭哪儿了？我看看。”

结果陆询还挺不配合：“扭都扭了，有什么好看的。”

“我得看看伤得重不重，能不能赶在舞蹈大赛之前好啊！”钱唯一边说，一边心急地直接蹲下身，挽起了陆询的裤腿。

陆询下意识想收回腿，然而钱唯一把把他的脚踝拽了过来，那截脚踝白皙到反光，然而她左看右看，愣是没看出有什么红肿和青紫：“你这看着完全没问题啊！”

“动起来就是疼。”陆询一边说，一边抽走了脚，“你别碰我，疼。”

然而祸不单行，陆询这刚扭伤脚踝，更劲爆的消息就来了！

下午的时候，钱唯正准备来一场说睡就睡的午睡，钱川的一条短信就把她彻底震醒了。

“钱唯，恭喜我吧！我脱单了！我和莫梓心在一起啦！”

这一刹那，钱唯真真是吓得“垂死病中惊坐起”，什么鬼？明明上辈子，钱川死追活追，也追了大半年才把莫梓心追到手，怎么这会儿舞蹈大赛还没开始呢，这小子就得手了？

重活一世，自己未来的老板娘，这是又被自己的弟弟给撬了？钱唯想起陆询，就仿佛看见对方冷着一张脸站在自己床头兴师问罪的模样，她都能想出他那脸色，恐怕就差嘴里来一句“你赔我老婆”了。

钱唯这下哪里敢怠慢，赶紧一骨碌从床上爬起来，就冲到了钱川面前。

“你给我说说，怎么回事？你这怎么脱单的？这不科学！”

沐浴在爱河里的钱川春色满面：“这有什么不科学的？莫梓心，一个单身的美丽少女；我，一个单身的英俊少年，这不明摆着是天造地设的一对吗？”他得意扬扬道，“我这人格魅力摆在这儿，之前周末我约莫梓心去看电影，之后她生日我也特地早早找海外代购买了一套护肤品送给她，我这么贴心又热情的男人，当然一表白，人家就接受了啊！”

“你什么时候约她去看的电影？”

“就两周前的那个周末啊！”

钱唯一合计，糟了，两周前的那个周末，不就是自己出主意让陆询约莫梓心看恐怖片的时间吗！看来莫梓心说突然拉肚子是假，和钱川出去看电影才是真啊！

“那套护肤品，你花了多少钱？”

“大两千吧。”钱川有些警惕，“你可别问我借钱啊，这两千都是我平时省吃俭用攒下的私房钱，没有余粮了啊。”

为什么！钱唯心中恨不得咆哮，为什么陆询同等价位的礼物就被退了！这是为什么为什么为什么！莫梓心难道注定和钱川在一起吗？可明明钱唯总感觉，莫梓心对陆询是有那么点意思的啊！

“还有，你让陆询别练什么探戈了，我们家梓心说了，怕我不高兴，她不报名参加双人舞了，她现在改练单人舞。”

对于莫梓心突然就和钱川交往这个重磅炸弹，钱唯还有些消化不良。她正有些头重脚轻地走在回宿舍的路上，想着该怎么去和陆询交代，就收到了莫梓心的电话。

“钱唯，你现在有空吗？我最近在准备舞蹈大赛的单人排舞，跳得怎么样心里也有些没底，你要有空能帮我来看看不？帮我看看有什么可以改进的。”

钱唯正想找莫梓心呢，这当然求之不得：“我来我来，你在哪儿呢？”

“我在体育馆的练功房304室，你大概多久能到呀？”

“给我10分钟！”

钱唯挂了电话，二话没说，撒腿就朝体育馆走。304的练功房在三楼，三楼的几间活动室平日都不开放，都是为了筹备学校的什么活动才能申请借用的，因此等钱唯“噌噌噌”爬上三楼，那儿相当安静，并没有什么闲杂人等。

然而钱唯越是顺着走廊往前走，心里就越是有种不祥的预感……

眼前这个场景让她有一种熟悉的似曾相识感……

果然，当钱唯走到304练功房的门口，就听到了里面传来的莫梓心的声音。

“对不起。”

钱唯轻轻地探了探头，练功房虚掩的门里面，在那一大片落地镜的尽头，是一个小露天阳台，那玻璃移门开着，风便从外面把轻纱的窗帘“呼啦啦”地吹了起来。从钱唯的角度，正好能看到莫梓心站在那些纱质窗帘的背后，19岁的少女，穿着跳舞的练功服，好身段尽显，她就那么盈盈地站着，刚才那声对不起就是她的声音。

阳台上除了莫梓心外，还有别人，只是碍于钱唯这个角度，莫梓心对面的人隐在阳台的另一角她看不到罢了，而对方就是莫梓心那句“对不起”的对象。

这个发展……这个走向……钱唯的心里突然拔凉拔凉的……

大概钱唯轻轻推开门的声音惊动了莫梓心，她非常敏感地看向了门口，然后看到了钱唯，她的脸上显得有些难堪和尴尬，勉强对钱唯笑笑，又转回了头。

“陆询，真的对不起，但是我已经和钱川在一起了。”莫梓心的声音里充满了抱歉，“你很好，很优秀，别说我们法学院，就是整个学校，也有很多女生喜欢你，你一定会遇到比我更好的女孩子的。”莫梓心似乎怕尴尬，因而语速特别快，她一口气这么说完，又低头道歉，“我约了人，还有点事，那我先走了。”

说完，她也不再看自己对面那人，而是想逃避这个时刻般，飞也似的走出了练功房。

走过练功房门口的时候，她羞怯着一张脸，头也没敢抬就拽起钱唯的手。

钱唯就这么顺势被莫梓心一把拉离了练功房，等她反应过来时，两人已经在体育馆后面的小花园里了。

这个小花园晚上是情侣散步的圣地，然而白天却没什么人问津，钱唯被莫梓心拉着手走在小花径上，脑子里只有一个念头。

历史总是惊人的相似……

上辈子，虽然不是这个时候，然而发生的事，却是大同小异的，钱唯也是这样目睹了莫梓心拒绝了陆询表白的现场。那是在陆询和莫梓心已经夺得了校园舞蹈大赛第一名之后，本来两人还将代表学校参加A市大学生舞蹈大赛，大概陆询觉得两人练舞了这么久，是时候表白心迹了，在一同继续练舞的练功房里表白时却惨遭了同刚才如出一辙的滑铁卢。所以，大概是为了避免尴尬或是其他，总之，最后两人代表学校继续搭档参赛这件事，也就随着陆询恋情的告吹，就这么不了了之了。

总之，那时候，钱唯也是就这么在门口，遭遇了和刚才一模一样的经历。那时的钱唯因为还正热火朝天地帮着钱川追莫梓心，那阵子钱川打篮球扭伤了脚，没法对莫梓心鞍前马后，但又怕陆询捷足先登，因而特意关照钱唯担起了鞍前马后的重任。自从莫梓心练舞以后，便是钱唯天天假借“关爱同学”的借口来送饮料和水，却行监视和破坏莫梓心、陆询二人世界之实。当时的钱唯，便是固定每天上午10点半去送水送小零食的，结果就目睹了陆询惨痛的过往……

如同这次一样，虽然钱唯并没有目睹到陆询告白失败后难看的脸色，然而一想到他那高傲的性格，钱唯都能模拟出他修罗场般的心境了……

“我陆询需要追女生吗？”

“我陆询绝对不会给任何机会让我喜欢的女生和别人在一起。”

钱唯光是想想陆询以前那些笃定的豪言壮语，就仿佛能看到空中出现两双大手左右开弓对着陆询那张英俊到不可一世的脸，“啪啪啪”几个响亮的大耳刮子。

虽然是有那么点同情，然而钱唯也不知怎的，内心竟然生出了点暗爽……陆询啊陆询，你也有今天哪！

而上辈子，也是这件事之后，果然莫梓心就再也不和陆询有什么互动了。陆询大概被拒绝了实在觉得很丢人，平日看到莫梓心也都冷着张脸，再过没多久，钱川便成功抱得美人归，自此给陆询无疾而终的初恋画上了终结的句号。

“钱唯，这件事，能不能……你能不能帮我保密？”走在花园的小径上，莫梓心咬了咬嘴唇，“我不知道钱川和你说了没，我、我已经和他在一起了。这件事我不是很想让他知道，怕他有什么想法，另外就是这件事万一说出去，对陆询也不太好，会让他比较没面子。我们就当这件事没发生过吧。”

钱唯心想，难怪是陆询会喜欢的女生，你看看，这多体贴周到啊！

“没问题！你放心，这件事我绝对不会说出去！”

看我多有职业操守，钱唯想，上辈子我不也完全没对外说过吗？就连之后和陆询一同工作了那么几年，也从来没当面拿这事揶揄过他，就真的当自己不知道一样，静静地看着陆询表演，看他口是心非地否认自己喜欢莫梓心。什么是保密的职业道德？这就是保密的职业道德！

眼前的莫梓心终于露出了放松的表情：“那就太谢谢你了，唉，希望陆询能早日找到自己的幸福。”

可惜莫梓心心情放松了，钱唯的心情却放松不下来。

重活一世，最不想见到的事情还是发生了，仿佛冥冥之中真有命运这玩意儿，很多该来的事，不论你怎么人为阻挡，也阻挡不了这时间和命运的滚滚车轮。

难道陆询这次又要一路单身到28岁？然后孤家寡人进入30岁？

这也太惨了！以前的钱唯只是简单地想着讨好讨好未来老板，现在的她却是真的于心不忍了，就算未来改变，万一陆询不是自己老板，她觉得，她也应该帮着他改变人生，解决老大难问题，毕竟他还救过自己的命呢！

莫梓心看起来是攻不了了，那看来得先陪着陆询走出情伤，然后再给他找到个新对象！

…第十章

薄荷味初吻

莫梓心不再准备以双人探戈参赛后，钱唯对陆询的探戈培训也没了意义。但本着人道主义关怀，钱唯还是把陆询约了出来。

“我带着钱，你带着我，想怎么高兴，你说。”钱唯决口不提失恋，只是豪情万丈地准备带着陆询转移注意力，“烧烤吃不吃？撸串走不走？”

说完，钱唯也不等陆询反应，二话不说拽着他就去了校外那家有名的烧烤店。

等两人落座，陆询才终于得了空，他看了钱唯一眼：“你今天怎么了？”

结果钱唯答非所问道：“很多时候，如果心情不好，或者感觉人生不顺，吃就是最好的治愈方法！”

陆询果然皱了皱眉：“什么跟什么。”

钱唯对他的态度也不恼，只是一个劲地点菜：“来来来，尝尝这个，这个培根小猪肉卷可好吃了，还有这个蒜蓉扇贝，这个羊肉串也不错的。”

“你最近心情不好？”

钱唯心想，如果这时候回复说自己心情挺好的，那岂不是让陆询更加凄凉？全世界大家都过得那么好，唯独他失恋了悲悲惨惨，这对比恐怕会让他更加心生凄凉……

于是钱唯叹了口气："唉！是啊！"她做出痛定思痛的表情，"不过吧，就算在痛苦的时候，也不能忘记享受美食，也要靠着美食治愈自己，重新站起来！陆询啊，不知道你听过这段话没有？"她喝了口水，试探道，"很多时候，在遭遇到挫折时，你很难想象自己能走出这种痛苦，但是等你熬过这一阵，柳暗花明时，你才发现，原来你比自己想象的更加坚强！"

然而这么一番就差掏心窝子的话，陆询听下来竟然还是面无表情的模样，他只是看了钱唯一眼："所以你这是怎么了？"他顿了顿，低下了头，状若不经意道，"是感情上有什么不顺利？"

瞧吧瞧吧，钱唯想，我都没提"感情"两个字，陆询就因为自己失恋，看谁心情不好都归为感情不顺利了，看起来情伤得挺严重啊。

当一个人痛苦的时候，什么最能安慰人？那必须是感同身受啊！只有在同样的经历面前，安慰才显得有力量，否则那都是站着说话不腰疼，不管怎么安慰，对方也未必能买账。

"是啊！"钱唯点了点头，"是有那么一点不顺。"

果然，这个话题让陆询来了兴趣，他虽然想装作随意，但钱唯都看出了他的刻意，他扫了钱唯一眼，看着不远处，问道："所以是怎么回事？"

"这个……"钱唯飞快地胡诌道，"可能因为这个聚少离多，共同话题不够吧……"

陆询沉吟了片刻，才道："所以，找对象，还是找个同专业的好。"

钱唯心想，哎呀别，这一提起同专业的，陆询岂不是又要想到莫梓心。

"也不是啦，我觉得找对象还是找个不同专业的好。"钱唯小心翼翼道，"同专业的话，思维都有一样的局限，而且，你懂的他也懂，你不懂的他也不懂，这就没法很好地互补啊！所以真找对象吧，其实还是找个不同专业的好！"

陆询愣了愣："不是你说你以后要找个同样当律师的一起发财一起飞？"

钱唯脸不红心不跳："那时候我太年轻了，做的决定比较幼稚，现在的我长大了。"

"……"

"总之，恋爱反正也就那么回事，不要太当真。每次你觉得如果失去这个人，自己不会再爱了，但下次你遇见新的恋情时，你就发现，原来自己又能再爱了。打铁的自己，流水的恋人嘛，你懂的。"

陆询的脸上又出现了那种三观炸裂的表情："你认真的？真这么觉得？"

钱唯郑重点了点头："是啊，我认为这才是成熟的感情观，那种非一个人不要，离开了这个人就要死要活沉沦的，显然都是幼稚的。"

陆询这下彻底沉默了。

钱唯心想，自己这一番话，大概是给了他一些新的思路和感触，年轻人，失个恋嘛，最终都会在挫折中成长的。

"下面我们来看一下这道题，关于刑事责任能力的认定，下列哪一选项是正确的？A.甲先天双目失明，在大学读书期间因琐事致室友重伤，甲具有限定刑事责任能力；B.乙是聋哑人，长期组织数名聋哑人在公共场所扒窃，乙属于相对有刑事责任能力；C.丙服用安眠药陷入熟睡，致同床的婴儿被压迫窒息死亡，丙不具有刑事责任能力；D.丁大醉后步行回家，嫌他人小汽车挡路，将车砸坏，事后毫无记忆，丁具有完全刑事责任能力。"

平日里李崇文给钱唯讲刑法题的时候，钱唯都能姿态配合地好好听着，今天李崇文的声音一如既往地温润，然而钱唯面对这道题，实在是憋不住终于破了功。

"不对，这题目也太不科学了吧？你说甲，都先天双目失明了，还能把人捅成重伤？乙作为个聋哑人身残志坚、艺高人胆大，还在公共场所行窃，还是组织人，这四舍五入就是个扒手集团的总经理啊！丙就更炫酷了，吃了安眠药为什么要睡在婴儿边上？丁也挺牛，喝醉了酒竟然还有力气砸车……这整个一'高手在民间'系列啊……"

李崇文也忍不住笑了："刑法题的出题老师也不知道怎么想的，这题目确实是太奇葩了。"

李崇文笑过之后，又重新兢兢业业地讲了会儿题，才终于合上了课本。

"走，我请你吃饭去。"

李崇文这次却摇了摇头："不用了，饭就不用请我了。"

钱唯正想继续游说，就听李崇文又道："倒是想问问你，你这周六有没有空？"

"有呀！"钱唯有些不解，"什么事？"

李崇文有些羞涩："是这样的，这周六有一场英文演讲比赛，我是我们法学院选派的几个参赛选手之一，你要有空可以来听。学院让我们去找点后援团，我也不好意思叫别人，想着和你比较熟……"

"没问题，没问题！我一定给你做个应援板子！"钱唯一口答应，"要是钱川没事，我把他也叫上，他还一直感谢你给他补习英语呢！”

结果挺不巧，钱川没空。

“我要约会呢，不去了，不去了。”钱川完全沉浸在爱河里，“梓心说想去市里逛逛，我们周六准备去市里民国老街转转。”

钱川不去，刘诗韵倒是没事，被钱唯说服去支援李崇文。钱唯又拉了班上其余几个女生一起，但作为后援团，人似乎还是有些少，她脑子一转，就想到了陆询。

陆询这不正失恋着吗？！都说失恋时候应该多找点事做，转移注意力，切忌一个人无所事事待着，这样才容易胡思乱想，折在失恋里走不出来。

“陆询，周六一起去参加英文演讲大赛吗？”

对于钱唯的提议，陆询显得非常惊讶：“你已经知道这个比赛了？”

钱唯点了点头：“到时候一起去？”

陆询笑了下，他的心情看起来不错：“好。”

和陆询约完后没多久，钱唯就接到了莫涛的电话。

“钱唯，周六有空吗？”

钱唯心想，真是巧了，怎么又是周六！

“这周六没空了啊！我们院同学参加那个什么英文演讲比赛，我要去现场加油助威的。”

结果莫涛反而来了精神：“哎哎哎，我正要和你讲这个英文演讲比赛呢！我会代表我们外院参赛的，你既然反正要帮你同学加油助威来现场，那就太好了。”说到这里，他的声音突然有一点腼腆，“那个，一直还没和你汇报，我那个邻居小姐姐，追到了。”

“恭喜恭喜啊！难怪我说你这家伙最近压根没联系我，再让我给你支着，原来都已经暗度陈仓了！记得请我吃饭！吃顿贵的！我要吃一桌子大荤！”

莫涛笑起来：“吃饭算什么，这还不是必需的吗？本来我周六就是想叫你来，这次英文演讲比赛，我女朋友也会来的，正好介绍你们认识认识，比赛完一起吃个饭，你可是我俩的大媒人。”

“没问题！不过我到现场就不给你加油了啊，我要给我们法学院的做后援团。”

莫涛的声音充满了甜蜜：“我只要有我女朋友一个人给我加油助威就足够了，别的人，就算有千军万马，也抵不上她一个。”

“打住打住，你再这么荡漾，我报警了啊！”

终于到了周六下午比赛的时候。

钱唯拉上刘诗韵，早早就坐到了大礼堂里等候。

李崇文在比赛前还有个家教要做，此刻怕是还正在往礼堂赶，还没到。莫涛第一次邀请他的小姐姐来学校逛，八成还在情侣最爱的小花园那儿你侬我侬，因此也还没到场。

反倒是陆询，平时恨不得掐着点到的人，这次竟然早早地来了。

尤其令人相当意外的是，陆询今天穿得竟然还挺讲究，就和要上台发言似的。

几乎是他一出现，钱唯就在大礼堂入口处一眼定位到了他，而大礼堂里为自家学院选手应援而来的其余女生，也眼尖地看到了陆询，窃窃私语起来。

“陆询，这边这边！”钱唯站起来，朝着门口的来人挥了挥手，“我给你占了位！”

待陆询坐定，钱唯马上把自己准备好的饮料分给他，陆询没喝，却对钱唯脚边的一大包东西产生了兴趣。

“你带的这么一大包是什么？”

他一问，钱唯来了劲：“这个！我在淘宝定做的应援LED软布灯牌，既然做后援，那当然要做得专业点！”

刘诗韵也同仇敌忾道：“我们法学院虽然就业率是所有专业里倒数第一，但是我们气势上不能输了！外语学院女生最多，来应援的人是我们法学院的几倍，等待会儿，我们就拉出这块应援灯牌，亮瞎他们的狗眼！”

陆询有点震惊：“就这样一个校级的演讲比赛，需要做这么夸张吗？”

“这哪儿夸张了！”钱唯一边说，一边拉开袋子，炫耀自己的灯牌，“你看看，挺低调的啊，这还是可折叠的，我带着进来也不显眼。”

陆询看了眼那折叠起来的灯牌：“这东西贵吗？你为了做这个预定了很久吗？想不到你这么有心。”

刘诗韵插嘴道：“不贵不贵，而且我们前天才下单的！”

钱唯掏出手机：“一天做好，亮瞎狗眼，终身保修，超薄轻盈，你看看，就这，而且只要50块，性价比实在太高了！”

陆询不知道怎么的，看起来竟然有些害羞，他看了钱唯一眼：“50块你们也破费了。写的什么字我能看看吗？”

钱唯偷偷地从包里拉开了应援灯牌的一角：“先别拆开看啊，拆开待会儿就没惊喜了，我要等会儿拿出来让全场的人震一震，要那个气场！”

虽然只是掀开了一角，但陆询还是看清楚了几个字：“为……为你痴？”他的脸上有些红，移开眼睛道，“你都写的什么应援语啊。”

“为你痴，为你狂，为你哐哐撞大墙！”钱唯挺骄傲，“怎么样？又押韵又朗朗上口还很精神污染吧？难道你觉得不好吗？”

陆询的表情有些一言难尽，但最后，他还是点了点头：“也……还行吧。”他望了眼远处，“毕竟你们要心里真这么想，那写在应援灯牌上也没什么问题。”

“对了。”

“嗯？”

陆询顿了顿，才道：“我听说外语学院那边莫涛也会参赛，你给他做了应援牌吗？”

钱唯连连摆手：“没有没有，今天的我代表的是我们法学院，怎么可以叛变去给外语学院加油！不行的！”

“他不介意？”

“和莫涛打过招呼了，他不介意的。”

“哦。”

陆询虽然没再说什么话，但嘴角微微扬着，心情看起来不错。

“你们久等啦！”离比赛开始还有一刻钟的时候，李崇文终于姗姗来迟。他也换上了颇为正式的服装，此刻看起来一个清俊男孩子，高大俊秀，往陆询身边一站，钱唯就想起了那句话，叫什么一个温柔了岁月，一个惊艳了时光。

李崇文看到陆询，笑着打了个招呼：“你来得可真早呀。”

陆询似乎有些不自在，他咳了咳：“正好没什么事，就先过来熟悉下场地。”

李崇文拍了拍陆询的肩膀：“待会儿加油啊！你的英文发音比我好多了，可得给我们法学院争个第一名。”

钱唯不禁困惑了，等等……

她小心翼翼地求证道：“所以，陆询也要参加比赛？”

李崇文笑笑：“是呀。”

陆询皱了皱眉：“你不是都来应援了吗？”

“走吧，时间差不多了，要先去后台集合。”钱唯本来还想解释，但李崇文看了看手表，就拉上了陆询，她最后只来得及眼巴巴地看了他们一眼。

其实刚才那句应援语，前面还有三个字——“李崇文”。

不过幸好，钱唯心有余悸地想，这应援灯牌是可折叠的！待会儿她把“李崇文”三个字折叠进去就行了！一个灯牌两套用法，完美极了！要不是考虑到这次为了自家学院加油，甚至还能叛变去顺带给莫涛加个油！

“都开始啦？”刚才跑去上厕所的刘诗韵姗姗来迟，她捂了捂肚子，“今天真倒霉，竟然有点拉稀，有错过什么没？”

钱唯摆了摆手：“没，这不刚开始吗。”

这次比赛为了公平，选手的上场顺序都是等他们到场后现场抽签决定的，抽完签所有选手就在礼堂里特意留出的前几排位置等候，快轮到时才去后台继续候着。大概李崇文他们都没抽到前面的，钱唯和刘诗韵伸长脖子等了半天，也没见他们上场，而莫涛这家伙，连抽签都是踩着点进来的。

“哎哎哎！！别打瞌睡了，钱唯！轮到李崇文了！他要上场了！”刘诗韵推了推钱唯，然后便激动地翻出了那块应援灯牌。

钱唯刚在前面几个选手的英文里昏昏欲睡，被刘诗韵一推，还没来得及反应，就见到她眼疾手快地掏出了那块应援灯牌，然而“哗啦”一声就展开来。

刘诗韵这家伙咋咋呼呼的，动静挺大，还坐在前排等候的陆询下意识地就回了头。

钱唯心里充满了“糟糕！不要！”陆询来的时候，刘诗韵因为拉肚子走开了，前半场这家伙也一直在开小差，就没注意过参赛选手候选区都有谁，她并不知道陆询也要上场啊！钱唯手上想着阻止，然而刘诗韵动作太快了，那整块应援灯牌，已经被她大大方方地展了开来。

“李崇文，为你痴，为你狂，为你哐哐撞大墙！”

为了显眼，钱唯特意定制了一个红蓝相交闪烁的LED灯，这块应援牌一出，这么一长条大字，真的是当场把所有人都镇住了。

然而钱唯很想死……

因为陆询的眼神，也正定定地看着“李崇文”三个字……

他肯定发现了，这块应援牌并不是为他做的，而是为李崇文做的……

有了这么个插曲，钱唯在之后的演讲时间里都坐立不安，连李崇文讲了些啥都没好好听进去。而陆询自从看清“李崇文”三个字后，犹如慢动作般看了钱唯一眼，自此转过头，再也没回头过，只留下了一个后来被实习生们评价为最英俊的后脑勺给钱唯……

钱唯盯着陆询的后脑勺，差一点就泪如雨下了，这回真的是马失前蹄，做了一拨令人窒息的操作，不仅没能第一时间拍好未来老板的马屁，还活活把人得罪了。

就这么浑浑噩噩地，终于轮到了陆询登场。钱唯手里攥着那条应援灯牌，觉得举也不是，不举也不是，就算现在把“李崇文”三个字给折叠掉，人家陆询也早就看清这东西就是专为李崇文定制的了……

“We would better embrace the exotic and different than turn hostile and defensive.Being magnanimous is at the core of Chinese culture……”

不得不说，陆询的嗓音好听，美音纯正，配着他那张高配置的脸，就说他是播音主持专业的也不违和。他的演讲稿内容和发音、个人台风都没话说，只可惜这位选手的脸有点臭，全程板着张脸，乍一看还以为他在播新闻。

等演讲结束，陆询也没直接回到法学院这边的座位区域，而是板着张脸走出了礼堂。

“哎哎哎！钱唯！莫涛，莫涛上场了！”

钱唯一抬头，就看到了莫涛那双熟悉的桃花眼，大概是由于爱情的滋润，莫涛此刻看起来真的整个人都散发着闪光弹般的光芒。他虽然穿着正装，但领口自带小心机的蜜蜂小挂坠还有花里胡哨的口袋巾，彰显了他的臊气。

他走的是英音路线，到底是外语学院一枝草，一开口，那娴熟的伦敦腔就让人觉得充满贵族气质。钱唯好奇地转了转头四下张望了下，外语学院的后援队特别强大，乌泱泱坐了一大片女生，她根本分不出在座的到底哪一个是莫涛的小姐姐。毕竟莫涛这家伙在外语学院显然人气也很高，不少女生手里都举着写有他名字的应援牌，刚才他进来时正好好几个女生一起进来，钱唯也没认出谁是谁。

大概是为了在女友面前好好表现，今天的莫涛状态全开，一双桃花眼更是顾盼生辉，给打分的评委老师连续抛了十几个媚眼，真是为了得第一名，连色相都牺牲了。

莫涛已经属于靠后出场的选手，他演讲完，就没几个参赛选手了。

刘诗韵捅了捅钱唯：“喂，陆询怎么从刚才出去以后就没回来？他干啥去了啊，这都快结束了。”

“可能去厕所了吧。”

刘诗韵顿了顿，看了下手表：“要是去厕所，那就出问题了！”

钱唯有些疑惑：“啊？什么问题？”

“前列腺问题啊！”刘诗韵挤眉弄眼道，“这都去了厕所那么久了，还不回来，是尿频尿不尽啊？”

钱唯心想，这个朋友，我又一次不想要了呢。

钱唯一边想着，一边探了探头，这才发现，除了陆询不在，莫涛也走开了，只有李崇文和其他参赛选手还一起坐在等候区，等待着比赛结束。

结果，在比赛终于结束的那一刻，像是踩着点似的，莫涛和陆询都回来了，然而气氛十分不对。

陆询冷着一张脸，而莫涛则是一副气炸了的表情，他的左脸还红肿起了一块，然而即便这样，他的手还紧紧握着身后女生的手。那是一个长相温婉知性的女孩子，钱唯几乎一眼就了然，那怕不就是莫涛心仪的邻家小姐姐。

莫涛一进大礼堂，也没管别人的目光，径自气势汹汹地走到了钱唯面前，然后他转头对陆询道：“行，咱们当面对质！你问问钱唯，我是不是说谎了！”

钱唯丈二和尚摸不着头脑：“怎么回事？”

莫涛显然还有些生气，他瞥了一眼同样低气压的陆询：“你问他。”他指了指自己的左脸，“你看看他干的好事。”然而莫涛虽然这么说，但他看起来并不在意自己的伤势，他一边说着，目光却全在身后的女孩身上，眼睛里满是想要解释的焦急。

“陆询？怎么了？”

面对钱唯的疑问，陆询又恶狠狠看了一眼莫涛，才终于开了口：“我刚才在外面透透气，结果就看到你的男朋友，和这个女生在搂搂抱抱、卿卿我我。”他说完，又瞪了一眼莫涛拉着那女生的手，“真不晓得现在怎么有人劈腿都劈得这么正大光明不要脸。”

这下钱唯终于懂了……

“陆询，你听我解释，事情确实不是你看到的那样子。”

陆询挑了挑眉，并不买账：“怎么？你就那么爱他？都这样了，你还麻痹自己，不是我看到的样子？莫涛有什么好的？给你灌迷魂汤了？”

莫涛听了，当下就不乐意了：“什么叫我有什么好的！我好着呢！我哪里不好！”

“哎哎哎，你俩都静静！”钱唯一个头两个大，“你们都别说话，听我说。”她把头转向陆询，“莫涛他不是我男朋友！”

陆询有些惊讶：“分手了？”

“没没！”钱唯解释道，“我俩其实从来就没在一起过！”

这件事说来话长，几个人在大礼堂里拉拉扯扯也不是个事儿，最后一合计，找了学校附近的一家咖啡馆坐下，钱唯颠来倒去讲了一刻钟，才终于把自己和莫涛的事都解释清楚了。

“所以吧，我和莫涛没什么关系，莫涛也真没劈腿，给你们造成误解真是太对不起了。”

莫涛这下气也终于消了，他看了一眼陆询：“你听到了吧？我可真不是那种下三烂的人。我心里就一直只喜欢笑笑，幸好今天解释清楚了，不然我这么辛苦才追到的女朋友，没准就因为这误会以为我劈腿呢！”

莫涛的邻家小姐姐笑笑也有些不好意思，她的脸有些微红：“差点误会你，是我不好，不够信任你。”

陆询听完了原委，也终于放下了刚才那种强硬的态度，但语气还有些硬邦邦的：“对不起，不知道你们两个会假装情侣。”

钱唯见两人气氛终于开始缓和，也松了一口气。虽然这么乌龙一场，但她内心很有些感动，陆询这个人一向非常护短，以前工作的时候也是，自己和其余同事偶尔会遇到那些态度很差的客户，陆询都是二话不说就把客户怼回去的，从不会要求员工为了什么大局隐忍和牺牲自己。有次一个实习生小姑娘被一家长期法律顾问单位的经理骚扰，陆询也是直接帮实习生讨回了公道。这次他以为莫涛劈腿，为了帮她出气直接就打了莫涛，钱唯更是觉得陆询这人人品实在不错。

莫涛急着和他的笑笑两人世界，几个人澄清了误会后，他也无心逗留，赶紧拉上女友就你侬我侬去了。

莫涛走后，钱唯又加了几个菜，陆询这次的行为实在太讲义气了，虽然莫涛的事是乌龙一场，但无论如何，这份情谊，钱唯还是要感谢的。

钱唯喝了点啤酒，身上有点热，心里也有点热：“陆询，我发现你这个人真的挺好。”

陆询因为这句夸赞，微微愣了愣后就有些不自然，看起来还是想努力端着矜持的架子，但偏偏能看出人是高兴的，他的耳朵又微微泛红起来。

“不过啊，你当时打他也有点冲动了。”钱唯拍了拍他的肩膀，“你好歹也是学法律的，万一莫涛咬死了不放，要报警要闹大，就很麻烦了。”

结果陆询挺不买账，他挑了挑眉：“有什么麻烦的？”

“之前那次落水，你不是让我万事先想想自己，再想别人吗？”钱唯看了他一眼，“你关键时刻也先想想自己啊。”

“我自己好得很。”陆询哼了一声，“倒是你，不知道你怎么想的，去和莫涛假装情侣，他很好吗？至于找他吗？丢份！”

看着陆询愤愤的神色，钱唯没敢接嘴，其实莫涛人挺不错的，长相、气质、学识都相当出色，在学校也是排得上号的帅哥了，陆询这家伙怕是因为被莫梓心拒绝了，所以“恨屋及乌”了吧，钱唯想，她还是别刺激一个失恋的心碎男子了……

然而陆询的心情看起来还是不错，因为钱唯发现，他的胃口非常不错。

“那你现在等于是单身？”回宿舍的路上，陆询没来由地冒出一句。

钱唯下意识地点了点头：“怎么了？”

“没什么，我就是好奇问问，你难道没想谈恋爱吗？看到别人成双成对不会羡慕吗？”

“没有啊。”钱唯不假思索道，“完全不会啊。”

说实话，单身久了，人好像就容易习惯这种状态，也不再会有迫切想要改变现状、想要去谈恋爱的冲动。上辈子她虽然也一路单身到28岁，然而除了恋爱，她生活里其余部分一直很充实，小日子过得也挺有滋有味，家人朋友都在身边，并没有那种一定要为了谈恋爱而谈恋爱的欲望。她从没觉得没谈过恋爱就人生不完整，只觉得爱情这东西，缘分到了自然就水到渠成了，但如果这缘分一直没来，那自己也不会焦虑不安。总的来说，她并没有什么去改变单身状态的积极性，因为如今的生活就足够安逸愉悦了。

“说实话，我觉得除非是那个人特别特别好，我特别特别喜欢，否则我都不会去轻易谈恋爱，因为现在的状态就很好，每天所有时间都是自己支配的，想干什么就干什么，完全不需要顾忌第二个人，但是谈了恋爱就不一样，你总得约会吧，这样每天就浪费好多时间。”钱唯想了想，“而且两个人在一起，不论多默契，总有个磨合的过程，总有吵架心情差的时候，总有观点不一致的时候，没准还要分手，这样平白多出好多烦恼，可能还要流眼泪啊伤心难过的，根本没有我现在这样潇洒啊！”钱唯说完，拍了拍陆询的肩膀，“所以说，其实单身也有单身的精彩，珍惜你现在的单身生活吧！”

陆询沉默了片刻，才抬头道：“那你喜欢什么类型的？”他咳了咳，“我指的是，什么类型的才会让你愿意走出安全环境去尝试一下谈恋爱？”陆询的声音有点不自然，“你是对长相特别挑剔还是对别的要求特别高？”

“我是个讲究内涵的人，说实话我对长相外表什么倒是没那么看重，只要看着顺眼就行，重要的还是心灵啊。就我之前说过的，我希望我未来男朋友，一定要懂事识大体啊，最烦有些男的，占有欲过剩，然后动不动就吃醋的，吃醋这种事，太幼稚了，一点不成熟。”

“……”

钱唯想了想，又补充道：“而且嘴要甜，会哄人，温柔，不能凶我，还要能上得厅堂下得厨房。”她摸了摸下巴，“做饭这个一定得会，我的梦想就是当我失落痛苦的时候，我的男朋友能给我做一桌子色香味俱全的饭菜。哦，还有，拍照也得好看，能每时每刻把我拍美了。最好人能幽默点，很会活跃气氛的那种，还要会赚钱，又大方，但不能大男子主义……”

“还有什么要求吗？”不知道是不是错觉，陆询的脸色不怎么好看。

“就一定要追我，最好追几个月那种，先让他求而不得几个月。”

陆询大概有点惊到了，他连声音都拉高了不少，一脸三观炸裂：“为什么一定要追几个月？还要求而不得？你为什么要这样吊着人家？”

钱唯有些莫名其妙，但想了想，也释然了，八成是陆询苦追了莫梓心几个月却宣告破灭，现在对这种要让男生追几个月的女生，就未免有些仇视。

“我就想享受下被人热烈爱慕追求的感觉不行吗？”她眨了眨眼，“你没听过吗？每个女生都有个公主梦啊，我也会幻想自己被人众星捧月地追求啊，我也想体会下那种被人爱得死去活来非我不可的感觉啊。”钱唯想了想，又补充道，“而且吧，你们男的不都有这种心态吗，就是太容易得手的东西就不知道珍惜，而往往苦追几个月甚至几年的，就会奉为心中的女神。比较难追到手的，感情也会比较好。”

“等等，你不是说过，你就是那种别人一表白说喜欢你，你就不喜欢对方的人吗？那还怎么追你几个月？”

“这个啊，”钱唯顿了顿，“这倒是啊……这可怎么办啊，有点矛盾啊。难道我注定要孤老终生？不过也不一定啊，没准有人会是特例呢，比如表白了我也不会不喜欢他，然后他再狂追我几个月，我就答应他。”

陆询看起来忍了忍自己的情绪：“你就那么喜欢那种浮夸的追求方式？当众表白那种？”

“不啊，我不喜欢那种大庭广众之下表白或者特别夸张的表白方式，我觉得那样当着一堆人的面很尴尬的，感情这种事还是要私下来吧，我比较喜欢老一代那种比较怀旧的恋爱和追求模式，细水长流、天长日久那种。”

陆询的表情很凝重：“所以你还有什么别的要求？”

钱唯摇了摇头：“暂时就这些吧，以后想到再补充。”她好奇地看了一眼陆询，“你问这些干吗？”

陆询撇开了眼神：“我看你恢复单身，想着要是有合适的人选，我就帮你留意一下。”

“哦……谢谢啦！”钱唯想，看来我撮合他和莫梓心，虽然没成功，但这份情谊他还是记在心里的，这不，给我投桃报李还想着介绍对象了吗？

“你……”

“钱唯！”

陆询刚又想开口，可话还没说完，刘诗韵的大嗓门就从天而降。钱唯循着声音一回头，才看到刘诗韵正风风火火朝自己跑来。

因为跑得急，她整个人还气喘吁吁的：“可算找着你了。刚才演讲比赛结束也不知道你们几个就跑哪儿去了，我这儿正有事要找你呢。”

钱唯一头雾水：“什么事？”

刘诗韵挤眉弄眼地看了一眼陆询：“Girls’ talk（女孩之间的话），等待会儿回了宿舍和你说。”

陆询当然懂刘诗韵的潜台词，他朝刘诗韵点了点头，准备离开。

钱唯叫住了他：“哎，对了，陆询你刚才要和我说啥啊？”

陆询只抿了抿嘴唇：“没什么。”

钱唯跟着刘诗韵回了宿舍，屁股还没坐热，刘诗韵就谄媚地给她倒了杯水，那样子特别狗腿。

“说吧，是要我帮你什么忙？”

刘诗韵这次难得地竟然有些扭捏：“那个，其实是这样的，明晚我们院和隔壁A工大建筑系有次联谊会，是我们院学生会组织的，据说A工大建筑系好几个男生都挺帅的，我就有点想参加……”

“你要我陪你一起去吗？”

刘诗韵点了点头：“我刚都听说了，你和莫涛那不是在谈恋爱，你也和我一样是单身，这种高质量的联谊会，你就和我一起去吧，没准还真能遇见真命天子呢！”

“我们还处在社会主义初级阶段，我无心恋爱，得继续建设社会主义。”

“这就是你的不对了啊，钱唯！正因为我们处在社会主义初级阶段，才更应该谈恋爱！建设社会主义靠什么？新鲜的劳动力啊！你没听过一句话啊，人人都不恋爱，负生育率，我们都要进入老龄社会了！”刘诗韵说完，跳过来搂住了钱唯的肩膀，“当然，你要坚持不肯恋爱，就更应该陪我去了！我一个人参加这种活动，万一到时候没男生理我，又没有其余同伴，多尴尬。你要去了，万一没人理我，我还有个你陪着，而且你对这种活动没兴趣，万一我看上哪个男的，你也不会和我竞争，最后上演什么闺密成仇敌的狗血戏份！”

刘诗韵见钱唯还是不怎么动心，只能使出撒手锏：“这样吧，我忍痛，送你一张我家连锁酒店的年卡！以后你就是我们连锁酒店的VVIP客户，房随便开！打三折！我家连锁酒店现在在国外也并购了几家当地酒店了，你以后要上哪儿旅游都能住啊!”

“成交！”

“穿粉色的裙子会不会显得人比较可爱一点？”

“还是说大红色更亮眼？给人的视觉冲击效果比较强？会给人留下更深的印象？”

“等等，蓝色系的知性风会不会更好？”

刘诗韵几乎把自己的裙子全部摆了出来，左试试右换换，来回问了钱唯好几次意见，最终才决定穿一条白色的长裙。

“你呢，你穿什么去？”

“我？”钱唯指了指挂在衣架上那件黑乌鸦般的外套，“当然就穿它啦。”

“这也太丑了！”刘诗韵很不能接受，“来来来，我给你选衣服。”

“你懂什么？我穿得足够丑，才能衬托你的美，才能让你所向披靡！”

“这么说也挺有道理……”

这次的联谊会比钱唯想象的好玩不少，不是想象里那种流于形式的联谊模式，主办方匠心独运地准备了不少互动环节，气氛和节奏都把握得相当不错。

刘诗韵今晚特地精心打扮过，还画了个淡妆，她身材高挑，皮肤白皙，白色长裙彰显气质，此刻光是站在一边，就吸引了不少目光。这目光里，自然也包括了全场最显眼的那位男生的。

“他叫唐律，A工大建筑系的颜值担当，还是校游泳队的，倒三角身材，八块腹肌大长腿，身材好到简直让人想犯罪……是我们学校帅哥榜上前10名，我还研究过他的兴趣爱好……哇，他怎么朝着我们走过来了？是朝着我们走过来了吧？我都有点紧张了，哎哎哎，有点想尿尿……我一紧张就想尿尿……”

刘诗韵刚压低声音嘀嘀咕咕了一阵，那男生就真的越走越近，最后真的停在了钱唯和她的面前。

那个叫唐律的男生眉眼挺温柔，走近了，钱唯才发现他真的十分高大，估摸着和钱川个子差不多高，站在自己和刘诗韵面前都能投下一片阴影。

“本来是被朋友拉着来参加这次活动的，觉得八成会很无聊，但现在觉得是真的来对了。”他朝刘诗韵笑笑，有些腼腆的模样，“忘了自我介绍，我叫唐律，A工大建筑学院大三的学生。”

刚才还紧张得想尿尿的刘诗韵一秒变淑女，她用手轻轻掩了掩嘴角，样子有些矜持和含蓄，声音更是像戴了变音器一般柔美：“唐律你好呀，我叫刘诗韵，是A大法学院大二的。”她说完，还害羞般地低下了头，一副不敢直视对方的模样，“其实我也是第一次来参加这种活动，而且挺巧的，我也是拗不过我好朋友才陪她来的。”她说完，温柔又带了点无奈般地看了一眼钱唯。

钱唯蒙了，这位朋友，这个剧情发展，好像和咱们说好的不太一致啊？

唐律下意识看了钱唯一眼，两个人也互相介绍认识了下，但钱唯看得出，唐律的心思和眼神都明显在刘诗韵身上，他的问题都围绕着刘诗韵。

“你平时要是晚上没参加这种活动的话都会干什么呀？”

刘诗韵又捂着嘴轻轻笑了：“我呀，平时晚上我都会练字帖，有时候还会手抄《金刚经》，写着写着就觉得心境会变得很安宁，心态会变得很平和，觉得这样挺修身养性的。不写字的时候我会看看书，什么《瓦尔登湖》这种，也都能让我觉得心境很开阔，偶尔还会听听音乐之类的。”

钱唯在心里默默怼她：明明你每晚在宿舍里看的是韩国那些综艺节目啊，还每每爆发出丧心病狂的笑声，请问哪里来的安宁平和的心态？

唐律对刘诗韵的回答却显然满意极了，他的脸上露出淡淡的赞赏：“你喜欢听什么类型的音乐？”

“我喜欢听钢琴这类古典乐器的，其实不太听流行音乐，总觉得流行音乐有点浮躁。”

可去你的吧！钱唯心想，你哪里喜欢听古典乐，你喜欢的不就是大众口水歌吗？

唐律这下脸上的惊喜都完全不掩盖了：“真的好巧，我也喜欢听古典乐，你最喜欢谁的钢琴曲？”

“我私心里最喜欢肖邦，但巴赫和莫扎特我也挺喜欢的。”

听到这里，钱唯已经无力吐槽，她很怀疑，刘诗韵到底听没听完过完整一首钢琴曲……

然而这下原本还多少有些拘束的唐律彻底放开来：“我也喜欢肖邦！对了，下周末你知道William D.T会来我们A市开钢琴独奏会吗？他这次演奏的曲目好多是肖邦的！你买票了吗？”

刘诗韵愣了愣，然而很快反应过来，脸上露出遗憾的表情：“票太难抢了，我没买到呢，好可惜。”

“我买到了！我爸爸认识主办方的人，我再帮你去抢一张，下周末你有空吗？有空我请你一起去呀！”大概厚此薄彼实在不好，唐律转头终于想起了钱唯，“钱唯呢，有兴趣有空一起来吗？票不是问题。”

钱唯连连摆手：“不不，我没空，你们去吧！”

笑话！钱唯去的话，会坐在演奏会场里睡着的！

然而唐律和刘诗韵两人还在继续热火朝天地聊着古典乐，唐律还挺顾及钱唯的情绪，不时地让钱唯也有机会发表自己的观点，然而钱唯心里只想说，求求你，放过我吧……我真的对古典乐一毛钱兴趣也没有啊！

情趣高雅起来真叫人害怕啊！

最终，钱唯终于忍无可忍了：“那个，唐律同学，你们先聊！我刚才看到那边有个不错的男生很对我的口味，我想去认识一下！我先走了！”钱唯一边说着，一边随手指了个方向。她心想，我已经受不了和你们一起讨论巴赫、莫扎特了好吗！

唐律愣了愣，随即就朝她笑着点了点头，他现在眼里都是刘诗韵，心里八成恨不得钱唯这个大电灯泡赶紧自己走。

离开了唐律和刘诗韵，钱唯也乐得清闲。这次联谊会采用的是冷餐的模式，钱唯索性走到了餐桌边，拿了个餐盘就开始大快朵颐。

“你好，我叫吴俊。”

正当钱唯吃得正欢的时候，有个男声在她的身后响了起来。

钱唯回头，才看到来人，是个一米七左右的男生，戴着一副啤酒瓶底般厚实的眼镜，那眼镜片常年没擦，边界还糊着一点可疑的油光，迷迷蒙蒙的一片。钱唯甚至都看不清对方眼镜片下面的眼神，当然，最显眼的还是他的一对招风耳，实在是太显眼了。

“啊？你好，我叫钱唯。”

那男生颇为矜持地点了点头：“既然今天是联谊会，我就开门见山了，因为我这个人不喜欢浪费时间，对于一切，我都喜欢高效率。既然我们要谈恋爱，我也不喜欢拐弯，我就明确地告诉你吧，我比较喜欢那种温柔大方的女孩子，会做家务，最重要的是要孝顺，我妈把我拉扯大不容易，希望你是比较照顾人的那种女生。另外，我喜欢女生有点事业心，不要全靠着男生，没有自己的灵魂和主见，但是我不喜欢那种事业心太过的女生，女生最好还是做做公务员啊老师啊这种稳定的工作，既体面，收入也还行，平时工作压力不大还能顾家。”

钱唯一时之间有些摸不着头脑：“这个……请问这个和我……和我有什么关系啊？”

吴俊推了推眼镜：“你不用再假装了，我刚才都听到了，我知道你心里对我有想法。”

钱唯一脸蒙了的表情。

吴俊歪了歪嘴，邪魅一笑，语气里充满了一种“你懂我懂大家懂”：“我刚才，就在那个方向。”他说完，用手指了指左边的一个角落，“那里，刚才只有我一个人。”

钱唯顺着他指的方向一看，差点快晕厥过去，那就是刚才她为了摆脱唐律和刘诗韵随口胡诌乱指的方向……

钱唯心里直犯嘀咕，我刚才明明说得很小声哪，她看了一眼对方那对显眼的招风耳，难道耳朵大真的听力比较好？

“你不用害羞，我这个人也不喜欢套路，你这样直来直去表达对我的好感，我很欣赏。”吴俊笑笑，满脸了然，“我觉得我们挺合适的，可以交往看看。”

钱唯吓得连连摆手：“不不，你搞错了，我没有想谈恋爱，我也不觉得咱俩合适。我这个人特别不孝顺，而且我事业心也特别重,成天没什么别的爱好，就想着赚钱，你看吧，我这个姓氏就暗示了我这个人的一生，为了啥，为了钱！”

吴俊沉吟了片刻，就在钱唯以为他会知难而退之时，他又抬起头，仿佛做出了巨大牺牲般的模样：“没事，我相信你，只要你对我有那份喜欢，是能为我做出改变的，我愿意给你时间慢慢变成我喜欢的样子。”

钱唯都急了，这都是什么跟什么啊！这位朋友，你喜欢我哪里，我改还不行吗？

“不行，我真的变不成你喜欢的样子，我们还是互相放过吧，真的！”钱唯只能放出大杀器，自我贬低道，“我这个人缺点一大堆，我配不上你！”

可惜吴俊这家伙似乎完全沉浸在自己的世界里，他似乎很苦恼地思索了一阵，才终于抬起头道：“我知道你面对自己喜欢的人，会有点自卑情绪，我都理解，但人不能一直妄自菲薄，该努力的时候还是应该努力，没准就能突破自我了。”他说完，就掏出了手机，“那我们交换一下手机号码吧。”

钱唯哪里还敢纠缠，赶紧利索地找了个借口，飞也似的跑了。

“钱唯！等等我！”

就在钱唯徘徊在回宿舍路上之时，她听到了刘诗韵的声音。这次刘诗韵终于恢复了正常，不再是之前细声细语装腔作势的模样了，而是变回了一贯中气十足的大嗓门。

“你怎么也出来了？”钱唯有些不解，“我看你和唐律不是气氛很好吗？”

刘诗韵撩了撩头发：“半糖主义你听过没啊？刚开始暧昧或者交往的男女生，最忌讳的是什么？就是一直黏在一起啊！那不仅腻歪，而且彼此一下子失去神秘感了，这样的话会导致这段感情就像龙卷风，来得快去得也快。”她对钱唯眨了眨眼睛，“我对唐律说，我还有点事，得先走了，第一次，当然要吊着点胃口，让他对你意犹未尽啊。何况你没听过吗，优雅来自拒绝，一个来者不拒的女人，反而没有矜持拒绝别人的来得吸引人呢。”

钱唯促狭地笑笑：“刘诗韵，别用这些来包装你自己了，我今天才认识你吗？你不就是憋着装淑女装不下去了吗？”

刘诗韵长吁了一口气，拍了拍钱唯的肩膀：“知我者，钱唯也！可真是憋死我了！你一走，我赶紧也找了个借口先出来透透气！”

钱唯有些同情：“你这是何苦啊，为什么不直接展示真实的你啊，为啥要这样端着？”

刘诗韵白了她一眼：“这我就要批评你不懂行了。现在的男生吧，虽然嘴上说着喜欢直率的女生，但真的做决定的时候，两只脚都朝傻白甜跑去了！人家就喜欢那种弱柳扶风一吹就倒，情趣高雅到仿佛不食人间烟火的女生！我们这种大大咧咧大嗓门的，人家只想做哥们儿，不会想和我们谈恋爱的！因为我们一点都不女神！”

“不至于吧。”钱唯挣扎道，“我觉得还是会有人重口味喜欢我们的。”

“是啊！肯定会有人喜欢我们，但喜欢重口味的，也是重口味啊！”

钱唯想起刚才那个招风耳朋友，一时之间竟然无法反驳。

“钱唯！”正当刘诗韵和钱唯热火朝天讨论之时，钱川的声音在她俩背后响了起来，他听起来有点气喘吁吁，像是刚跑过，“可找着你了。”

结果他来到两人面前，一看两人这打扮，没忍住：“哎，你们这个打扮……一黑一白的，我就问问今晚你们是想带走谁？”

刘诗韵炸了：“你才黑白无常！你这个破嘴是怎么找到女朋友的！我们这是经典，黑白的经典，你懂个屁！”

钱唯赶紧拦下了刘诗韵，她拍了拍对方的背，然后看向钱川：“你不是在找我吗？什么事啊？”

钱川一拍脑门，脸上露出些烦闷：“我被人骚扰跟踪了！”

钱唯有些担心：“啊？要不要报警啊！你这是惹了什么事啊！”

“我这么讲究四美五好的优秀青年，怎么可能惹事啊！我这还不是太优秀太耀眼了，才惹出这档子事！”钱川叹了口气，“也不知道咋的，我最近烂桃花特别多，上次晚上在学校里夜跑，正好遇上个女生被人抢了包，我就见义勇为给她追了回来，结果她就这么盯上我了，一发不可收拾！这女的不知道上哪儿打听到我的联系方式和日程表，现在每天都跟着我，就和追星那种私生饭似的，我在哪儿，她就在哪儿。我昨天为了躲她，在男厕所里躲了一个小时！差点臭晕厥！”

刘诗韵撇了撇嘴：“当代女大学生真的品位堪忧啊！对你，竟然还有人这么奋起直追，钱川，你说出来真的不是炫耀？”

“你要见到她什么样，你就不会这么说了。”钱川的表情有些悲壮，“目测还有10秒她就要抵达战场了。”

钱唯还没反应过来，就听到一个声若洪钟的声音传来。

“男神！”

钱唯循着这声音一看，终于理解了钱川的苦痛和烦闷……

这声音的主人，是个目测能有200斤的胖姑娘，她此刻奋力朝着钱川跑来，然而因为体重基数大，连钱唯看着都替她觉得吃力……

“男神！你为什么刚才跑那么快啊，我都快追不上你了。”她终于到了钱川面前，脸上红扑扑肉嘟嘟的，“就，晚上能不能和我一起吃饭啊？”

钱川苦着一张脸：“李琳琳，我真的有女朋友了，你别这样。”

“没关系，我不在乎，我爱你，与你无关，你有女朋友是你的事。你没空和我吃饭也没事，你吃饭，就让我在旁边静静地看着就行，那样我就觉得很幸福了。”

钱川都快哭出来了，他显然想不出什么对策，只能遁走：“我突然想起来我还有点事，我先走了！”

刚一说完，他就拿出他百米赛跑时冲刺的速度，就这么在钱唯面前跑没影了……

李琳琳愣了愣，之后也朝着钱川的方向跟了过去。只留下钱唯和刘诗韵目瞪口呆。

虽然钱唯对刘诗韵那个泡男人的办法嗤之以鼻，但不得不承认，这方法还挺有用。钱唯和刘诗韵刚走回宿舍，唐律就把刘诗韵约出了门。刘诗韵面对唐律的约会短信，在宿舍里叉腰狂笑了足足5分钟，下楼的时候却又变成了说话温柔、眼神羞涩的纯情少女。反差之大，演技之精湛，让钱唯觉得中国的演艺圈没挖掘她绝对是一项重大损失。

而钱唯刚回宿舍坐下没多久，竟然就收到了陆询的电话。

“钱唯，你周末有没有空？”陆询的声音听起来有点生硬。

“这周末啊？这周末没空哎。”钱唯有点好奇，“你是有什么事吗？你先告诉我，我看看我能帮忙不。”

陆询不自然地咳了咳：“没什么事，就是想请你吃个饭，你周末有什么事？”

“我妈妈周六生日，我这周末和钱川回家给她过生日。”钱唯就是A市人，回家一趟非常方便，“我挺久没回家了，所以这周末都住家里，今天周五下午只有一节公共课，我准备逃课了就直接回家。”

“哦。”不知道是不是钱唯的错觉，陆询的声音听起来竟然有一点失落。

钱唯觉得陆询八成是心里有什么事，否则他不至于这样，绝对不是请吃个饭那么简单的事。

“你有什么急事吗？要不我可以下午留在学校，晚上再回家？”

陆询的声音还是有点生硬：“没急事，就是有点事想和你说，不过晚点说也没事。”

“那好吧，你等我周日晚上回学校。”钱唯抓了抓头，“不过刚才我们见面时候你怎么不说啊，还特意打个电话。”

“我忘了不行吗？”陆询的声音有点气鼓鼓的，“我挂了。”

钱唯挂了电话，还有点摸不着头脑，陆询到底想找自己说什么，不过钱川来了以后，她就把这档子事忘了。

“钱唯，蛋糕我已经订好啦，你有什么东西要带回家吗？我来帮你拎。”

钱唯看着眼前帮她把大包小包提起来的钱川，还是忍不住感慨，有个弟弟就是好啊。

然而今天的钱川不同于以往，他有些鬼鬼祟祟的，不断催促着钱唯赶紧和自己一起走。今天天气挺热的，他竟然还围了条围巾，把大半张脸都遮起来了，这装扮实在很怪异，钱唯和他走在一起，都能感受到路上行人的目光。

“你是不是生病了？这天这么热……”钱唯说着就想把围巾扯了。

结果受到了钱川的竭力抵抗，他崩溃道：“你不懂，我好不容易才甩开李琳琳，我真是怕了她！她现在不停给我发短信表白，你能想象吗？一个小时里，我就收到了四十多条短信！我真的是第一次遇到这种事，原来被人追也充满了危险！有时候人太优秀了真的是一种烦恼啊！”

好不容易上了车，钱川一看危机解除，终于解开了自己的围巾：“对了，除了李琳琳，我最近还有个很困扰的事。”

“啊？”

“就你们学院那个陆询啊。”钱川顿了顿，压低声音道，“说出来可能你不相信，但是我觉得他最近看我的眼神，有点怪怪的。”

钱唯吃惊地看着钱川。

“他原本见了我不是每次都鼻孔长在头顶的那副模样吗，都不带正眼看我的，整个人就藐视人类的那个德行。我之前和他打招呼，他也都爱理不理的，反正就给人感觉挺欠打的。结果你知道吗，好像从上周开始，他对我的态度突然360度大转弯了，让我完全猝不及防，他就突然和换了个人似的，竟然每次见到我都主动和我打招呼了！前几天我们一起打篮球，然后，我有时候猛一抬头，好几次都发现他若有所思地在看我，我就多留个心眼，然后就发现，真的啊！不是我的错觉，他最近真的很关注我！甚至主动来问我要了电话号码！有时候还会对我笑！这样搞得我真的很害怕啊！”

钱唯有些不明所以：“你害怕什么啊？人家对你友善还不行了？”

钱川反应很激烈：“你不懂，你不懂，陆询这个人，不可能无缘无故就对人态度这么大转变的，我现在有一种不好的预感。”钱川顿了顿，“你要给我保密啊，我偷偷告诉你，我觉得他看上我了！”

钱唯完全反应不过来。

“真的！”钱川信誓旦旦，“你看吧，这么一想，一切就有迹可循了，过去很多事都解释得清楚了。我甚至怀疑他跟我竞争梓心，都只是为了引起我兴趣的套路！因为梓心，我确实也连带着关注了不少陆询的事，他不就是想这样吗？想得到我的目光！平时对我爱理不理也是为了掩盖他的真实情感，毕竟那种惊世骇俗的感情，流露出来我肯定会吓跑的啊！”

“不可能啊……”

“你听我给你分析。”然而钱川显然也观察了陆询一段时间，他举了好几个例子，最终竟然连钱唯也变得半信半疑起来。

“说实在的，我现在都突然有点同情陆询了，毕竟我不可能回应他，他注定只能拥有一段求而不得的单相思了。”钱川叹了口气，他摸了摸自己的脸，“你说我长得就有这么惊艳？不仅吸引女的，连男人都逃不开我的致命诱惑？”

钱唯在心里说：钱川，我觉得你还是想多了吧……

不管怎样，钱唯就这么一路听着钱川各种自恋的话回到了家。钱妈妈已经准备好了一桌的饭菜，一家四口其乐融融地吃了晚饭，饭后钱唯洗了碗收拾了桌面，钱川则帮着把家里的地板拖了拖，钱爸爸和钱妈妈就乐得清闲坐着看起了电视剧。

忙完了家务，钱川赶紧找了个理由躲进了自己卧室。钱唯看他迫不及待拿出手机的架势就知道他是要联系莫梓心了，这小子目前还在热恋期，每天都“一日不见如隔三秋”似的。

钱唯收拾好后本来想再去整理下书柜，然而她刚准备动手，就接到了刘诗韵的电话。

“钱唯！我，我有个消息要和你第一时间分享！”刘诗韵的声音还是一如既往地洪亮，这次带着一丝含羞带怯已是非常难得，“我脱单啦！”

钱唯有些意外，但也觉得在情理之中，她由衷地为刘诗韵高兴：“恭喜恭喜，唐律表白了？”

刘诗韵嘿嘿笑笑：“是啊，就刚才晚上一起吃完饭散步嘛，他就突然过来牵了我的手，对我说很喜欢我，我完全就是他的梦中理想女友。”从刘诗韵的语气就能听出她还完全沉浸在爱河里，“说实话，唐律真的好帅啊，每次看他的脸，我就觉得很下饭，我真是第一次理解了秀色可餐这个词的意思，感觉自己赚翻了，哈哈哈哈。”

钱唯听着刘诗韵分享着她的小心事和小快乐，光是这样她也觉得特别美好，少女这样忐忑又小鹿乱撞的心境，一生能有多少次呀！两个人又聊了些别的，结果话还没说完，刘诗韵那边唐律的电话就打进来了，钱唯赶紧和刘诗韵打了个招呼就拜拜了，不打扰她谈情说爱。

挂了电话的钱唯躺在床上，她的卧室有一大片落地飘窗，此刻没有拉上窗帘，直接就能看到这个城市的上空。钱唯家坐落在老城区，相对来说，小区很安静，周边也没有太多的高楼，她头顶的夜空里没有那么多城市灯光的污染，还是静谧幽蓝的模样，甚至还能看清错落的星点。

钱川脱单了。莫涛脱单了。刘诗韵也脱单了。

不管是多亲密的朋友和亲人，谈恋爱以后，总是会花费更多的精力和恋人在一起，无可厚非的人之常情，但这一刻，被留下的钱唯孤家寡人，竟然也忍不住有些寂寞了。

没来由地，就想到了陆询。钱唯拿出手机，翻了翻通讯录，眼睛定格在“陆询”两个字上，鬼使神差地，这一刻她竟然有点想念陆询。

她又翻了翻通话往来记录，才惊愕地发现，自己这一个月来大部分通话记录竟然都来自陆询。

这个时候，陆询在干什么呢？在打球吗？还是在宿舍里睡觉？还是去哪里散步了？

钱唯突然意识到自己竟然真的很想知道陆询的动态，她甚至有点想念陆询的声音。

如此胡思乱想了很久，钱唯就这么躺着迷迷糊糊睡着了，半睡半醒间她仿佛听到手机铃响，然而惺忪着拿起来一看，并没有来电。

没有陆询的来电。

不知道为什么，钱唯就有那么点失落。

这一夜睡得也不踏实，钱唯做了个梦，梦里场景七零八落，毫无逻辑可言。她只记得自己参加了一场婚礼，婚礼场面宏大，宾客拼命鼓掌，然后新郎出现了，她看到对方的脸，她竟然是在参加陆询的婚礼。新娘蒙着白纱出场，她努力想看清新娘的脸，然而那层白纱就像是蒙在对方脸上的一层白雾，怎么也看不真切……

这一觉明明睡了10个小时，然而醒来的钱唯心情有点复杂，她深吸了一口气，给自己做着心理建设，虽然陆询现在是单身，但他早晚也会脱单的啊。他那么优秀，是站在金字塔顶的人，不是莫梓心也会有别人，自己跟着失落什么劲？

相比钱唯，钱川显得红光满面，一大早，他就献宝似的拿出了自己的礼物。钱唯也拿出了自己给钱妈妈准备的礼物，她很快调整好了心情，开始洗菜，今天钱妈妈生日，钱唯和钱川准备大展身手给妈妈做一顿爱心午餐。

丁零零。

钱川一听到门铃声就冲到了门口："是不是我订的蛋糕送来啦？"

"是蛋糕吗？"钱唯一边处理手里的菜一边探头问。

"不是！"钱川手里没有捧着蛋糕盒子，而是捧着一束非常漂亮的鲜花，他看了一眼钱唯，"你给妈妈订了花？"

钱唯也有些疑惑："没有啊！"

"那谁送的？老爸？"钱川抓了抓头，"不应该啊，老爸没那么浪漫，他都直接给妈妈包红包……"他一边说着一边观察了一下这捧花，然后终于找到了玄机，"哎，这儿有卡片！还有一封信！"

"送给美丽的阿姨，祝您生日快乐！"钱川念完，还是百思不得其解，接着打开了那封信。

结果钱唯还没来得及走过去，就听到钱川哀号了一声。

"李琳琳能不能放过我！"他捧着头，相当头痛的模样，"她竟然追踪到了我们家的地址，还打听到妈妈生日，想着来讨好！我都拒绝她了，她怎么就不听啊，还给我写表白信！这种女的太可怕了！"

等钱唯洗好手从厨房里出来的时候，钱川已经如丢烫手山芋一样把那封信避之不及般地丢到了一边去。钱唯有些好奇地走过去想看一眼，马上被满脸苦痛的钱川制止了。

"别看！为了你的安全考虑！"

钱唯蒙在那里。

钱川一脸沉痛："写得太肉麻了，我就扫了几眼，鸡皮疙瘩都起来了。什么'本想等周一你回学校了当面和你说，可我高估了我自己，喜欢你喜欢到一天也等不及'，还有'虽然我可能并不是你喜欢的类型，但为了你，我愿意努力变成你喜欢的模样'……"钱川摸了摸胸口，"而且让我意想不到，李琳琳这家伙竟然挺自恋的，还说什么'你是唯一一个也是最后一个我主动追的人'，这也太假了！我明明听说她倒追了十来号人了！不过钱唯，说实话，李琳琳这么搞，我真是有点害怕啊，她这表白信看起来完全是不追到我誓不罢休的姿态啊，而且难道她真的为了我要去减肥啊？还说要变成我喜欢的样子，我有种不好的预感，我觉得她这次是来真的了，我可能和她说不通了……”钱川紧紧攥着信，眉头紧锁，“我以前真的从没想过被人喜欢竟然也会是一种负担，这可怎么办？”

“你清楚直白地拒绝过她了吧？”

钱川点了点头。

“那就行了，你表态过了，之后你要做的就是冷处理，别回应，就当没收到这封信就行了。”钱唯拍了拍钱川的肩膀，“你放心吧，再深沉的爱，也经不住这打击的。”

钱唯说完，才转身继续回厨房，只留钱川继续站在客厅里嘀咕。

“不过还别说，李琳琳的字竟然挺好看的，她本身性格软绵绵的，字竟然很硬气，比我写的还硬朗，我是不是得练练字了？至少练个签名什么的，没准以后走红了还有用……”

钱唯心想，你还是省省心吧，这想得也太多了。

钱川订的生日蛋糕正好在中饭前送到，一家人和和美美地为钱妈妈庆了生。下午的时候，钱唯和钱川就陪着爸爸妈妈一起去了家附近新开的商场。钱唯之前靠着打工小赚了一笔，这次挺大手笔地给爸妈都买了不少礼物。购物结束后一家人又看了个搞笑电影，一天有些忙碌但也相当充实。

晚上回家后，钱唯又收到了刘诗韵的电话，她和唐律正式交往以后，周末就自然而然腻歪在一起了。

“他带我去听了那个钢琴演奏嘛，其实我一听那个音乐就犯困，最后只好强忍着没睡，为了不露馅，我还特意在这个演奏会之前狂补了钢琴和古典乐知识，昨晚熬夜看到了两点。”刘诗韵感叹道，“我要高考时有这个拼劲，恐怕我现在都在清华北大了。”她有些娇羞，“不过谁叫唐律值得呢，他实在太完美了，让我感觉自己不努力补充这些高雅的知识，都配不上他！”

“哎，对了！”刘诗韵说完她的唐律，似乎终于想起什么事似的，“今天演奏会结束后我遇到莫梓心了，她竟然也喜欢钢琴，还懂挺多的。因为钱川回家给阿姨过生日，她就一个人来了，后来我就约她一起吃了个饭，正好有她在，偶尔我知识储备不够，摸不准应该怎么接话题的时候，有她在就不至于冷场。不过钱唯，还记不记得以前我们说过的话？”

“嗯？什么？”

“就是咱们以后都交了男友，要凑一桌四个人打麻将啊！”刘诗韵不无惋惜道，“至少来个四人约会什么的，平时出去逛街啊玩啊都比较热闹！结果我都脱单了，你的对象呢？连个影也没有！莫涛我本来瞧着不错，结果竟然是个幌子！”

“你确定唐律会打麻将？你牌品这么差，就算他会打，我看和你一起打完一局，他也要和你分手了！”

两个人又随便扯了些有的没的，钱唯才挂了电话。

一看时间，竟然也不早了，钱唯突然意识到，今天陆询依旧没有来电。

之前明明回家前陆询还特意打电话说要请自己吃个饭的，似乎是有什么事要商量的模样，钱唯拿着手机有些犹豫，但最终她还是没给陆询打电话，毕竟自己主动去找的话像提醒他请自己吃饭似的，这多不好。

然而明明这么劝慰自己了，钱唯还是时不时看着墙上的挂钟，看完挂钟，又下意识拿起手机看看有没有未接来电，可惜自己内心里等待的那个电话号码，一直没有亮起。

钱唯的这种行为大概重复的次数太多了，连钱川也意识到了她的不寻常。

“钱唯，你是不是最近也谈恋爱了？”

“啊？”

钱川朝着她努了努嘴：“你刚才10分钟里，看了6次手机。你知道你这行为完全就像是刚热恋的人吗？我刚谈恋爱时也是这样的，10分钟里看N次手机，如果没有对方的信息就会很失落，觉得好像被抛弃了，全世界都灰暗了，做什么都很烦躁很无精打采；要是正好收到对方的信息，哪怕就是一个表情，也会心里雀跃得不行，感觉世界又亮起来了。反正热恋初期就这样，恨不得和对方黏在一起，分开一会儿也想得要死要活的。”钱川精明地看了一眼钱唯，“莫涛那事我听说了，你不是人家真女朋友，所以说，现在你是在等谁的电话？我倒是要看看，谁那么有本事，让钢铁直男一样的你魂不守舍啊。”

钱唯下意识掩饰自己的情绪，反驳道：“你别胡说，我这是有要紧事，等电话呢。一边去一边去。”

钱川却很欠扁地没走开，他打量了钱唯几眼，表情突然变得颇为同情起来：“你完了，钱唯。”

“啊？”

钱川拍了拍她的肩膀：“我知道了，你确实没有陷入热恋，你这个状态，看起来应该是暗恋或者单相思。”

钱唯的心中莫名其妙地有些烦躁和不安：“你在说什么跟什么啊！”

“你这明显就是喜欢上了某个人却还不自知，自己都没意识到自己陷入暗恋了。”钱川一脸感情专家的表情，“你完了，你完了，谁先喜欢谁就注定是弱势啊，钱唯。”

钱唯辩解道：“你再乱说，我揍你了啊！”她嘟囔道，“就、就一个朋友，之前因为一点事一直每天都有联系的，这两天突然没联系就有点不习惯了而已。”

钱川没有再和钱唯争辩，因为莫梓心的电话来了，这家伙喜滋滋地跑一边煲电话粥去了。

然而他的话却让钱唯有些不安起来……

“让她发现你的优点，要让她习惯你在她身边出现，等她发现自己已经依赖你的时候，你再后撤。比如借故消失个两天，这两天里就不要主动了，她就会发现，啊，原来我非你不可，你不在浑身都觉得不自在……”

鬼使神差地，钱唯突然就想起了自己之前对陆询的那一番“谆谆教诲”。她想，这情况发展得有点不太对啊……怎么看怎么觉得之前自己传授给陆询的招数，都和现在对上了……

钱川的话也让她有些惊醒，她有些惴惴不安地想，自己怕不是有点喜欢陆询吧……

钱唯照了照镜子，拍了拍自己的脸：“钱唯啊钱唯，你现在的思想很不理智很危险啊……”

然而这一晚，陆询的电话没来，李崇文的倒是来了。

“钱唯，周日晚上有空吗？”李崇文的声音里带着难掩的快乐和难得的轻松，“我想请你吃个饭，之前一直是你请我吃饭，这次我刚发了打工的工资，说什么也要请你吃一顿回报。”李崇文顿了顿，又轻声笑了下，“最近真是好事连连，实在值得庆祝一下。”

“什么好事呀？”

“等你来了再一起告诉你。”

钱唯也笑了：“那行！”

两人约好了时间地点，钱唯特意挑了一家学校附近性价比不错、人均消费不高的家常菜馆。

周日的晚上，钱唯匆匆赶上了回学校的车，虽然各种掐着时间，但因为堵车，等她赶到那家家常菜馆的时候，离李崇文约好的时间已经过了5分钟。

李崇文挑了个靠窗的位置，钱唯走近的时候，他正低头看着菜单，见了钱唯，才抬起头来对她粲然一笑。

“我刚才先大致点了些菜，你看看你还有什么补充或者要替换的？”

钱唯拿过点餐单一看，有些惊讶：“你这点得也太多了吧！我们俩哪吃得下这么多啊。”

结果李崇文还没来得及回答，有一个熟悉的声音就插了进来：

“不止你们俩，还有我。”

钱唯下意识循着声音一看，更惊讶了：“陆询？你怎么也在？”

不知道是不是错觉，在暧昧的饭店灯光下，陆询的脸色看起来差极了。虽然他还是原来那副模样，刚才那句话措辞上也很正常，但钱唯总觉得他的语气充满了怨气。

对于钱唯下意识的提问，陆询显得脸色更差了：“哦，看来我是打扰你们了。”

然而虽然嘴上阴阳怪气地说着“打扰”，陆询却也没有就此不打扰，相反，他挺利索地往钱唯和李崇文中间的座位上一坐。

李崇文对钱唯笑笑：“我和你打电话的时候，陆询正好来我们宿舍串门，他听说我们要来这家餐馆挺激动的，就想一起来，他早就想来试试这家餐馆了，但一直没找到同好。”

钱唯有些狐疑地看了一眼陆询，没搞错吧？以她对陆询的了解，这家伙不论什么时候，都应该看不上这种家常菜小餐馆啊，难道年轻时候的他真的就这么接地气？

被探究的陆询没说话，只是喝着菊花茶，一杯接一杯的，还没点餐，这茶水就加了一次又一次，今天的陆询简直像一个大型水牛。

钱唯有些担心：“你怎么这么口渴啊？”

陆询瞥了她和李崇文一眼：“我上火，火气大，只能喝菊花茶败火。”

“哦……”钱唯眨了眨眼，“不过就算是水，也别一次性喝太多，肾脏负担会很大的，一个不巧，还会水中毒的。”

这句话不知道又怎么刺激到陆询了，他黑着脸：“我的肾好得很，不劳费心。”说完，就又举起茶杯，“咕咚咕咚”喝了好多菊花茶。

钱唯有些莫名其妙，今天的陆询这是怎么了？吃火药还是吃枪子了？这上火得果然挺严重啊！

最终钱唯决定先不理睬陆询，而是把脸转向了李崇文：“对了，你电话里不是说有好消息要和我分享吗？是什么呀？”

李崇文笑眯眯的：“我妹妹这次在学校的高考摸底测试中考得特别好。之前我鼓励她参加高中生科技竞赛，她还拿了个一等奖，不仅拿到了奖金，等寒假的时候还能代表学校去澳大利亚参加一次科技冬令营。按照她现在这个势头，高考没准也能考上我们A大当校友了。”他喝了口茶，“另外就是我之前做家教时教的学生名次也提高了百来名，我也挺开心的，总之都是好事连连，我妈身体最近也有了点起色，总觉得最近日子是越过越好了。”李崇文看了一眼钱唯，“说起来我总觉得你好像是我的幸运星之类的，好像自从遇见你，我的运气就变得挺好的。”

因为没有再不规律饮食，如今的李崇文脸色健康、眼神明亮，钱唯看着他的人生越来越好，慢慢步上正轨，只觉得由衷地高兴：“那可能我真的是个幸运之星，所以正好把我的幸运分你一半。”

这家家常菜馆上菜挺快，没一会儿菜就齐了，钱唯和李崇文聊完近况，又聊了聊别的。这个过程中，陆询一言不发，只是埋头吃饭，甚至看也没看钱唯和李崇文，钱唯看他那个样子，有些相信他确实是为了吃这家饭店的菜而来的。

李崇文刚吃了没多久，电话就响了，他抱歉地笑笑：“你们先吃，我去接个电话。”

结果李崇文前脚刚走，刚才一直沉默吃饭的陆询就开了口。

“还幸运之星。”他冷冷哼了声，“当代大学生怎么还相信封建迷信，命运掌握在自己手里，不掌握在虚无缥缈的运气手里。还运气分他一半，你怎么不分我一半？”

钱唯看了眼陆询：“不是你刚才教育我不要相信这些运气不运气的说法吗，你忘了法学生应该讲逻辑吗，既然不信运气，分给你干啥……”

陆询皱着眉头抿着嘴唇，气呼呼地看了一眼钱唯，没说话，只是拿起大杯菊花茶又“咕咚咕咚”狂灌了下去。

他喝完这一大杯，似乎心情才有所缓和，又看了一眼钱唯：“你就没有什么想要和我说的吗？”

“我？”钱唯指了指自己，“没有啊，我没什么要说的。”

结果这句话不知道又怎么触到了陆询的逆鳞，他好不容易被那一大杯菊花茶安抚下来的情绪，显然又炸了。钱唯总觉得，如果现在给陆询画个形象的话，他大概是吹气的河豚。

没一会儿，李崇文就回来了，而陆询则又灌起了菊花茶……

好在李崇文回来后，陆询也就开始闷头吃饭，三个人，气氛倒也算得上融洽缓和。

“对了，钱唯，以后不用给我送水果了。”李崇文突然想起来，“我现在做家教的那家人对我很好，每次去辅导他家孩子功课都给我准备老大一盘水果，不劳烦你再给我装好了切成片了。”他有些腼腆，“之前真的谢谢你了，还连续给我带了那么久的早饭。”

李崇文的话音刚落，陆询几乎就目眦欲裂地抬起了头，他看向李崇文，声音都拔高了几个度，连平时里那高雅出尘的劲头都不再维持了：“她给你送了很久早饭？”

李崇文点了点头：“是呀，钱唯说为了变相督促自己早起学习，就给我买早饭，作为回报，让我给她补习刑法就行。我一开始还以为她开玩笑，没想到她坚持了两个多月。”

陆询的表情很难看：“她还给你送切好片的水果？”

李崇文有些不好意思：“我在给钱川做英语家教，每次她都是让钱川带来的，说要尊师重道，其实我哪里算是什么严格意义上的老师呀，就是个业余的。”

钱唯心道不妙，陆询的表情让她很有危机感，没来由地就有些心虚，她努力想要岔开话题：“来来，吃点这个白斩鸡，真的很好吃啊！大家赶紧吃吧！”

结果陆询不仅不吃，还索性放下了筷子，他看了一眼钱唯，然后盯着李崇文：“她是不是给你送过菠萝？”

李崇文愣了愣，随即点了点头：“是有。”

“菠萝从发芽到成长，再到灿烂地盛开、结果都能心无旁骛，行者无疆，即使方寸之土，也要深入精髓，带着追求完美的信念，所以菠萝象征着完美无缺？”

李崇文有些意外：“哎？你怎么也知道？这是什么菠萝的广告词吗？是我太落伍了不知道？”

钱唯心想，让我死了吧……她怎么也想不到，陆询这个家伙把对法律条款过目不忘的本事，也运用到了平时的生活里，他竟然连自己这段随口胡诌的马屁词也记得一清二楚……

虽然说其实就算被撞破了自己一套说辞拍两个人马屁也没什么，但钱唯此刻在这种气氛里有点冷汗连连，陆询的表情太臭了，看起来像是要气爆炸了一样，让她觉得自己仿佛做了什么十恶不赦的事。

陆询一声不吭，恶狠狠地看了钱唯，然后又开始猛灌菊花茶了……

气氛一时之间有些诡异，钱唯小心翼翼地不敢轻举妄动。李崇文倒是没意识到钱唯和陆询之前的暗流，讲着自己在家教中遇到的一些趣事，然而钱唯第一次有些心不在焉，她的心里有点乱。这一刻连她自己也有些意外，她才意识到陆询的情绪对她有这么大的影响力，他看起来气疯了，一张脸上一会儿青一会儿黑的。

一顿饭，明明菜品不错，但吃到最后，钱唯竟然也没吃出什么味道来。

到结账的时候，李崇文本来拿出钱包准备付钱，却被告知已经付过了。

李崇文有些愕然："陆询你付了？"

"嗯。"

李崇文挺不好意思的："这顿本来应该我请的，结果反而叫你给付了。"

陆询的声音硬邦邦的："本来这顿饭是你们两个人吃的，是我硬要自己来，导致变成了三个人，你们在聊天，都是我在吃，光是喝茶就喝了几壶，我付钱是应该的。"

这话怎么听怎么觉得味道怪怪的……

幸好李崇文并没有时间多想，三人刚走出饭店，他就接到了电话。

"好的，好，你别急，我马上过来。"

挂了电话，他的表情很焦急："刚接到我妹妹班主任电话，说她刚才被自行车撞了，虽然没大事，但擦伤有点严重，现在送去市立医院了，我马上赶过去。"他朝钱唯抱歉地笑笑，"今天不能送你回学校了，这顿饭也没请成，下次我们再约！"

钱唯赶紧挥了挥手："赶紧去吧！"

"还下次再约。"李崇文刚走，刚才一直沉默不语的陆询就仿佛打开了开关，他冷冷哼了一声。

"陆询，你今天都这么阴阳怪气的，怎么回事？是有什么事要和我说吗？心情不好？到底怎么了？"

陆询板着一张脸："你心里清楚。"

钱唯一脸茫然，我清楚？我应该清楚什么？难道还是因为莫梓心？因为自己的弟弟钱川抢走了她？

可惜不论钱唯再怎么劝诱，陆询也不肯再开金口。两个人就这么并排朝学校里走。周日的晚上，来往穿梭的都是一男一女的搭配，不论是小情侣还是恋人未满，都有说有笑亲密无间的，唯独钱唯和陆询这儿气氛诡异，相伴无言。

可惜就算陆询脸色再臭，因为他出挑的长相，气成这德行了，来往女生竟然还多少会看上他一两眼。钱唯只想感叹人生的不公平，长得好看的人吧，连莫名其妙生气起来都很好看。

距离学校还有一段路，这么一直诡异地沉默着实在太尴尬了，钱唯努力想要找到话题打开局面。

“你发现没，你这么走了一路，路上好多女生都在看你，就算那些身边有伴的也有好几个会下意识看你一眼。陆询，这说明你真的是个非常有魅力的男人，你值得最好的！我相信你，你肯定会很快脱单的！”

“下周末你有空没有？要不出来聚聚？刘诗韵说学生会有活动，医学院和舞蹈学院那边都会参加，这两个学院女生比例高，美女比例也高，我听说那边好多女生都听过你名字，都挺想认识你的，要不一起来？”钱唯想了想，补充道，“我上次也说过，咱们法学院的吧，找对象没必要再找个同专业的，家里有一个懂法律的能维权就行了，两个都懂法律，是准备干啥？说难听点，这种两个法律专业的，万一未来结婚以后婚姻出现问题闹离婚，都能互相挖坑，专业互撕，就像我们上次职业大赛那时候模拟的，多不好，你说是吧。其实我觉得我们学法律的，找个医学院的就不错，现在医疗资源太稀缺了，家里有个学医的吧，以后家人孩子有个病，还能马上托关系找到人立马看了，你也知道，现在要是医院没有认识的人，就算是重病要住院也没床位给你住……”

可惜钱唯这些话说完，陆询的脸色不仅没有缓和，反而更臭了，如果刚才只是重新开始活动的休眠火山，那么现在的他就仿佛是一座随时等待喷发的活火山了……

钱唯小心翼翼试探道：“你不喜欢医学院的？”

陆询这次终于出声了，他的声音虽然仍旧平静，但显然都是努力压抑过的结果，因为他似乎气得浑身都在微微颤抖了，他恶狠狠地盯着钱唯：“难道找医学院毕业的对象就安全？找法学院毕业的对象离婚顶多也就用专业知识大打出手，学医的万一用专业知识给你下毒呢？钱唯，按照你这个逻辑，就不用找对象了，都没在一起，你为什么总是已经预设了未来的糟糕收场？”

行行行，那我们不要医学院的还不行吗？

钱唯再接再厉："别急别急，刘诗韵组织的那个活动还有舞蹈学院的参加的。舞蹈学院的好啊，跳舞的，有气质，身材好，带出去倍儿有面子！而且严格来说，舞蹈这种也是被归为艺术的，找个舞蹈学院的，四舍五入等于找了个艺术家啊！多高雅！"

可惜不论钱唯怎么说，陆询的脸还是往越来越黑的方向一去不复返……

钱唯看了眼陆询的脸色，有些不敢说了，她总觉得，自己好像越说，越是起到反作用。陆询身上好像起了一把火，本来在这儿浇水灭火了，结果浇着浇着，竟然发现提着的不是水，是汽油……而陆询这状态，都快烧焦了……

两人正走到一条小巷，穿过这条小巷就能抄近路回学校，然而这条路很少有人知道。夜色中的小巷，没有一个人，只有偶尔响起的狗叫，陆询紧紧抿着嘴唇，一言不发，两人之间弥漫着夜色和沉默。

陆询的脚步突然慢了下来，走到小巷的最深处，他突然停了下来。

钱唯有些意外，然而还没等她问出口出了什么事，陆询就朝她转过了身，他的表情隐在昏黄的路灯里，只剩下那张脸的轮廓，英俊又锋利。

钱唯愣愣地站着看着他，下一秒，陆询动了起来，他冷着脸朝钱唯走了过来，然后恶狠狠地把她推到了小巷的红砖墙上。

这一切就发生在电光石光的瞬间，钱唯措手不及，等她意识过来，自己已经无路可退，身后就是带了点微凉触觉的墙壁，而前面，是陆询放大的脸。他离钱唯是那么近，近到钱唯有种彼此在分享呼吸的错觉。而陆询就这么恶狠狠地盯着她，他的两只手撑在她身侧两边的墙壁上，这个姿势完完全全把她锁定住了，她被逼着无法后退也无法转身，只能这么与他对视。

"钱唯你是不是要气死我？"陆询的额发微微垂落，他的睫毛纤长，在路灯下拉出了不可思议的长度，就那么扑闪扑闪的，他紧紧盯着钱唯，带了点咬牙切齿，然而表情却有一点狼狈。

眼前的陆询，像夜色里盛开的曼陀罗，美丽，却致命，钱唯又听到了自己胸腔内剧烈的心跳声，潜意识告诉她，这很不妙。

下意识地，钱唯甚至没搞清楚为什么，自己就慌乱起来，她词不达意地解释道："我……我没有帮钱川撬你墙脚，我真没想气你……"

然而她的话音还没落，那些剩下的语句就消失在了温软的唇里。

陆询吻住了她。

这是一种非常奇异的矛盾感受，明明陆询的姿态是那么凶狠，然而这个吻，却称得上犹如对待珍宝般小心翼翼和温柔。

这个瞬间，钱唯完全不知道自己应该怎么反应，她的手不知道该往哪里放，好像一切都是混乱的，一切都让她无所适从，她的脑海里像是新星爆炸，只觉得在灿烂的强光里眩晕无主。

这个吻太突然了，以至于钱唯完全忘记了自己应该做出什么反应，她只呆呆地盯着眼前陆询放大的侧脸。他微微闭着的眼，他轻轻抖动着的扇形睫毛，他好看的下颌线，他轻轻触碰到自己又微微错开的鼻梁，还有近在咫尺的那种让人腿软的荷尔蒙，钱唯觉得自己浑身的温度都跟随着此时两人相接的那四片嘴唇在升高，她感觉自己快不能呼吸了，她的所有感官似乎都集中在了两个人相交缠的唇舌里，那种湿润的、带了点薄荷味的、热烈的、躁动的触觉……

这个吻犹如探戈，陆询引领着，而钱唯不自觉地在他的霸道强势里跟随，舌尖试探，触碰，收回，又轻轻交缠，原始的挑逗，情绪的撩拨，充斥着荷尔蒙和肾上腺素，钱唯只觉得自己的呼吸也跟着陆询一起急促了起来。

直到陆询最终抬起头，钱唯才觉得重新获得了空气。

陆询的这个吻或许并没有持续太长的时间，钱唯却觉得两个人仿佛吻了一个世纪……钱唯甚至有些脱力，她靠着墙，抚着自己的胸口，无助地看着陆询，轻轻喘息。

陆询似乎受不了她那个眼神，他偏开了头，移开了自己盯着钱唯的视线，声线带了点沙哑："我不喜欢莫梓心。"

钱唯的反应有些迟钝："你真不喜欢她了？"

"我不喜欢她！"陆询的声音听起来气呼呼的，他顿了顿，才终于回过头来，快速地瞪了钱唯一眼，"我喜欢你啊，白痴。"

彗星撞地球，水蛇吞大牛，屎壳郎再也不爱滚粪球……钱唯心里的震惊不外乎于此了，她只呆呆地看着陆询，感觉自己的大脑已经彻底死机了……

对于她呆愣的行为，陆询似乎非常生气："你不是已经知道了吗？装作这么震惊干什么？一定就要把我逼到这一步你才高兴？"

"我没有……"钱唯下意识就开始摇头。

陆询板着脸，他的表情在暧昧的光线中更加晦涩不明，他看了一眼钱唯，然后侧开了头："你别说了，钱唯，先听我说。我觉得我要郑重地和你声明一下我的态度。"

"啊？"

"你不要太过分了。"

“嗯？”

“我今天实在是忍无可忍了。”

陆询的表情和心情看起来都糟糕透了，他那张俊脸彻底黑了，像是罩着一层乌云：“你不要仗着我喜欢你，就觉得可以对我为所欲为。”

钱唯实在是困惑：在今天之前，我都不知道你喜欢我啊……

陆询似乎打定了主意，他根本没看钱唯的表情，而是继续一股脑地说道：“我以前不知道，现在总算是见识到了什么叫作‘三不女生’，不拒绝，不主动，不负责，你对我就是用的这种策略。”他的声音听起来有点恶狠狠的，“我已经看穿了！你既给我买早饭，也给李崇文买；既给我送水果，也给李崇文送；既对我用菠萝来暗示好感和赞美，也对李崇文这么暗示！你原来就想着脚踏两条船，坐享齐人之福，所以对我之前的表白，既不回应，但也不拒绝，甚至还当一切都没发生过一样，但是我要告诉你，你这样的计划是做梦，我是不会让你得逞的。”

“等等……”

陆询却像是鼓足了毕生的勇气般，根本不容钱唯打岔：“我陆询是不会接受当一个没名分的人的，我告诉你，钱唯，虽然之前喜欢你，但我决定今天起不再喜欢你了，这是我的骄傲，也是我的原则！所以你也不要再妄图掌控我的情绪了！不要再找我了！”

钱唯的心里充满了震惊和混乱，陆询在说什么？他在这之前什么时候对自己表白过？不过先等等……

“那个，我就是……想问问，既然你已经决定不喜欢我了，为什么刚才，为什么刚才还要亲我啊……”

“我没忍住。”

钱唯瞪着陆询，第一次见到有人能如此理直气壮地给出这个回答。因为太理直气壮了，甚至让人觉得这样的发展十分合理，没什么好指责的，毕竟只要是个人，都有自制力薄弱的瞬间，陆询只不过是没忍住而已啊，这很正常。

钱唯只觉得那个吻之后一切都乱了套，自己的思维像是一团没有头绪的乱毛线，然而那么一堆线头里，她还是抓住了一点细枝末节：“那个，我什么时候不回应不拒绝不主动不负责了？”她有点困惑，“我觉得这个事实认定有点问题啊……我、我在今天之前都不知道你喜欢我啊……”她感觉自己受到了极大的冲击，声音也充满了不可思议，为了再次确定一般，她喃喃自语道，“你喜欢我？你真的喜欢我？”

不提还好，一提这事，陆询显然更气了：“我陆询这辈子从没主动给人写过情书，从没这么低声下气过，也从来没想过改变自己迎合别人，为了你，我都破例了，表白信都写了，你现在还说不知道我喜欢你？那要怎么才算喜欢你，让我当着全校的面跟你表白还是大晚上到你宿舍楼下大喊？不是你说喜欢含蓄老派的表白方式吗！”

面对陆询的控诉，钱唯整个人蒙了：“表白信？什么表白信？我根本没收到啊，你什么时候给的啊……”

陆询还是气呼呼的，他反驳道：“不可能，我和花一起订的，订单已经显示签收了。”

花？表白信？钱唯的脑海里那些模糊的拼图块渐渐开始清晰，她有些恍然大悟：“周六的花？给我妈妈的花，你送的？”

“不是我送的，难道是凭空掉下来的？”陆询有些咬牙切齿。

那封表白信，不是李琳琳给钱川的，而是陆询给自己的？！

钱唯感觉自己像是被大卡车刚碾轧过又遭到后续车辆一连串碾压的车祸受害人，她的大脑一片混沌，只是傻愣愣地看着陆询。

陆询看着她这个表情，脸上有些别扭，他看了一眼钱唯，似乎想说什么，但又憋了憋，可惜最终还是没憋住，朝她抬了抬眼皮：“你别这么看我。”

钱唯有些不明所以：“啊？我怎么了？为什么不能看你？”

陆询别开了头：“你再那么看我，我又要忍不住了。”

钱唯愣了愣，才反应过来陆询是忍不住什么，等明白过来那层意思，她好像血液在一刹那全部涌上了脸，整个脸颊都开始发烫。本来嘴巴挺利索的人，也不知道怎么了，这一刻就这么呆呆地站在陆询面前，一句话也说不出来，手指下意识地绞着自己上衣的下摆，这是钱唯极度紧张时才有的小动作。

陆询仍旧保持着头别开的姿势，他此时已经放开了对钱唯的桎梏，一双手已经插回了口袋里，又看着小巷的深处，那张漂亮的脸上是佯装的镇定自若。如果不是钱唯亲耳听到，她都怀疑刚才的对话是她精神错乱后的幻听。

昏黄的小巷路灯下，陆询雪白的脸上也隐隐有一丝红晕，钱唯能清晰地看到他上衣下面因为急促呼吸而微微地波动，空气里弥漫着安静，她只觉得一切声响仿佛都被这无声的寂静放大，她似乎能听到陆询和自己微微的喘息声。

【未完待续】

图书在版编目（CIP）数据

才不要和老板谈恋爱：全 2 册 / 叶斐然著. -- 南京：
江苏凤凰文艺出版社，2019.6（2022.3 重印）
ISBN 978-7-5594-3760-0

Ⅰ. ①才… Ⅱ. ①叶… Ⅲ. ①长篇小说 - 中国 - 当代
Ⅳ. ① I247.5

中国版本图书馆 CIP 数据核字 (2019) 第 099097 号

才不要和老板谈恋爱

叶斐然 著

选题策划	北京记忆坊文化
责任编辑	白　涵 刘洲原
特约策划	紫　木
特约编辑	诗　杰 绪　花
营销编辑	杨　迎
封面绘图	pinattsu- 林萩
封面设计	80 零 · 小贾
版式设计	天　缈
出版发行	江苏凤凰文艺出版社
	南京市中央路 165 号，邮编：210009
网　　址	http://www.jswenyi.com
印　　刷	环球东方（北京）印务有限公司
开　　本	670 × 970 毫米 1/16
印　　张	30
字　　数	555 千字
版　　次	2019 年 6 月第 1 版　2022 年 3 月第 3 次印刷
书　　号	ISBN 978-7-5594-3760-0
定　　价	69.80 元（全二册）

MEMORY HOUSE
记忆坊文化

才不要和老板谈恋爱

Time sends your love to me

下

叶斐然——著

江苏凤凰文艺出版社
JIANGSU PHOENIX LITERATURE AND ART PUBLISHING, LTD

目录

Time sends your love to me

...第十一章

我喜欢你

在这恼人的安静中，陆询似乎终于缓了缓，才找回了一贯的矜持和冷静，他咳了咳，自然地转回了主题：“所以说，你没有收到信？”

钱唯红着脸，继续神经质地捏着衣角：“我压根不知道这事……”

陆询的脸色好看了些，但语气仍有些不信，他看了钱唯一眼：“花你收到了，信怎么会没收到？我再三关照了店家，信一定要放着，怎么就给我这种服务？”

“那个……钱川最近在被一个女生纠缠倒追，他以为是哪个女生写给他的……”钱唯只能小心翼翼地把事情的来龙去脉简单复述了一遍，顺带还招供了钱川对陆询的一些猜想……

陆询听完，才终于露出些许接受的神色，他努力让自己的声音听起来平和，然而声音里那一丝怨气还是不由自主地泄露了出来：“钱川怎么想的，自我感觉也太良好了吧！我会喜欢他？”

“那你不是最近突然对他态度大转弯吗？以你的性格，突然对人热情，说实话确实挺可疑的……”

明明两个人都微微红着脸，声音里都带了些气息不稳，然而却都还道貌岸然地佯装着一切无异样地正常交流着。明明心里都杂糅了紧张害羞和些微的不安，这一来一回的问答里，却还犹如交流学习经验一般一板一眼。

在短短的沉默后，陆询瞥了钱唯一眼：“我讨好钱川，还不是为了你？”他别开头，“钱唯，你是什么脑回路，难道我做得还不够明显吗？”

钱唯摇了摇头：“不太明显……”

“……”

“而且其实也不能怪钱川认错了表白信，谁叫你没有署名啊……”钱唯嘀咕道，“有人表白的时候根本不署名的吗？又不是雷锋。”钱唯挺不理解的，陆询这样做事滴水不漏的人，怎么会犯这种原则性错误。

陆询忍了忍，最终还是没忍住，他梗着脖子道：“我第一次写，没经验，有点紧张。”

能写表白信却忘记署名，这恐怕不是有点紧张，而是非常紧张吧……

陆询掩饰般地又咳了咳，他定定地看向钱唯：“先不说这个，那我再问你一遍，你的答案是什么？”陆询侧开了头，假意望着远方，然而脸色却有些微红，“就是，你觉得我这个人怎么样？”

“呃……”钱唯眨了眨眼，小心翼翼道，“那个，我突然记起来，你刚才不是说，已经看穿我了？不会再喜欢我了？”

“你听错了，我没说过这种话。”陆询的回复十分果断，令钱唯目瞪口呆，他竟然就这么直接矢口否认了，仿佛刚才恶狠狠警告着自己不要这么过分的，是另一个人。

钱唯好心地提醒道：“就在10分钟前，你刚说过，我记得很清楚……”

陆询有些恼羞成怒：“钱唯！”

“哎！到！”

“到什么到？！”陆询这下耳朵全部变红了，他的声音恶狠狠的，“我就问你，你答应不答应？”

这怎么和逼良为娼似的……钱唯觉得这简直是魔幻，这好好地想帮未来老板谈恋爱，结果未来老板竟然看上了自己？

“啪！”

“好疼！”钱唯刚抡起左手狠狠给了自己一下，就忍不住用右手捂住脸颊哼起来，“太疼了……”

清脆的巴掌声，一下子把陆询镇住了：“你干什么？”

钱唯有些唯唯诺诺的：“那个啥，我就想打自己一巴掌看看这是不是真的。”

陆询神色复杂："我怎么就看上了你这么个活宝。"然而虽然听起来像抱怨，但他的语气是温柔的，钱唯抬头，就看到陆询正用那双漂亮的黑眼睛看着她，他的瞳孔里只有她。

钱唯只觉得自己仿佛生活在一个梦里，好像脚下踩着的是云朵，稍微乱动一下这梦就会醒来，自己就会一个不慎跌落云端，一切都是那么不真实，一切也都是那么让她措手不及。

"你给我点时间消化消化。"钱唯努力试着让自己的声音听起来平静，然而其实只有她知道，自己胸腔里心脏跳动的剧烈程度，她必须十分用力地按住胸口，才能稍稍遏制住那种可怕的心悸。

困惑、愕然、不可置信、混乱，这些复杂的感情交织在一起，她的羞怯、小心跳、模糊的惊喜和犹如彗星撞地球般的情绪，就偷偷藏在这些如杂乱线团的空隙里。陆询，陆询对她到底意味着什么？

"我、我能不能明天答复你？"

陆询顿了顿，好像也只能点头，想了想，似乎不够放心似的，又带着警告性质地加了句："这次我当面表白了，你不许忽略我，不许假装什么也没发生，不许就这么不给名分吊着我，知道吗？"

"知道知道。"

"那走吧，我送你回学校，你在路上就可以开始好好考虑。"

陆询说完，插着口袋，一脸淡然地就开始往前走，钱唯跟在他的后面："错了错了！"

他回头，色厉内荏地问："什么错了？"

"方向走错了。"钱唯指了指另一侧，"学校在那个方向……"

回学校步行需要10分钟，然而这一次，这一路上陆询都没说话，气氛看起来挺严肃，他的表情也一本正经的，一双眼睛更是犹如之前那般目不斜视，头也仍旧那么高高昂着，像一只骄傲的孔雀。然而从钱唯的角度，能清楚地看到他微微发红的耳朵，虽然还是一脸清高、藐视人类的模样，但她很想提醒他，那个……你走路都同手同脚了……

两个人在宿舍楼门口分别，临走时，陆询又叫住了准备上楼的钱唯。

"钱唯。"

"哎？"

"你一定要好好考虑。"

“啊？嗯……”

“我有很多优点的。”陆询状若随意道，“你考虑的时候一定要想全面点，别漏了哪个。错过这个机会，下次就不一定有了，人还是要善于抓住时机。”

“好……”

直到回到宿舍，钱唯还是有点不敢相信，她看了眼躺在床上捧着手机傻笑的刘诗韵，问都不用问就知道，她肯定是在和她的那位热恋男友唐律聊天。

恋爱，真的那么有趣吗？真的有那么多快乐吗？

钱唯看着笑得傻兮兮的刘诗韵，突然就也有那么一点羡慕和跃跃欲试……如果是和陆询谈恋爱的话，好像光是想想就挺带感的？

“刘诗韵，你说我要是和陆询在一起，全校女生会打死我吗？”

刘诗韵这下终于放下了手机，她看着钱唯，一脸同情：“钱唯，人如果没有梦想，活着就和咸鱼没有差别，所以有梦想是好的！只要为梦想努力过，你的青春就不后悔！”

算了……钱唯心想，我还是自己一个人静静……

然而刚趴到床上没多久，手机就响了。

钱唯接起来，手机里传来陆询的声音：“你考虑好了吗？”能听出他想努力维持着冷静，然而迟钝如钱唯，都听出了他语气末梢里泄露出来的一丝紧张。

仿佛紧张情绪会传染似的，不知道为什么，钱唯握着手机，心里也紧张起来，以至于开口说出的话，竟然都结巴了：“那、那、那个你、你不是说、说、说明天告诉你答、答案吗？”

“哦，我就正好没事，突然想起来，就先打个电话问问，说不定你提前就做出决定了。”

钱唯看了看时间，这位朋友，你知道离我们分开才10分钟吗？

“那你继续考虑吧。”陆询别别扭扭地又挂了电话。

然而又过了一个小时，电话又响了。

“钱唯，你考虑好了吗？”

怎么以前就没发现陆询这么心急？

“还没想好吗？”陆询的声音充满了佯装的镇定，“都过了一个小时了，我还以为你已经想好了。”

……

一旦接受了这种设定，再过了两小时又接到陆询电话的钱唯已经很淡定了。

她接起来，决定主动出击："那个……我还没想好……我还是明天告诉你吧……"

这次换陆询沉默了……

"我明天一定告诉你答案！我现在脑子好乱，而且我还有个西方法制史的论文没写，那个明早上课要交的，这次不交，你也知道平时分要全部扣掉的，所以我晚上得先把那个写了……"

"拿来我写。"

陆询的态度还是一如既往的霸权主义，如果不联系他说话的内容，钱唯总觉得仿佛是他命令自己帮他写作业似的……

然而，此刻这种被霸权主义"关照"的感觉，钱唯竟然觉得还不赖……她胡乱地想，我是不是脑子坏掉了？竟然觉得这么说着"拿来我写"的陆询，帅帅的……心竟然不可控地"扑通扑通"跳起来……这可真要命啊……

"明天写完给你。"陆询的声音虽然仍旧强硬，但听起来有些倔强的不自然，"所以你好好考虑就行了。"

"好……"

这几个小时，钱唯也不知道自己怎么过的，总觉得云里雾里的，她觉得心里好乱，想睡一会儿，可刚闭上眼，脑海里就全是陆询恶狠狠叉着腰问她到底考虑好没有的模样。她索性爬起来开电脑，随便找了部偶像剧看，然而看着看着，就觉得不是个味儿，这个男主角长得也太寒碜了吧，都没有陆询长得好看。哎？怎么想着想着又想到陆询了？算了，拿张钢笔字帖练一练平静下心情吧，然而写着写着，思绪又乱飞了，陆询说给自己写了一封表白信？好好奇啊，他到底写了什么呢？死钱川，怎么就把那信误认为是李琳琳写给他的呢！等见到他一定要问问信还在不，陆询的表白信哎！真应该裱起来挂墙上炫耀！等等，等等，不是要练字平静的吗？不行不行，不能再想陆询了……

钱唯一会儿这儿摸摸，一会儿那儿摸摸，结果折腾了这么久，啥事儿也没干成，倒是陆询，不停地在她脑海里蹦跶。

等她终于做好心理建设，准备先睡一觉的时候，手机响了。

是陆询。

钱唯的心情有些紧张有些忐忑，很难得地，还带了点羞怯："陆询……"

"你的答案呢？"

"啊？不是说可以到明天吗？"

“现在12点，已经明天了。”

“……”

“钱唯，我高估自己的耐心了，我一分钟也等不及了。”陆询似乎在室外，手机里都能听到他周围带着风声，“你到阳台上来，我在下面。”

宿舍里其余姑娘们都睡了，钱唯蹑手蹑脚爬下床，走到了阳台。她朝着下面一看，原本空旷的场地上，正站着陆询，夜色仿佛为他披上了一层暗色的外衣，然而当钱唯望向他，他微微抬头看向她，他那张白皙的脸，在夜色里仿佛都能反光。

然而钱唯突然想到了一个问题，她对着电话问道：“男生宿舍不是锁门了吗？你怎么出来的？待会儿怎么回去？”

“我睡不着，翻墙出来了。”楼下的陆询握着电话，头却一直抬着看着钱唯，他的声音还是一如既往地冷静，“见完你待会儿翻墙回去就行了。”

钱唯第一次见识到竟然有人能把翻墙来回说得轻巧得如履平地……

12点的室外有些寒冷，陆询此刻的穿着在夜里就显得单薄了。果然，电话里他轻微地咳嗽了一声，咳嗽完，又抬头看了一眼钱唯，一双眼睛就那么隔着长长的距离盯着她，仿佛她就是全世界。

钱唯心里“怦怦”跳着，然而声音还佯装着镇定：“外面好冷，你快点回去睡觉。”

“我等你答应我。”陆询的声音低了下去，“你不答应，我睡不着。”

平日里陆询强势惯了，从来说一不二，而如今此刻，他突然的低姿态和话语中不经意间流露出的委屈，竟然让人忍不住心疼起来。

配合着这种气氛，陆询此时又恰到好处般轻轻咳嗽起来，他的声音彻底放柔软下来：“你如果现在答应我，我就马上回去睡觉。”

陆询这个人太有心机了……人这种生物，最难以回绝的就是成熟之人突然的幼稚，高冷之人突然的温柔，强势之人突然的求饶，淡然之人突然的紧张……

陆询为了突出自己的悲惨，竟然又犯规般地开始轻声咳嗽起来……

虽然离陆询隔着一段距离，但钱唯仿佛能感觉那道注视着自己的目光里，都带了点渴求和可怜巴巴……像是害怕被抛弃的大型犬似的。仿佛她说一个“不”字，就是十恶不赦的大坏蛋了，仿佛此刻不答应，心中都会充满罪恶感。

然而钱唯明明知道这都是陆询的心机和套路，她却发现很要命，自己就真的吃这一套……好像，真的没法拒绝他啊……更绝望的是，钱唯发现，自己好像也真的并不想拒绝他……

今夜有风，并不柔和，甚至可以说这风挺凌厉，刮在脸上都有些冷冽的疼，然而钱唯站在这风中，却仿佛没有感受到皮肤上那种生冷的触觉。明明身处萧条的夜里，然而钱唯的心却觉得身处温暖的春天，就像有人在她的心里埋下了一颗种子，而此刻那颗种子正在慢慢地破土萌发。一切好像都还是相同的，但一切好像又都不同了。

钱唯的心中就像有一双有力的手，温柔却强势地为她拂去了蒙尘，直到此刻，她才仿佛能看清一些东西。

陆询，对她而言，意义从来是不同的。

以往从来想也不敢想的那些事，重来一次的人生里，她是不是能够勇敢一次？

“钱唯，你再不回答我真的要冻死了。”

“但，但我的梦想是被别人追好久好久啊……”钱唯有些遗憾，“我没有被人轰轰烈烈地追过。”

陆询顿了顿，才继续道：“你先答应我，你想要的一切，我都补给你。”

“还要先上车后补票啊……”

陆询顿了顿，然后似乎打定主意一般，开始放大招了。

“你答应我，以后你的法律论文我帮你写。”

钱唯开始纠结了……

“期末给你画考试重点。”

钱唯有一点动心了……

“公共课点名我帮你去。”

钱唯感觉有些难以拒绝了……

“每天给你买早饭。”

钱唯蠢蠢欲动了……

“以后我如果发财了，带你一起飞。”

钱唯彻底沦陷了……

“我答应我答应！你说话算数啊！”

“算数，对你说的话，全部算数。”得到了满意的答应，陆询终于放松下来，他在电话里轻声笑了笑，低沉的声音勾人，“谁叫我对你根本没原则可言。”

以前听别人说“声音好听到让人腿软”，钱唯还从不信，然而事到临头，她才不得不佩服广大人民群众的智慧，陆询这个声音，真的让她有点腿软，她现在有点理解古代昏君面对美人时那种予取予求的心态了。面对陆询那张脸，好像就真的难以说出拒绝的话。

但是如果完全答应陆询的话，都到手了，他不可能还有危机感，更不可能那么热情地追了，钱唯想了想，觉得还是要坚持原则，她灵机一动补充道："这样吧，你先进入男友试用期吧！试用期表现好再正式上岗？"

陆询果然有些不满："试用期？要多久？"

"六个月吧！"

"六个月？"陆询有些咬牙切齿，"有些人半年都够他谈三段恋爱了，我还在试用期？六个月？钱唯，你是不是有点滥用试用期？"

"哪里滥用了？劳动合同期限三个月以上不满一年的，试用期不得超过一个月；劳动合同期限一年以上不满三年的，试用期不得超过两个月；三年以上固定期限和无固定期限的劳动合同试用期不得超过六个月。"钱唯咳了咳，一本正经道，"我的理解是你和我之间的关系，是准备持续超过三年以上的无固定期限，所以给你六个月的试用期不冤啊，还是说我理解错了，你和我只想签订那种三个月以上不满一年的劳动合同？"

"你这劳动合同法怎么学的？不得超过六个月，没让你一定要六个月。"陆询气呼呼的，"六个月太长了。"

"钱唯，我喜欢你。"

就在钱唯胡思乱想之际，陆询的话又给了她一记重击，让她那颗可怜的小心脏跳得都快不堪重负起来。

陆询光明正大地靠着自己的声音和脸蛋犯着规作着弊："六个月真的太久了，当然，为了你，我会忍，只是会忍得很痛苦。"陆询状若无心般轻飘飘地补充道，"你知道的，有些用人单位，也会仗着自己的强势地位，尽可能要求劳动者签订法律底线范围内最长的试用期，但其实这样，我觉得对劳动者是不公平的。现在的劳动仲裁你也知道原则的，都是偏向劳动者的，因为劳动合同法的主旨其实是保护劳动者。"

行了行了，钱唯想，输了输了，讲起法律来，她从来说不过陆询。

这边钱唯在自我反思，那边陆询就手起刀落干脆利落："两个月。"

这砍价砍得真心狠，比对半还厉害。

陆询的语气势在必得："两个月我觉得很合适，这样等我正式上岗，我们正好赶上一起过情人节。"

"行吧！那就两个月！"

钱唯心想，难怪以前一位法学院的学姐一再告诫自己不要和同专业的谈恋爱，过去她还不能深刻理解人家的一片苦心，如今终于是懂了，别人谈恋爱都是争分夺秒卿卿我我，两个法学院的谈恋爱，简直就像是《今日说法》。然而她现在竟然觉得《今日说法》还挺让人心驰神往的，钱唯想，难道自己骨子里其实还有着好学上进的基因？

陆询得到了满意的答案，声音里终于带了点笑意。而他这声轻轻浅浅的笑在夜色中被放大，虽然隔着距离，但钱唯总觉得陆询仿佛就在她的耳畔边轻声呢喃，好了，这下频道一下子从《今日说法》转换到爱情剧了。

始作俑者却犹不自知："钱唯，我真的真的很喜欢你。"陆询又笑了，长长呼了一口气，"好像说出来也没那么难，也没有觉得很丢脸，只觉得能这样告诉你，真好。"他的声音温柔，"我以为我那颗过分骄傲的自尊心会让我根本没法做到这一步，但是现在发现不是的，原来喜欢一个人是这种感觉，会烦躁会失落会疑神疑鬼，会喜欢到想要对抗自己的性格，会喜欢到连原则都不要了，会喜欢到有时候觉得自己都不是自己了。"陆询顿了顿，"但是还是觉得很好，还是觉得能有喜欢的人，真好。钱唯，谢谢你出现，谢谢你让我喜欢。"

面对陆询的这一段剖白，钱唯却还是没有真实感，她的心里混杂着惊喜、隐秘的快乐、害羞，还有一些不可置信。

楼下的陆询却不乐意了："钱唯，你听完我这么一大段的表白难道就没点表示？"

"啊？"钱唯捧着发烫的脸颊，感觉自己此刻干什么想什么都有点迟钝，总觉得自己大脑的CPU都被陆询刚才那一番表白烧毁了，她扭扭捏捏地想了想，"就、就觉得我们现在的这个场景挺像电影的。"

陆询来了兴趣："是吗？你是觉得我特别浪漫对吧？"他轻轻笑了声，似乎对此十分满意，"那你觉得像什么电影？"

"《罗密欧与朱丽叶》？"

陆询有些气急败坏："你就不能想点好的？罗密欧和朱丽叶都死了！而且人家是爬上阳台偷情！"

夜更深沉了，钱唯的刘海上都凝结起了空气中的小露珠，她低头看了一眼楼下的陆询，说："你快回去吧，我都答应你啦。"

一贯沉稳的陆询此刻却相当幼稚："我不要。"他挺固执，"我想再和你说说话。"

"那你回去再和我打电话就行了呀。"

“不要，那样只能听到你的声音，又看不到你。”

钱唯脸红得不行，她想，以前怎么没看出陆询这家伙这么腻歪呀，撩起人来一套一套的，果然刘诗韵说得没错，自己根本不是这个人的对手。

钱唯捂着脸：“明天就又能看到了呀。”

陆询的声音充满了怨气：“你是不是赶我走？”

老板生气了，后果很严重，钱唯下意识就想讨好他，她也不知道自己怎么了，随口都念起了古诗词：“有一句话说得好，两情若是久长时，又岂在朝朝暮暮。”

陆询这次总算满意了：“好的，那我走了。晚安，钱唯，做个好梦。”

还做什么好梦！钱唯重回了被窝，捂住那颗不断悸动的心脏，臭陆询，说了那些话，还让她怎么睡觉！试问谁能在被陆询告白后还安然入睡？根本不存在的好吗！这完全睡不着啊！

钱唯彻夜无眠，以至于第二天，刘诗韵被钱唯深重的熊猫眼吓了一跳。

“钱唯你怎么了？你这是一晚没睡，出去偷鸡了吧？”

结果钱唯还没来得及反驳，楼下宿管阿姨的大嗓门就传来了：“钱唯，楼下有人找！”

钱唯“噌噌噌”跑下楼，就见到了陆询。

今天的陆询穿戴非常讲究，从衣服色系、风格的搭配，到围巾，甚至是手表的款式，每一个细节都挑不出一丝差错。当然，这些完美的穿搭如果和他那张脸比起来，就觉得并不完美了，因为他那张脸，总让人觉得不论什么样的衣物，都难以把他的好看全然衬托出来。然而唯一美中不足的是，陆询那双漂亮的眼睛下面，挂着两个和钱唯同款的黑眼圈，这两个黑眼圈在他雪白的皮肤映衬里，实在是太抢眼了。

看来镇定如陆询，心情并没有如他表面那般淡定，昨晚的他，恐怕也是一宿没睡。

“早饭。”

钱唯愣神的时候，一袋热乎乎的东西就被陆询塞到了她手里，她低头一看，才发现是食堂最难买到的山东杂粮大煎饼。

陆询的样子还是那么冷傲，钱唯看了一眼手里的早饭，只觉得真是应了一句话——风水轮流转，今天到我家。

为了买这个杂粮煎饼，陆询怕是今早6点半就去食堂排队了……

“辛苦你早起了。”

陆询虚张声势地瞪了钱唯一眼：“根本就没睡，谈什么早起。”

“钱唯！哎？陆询？你怎么也在？”正当钱唯和陆询两个人紧张忐忑地站在一起气氛正好时，不远处传来了钱川热情的招呼声，没一会儿，他就大大咧咧跑到了两人面前。

他把一袋东西塞到了钱唯的手里：“周日你比我早回校，这是爸妈让我带给你的厚衣服，过几天要降温了。”

钱川说完，非常热情友好地微笑着看了陆询一眼：“陆询你也在啊，这两天多穿两件啊，昼夜温差大着呢。”

陆询点了点头，他刚想开口，钱川就打断了他。

“哎，陆询，你这个黑眼圈好重啊，昨晚没睡好吧！”钱川的表情有些愤恨，“你肯定也是被昨天翻墙的那个傻子害的吧！”

提起翻墙，陆询完美的表情管理出现了一丝裂痕，然而钱川压根没意识到陆询的变化，他径直抱怨道：“也不知道是哪个脑子有坑的，昨晚风那么大，大半夜的不睡觉，竟然翻墙出去，你翻出去了那就出去啊，结果竟然还要翻回来！翻出去的时候宿管就听到动静了，等他往回翻的时候，宿管马上惊醒了，就准备逮人了！”

陆询面无表情，不发一言。

钱唯小心翼翼地问道：“那抓住了吗？”

“没有！”钱川有些没好气，“那家伙倒是挺机灵，听到有动静就赶紧飞快地跳下墙跑了。”

钱唯松了一口气，却听钱川幸灾乐祸继续道：“不过虽然跑了，但据说跳下来的时候太急了，扭伤了脚。”

钱唯没敢说话，她瞟了一眼陆询的脚，然后看了看陆询的脸，陆询的表情却一派云淡风轻，仿佛说的并不是他的事。他仍旧优雅地站着，听着钱川说话，那模样，钱唯左看右看，也不觉得有异样。

恰好此时，钱川的手机响了，他赶紧笑嘻嘻接起来，到一边讲起电话来，趁着这个空当，钱唯询问道：“陆询，你扭伤得严重吗？”

陆询却置身事外般：“我没事。”他说完，就径自迎向了钱唯探究的目光，大大方方的，十分让人信服。

钱唯想，钱川说的是据说，那八成是以讹传讹，陆询根本没扭伤脚吧，毕竟优雅强大如陆询，是说什么也不可能遭遇这么狼狈的事的。

钱唯还想说些什么，钱川就挂完电话回来了，他打了个哈欠，显得有些精神不济，大约这困意又让他想起了叨扰他昨日睡眠的翻墙事件，他不依不饶道："不过不是我说，这个翻墙的人，估计不止扭伤了脚那么简单。"

钱川对钱唯脸上的好奇十分满意，他卖了个关子，才继续道："钱唯你可能不知道，我们男生宿舍那边的墙，因为之前有小偷翻墙来宿舍偷东西，所以学校最近在上面，刚装了一圈尖刺。啧啧，那圈刺啊，我觉得翻个墙，足够让女生一秒变女人，男生一秒变女生。"钱川摸了摸下巴，"也不知道昨晚翻墙的那个，下面还好不好。"

陆询沉默了……

钱唯虽然很想忍住，但还是下意识地扫了一眼陆询的下身……

钱川却还在一边叉着腰哈哈哈："宿管早上还在抱怨没能抓住昨晚那个翻墙的，说抓住了一定要杀鸡儆猴呢，我其实很想建议宿管现在去校医院看看，没准人家在那边治疗呢，哈哈哈哈。"他一边说一边拍了拍陆询的肩膀，"陆询，你说是不是啊？怎么现在还有这种缺心眼的翻墙啊，还当自己武林高手呢，下次小心摔成瘸腿！"

钱唯很想提醒钱川，你现在拍着肩的人就是昨晚那个翻墙的当事人……

"以我的专业分析，这个翻墙的昨晚八成是出去见小情人了。"钱川却犹然不知当下的诡异气氛，大大咧咧继续对陆询道，"你说这当代的男大学生，怎么就这么不矜持啊？恋爱就恋爱，不稀奇啊，有什么事不能第二天说吗？还一定要当晚就按捺不住翻墙出去会情人啊，这一看八成是大一的那群愣头青，没眼界没定力，像我和陆询这种大二的，就成熟稳重多了。而且咱俩这人格魅力，也绝对做不出为了女的翻墙来回的事来，实在太幼稚了！陆询，你说对不对？"

陆询的脸挺难看，他抿了抿唇，那模样简直就是完美演绎了"笑不出来"，他的声音更像是挤出来的："嗯。"

钱川却似乎来了劲，对昨晚那位翻墙的大有准备来一场心灵分析的架势。

陆询沉默地听了片刻，最终没忍住："我想起来还有点事，我先走了。"

钱川有些依依不舍："好吧。"他一边说着一边还望着陆询离去的背影，"哎？"他看了一会儿，声音有些疑惑，"钱唯，你看看，陆询走路的姿势，我怎么觉得有点怪怪的？怎么总觉得有点一瘸一拐的？他最近打球扭伤了吗？"

钱唯沉默地看着陆询那努力掩饰走路姿势异样的背影，总觉得他慢悠悠的脚步里，带着不为人知的心酸和沉重……

幸而钱川并没有在意和深究这个插曲，他很快把注意力从陆询身上转移了回来："钱唯，你怎么脸这么红？怎么感觉今天怪怪的？"他狐疑地看了钱唯几眼，沉吟了片刻，才恍然大悟道，"你是不是感冒了？"

"没有啊！"钱唯下意识就否认，"没有的事，你能不能别乱猜了！"说到这里，她倒是想起了一件事，"对了，上次，那个李琳琳给你的那个表白信，你没扔吧？"

钱川一听提起李琳琳，脸上就露出恐惧的表情，他左右看了看，确认李琳琳不在周围，才放下心来："没扔，虽然我不喜欢她，她这么骚扰我，我也挺烦的，但好歹是人家的表白信，就这么扔了不太尊重人，我收起来了，怎么了？"

"那个，那封信好像不是李琳琳写给你的，是别人写给我的。你找出来给我吧。"

钱川愣了愣，来了兴趣："谁？谁写给你的？长得怎么样？身高多高？体重呢？"他回想了下，"我当时以为是李琳琳给我的，所以瞥了一眼信的内容，我记得写得还挺肉麻的，能写出那种信的，八成不太正常，可能是个娘炮，我怀疑有点问题，毕竟这年代，哪个男生追人还写情书啊。钱唯，你可要把持住啊，不能因为收到了个情书，就不理智啊……"

钱唯心想，得亏陆询走了……

"你别管了，反正赶紧找来给我。"

"行吧行吧。"神经大条的钱川也没再纠缠这个话题，又和钱唯随便聊了两句别的才走。

钱川走后，钱唯就回宿舍整理起东西来。又要到大学生理财课的上课时间了，她又带了一些零食饼干之类的，现在她和李崇文熟了，随便找个借口就能把东西塞给他了，当然，这一次，在给李崇文之外，她又单独准备了一份给陆询的零食。

钱唯今天到得早，李崇文倒是挺意外地也已经到了，陆询还没到，她就趁机把零食饼干先塞给了李崇文。

这之后钱唯心里不知怎么就有些慌，从今天早上开始她的眼皮就在狂跳，她内心嘀咕着，是左眼跳财右眼跳灾还是左眼跳灾右眼跳财来着？

就在钱唯胡思乱想的时候，一个声音打断了她的思绪。

"我找一下钱唯。"

"啊？"钱唯抬头，她就知道自己今天不管跳的是哪只眼皮，跳的都是灾了。

此刻站在教室门口的，赫然是吴俊，他这次不是空手而来，手里此刻竟然还捧着一束鲜花。

“麻烦让让。”

就在吴俊迷蒙着双眼找寻教室里的钱唯之际，吴俊的身后响起了一个熟悉的声音，这种懒洋洋又拽了吧唧的语气，钱唯不用抬头就知道是陆询了。

吴俊侧了侧身，让开了一段距离，但大概没找着钱唯，他下意识地向他身边最近的人求助，他拉住了陆询的手：“同学你好，我想找一下钱唯，你能告诉我她在哪里吗？”

陆询有些意外，他看了一眼来人：“钱唯？法学院的钱唯？”

吴俊点了点头：“嗯，就是她。”

“你找她干什么？”

“我……”吴俊还没说完，就在转头间看到了钱唯，“啊！我找到她啦！钱唯同学！”

吴俊一边说着，一边就捧着花，朝钱唯走了过来，他撩了撩已经很长快要盖住眼睛的前刘海。

“钱唯，我思索了几个晚上，觉得有些时候还是应该男生主动，所以，我到处打听你上课的地点，决定今天把这束花亲自送到你的手里，希望你不要因为自卑就随便放弃一段感情。”

虽然现在离上课还有点时间，但教室里已经七七八八有了不少人，这种当众表白，一下子就把大家的眼球都吸引住了。而钱唯作为女主角，此刻简直是如芒在背，钱唯身边的李崇文，显然也十分讶然，他看了看钱唯，又看了看吴俊。

而陆询还站在教室门口，他皱了皱眉，打断了这场热闹的告白：“你是哪个学院的？”

吴俊挺自豪：“我是你们隔壁A工大建筑系的。”

“那你和钱唯怎么认识的？”

“两天前我们在联谊会认识的。”吴俊笑了笑，“她对我一见钟情。”

陆询转头非常不可置信地看了一眼钱唯：“一见钟情？”

钱唯连忙摆手：“这是个美丽的误会！真的是误会！我没有一见钟情！”她有些欲哭无泪，“我真的不喜欢你啊，我们不合适，真的，我和你完全讲不到一起去啊！”钱唯一边说，一边小心翼翼地看了一眼陆询，对方的脸上果然乌云密布，她咬了咬牙，决定豁出去了，“最重要的是，我已经有对象了！”

吴俊却说什么也不听钱唯的话：“几天前你刚参加联谊会，我不信你这么短时间里就会脱单。当然，我知道你这么说的原因。”吴俊的表情十分了然，“不外乎是为了让自己显得更难追一点，或者让自己显得更有市场一点，让我们男生追人的时候更有点危机感和竞争意识。”他十分得意，“你说的这些，我都在进化心理学的相关书里读过了，都是女人的惯常套路了。”他看了一眼钱唯，“不过你放心吧，正因为我能洞察你们的内心，所以我更会按照你想要的方式给你所想的东西，你想让我追你更卖力一点，我知道了，我会的。今天，只是个开始，只是个预热，我会用行动告诉你，我和你有多么相配。”

吴俊这个人大概有点表演型人格。大学生理财这种公共课，本来就是大教室上课，听课的人数众多，他就这么拿着显眼的花束堵在教室门口，早就足够吸睛，这一会儿，教室里已经有不少人用探究的目光扫视着钱唯，有几个好事的女生则已经开始交头接耳窃窃私语起来。

吴俊似乎非常满意被众人瞩目的感觉，关注他和钱唯的人越多，他的精神就显得越发亢奋起来，对钱唯说的那番话，声音也更加洪亮起来。这下别说离教室门口近的那几个学生，就连教室中部的人，不用竖起耳朵，也能把他那一番可怕的表白听得一清二楚。

别的女生被人当众表白，对方就算不是帅哥，就算不是自己喜欢的人，至少也非常有面子，毕竟证明了自己有魅力，然而钱唯不知道自己到底是什么命，平生里第一次也是唯一一次被人当众表白，竟然是这种泥石流般的场景……

这不仅不能说有面子，简直是丢脸到家了。

俗话说得好，从一个人的追求者档次，就能估量出这个人的档次。钱唯看着眼前的吴俊，只觉得此刻什么语言都是苍白了……

不用她说，门口几个女生脸上那种看好戏般的笑已经说明了一切。被人用这种方式这种语言告白，确实是太掉档次了，连钱唯神经这么粗的人，也觉得有些抬不起头来。

吴俊却完全没考量钱唯的想法，他只一门心思地把自己想说的说完，又笑了笑，完全没有理睬钱唯的尴尬，就径自把那捧花往她手里一塞：“不管怎么样，这束花是买给你的，你就收下吧！”他说完，又邪魅一笑，“我等你的回应，花里的小卡片里有我的联系方式。那我先走了，不打扰你上课。”

“你等等。”在吴俊转身之前，陆询出声叫住了对方，“我想钱唯现在就能给你回应。”

“啊？”

陆询也没说话，他直接从钱唯手中那捧花里，抽出了一枝紫色的含苞睡莲：

“这个你拿回去。”

“为什么？她对睡莲过敏吗？”

陆询笑笑：“这就是她的回应，你回去好好想想什么意思。”

吴俊手里捏着一枝睡莲，有些莫名其妙，愣了愣，才抬头对陆询道：“对了，你谁啊？我这花是送给钱唯的，你凭什么替钱唯回答我啊！你有什么资格啊？”

“凭我是她男朋友。”陆询的声音既邪性又嚣张，他平日里说话并不大声，就如每个合格的领导者一样，从不靠着大声说话才让别人听见自己的声音，然而这一次他却破了例。陆询抬高了声音，还是那副慢条斯理的模样，每个字的发音都刻意地清晰，一字一顿，姿态强势。刚才还气势昂扬的吴俊，此刻和陆询一比，简直高下立现。他本来看上去还有一肚子的话要讲，然而陆询那煞神般的脸色，让他成功地咽了咽口水，拿着那枝耷拉的睡莲，摸了摸鼻子，敢怒不敢言地灰溜溜走了。

吴俊一时之间没反应过来，钱唯却反应了过来，收了其余花，却唯独不要莲花，不要莲，谐音“不要脸”，这是陆询在拐着弯骂吴俊不要脸呢。

钱唯看了眼陆询凶恶的脸色，心想，真是得罪谁也不要得罪陆询……他这张嘴啊，真的不是一般地毒……

一节大学生理财课，钱唯都上得魂不守舍，因为吴俊夸张的表白场景，教室里仍有不少探究的目光在盯着钱唯打量。钱唯只能庆幸，刚才临近上课前，教室里比较吵闹，陆询那句话，除了吴俊之外，还没别的人注意到。她完全不敢想，如果教室里那几个好事的女生，得知陆询竟然找了她当女朋友，情绪该多么激动。

然而那些外人的反应，比起此刻陆询的脸色，钱唯觉得，都算不上什么。陆询板着个脸坐在她身边，显然一脸兴师问罪的模样，只是碍于上课了不得不憋着。

好不容易熬到下课，陆询果然开始慢条斯理地收拾东西，他这次选的座位，正好是钱唯离开的必经之地，只要他堵着，钱唯就走不了。

“钱唯，你不是那时候对我说你无心恋爱？”陆询的声音有些阴阳怪气的，他瞥了钱唯一眼，“嗯？两天前？那就是刚说完就去参加联谊会了？”

“我是陪刘诗韵去的！千真万确！”钱唯简直欲哭无泪，“是刘诗韵这个资产阶级毒瘤用她家连锁酒店的VVIP房卡引诱我犯了罪！”

陆询挑了挑眉："所以她给你她家酒店的VVIP卡了？"

钱唯点了点头，一脸悲愤："我当时是猪油蒙了心！我要是知道会惹上吴俊这种人，我死也不去的！要不我把她的VVIP卡还给她算了！"

陆询沉吟了片刻："留着吧。"他咳了咳，"以后还是有用的。"

钱唯想，能有什么用啊，她这个人这么宅，平时基本不出门旅游，连A市也不出，也没什么机会能住酒店啊，然而陆询说留着有用，那就留着吧。

"钱唯，我待会儿还得去医院看看我妹妹，今天的刑法学习，我们改时间吧。"

就在钱唯胡思乱想之际，李崇文的声音打断了她的思绪。他还是一如既往的清俊模样，即便刚才目睹了吴俊的一出闹剧，也没有来询问让钱唯难堪，此刻他对钱唯笑笑："还有谢谢你每次的零食。"说完，他对钱唯又挥了挥手，才拿起包走了。

李崇文是走了，然而李崇文留下的影响显然没走，陆询一张脸上风雨欲来，然而很奇怪，他竟然什么也没说，竟能相当平和地和钱唯说着话，只是话题跳跃度有点大。

"晚上吃什么？"

"吃食堂的石锅拌饭吧！"

"你准备吃什么口味的石锅拌饭？"

钱唯有点莫名其妙，但还是回答道："烤牛肉吧！"

"明天的马哲课论文你写了吗？"

"写了啊，反正就那些套话啦。"钱唯一边回答一边觉得这话题转换得也实在太快了吧！

然而陆询今晚的思维似乎十分发散，他沉默了片刻，又没话找话般："最近刘诗韵那边学生会有什么活动吗？"

钱唯抓了抓头："她最近沉迷恋爱，我都逮不着她几回，还没机会问她最近有什么活动呢。"

就这样，陆询的话题从一个变换到另一个，钱唯只能努力配合着。

两个人如此尬聊了会儿，陆询终于安静下来，然后他停下了脚步，拽住了钱唯的手。

"我还是忍不住。"

"嗯？"

陆询的声音干巴巴的，虽然努力压抑着情绪，但钱唯还是能感知出他听似平静的语调下的暗涌。陆询就这么盯着钱唯的眼睛：“我努力过了。”他憋着气，“我做不到。”

“嗯？”

陆询直勾勾地看着钱唯：“李崇文有零食。为什么我没有？你还趁着我没到教室，背着我偷偷塞给他。”

不提还好，一提，陆询就排山倒海般翻起旧账来：“你那时候还给他也买早饭，给他送水果。”

陆询的脸色难看极了，他忍了忍，但最终显然他引以为傲的自制力还是崩溃了：“而且我听说，你以前还对别人夸下海口，以后要对我和李崇文左拥右抱，李崇文做正室，我当小三。”

钱唯脑门上冒汗，但还是镇定地矢口否认：“这话你听谁说的？这种‘我听说’都是谣言，你也知道，当代大学生实在太闲了，什么东西传来传去也就变味了！说这种话的，肯定是不够了解我的外人，我这个人，对爱情坚贞不二的！”

陆询面无表情道：“和你好到穿一条裤子的钱川亲口说的。”

钱川，你这个兔崽子！我和你的亲情到此为止了！

钱唯咳了咳：“那个……”她突然想到了，“我给你也带了一份零食！进口的！”

陆询的面色却还是凝重：“先不说零食，我有一个问题一直想不通。”

钱唯刚想解释自己那是无心之言，却听陆询含怨带气道：“为什么李崇文能当正室，我只配当小三？我陆询难道还不够格当个正室吗！”

啊，喂，陆询，你的关注点是不是错了？重点不是正室和小三的排位问题啊……

陆询这个人，一旦被激发了好胜心，那不斗个你死我活，不分出胜负，是绝对不会停的，他显然在小三和正室这个分配问题上较上劲了，一脸“你今天不给我个合理的解释就别想走”的表情。

钱唯只好急中生智道：“你知道的，正室一般都不受宠，那种没什么情趣但比较端庄识大体的，都拿来当正室；但小三呢，小三才是真正受宠爱的那一个啊！小三娇气不懂事，但是还是狠不下心来和他分开，为什么呢？因为爱啊！小三才是心尖上的人，我那么说完全是对你的肯定。你也看过电视剧的，电视剧里那些正室，是不是一副冷淡的样子，但是小三都妖艳可爱、性感绝伦，完全是按照男人的梦中情人设定来的？你在我心目中，就是小三一样的存在啊！”

陆询虽然还有点不甘心，但好歹脸色缓和了不少，钱唯捏了把汗，这个答案终于勉强过关了……

哎？等等！这不对啊，钱唯想，我不能轻易就这么被陆询的思路带着走啊！现在明明是陆询追我的！为什么我要这么低声下气呢！这可是社会主义的新时代，农奴翻身把歌唱了啊！

钱唯咳了咳：“陆询，你还记不记得，我希望我的男朋友能懂事识大体，不乱吃醋啊。”她看向陆询，“你这样，很不符合我理想男友的人设呢。你可别忘了你还有两个月的试用期啊。”

“我说过了，我努力过了。”陆询声音硬邦邦的，“我做不到。”

“……”

“而且你自己刚才也说了，识大体懂事的，最后只能当个名存实亡不受宠的大房。我不要做这种大房。”

“……”

陆询理直气壮道：“所以我想通了，我要当受宠的妖艳小三，我就是要吃醋。”

竟然有人能把吃醋说得如此轻描淡写，钱唯只想说佩服佩服！

“识大体这件事，我做不到，但是炒菜，我会继续努力的。”在短暂的沉默后，陆询又开了口。

钱唯愣了一下，陆询的一双眼睛此刻就那么一眨不眨地盯着她，漂亮的黑色瞳仁里只有她。钱唯的心中有一种被击中的感觉，她没有预料到自己随口那么一说的话，陆询竟然当了真。她抬起头，小心翼翼地捂住胸口，望向陆询：“你去学做菜了？”

“嗯。”陆询的表情有一点狼狈，“我借了书，但是炒菜这件事，比我预估的难那么一点点。”他顿了顿，再次强调道，“就只有一点点，很小的一点点。”

钱唯还没来得及反应，就又听陆询补充道：“但是难不倒我，我肯定很快就能掌握的。”

钱唯信服地点了点头，陆询说他全能她也信，不知道为什么，她内心里就是对陆询有着这种盲目的迷信。

两个人就这么走着，虽说两个人名义上已经是男女朋友，然而毕竟都是第一次谈恋爱，不论是陆询还是钱唯，都有些生涩。

以往和陆询走在一起的时候，没觉得有什么不妥，然而自从对他真的生出那么点非分之想之后，再这么走在一起，钱唯就觉得整个人不对了。她的脸颊生着火，手心里冒着汗，连走路的姿势仿佛都在意起来，明明头发好好地垂在耳畔，却每隔一会儿就下意识地拿手撩着脸上根本不存在的头发，平生第一次，钱唯这么手足无措起来。

两个人此刻正走过一条林荫小道，钱唯还没意识过来，从小道前方拐角处就蹿出了几辆自行车，车上的是几个年轻男生，大概关系很好，正歪歪扭扭骑着追逐打闹。他们大概也没意识到这条小路上有人，车速一下子没来得及降。

在钱唯还没反应过来的时候，有一双手过来拽过了她，然后轻巧的一个借力，就把她顺势搂到了怀里，那些自行车就这样险险地擦着陆询的身体穿梭而过了。

“不好意思，对不起！”

伴随着一连串的道歉，自行车消失在了小道的尽头。

钱唯这才红着脸从陆询的怀里钻了出来。

陆询的耳朵也有点红，然而一张脸还是一本正经的，他看了钱唯一眼：“下次当心点。”

结果钱唯刚放开陆询的手点了点头，陆询就过来又抓回了她的手。

“算了，你这个人反应慢半拍，还是我带着你放心点。”

他说完这句话，就这么牵着钱唯的手，把她顺势引到了自己身体的内侧：“你走里面。”

这天阳光很好，林荫道的枝叶里透洒出点点斑驳的阳光，微风轻拂，远处篮球场上传来球拍击地面和男生们说话的声音，钱唯却觉得这些仿佛自己都感觉不到了。因为她的所有感官，仿佛都在自己和陆询互相牵着的手上，一开始的时候，陆询只是用他的手轻轻包裹着她的，然而不知道什么时候开始，两双手的姿势变换，他那五根修长白皙的手指，已经嵌进了她的手指之间，变成了十指相扣的方式。

一段路，10分钟，钱唯却觉得又短又漫长。

“刚才要是没有我，你就被撞了。”

钱唯低了低头：“嗯……谢谢。”

“除了谢谢，没有别的表示了吗？”陆询昂着头，声音里有那么一点不自然。

“那……我给你送一面锦旗？”

“钱唯！”陆询终于淡定不了了，他的声音里有点咬牙切齿，“谁要你的锦旗！”

“那你要什么？”钱唯小心翼翼道，“我给得起吗？”

陆询瞪了她一眼，然后终于有些败下阵来般地笑了：“你当然给得起。”

几乎是话音刚落，钱唯的唇上就传来了温热柔软的触觉。

“我要的是这种感谢。”

钱唯的脸彻底红了，她抬头看了一眼陆询近在咫尺的脸：“那你也不能在路当中就这样啊，这有点高调了啊！”

陆询的回应很从善如流。他把钱唯拉到了路边的树荫下，钱唯的后背抵着树干，还有些没搞清楚情况，陆询的吻就又落了下来，他就这么俯下身，把她按在树上，得寸进尺地讨要着她的“感谢”。

钱唯的后背是树干那粗粝的触觉，而嘴唇上却是陆询那犹如羽毛一般的吻，这两种截然矛盾的感觉对比下，这个吻的感觉更突出了。

虽然不想承认，但，确实有点刺激……

直到他们都有些气息不稳，陆询才放开了钱唯：“按照你的要求低调了。”

钱唯简直欲哭无泪，这哪里是低调？按在树干上亲了这么久，当代大学生也太肆无忌惮了吧！

然而钱唯还没从刚才那个吻里冷静下来，陆询就又吻了上来，如果刚才那个吻是浅尝辄止的温柔，那这一个就带了掠夺般的霸道和不容拒绝。陆询的双手捧着钱唯的脸，迫使她不得不抬高了自己的下巴，去迎接和容纳他的唇舌。

这是钱唯第一次知道，光是一个吻，就能散发出那么多让人眩晕的荷尔蒙。其实她也形容不清楚陆询到底是什么味道的，然而这一刻，她只觉得自己周身都是陆询的味道，像是被他标记过的所有物一般，她的呼吸间，都是他的气息。

等陆询结束这个吻，钱唯有些面红耳赤、眼神游离，总觉得没法再直视陆询了。

她垂死挣扎般抗争道：“你这样犯规，不是说好的试用期吗？怎么就已经这么登堂入室了？”

对于钱唯的指控，陆询毫不羞愧，他看了一眼钱唯，理直气壮道：“试用期怎么了，难道你试用期可以不发工资？我领点福利犯法吗？”

找了一个口才和法律专业知识过硬的男朋友怎么办……钱唯心想，现在后悔还来得及吗？

“真是……”陆询又看了一眼钱唯，他的声音听起来有点懊恼，脸色也带了一丝浅浅的红，“好像一见到你就完蛋了。”

钱唯抬头看着他，陆询移开了双眼，他望着不远处，脸上的红晕慢慢地爬上了耳朵，他的声音仿佛带了点失控般的粗鲁："见到你就想亲你。"他顿了顿，仿佛自言自语般恶狠狠道，"我要克制一下。"

他看了眼钱唯，仿佛要转移注意力似的生硬地转移了话题："你接下来要去哪儿？"

钱唯看了眼时间："我得去图书馆打工了！"真是美色害人，对着陆询这张脸，钱唯差一点都要忘记打工这回事了！要是放在平时，她可从来不会犯这种低级错误的！

"那我送你去。"陆询说完，相当自然地牵起了钱唯的手，虽然脸还有点红，但他仍旧能维持一贯的冷静，目不斜视地带着她往前走。

陆询这只手，直到到了图书馆门口才放开。

A大图书馆有个成文的规定，为了保证图书馆内的学习气氛，不允许情侣在馆内有太过亲密的行为，包括不允许在图书馆内亲吻、拥抱、嬉闹等。最初这规矩被订立，是因为在有一年的期末考试季，有几对情侣实在太过分，打扰到了同一张自习桌上其余人的复习，引发了打群架斗殴的冲突，甚至被当作负面新闻被报道。学校这才下了死规定，一刀切，不允许情侣在图书馆内有亲密行为。这么多年下来，虽然学校如今早已不再强制执行这条规定，但长久以来的意识培育，让这条规定如今有了大批的拥护者，万一有哪对情侣在图书馆里按捺不住卿卿我我，当即就会收获一大拨谴责的目光。

钱唯刚走到自己负责的东区二馆的门口，这层的图书管理员就喊住了她。

"钱唯，你来得正好，刚好七楼原文书馆有一批书要调整，搬到我们馆，你上去和朱老师确认下，把那些书运下来整理好。"

"好的，张老师！"钱唯说完，转身就低声对陆询道，"我工作啦，你回去吧。"

"我陪你去把书运下来。"陆询还是那副眼高于顶般的模样，此刻他的双手又插回了裤子口袋里，就那么站着，脸上表情也仍旧是那寡淡的老样子，他看了一眼钱唯，补充道，"反正我正好想去原文书馆里看看。"似乎为了显得自然，又道，"我平时也在里面借阅过原文的法律判例。"

钱唯想，你明明根本没去过那个原文馆。陆询不知道，但是钱唯清楚得很，那个原文馆里，根本没有法律类的原文书，一本也没有，全是理工科的原文书，她很想问陆询，你倒是上哪儿去借阅的法律判例？

口是心非。明明是担心书太多，她搬不动。

直到站到电梯里，陆询还是一脸"正好顺路"的表情，钱唯没有戳穿他，因为她觉得，这样口是心非的陆询，好像也挺可爱的。

挺难得，今天的电梯里没有别人，密闭的空间里，只有钱唯和陆询。就在钱唯发呆的时候，有一只手过来牵住了她的手，她愣了愣，抬头看了一眼陆询，却见对方目不斜视地盯着楼层按钮，仿佛那只正轻轻捏着她手指的手并不是他的。

图书馆的电梯老旧，上升的速度非常慢，钱唯平时一向对此没有耐心。然而今天却不同，和陆询在一起，一切平日无法容忍的东西仿佛也变得可爱起来，慢悠悠的老电梯也仿佛是为了让自己和身边这个人多相处一会儿一样。钱唯又忍不住盯着陆询的侧脸看起来。

牵着她的手突然紧了紧，下一秒，钱唯就被陆询拉进了怀里。

钱唯有些紧张起来："监控监控！电梯里有监控探头的！图书馆老师偶尔会看！"

"那让他们看不到就行了。"陆询说完，直接伸手用手掌遮住了监控探头，然后他俯身下来，又吻了钱唯。

仗着身高的优势，他就这么直接地藐视了规则，单手搂着钱唯，然后又把她压在电梯壁上细细吻着。

刚才说好的要克制一点呢？

"叮咚！"

可惜图书馆电梯里只有两个人的概率毕竟罕见，这个吻刚渐入佳境，电梯就要停了。

在五层，有人上。

钱唯下意识地想推开陆询，然而陆询却还吻着她。她一边承受着他唇上酥酥麻麻濡湿的触觉，一边又不得不分心观察着外面是否有人进来，这两重刺激之下，她只觉得所有感官都被放大，连陆询那只搂着她腰部的手，也让她觉得仿佛透过衣物能传来炽热的皮肤触觉。

钱唯的脑海里不恰当地闪过很多念头，她想，难怪那么多人会偷情，这种偷情般的感觉，确实有一点刺激呢……

电梯门开的瞬间，陆询终于意犹未尽地结束了这个吻，他放开了钱唯，两个人的脸都有些红，都带了些微微的喘息。

五层进来的是三个女生，她们进来叽叽喳喳地聊着天，仿佛顷刻间冲散了刚才的绮丽气氛。

而像是为了掩人耳目般，明明刚才还搂在一起热吻的人，此刻一人一边站在电梯的两端。然而即便这样，钱唯总觉得自己和陆询如今这个样子，全世界都能看出他们有奸情……

“哎哎，陆询哎！”三个女生中扎马尾辫的圆脸姑娘用胳膊撞了撞自己的一个同伴，轻声道。

“陆询”两个字，仿佛是一个咒语，刚才还叽叽喳喳的两个女生马上害羞地小声下来。

“他基本不来图书馆的，竟然能遇到……”另外有个女生一双眼睛盯着陆询。

扎马尾的女生朝她挤眉弄眼地做着口型：“加油！上啊！”

最终，三个女生中那个最活泼的朝陆询走了一步，她的语气有些含羞带怯，仿佛鼓起了巨大的勇气：“陆询，能不能问你要个号码？”

这个女生皮肤白皙，眼睛圆圆的，嘴唇小巧，长得清秀可人，声音又柔柔的，连钱唯都觉得换作是自己，恐怕也很难拒绝她这个要求。

“不能。”

可惜陆询从来不是一般人。

他的声音冷淡，脸色拒人于千里之外，仿佛和刚才抱着钱唯吻到电梯快开门都不撒手的不是一个人。

“我有女朋友了，她会吃醋。”

被拒绝的女生刚才还因为陆询的冷淡而暗淡的脸色，马上挂上了好奇：“你有女朋友了？”

“嗯。”

陆询平日里能用一个字解决的事绝对不会说两个字，能用两个字解决的事绝对不会说三个字，然而今天非常意外地竟然主动说了完整的一句话，别说这三个女生，就连钱唯也有些意外。

虽然被拒绝了，但竟然意外得到了陆询的解释，主动搭话的女生也不再那么尴尬。很快到了六层，这三个女生又恢复了活泼，走出了电梯，其中一个还回头又看了陆询一眼。

电梯里终于又只剩下陆询和钱唯两个人。

钱唯终于把憋着的那口气给松了，有些惊魂未定，含怨带嗔地看了陆询一眼：“差一点就被看到了，吓死我了！”她埋怨道，“你不是说要克制一点了吗？”

陆询的语气毫无忏悔之心：“谁叫你刚才用那种眼神看我。”

“我用什么眼神了？”

陆询昂着头，不自然地移开眼睛："就这种。"

"嗯？"

"就一脸傻了吧唧的样子。"

"嗯？"

"就这种很希望我亲你的样子。"

陆询是这么想的，也是这么做的，他话音刚落，又俯下身，凑在钱唯的脸颊上轻轻掠过了一个吻。

当他起身的时候，电梯到七层了。他恢复了双手插在口袋里的高冷形象，时间掌握得分毫不差，他就这么顶着一张禁欲系的脸镇定自若、表情冷静地走出了电梯，仿佛刚才按着钱唯，几分钟的空当里都要高难度偷个吻的，是另一个人。

"愣着干吗？"陆询回头看了眼钱唯，"有哪些书要运下去，我来。"

看着陆询一贯冷静自持的脸，钱唯突然生出些恶作剧的心态，她装傻充愣道："咦，你不是要在这里找法律原文书吗？"

陆询硬邦邦地说道："突然不想看了。"他虚张声势般地瞪了钱唯一眼，"就允许你们女人善变，我们男人就不能善变？"

行行行，你长这么好看，你想七十二变都行啊！

原文馆要搬到东二馆的书并不多，放在图书馆专用的书籍推车上只需要搬运一趟就行了。这推车钱唯也完全推得动，然而陆询却姿态强硬地让她一边待着去，他一个人抿着嘴唇把所有书转移到了推车上，然后运送去了东二馆。

"我走了。"

陆询送完书，朝钱唯摆了摆手。

第十二章...

奶茶味热吻

陆询走后，钱唯捂了捂发烫的脸，终于可以开始不分心地工作了。

她先把原文馆里搬运下来的书分门别类地整理好，又把近期一些归还的书也放回了该放的书架上，这之后才坐回了东二馆的借阅台前。钱唯随手拿了本诗集准备平复下心情，最近的情绪起伏实在太大，她总觉得，是该清心寡欲一下了。

然而她没看上几分钟，借阅台前就来了人。

“同学，我想借一下这本书。”

钱唯放下书，抬头，是个高个子的男生，浓眉大眼的，人长得挺周正。

钱唯看了眼他递来的书，是杨绛的《我们仨》。

钱唯利索地为那男生办理了借阅手续：“好啦。”

男生笑笑：“谢谢。”

钱唯重新低下头看诗集，可没过一会儿，那男生又来了，这次手里多了一本书：“这本也想借一下。”

是亦舒的《喜宝》，钱唯有些意外，男生看亦舒的，倒是不多见，她忍不住好奇又看了眼男生。

那男生移开了眼神，钱唯赶紧也状若自然地移开了眼神，想看什么书是个人的自由，她不想因为自己的打量把人家弄尴尬了。

这天借书的人并不多，钱唯又翻了几页诗集，才终于又有人来借书了。

她抬头，这次还是刚才那个男生。

“这本也麻烦你了。”

钱唯一看，是冯唐的《欢喜》，她想，这男生阅读的口味倒是很杂啊，一会儿杨绛，一会儿亦舒，一会儿冯唐的，阅读面挺广啊。

结果钱唯刚感慨完没多久，这男生就又来了。

这次的书风格又迥然不同——《你的产品怎样才能畅销》，似乎是一个外国人写的营销学案例书。

这一次，男生终于和钱唯搭起话来。借阅台距离馆内的自习桌有一段距离，只要声音不过分高，并不影响馆内他人看书学习。

“你喜欢泰戈尔？”

钱唯愣了愣，才笑了笑，她意识到他指的是自己在看的《飞鸟集》。

男生也笑：“你微微地笑着，不同我说什么话。而我觉得，为了这个，我已等待得久了。”他有些腼腆地看向钱唯，“我最喜欢的是《飞鸟集》里这一句。”

“对了，你叫钱唯是吗？”那男生语气有些不自然，“我听图书管理员老师喊过你名字，之前我一直在这个馆看书，一直见到你，不知道能不能……”

“我要借书。”

那男生话还没说完，就有一个声音插了进来打断了他。

钱唯一抬头，就看到陆询捧着几本书板着张脸站在自己面前。

因为有人排队借阅，刚才那男生借完书后就不好再继续站着和钱唯聊天了，然而他似乎还是很想讨论《飞鸟集》的模样，竟然只是往边上让了让，但并没有走。

陆询把他手里的几本书往桌上“啪”地一放，故意似的，把这几本书又拿起来翻来覆去在手里倒腾了一遍，那模样，不像是自己有兴趣看，倒像是故意拿出来给别人展示似的。

《她比烟花寂寞》《是男人就别怕》《我变成一只喷火龙了》《“的”字的由来》……

钱唯一看，陆询这借的书都是什么鬼……据她对他的了解，他看书从来只看那些对赚钱有用的专业书或者案例书，从来没听说他对这类乱七八糟的书感兴趣啊……

然而大概因为陆询要借阅的书也不少，刚才的那个男生恐怕也不想等，等钱唯意识到的时候，他已经走了。

“你真的要借这些？”

“嗯，就要借这些。”

“你真的会看这种？”

陆询鼻孔里出气道：“我不看，我借给别人看的。”

钱唯警惕起来：“谁？”

“有些有非分之想的人。”

“啊？哪个？什么情况？”

陆询没好气道：“就刚走的那个啊。”

“哎？”

“人家来借了4本书，你没看见？”陆询的声音气鼓鼓的，“一次一本，不就是为了引起你的注意吗？幼稚。”

钱唯压低了声音辩解道：“也不一定呀，人家没准就是借完一本突然又发现另一本也挺好的，挺想借阅的呢。”

“4本书书名的第一个字连起来读一读。”

“哎？”钱唯愣了愣，才将信将疑地道，“我？喜？欢？你？”

陆询默默地看着钱唯，他突然一扫刚才的臭脸，清浅又无奈地笑了笑：“算了，你这个脑袋和这个粗神经，我有什么好气的。反正不管人家怎么示好，你都感觉不到，更别说这么含蓄幼稚的方式了，又不是几年前，还搞这种，老土。”

钱唯虽然有些后知后觉，但此刻经陆询提醒，也终于意识了过来。她低下头又想了想，然后看了眼陆询丢过来说要借阅的那4本书，突然醍醐灌顶。

同样，按照4本书的书名第一个字连在一起，念出来是——她是我的。

这下轮到钱唯笑了，她抬头促狭地看了陆询一眼：“这种暗示的方式幼稚？老土？”

陆询目不斜视，理直气壮地否认道：“我偶尔也会借点杂书看……”

“不过你刚才不是就走了吗？”钱唯想了想，还是没放过之前的重点，“怎么还在图书馆？”既然那么清楚刚才那个男生一连来了4次借书，那说明陆询这家伙根本不是恰巧路过，显然一直偷偷待在图书馆里呢。

这下终于轮到陆询有些局促了，然而很快，他的脸上又恢复了一贯的镇定和冷静：“这件事应该我来问你，我怎么才走开一会儿，就有别人想着撬我墙脚了？”他撇开了头，“你也太招蜂引蝶了。所以我还是得多看着你点，以后你在图书馆里打工，我都会在这个馆里待着。”

钱唯实在是很无奈：这位朋友，最招蜂引蝶的人好像是你自己啊！我一年可能就有这么一两个人搭讪，你一年情人节光是巧克力和情书就收到手软好吗！

就这样，陆询不容分说索性在钱唯工作的东二馆内找了个位置，大大方方就这么坐下了。

虽说装模作样地拿了本书，然而过了整整一个小时，钱唯也没见陆询翻过哪怕一页，他自然没时间看书，因为钱唯不用回头，也能感知到他正看着自己。

钱唯被这么看了一个小时，手里的《飞鸟集》就停留在同一页也整整一个小时。

“没有流过血的手指，弹不出世间的绝唱；没有经过艰辛历练，难以创造人生的奇迹。”

钱唯盯着这一句看了整整一个小时，她终于站起来，合上书。

今天这书是看不下去了。

她径自走到了陆询面前：“你出来。”

在陆询还没反应过来之前，她就拽着他的袖子把人拉出了图书馆。

出了图书馆有片小树林，钱唯就这么一声不吭地把人拽到了小树林里，然后她终于放开了陆询的手，迎着他不解的目光，把他一把推到了他背后的树干上。

钱唯板着脸，学着陆询的样子，拽起对方的衣领，盯着他：“你再这样影响我学习，我就要亲你了。”

说罢，钱唯就踮起脚尖，想要给陆询一个强势的吻，然而十分破坏气氛的是，她没料到，自己和陆询的身高差距实在是太大了，即便踮起脚尖，竟然只能堪堪够到他的下巴……钱唯面上继续学着陆询绷着那种高冷的表情，脚上却死命踮起，这么拼命却为了维持帅气而不得不假装毫不费力，然而……不管怎么努力，这身高差距摆在面前，一切都是徒劳……

就在自暴自弃的钱唯准备索性放弃了形象跳起来亲陆询的时候，陆询却径自俯下身来，抱起了钱唯，让她的双脚踩住了自己的双脚。

“这样就可以亲到我了。”陆询揉了揉钱唯的脑袋。

钱唯这下终于破了功，她抓了抓头发，嘟囔道：“这下气氛全被破坏了！”

“嗯？”

钱唯把双脚从陆询的脚上移开，有些扭捏：“我本来一直很想体验一回冷酷帅气霸道人设是什么样感觉的，好不容易刚才有个场景挺适合，我本来应该把你推进小树林，然后按住你的双手，对你说出类似‘男人，你成功引起了我的注意’‘下次再打扰我学习，我就要对你这样那样了’之类的台词，然后就开始不容分说地强吻。”她有些遗憾，“好不容易能体会到了，结果……”她叹了口气，“其实我还挺好奇被霸道高冷的我强吻的时候你的感受……”

钱唯的话还没说完，陆询的吻就落了下来。

两个人的鼻息近在咫尺，钱唯能感觉到陆询唇舌间的热烈和强势，他抬手压住了她的后脑，把她往前抵了抵，加深了这个吻。

这并不是一个长吻，然而即便陆询很快放开了她，她却还是觉得呼吸困难、体温升高，就算表情可以伪装，但吻是骗不了人的，一个人的想法，一个人最原始的欲念，只要接吻，都能知道。钱唯看着眼前微微有些气息不稳的陆询，突然极度害羞起来……

陆询却又低头亲了钱唯一下："你刚才突然很想亲我？"

钱唯的话还没开口，陆询就又低头亲了亲她的脸颊："好了，那我不打扰你学习了。"然而他刚说完就又毫无心理负担地反悔了，"最后再打扰一下。"他的语气有些不自然，然而他仍旧努力维持着镇定自若，"既然你刚才那么想亲我，我也不好意思不给你机会。"

他看着钱唯："你亲我一下。"

钱唯被那双漂亮乌黑的眼睛这么深情地看着，只觉得什么学习不学习的，完全都不存在了，时间再宝贵，好像只要和眼前这个人在一起，就算只是安静靠着无所事事，也并不觉得是浪费。

钱唯稳了稳心神，有些装模作样地清了清嗓子，然后指着陆询的身后，突然惊讶道："陆询！后边有人在朝你招手！"

陆询下意识就回头去望，而就在这一刹那，钱唯飞快地蹿起来，抓着陆询的手，然后抬头飞快地亲了一下他的脸颊。

等陆询回过神来时，钱唯已经兔子似的跑得没影了。

陆询愣了愣，摸了摸自己的脸，然后忍不住笑了。

"啊啊啊！"

钱唯忙完图书馆的工作，刚回到宿舍，就听到刘诗韵绵长的一声哀号，她一看到钱唯，更为哀怨了。

"这个周末又泡汤了！"刘诗韵悲愤道，"我好不容易从黄牛手里高价买到了《一只狗的幸福生活》这个话剧的票，想和唐律一起去看的，结果刚才学院竟然通知这个周末法学院大二全体要去各个社区进行大学生普法活动！大一新生法律刚入门，自己大概都需要别人普法；大三不是在准备司法考试就是在准备公务员考试；大四的就更别说了，在忙着毕业论文。于是我们大二就变成了一块砖，哪儿需要往哪儿搬！简直太惨了！”

钱唯一脸茫然：“啊？什么普法？”

“你刚才在干吗？没看短信？学院群发的啊！12月4日全国法制宣传日啊！为了配合，所以今年A市的法学院都会轮流进各个社区进行免费义务普法活动。”刘诗韵有些疑惑道，“不过这不像你啊，钱唯，你明明做什么事都是手机不离身、短信秒回的人，竟然会有别的什么事让你连手机都顾不上看了？老实交代，刚才在干吗？”

钱唯挺老实的：“沉迷男色无法自拔。”

结果钱唯唯一一次如此坦率的诚实，竟然遭到了刘诗韵的鄙视：“得了吧，就你？还沉迷男色？是沉迷你那些二次元的男色吧。”

而一提起男色这个话题，刘诗韵突然想起了什么似的神秘道：“哎，想不想听八卦？我刚知道了一个超级重磅的惊天大八卦！”

刘诗韵显然对这个八卦充满了分享欲，还没等钱唯做出好奇想听的表情，她就迫不及待道：“你知道吗，陆询！我们学院的陆询！有女朋友了！”

“你哪儿听来的八卦？”

钱唯的语气有些复杂，然而刘诗韵却把这种复杂直接理解为震惊和不相信了，她喝了口水，如说书先生一般准备娓娓道来：“我这可是第一手的消息，你要知道我们八卦少女的眼线遍布全校，我邻居的女儿的闺密的表哥的前女友的妹妹，亲耳听到陆询自己亲口承认的！人！家！有！女！朋！友！了！”

刘诗韵看了眼钱唯，有些同情，她拍了拍钱唯的肩膀：“我知道这件事对你来说一定很打击，毕竟你之前还幻想过，不过有时候吧，世事难料，我也很难想到心比天高、成天冷淡画风的陆询竟然就这么不声不响地有了女朋友。说实话，真是好奇这是何方神圣。”刘诗韵摸了摸下巴，“不过吧，我自己一直觉得，陆询一定会找那种森系少女，身材比较一般，就和没发育似的，脸长得很清纯，看着很无辜，声音就那种小小的，两个眼睛水汪汪的，举手投足都娇滴滴的那种。”

钱唯对照了下自己，胸……好像挺明显的。脸？她这脸蛋长得不是清纯的，正相反，是偏艳丽的。声音？她总是中气十足。两个眼睛水汪汪的？她只有没睡醒打完哈欠才是水汪汪的。娇滴滴？就更别说了……

刘诗韵补充道：“当然，我这只是自己大胆假设的结果。”

钱唯很想说，朋友，你这个假设恐怕也太大胆了……

钱唯小心翼翼地问道："你有没有想过，陆询不一定喜欢这个类型？他说不定喜欢我这个类型的呢？"

刘诗韵白了钱唯一眼，一口气道："不可能。"说完又朝钱唯抛了个媚眼，"陆询喜欢我这款还比喜欢你这款的可能性大点。"

"不过！"刘诗韵又深深吸了一口气，"虽然陆询这个女朋友到底是什么款我也不清楚，但是有一点可以确认！这个女的，就算表面是我说的那种娇滴滴型，内心也是个可怕的悍妇！"

"据我线人的可靠消息，这个女的特别善妒！连陆询平时和别的异性说句话也要向她报备，连那种七八十的大妈多看陆询一眼，她也会吃醋！据说她甚至给陆询装过监听器，导致陆询在路上看到异性都不敢多说什么，十分惨！"

钱唯总算理解为什么谣言总是屡禁不止这回事了，也总算知道为什么不是亲耳所听见的东西都不能信了……

刘诗韵还在感慨："真没想到陆询竟然找了这种母老虎……"

钱唯觉得自己应该替自己说句话："我觉得陆询的女朋友一定不会太差，毕竟陆询的眼光放在那里，你这种传闻不可信啊，毕竟要是那女的那样，陆询还不早早分手？"她清了清嗓子，"我个人觉得，陆询的女朋友，一定是个品格高贵、情趣高雅、举手投足充满智慧的气质女子。"

对于钱唯这一番话，刘诗韵毫不客气地"哈哈哈哈"笑起来，她揶揄道："一看你就是单纯的无知少女，一般这种母老虎都手段了得，恐怕陆询是想甩也甩不掉啊。"她朝钱唯猥琐一笑，"我估计吧，这个女的和陆询睡过了！陆询也是男人啊，怎么抵挡得了肉体的诱惑，恐怕现在还沉迷温柔乡吧！就算平时确实受不了这个女的性格，男人嘛，都是……嗯你懂的。"

钱唯彻底掐灭了自己认领陆询这个女朋友的想法……

刘诗韵还在扬扬自得地表述自己的男女关系理论："反正男女之间什么事，如果睡一觉解决不了的话，那就睡两觉好了！"

刘诗韵，你的思想真的很危险啊！我和陆询完全是灵魂的吸引好吗！

然而还没等钱唯找到机会为自己正名，刘诗韵就转移了关注点。

"你看最近那个韩剧《原来是美男啊》了没？快去看，超好看，我热烈推荐！张根硕长得真秀气啊，可惜就是名字有点那个，根硕，联想起来实在有点色情。"

钱唯无奈地看了刘诗韵一眼，她很想说，这位朋友，别怪人家名字色情，这得赖你自己，满脑子都想的啥啊……

刘诗韵的周末约会计划泡汤了，钱唯和陆询倒是可以以另一种方式照常进行，两个人都是法学院的，按照学院的要求正好得一起参加普法进社区活动，四舍五入也可以算是另类约会了。

可惜到了普法活动的那一天，陆询对此仍旧颇为不满："这也算约会？有约会带上全学院八十多个电灯泡的？"

"没有那么多电灯泡啦。"钱唯算了算，"我们年级八十几个人，是平均分配到我们学校周边八个社区的，今天在我们这个莲花社区普法的其实也就十来个人而已。"她试图安抚陆询，"而且你要这样想，我们运气还是挺好的，至少分到了一个小区呀。"

陆询瞥了钱唯一眼："那是我贿赂了分组的张奇。"

"……"

"命运掌握在自己手里，不在什么运气手里。"陆询一边说着，一边意有所指地看了一眼不远处。

钱唯顺着他的目光，就看到了站在不远处的李崇文……

看来李崇文上次随口那句"因为遇见你连运气都好起来"，怕是要被陆询记仇一辈子了……

从陆询发现李崇文竟然也被分配到莲花社区和他们一起普法以后，这脸就没活络起来。他虽然想到了让张奇把他和钱唯分在一组，但显然忘记了打击和排除异己李崇文，这会儿碍着面子，又不好发作。

钱唯很想说服陆询别再把李崇文当假想敌了，然而未果。

过了半晌，陆询才又看了眼李崇文，哼了一声："算了，我应该对手下败将大度点。"他那冷艳高贵的神色里终于流露出一些难掩的得意，"设身处地想，李崇文说不定也压根没想和我一组，毕竟自己单身看着别人秀恩爱还是挺难过的。"

这次分组其实挺巧的，不仅陆询、钱唯、李崇文在一组，刘诗韵和莫梓心也都在这组。

没过一会儿，人就到齐了，陆询和其他男生一起把这次普法活动的易拉宝、横幅还有宣传海报都贴了起来，把法律咨询台也搭好，座位、记录本等都一一摆好。

周六的早晨，正是人们买菜、遛狗、散步、出门吃早饭的时间，陆询一行人在社区的门口摆出了这个显眼的普法小窗口，十来个青葱的大学生往那儿一站，想让来往的居民不注意都不行。

很快就有好热闹的老阿姨们围了过来。

“这里什么法律问题都能咨询啊？”

“收不收钱？”

“我有个问题要问，我孙女前几天被隔壁邻居那个狗吓到了，能不能要他们赔钱？一直听说有什么精神损失费的啊。”

很快，确认这次普法行为是A大法学院的学生免费进行的之后，居民们就抱着试一试的心态来咨询了。一来A大法学院声名在外，几乎为A市的公检法队伍输送了70%的中坚力量；二来这是免费的；三来，几个试探性咨询的老大妈连续问了好几个问题后，发现这些年轻人虽然还是学生，但分析起问题来头头是道，挺专业，给出的意见也中肯，于是一传十、十传百，没一会儿，普法小窗口前就围满了人。

“大家一个个来，排好队呀。”

12个学生，两个维持现场秩序，两个负责宣传拍照工作，剩下8个就坐成一排，分别回答居民们咨询的法律问题。

本来按照此刻排队的人的数量，8个人平均分配的话很快就能解决完，然而……钱唯发现，明明自己和莫梓心这边排队的人比较少，可好几个老阿姨还是宁可排到需要等比较久的陆询那里去……

“小伙子，你今年几岁啦？”

“小伙子叫什么名字呀？”

“小伙子有没有对象啊？阿姨有个侄女也是A大的，要不要交个朋友？”

钱唯实在很无语，自己怎么找了这么一个招蜂引蝶的男人哪！

有个老阿姨，即便咨询结束，也恋恋不舍地站在陆询一边，趁着各种空隙试图和他搭讪。

“阿姨，你刚才所谓的理财公司应该是我解释的庞氏骗局，空手套白狼的，我建议你赶紧马上去把你的投资金要回来。”陆询却不回答这一连串问题，他只笑笑，不经意道，“我以前看过个案例，受害人只是拖了一小时，结果就这么一个小时，那家骗子公司就人走楼空了。而且这种理财骗局，往往是谁先去要钱才能要得到，后面去的，公司被挤兑倒闭了，就算抓着负责人，也变不出钱赔给你。”

那老阿姨一听自己的养老理财钱有可能全部打水漂，意识到事情的严重性，哪里还有心思打听陆询单身不单身，脸上立刻变了色，赶紧就开始打电话准备去要钱了。

“我干了5年的工作，公司突然说不要我了，连最后一个月的工资也不结给我，就要我卷铺盖走人，怎么办？我没和公司签过合同，是不是要不到这笔钱了？”

“公司应该在你入职以后一个月内和你签订书面的劳动合同，如果没有签，从第二个月起就应该支付你双倍工资。所以你现在要做的就是把你在公司的工卡、平时的加班单据、平时报销走流程的财务凭证、每月工资发放的流水单还有食堂饭票这些凭证，全部收集起来作为证据，证明你5年内一直在这家公司上班。只要有这些，你不仅可以要到最后一个月的工资，还能要到之前的双倍工资。”

明明还只是大二的学生，但陆询回答起那些五花八门的法律问题来，竟然头头是道、条理清晰，并且完全切中要点，不仅能给对方科普具体的法律，还每每都能告知对方解决的办法。而令钱唯最意外的是，平日里惜字如金的陆询，在面对这些文化水平并不高的老阿姨时，竟然能十分耐心而细致地用最朴实的语言为她们解答疑惑。有些老阿姨一次并不能听懂，陆询也能不厌其烦地用不同的方式解释一遍又一遍。

她的陆询太好了，看起来冷冰冰的，然而内心却温柔得要死。

这次女生和男生分开，用了两张长桌，钱唯面前已经没有咨询的人了，她就捧着脸，看着不远处另一张桌子后的陆询。他的侧脸英俊到不真实，明明身边其余几个男生也同样俊朗，然而钱唯总觉得，和陆询一比，别人就真的是庸脂俗粉了。

这样看着看着，钱唯突然就有些隐秘的满足感，这么完美的人是自己的，光是这么想想，就觉得幸福得简直要笑出声。

原来这就是恋爱啊。

想起一个人就想微笑，笑起来不需要理由，捧着脸看对方一整天也不嫌烦，起床后想微笑，吃饭时想微笑，睡觉前还想微笑，自己还是那个自己，但内心会不自觉地柔软，不自觉地安宁，不自觉地满足。

对方的高冷，在自己眼里是另类；对方的毒舌，在自己眼里是犀利；对方的霸道，在自己眼里是呵护；就连对方的口是心非，在自己眼里也是可爱。

因为喜欢，陆询对钱唯来说变成了这个世界上独一无二的存在，他不再是法学院之光的陆询，不再是暗恋榜单上第一名的陆询，不再是永远完美的陆询，这一刻，他仅仅是被钱唯喜欢着的陆询。

钱唯就在这种充盈的甜蜜和幸福感里，断断续续接待着咨询法律问题的人，她学着陆询的样子，用尽可能浅显的话语解释着一个个法律概念，用最贴近现实的方式给困扰的人们解决着实际的问题。

遇到陆询，让钱唯觉得，自己也必须变得越来越好，才能配得上他。

在很长的一段时间里，钱唯总觉得，自己是配不上陆询的。

在陆询表白之前，钱唯从没敢想过他竟然会喜欢自己，陆询太好了，好到钱唯看着他都生出些不可亵渎的感觉。他像是站在天上的人，而她仿佛只能遥遥地站在地上仰头看着，她能看到他周身的光芒，也能感受到那些光芒打在自己身上后投射在地上的阴影和光斑，他是发光体，而她并不是。她以往从没想过这些事，如今细细一品，才意识到自己这是在自卑。在陆询面前，不管平日里她多插科打诨，但内心深处，在潜意识里，她还是觉得自己不够好，她想变成和陆询一样优秀的人。

想到这里，钱唯下意识就看了一眼安静坐在自己左边的莫梓心，她的长发垂坠在身侧，浓密的睫毛纤长。大约因为意识到钱唯的视线，她抬起头也看了钱唯一眼，然后朝钱唯笑笑。就这样一个简单的动作，钱唯顿时就有些自惭形秽了，仅仅是一个眼神，为什么莫梓心就能诠释得那么温柔缱绻呢？

以往没觉得，然而此刻钱唯的心里有些酸溜溜的，要是公布陆询现在和自己在一起，恐怕说出来不仅刘诗韵不信，连自己的亲弟弟钱川也不信。

在大众的眼光里，陆询仿佛生来应该是和莫梓心这样的人在一起的。钱唯想到这里，又忍不住看了莫梓心一眼。她的面前此刻来了咨询的人，是一个被家暴想离婚的年轻女人，莫梓心正如陆询一般耐心而温柔地为对方讲述着如何保护自己维权和起诉离婚的方法。

不管怎么看，莫梓心的侧脸，都像是一幅赏心悦目的油画。

钱唯心想，也难怪陆询之前会喜欢莫梓心，自己要是个男的，恐怕也会喜欢她。

这么一想，思绪就停不下来了，钱唯忍不住又想起了陆询对莫梓心表白的那个场景，当时的陆询，想必也是真的很喜欢莫梓心吧。

和陆询在一起以来，钱唯努力淡化这段记忆，谁一生里没几段过去式的？已经过去的事她没法参与也没法修改，抓住当下这一刻的感情就好了。她明明很清楚这才是成熟的感情观，也知晓，正是过去的所有，才把陆询塑造成了今日的陆询，甚至正因为有莫梓心，自己才和陆询有了各种各样接触的机会。

“我和他结婚就是个错误，我现在才意识到，我根本不喜欢他！”在莫梓心那儿咨询离婚的女子似是说到激动处，嗓音放大了些，带着些哭腔，又抹起眼泪来。她的样子实在很凄惨，一只眼睛还带着被殴打后的青紫，面上七七八八有些老旧伤痕，手腕上也有被大力扼住产生的红肿，钱唯的注意力忍不住被她吸引了过去。

“我和他是职校里的同学，最开始的时候，其实他并不是我喜欢的那种类型，我喜欢的是他的好朋友。可惜那个男生不喜欢我，当时我是倒追的，觉得被拒绝了很丢脸，那个男生拒绝我以后很快就和别人在一起了，我觉得非常受打击，自信心和自尊心觉得都被摧毁了，一度很颓废。也就是那个时候，他出现了，每天陪着我安慰我，帮我度过了这段最难的时期……”来离婚咨询的人普遍都有这种情况，虽说是为了听专业的法律意见，但很多时候也是忍不住要倾诉，那年轻女子又抹了抹眼泪，“于是我就和他在一起了，他那时候对我挺好，我也就稀里糊涂毕业就和他结了婚。当时以为是喜欢他的，现在才发现，根本不是这回事，我太傻了，当年错把感谢当成了爱情，也错误地把和他进入一段新恋情当成了走出失恋阴影的救命稻草，现在才发现，我不爱他。”

莫梓心一边安慰着一边忍不住提醒道：“那你说的，他婚后怀疑你和他好朋友出轨了，对你不断家暴，你实际上做了对不起他的事吗？”

似是被戳到痛处，那年轻女人顿了顿，才有些顾左右而言他道：“他这个人就是疑心病太重，我只是和人家出去喝了几次咖啡，一起出去旅游了一次而已……”

不用莫梓心再问，连钱唯也知道，这年轻女人看来确实是出了轨，不是肉体的，也至少是精神的……家暴自然是绝对不能容忍的，然而婚姻这种事，两个人的感情走到尽头，永远不是单独一方的错误。

莫梓心只能在如何离婚包括财产分割、子女抚养这几点上，给了对方粗略的建议，对方又哭着抱怨了一通，才终于走了。

“感情这种事，想起来也真是很唏嘘。”莫梓心叹了口气，看向钱唯，“有些人心中的白月光，即便没追到，也还是不可替代的，就算退而求其次和别人在一起了，心中也永远会念着的还是没得到的那一个。”

莫梓心说完后，又看了钱唯一眼，才离席去了厕所。

钱唯不知道她是无心之言还是已经觉察到了什么，她坐在原地，突然有点不安和烦躁，她看了一眼不远处的陆询，她会是陆询的将就吗？她会是陆询度过失恋痛苦的踏板吗？她会是陆询的退而求其次吗？她会是陆询人生里的错误吗？

钱唯迟疑了。上辈子，明明自己和陆询从同学到同事，那么多年，陆询从没有对自己有所表示，想来自己的性格和长相，都并不是他喜欢的口味。重来一次的人生里，自己凭什么就一定能改变这种喜好？陆询是不是因为失恋才被自己乘虚而入了？

“钱唯，我买的奶茶。”就在钱唯内心纠结之际，李崇文温和的声音打断了她的胡思乱想，他随手递来了一杯奶茶，“我那边的咨询结束了，我刚去对面买的。”

此刻到了午饭时刻，大部分早晨咨询的人已经得到了满意的答复离去，只有陆询面前依旧火爆，还有几个老阿姨围着他说着什么。负责维持秩序的刘诗韵已经闲着没事干，李崇文把奶茶递给钱唯的时候，她正踱到了两人身边。

看到这个场景，刘诗韵果然怪叫起来：“哎哎哎！李崇文，你不厚道啊！”她促狭道，“怎么奶茶你就只给钱唯买？我的呢？”

此刻其余不少学生已经离席去附近休息，然而陆询还在，不过他并没有看向钱唯这边，还在认真地为咨询的老阿姨解答，钱唯松了口气的同时又有点失落。

李崇文被刘诗韵这么一调侃，脸马上红了起来：“你等等，我再给你买，你要什么口味的？”

“我要乌龙奶茶！”

李崇文一离开，刘诗韵就调侃起钱唯来：“我看你很快就要结束单身了啊，不过你可做好准备啊，李崇文在我们大一学妹里人气可是很高的，你要是和他在一起，可要做好被当成女性公敌的准备啊。”

钱唯却偷偷看着陆询的侧脸，有些魂不守舍，她心里只想着陆询，根本无暇分心顾及别的。

变得善妒，变得猜疑，变得举棋不定，变得不够勇敢，变得不够潇洒，变得脆弱，原来这些也是恋爱的感觉。

像一杯蜂蜜柠檬水，甜的同时，也有着酸。

而好像因为陆询，钱唯觉得自己做什么事也没法集中精神了，整个人乱糟糟的。

这种乱糟糟的情绪持续到了大家结束上午的普法活动，一群人去吃午饭，钱唯的注意力才终于被转移了一点，然而很快她就发现，陆询不太对劲。

“没想到社区普法咨询的人还挺多。”其中一个男生伸了伸懒腰，然后看了眼陆询，“不过最累的还是我们陆询了，基本他一个人就吸引了50%的火力。”

“咨询陆询的大到房产纠纷，小到民间借贷，真是什么都有。陆询，我很好奇，这么多法律条款你都是怎么记住的？”

然而对于大家的夸赞和艳羡，陆询今天的情绪却并不怎么昂扬，只是友善地笑笑，间或给出个“嗯”。

其余同学在热烈讨论今早遇到的各种咨询，陆询也全程没有参与，只安安静静地走在一边，低着头，没有看前方，也没有看钱唯。

钱唯和刘诗韵走在一起。刘诗韵在热火朝天地讲着她昨天看的韩剧剧情，然而钱唯却根本什么也没听见，明明早上的时候还好好的，怎么现在陆询就不开心了呢？

大约是觉察到钱唯的视线，陆询终于抬了头，然而他只是轻轻扫过钱唯，就又把头侧开了。

“陆询……”

钱唯轻轻喊了他一声，然而陆询却把头直接别了开来。

“钱唯，待会儿能不能帮我把这条围巾带给钱川？”就在钱唯分神之际，莫梓心的声音把她唤回了理智，钱唯抬头，莫梓心便又对她笑了笑，“是我上次帮他织的。”

钱唯下意识点着头收下来，再看陆询，他仍旧那副“我们不熟”的表情，看起来并不想理她。

钱唯看了眼面前的莫梓心，再看了眼陆询，又想起刚才咨询离婚的那个年轻女人，突然就有些难受，也有些了然。陆询……陆询的内心深处，怕是还没有忘记莫梓心吧，因而在莫梓心的面前，摆出了平日里和钱唯相处时截然不同的冷淡面孔。一个男生，但凡对一个女生还有点想法，就不会在这个女生面前公开自己已经不是单身的，也不会在这个女生面前和别的女生显出亲密。

果不其然，吃饭的时候，仿佛为了避嫌似的，明明钱唯身边还有空座位，然而陆询走过时只稍稍停顿了下，最终还是选择坐到了别的桌上。

一顿饭，吃得钱唯食不下咽，她浑浑噩噩地吃完，便跟着大部队重新回到莲花社区继续下午的普法活动。

整个过程中陆询还是不发一言，倒是李崇文过来了几次。

下午咨询的人不多，过了片刻，陆询负责去给大家买水，李崇文则接了个电话往外边去了。钱唯就心不在焉地发着呆，等了半小时，才终于看到有人朝着她走来。

然而等走近了，钱唯才发现，来人气势汹汹，看起来不像是来咨询的，反而更像是来寻仇的。

他一开口也终于验证了钱唯的猜测。

"刚才是谁给我老婆做了什么狗屁法律咨询？现在那死婆娘回家就把卡里的钱全转走了，去找律师要起诉离婚了。"

"你这个神经病！你别去找别人麻烦，反正这个婚我是离定了！"

就在大家面面相觑之际，一个熟悉的女声哭哭啼啼从远处传了过来，钱唯循声望去，才发现来人正是上午那位遭遇家暴号称要离婚的女士。

一男一女两个人，就这么互相纠缠着指责着推搡到了钱唯一行人面前。

直到走近了，钱唯才意识到这男的喝了酒，因为即便站得尚有一段距离，她也能闻到他身上的冲天酒气。对方一张脸和脖子涨得通红，身形胖壮，也不知道是酒精的作用还是因为情绪激动，他一手指着女人怒骂，一只手还拎着一瓶啤酒。

"这个死婆娘给我戴绿帽子，我打她还不天经地义？"对方瞪着眼睛，青筋毕露，"她自己讨打，我有什么错？而且男人打老婆，这都是家务事，你们这些不三不四的人掺和进来多管闲事干什么！还大学生呢，大学生这么闲？警察来了都不敢管的事，你们要管？"

有男生看不过去："你这种行为是违法的，严重的更是涉嫌违反《刑法》，虐待家庭成员，情节恶劣的，自诉以后是可以判处两年以下有期徒刑，拘役或者管制！"

结果不说还好，这一说，仿佛刺激了对方的神经。对方拿起酒瓶灌了一口，然后就往咨询台上一砸，把酒瓶砸破，手里就这么抓着这个全是玻璃尖的啤酒瓶，朝大家晃动着威胁道："我还没找你们这些小兔崽子算账，刚才给这个死婆娘出鬼主意的是谁？给我站出来，我张刚今天不仅要教训自己婆娘，也要给你们这些屁都不懂的大学生一点颜色看看。"

这男人的情绪已经完全失控，颇有种亡命之徒的意味，在场的男生也都感知到他的危险性和不确定性。

有人嘀咕道："算了，我们已经报警了，等警察来处理吧。"

一时之间，之前跃跃欲试想要帮忙制服对方的男生也迟疑了。

那男人的眼神可怕，语气阴森，颇有种不达目的誓不罢休的姿态，模样更是嚣张，直接当着大家的面，就用力揪起了女人的头发，想着往墙上掼，一边掼一边还骂骂咧咧。

那女人红着一双眼睛挣扎着，也不甘示弱地用指甲抠抓着男人，现场一片混乱。那男人大概因为有人围观，情绪更为激昂，而女人的反抗仿佛更是刺激了他的施暴欲，他开始用双手死命掐着女人的脖子。那女人终于意识到了不妙，这下彻底放弃了挣扎，被那男人用玻璃瓶抵住了喉咙，不敢动弹。

“这死婆娘说刚才给她出主意的是个女的。”那男人却不依不饶，举着碎啤酒瓶，眼神在几个女生之间游移，“我倒是要看看是谁，教她把钱都转走了去补贴给那个小白脸，既然是女的，能想出这种办法，以后保管要祸害男人，我张刚今天就替天行道把这小贱人的脸给划花了！”

他说完，又狠狠揪了两把女人的头发：“他们不说你说，刚才是谁给你支的着？”

那女人一路哀号着，模样凄惨极了。

莫梓心毕竟也只是个19岁的女生，她大约也是第一次见到如此可怕狂暴的场景。作为刚才为那女人提供咨询的人，她也害怕起来，下意识就往后退了一步。

然而正是她这个小动作，没有逃开那男人的眼光，他的目光犹如毒蛇一般缠绕过来。

那被打的女人也似乎终于败下阵来，为了自保，痛哭流涕地指着莫梓心道：“是她！都是她教我的！我本来不想的！都是她鼓励我，说一定要离婚！”

“原来是你。”

那男人终于成功被转移了注意力，他放开了自己老婆，拿着碎玻璃瓶，朝着莫梓心走去。

莫梓心下意识地一步步往后退，然而那男人却情绪激动地追了上来，事情发生在电光石火的一刹那，钱唯下意识想要拉开莫梓心，然而在她的动作之前，就有一双手拽开了对方。

是陆询。

完全害怕的呆住的莫梓心，被陆询一把拽了开来。

没了莫梓心，就变成陆询正面对上那个疯狂的男人了。

对方似乎就是想发泄内心的愤恨，重新举起碎啤酒瓶朝陆询砸去。面对比自己壮上一圈的男人，陆询却完全没有退却，他的眼睛根本连眨都没眨一下，他甚至根本没有怕那碎啤酒瓶，只是伸出手牢牢地卡住了对方的脖子，那力气大到连钱唯都能看到他手背上隐隐绷起的经络。他的眼神凌厉，气势迫人，就这么单手把对方狠狠推到了不远处的墙上固定住。刚才还嚣张跋扈的男人，面对陆询有绝对优势的武力，竟然根本毫无还手之力，他的脖子因为被卡住，脖颈的皮肤微微发红，他喘着粗气，看得出来还想破口大骂，然而死死被压迫住的气管让他没法发声。

有了陆询的压制，其余男生也终于反应过来，七手八脚上前抢走了对方手中的碎玻璃瓶，然后几个人把那男人的手扭到了背后。

刚才千钧一发之际差点受伤的莫梓心惊魂未定，她瑟瑟发抖地缩在陆询身后，那样柔弱无助，像一朵带着露水的玫瑰，梨花带雨的眼眶配上她的鹅蛋脸，有一种脆弱的美。

英雄救美，仿佛生来就该如此。

钱唯看着这场景，心里和眼里都忍不住有些泛酸，又开始忍不住自我怀疑起来，陆询真的喜欢自己吗？自己真的配得上他吗？他今天突然的冷淡，是因为莫梓心吗？

钱唯看着不远处的莫梓心和陆询，心烦意乱，明明挺大胆的人，这一刻竟然有些胆怯，自己应该不应该上前去？

“陆询……”

“陆询！”莫梓心的惊呼声盖过了钱唯那句小声的呼喊，她的手握着陆询的胳膊，“你这里划伤了，在出血！我带你去附近的卫生所包扎吧！”莫梓心的声音已经带了哭腔，“都是我不好，如果你不是为了保护我，就根本不会受伤……”

原来刚才陆询单手制住张刚的咽喉，另一只手挡住他的碎啤酒瓶已是非常不易，体型很壮的张刚挣扎中还是用碎啤酒瓶扎伤了陆询抢夺他凶器的那只胳膊。

钱唯一听陆询受伤，再也顾不上其他，下意识就想朝他跑去，然而飞来横祸说的就是钱唯了。

她刚想往前跑，之前被几个男生扭住的张刚，突然就暴动了起来。他蛮力很大，一下子竟然半挣开了几个男生的桎梏，把两个男生都推了开来，那两个男生趔趄着往后退了几步，把避犹不及的钱唯给撞了下，钱唯这一下平衡没掌握好，就下意识也往身侧退去。

“钱唯！当心！”

伴随着打完电话刚赶回来的李崇文的喊声，钱唯的左脚脚底就感觉到了尖锐的疼痛。

钱唯低头，抬起脚，才看到了扎在自己鞋底的一块碎玻璃碴，那是刚才碎裂的啤酒瓶的残渣，自己一时不察，在碰撞中竟然踩到了。

钱唯弯下腰想拔走扎进脚底的玻璃碎碴，然而一只手过来制止了她。

“别拔，拔掉就要开始流血了。”李崇文已经跑到了钱唯面前，因为刚才的奔跑，他的声音里还带着些气喘吁吁，“来，你扶着我的肩膀，单脚走路，当心点，我带你去附近的医院，还是让医生给你消毒了以后再处理伤口比较好。”一边说着，李崇文一边用一只手准备搂住钱唯的肩膀，“你使不上力气的话，靠在我身上就行了。”

然而还没等李崇文的手落下，另一双手就强势而霸道地抱着钱唯的腰，然后一个打横，像是把她从李崇文手里给截和般抱了起来。

钱唯抬头，不经意地就撞进了陆询深色的眼眸里，他很快移开了目光，只留下一个漂亮的下巴给钱唯瞻仰。

他的脸色有点冷，也有点臭，声音也硬邦邦的：“她脚都受伤了，单脚走路太累了，我直接带她去医院就好了。”他顿了顿，补充道，“反正我的胳膊伤口也需要处理。”

李崇文看了看钱唯，然后抬头直视着陆询道：“我不放心钱唯，我还是一起去吧。”

陆询也毫无畏惧地直视了回去，他冷冰冰地不容分说道：“不劳费心，你还是先留下吧，下午普法活动还要继续，一下走开两个人，其余人的接待压力会很大。”虽然言语里都还客气，然而这一番话里，已经隐隐有了上位者的气势和不让步。

可惜一贯好说话的李崇文这次竟然还不愿让步，他盯着陆询：“你也受伤了，我怕你去包扎的时候没人照顾钱唯。”

陆询的声音带了隐隐的威压，他的脸色平静，然而钱唯知道，他的语气里已是强忍着怒气：“我自然要等她处理完伤口再处理自己的。”

许是受陆询态度的影响，李崇文的口气也冲起来：“这样对你的伤口也不好。”

“我自己的伤口我心里有数。”

两个人之间此刻竟然有些剑拔弩张的趋势，脸上还有些梨花带雨的莫梓心插了进来，想要缓和气氛般地提议道：“要不我和你们一起去医院吧，我是女生，照顾起钱唯来也比较方便，陆询又是为了保护我才受伤的……”

可惜陆询的脾气一上来，谁也劝不住，他想也没想，直接给了莫梓心冷冰冰的两个字：“不用。”

陆询把钱唯又抱了抱紧，他挑衅般地看了眼李崇文：“我不在这里和你浪费时间了，钱唯的伤口要尽早处理，资源要优化利用，这么多人陪着去医院没必要。”

仿佛为了印证他的说法一般，陆询的话音刚落，刚负责和出警的警员简单做了个说明的刘诗韵，就朝李崇文和莫梓心喊道：“快来点人手帮忙啊！我需要跟着这位警察叔叔回派出所做个笔录，下午来咨询的人已经在咨询台那儿排队了，你们其余人赶紧去给人家解决法律问题！”

李崇文顿了顿，咬了咬牙，又略带敌视地看了陆询一眼，才转身离开。李崇文走后，莫梓心自然也没有逗留的借口，欲言又止，看了陆询几眼，才跟着李崇文的背影一起走了。

这一出离婚纠纷引发的闹剧至此终于收场，周遭安静下来，这一路就剩下陆询和钱唯了。

明明没有别人了，明明就那么紧紧抱着钱唯，可是陆询却抿着嘴唇一言不发，他的眉头轻皱，好看的眉形因此都变成了一个微妙的弧度，一双眼睛还是望着前方，脸色冷冷的，仿佛自己并没有抱着钱唯，而是抱着什么过年时候待宰的猪或者羊之类的……

整个过程中，陆询都没再看钱唯一眼，钱唯小心翼翼地在他怀里变换了个更舒服的姿势，他才低头警告性地看了她一眼，然后紧了紧双臂。

虽然不算重，但钱唯毕竟也有个近百斤，陆询就这么云淡风轻地抱着她继续往前走着。莲花社区是老城区的老小区，这儿的路弯弯绕绕，陆询对这一带也不熟，即便知道社区医院的大致地点，也免不了绕了点弯路，然而抱着钱唯的那双臂膀，一直稳稳当当的，走了这么久，他仍旧脸不红气不喘。

好在兜兜转转，终于找到了社区的小医院。

“先给她处理下伤口。”

陆询仍旧沉默着，明明两个人能同时处理的，他却固执地等护士帮钱唯处理好伤口才肯处理自己的。

幸而不论是钱唯还是陆询，伤口都不深，消毒后简单处理就可以，只是钱唯因为伤在脚底，只能单脚蹦着走路。

本来两人包扎好就应该往回走，可惜天公不作美，屋外竟然淅淅沥沥下起了小雨，钱唯和陆询不得不暂时在社区小医院里避雨。

钱唯很想和陆询说点什么，然而陆询坐到了另一边的椅子上。

虽然不知道为什么，但陆询显然心里有事，不想和钱唯聊天了……

钱唯忍了忍，她盯着眼前的自动贩售机发呆。

然后陆询站了起来，他还是冷着张脸，走到了自动贩售机前，投币，自动贩售机吐出了一瓶罐装奶茶。

陆询拿起来，递给了钱唯。

“你怎么知道我想要喝奶茶？”

陆询转开头，声音还有些硬邦邦的：“你都盯着奶茶看了10分钟了。”

“我盯着奶茶，那你是盯着我在看吗？”

陆询瞪了钱唯一眼，有些强硬地否认道：“没有。”

钱唯走到陆询身边，把奶茶递给陆询。

陆询对她露出疑问的表情。

“我打不开。”

陆询的脸上写满了“不相信”，然而手上还是接过奶茶罐帮钱唯开了。

两个人终于坐在了一起，一起望着窗外的雨。

窗外是这个冬季的第一场雨，钱唯的双腿轻轻晃动着，她低着头，终于还是鼓起了勇气。

“比起我这样的类型，你是不是更喜欢莫梓心那种？”

陆询抬起头，微微皱着眉：“你在说什么？”

钱唯的心里有些酸涩：“今天在莫梓心面前，你就不愿意理我了。”她抬起头，努力让自己的声音听起来平静，“我知道她比我优秀，但我也有我自己的原则和底线，我不想……”

陆询打断了钱唯的话，他漂亮的黑眼睛瞪得圆圆的，像那种震惊中的大型猫科动物：“关莫梓心什么事？我什么时候喜欢她了？”

这一次，钱唯决定索性把一切摊开来说：“当初你表白的时候，我确实有点太慌乱了，有些事都没有问清楚，我知道在我之前，你是追莫梓心的，这件事你也没必要否认。”

“我没有。”陆询抿了抿嘴唇，“我向你表白的时候不喜欢她，向你表白之前也不喜欢她。”他盯着钱唯的眼睛，“我从来没喜欢过她。”

“你之前不是还叫我帮你追她……”

陆询微微偏开头，声音有些不自然：“我撒谎了，我是为了有正当的理由见到你。那时候我以为你和莫涛在一起，你说你们情比金坚，我只想到了这个办法，实际上我根本没约过她看电影，也没打算送她什么生日礼物，我根本就没找过她……”

“那你为什么不和我说清楚？”

陆询恶狠狠地看了钱唯一眼：“这种事，我以为你会知道，大家彼此心知肚明就好了，为什么要戳穿。”他压低了声音，语调里有些狼狈的意味，“我不要面子的啊。”

“但……我知道你对她表白过。在体育馆练功房的时候。”虽然很不想回忆，但钱唯还是用简单的语言还原了当时的场景，“所以，我亲耳听到了。”

陆询的语气不善：“你哪里亲耳听到了？我说什么话了吗？”

“……”

“钱唯，你这是事实错误认定，你作为一个法学生，难道不知道什么信息都不能偏听吗？一切从外界得知的素材，即便亲耳所听、亲眼所见，也要自己进行二度的思考和编辑，更何况你这个根本不算亲耳听到、亲眼见到的。”陆询只沉吟了几秒钟，就切中要害地指出了问题所在，“在你所谓的我对莫梓心表白的场景里，你根本没见过我，也根本没听到我说哪怕一句话。”

“你就没想过我根本不在？”

这下轮到钱唯惊愕了，然而真的好好想想，确实是这样，整个过程中，她对陆询表白失败的判断都来自莫梓心。

“我就从没喜欢过她，怎么可能对她表白。你要再不信，把你听到所谓表白的时间给我，我找我的不在场证明给你，这够了吗？”

钱唯的脑子有点不够使，那么也就是……莫梓心撒了谎？她是自导自演？可能是因为先入为主的思维定式，上辈子的印象太深刻，钱唯甚至下意识地没有经过什么思辨就认定了陆询表白这件事，然而现在想想……那一天的一切细节，莫梓心的表现，才都显出可疑来。陆询说得没错，即便他不在，只要莫梓心表现得足够自然，她一个人就能表现出那个场景。

好像在一切关于陆询的事面前，不管是懵懂年轻的前世，还是已经经历过岁月的现在，钱唯都没法学会冷静，作为一个律师在面对客户时的理智客观还有条理逻辑，在陆询面前通通都会崩溃。

以前的钱唯从没有去想过，而直到现在，她才终于后知后觉地意识到这一点。

或许在很早很早的以前，在她自己都没意识到的以前，陆询对她而言，就是不同的。

在很早以前的过去，或许她在内心里就仰视着他，跟随着他，遥望着他，希望他幸福，希望他顺遂，希望他能拥有这个世界上最好的爱情，却从没有想过，自己能成为给他幸福，给他顺遂，让他拥有这世界上最好爱情的人。

陆询太优秀了，钱唯在内心从没有想过两个人其实站在平等的台阶上，有一种感情，是会让人觉得自己卑微的，因为是陆询，所以她的判断变得盲目变得不够缜密。

幸而再来一次的人生里，她得以窥见真实的自己，也得以窥见真实的陆询。

“我是没向她表白过，倒是她，向我表白了。”

“嗯？”

陆询看向钱唯：“不过我拒绝了。”

“嗯……”

陆询似有些不满，他挑了挑眉，状若不经意地道：“这种拒绝别人的示好，坚定自己感情的事，你要真是特别想表扬我，我也是接受的。”

钱唯想了想，试探道：“拒绝得好，拒绝得妙，拒绝得呱呱叫？”

钱唯突然想起了什么事：“莫梓心是什么时候向你表白的？”

陆询想了想：“就探戈舞大赛那段时间吧。”

“具体什么时候？”

陆询耸了耸肩：“不记得了。”

“你不是过目不忘吗……”

“一个人的脑容量是有限的，我成天要连别人跟我表白这种芝麻绿豆大点的事也记得清清楚楚，还有闲暇记重要的事吗？”陆询看了钱唯一眼，声音有点气呼呼的，“而且她又不是你，我为什么要花心思和精力去记她和我说的话？”

钱唯有些不好意思，她眨了眨眼，才解释道：“因为我想起来，莫梓心就是差不多探戈大赛时候和钱川在一起的，可她又是正好在这个时间段里和你表白的话，我担心她根本不是真心喜欢钱川的。”想到自己大大咧咧的双胞胎弟弟，钱唯就有些担忧。在今天之前，她没想过莫梓心是这种人，如今和陆询把事情索性都和盘托出，她开始担心，莫梓心并不真心喜欢钱川，而是只把他当成自己表白失败的缓冲剂来转移注意力而已……

钱唯了解钱川，他虽然表面看起来有点不正经，但其实感情观很简单，就是个愣头愣脑的二傻子，一旦喜欢一个人，就真的一门心思对对方好。上辈子她并不知道莫梓心为什么和钱川分手，钱川什么也不肯说，然而分手后钱川确实一蹶不振了很久。

钱唯叹了口气：“钱川那么喜欢莫梓心，我真担心他事后会受到很大伤害。”

可惜陆询对此毫无同情心，他撇了撇嘴：“那家伙喜欢莫梓心，作为男人，就说明他眼光不行。要是受伤害，那也只能说是自己的选择导致的后果，多磨炼磨炼，吃点亏才能眼光变好，你去担心他干吗？”陆询有些不满道，“而且你对着我，还想什么别的男人。”

钱唯弱弱地道：“钱川是我弟弟……”

“那也不行。”

钱唯心中一直萦绕不去的误会解除后，心情就好了起来，此刻看着坐在自己身边的陆询，那颗躁动的心，仿佛终于渐渐安宁下来，好像和这个人在一起，终于不用患得患失了。

陆询不喜欢莫梓心，从来没喜欢过莫梓心，真好呀。

钱唯内心欣喜之余，又想起了点别的：“陆询，既然你不是因为喜欢莫梓心才在她面前对我爱理不理，那刚才到底是为什么突然那么冷淡？”

不说还好，说到这件事，陆询的表情又变臭了。

他看了一眼钱唯手中的奶茶，阴阳怪气道：“这件事应该问你自己，是我买的奶茶好喝还是李崇文买的好喝？”

钱唯有些哭笑不得：“你是因为李崇文吃醋吗？他是我的朋友，只是一杯奶茶而已。”

“不是一杯奶茶那么简单的事。”陆询忍了忍，显然没忍住，“钱唯，我是你的谁？”

“男朋友啊。”

“可是为什么别人都不知道我是你男朋友？”陆询抿了抿嘴唇，“法学院的同学不知道，李崇文不知道，刘诗韵不知道，钱川也不知道。”

钱唯愣了一会儿，才终于反应过来，这是妖艳的小三来要名分了……

“我从来不介意公开你是我的女朋友，但我觉得你不是这样。”陆询低了头，看着社区医院的瓷砖地面，声音有点闷，“你好像不想说，所以连你的弟弟、你最好的朋友都不知道我是谁。”

钱唯顿了顿，才终于鼓起勇气：“其实我有点不安。我总怕你的这层喜欢是三分钟热度，自己这边轰轰烈烈刚公开和你在一起，没过多久，你这脑袋就不热了，拍拍屁股就不带走一片云彩地走了，留下我一个人面对尴尬的局面，这就很难堪了……”

钱唯的话还没说完，就有一双手过来握住了她的，她抬头，那双手的主人却还若无其事般看着不远处的自动贩售机。

“不是三分钟热度。

“不喜欢莫梓心，也不喜欢别人。

“钱唯，我只喜欢你。”

在淅淅沥沥温柔的雨声里，陆询的声音显得低沉好听到不真实，然而钱唯手上微微收紧的力度在不断提醒着她，这是真实的。陆询是真实的，陆询的声音是真实的，陆询的爱意也是真实的。

“确实是我想得不够妥当，公开这种事，应该让我来做。”

钱唯踢了一脚地上并不存在的灰尘，朝脑后撩了撩头发，掩饰自己的紧张：“我一直以为你喜欢莫梓心，至少是喜欢过她，所以你刚才那样不理我，我很难过的。”

陆询的眼睛睁大了一些：“你会难过吗？”

“嗯。”

“对不起。”陆询道歉完，重新盯着钱唯的眼睛，他的语气里带着一种微妙的狼狈和复杂，“虽然你难过，我听到了很自责，但说实话，我又很高兴。因为知道原来你也在意我啊。”

钱唯嘟囔着：“我看你刚才英雄救美心里还挺美滋滋的嘛，莫梓心一有危险你就冲出来了，真巧啊。”

陆询斜睨了钱唯一眼：“虽然我不喜欢她，但如果一个女生遇到危险，作为男生不挺身而出，那简直太不男人了，你喜欢那种见死不救的我吗？”

好好好，钱唯想，说道理我什么时候赢过了？

“而且，我那么急着冲过去，主要是怕你被波及。”陆询看了一眼钱唯，“你咨询的位置在莫梓心边上，谁知道那个男人发起酒疯来会不会伤到你。”他想了想，警告道，“下次遇到这种事，躲远点，知道吗？”

知道啦知道啦，不仅讲道理没赢，钱唯想，连说情话我也输了！

“不过……我和莫梓心，你真的不喜欢她喜欢我？”钱唯还是有点不敢置信，过去的偏见实在太强大，以至于现在她还有些蒙，“老实说，我总觉得，我站在她身边，她像是那种进口的顶级鱼子酱，而我像是餐盘上为了搭配鱼子酱的洋葱啊……”

“我比较喜欢吃洋葱。”

“……”

“不对。”陆询扶了扶额头，语气充满了无奈，“钱唯，真是都被你带歪了，什么洋葱！”他盯着钱唯的眼睛一字一顿道，“你从来就不是什么洋葱。我陆询喜欢的人，是这个世界上什么珍馐都比不上的。”

窗外的冬雨打湿了芭蕉，冬天的雨，带了点萧瑟的寒意，随着风飘进来的雨丝更是让人觉得寒潮难忍，然而钱唯却觉得一颗心里，升腾起的都是那种暖暖的妥帖的温柔。

她有点小雀跃，也有点小扭捏：“但是……我有点好奇，你为什么会不喜欢莫梓心？为什么说钱川品位堪忧？”钱唯也生出了点好学的劲头，“毕竟她长相也挺出挑的，看起来脾气也还行，专业知识过硬，家世优越，你们男生到底是怎么考虑的？”

陆询沉吟了一会儿：“你想听真话还是假话？”

“当然是真话啊。”

“我不喜欢平胸。”陆询咳了咳，“她胸太平了。”

这个答案，钱唯只想说，也是很耿直了……

“而且你比较漂亮。”

钱唯惊讶地问：“有吗？”

“男人和女人的审美是有差别的。”陆询看了一眼钱唯，“莫梓心长得清汤寡水，我比较喜欢长得艳丽一点的那种，眼睛很勾人，会放光的那种……”

钱唯想，怎么听这形容，像是狐狸精呢……

“最重要的是，”陆询清了清嗓子，紧盯着钱唯道，“你比较可爱。”

嗯……这还差不多……

“那你呢？”

“嗯？”

陆询顿了顿，似乎在斟酌用词，他状若不经意地看了一眼窗外的雨丝：“就我和李崇文啊。”

钱唯愣了愣，然后忍不住弯起了嘴角，她把瓶装奶茶的罐子贴上了自己的脸颊，仿佛只有那冰冷的瓶罐才能冷却她微微发烫的脸，她盯着陆询：“奶茶，这瓶比较好喝。”钱唯低下头，“因为是你买给我的。”

虽然仍旧是那副镇定的模样，但陆询的耳朵微微红了起来。

“真的是我这瓶比较好喝吗？”

钱唯点了点头。

“是什么味道的？”

“真的很好喝，奶味很足，甜度适宜。”钱唯有些不好意思，她晃了晃罐子，声音惋惜，“唉，我喝完了，要不然你也喝一……”

她的声音还没说完，就淹没在了陆询的唇舌中，这是个浅尝辄止的吻，然而或许越是短暂的东西越是惹人回味。等陆询放开钱唯，他望向她的眼眸中，还带了意犹未尽。

他就这么盯着钱唯的眼睛，气息微喘：“奶味是很足，甜度也确实很适宜。”

被陆询这种长相的人用这种眼神看着，本来已足够让人心跳加速，然而更犯规的是，当钱唯也回望过去的时候，在陆询那漂亮的黑眼珠里，她看到的完完全全是自己的身影，让人一瞬间有种心驰神往的感受——他的眼中只有自己。

陆询的眼神直勾勾的：“还想再喝一口。”

话音刚落，陆询就言行十分一致地又俯下了身，给了钱唯第二个吻。

钱唯被亲得晕乎乎的，只觉得自从谈恋爱以后，仿佛没法好好和陆询说话了，因为说着说着就忍不住亲起来了，真是头痛啊，然而这种头痛，细细品起来，又有点甜蜜，她想，似乎也不赖。

“你的脚，怎么样了？还疼吗？”

“嗯，有点疼。”

陆询的表情有些自责：“是我不好，我刚才要是早点把你拉走就好了，你就不会受伤了。”

钱唯仰起头：“你再亲亲我，我就不疼了。”

陆询的回答永远是从善如流，他搂过钱唯，亲了亲她的鼻尖和耳垂。

虽然闹了场小别扭，然而此刻两个人之间，该讲的都讲明了，心中都是一片澄澈敞亮，仿佛骤雨停歇，阴霾一扫，天空重新碧蓝透亮起来。钱唯只觉得，现在和陆询这么手拉着手，晃荡着腿，连呼吸进来的每一口空气，都是甜的。

她以往是个极度怕疼的人，然而唯独这一次，却觉得虽然脚上被扎了，但能把心中那些对感情的自卑和不安通通倾泻出来，一股脑丢进垃圾桶里彻底清空，就算脚被扎成马蜂窝，好像也还挺值得的。

也仿佛为了应景一般，屋外的雨已经停了，太阳重新出现，懒洋洋地挂在空中，这场冬雨带来的湿冷也开始渐渐被扫除。

“走吧。”陆询站起身，在钱唯面前微微下蹲，“上来，我背你。”

第十三章...

喂，抱紧我

陆询的背宽阔而温暖，钱唯趴在上面，鼻息间全是他的味道，她就这么把脸埋在他的背上，看着他稳当当地走过一个又一个水洼。

按照上午普法活动的咨询量，这下午一下子缺失两个劳动力，其余同学恐怕就忙得不可开交了，钱唯和陆询自然得回去帮忙。

陆询人高腿长，走得很快，没一会儿，钱唯就看到了莲花社区门口他们竖着的普法宣传横幅。

大概陆询不管在哪儿都是个注意力焦点，太过出挑的容貌和气质让他和钱唯还没走到普法咨询台前，就被几个眼尖的同学看到了。隔着距离，钱唯听不到他们交头接耳在说什么，然而很快，一个接一个，很多同学都在咨询间歇抬起头来朝着他们看过来。

陆询总是礼貌、克制、疏离的，高冷是他的代名词，别说女生，就是男生，也没见过他这么乐于助人，把受伤的女同学背回来的场景。

钱唯缩在陆询背上，觉得自己实在找了个太高调的姿势。

“要不你放我下来吧？”钱唯有些害羞，“还有几步就到了，我自己走吧，人家盯着我看，怪不好意思的。”

两个人此时已经到了莲花社区的门口，陆询大概听进去了钱唯的建议，终于

- TIME SENDS YOUR LOVE TO ME -

钱唯，我知道在前阶段的几个案件中，你虽然做了最大的努力，想帮助当事人，却因为法制不够健全，让对方钻了空子而败诉了，为此，你的状态一直有些不好，情绪相当低落。我知道你可能觉得世界很冷酷，并不温柔，但我只想让你知道，就算世界不会对你温柔以待，我会。

世界尚不完美，但我们作为律师，就算多帮助一个当事人，也能改变这个环境。这个案子，我相信你一定能帮当事人争取到最好的离婚财产分割方案，同时也想让你知道，我不愿像这样错过你。我爱你，一直一直爱着你。

才不要和
老板谈恋爱
Time sends
your love to me

停了下来，把她放了下来。

“陆询！你可终于回来了！快来救我们的命啊！”刘诗韵眼尖，一见到陆询，就流露出见到救星的表情，朝着他们挥手起来，“钱唯你也来得正好，身残志坚坚持一下！下午咨询的人实在是比上午还多……”

因为刘诗韵中气十足的大喊，其余同学便也都下意识朝着钱唯和陆询看来，近乎是众人瞩目的效果。

钱唯心想，幸好已经从陆询背上下来了……

莫梓心自然也注意到了陆询，她咬着嘴唇，一脸关切地走上前：“陆询你的伤口……”

然而莫梓心的问题还没问完，钱唯的庆幸也还没过一秒钟，陆询就重新给了钱唯一个犹如探照灯聚焦般的体验。

他搂过了她，然后一只手轻轻托起她的脸颊，就这么在所有同学的眼光里，给了她一个吻。

这个刹那，钱唯只觉得血完全往脸上涌，她的脑子仿佛被烈性炸药炸开，一切理智和思绪都被轰成废墟。在这么多人面前，陆询却完全并没有浅尝辄止结束这个吻，他的气息带了点霸道，就那么深深拥吻着钱唯。

这是一个宣告所有权般的吻，陆询并不畏惧任何人的目光。

世界仿佛在这一刻彻底静止了。

等陆询重新放开钱唯，钱唯只觉得宛如已经过了一个世纪。

她的脸微微红着，陆询摸了摸她的脸颊：“让你之前没有安全感是我的错，公开这件事，还是由我来做比较好。”他用鼻尖轻轻碰了碰钱唯的鼻尖，轻声道，“这样你就没有什么值得害怕了，就算以后分手，也是我被你甩了，而不存在别的可能。”说到这里，他眨了眨眼睛，“当然，我应该不会让你有这个机会。”

做完这一切，陆询仍旧镇定自若、面无表情，然而钱唯却紧张得都有些手忙脚乱了，虽然知道恋情总是会有公开的一天，但她从没想过陆询会用这么嚣张的方式。

钱唯只觉得自己像是走在棉花糖上，深一脚浅一脚没有实感，然而周身却都能呼吸到棉花糖散发出来的那种甜甜的奶香味。她完全不记得自己是怎么顶着众人各色的震惊目光回到咨询台的了，总之等她意识过来的时候，她已经好好地坐在了台前，陆询也已经坐回了另一侧开始解决咨询者的问题。

“钱唯……”刘诗韵瞪着眼睛，“你竖几根手指给我看看？”

钱唯捂着还有点烫的脸："啊？"

"我想看看我眼睛花没花。"刘诗韵的表情很茫然，"是不是太阳有点大，我刚才好像突然一阵眩晕，仿佛看到你和陆询在接吻……我是不是要看眼科了，还是要看精神科？"

"是哎。"

刘诗韵："嗯？"

钱唯清了清嗓子，故作镇定道："你没看错啦，你的眼睛没问题的。"

大概被钱唯的淡然神情影响，刘诗韵不觉有异般"哦"了一声，过了一分钟，她才意识过来不对地"啊"起来。

"等等！钱唯！你和陆询在一起了？陆询的那个女朋友就是你？"刘诗韵一张脸上，崇拜、钦佩、震惊交替闪过，她非常完美地遵从了"重要的事情说三遍"的原则，大喊了三句，"天啊！天啊！天啊！！"

然而这似乎都不足以表达她的"风中凌乱"，她又来来回回看了钱唯和陆询半天，才仿佛终于消化了这个事实。

一旦接受了这个设定，刘诗韵似乎觉得也挺带感，她压低了声音，凑到钱唯的耳边道："话说，钱唯，你怎么把陆询搞上手的？难道就靠着之前给人家送早饭送水果还有夸赞？陆询原来竟然吃这一套？细水长流外加拍马屁？"

钱唯的情绪也终于缓了下来，她瞥了眼刘诗韵，一本正经胡扯道："坚持不懈。"

刘诗韵十分好学："还有呢？还有别的特别手段不？那么坚持不懈追陆询的人全学校海了去了，之前隔壁财经大学还有个审计专业的美女天天来我们法学院旁听，就为了偶遇陆询呢，结果你看，陆询正眼都没瞧人家！"

"还有就是，善妒。"

刘诗韵一脸茫然。

钱唯微微一笑："你忘了，你之前不是得到可靠消息说，陆询的女朋友就是个妒妇和悍妇吗？"

刘诗韵一脸欲哭无泪："我以后一定争做一个社会主义的好青年，不听谣，不传谣，遵纪守法，为中国法制进步而奋斗！"

"哎，等等，我怎么好像记得，你那时候说的，我要把人家陆询搞上手就叫我爸爸？"

"钱唯，我有没有和你说过一件事？"刘诗韵深情地转移话题道，"一直以来，能成为你的朋友，我都感到非常荣幸，你温柔又体贴，感性与理性并存，美貌与智慧共举，率真又洒脱……”

钱唯摇了摇头：“不行，没得商量。”

刘诗韵沮丧道：“唉，爸爸！”

钱唯摸了摸她的脑袋，终于有种翻身农奴把歌唱的得意：“好孩子。”

下午咨询的人不少，很快，刘诗韵和钱唯都投入到咨询工作中去，没闲暇聊天了。过了大约半个小时，之前咨询的小高峰似乎过去，几个人才终于有了喝口水的时间。

于是之前顾不上八卦的群众，又“唰”地把目光朝钱唯扫射了过来，尤其是这次同行的几个女生，如果目光能实体化，钱唯觉得自己的衣服恐怕已经被她们的目光烧了个洞。

艳羡的，困惑的，狐疑的，震惊的，嫉妒的，探究的，这些目光里夹杂着各式各样的意味，钱唯虽然做好了准备，但直到这时才发现，做陆询女朋友，确实得有一颗强劲的心灵啊。

刘诗韵捅了捅钱唯的胳膊：“哎，你刚看见陆询当着那么多人亲你的时候莫梓心的表情了吗？”她压低声音道，“她整个人都像是被按了暂停键，就那么僵着一动也没动，过了会儿陆询放开了你，我才看到她虽然身体没动，但手指都在发抖……”刘诗韵摸了摸下巴，“就感觉她好像被当众打了一个耳光那样子吧。”

莫梓心当时什么反应，钱唯不知道，原本因为陆询，她下意识地过分注意着莫梓心，然而现在，一切都不重要了，她再也不在意她了。

莫梓心在陆询当众亲吻了钱唯以后就消失了。钱唯又接待了几个咨询的居民，才看到莫梓心从不远处走回来，她仍旧顶着那张柔弱的脸，然而脸色却惨白灰败。

在社区医院得知陆询表白背后莫梓心的自导自演后，钱唯是冲动过的，那个刹那，她甚至想跑到莫梓心面前当面质问她为什么撒谎。可现在的钱唯却不想了。

没有必要质问别人，过好自己的人生，就是对对方最大的惩罚了。重来一次的机会里，她只想要好好抓紧陆询的手，每一分每一秒，都不浪费。

下午的普法活动临近尾声，等解答完最后一个咨询者，大家热火朝天地把易拉宝宣传板和横幅、咨询台等都收了起来，叽叽喳喳交流着今天遇到的法律问题，感慨着书上法律条款到实际运用中的困境，在晚霞中一起往公交车站走。

陆询因为和其中一个男生交流着刚才一个咨询案例里的处理方式，有点落在了大部队的后面，钱唯等一行女生先行到了公交站台。

好几个女同学还在偷偷观察着钱唯，也不知过了多久，终于有个胆子大的鼓起了勇气："钱唯，你和陆询在一起了？"

"嗯。"

这个开头开启了女孩子们八卦的开关，有几个当下就露出了羡慕的语气："是你追的陆询吗？其实我在经管学院的好闺密也追过，还给陆询写了一年情书，可惜陆询拒绝了……"

"我追的她。"

就在大家叽叽喳喳聊天的时候，钱唯身后一个熟悉的低沉声音响起，伴随着这声音，一双手伸过来亲密而自然地搂住了钱唯的肩膀。

平日里的陆询并不喜欢和女生打交道，几个女生也是第一次这么近距离接触他，有几个脸上难掩惊讶："哇！好意外！"

"那，你追钱唯追了多久呀？"

"挺久的，她太迟钝了。"

钱唯有些意外地抬头看了陆询一眼，陆询还是那个陆询，还是冷冷淡淡的那个腔调，但竟然耐心地回复着其余女生八卦的问题。

"你们是刚在一起吗？"

"在一起有一段时间了。"

"保密工作做得可真好！完全没有感受到！"

其余女生七嘴八舌地问着问题，陆询一反常态好脾气地一一解答，直到公交车到了，大家才算是彻底放过了陆询。

这个点正是下班的高峰期，公交车上简直犹如沙丁鱼罐头，很快大家都被冲散在了其余乘客中。然而在拥挤的人潮中，陆询还紧紧握着钱唯的手，他用自己高大的身躯硬生生为他支撑起一片不受他人推挤的空间。

"你今天怎么这么好脾气？"钱唯嘟囔道，"竟然有问必答。你知不知道你这样在女生里人气会越来越高的，我会有危机感的，好不？"

"还不是为了你。"钱唯的头上被陆询轻轻地拍了一下。

"嗯？"

"为你打好群众基础。"陆询眨了眨眼，"你们女生小群体里不是一直有这样的小故事吗？上几届我们法学院有个学长陈勋，还记得吗？他当时被好多女生追过，后来和一个低年级的学妹交往了，结果那个学妹被其他女生攻击孤立，最后压力太大退学了，和陈勋也分手了。”他盯着钱唯的眼睛道，“我怕你也被孤立。”

钱唯心里直乐：“那你的潜台词，我就是霸占了校园大众情人的众矢之的咯？看不出你对自己的定位还挺自信啊。”

陆询瞪了钱唯一眼，然而语气却意外地温柔：“想把最好的给你，想所有人都能和我对你一样好。”

钱唯忍不住微笑起来，傻瓜呀，你不知道吗，你已经给了我最好的了，最好最好的爱情。

下班高峰期堵车严重，公交车开开停停，钱唯还来不及说什么，一个大的急刹车，就让她没掌握好平衡直接撞到了陆询身上。虽然陆询为她单独隔开了一个不受别人推挤的小空间，可这个小空间上方和周围并没有扶手和拉手，钱唯必须十分小心才能不随着刹车的惯性东倒西歪。

她下意识地想从陆询的胸膛里起来，然而头上伸来一只手，又把她重新压回了胸口。

“没扶手，就抱着我。”

似乎为了印证陆询的话似的，他的话音刚落，公交又是一个急刹车，于是在这走走停停的颠簸里，钱唯就把头轻轻埋在陆询的胸口，他的心跳声音就在她耳边，他的气息就萦绕在她颈间，他的手就环在她的腰间。周遭嘈杂，充斥着手机公放的声音、人们交谈闲聊的声音，还有手机铃声，伴随着公交车每次到站的提示声，一切都显得无序而杂乱，拥挤的车厢因为密不透风而空气混浊，然而钱唯窝在陆询的胸口，只觉得安心而温暖。

在拥挤的公交车中并不是什么愉快的体验，然而钱唯觉得，假使这样一路开下去，只要有身边这个人在，一切原本无法容忍的事，也都变得可以接受起来。

公交车在花费了比平时多一倍的时间后终于达到了A大校园站，一行人鱼贯下车。这个站台是A大学生去往各个目的地的集散地，因而人流量巨大，此刻陆询的出现，一下子就吸引了不少女生的注意，而对于这些打量，他保持着一贯的冷淡表情目不斜视地穿越过人群，钱唯就躺在他的怀里，被他用公主抱的姿势轻松抱起。明明她的腿也没到完全不能走的地步，然而陆询却不容分说把她这么一把抱了起来。

刚才陆询对两人关系的公开只是当着十来个法学院同学的面，然而此刻在车站，几十双眼睛下，钱唯才知道刚才在社区那一幕简直是演习一般的小打小闹，如今这才是真正的战局。

也是直到此刻，钱唯才终于知道，陆询这家伙在学校里到底有多受女生欢迎，她感觉到自己硬生生承受了来自四面八方无数的眼刀和好奇的目光。

到了校园门口，陆询才把钱唯放下，然后毫不在意地搂了搂她：“你在这里等我一下，我去传达室领个快递。”他说完，当着那么多来往的学生的面，就亲了亲钱唯的额头，彻底把一众女生“她或许是陆询妹妹”的念想也给斩断了。

不少男生会羞于在大庭广众之下表达对女友的喜欢和亲密，然而陆询不，他总有一种昭告全世界的坦荡和嚣张，如同他的长相，眉目精致却大气尽显。

陆询都不害怕，自己还害怕什么？

钱唯挺直了背脊，抬起头，直直地朝那些探究的目光望回去。

“钱唯。”

在众多的目光里，钱唯回头，看到了站在她身后不远处的李崇文。

自她和陆询重新回到社区以后，李崇文就有些沉默，但当时大家都忙着处理咨询的问题，她也没放在心上。此刻普法活动结束，再次和李崇文两个人面对面，她才觉察出他情绪的低落来。

他走上前，样子却还是温和：“刚才一直没来得及问，你的脚，伤得厉害吗？”

“小伤，消毒包扎过了。”

李崇文低了低头，然后才朝钱唯笑笑：“没事就好，以后这些事，有陆询关心，是他的话，仔细想想，也挺好的。”他顿了顿，“就是不知道，以后的刑法复习小组，还要不要继续了。”

“继续。”陆询的声音从钱唯的背后传了过来，“钱唯说你教起刑法来特别耐心，而且深入浅出。我虽然考试成绩偶尔比你高上几分，但不等于考得高就一定会教。一直以来谢谢你对钱唯的照顾了，对她帮助挺大的，她也一直和我提起你，说很感谢你，她一直觉得你对她来说亦师亦友。而且刑法学习小组是你们一直以来的习惯，你要时间上方便的话就继续下去吧。”陆询的声音平和，不再是之前和李崇文的剑拔弩张，这一次，他的脸上带了点浅淡的笑意，“不过最近刑法课里有些立法立意上的东西，我理解得也不是很透彻，不知道你介意不介意我加入你们的学习小组？”

李崇文愣了愣，他看了一眼陆询，然后嘴角也漾起了清浅的笑意：“你这样的学霸一起加入壮大我们的学习小组，那真是求之不得，正好之前我看了一个刑法的案例也有些不明白判决的原因，可以和你讨论讨论。”

“总之钱唯的朋友也是我的朋友，以后要有什么需要帮忙的，尽管和我说就行了，别客气，大家本来也是一个学院的同学。”

钱唯就这样看着陆询和李崇文你一句我一句、一派友善和谐地结束了聊天，这也是她第一次看到陆询竟然还有如此团结同学的一面……

李崇文离开后，钱唯才抬头，她颇有一点欣慰：“你终于不觉得李崇文是假想敌了，看到你们两个现在这样，我真挺开心的。”

“谁说他不是假想敌了？”

“哎？那你不是让我和他继续学习了吗？”

“这叫团结一切可团结的力量。”陆询冷哼了一声，“就因为是假想敌、潜在情敌，才要这么团结，和李崇文做朋友，到时候我看他还好不好意思抢‘朋友’的女朋友。”

“现在我都上位了，偶尔也需要表现一下正室的气度。”陆询沉吟了一下，“而且每次小组讨论我反正都去，他要是想图谋不轨，做梦。”

虽然和陆询之间解除了误会，重新回到了正轨，然而钱唯心里还是有点心事。

钱川那边怎么办？钱川并不知道莫梓心是什么样的人，她在他的心目中仍旧是温柔、可爱、单纯的女生，然而如今钱唯知道了莫梓心自导自演的那些事，就觉得心机深沉的她无论如何不适合钱川了。更何况她到底是否真心喜欢钱川，还十分值得怀疑，然而直接把这些事全部告诉钱川？第一，热恋中的男生总会下意识地维护自己的恋人，看问题也容易片面，钱川一定会信吗？第二，这些事实对钱川恐怕也是一种打击和伤害，如果由别人告诉他是不是太伤他自尊了……

钱唯对此有些头疼，她苦于想不出一个两全其美的办法，然而又不能眼睁睁看着钱川被蒙在鼓里，最后仍旧和莫梓心以分手收场，再来一场心伤。

“钱唯！有空吗？陪我出来喝酒！”

钱唯没想到的是，一天后，自己就接到了钱川的电话，自己昨晚纠结的问题，竟然就这么猝不及防地解决了……

钱川和莫梓心！分手了！

钱唯赶到约定的小饭店时，钱川已经喝了一瓶啤酒，他满脸通红，情绪还很激动。

钱唯问得小心翼翼："她为什么和你提分手？"

"不是她提的。"钱川又喝了口酒，他闷声道，"我提的。"

哎？

"我真是瞎了眼，竟然喜欢上了这种人。"钱川愤愤道，"真是知人知面不知心，我还以为她是那种天真、单纯、完美的女生，没想到却是那样。"

钱唯心里一万个好奇："她怎么了？"

钱川又灌了两口酒，才有些尴尬和愤怒地蹦出了两个字：

"劈腿！"

钱唯相当震惊："啊？！"

"你不是给我新买了个诺基亚吗？她也刚买了一个一模一样款的。昨晚约会的时候我裤子没口袋，手机就放她包里了，结果回家时候拿错了，我拿了她的手机。"钱川黑着脸，很不愿回忆的模样，"我本来也不想看她手机里内容的，但对方的短信正好跳出来，开头称呼是'宝贝'，话说得勾三搭四的。我这才好奇打开，然后才发现，她背着我竟然还和别的男人打得火热，短信里全是暧昧的话，还和人家说根本不喜欢我，不过就是心软，看我追得辛苦才答应我。"说到这里，钱川重重地放下了啤酒瓶，"都什么玩意儿？虽然确实是我追的她，可当初她答应我时根本不是这么说的，说什么对我也是一往情深……而且我对她不好吗？我把她捧在手里怕摔了，含在嘴里怕化了，男朋友该做的都做到了，她还不满足吗？"

这样的发展，不仅作为当事人的钱川十分震惊，就连钱唯也觉得难以预料，事情发生得实在太过突然，她就这么瞪大眼睛看着钱川，一时之间竟然都忘记了说什么安慰的话。

"真是没想到！"钱川还有些余怒未消，"钱唯，你说得对，我们大学生，就应该为社会主义建设而奋斗，不应该去谈什么狗屁恋爱，应该专注学习！大学的恋爱，都是幼稚愚蠢的！我钱川，在这里发誓，我要向你学习，保持单身，保持活力，之后绝对不在大学里谈恋爱了！再谈恋爱我是狗！"大概喝得有点上头了，钱川醉晕晕地就开始放飞自我了，说着说着竟然就这么抱着啤酒瓶当成话筒唱了起来，"让我们红尘做伴活得潇潇洒洒，策马奔腾共享人世繁华，对酒当歌，做对光棍姐弟，轰轰烈烈，把握单身年华……啊！啊！啊啊啊啊啊！"

钱唯扶了扶额头："等等，你先别'啊'了，我有一点要澄清啊。"

钱川歌唱到高潮处被打断，一脸的不悦："什么？"

钱唯清了清嗓子："虽然这时候说不太合适，不过，我觉得还是要告诉你一下啊，不好意思，我不能和你红尘做伴了啊，你还是自己一个人浪迹天涯去吧。”

钱川疑惑地看着她。

钱唯咳了咳：“我有对象了啊。”

钱川愣了愣，才意识过来，大叫了一声：“钱唯！你怎么能背着我脱单！你这样置我于何地！你不是明明和我说过，大学里都不谈恋爱的吗！”

“钱川，你有没有听过一句话？”

“啊？”

“太美的承诺是因为太年轻。”

钱川此刻只想无语凝噎：“行了行了，你脱单就脱单了，还尽找我失恋的时候刺激我，还有没有姐弟爱了？”

“你谈恋爱的时候我还单身呢，我说什么了吗？”

钱川噎了噎：“不说这个，你告诉我，到底是谁？是哪个男的让你竟然不守清规了！”

钱川的脸上已经显出了醉酒的红晕，眼神已经开始聚焦困难，说话也开始前言不搭后语，舌头都开始有点大起来。

钱唯也懒得和醉鬼般的钱川解释说明，她敲了敲桌面一锤定音：“你明天有空吗？有空我直接带他和你见个面，顺带请你吃个大餐，就当安慰安慰你失恋了。”

钱川一边又喝了口啤酒，一边胡乱地点了点头。到底是失恋了，他显然还沉浸在失恋的痛苦里。钱唯拉着他回学校的路上，他还在咬牙切齿地痛骂着劈腿的行为，诅咒莫梓心劈腿的对象……

钱唯好不容易把醉醺醺的钱川送回宿舍，她自己累成一条死狗般地也回了宿舍躺倒。然而挺意外的，几乎每晚都出去约会的刘诗韵今天竟然没出门，令钱唯更加意外的是，平日只要在宿舍里就热心综艺和韩剧的她，今天竟然安安静静窝在被窝里睡觉。

钱唯抬手一看手表，这才晚上8点，刘诗韵平日自称“夜的精灵”，这个点正是起来疯的时候，钱唯有些担心。

“刘诗韵？”

等了许久，刘诗韵才终于从被窝里探出头，两只眼睛红肿得犹如两颗大桃子。

钱唯吓了一跳：“你怎么了？是看什么虐恋的韩剧哭成了这样？”

刘诗韵吸了吸鼻子，虽然声音还是中气十足，但尾音里到底带了点浓重的鼻音：“老子失恋了！”

钱唯大惊，据她所知，唐律对刘诗韵十分温柔，几天前两人甚至还相约寒假一同出游，完全感情甚笃的模样。她试图安慰道：“没事的啦，任何一对情侣都会闹小矛盾的，你先别太难过，没准明天唐律就打电话来哄你了……”

“老子已经一不做二不休把这个死劈腿男给拖黑了！”

钱唯有些没有反应过来：“哎？”

刘诗韵的声音恶狠狠的：“这种劈腿的男人，不分手留着以后我的头上顶着一片草原吧。”

又是一个劈腿的！钱唯心想，难道最近的气候特别适宜劈腿吗？

她看着刘诗韵凄惨的模样，十分同仇敌忾，当下就想撸起袖子为朋友两肋插刀：“我帮你去找这个渣男，骂死他！有了女朋友还劈腿的男人真是一点道德也没有，这次我要让他知道如果自己没品，可千万别找我们法学院的女生，我骂他一小时都不会带重复的！”

刘诗韵看到钱唯的样子，终于恢复了点精神，她撇了撇嘴：“你去也没用，人家渣男自有一套逻辑，我已经找他对质过了，结果你知道怎么的？人家竟然还恶人先告状了，口口声声称他出轨全是我的错。”

“啊？”

刘诗韵翻了个白眼：“人家说，和我在一起根本就是被我骗了，我根本就不是他喜欢的那种温柔善良古典高贵的人，是我自己伪装了设计他，导致他一时不察没认清我的真面目追了我，相处后渐渐才发现我的各种真实嘴脸。作为上当受骗的受害人，本来也早就想和我提分手了！”

钱唯听完也忍不住很生气：“什么狗屁理论？就算不喜欢了，也至少应该先分手了再去找下一任吧，这才是尊重别人的做法。”

“总之人家振振有词，不仅不是他的错，还全是我的错，他可无辜了。他说自己就喜欢那种温婉大方的女生，和我相处着越来越觉得不对头，本来还不知道是怎么回事，那天恰巧路过莲花社区想起我在那儿参加普法活动，就来找我，结果正好撞见我在对警察讲述那个醉鬼伤人的经过，说我大声说话的样子吓到他了，一点都不温柔。然后他又看到了我平时和同学说话的模样，用词也根本不典雅，举手投足不仅不优雅，甚至可以说很随便很低级，觉得我根本不是他心中那个她，都是假的。”刘诗韵冷哼一声，“所以他觉得他戳穿我的骗局以后，喜欢上真正表里如一温婉的女生是人之常情，不仅他不需要和我道歉，甚至应该道歉的人是我。因为我的欺骗，浪费了他的感情还有金钱，他甚至甩给我一张清单，是和我交往期间所有的消费，他大言不惭地要我把我的部分赔偿给他。”

钱唯简直目瞪口呆，她没想到世界上竟然有这么厚颜无耻的男人：“你赔给他了吗？这种人也太垃圾了，唐律怎么不自己照照镜子？还一直以来被A工大建筑系称为绅士般的男神，他自己就是靠伪装立起的人设好吗？这哪里绅士了！”

“赔，当然赔。不就是钱吗？我家最不缺的就是钱。”说到这里，刘诗韵终于笑了一下，“一共两千来块钱，我让我家酒店的大堂经理取了两千多个硬币，给他送去了。你没看到，那场面简直了，他正好在上课，我们就扛着两千多个硬币进去了，当着老师和全体学生的面，把钱丢给了他，我还顺带凑了个整数，告诉他算作分手费不用找了。”

钱唯忍不住解气地鼓起掌来。

第十四章…

男朋友你好！

钱唯和钱川约了第二天在一家韩国烤肉店见。

钱唯带着刘诗韵到的时候，钱川已经百无聊赖地在用手机打游戏了，他抬头见到刘诗韵，露出点狐疑和受惊的表情。

“钱唯，不是带我见你男朋友吗？等等，你要出柜？”他指了指刘诗韵，“就她？”他一脸无法接受的表情，“就算出柜，你能不能找个情趣高雅点的？”

“情趣高雅”四个字简直戳了刘诗韵的怒点，她当即反驳道：“你怎么好意思质疑别人的品位，你自己看看你，你穿的都是什么搭配？绿色的上衣，红色的运动鞋，你知不知道自古红配绿，赛狗屁啊？”

等等……刘诗韵，问题的重点好像是出柜，而不是品位吧……

“我是个挺博爱而且很包容的人，但是刘诗韵，不行，绝对不行。”钱川气得脸都扭了，“她绝对别想进我们老钱家！没门！我第一个不同意！她能进我们家门，我钱川名字倒过来写！”

“别别别。”钱唯一个头两个大，也不知怎么的，钱川和刘诗韵这俩家伙，只要一见面，总会掐起来，她解释道，“我只是带刘诗韵一起来吃饭的。”

“那你男朋友呢？怎么还没到啊？”

刘诗韵白了钱川一眼：“你以为人人都和你这个闲人这样整天没事干啊？”

“刘诗韵，我要去厕所，你要一起不？”钱唯见两人又有大打出手的架势，赶紧找了个借口把刘诗韵支走了。

本来这场饭局是钱唯准备正式将陆询以男朋友的身份向钱川介绍的，然而刘诗韵昨晚刚失恋，钱唯怕她一个人待着难受，就索性把她一起叫上了。

洗手间有点远，竟然离韩国烤肉店有来回十分钟的距离，等钱唯和刘诗韵回去的时候，烤肉店外面都已经排起了队伍。

等钱唯重新走回座位，发现陆询已经到了，他本来是要和钱唯一起来的，只是临时被辅导员找去商量过几天A大建校50周年校庆优秀学生代表发言的事，只能晚一步赶到。此刻他正坐在钱川对面，两个人也算相谈甚欢。

许是听到钱唯的声响，陆询回头，就这么朝她微微一笑，钱唯突然就觉得周遭的人声都瞬间安静了下来，她的内心觉得十分温柔，心里萌发出些许羞涩和忐忑，不知道自己不在的这段时间，他和钱川聊了些什么。对于陆询变成自己男友这件事，不知道钱川是不是很惊讶，一想到这里，钱唯突然就有些不好意思。

“哎！钱唯！你总算回来了。”钱川挥了挥手，“我已经点好了菜。”他抓了抓头，“原来你也叫了陆询啊，我都不知道原来你俩关系还挺好的。”

“哎？”刘诗韵也狐疑起来，“陆询不就是……”

正逢此时，隔壁桌有烤肉发出了“吱吱”的声音，刘诗韵的疑问就被淹没在了这声音中。钱川有些不满地继续道：“对了，你那个男朋友呢？怎么还没到啊？这都什么人啊，第一次见小舅子，就这么没诚意？我钱川的时间也是很宝贵的！”他这么一说，似乎开闸的洪水一般，一发不可收拾起来，“今天我钱川就分分钟教他做人，待会儿钱唯你别护着他，让我好好给他个下马威，让他知道第一次和女朋友家人见面可是很重要的。而且吧，这样让他认清形势，以后可得对你好点，如果敢劈腿什么的，我可是会狠揍他的。”

钱唯很想提醒钱川，你可别说了吧，我这男朋友已经坐在你面前了。

然而在钱唯开口之前，陆询就阻止了她，他朝钱川笑笑：“所以你准备怎么给钱唯男朋友下马威？”

钱川挺得意，根本没在意刘诗韵复杂的神色和钱唯使劲抛来的眼神：“我啊，就准备先找个理由和对方来打个赌，掰手腕，输的人得叫赢的人一声‘哥’。我的力气很大的，对方肯定会输，先让他乖乖喊我‘哥’，气势上镇住对方。”钱川说起来头头是道，“这家韩国烤肉店的特色是牛肉火锅，有变态辣的汤底，据说比四川火锅都劲道。我吃辣可厉害了，待会儿准备让他和我一起吃辣，吃到他怀疑人生，哈哈哈哈。最后当然就是拼酒了，我酒量可大着呢，这家伙肯定得趴下。今天这么一顿饭，这么三局下来，那小子就知道我不好惹了，也知道得对我们钱唯好些，否则我这个厉害的小舅子可不放过他……”

钱川说完，眉飞色舞，他看了眼陆询：“你说这个办法怎么样？”

“挺好的。”

钱川得到赞许，十分受用，他自斟自酌喝了口啤酒，又拍了拍陆询的肩膀：“对了，兄弟，忘了和你说，我和莫梓心分手了，我知道你之前对她有点想法，不过真心不建议你去追她，这女的完全是个美女蛇。之前我因为她，对你一直有点敌视，是我的不对……”

陆询抿嘴笑笑：“我不追她，我有女朋友了。”

“哎？”钱川有些惊讶，“是谁啊？我认识吗？”

“认识。”

“谁运气这么好？这姑娘恐怕要成为全校公敌啊。”

“钱唯。”

钱川有些愣愣地看着陆询，等了片刻，也不见陆询有再发言，他忍不住道：“你喊钱唯什么事？”

陆询笑笑：“钱唯，我女朋友。”

钱川的脸上毫不遮掩地露出了“你莫不是在和我开玩笑”的表情，他在陆询和钱唯两人之间打量了很久，才终于有些不解地问道：“请问你到底看上了我们钱唯哪里啊？”

钱唯心想，这样的弟弟我不想要了，不知道能不能丢垃圾桶……

“哪里都挺好的。”

钱川狐疑地看了看钱唯，似乎在努力寻找她哪儿好……

“那我们现在可以来掰手腕了。”陆询笑笑伸出了手，“来吧。”

钱川下意识地也伸出了手，等他反应过来的时候，自己已经被陆询扳倒在桌面了。他的手劲在体育学院里已经是数一数二的了，然而……他不可置信地看了看陆询，这家伙是天生有怪力吗？一个学文科的男生，这样的武力值合法吗？

“哈哈哈，那个，我昨天打了通宵的游戏，所以手今天有点没进入状态，哈哈哈……”

“没关系，还有两局。”

钱川的语气有点艰难：“要不算了吧，咱俩谁跟谁啊，我要早知道咱们钱唯运气这么好，竟然能成为你的女朋友，我怎么可能还对你搞什么下马威，你说是吧，哈哈哈哈。”

然而陆询挺执着，他笑笑：“为了赢得未来小舅子的欢心，为了钱唯，我怎么说也要把你的三项考验都撑过去。”他说完，叫来了服务员，“麻烦变态辣的锅底给我们上一下。”

半小时后——

钱川被辣得一把鼻涕一把眼泪：“陆询，我们换个锅底行吗？别吃了……我认输，哥，我叫你哥，询哥，饶了我吧……”

“那锅撤了吧，该上啤酒了？”

钱川欲哭无泪：“我认错，是我嘴贱，以后我坚决拥护支持你。我能有你这样的姐夫是我的荣幸，我感到激动！感到兴奋！感到无以言表的惊喜！”

钱唯心想，前几天还“陆询那臭小子”，今天就叫成“姐夫”了……

陆询似笑非笑地抿了抿嘴唇，终于决定大发慈悲地放过钱川：“以后也是一家人了，不用这么激动。”他自然地揽过了钱唯的肩膀，“如果我不在她身边，我家傻钱唯还要你多照顾了。”

钱川愣了愣，什么他家的，他心想，钱唯不是我家的吗！

但好汉不吃眼前亏，钱川从善如流地对陆询点起了头：“那自然，那自然。”

“哎，对了！钱唯，你上次让我找的那封表白信我找到了！”钱川想起了什么似的从挂在椅子上的包里掏起来，半晌，他拿出了一个微微有点皱的信封，献宝似的拿出来。

钱唯刚想去接，钱川就一把收了回去，颇为谄媚地看了一眼陆询：“钱唯，这件事，我觉得应该先和咱们询哥汇报下啊，你现在已经是有男朋友的人了，不能随便收那些乱七八糟的表白信了。”钱川一边说着一边晃了晃手里这封表白信，“不过询哥你放心啊，这些人根本不是你的对手，无足挂齿！这封信吧，我开始以为是别人写给我的，粗略地扫过几眼，写得非常幼稚，还挺肉麻！而且作为男人，竟然不当面表白，还偷偷摸摸见不得人一样地写情书，肯定是长得太丑！你这么高大威猛、器宇轩昂，这个人绝对是五短身材、贼眉鼠眼！在你的光芒对比下简直是自寻死路！”

钱唯在桌下用力踢了踢钱川，大兄弟，你可别说了，你难道没发现你的询哥，脸色有点僵硬吗？理解你想拍陆询马屁的意图，但你这也用力过猛了吧？

“钱唯，你干吗踢我？”可惜钱川压根理解不了钱唯的一片苦心，他瞪了钱唯一眼，“要是我不说，这些事你是不是不准备和询哥交代啊！”钱川看了陆询一眼，谄媚道，“询哥，你这脸色有点差啊！不过你别担心啊，在这件事情上，我一定会大义灭亲站在正义的一方的！”

陆询憋了憋，最终没忍住，他安静了很久，状若不经意般开口道：“现代社会，脚步太快了，我觉得偶尔回归一下过去那种写书信的感觉，其实也不赖，写表白信这种事，有时候回想起来，说不定也别有一番韵味……”

“怎么可能！”钱川却压根没仔细分辨陆询的语气，继续打击道，“现在都讲究无纸化办公了，要绿色！要环保！要电子化！这什么年代的老古董了，还在用写信的方式！很不先进啊！”钱川说着说着，仿佛打开了吐槽的开关，一发不可收拾起来，“而且吧，这人怕不是个二百五吧，写情书竟然不署名，这都是什么操作啊，一看对我们钱唯就不是真心的，没准这种情书写了好多份，是广撒网的呢！”

钱唯咳了咳：“来来来，吃点烤肉，吃点烤肉。”她心想，可赶紧用肉堵住你这嘴吧，你没见陆询一张脸都快姹紫嫣红了吗？

听完了全程的刘诗韵也被勾起了八卦的兴趣：“哎？那查出来是谁了吗？钱唯这家伙挺宅的，交往的圈子很有限啊，会不会就是我们法学院的谁？”她一边说着一边探头探脑地看向钱川手中的表白信，那信在钱川的动作下，此刻微微展开了一点，露出那俊秀的字迹。

“咦……这字我看着真的挺熟的啊……”刘诗韵抓了抓头，狐疑道，“在哪儿看过呢？一定是我们的同学……”

钱川犹自继续补刀：“敢和我们询哥抢人！下次我要见到这二百……”

“陆询！”就在此刻，刘诗韵“嗷”的一声一拍大腿，“这是陆询写的！这就是陆询的字啊！”

钱川看了看黑着脸的陆询，硬生生地咽下了刚到嘴边的那个“二百五”。是了，陆询就是他口中的这位二百五了……

“其实现在仔细想想，写情书真的挺隽永古典的，我记得有个诗里是怎么写的来着，哦，‘从前的日色变得慢，车，马，邮件都慢，一生只够爱一个人。’写情书啊，就说明这个人其实很有情调，而且是个长情专一的人！”

钱川，你这个口才和应变能力，没考法学院当律师，法律圈可真是损失了一员大将啊！

“而且现在细细想想，为什么不当面表白，而选择写情书，其实并不是因为长得不好看，反而是因为长得太好看了，怕对方见到自己的脸后，关注点全在脸上，而不能看透自己有趣的灵魂。这说明写情书的人，非常有内涵，并且不是一个肤浅的人，他希望你能爱上他的内心，而不是他英俊的皮囊……”

这嘴脸，连刘诗韵都看不下去了：“钱川，你是不是有什么事情要求着陆询办啊？”

钱川大义凛然道：“我钱川是这种人吗！”

陆询喝了一口茶，挑眉笑了笑，颇有种霸道总裁的既视感：“说吧，说出来都满足你。”他看了一眼钱唯，“谁叫你是钱唯的弟弟。”

一听这话，钱川赶紧眉开眼笑的：“询哥一看就是实在人啊，我现在没什么请求，但等我们以后毕业了走上社会吧，现代社会，法治社会啊，做什么也离不开法律，以后要遇到的法律问题可多了去了……”

“不用说了，你以后的法律问题我都包了。”

“谢谢询哥！”

“德行！”刘诗韵忍不住翻了个白眼，“你知不知道要是全世界的人都和你这样，我们学法律以后当律师的，都可以去喝西北风了啊，尽想白嫖！”

两个人一如既往地拌了几句嘴，终于被眼前的烤肉和石锅拌饭吸引走了注意力。

虽然钱川对钱唯会和陆询在一起这件事，还存在着很大的不可置信，但他狐疑归狐疑，此刻和陆询一边聊着天一边吃着烤肉，倒发现他们俩还挺聊得来。从足球聊到NBA，他们喜欢的球队和球员竟然很一致，而对体育竞技项目也有那么点兴趣的刘诗韵却与他俩的喜好完全背道而驰。

直到陆询中途告辞去厕所，钱川还望着他的背影意犹未尽：“我和陆询真是英雄所见略同！”他说完，看了一眼刘诗韵，颇为鄙夷，“你看看，你们女人支持球星就看帅不帅，我们男人就不一样了，我们看的是技术！我这才叫有品位有眼光！”

刘诗韵也不甘示弱：“是是是，可有品位有眼光的你，不照样被莫梓心甩了分手了？”

“是我提的分手！是我甩的她好吗！”

这下刘诗韵有些意外：“你提的分手？”她有些不信，“为什么啊？你不是对她一往情深？难道你移情别恋了？”

钱川没好气道：“她不守妇道！”

刘诗韵愣了愣：“她劈腿？”

钱川没回答，默认了她的猜测。

刘诗韵当即拍了下桌子，把眼前的那杯啤酒一口闷了：“劈腿的都该死！”

她不仅没如钱川预料中的那样对他进行打击嘲笑，反而是豪情万丈地拍了拍他的肩膀，“没事的，你这么优秀，人高腿长的，虽然有时候脑子有点不太灵光，但往好的方向想，人单纯啊，如今单纯的男生，也是很珍贵的资产了！”

钱川心想，这到底是在夸我还是在骂我？

“同是天涯沦落人。”刘诗韵给钱川倒了杯啤酒，“来，我们一起干一杯。”

钱唯好心地插播解释道：“她的前男友也劈腿了。”

这么一说，钱川看向刘诗韵的眼神顿时也变了，同仇敌忾之下情绪十分激昂：“男人劈腿最低级了！”

刘诗韵这下终于找到倾诉的窗口，在酒精的驱使下，噼里啪啦就把唐律那点人渣事迹又给钱川讲了一遍。钱川代入自己，听完气愤不已，当场拍着桌子怒道：“A工大建筑系的唐律是吧？劈腿就劈腿，竟然还这么理直气壮的，刘诗韵，这口气不能忍啊！”

“不能忍又怎么样？我还想把唐律打一顿呢，但我打得过他吗？”

钱川也有些醉意，他撸起袖子：“我替你去揍他！作为围观群众，我都看不下去了！”

一时之间，两个人竟然第一次没有再吵嘴，而是生出些惺惺相惜之意。

刘诗韵充满真情实意：“钱川，你这么讲义气的人，真的值得更好的女生，莫梓心配不上你。我看她就是吃着碗里的瞧着锅里的，真的，你这个人直率、阳光，她这种满肚子弯弯绕绕的人不适合你，而且你怎么也是个运动型帅哥，天涯何处无芳草啊。”

“你也是！刘诗韵，其实我内心里一直很佩服你的口才，每次你和我吵架，我都暗地里觉得你的说辞真是逻辑清晰、毫无漏洞，你有主见，为人独立，敢作敢当。每个人都有自己不同的魅力，唐律只懂得欣赏千篇一律的所谓温柔贤惠的女生，说明他根本没有内涵，也根本配不上你。据说喜欢那种温柔好控制的女生的男人，多半因为自己能力差、内心自卑，才想要找比自己弱势的女生的……”

就这样，钱唯目瞪口呆地看着死对头一般的钱川和刘诗韵竟然推心置腹又不遗余力地吹捧起对方来，现场一片祥和。

“你是真的帅！”

“哪里哪里，你才是真的美！”

“你身材真的好！”

“哈哈哈，你也不赖！”

“你这个声音也很好听啊！”

“你也是！”

……

说到最后，两个人大概已经没什么别的好互相吹捧了，对话变成了——

“你的普通话很标准啊。”

“你头发挺多的！”

“你胃口挺好的啊！”

“你别说，你这个腿毛长得挺均匀的啊！”

……

最后是钱唯和陆询一人一个，把刘诗韵和钱川这两个醉鬼带回宿舍的。钱唯刚安顿好刘诗韵，就接到了陆询的电话。

“你下来一下。”

钱唯“噌噌噌”跑下楼，才见夜色下，陆询提着一个小袋子。

“给你。”

钱唯打开，才发现是一瓶酸奶：“嗯？”

陆询抿了抿嘴唇：“吃完火锅和烤肉后，喝点酸奶对肠胃好。”

钱唯吸了一口，草莓味的，甜甜的，十分贴合她如今的心情。

“对了，表白信呢？”

刚才钱川和刘诗韵互相吹捧得不亦乐乎情绪高涨，那封信就一直被钱川压在桌上，钱唯伸手想去拿那封表白信，却被陆询抢先一步抽走了，塞进了自己的裤子口袋里。

做出中途截和这种事的当事人此刻一脸镇定自若：“物归原主。”

“哎？我还没看过呢！”钱唯不服道，“你这不是写给我的吗？物归原主，也应该归我啊！”

“你根本就没收到，并没有实际占有信件，信件的所有权所以也不视为转移，当然还是我的。”

说法律自然说不过陆询，但钱唯想，可我会死皮赖脸啊！

“这不行，我还没看过，我要看。”

陆询对此态度却很坚决：“别看了。反正表白信的目的已经达到了。”

天哎！法学院之光陆询的表白信，钱唯心想，这种信都应该裱起来挂在墙上瞻仰，如果连看都没看到岂不是亏大了！

然而不论钱唯如何软磨硬泡，陆询就是不肯点头。

钱唯见实在没有突破口，也没再废话了，然而就在陆询以为她最终放弃而放松了警惕的时候，她一不做二不休，直接飞速地伸进他的口袋里，掏出了表白信，得意扬扬地朝他挥了挥，然后像个兔子一样飞一般地跑了。

捂着信一口气跑上了宿舍楼，钱唯终于安心下来，她展开了表白信。

“本想等周一你回学校了当面和你说，可我高估了我自己，喜欢你喜欢到一天也等不及。因为你喜欢怀旧的方式，所以给你写信，而且好像也只有写信这样不用当面面对你的方式，才能让我也冷静一点。虽然我可能并不是你喜欢的类型，但为了你，我愿意努力变成你喜欢的模样，我会去学着做饭，学着哄人，学着做一个温柔的人，学着包容和大度，学着成为一个幽默风趣活泼的人……你是唯一一个也是最后一个我主动追的人，从前的我从没有想过我竟然也会有主动的这一天，过去不能理解‘在真正的爱情面前，人是没有尊严和骄傲的’，然而现在好像能体会那种感觉……

“和你走在一起，不自觉就放慢了脚步，只想和你再同行长一点，即便再三告诫自己，但眼神的余光，仍旧注视着你，快乐的你，恣意的你，淡然的你……无法用言语表达这种心情，仿佛离你越近越是带了点无措……

“希望你微笑时的侧脸，只属于我；希望你俏皮捣蛋的模样，只属于我；希望你聆听清晨钟声的样子，只属于我；希望你的双眸，只属于我；你的微笑、你的目光、你嘴角的弧度、你秀美的鼻尖，希望在你看到这封信后，永远只属于我。”

虽然只是面对着文字，然而钱唯的脑海中却清晰地浮现出了陆询皱着眉头抿着嘴唇表情严肃地坐在台灯前写情书的样子。以他完美主义般的强迫症，恐怕在最终这份躺在自己面前的表白信之前，已经有几十封被他丢弃的残骸了。

钱唯一边看，一边就忍不住嘴角轻轻上扬。她很难想象，高傲如陆询，竟然会写出如此“丧权辱国”的表白信，她记得，他写在优秀学子展示里的座右铭，不就是“不为任何人改变”吗？

就在钱唯想着陆询的时候，仿佛心灵感应一般，陆询的电话就来了。

陆询虽然仍旧维持着镇定的声音，但声音的末梢里还是有些泄露出来的不自然，他状若不经意般地问道：“表白信，你看了吗？”还不等钱唯回答，他又咳了咳，“第一次写，确实有写得不完美的地方……”顿了顿，又道，“可能确实写得有点幼稚，遣词造句也有点简单……”他有些狼狈，“本来想不给你看到这份的，有点黑历史……我本来可以再重新给你写一份更完美的。作为法学生，里面的逻辑和递进关系上太随便了……”

“没有啊。”钱唯忍不住咧开嘴，“写得很好。”

钱唯很想说，在真正的爱情面前，逻辑、层次、遣词造句，都是会一塌糊涂的，因为你的心里只有对方，除了对方，已经再也顾不上其他了，不用陆询解释，她知道，她一直知道的。

“陆询，你不用努力去变成我喜欢的模样。”

陆询有些意外，声音的尾音里都带了点上扬的愕然：“嗯？”

“因为现在你已经是我喜欢的样子了呀。”

此刻，宿舍的大家都已经睡了，刘诗韵更是发出了微微的鼾声，钱唯却睡不着。

“钱唯，”陆询的嗓音带了点惺忪和慵懒，在深夜里更显得撩人，“你这么一说，我要睡不着了。”

“我也睡不着。”钱唯看了看时间，都凌晨1点了。

“明早还有节9点的早课，是最讨厌的税法课，这次课上还要做税法案例小测试。这么一直不睡觉也不是个办法啊！”钱唯嘀咕着，突然灵光一闪，她真诚地提议道，“要不这样，我们来背法条吧？平时只要一看法律，一背法律，我半小时之内绝对入睡。”

陆询顿了顿，才终于道：“我给你唱《摇篮曲》。”

陆询的声音里罕见地带了一点羞赧，他轻轻地哼起了舒缓而温柔的乐曲。明明是催眠的音乐，钱唯却更清醒了。深夜放大了一切感官，陆询的声音，他舌尖轻轻发出的颤音，那些平仄交错的《摇篮曲》歌词，让钱唯只觉得心中像是住了一团小小的火，跳动的，暖洋洋的。陆询的声音带了一种瓷器的质感，明明冷冷的，但抱在怀中，仿佛又感染了温度，让人觉得暖热适宜。

一曲毕了，钱唯更清醒了，因为她突然发现了点不对劲……

“你不是说自己走音？”

“骗你的。”陆询承认得竟然十分理直气壮，他想了想，又改口道，“严格意义上来说也不算骗你，我走音不走音主要看对谁唱，对着莫梓心的时候，就走音了。”

“所以你的羽毛球打得也很好？”

“嗯。”

“网球呢？”

“也不错。”

“等等，那探戈？”钱唯突然想了起来，“探戈也很精通是不是？”

陆询大概回答顺口了，下意识地也“嗯”了一声。

“所以我好心好意说给你陪练，其实你技术比我还高超？”钱唯虽然后知后觉，此刻也终于反应过来，“陆询！你每次都说几个固定的搂抱动作做不好也全是骗我的？”

陆询非常迅速地转移了话题：“明早不是还要税法小测验吗？我觉得你应该睡了，钱唯。”像是为了防止被她进一步追责一般，他赶紧见好就收道，“那就晚安吧。”

钱唯却抢在他挂电话之前，在“晚安”之前，叫住了他。

“陆询。”

“嗯？”

“我永远只属于你。”

说完这句话后，钱唯不等陆询反应，就面红耳赤地飞速挂断了电话。但仿佛说出了这句话，她的内心反而是一片坦然和轻松，倒头就睡着了，却不想电话那头的陆询，是彻底睡不着了。

…第十五章

史上最嚣张表白

可惜钱唯这一晚还是没能睡个好觉，她刚睡下不到一小时，就被宿管阿姨敲门的声音弄醒了。

一时之间，宿舍里其余人都睡眼惺忪地醒了。

刘诗韵从被窝里探出个头抱怨道："阿姨，这大半夜的，又不是扫黄打非……"

宿管阿姨脸上也带着歉意，只见她走进宿舍，身后还跟着个女生，钱唯睁开眼一看，有点眼熟，不过不认识。

"今天这样半夜把大家吵醒也是没办法，希望你们原谅阿姨，下次阿姨带自己包的饺子给你们吃。"阿姨安抚完大家的情绪，就说起了正事，"这件事情其实有些尴尬，我们可能要打开大家的柜子抽屉检查一下。"

"哎？为什么啊？"

阿姨指了指身后的女生："梁晴同学丢了很贵重的东西。"

刘诗韵愣怔了一下，才反应过来："她丢了贵重的东西，怀疑是我们宿舍的人偷的，所以要来我们这里搜？"她气极反笑地指了指自己和宿舍里其余人，"我们看着像偷东西的人？我们怎么可能会偷她东西？这大半夜的，还不如扫黄打非呢！"

阿姨试图安抚她的情绪："阿姨当然是相信你们的，不过既然你们没有偷，那不如让我当着这位同学的面开一下你们的柜子和抽屉给她看一下，这个事情也就这么解决了。"

"既然我们是无辜的，那为什么要开我们的柜子？"钱唯也有些生气起来，"法律上的原则也是疑罪从无，我们甚至连罪都没有，怎么可以对我们说搜就搜？有什么证据吗？什么证据都没有，就可以这样乱来的话，社会岂不是都乱套了，公权力想修理谁不需要任何理由就可以闯进他的私人领域去搜？"

"阿姨知道你们都是法学院的，阿姨讲不过你们，但也不是完全没证据就乱来搜的啊。"宿管阿姨看了看身后的梁晴，"这位同学丢失的项链，是国外的什么牌子的，价格上万，最重要的是还是她妈妈的遗物。项链是今晚才丢的，丢之前她刚从脖子上取下，放在了宿舍抽屉里，她的宿舍就在你们楼上，也很近，这位同学说看到你们宿舍有人拿着一条一样的项链出入过。"

刘诗韵嗤之以鼻："现在项链都批量生产，有一条一样的又怎么了？正常得很，这就认定我们宿舍出了小偷啊？"

"这位同学说这条项链是很独特的，因为是国外设计师定制的款，绝对不存在很多雷同这回事，而且项链挂坠上有一角还有点磕着了，有个磨损的小缺口，只要拿到对比一下，就能看出是不是同一条了。"

宿舍里另外两个女生也醒了，此刻也寸步不让地抗争起来："凭什么就要搜我们宿舍？凭什么大半夜叫醒我们就为了这个事啊！"

"我们同宿舍这么长时间，大家对彼此的人品都清楚得很，要有小偷，早就丢东西了，可我们从来没丢过。"

宿管阿姨也迟疑起来，她回头，对那个叫梁晴的女生道："会不会是误会？会不会是外出时候丢在别的什么地方了？我们宿舍楼里一向挺好的，从没出现过丢东西这种事……"

一直沉默的梁晴抿了抿嘴，一脸欲言又止道："我看清楚了，我知道是谁拿的。"

刘诗韵十分不屑："行，那你倒是说啊，谁拿你的项链了？"

梁晴仿佛很纠结的模样，矛盾了很久，终于鼓起勇气般抬起了手："是她。"

钱唯捏了捏自己的胳膊，确信自己没有看错，梁晴指着的就是她。

刘诗韵一看这场景，彻底怒了："你诬陷别人也有个底线好吧？钱唯是我的好朋友，她是什么样的人我还不知道？她会稀罕你那个破项链吗？"

梁晴的脸上露出点被刘诗韵凶神恶煞般模样吓到的表情，她弱弱地后退了几步，声音怯怯，眼神里都快含着眼泪了："真的是她，我不会看错的，我没冤枉她……"

梁晴顿了顿，才柔着声音继续道："主要是这条项链价值上万了，如果谁不小心觉得好看借走了，只要还给我，给我道个歉就行了，我也不会追究的。但如果不愿意还给我，这件事没法解决，毕竟是我妈妈的遗物，对我意义不同，我就只能报警了。你们是学法律的，也知道，报警以后很多事就由不得我们内部解决了，价格上万的话，可能都涉及什么盗窃罪了吧？"

"你这还威胁上了？"

钱唯拉了拉刘诗韵的胳膊："算了。"

刘诗韵却倔上头了，她看了看梁晴，又看了看宿管阿姨："所以你们今天来死活就是要开钱唯的柜子和抽屉是吗？跑我们学法律的面前讲法律，你们懂不懂什么叫程序正义？就算真有人偷了东西，在进入司法程序之前，也不能这么随便搜身啊！你们去超市，超市怀疑你们偷藏了东西，随便强行搜你们的包，你们能接受吗？"

梁晴眨了眨眼："那我报警吧。"

宿管阿姨有些难办，一旦报警，影响不好，万一真出了什么事，除了学生受处分，宿管也会被连带责罚扣工资的。

"行，你开吧，但是如果没有，你给我道歉，给我们宿舍每一个被你吵醒的人道歉。"钱唯也不想别人难办，这么胶着下去也没意义，她主动打开了衣柜。作为A市人，她周末都能回家，虽然平时住在宿舍，但放在宿舍里的衣物并不多，打开后可以说是一目了然。她主动翻开了几件衣服的口袋，项链是没找到，倒是找到了不知道什么时候塞进去的100块"巨款"。

"看到了吧，钱唯清清白白的，你等着给她和我们道歉吧。"

"还有书桌的抽屉。"梁晴一边说着一边盯着钱唯，钱唯爽快地拉开了自己的抽屉，她的抽屉里堆着一堆红色封皮的法条小本子，有些凌乱。

钱唯正准备把这些法条都拿出来，却在这些法条纸张的背面摸到了一个凉凉的金属物件，她带着疑虑把东西拿出来，是一颗心形的小挂坠，设计别致，但有了点磨损，有一角明显受过撞击……钱唯抿着嘴唇顺着小挂坠一路把东西拉出来，挂坠的后面果不其然地跟着一条细细的铂金链子……

"就是这条！我妈妈的项链！"梁晴一把冲上前，从钱唯手里夺过了项链，放在了胸口，眼中迅速地弥漫起雾气，看着有些失而复得的激动，钱唯只想说，这演技真是绝了。

她的双眼含着泪，抱着项链左看右看了片刻，才终于抬头，看了钱唯一眼，慢吞吞道：“如果你当着大家的面给我道个歉，这件事我们就当没发生过吧。”

“这件事怎么能当没发生过？”钱唯也气笑了，她根本就没想过，怎么自己的抽屉里会出现这条项链，她此刻既震惊又茫然，但澄清的态度很坚决，“我根本没拿你的项链，我还要问问它怎么长脚跑到我的抽屉里来了，莫名其妙我就被扣了个‘人赃并获’的屎盆子，怎么能当没发生过？”

宿管阿姨一时之间也迟疑了，她看了看梁晴又看了看钱唯，完全被搞糊涂了，两个人都一脸认真，看起来谁都不像在撒谎。

因为动静有点大，没过多久，钱唯隔壁几个宿舍也有人陆续醒了，惺忪着睡眼到钱唯宿舍门口查看情况。

“那你怎么解释我的项链会在你抽屉里？”

刘诗韵翻了个白眼：“那还用说，你陷害钱唯呗。而且谁会偷了东西还大大方方让你们得寸进尺地搜查啊？还当众让人发现赃物？”

“在今天之前，我根本不认识钱唯同学，为什么会盯上她陷害她？”梁晴的声音哽咽起来，“至于怎么会当场被抓获，那我怎么知道？我又没有偷过东西，不懂贼的心理。而且我本来想息事宁人的，但你们法学院的女生也欺人太甚了，难道还是我这个受害者的错吗？”她说到这句，似乎是气愤至极，陡然抬高了声音，“有小偷被抓了个现行还这么理直气壮的吗！”

她这话果然引起了钱唯宿舍外其余几个来查看的女生的愕然，很快越来越多被吵醒的人也围在宿舍门口，有些人交头接耳起来。

刘诗韵自然不论什么情况，都能站在钱唯的身边力挺她，然而别的人不是刘诗韵，她们不了解钱唯，在梁晴的控诉下，她们看向钱唯的目光也有些摇摆起来。

这件事自然谁也不让步，最终宿管阿姨也没办法调停，只能叫来了钱唯她们法学院的辅导员。辅导员自然希望大事化小，小事化了，然而不论怎么劝慰，钱唯和梁晴都很强势。

没法，只能层层上报，到了法学院院长那里，学校怕梁晴真报警了影响到学院和学校的声誉，特意成立了一个调查小组，以此先安抚下梁晴；另一方面也努力想做钱唯的工作，问她能不能服个软道个歉。

“你才是大二的孩子，年轻，犯错误也是正常的，没有人真的会计较，这些事也不会跟着你一辈子。但如果真闹大了，有了前科记录，不仅影响你报名司法考试，更是会影响你报考公务员，你也知道，我们法学院毕业生很多都会进入公检法系统……”

辅导员作为说客，自然对钱唯进行了劝解。钱唯当晚没能睡好，又连着被叫到院办公室进行再教育，一颗心里既是气愤，又是失望。

她对辅导员再次表明了自己的态度，也懒得辩驳，对一个不信任你的人，说什么也没有用，辅导员见她刀枪不入，也终于无奈，放她走了。

从事情的结果来看，项链确实是当着所有人的面在钱唯的抽屉里被搜了出来，梁晴此前与她确实不认识，她就算搜尽脑瓜，别说这辈子，就是上辈子都不记得有这号人，更别说因何得罪过她。如今从局外人的视角来看，怎么都像是钱唯偷了项链。

好事不出门，坏事传千里，早上钱唯刚到税法课的门口，就听见里面有同学在八卦这事。

“你们听说了没有啊，那个偷窃的事？”

“什么？”

“钱唯啊，听说她偷了别人的项链，真的假的啊？”

“感觉她不是这种人。”

“也说不准啊，知人知面不知心，国外很多连环杀人狂，都是平时看着可老实可普通的人了……”

“你在门口愣着干什么？不进去？”

就在钱唯犹豫之时，陆询的声音从她的身后传了过来。钱唯回头，迎接她的是陆询一如既往英俊到有距离感的脸，然而看到是她，这张脸上犹如大雪初霁般在刹那间露出了一个笑，把他过于锋利的气质都冲淡开来。

陆询走到钱唯前，推开门，就这么站在门口，等着她。

“哎哎哎，别说了，陆询来了。”

“为什么陆询来了就别说？”

“你不知道吗？钱唯成了陆询女朋友啊！”

“这么劲爆？”

也就在这时，税法老师拿着税法案例小测试的卷子踱了进来，一时之间，大家都安静下来。

卷子发下来后大家就都专注地答题，陆询显然有一肚子疑问，也只能憋着，他颇为担忧又带着询问意味地看了眼钱唯，钱唯忍着情绪朝他笑笑。

然而几乎是考试一结束，陆询就拉着钱唯走到了教室门外。

“怎么回事？”

“没什么大事。”不知道为什么，本来被诬陷时挺镇定的，现在面对陆询，钱唯虽然嘴上说着没事，但心里委屈得想哭出来，仿佛独自摔倒的小孩，会强忍着不哭，但一旦看到所依赖的家人，就会“哇”的一声哭出来。

“这时候逞什么能？”陆询不顾周边来往的人，径直揉了揉钱唯的头，“你要记住，你也是有靠山的人，谁欺负你了？”

“我来说！”这时刘诗韵也走出了教室，“真是欺人太甚了！”不得不说，刘诗韵这家伙组织语言的能力相当优秀了。三人找了个空教室，没多久，刘诗韵三下五除二就把昨晚所有细节分毫不差地讲清楚了。

陆询一边听着一边眉头越发皱紧，脸色越发难看。以陆询的护短性格来说，他此刻能保持平静已经是十分克制和忍耐的结果了。

“我觉得是寻仇报复。”他沉吟了片刻。

刘诗韵也点了点头：“对啊，我昨晚就在想，会不会是你的狂热追求者之类的，毕竟我们钱唯和你谈恋爱，可是也要承受很大压力的！别的女的嫉妒啊什么的，鬼知道是不是有心理扭曲的觉得钱唯抢走了你，想要对她打击报复的……”

“那个女的叫什么名字？”

“梁晴。”

陆询抿了抿嘴唇：“如果是能做出因为我而去诬陷钱唯这种事，那肯定性格比较偏执，肯定早就会对我进行骚扰之类，可对这个名字，我完全没有印象。”陆询想了想，“什么学院的？”

“哎？”刘诗韵愣了愣，“好像是外语学院的！对！就是外语学院的！”

刘诗韵的猜测和“外语学院”这四个字像是两块拼图般慢慢契合在了一起，梁晴那张似曾相识的脸终于在钱唯的脑海里越发清晰起来。

“我知道了！”她拍了下大腿，“梁晴是之前疯狂追求莫涛、骚扰他的那个女生！就因为她，莫涛才求我假装他女朋友，好摆脱骚扰的！”

刘诗韵也恍然大悟：“那这事就好解决了！肯定是因为还误会莫涛是你男友，所以对你伺机报复，我们赶紧找莫涛去和她说清楚，让她别乱报复人了！”

“恐怕不仅没用，还会雪上加霜。”钱唯也冷静下来，“莫涛以前和我偶尔抱怨过她的事，她非常偏执，自己认定的死理是很难改的。让莫涛去解释的话，她不仅不会相信，恐怕还觉得莫涛这是为了维护我而不惜撒谎，她就更恨我了。”

一时之间，刘诗韵和钱唯都有些一筹莫展。

“别想了，这件事交给我。”不管什么时候陆询的声音总是沉稳笃定的，仿佛只要有他在就没有解决不了的事，“我的女朋友我自己保护，不需要莫涛。”

只是因为梁晴咬死不放，谣言这东西又都是三人成虎的，越来越多的人知道“项链事件”后，钱唯走在路上，背后对她指指点点的人也多了起来。

“是她吗？”

“是的哎，就是她……”

“以后我们离开宿舍都要当心点，不能再心大地随手关上门就不锁了，否则真丢了东西怎么说？”

每每听到这种议论，刘诗韵第一个气不过，几次都恨不得撸起袖子去把人揍一顿，都是钱唯拉住了她。

刘诗韵很担忧：“你说这也过了几天了，上头调查组该调查的也结束了，也没个定论，而且这种事，她有心诬陷你，项链又真的被搜到在你那儿，就算这个证物取得的手法程序不正当，但人家哪管那么多。总之外界看来就是铁板钉钉你偷了，现在举证责任在我们自己身上了，可怎么证明你没有偷？这简直太难了！”刘诗韵摸了摸下巴，语气有点沉重，“我现在最怕的就是，调查组最后采取息事宁人的态度，就私下给你们调停结束这件事，可问题是这种事，如果不能还你一个清白，就算最终没有处分你，不澄清的话，已经等同于给你定罪了，你以后的名声就不好听了。

“要不咱们报警吧？这种事情还不如叫专业的人来处理！梁晴不报警，我们报警，总行了吧！”

“报警也没用。”钱唯对此倒还算冷静，“这样的事，派出所是不会立案的，因为并不是项链盗窃案本身了，项链已经找到了，已经不涉及上万价值的东西丢失了。我要报警的话，名目是被诽谤，但你别忘了，诽谤罪属于刑法范畴的自诉案件，公安机关不能直接受理刑事案件，真要处理恐怕还要找律师固定证据，再去法院起诉，所以我就算报警，公安机关也确实没法处理这种事啊。但找律师固定证据，他们在背后议论我，又没有在网络上留下什么记录，都是口头的而已，操作起来不仅麻烦，还非常耗时。你程序法学得比我好，应该知道进入诉讼程序等到二审结果出来，得等上多久，把人心智都磨没了。”

刘诗韵也有些愁苦：“这倒是……不过陆询不是说他会处理吗？可都几天了，明天就是校庆日了，我听说他还要作为优秀学生代表在校庆活动的开幕式上演讲，不会是忙着准备演讲稿给忘了吧？”刘诗韵嘀咕道，“真是男人能靠谱，母猪都上树，想想以前狗屎的唐律，还号称要和我一生一世一双人呢……”

钱唯被人一路指指点点，自然心里也有压力，然而她还是对刘诗韵笑笑：“我相信陆询。”

不是没有不安，然而钱唯总觉得，陆询说的话，就一定能做到。

好在因为第二天的校庆，全校几乎所有人都沉浸在准备工作中。校庆日，放假一天，上午会有一个简短的开幕式，除了学校领导外，还邀请了往届优秀毕业校友，还有当前优秀学生代表进行发言，之后会有一台校庆表演。因为是A大建校50周年纪念日，这次学校真花了大功夫和大价钱，表演的节目里除了学生自己准备排练的之外，还请了不少专业的舞蹈和演奏团队。

校庆这天的一大早，钱唯、刘诗韵、钱川就和其余学生一起赶到了校体育馆。A大新建的体育馆十分大，平时A市的大学生篮球联赛也会在这儿举行，能容纳上万人，平日里全校性的晚会和活动都会在这儿举行。

钱川对这种活动一向不上心，他本来正在冗长的校长讲话里昏昏欲睡。

“下面有请我们2008级法学院优秀学生代表陆询上台发言！”

在轰鸣的掌声里，刚才还昏迷般的钱川一个激灵就醒了。

“和你们说，这人是我姐夫！”他晃了晃他身体另一侧的几个体科院好友，“啪”地打了下还在昏睡的兄弟大毛，“你小子别睡了，快起来听我姐夫演讲！”

陆询一边在上面讲，钱川一边在下面嘚瑟：“看看，这就是我姐夫，天选中的男人，多帅气！这个体育馆的灯光打在他身上，有没有觉得他优秀到不真实？”

钱唯不知道陆询是用什么方法把钱川这小子收得服服帖帖的，但她此刻看着台上万众瞩目的人，心里也由衷地升腾起骄傲。

50周年校庆这样的大日子，平日不苟言笑的校长都难得地面带微笑，然而陆询的表情还是冷冷的，他太英俊了，英俊到让人都有一种距离感。钱唯以前没少腹诽陆询这种冷冷淡淡的腔调，然而如今的她，却觉得陆询光是这样就迷人极了，最是无情却有情。

“我们的校训是‘笃行审问，明辨慎思，博学崇法’。”陆询的声音清亮有力，“在这里，我要向我们学校表达感谢，感谢一直以来坚持着这样的校训，让我觉得能在这个学校里学习是一种骄傲。

“今天我要说的就是三天前发生在我们法学院的一件事。”

就在大家都以为他会例行对学校进行场面式的夸赞时，他的话锋一转,虽然因为体育馆内观众太多，他就算视力再好也没可能穿过这么多密密麻麻的人定位到自己，但钱唯总仿佛能感觉到他的目光。

“我们法学院的一位女生钱唯，被外语学院一位女生梁晴指控偷窃了价值上万的项链，并且在多人的见证下，在钱唯的宿舍里当众搜出了被藏起来的项链。”陆询的声音冷冷的，说到此处，他顿了顿，“人证物证俱在，看起来可以盖棺定论结案了是不是？”

“但是，你看到的一定是事实吗？梁晴同学自己陈述项链是四天前晚上8点左右开始不见的，她一直放在宿舍的抽屉里，之后项链再出现，就是三天前凌晨2点左右，也就是说，如果钱唯真的偷盗了项链，那么作案时间就只可能在这个区间内。这一共7小时的时间内，晚上8点到9点半，钱唯都在校外用餐，除了同行的朋友外，还有韩国烤肉店的店员可以证明。那么剩下钱唯需要自证清白的时间只剩下晚上9点半到凌晨2点这段时间了。”

一场校庆，优秀学生代表发言，却被陆询用冷静沉稳的语调硬生生变成了案件分析，在场的老师拼命地在对陆询做着手势，然而陆询纹丝不动，只坚定自若地讲着。

“感谢学校，没有就此把一个无辜的女生定义成盗窃犯。虽然我们的宿舍里因为涉及学生隐私没有装探头，但为了安全，每层楼的楼梯拐角口是有探头的。梁晴的宿舍在4楼，钱唯的在3楼，经过查看监控，在三天前晚上9点半到第二天凌晨2点半之间，钱唯根本没有走上过4楼。”陆询的声音平静，却充满威势，“一个在项链所谓的丢失时间都没有上过4楼的人，请问是飞上楼偷了东西吗？”

“我希望不仅学校，我们每一个学子，都能够铭记校训，做一个明辨慎思、博学崇法的人，不仅在面对身边的事，在面对社会事件时，不要随大流就轻易被既有的观点先入为主，而且永远能有自己独立的思考，不传播谣言，不相信谣言。正如刚才的项链事件，乍看应该是偷了项链的钱唯向失主梁晴道歉，但是真实的情况呢？恐怕是诬陷了钱唯的人该向她道歉……

“我们每一个大学生，应当拥有独立健全的人格，理性清晰的头脑，而我们法学院的学生，更是承担着未来法制进步的重担，更应该做到心中公正而悲悯，洞察而明理，对法律保持尊重、保持敬畏。”

一番话，说得大家掌声不断，刘诗韵更是激动极了，她推了推钱唯道：“完了完了，连我都要爱上你的陆询了！真的太帅了太帅了！真是完全没想到他会用这种方式为你澄清，这下全校都知道了，不仅不是你偷了东西，还是梁晴诬陷你！哎？钱唯，你怎么哭了？”

钱唯在热烈的掌声中，在强烈的镁光灯里，看着那个站在光环里的面如冷霜却英俊非凡的男人，泪流满面。明明不想哭的，然而眼泪仿佛有自己的意志，不自觉地就涌了出来，她从来没有想过，被人保护，原来是这种感觉。她被诬陷被议论的那些委屈、那些烦闷、那些压抑在心里不愿表现出来的难过，此刻仿佛随着她的泪水，都一起消失不见了。

“我的演讲结束了，谢谢大家。”陆询讲完所有，脸上终于露出了一个浅淡的笑，然后，他字正腔圆道，“下面的话和演讲没有关系，我想请梁晴同学知悉一下，莫涛并不是钱唯的男朋友，请不要因为莫涛而去找她的麻烦。”然后，他一字一顿道，“我、才、是、她、的、男、朋、友。”

这下现场彻底沸腾了。

而在短暂的混乱后，响起的是比刚才更为激烈而狂热的掌声。上万人的体育馆里，即便曾经那场A大横扫A工大的球赛，都没有这样高分贝的掌声和尖叫声出现过。那声音扶摇直上，犹如要掀翻体育馆的屋顶，负责维持秩序的老师显然试图控制场面，然而一切都是徒劳，陆询带来的骚动太大了。

A大历史上，从来没有一个人，用这么嚣张的方式表白过。

“天啊！钱唯是哪个啊？我如果是她，我可能要幸福地昏死过去了！上辈子是拯救了银河系吗？”

“陆询好帅啊！好帅好帅！我本来以为他有女友了，我就对他没兴趣了，但是现在觉得有女友的他好像更帅啊！我明明原来只吃单身帅哥的！但是现在真的彻底粉上他了！希望他能和他女友长长久久啊！真的好甜！”

“完了完了，我以后找男朋友的参考标准又被拉高了……我恐怕要嫁不出去了……”

“我还以为陆询谁也看不上，而且那么清心寡欲的模样，在大学里一定会单身到底，还和我朋友打赌了，这下输透了！人家不仅谈恋爱，还谈得这么高调！”

体育馆内不少女生并不知道钱唯是哪个，钱唯只听得到身边此起彼伏的艳羡声和讨论声。

而讲台上，始作俑者陆询却仍旧维持着淡然而疏离的表情，在人声和目光中，他轻巧而镇定地走着，为这场校庆开幕式画下了让人难以忘怀的句号。

“钱唯，陆询好像被‘灭绝师太’叫住了啊。你看那边。”刘诗韵指了指，“他在校庆上这样，‘灭绝师太’肯定要给他好看了吧……”她说完就转过头，“哎？钱唯？人呢？去哪儿？”

不用刘诗韵提醒，从陆询下台后，钱唯就一直盯着他的身影，看着他被外号“灭绝师太”的法学院系主任拦住，这个时候，她甚至没有多想，就起身朝着陆询离开的方向跑去。

可惜体育馆观众席和演讲席之间实在有些距离，钱唯没来得及追上陆询，只能看到他被系主任叫去体育馆内行政办公室的背影。

“陆询，你这次这样做实在令我太失望了！”

钱唯还没走近，就已经听到了系主任气急败坏的声音。她的嗓音一向尖厉，体育馆内临时用的行政办公室在体育馆大会场的后台位置，此刻在隐约的校庆音乐节目声烘托中，更显得僻静，这些话几乎一字不差地传到了钱唯的耳朵里。

“钱唯的事，调查组还在调查中，孰是孰非还没有下结论，你这样当着大家的面就给这事下定论太早了，你这样说，等于把矛头都对准了梁晴，你想过没有，万一冤枉了梁晴同学怎么办吗？”

“李老师，如果我不澄清，这次调查组到底要多久公布调查结果？之前我也希望学校方面给出公正的解决方案，我也向学校提供了找4楼楼梯口监控录像的思路，但是距离我提供思路过去两天，学校也没有查看那些能证明钱唯清白的监控录像。你想的是万一冤枉了梁晴同学怎么办，那你想过钱唯吗？调查结果一天不公布，钱唯就戴着‘盗窃犯’的帽子一天摘不掉，何况以这次调查组暧昧的反应来看，最后恐怕这件事就‘内部处理’，不会对外公布调查结果吧。”

系主任果然被陆询问得有些哑口无言，然而她到底不愿退让，顿了顿，继续道：“这个事为了调查得清楚一些，当然是需要时间的，至于是不是内部处理，也肯定是考虑到怎么操作能够双赢，钱唯真的是清白的话，我们内部也是会给她正名的……”

“迟来的正义非正义，这是我们法律人都懂的道理，明明马上就可以彻查清楚的事，为什么要拖上几周几个月？这几周几个月，钱唯不还是顶着‘嫌疑人’的身份？如果查出来她没问题，学校能给她集体道歉吗？我相信李老师你心里也很清楚钱唯到底有没有犯错，现在她的名誉受到损伤了，不公开消除影响，却反而还想着内部处理，恐怕是因为梁晴的父亲是我们学校的校董之一吧。”

陆询一番话，说得掷地有声，丝毫没有为系主任留下任何情面。还只是19岁的男孩子，语气却威严而犀利，即便面对已经年届不惑的成年人，也丝毫不退却，钱唯站在行政办公室的门外，用力咬着嘴唇，听着小小办公室内风起云涌般的争辩。

说道理，钱唯还没见过有谁能赢过陆询的。

系主任似乎也终于意识到这一点，她终于变换了策略。

“陆询，你还年轻，你还太锋利了，你还不懂很多事情的处理需要顾忌方方面面，协调好很多方的关系，这里面很错综复杂，不同的部门，不同的学院，包括其他很多很多你没想过的事。我知道作为法学院的学生，公平正义是你的信仰，也知道你毕业后的理想是成为一名法官，我比你年纪大很多，所以我也要给你一个建议：从事法官这个职业，你可能会接触到很多令你觉得气愤、无法容忍的案件，但你在这些案件面前，必须十分克制，必须冷静和理智，你不能这样冲动，因为这不职业。法官需要做到足够的中立和公平，即便面对十恶不赦的杀人犯也是如此，必须抛却自己的很多私人感情，从冷静甚至可以说有些冷漠的法律角度去评判……”

“我不想成为法官了。”

“什么？”

不仅是系主任，站在门外的钱唯也愣然了。

“如果法官必须抛却自己的私人感情，必须做到冰冷的公正，我做不到。”陆询的声音冷冰冰的，却十分坚决，“如果这就是法官的宿命，我宁可不要。”

“可法官不是你选择法学院时就坚定的梦想吗？”

“如果不能为所爱的人辩护，这种梦想我宁可不要。”陆询的语气强硬而义无反顾，“我想律师职业更适合我，法官没法选择案件，但律师可以，律师永远有权利选择自己为谁辩护。”

一番话，说得系主任气到说话气息都不稳了：“你现在可能觉得自己很有男子气概，为了爱情做出这种决定，但你这个年纪的男孩子，我见得多了，被爱情冲昏头脑了，等冷静下来，就知道自己当初为了爱情改变梦想实在是很幼稚也很让人后悔的行为。你是个好苗子，不要捡了爱情，丢了事业。法官比起律师来，社会地位可高多了，未来的人脉也完全是做律师望尘莫及的。更何况以你的性格，也未必就适合当律师，毕竟律师说白了属于服务业，属于乙方，是要面对广大客户的……”

“在我心里，爱情和梦想永远是同等重要的东西。”陆询笑笑，语气自信到嚣张，“事业我要，爱情我也要。在我陆询身上，不存在捡了爱情，丢了事业这种事，我选择的任何道路，我都有信心做到极致。我就算做乙方，也会是最强势的乙方。”

“走走走，赶紧准备上台啦。”

“下个节目就是我们的大合唱了，大家按照彩排时的顺序排好队啊。”

办公室里的谈话快告一段落之时，从走廊的尽头噼里啪啦走来了五六个化着妆穿着演出服的女生，大约是准备从这里到演出台后台去。叽叽喳喳的声音一下子掩盖掉了所有别的动静，这几个女生的演出服都有一对翅膀，三五成群这样走在走廊便显得有些拥挤。对方赶着上台，很着急的样子，钱唯眼见着堵着人家的路了，幸而走廊一侧有个厕所，赶紧自己进了厕所，让出了道。

可惜等她再从厕所出来的时候，行政办公室里系主任不在了，陆询也不在了。

钱唯心情颇为复杂地在体育馆里漫无目的地走着，她突然强烈地好奇起来，如果这一世，自己是陆询放弃做法官选择做律师的契机和原因，那上辈子呢？上辈子的陆询，是因为什么，放弃了最初选择法学院的初衷？做法官曾经是他的梦想啊。

很多杂乱的细节像是一团绕起来无法理顺的毛线球一样盘桓在钱唯的脑海中，自己到底为什么重生？命运为什么选中自己？难道是冥冥之中想要告诉她些什么吗？为什么这二次人生的机会里，有些事情轻而易举地就改变了，而有些事情却不论自己怎么努力，都如宿命般按照既定的原本的方向不可改变地去运行了？

“钱唯！”

就在钱唯胡思乱想之际，陆询低沉又好听的声音打断了她的思绪。

钱唯抬头，看着陆询迎面走来，她这次二话没说，直接冲上前去，飞扑到了对方身上，紧紧抱着他。钱唯就这么把头埋在陆询的胸口，这一刻，四周的嘈杂仿佛都不存在了，她能够清楚地听见陆询那一颗心的跳动。

陆询对钱唯的反应有些意外，他愣了愣，才伸出手摸了摸钱唯的头：“怎么了？”

“陆询，谢谢你，谢谢你为我做到这一步。”钱唯的声音有些哽咽，“因为我，你一定得罪了很多人。”

陆询转开了眼神，状若自然地否认道：“没什么，这些演讲内容早就和学校方面商量过了，都是经过老师首肯的。刚才系主任找我也是想谈关于你的事，本来系里准备公开之前的处理结果的，但因为我已经在校庆上提前为你澄清了，所以学校这边后续也就内部处理了，不想扩大事态，也算是给梁晴一次机会。”

明明事实不是这样的，然而陆询为了不让钱唯心里有负罪感，却一本正经地撒着谎。

“而且你之前不是说和我在一起没安全感，总觉得我下一秒会移情别恋吗？”陆询的声音低沉，他凑在钱唯耳朵边，“现在这样，可以了吗？”

钱唯有些哭笑不得：“我就假装莫涛女友那么几天，就招惹上了梁晴，你这么公开，是怕给我招黑不够啊？”

“我不是他。”陆询语气颇为不屑，“我陆询不会让我的女朋友被别人攻击报复，这种事在我身上不会存在。”他清了清嗓子，“所以说，就算是选绯闻男友或者假男友，也不能找他那样的。”

他的话点到为止并没有说完，然而一张脸上，就差直接用横幅挂上“就算绯闻男友或者假男友，也要找我这样的”这一行大字了。

虽然莫涛只是做了她几天假男友，然而陆询每次提及莫涛，字里行间都拐弯抹角地带了点不满和酸溜溜。

有了陆询高调表白这一出，如果钱唯再和他一起回观众席，那简直是太高调了，于是校庆节目自然是不继续看了，两个人手牵着手，走到体育馆外。

“钱唯！”

可惜过了没多久，钱川聒噪的声音就打破了两人世界。

“可找着你了！”钱川的声音有些气呼呼的，“你之前怎么都不和我说？我老钱家的人怎么能随便被人欺负？要不是我询哥刚才在校庆开幕式上讲了，我压根都不知道你竟然被人诬陷是小偷，这简直太不能忍了！幸好询哥为你正名了，莫涛这家伙果然是莫梓心的亲戚，真是晦气！就算做你假男友都不够格！哪里能及咱们询哥万分之一啊！”

刘诗韵站在钱川身后，听着他的马屁也没忍住翻了个白眼。

可惜钱川的马屁还没拍完，就被一个愤怒的声音打断了。

“我可终于找到你了！”

钱唯循着声音，竟然看到了怒气冲冲朝着这边走来的唐律，只是平时步履矫健的唐律，此刻走路的姿势看起来不仅一瘸一拐的，还不甚利索。

待他彻底走近了，钱唯才发现，他不仅是走路姿势有点怪，脸上还青肿了一片，那瘀青处正在两只眼睛的眼角，此刻看起来他的形象像是一只大熊猫。而他一贯引以为傲的双眼皮，也因为青肿，变成了细细的一条缝，此刻他就透过那条缝，努力地用震怒的眼神盯着钱川。

“我可算找着你了！”唐律一边用眯成一条缝的眼睛努力地分辨着钱川，一边咬牙切齿地指了指自己的脸，“你把我打成这样，咱俩没完！我要去报警！”

唐律受了伤的小眼睛没看到刘诗韵，但刘诗韵眼尖，可一下子把这个已经肿成猪头的前男友认了出来，她幸灾乐祸道：“哟，这不是咱们时刻都维持着典雅气质的温柔绅士唐律吗？要不是你那鸡贼的声音，这个脸我还真是不敢相认啊！怎么毁容成这样了啊！”

唐律指着钱川，情绪激动：“那你问问他干了什么好事？我好好在路上走着，突然蹿出来这个神经病，照着我的脸就是一顿乱打！”他看了眼钱川，又看了眼刘诗韵，“原本我还想，我和这个人从来没见过，无冤无仇的，大概是个疯子或者打错人了，现在看到你也在，这事情我就明白了。”他冷笑一声，“这男的是你找的新男友吧？怎么和我分手了以后品位下降这么多？找了个这么一点没有高雅气质的人？吃过了满汉全席你还能吃下这种街边摊？哦，不对，你肯定不喜欢这男的，就是为了想找个人揍我出气才找的他吧!”

钱川撸起了袖子：“你是想继续挨揍？”他哼了声，“真不好意思，我就是个看不惯劈腿渣男，路见不平拔刀相助的雷锋。”

刘诗韵看了眼钱川：“你还真的去打他了？”她的眼睛亮晶晶的，“我还以为是你那天喝多了随口说的胡话。天啊，结果你说干还真就干了！”

“我钱川从来说话算话！”

刘诗韵由衷地说：“钱川，我有没有和你说过，你真的挺帅的。”

“啊？真的啊？哈哈哈，其实不用你说，我也知道自己挺帅的，哈哈哈……”

唐律实在忍无可忍：“你们不用在我面前故意这样激怒我了！不管出于什么理由，总之无故殴打别人，就应该受到法律制裁。之前我没找到谁打了我，现在被我抓了个正着，这事可不能就这么算了，一切我都会交给警察来处理，我也会配合去进行验伤。”他掏出手机，就要报警，那动作幅度似乎牵扯到了脸上伤口，疼得他都有些龇牙咧嘴起来，那模样别说什么“建筑系系草”，狰狞得反而像是校门口抢客失败的黑车司机。

刘诗韵二话没说，一把上前抢走了他的手机：“你劈腿在先，是我授意钱川打你的，你还觉得冤枉了？”

唐律呵呵冷笑道：“我不管谁授意的，总之他打了我，这事没完，要是在公安留下案底，我看他被不被退学。”

唐律的语气怨毒，配上他那张姹紫嫣红又表情异常扭曲的脸，颇有种不择手段的感觉。

面对唐律的威胁，钱川二话没说，非常识时务地转头朝陆询说：“询哥……我如果被退学可怎么办啊，我怕钱唯会为我哭死……”那语气，十分柔弱和无助，那眼神，也相当可怜巴巴了……

钱唯心想，钱川这三秒内完美的变脸，恐怕是师承四川的变脸绝技吧，简直让人佩服得五体投地。

对此，钱唯连忙摆手：“你别胡说啊，你退学了我也不会为你哭的，爸妈说不能顺利毕业就打断你的腿。实话说，这场景我一直挺期待的，光是想想也还挺刺激的。”

钱川也不管钱唯，他一双眼睛如泣如诉地盯着陆询：“询哥……姐夫！”

唐律自然也知道法学院陆询的名号，他颇为戒备地看了陆询一眼：“你别以为你是法学院的尖子生，就能用你的口才说服我放弃给他一个教训啊！我都被打成这样了，那是他应得的！”

陆询笑了笑，他瞥了眼唐律，压根没睬他，而是径直看向了钱川：“你在哪儿打的他？”

钱川抓了抓脑袋：“那个，从学校西区到东区靠近后山的那条小路上……”

“什么时候？”

“大概就三天前的傍晚吧，天快黑了。”

“当时路上有别人吗？”

“没有，就我和他。”

“那儿有监控吗？”

钱川想了想：“他走的那段路正好没有。”

陆询笑意更深了：“那没事了。”他说完，转向了唐律，“你别再给钱川泼脏水了，我们钱川根本没打过你。”

钱川一脸懵懂。

唐律愣了愣，没想到陆询根本没准备说服他放弃报警，而是直接完全不承认钱川打过他了。对此，唐律气到发抖，指了指自己的脸：“我这不是被打的，难道是自己摔的？”

陆询的双手插在裤子口袋里，这副样子在唐律看来恐怕更为欠扁了，然而比起他的话来，这根本不算什么。

陆询瞟了唐律一眼，然后轻描淡写地说：“是啊，就是你自己摔的啊。”

唐律一张脸直接气成了猪肝色："没事，等到时候一验伤，就知道是被人打的还是自己摔的了！你们不用在这里狡辩！"

唐律是气急败坏就差跳脚了，陆询却仍旧云淡风轻、一派从容："我们怎么知道你到底是被人打的还是摔的？我们又不在现场。但就算是被人打的，也肯定不是钱川啊。"他说完，看了钱川一眼，"钱川，你打唐律了吗？"

钱川很快领悟，他义正词严地摇头道："我没有，别瞎说啊！"

"你……你们……"唐律气得说话都打结了。

陆询耸了耸肩："你脸上这伤，要真是被打的，那也应该是几天前被打的了，就算现在刑侦技术再高级，并且愿意为你这点小伤动用全套检测，恐怕也提取不出前几天打你脸那个人的指纹了，证据都灭失了，不知道还怎么证明是谁打了你。也不知道事发路段有没有路过的人证，有没有监控了。"他说完，犹如很担心对方般笑了笑，"我看你还是赶紧报警吧，时间越久，这证据提取就越难。刘诗韵，你还是赶紧把手机还给人家吧，人家这么一个大个子的男生，竟然走在路上被人莫名其妙暴打了一顿，而且竟然还打不过，被人专门狠狠打了脸，想想也是挺惨的，我设身处地想了想，觉得听着都要哭了。"

陆询一出手，别人基本就靠边站了。刘诗韵看见劈腿的前男友不仅挨揍，竟然还被奚落成这样，要不是捂住嘴，差点当场就笑出声来，她赶紧把手机丢给了对方，也状若关爱道："唉，被打成这样，你也太惨了，要不要我给你号召个全校捐款啊，你看你这鼻子，我感觉怎么都被打得有点歪了呢，要不大家筹点钱，你赶紧去韩国整整吧。"

就在唐律快要爆发之际，他的手机不合时宜地响了起来，他看了显示屏一眼，虽然面露不快，但还是接了起来。可惜他那张脸大概肿得太厉害，手机碰着都疼，这导致他只能不停变换接听的位置，一不小心就按到了公放键。

"唐律，人家找你好久了，刚给你打电话，你怎么也不接呢？你都连续三天找尽各种借口不和我见面了，你就不想我吗？算了，刚才有人和我说在体育馆外看到你，我马上就过来找你……"

虽然唐律手忙脚乱地赶紧按掉了公放，然而之前简短的对话已经传进了所有人的耳朵里。

好啊，刘诗韵想，这不就是和你暗度陈仓的臭小三？这声音听着倒是有几分熟悉啊。

"唐律，可算找到你了！"

结果还没等刘诗韵反应过来，这熟悉的声音就出现在了她的面前。

“哎？莫梓心？”钱唯也有些狐疑，然而此刻莫梓心手里正举着手机，显然刚才正在和人通话，而细细想来，她的声音，确实就是刚才电话里的那个女声。

唐律劈腿了……

莫梓心也劈腿了……

两个人一起劈腿了……

如今两个人在手机里态度亲昵……

那么，也就是说……

刘诗韵愣了愣：“你们俩？”

钱川的态度则比刘诗韵激烈多了：“原来绿我钱川的就是你唐律啊！”他一边说着一边又挽了挽袖子，“我真恨揍你揍得不够狠，今天倒好，你还正好找上门来！”

唐律也愣了愣，他看了看钱川，又看了看莫梓心。莫梓心脸上此刻也失去了一贯的完美温柔，一张脸上一阵黑一阵红，不用再说什么，答案呼之欲出。

唐律一张肿成猪头的脸上让人看不清表情变换，然而他颤抖的语气却泄露了他心中的震惊，他指着莫梓心：“原来你和我在一起时不是单身？你不是说你没谈过男朋友，我是你唯一一个喜欢的人吗？”他的声音一下子抬高了八度，“你骗我？！”

莫梓心本来想把唐律拉走，然而他却死活不肯，又一次犹如和刘诗韵分手时一样，站到了道德的制高点上：“你的那些完美和温柔，那也都是伪装的？”

他鼻青脸肿的模样外加抬高的声音很快吸引了不少目光，莫梓心的脸上写满了尴尬，两人僵持了一会儿，莫梓心也有些生气了。

“你也别光顾着指责我，你难道不是也劈腿了？你每次为什么总觉得自己就是没问题的，别人就都是错？”莫梓心毕竟是法学院的学霸，吵起架来逻辑清晰，条理清楚，“而且你这个脸上是怎么回事？难怪这几天都对我避而不见，你搞成这样，你知不知道我很没面子的！我莫梓心的男朋友竟然被人打成了这样，说出去我的脸往哪儿放？”

双重标准严重的唐律哪里禁得住这样的当面指责：“好啊，你果然暴露了，一点都不温柔，这是想当面和我吵架吗！一点不顾忌我的面子是吗！我现在受了伤，你不仅不问我疼不疼，怎么回事，竟然第一反应就是觉得丢人现眼了！原来在你心里，你的面子比我的身体更重要！你可真是个虚荣的女人！我唐律真是被你骗了！你把交往期间我请你吃饭看电影的钱全部折算一下还给我！”

……

钱川看着唐律，止不住地撇嘴：“刘诗韵，不是我说，你的眼光可真的不怎么样啊，这什么品位……”

“说得好像你的莫梓心很好似的，我看你都可以去天桥下面拉《二泉映月》了。”

“哎？”

“瞎子阿炳啊！”刘诗韵白了钱川一眼，“瞧你这眼瞎的。”

“你……”

“算了算了，咱俩谁也没比谁好哪里去，该一起去眼科医院看看，就别互相挤对了。”刘诗韵对钱川笑了笑，“总之，帮我揍唐律这件事，谢谢你了，现在你知道了他是莫梓心的劈腿对象以后，要不要再揍他一顿？”

钱川抓了抓头：“揍了他万一我要吃处分呢？”

“有陆询坐镇，你怕什么？大不了我们把唐律拖进那边没人的树丛里打一顿不就行了？你放心吧，我们法学院的人处理证据，一定专业无漏洞。”

钱川提醒道：“那万一他死赖着问我要赔偿金呢……”

“没事啊！”刘诗韵拍了拍胸，“对我刘诗韵而言，所有钱的问题，都不是问题。他要让你赔多少，我都出得起，他要价多少，我赔他两倍，你再给我打一顿就是了。”

“可我不想打他了啊！”钱川耸了耸肩，“他和莫梓心在一起，我已经不生气了，我觉得他们两个挺配的，我真诚地祝福他们缠缠绵绵到天涯，可千万别分手了来祸害别人。”

刘诗韵愣了愣，也才意识到，自己内心似乎对唐律也不再有那种不甘心和愤怒了，此刻她的心中除了解气和幸灾乐祸，竟然十分平静。

于是她和钱川，就这么站着，静静地看着唐律和莫梓心两个人闹着别扭。刘诗韵甚至还从包里掏出一袋瓜子，一边看一边嗑起来。

第十六章…

引以为豪的自制力?

见钱川和刘诗韵都彻底走出了失恋阴影，钱唯从心底里高兴。

而陆询此刻看起来心情也非常好。

钱唯有些好奇：“发生了什么好事吗？”

“总算摆脱那两个大电灯泡了。”陆询看了钱唯一眼，“我的女朋友总算可以把关心她弟弟和朋友的精力收回来关心我一下了。”

钱唯笑了笑：“那你下午有没有空？要不要去约会？”

“我先带你去一个地方。”

“哎？哪里？”

陆询像是为了保持神秘般没有说，钱唯便只能一路跟着他，两个人一路牵着手坐着车，又下车走了片刻，到了一个高档住宅小区门口，陆询才停了下来。

钱唯看着陆询熟门熟路地刷了门禁卡：“走吧。”

她却没跟着进小区，她有些扭捏：“我，我还没做好准备……”

陆询有些意外：“什么？”

“我是不是要买点水果什么的？”钱唯十分紧张，“然后那个，我今天没洗头……而且穿的衣服也比较普通……”

“嗯？”

“我……我是不是最好卸个妆？”钱唯却完全沉浸在自己的世界里了，“第一次见面，是不是素颜显得比较清纯不做作……万一伯父伯母觉得我不够好，要让我们分手，我该怎么办？他们会不会来一出‘给你500万，离开我儿子’……”

“钱唯，这房子我一个人住，我爸妈不住这儿。”

“哎？”

陆询忍不住笑了：“所以你别入戏了，走吧。”

“啊，这样啊……”然而钱唯又换上了另一种扭捏，“那，那我也还没做好准备……”

“嗯？”

“虽然我也知道大学生一起去开房都很正常，但现在还是白天，白日宣淫什么的不太好吧……”

陆询愣了愣，才明白过来钱唯的意思，他凑到钱唯的耳边亲了一下她的耳垂：“傻瓜，这种事，我当然等你准备好。”

然后他直起身，摸了摸钱唯的头：“真的只是想带你看看我的房子。”他转开了眼神，耳朵有些微红，“是精装房，现在只放了简单的家具，但以后用作婚房的话，还是要重新再装修一下的，家具也会重新买，就是想带你看看，不知道你喜欢什么样的风格。”

钱唯这下回味过来，一张脸通红，她低着头马上“噌噌噌”跟上了陆询。

陆询的房子在10栋507，楼层很棒，花园洋房，大平层，还是个湖景房。站在阳台上，视野广阔，这个小区毗邻着A市的湖滨公园，除了宽广的湖面，入眼的全是四季常青的绿植。

“这么大的房子，你爸妈平时都不过来住？”

“嗯。”陆询一边给钱唯泡茶，一边抬头看了她一眼，“这是我自己买的。”

虽然2009年房价还没有暴涨，但陆询这套房所在的高档小区在当下可已经算均价非常贵的盘了，钱唯十分意外：“陆询，你干什么了？怎么有这么多钱？”她试探性地看了对方一眼，忐忑道，“你不会……嗯……出卖自己的肉体了吧？”

陆询瞥了钱唯一眼：“你脑子里能不能有一点健康的正常的逻辑？”

“这首付好歹要几十万吧，我实在想不出除了皮肉生意还有什么工种能这么暴利……”

“我做法律专业文本和合同的翻译。”陆询把茶递给钱唯，“一页收费2000元。”

钱唯心想，陆询真是在学生时代就展露了他未来成为合伙人的资质——要的价贵绝业内。不过他提供的服务质量过硬，而且无人可取代，这导致他要什么样的价格，都有人络绎不绝找上门。

不过钱唯赶紧掰着手指算了一下，虽然陆询要的价格高，但要凑够首付，实在也不是一件很容易的事，恐怕他平时的业余时间都献给了法律文献合同翻译。

钱唯想想，觉得有点心疼：“你那么拼命买房子干什么？也太累了，还不如平时多休息休息呢，以后工作了有你累的呢，大学里还不好好给自己放放假。”

“不是你说的吗？”

“嗯？”

“以后赚钱了要第一时间买房，因为未来房价会大涨，就算不信未来房价大涨，作为个男生，想要娶老婆就得提前准备好婚房。”

钱唯愣了愣，才反应过来陆询说的是什么，那是自己当时在大学生理财课上对李崇文说的话。

“陆询，你是不是好早开始就喜欢我了啊？”

陆询抿了抿嘴唇，几乎是下意识地否认：“没有。”

“那为什么你连我那么早时候随口说的话都能记得这么清楚？”

“我记忆力惊人。”

“可你不是说，那些你不在意的芝麻绿豆点大的事，你是懒得去记，去占用你大脑内存的吗？”

“就那天恰好内存空出了一块。”陆询别开了头，望向外面波光粼粼的水面，“也不知道怎么就记住了。”

口是心非，钱唯心想，明明你不在意的事，你连听都不会听。那天她说这句话时，已经是下课时候了，周边那么嘈杂的环境，陆询竟然能记住，明明那时候他就在意自己了，想到这里，钱唯又忍不住有些得意：哼，法学院之光陆询，还不是拜倒在我钱唯的石榴裙下了！

然而钱唯还没来得及得意多久，肚子就很不合时宜地“咕噜咕噜”叫了起来。

钱唯有些脸红：“有点饿了，要不我们出去吃饭吧？”她看了看时间，“可以先去吃个饭，然后要不要看电影？最近好像有个新上映的什么片子评价还不错！”

“看电影都不能和你聊天互动。”

“那要不吃完饭去喝茶？临城中心那边开了家英式茶馆，据说伯爵红茶超好喝的！环境也很适合约会。”

陆询的语气有些不自然：“我最近有点失眠。”

“那也没事，我们先出去吃饭吧。”钱唯看了看陆询的脸色，总觉得对方情绪不高，于是她想了想，“你要是不想出去，叫外卖也行，这附近有家泰国菜据说很不错的……”

陆询咳了咳，有些为难地道：“我突然不是太想吃泰国菜。”

这下钱唯有些奇怪了，对于自己的提议，陆询从来都欣然接受，从没有这么疙瘩的时候。

“怎么了，陆询？”钱唯停下来，盯着陆询的眼睛，“你是有什么心事吗？”

陆询抿着嘴唇不说话，神色有些尴尬。

钱唯循循善诱开导道：“没关系，你和我说好了。”她想了想，试探道，“你很排斥出门，又排斥泰国菜……”她大胆求证道，“那个……是不是你……你屁股不太舒服？”

陆询有些茫然：“嗯？”

钱唯委婉道：“就是，屁股不舒服，所以走起路来不方便，喝茶久坐很难受，吃泰国菜这种辣的更是不行……”她顿了顿，“你放心，我不会歧视你的，这个年代，十男九痔，这很正常，不会影响你在我心里的形象……”

陆询越听下去就越发觉得不对了，听到“十男九痔”，他的脸都黑了。

钱唯还在劝慰：“没事的，没事的，我知道一家素菜馆，莫涛推荐过的，非常清淡，很适合你……”

“钱唯！”陆询有些忍无可忍，“你都想到哪里去了，我好得很！”

“哎？”

陆询的脸有些微微地红，也不知道是被气得还是因为不好意思，他虚张声势般地瞪了钱唯一眼：“我不是真的不想出去吃饭。”

“嗯？”钱唯十分不解，“那为什么我的提议你都没兴趣？”

陆询顿了顿，才终于理直气壮道：“我没钱了。”

钱唯茫然地看着他。

陆询的语气有些狼狈：“之前钱花得有点太狠，又要还房贷，我原本以为是够的，因为可以继续做法律翻译，只是没想到谈恋爱以后根本没时间了。”

钱唯嘟囔道："那是不是和我谈恋爱耽误你赚钱了……"

陆询盯着钱唯的眼睛："有点伤脑筋，现在每天只想和你在一起，根本没心情赚钱。"听起来明明让人觉得应该是种苦恼，但他的声线异常温柔。

钱唯真想把这句话录下来，然后放给28岁的陆询听，28岁的他肯定想不到，有朝一日他竟然会找到比赚钱更令他心动的事吧。

"其实本来不会这么快没钱的。"陆询的语气也有些羞赧，他解释道，"下个月就不会这样了，这个月是因为之前花得太厉害了。"

钱唯想了想，才反应过来，陆询之前哄骗自己说要追求莫梓心，可确实下了血本，看电影、请吃饭、买手链，花钱都不带眨眼的，当时她就想，陆询这个花钱的速度，恐怕月末要吃土……

"没关系，我有钱。"钱唯一边说着一边掏出了钱包，朝陆询晃了晃，"别担心钱的问题，也别辛苦做翻译了。从今天起，陆询，我正式宣布你成了本富婆的小白脸。"她气势昂扬，"所以今晚我请你吃饭！"

然而等钱唯打开钱包一看，彻底傻眼了，里面竟然只有一百来块钱。她这才想起来，前几天钱川报名参加了一个篮球集训社，一时之间没钱，问她借走了银行卡先刷卡报上名，只是她没想到，钱川这臭小子竟然还趁火打劫顺走了她两张"毛爷爷"。

陆询看到钱唯几乎空空如也的钱包，也有些揶揄："所以富婆，你要带我去吃什么？"

钱唯尴尬了半秒，就绝地反击道，"等等，陆询，你不是说了在学做菜吗？不是说了要做给我吃吗？择日不如撞日，要不就今晚吧！"

陆询愣了愣，但随即笑了："好。"

仿佛对于钱唯的提案，他天生就无法拒绝一样。

钱唯便立刻欢天喜地地跑去厨房，结果一开冰箱，除了几瓶矿泉水和几个鸡蛋之外，竟然什么都没有。

陆询有些尴尬："楼下不远就有超市，我们一起去买，正好你看看你想吃什么菜。"

小区楼下是个有机超市，这个点，正是大家买晚餐食材的时刻，超市里人来人往，钱唯和陆询推着购物车，牵手漫步在人群里，竟然觉得意外地温馨。

"薯片要不要买？烧烤口味的可以吗？"

"买点鸡翅，再买点可乐，可以做可乐鸡翅！"

“这个金针菇！金针菇也拿一点，我好喜欢的！”

“芹菜也很新鲜，来一点吧。”

……

和陆询一起逛超市买菜，钱唯竟然也是意外地一点也不觉得枯燥。陆询推着车跟在聒噪的钱唯身后，钱唯只要对货架上哪个东西多看了哪怕一眼，那样东西很快就会出现在购物推车里。陆询不说话，仍旧冷冷的模样，一只手推着车，一只手就插在裤子口袋里，仿佛和热闹喧嚣的超市格格不入，充满了与生俱来的距离感，然而钱唯东看看西瞅瞅，不论她的路线有多么奇怪，只要回头，陆询就在自己身后。

两个人兜兜转转，好在2009年物价低，一百来块钱，最后零零碎碎地竟然也买了整整一推车的食材。

陆询结了账，竟然买了沉甸甸的两袋，他一手一袋，看起来相当轻松，然而两人刚走到超市门外，他突然放下了袋子。

“你在这里等我下，我想起来盐还没有买。”

钱唯便在原地等，没一会儿陆询就又拎着一袋盐走了出来。而他这样英俊的人大概不论干什么都自带光环，别的男人要是这么拎着袋盐走在超市，绝对就是个居家路人了，然而陆询不一样，就算拎着袋盐，此刻朝着钱唯走来，都像是在走T台，配上他那张英俊又冷酷的脸，那架势，都和自带气场走台步一样。

“走吧。”

然而天公不作美，钱唯和陆询刚走到半路，竟然毫无征兆地就下起了雨，最开始是细密的小雨丝，然而没多久竟然就变成了倾盆大雨。等钱唯和陆询最终奔回屋的时候，两个人都变成了落汤鸡。

“快去洗澡。”陆询帮钱唯调好水温，就把她推进了卫生间，湿漉漉的衣服自然没法再穿，他在衣柜里找了一件自己的白衬衫，“只有这个了，你先穿，别感冒。”

陆询这套大平层有两个卫生间，钱唯洗完澡吹完头出来时，陆询已经也洗完坐在窗台边了。

此刻他正侧着头，入神地看着窗外的暴雨，那些雨点砸在窗棂上，发出“噼里啪啦”的声响。

室内的暖气很足，然而钱唯还是下意识地抱着胸，她的衣服都湿了，这件宽大的白衬衫里，并没有其他衣物了。

陆询转过头来，看到的便是这样的钱唯：她穿着他的衬衫，有些松松垮垮的，显得整个人都更加娇小了，过大的领口里露出一大片雪白的肌肤，布料轻薄通透的白衬衫下面是她起伏得让人有些移不开眼的胸线。她那种微微害羞抱着自己胸口的姿势，反而吸引了旁人对她刻意掩盖着的胸部的注意力，一走一动间，那件白衬衫的褶皱微微收起、放下，那布料下面起伏着的线条，却在隐隐约约间更加让人心烦意乱了。陆询努力转开眼神，却正巧和钱唯的眼睛对上，她刚洗过澡的皮肤白皙中透着微微的粉红，一双眼睛忽闪忽闪的，像是住满了星星，带了点湿润的雾气般，就那么纯真地毫无保留地盯着陆询。

陆询突然就听到了自己脑海里弦绷断的声音。

完了。

这样下去恐怕要糟。

可惜就算理智已经为他非常猛烈地敲响了警钟，陆询此刻看着眼前的钱唯，内心里却毫无该有的紧迫和克制之感。钱唯像是一件标明了易燃易爆剧毒的违禁品，陆询明明知道不应该靠近，应该立刻保持距离，然而或许人的潜意识里越是觉得危险，就越是想靠近，他的心里带了点轻飘飘的虚无般，不自觉地被吸引。钱唯就如同美丽的致幻花朵，等陆询意识过来时，他已经站在了她的面前，被她致命的美丽震撼得一动也没法动，只觉得鼻息间全是她的气息，目眩神迷。

始作俑者钱唯对此一无所知，她走到陆询身后，探头看了看窗外的雨："这也下得太大了吧。"

她说这话时站在那儿，微微俯下身，长发的发梢不经意间拂过陆询的颈，是和他身上一样的沐浴乳味道。这是陆询的妈妈从国外带回来的，牛奶味，陆询第一次觉得，单纯的牛奶味竟然也能让人这么浮想联翩。而钱唯那些调皮的发尾似乎还嫌弃陆询心里不够烦躁一般，跳跃着轻扫过他的锁骨、脸颊，只留下那种细细碎碎痒痒的触觉，直到钱唯走开，陆询总觉得这种痒还在持续，并且不止潜伏在皮肤表面，而且一路痒进了心里。

他刻意地逼迫自己看着窗外，然后想转移注意力般打开了电视。

"啊，竟然是台风袭击？"钱唯看着新闻，有些愕然，"难怪今天突然大暴雨还狂风大作了，不过公交都停运了？"她看向陆询，"那我们今天怎么回学校？外面恐怕打车也打不到了。"

陆询有些心不在焉："等雨小点吧，可以走到地铁站。"

钱唯点了点头："那我们先做饭吧！"

陆询从刚才起似乎就有些不对劲，顿了很久，才反应过来似的胡乱点了点头，然后有些狼狈地走进了厨房。钱唯跟在他的身后想要帮忙，然而他甚至有些动作粗暴地把她推了出去。

“你坐着吧，我一个人就行。”

钱唯乐得清闲，于是就在客厅里看起电视来。陆询一个人闷在厨房里鼓捣了半天，直到钱唯饿得肚子“咕咕”叫，他才神色莫测地端着菜从厨房走了出来。

钱唯看着陆询端出了番茄炒蛋、芹菜炒牛柳、醋熘土豆丝、冬瓜排骨汤、蒜蓉金针菇……看起来色泽亮眼，颜色搭配得也让人食欲大动。

钱唯刚想夸，陆询就有些尴尬地开了口：

“虽然我完全按照烹饪书上写的步骤操作了，做出来的东西外形上也完全和书上图片里的一样，但是没想到吃起来完全不是一回事。”

“哎？”

陆询的脸有点红：“有点难吃。”

“没事的啦。”钱唯想，这种时候，男人最需要的是什么，当然是鼓励啦！她拍了拍陆询的肩，“你放心，这毕竟是你的一片心意，又是第一次尝试，说什么我都全部吃完。”

钱唯心里的如意算盘打得挺好，她总觉得，以陆询这种变态的学习能力，说难吃，也不过是自谦，味道应该差不到哪里……

然而尝了第一口，钱唯就恨不得咬掉自己的舌头，咸……实在是太咸了……没想到陆询说得有点难吃，竟然都是含蓄和委婉的，岂止是有点难吃啊，是非常难吃！

钱唯小心翼翼道：“陆询，现在收回刚才的话还来得及吗？”

钱唯十分想不到，一向十项全能的陆询，今天不仅发挥有失水准，并且十道菜，竟然全部阵亡，没有一道可以勉强下口的……那些菜竟然都死在低级问题上，不是糖放多了，就是盐放多了。

她挺不解的：“陆询啊，你烧菜的时候，都在想什么啊？这些错误明明精神集中就能避免啊……”

陆询移开了视线，仍旧有点心不在焉的样子，又从厨房里找了找，最终找出了两桶方便面：“吃这个吧。”

结果最终两个人就这么一起吃了热腾腾的泡面，可惜解决晚饭后，不仅没等来雨势变小，窗外的雨反而越下越大了，直到过了地铁末班车的时间，也丝毫没有变小的迹象。

两个人今晚只能在这个屋子里过夜了。

虽然陆询的房子本来就是精装，但因为平时他也只是偶尔来住，因此除了他的卧室里家具、用品比较齐全外，只还有一个客房简单有张床铺。

陆询让出了自己的房间，把温暖的被褥都留给了钱唯，他自己二话没说，去了隔壁客房。虽然那儿有床，可惜只有几条夏天的薄被。

“会不会着凉啊？”钱唯挺担心，“本来就是冬天，今天外面气温还这么低，就算室内有暖气，你这些被子还是太薄了。”她倒是不扭捏，“要不睡一起算了？”

陆询愣了愣，然后他才转开视线看向地面状若随口道：“你还真是不怕我半夜对你做什么？”

钱唯盯着陆询，眨了眨眼睛：“你不会呀。”她歪了歪头，“因为你是正人君子。”

明明是夸奖陆询的话，可惜不知道为什么，他听完反而有些闷，也没继续说什么，只是看了钱唯一眼，又不敢多看一般，转身朝客房去了：“我睡客房就行了。”

钱唯是被轰鸣的雷声吵醒的，她在黑暗中迷糊地睁开眼，又一个惊雷在她耳边轰隆炸开，伴随着仿佛劈开夜空的闪电，这一下她整个人一个激灵，彻底醒了。她咬着牙，用被子整个兜住了脑袋，想要隔绝外面的雷声，然而越是怕什么越是来什么，仿佛是有哪个神仙在渡劫一般，雷声一阵接着一阵，她缩在被子里瑟瑟发抖起来。

她怕打雷。

钱唯本来还想忍着，结果越是暗示自己不要怕，却越对外面接连的雷声在意起来，在最后一个巨大的惊雷里，她逞强的神经终于被彻底扯断了。她“啪”地从被子里钻出来，捂着耳朵朝陆询的房间跑去。

结果十分意外地，陆询竟然没有睡，几乎是钱唯一进房间，他就从被子里探出了头。

“钱唯？”

恰好这时一个闪电，把钱唯那张煞白的脸照得一清二楚。

陆询这下确定了：“你怕打雷？”

钱唯点了点头，有点赧然：“我、我能不能在你房里坐一会儿？”

“嗯。”陆询不知道为什么，此刻言语简洁，似乎不想多说话的模样，比起之前的他，这样就显得有些冷淡了。他甚至没有看钱唯，只是往床的另一侧让了让，留出了钱唯可以坐的位置。

钱唯也觉得有些尴尬，半夜打扰别人睡觉，是谁都会有些介意。

可惜陆询似乎也并没有要睡的意思，他开了一盏颜色昏黄温暖的夜灯，也坐起来，只是侧开头，没看钱唯。

“陆询……”

“领口。”

“嗯？”

“你领口那边衣服开了。”

因为没有睡衣，钱唯最后只能穿着陆询的那件白衬衫睡觉，刚才迷迷糊糊之间，只顾着害怕就跑了过来，这下低头，才意识到这件过分宽大的衣服，此刻领口大开，扣子也松开了一颗。她弯腰的时候，里面的线条也随着若隐若现。

钱唯的血一下子全部涌到了脸上，她面红耳赤地赶紧整理好了衣着。

刚才还轰鸣不止的雷声此刻竟然停了，陆询不看钱唯，也不说话，室内一片沉静，钱唯越发不好意思起来：“雷也不打了，那我回去睡了。”

然而她刚站起身准备走，老天就和她开玩笑似的，一个震天的巨雷“轰”的一声砸了下来，她像是个受惊的兔子一般整个人吓得差点跳起来，几乎想也没想，就下意识地找寻起陆询来。

“陆询救命！”

等她反应过来的时候，她已经扑在了陆询怀里，或许是因为她的动作太过突然，被她抱着的陆询，整个人都紧绷了，她甚至能感受到他手臂那种肌肉的紧张感。雷声暂时又停了，钱唯也意识到自己的失态，赶紧直起身。

只是在起身时，钱唯的手不经意地碰到了陆询的手，她有些意外：“陆询，你的手怎么这么冷？果然是薄被子不行，你这样睡一晚肯定要感冒的。”

“没事，我只是手比较冷而已。”

然而非常没有信服力的是，陆询的声音此刻听起来带了一种不自然的沙哑。

钱唯内心非常自责，她才不信陆询安慰自己的话，伸出手，便朝他的肩上摸去。然而这样一个再自然不过的动作，陆询竟然十分回避，他似乎不想被钱唯触碰般侧开了身体。

钱唯这下更笃定了：“你骗我，你身上肯定也很冷。”

陆询的声音更沙哑了：“没有。”

可钱唯死也不信了：“那你让我摸摸。”

陆询却仍旧十分抗拒，钱唯也较真上了，她伸手去摸，陆询躲，挣扎间，她没能摸到陆询的肩，但不小心摸到了他的腰。

钱唯十分意外，陆询竟然没有骗人，他身上确实不冷，并且正相反，反而十分燥热。

钱唯有些不信般地又摸了下："怎么这么烫？"她担忧道，"陆询，你怕不是已经发烧了吧？要不还是……"

然而她的话还没说完，刚才还一直躲避着她并且态度冷淡的陆询，突然就转过脸来，一把把她推到了床上，动作甚至称得上有些粗暴。

在昏黄的夜灯下，陆询的眼睛看起来有些微微地红。

他伏在钱唯的上方，似乎努力在克制着："要不还是什么？"

可惜钱唯丝毫没有觉察出危险，她还又不放心地摸了摸陆询的脸："要不你还是过去和我一起睡吧。"

"钱唯，这可是你说的。"

陆询的声音沙哑，带了点微微的喘息，他有些恶狠狠地盯着钱唯："我给过你机会跑了。"

就在钱唯还没反应过来前，陆询的吻就落了下来，这次的吻却不同于以往任何的吻，带了点掠夺和凶残的意味。钱唯终于觉察到危险，下意识就开始挣扎，因为她的动作，已经在失控边缘的陆询似乎终于找回了残存的理智，他略有些粗暴地推开了钱唯。

可惜就在这时，又一个惊天的雷声，让钱唯根本无力去思考眼下的危险，她饮鸩止渴般地又拉住了陆询的手。

"陆询！"

这一声，终于让陆询的理智全面崩溃了。

他盯着钱唯，一字一顿道："钱唯，你自己招惹我的。"

陆询的吻又落在了钱唯的唇上、脸上，他把钱唯一把抱了起来。钱唯变成了坐在他身上的姿势，而他一只手托着她的后脑勺，一只手却顺着她的衬衫，抚摸着她的背脊。刚才一连串的动作下，钱唯才被拉上的领口，这下又袒露了开来，她的整个肩膀都露在了外面。然而这一次，陆询再也没有侧开脸，他直直地看着钱唯的胸口，钱唯终于有了危机意识，她想马上把衣领拉上，却发现陆询的一只手拽着衬衫的下摆，让她没法把衣服提起来。

"陆询……"钱唯的声音带了点不安和委屈，"你让我把衣服拉起来……"

这下，陆询拽住衬衫的手终于松开了，他的脸在光线下仍旧英俊非凡，然而那双眼睛里，却充满了陌生的欲望。

而就着坐在陆询身上的姿势，钱唯的腿间，突然硌得难受，她的头脑一片昏沉，下意识去摸，想去移开这个抵住自己的物件。

“钱！唯！”随着她的动作，陆询的声音已经有些咬牙切齿的狠意，他把头凑在钱唯的耳边，轻轻吸吮着她的耳垂，喘息着道，“我忍不住了。”

钱唯醒过来的时候，陆询已经不在了，窗外还下着淅淅沥沥的雨，但并不大，也不再有雷声和闪电。钱唯掀开被子，才发现自己浑身赤裸，白皙的皮肤上布满了密密麻麻的青紫印迹。她是敏感性皮肤，平日里也是只要稍稍碰擦到，皮肤就会瘀青，一想到此刻身上这些印迹出现的原因，她就觉得血都往脸上涌了过去，而等她直起身想坐起来，下身难堪的酸痛感，更是清晰地提醒着她昨晚发生的事。

“钱唯？你醒了？”

陆询在房门外似乎一直安静地等着钱唯醒，因此钱唯刚起身发出了一点动静，他就敲了敲门后推门走了进来。

比起钱唯的狼狈，陆询显得神清气爽。他那张脸仿佛更英俊了，明明昨晚折腾了半夜没睡，但皮肤状态竟然比平日都更好，整个人像是反光了一样。

陆询看了看钱唯露在被子外面雪白的肩膀，有些尴尬地移开了眼睛：“我去帮你拿件衣服。”他说完，很快走出了房间。

钱唯扯了扯嘴角，男人啊，虚伪，这时候倒是讲起非礼勿视做起正人君子了，昨晚上的你可不是这样的。

这么一边想着，一边不小心又牵扯到了下身，钱唯疼得有些龇牙咧嘴，心里更是尴尬又生气起来。

很快，陆询又带了一件白衬衫回来。

一看又是白衬衫，钱唯的气更是不打一处来，她头一扭：“我不要穿这件。”

陆询有些狼狈：“只有这件了。”他低下头，“昨晚是我不好。”

钱唯红着脸别开了头，她真想用手捂住耳朵，关于昨晚的一切，她甚至都没勇气去回顾。

然而陆询却偏偏还要提：“你穿上吧，气温还是挺低的，别着凉了。”他顿了顿，“你放心，今天我看到白衬衫不会再像昨晚那样了，我会控制住自己的。”

这话不说还好，一说，钱唯想到昨晚的失控，脸又红了。

“那你先换衣服，我在外面等你。”说完，陆询站起来，又亲了亲钱唯，才走了。

钱唯心里一边暗骂着陆询，一边咬着牙，忍着下身的不适穿上了衣服。

她推门走出去，看了一眼墙上的钟，才发现已经将近10点了。

“我已经做好早饭了，吃一点。”陆询一边说着，一边转身回厨房，不一会儿就端出了几盘菜。

一碗熬得正好黄澄澄的小米粥，还有一碟蒸好的芋头南瓜，一份煎蛋，一盘青菜杂烩小炒，还有一杯热牛奶。

钱唯确实有点饿了，她捂着肚子，想要走到餐桌前，然而此刻的她觉得自己宛若童话里为了王子变成人的小美人鱼，每走一步都像是走在刀尖上。

陆询很快反应过来钱唯的状态，他一句话没说，直接过来拦腰一把把她抱了起来，然后他就这样抱着她坐在自己身上，坐到了餐桌前。

“吃吧。”

钱唯有些迟疑，她想起了昨天陆询那些不是太甜就是太咸的暗黑料理……

“今天的没问题，我试过了。”陆询一边说着，一边舀起一勺粥，喂到了钱唯的嘴边。

钱唯下意识就张开了嘴。

令她意外的是，这一次陆询竟然真的没骗她，粥入口即化，还加了鱼片，是很清淡的做法，但又十分鲜美，咸淡恰到好处。钱唯从陆询手里拿了勺子，又吃了几口，竟然越吃越好吃，她又尝了尝其余菜，每一个都可以称得上完美，同那些美食博主做出来的菜色竟然分毫不差。

钱唯有些怀疑；“这些是不是你在外面买的？”

陆询愣了愣：“是我自己做的，你要去看厨房吗？现在还没收拾好。”

“那为什么今天的技术这么突飞猛进，昨天的压根不能吃……”

陆询的声音有些难堪：“因为你穿成那样，昨天一直有些心不在焉……”

“那昨晚还是我的错吗？”钱唯说着就有些委屈，尤其是她动了动，屁股还很疼，她越想越气，挣扎着想从陆询的身上下来，“我不要坐你身上。”

然而没挣扎多久，陆询的气息又有点不稳和粗重了，他有些强势地把钱唯按在了原处：“你别乱动。”

钱唯没理会，直到屁股后面又传来异样的感觉。

陆询抱着她：“别动，我已经忍得很辛苦了。”

这下钱唯哪里还敢动，昨晚的经历她都害怕了，陆询还是人吗？就算游戏里放大招，再厉害的人物，技能还有个冷却期，陆询是用了作弊器吗？

虽然心里腹诽着，但钱唯总算安分下来，两个人相安无事地吃了早饭。陆询也终于冷静下来，他放开了钱唯，脸上有些狼狈和不自然。

“我还是先离你远一点。”

钱唯当然巴不得这样，她退得都快到了墙角，不小心之下一脚踢到了靠在墙边的垃圾桶。她就这么下意识望了垃圾桶一眼，结果就这么一眼，她的脸又“唰”地红了起来。

垃圾桶里，丢着好几个避孕套。

因为客房内平时没人住，并没有垃圾桶，恐怕因此陆询早起清理后丢进了客厅的垃圾桶内。

昨夜太过混乱，钱唯不记得陆询到底用了多少个，只记得他摘了一个后又套上一个……

此刻见了垃圾桶里的残骸，钱唯才意识到昨晚的战况是有多激烈，而也是这时，她才意识到问题所在。

“陆询，你带我来你家里，还随身带着避孕套？”钱唯咬了咬嘴唇，“你还说是我穿成那样，你才忍不住？”她指了指垃圾桶，“你这就是蓄谋已久吧。”

陆询的脸有些微微泛红，然而嘴上却否认着：“我没有蓄谋。”他转开头，“去买盐的时候，正好还要找我钱，但那个收银台正好没有零钱了，我也不想你在外面等太久，于是随手拿了一盒，那样价钱竟然正好凑整，就不需要找零了。”

钱唯心想，我假装我信了……

然而就在钱唯和陆询相视无言，有些害羞又尴尬之际，屋外的门突然传来了钥匙开启的声音。

钱唯有些狐疑也有些惊吓：“谁？”

陆询有些尴尬道：“可能是我妈，只有她有这里的备用钥匙。”

这下可还得了，钱唯吓得几乎面如土色：“怎么办怎么办？”自己如今穿成这个样，偏偏脖颈、锁骨上都还有暗红的痕迹，和陆询又是这种气氛，怎么能见对方妈妈呢！

“我、我得躲一躲。”一时之间，钱唯吓得手足无措，时间紧迫也不容她细细想，只来得及在大门开启之前飞速转身躲进了陆询的房间。

就在下一秒，门就“啪嗒”开了。

“询询？”陆询的妈妈有些讶异，“你今天怎么住在这儿？”

陆询第一次遇到这种情况，虽然努力想维持平日里的镇定，然而到底是19岁的少年，言语之间多少带了点刻意掩盖的紧张："昨天想起来有些东西放在房里没拿，结果过来拿了以后下了大暴雨，就索性在这儿住了一晚。"

幸而陆询的妈妈并没有怀疑："嗯，我也是因为昨天晚上大暴雨，担心上次给这儿通过风以后窗户没有关，怕雨全漫进来，所以特意过来看看。"

"没事，我在的，你还特意过来一趟，怎么来之前不和我确认下？"

说到这儿，陆询妈妈声音里有点埋怨："我昨晚到今早，都给你打了十来个电话了，结果你一个也没接，我要早知道你在这儿，才不特意跑一趟。"她一边说，一边手上也没闲着，开始收拾屋里，"你昨晚怎么了？平时从来不会隔这么久不回电话的，是身体不舒服吗？"

陆询侧开了头，随口胡诌道："我都不知道你打我电话了，我手机从昨天一直静音，没听到，你倒是提醒我把静音状态取消了，我马上去改。"

然而命运仿佛和陆询开玩笑一般，他的话音刚落，刚才他还号称从昨晚到现在一直静音着的手机，铃声大作起来。

陆询的妈妈审视地看了他一眼，双手环抱着胸，盯着他。

"妈……"

"行了行了。"陆询的妈妈摆了摆手，"你也长大了，妈妈会给你自己的空间的，但下次还是回我个电话，不然我们也会担心你的。"

陆询松了一口气："好。"

然而陆询这口气还没放下多久，很快又提了上来。因为他的妈妈一边收拾着桌面上剩下的食物，一边就要往垃圾桶走去，如果她走近了，势必会看到垃圾桶里那几个避孕套……

"妈，你别收拾了，你平时也太辛苦了，这种时候我来就行了。"陆询二话没说，赶紧用身体挡住了自己妈妈的路，然后顺势接过她手里的东西，用身高优势彻底挡住了她看向垃圾桶的视线。

结果垃圾桶的警报刚刚解除，陆询妈妈就要伸手开门往他房里进去。

陆询赶紧三步并作两步挡住她："哎，妈，我房里你就别去了。"

他妈妈的语气十分狐疑："怎么了？"

"我最近在帮学院的老师做助理，他接了个并购的案子，我把目标公司的资料都放在房里了，这个案子有严苛的保密协议，不论对谁都不能公开这些材料，哪怕是无关的外行或者家人也不行。"他义正词严地撒谎道，"你知道的，做法律这一行，一定要讲究职业道德，你不也一直教育我要慎独吗，就算一个人独处，没有别人眼光评判的时候，也要用内心最高的道德标准要求自己遵从原则。”

此刻别说陆询，就是房内的钱唯，一颗心也提到了嗓子眼，钱唯一张脸紧张得通红。这等场景，简直狗血得像是偷情过程中原配突然回家抓奸，最后落荒而逃的小三，怎么想怎么尴尬……

令两人松了口气的是，陆询妈妈对陆询反常的话竟然也没再过问，就真的这么松开了房门把手，然后转身回了客厅。

“你待会儿准备干什么？”

陆询愣了愣，下意识回道：“现在雨已经小了，我待会儿就回学校了。”他一颗心都在自己卧室内的钱唯身上，此刻对自己妈妈的问话，也回答得颇有些心不在焉。

然而陆询妈妈并没有在意，她笑了笑：“妈妈开车来的，待会儿正好往你学校方向去，那我带你去学校吧。”

这怎么行，自己走了，钱唯怎么办。

陆询当即就拒绝道：“不了。”他生硬地扭转道，“我突然有点困，还是在这里午睡下再走吧。”

平日里如果陆询这么说，他妈妈绝对不会等他了，她是个律师，一贯信奉时间就是金钱，平时客户都得提前和她预约。

然而今天的陆询妈妈却一反常态地十分有闲情，她笑眯眯的，十分有耐心的模样：“妈妈下午也没事，那你睡吧，妈妈等你睡好了再带你回学校。”

“我想起来我在市中心图书馆还有本书没还，我睡醒以后先去还了书再去学校。”

“没事，我带你到图书馆，你还了书，我们再去学校。”

陆询改变了策略：“妈，你去忙你的吧，我自己可以的。我从没觉得你因为工作，陪我的时间就少了，反而是你这样的工作态度，给了我很好的正面影响。”

“那妈妈更是要进一步给你正面影响了，一个人不仅要工作认真，对待家庭也要重视，该拿出时间陪孩子就要陪孩子。”

饶是陆询，也在自己妈妈面前败下阵来，他担心着钱唯，最终也不顾借口的逻辑性和合理性了，他咬了咬牙：“妈，我今天就特别想坐地铁回学校。”

“嗯？”

陆询面不改色地胡说八道：“我们平时要少开车，响应国家低碳出行、绿色出行的号召，多利用公共交通工具。”

陆询妈妈这次终于点了点头，她意味深长地看了陆询一眼：“坐地铁挺好的。那妈妈不等你了，先走了。”

等陆询妈妈离开，陆询和房里的钱唯才最终松了口气。

然而陆询进了卧室，却没有看到钱唯的人。

“钱唯？”

“我在这里……”钱唯的声音轻轻的，带了点俏丽的尾音，从陆询的衣柜里传了出来。刚才害怕之下，她担心陆询妈妈真的进屋，于是趁着外面动静的遮掩，轻手轻脚地躲进了衣柜。陆询的这个衣柜里挂着的都是冬天的大衣，还有毛茸茸的大围巾，钱唯钻在其中，加之刚才的紧张情绪，热得一张脸红扑扑的，眼睛也带了点湿润的水汽。

陆询推开衣柜门，看到的就是这样的钱唯，她刚才一定很紧张，因此此刻嘴唇都被她咬得鲜艳欲滴。

钱唯的腿被衣柜下的杂物绊住了，她朝陆询伸出手：“陆询，你扶我一下。”

然而陆询并没有扶她，不仅如此，他甚至拨开衣物，俯身也一同钻进了衣柜里。在钱唯还没反应过来的时候，他就出现在了她的身旁，环抱着她，倾身吻她。

从衣柜上方垂下来的围巾遮盖住了钱唯的视线，此刻她被陆询抱在狭小的衣柜里，周边的衣物上都充斥着他的味道。钱唯在这个缠绵又濡湿的吻里，闻着昨晚这亲近过无数次的气味，只觉得心跳加速，一颗心简直像是要跳出胸膛一般。视觉受限，其余的感知却变得更为清晰和敏感，钱唯只能在陆询的怀里感受着他的唇舌，他燥热的情绪，还有游走的抚摸。

吻着吻着，事态就又开始往失控的方向发展，钱唯的腰和屁股还疼着，在这个吻的间歇，她推开了陆询，声音委屈地控诉：“陆询，你不是说了会克制吗？”

陆询也有些脸红，狼狈地道歉道：“对不起，最近我的自制力有些差劲。”

两个人停止了亲吻，都有些微微的喘息，陆询转开头，平复了下情绪，才把钱唯从衣柜里抱了出来。

一起经历了惊险的一幕，两个人稍稍平复心情后，陆询开始收拾起屋子来。钱唯看着他犹如专业人士销毁现场证据一般把垃圾袋内的垃圾处理掉，把床单甩进了洗衣机、烘干机，把厨房里的碗筷都洗干净，内心相当复杂。

“陆询，你真是第一次处理这种事？”钱唯红着脸，低头道，“我怎么觉得你这后续处理很娴熟，真的是第一次吗？”

“当然。”陆询抬头看了钱唯一眼，“上学期的侦查学，你如果不逃课的话，现在也能和我一样技术娴熟。”

等陆询终于处理完了“犯罪现场”，刚有些庆幸自己妈妈没发现什么端倪之时，他的手机突然响了。

他拿起来一看，号码显示竟然就是他妈妈。

“喂？”

“询询，妈妈刚才把围巾落在你屋里了，可能就在电视机前面的茶几上，待会儿你走的时候帮我带上，这周末回家的时候捎给我。”

陆询环顾四周，果然在茶几上看到了那条围巾，他回应道：“好的，没问题，还有什么事吗？”

“我没什么事了，但你真的没什么要和妈妈说的吗？”

“没有。”陆询抿了抿嘴唇，但总觉得自己妈妈这个语气很意味深长。

“算了，也没指望你能主动说。”她却也没再追究，只是笑了笑，“但是以后对你的小女朋友可不能这样藏着掖着，什么事情都憋在心里啊。”

陆询蒙了，内心既惊愕又疑虑：“什么？”

“你不是交女朋友了吗？”

陆询故作镇定地否认道：“没有，你都怎么乱猜的。”

“你知道，作为法律专业出身的人，从来最忌讳乱猜，什么事情都讲究理性的分析。”陆询妈妈清了清嗓子，“首先，你昨晚到现在十几个电话没有接也没有回，这对正常的你来说根本不会发生；第二，你平时嘴巴可不这么甜，还跟我说别太辛苦，别收拾垃圾了；第三，你什么时候学做菜了，而且自己一个人竟然这么有情调，在家里给自己做了这么一桌子。你从小信奉时间就是金钱，这种时候恐怕只会叫外卖；第四，平时你基本不来这儿住，我刚才一开冰箱，里面放了一冰箱的菜；第五，如果你要参与的案件涉及保密材料，你根本不会把材料从学校带到家里来，你只是不想让我进房间而已，因为房间里恐怕还有别人；至于第六，因为你房里有别人，所以你死活不愿意让我开车带你走。”陆询妈妈说到这里，顿了顿，才继续道，“询询，你还有什么想要反驳的吗？”

陆询这下终于回过味来，原来他妈刚才那么坚持要送他，都是为了给他下套试探他……

“刚才那小姑娘也在吧，只是觉得不好意思见我。”陆询妈妈声音笑眯眯的，“今天确实是我太疏忽，不应该就这么不打招呼过来，导致今天的时机确实不太好，让人家小姑娘挺难为情的，只能躲房里，人家恐怕也很尴尬，是我不对。下次什么时候小姑娘准备好了，记得带来家里一起吃饭呀。”她又夸张地叹了口气，“你对亲妈都这么沉默寡言，也真不知道怎么找到对象的，真的要好好珍惜这个敢于和你谈恋爱的小姑娘，知道了吗？”

陆询很想说，妈，你到底对你的儿子是有多大的误解？

“总之，对女生要温柔，一旦吵架了，也不要和人家讲法律，那些讲法律讲道理不哄人的男人最后都单身了。”陆询的妈妈却嫌儿子还不够尴尬似的，在挂电话之前又郑重关照了一遍。

陆询挂了电话，脸色有些赧然：“下周末你有空吗？”

钱唯很戒备：“不约，叔叔，我们不约。”她扫了一眼陆询的下身，“没有下一次了啊！”

陆询皱了皱眉：“你都想到哪里去了，我是问你下周末有没有空去我家里吃个饭？”

“不吃不吃。”钱唯心想，去你家一次就这样了，再来一次，我是没上够当吗？

“不是这里，是我家，我爸妈也一起住着的家里。”

这下钱唯更惊吓了：“见家长？我、我没准备好啊……”

“我妈妈挺想见见你的，她肯定会喜欢你的。”

钱唯挺紧张，她推脱道：“我和你理论上还不算严格意义上的男女朋友，现在去见你爸妈是不是太早了？”

“嗯？”陆询的声音有点危险，“还、不、是、男、女、朋、友？”

“不是说好了有两个月试用期吗……两个月还没过呢，而且人家见家长的都是谈了好多年要结婚的情侣，我们是不是太早了？”

“钱唯，我们都这样了还试用期？你是不是不想对我负责了？”

“哎？”

陆询抿了抿嘴唇：“你都睡了我，现在还不想承认我们的关系？”

钱唯想，怎么话到了陆询嘴里，就变了样呢……被他那么一说，好像自己是个始乱终弃睡过就扔的大渣子，而陆询是那个楚楚可怜被享用了肉体无处申冤的受害人……

钱唯下意识辩解道：“我、我就睡了一次而已啊，而且也没有要始乱终弃……”

“三次。”陆询纠正道，“如果还有两次你想不起来的话，需要我给你回忆重温一遍细节吗？”

钱唯哪里还受得住，她用手捂住了耳朵：“别说了别说了，我记起来了，周末跟你去就是了。”

最后，两个人就这么在微微羞赧又带了点心跳的气氛里一起回了学校。

第十七章…

我不要股权，要你就够了

钱唯没想到自己一回学校，钱川就找上了门。

“钱唯，你知不知道刘诗韵喜欢吃什么东西？”

“哎？怎么了？”

钱川咳了咳：“那天校庆你和陆询走了以后，刘诗韵请我吃了顿好的，我就想着，我们老钱家的人，不能这么白吃别人的啊，怎么说也要请回来，礼尚往来，你说对吧。”

“那你直接去问她不就好了。”钱唯十分不解，“你又不是没有她号码。”

钱川对钱唯的回答嗤之以鼻：“你这是什么情商啊，我要直接问刘诗韵的话，一点惊喜都没有了啊。”

“也是啊。”钱唯想了想，“她喜欢吃泰国菜那种酸酸甜甜辣辣的口味，最喜欢冬阴功汤了。”

钱川得到了答案，终于心满意足地走了。等他走远了，钱唯才后知后觉地意识到，为什么要惊喜啊？不就吃个饭吗？为什么不能直接问刘诗韵啊？

然而她没有时间多想这回事，因为她也有一些正经事想要忙。

虽然今天为了不让自己妈妈进房间，陆询胡扯的保密资料在房间是假的，但陆询参与了并购案是真的。大学法学院教师是律协允许既保留大学老师的本职，又可以持有律师证做兼职律师的。A大法学院的老师们便在校外成立了一家律所，毕业时会吸纳不少优秀学生，入所的竞争十分激烈，因此平时几乎很少挑选在校生参与律所的案子，陆询能够被选中，可以说真的是硬实力非常强悍了。为了盈利，这家律所自然会承接一些商事法律案件，但也因为大学老师的情怀，律所在维持运营有余裕的前提下，也会定期接不少法律援助案件。钱唯知道，陆询在做这个并购案的同时，也一同参与了好几个法律援助案件，并且完成得十分出色。之前听刘诗韵讲，甚至有在他的帮助下讨薪成功的农民工，特意为他制作了锦旗来送给他。

钱唯虽然没能被律所选上，但是她也想做点什么，陆询是这么优秀，她也想变得更好，可以昂首挺胸和他站在一起。

钱唯打开了邮件，开始写起了创业项目计划书。

这件事，从上次普法活动后，就深埋在了她心里。在那次社区普法中，钱唯也接待了几十个法律咨询的人，虽然别的学生没有在意，但她敏锐地发现，其实他们想要了解的法律问题非常集中：一类是婚姻类，一类是民间借贷类，一类是房屋租赁类。虽然大家的咨询各不相同，涉及的具体事实千差万别，但在提供最终的法律解决方案上，其实是有共通点的。很多咨询者到最后，其实需要的是一份合同模板：准备离婚的需要一份离婚协议，尤其是财产分割方案；民间借贷的需要一份约定好借款数额、时间、利息和违约情况的借款合同；租房的需要一份承租方和出租方彼此权利义务明确公平的租赁合同。如果能有一份囊括了基本条款的相应合同模板，那么钱唯他们在提供法律服务的时候完全能事半功倍，只需要针对不同人的情况，在基础合同模板上进行修改添加就行了。

在律所工作时，因为提供的是一对一的服务，钱唯自然能针对每个客户不同的需求为他们独家定制相应的合同。然而在法律援助和普法咨询中，面对的是那些并不能负担律所律师成本的普通人。在交谈中，钱唯也意识到，这些人，在面对现实生活中纷繁复杂的法律问题时，也并非没有花钱找专业人士解决的意识，然而他们只能承担得起平价的服务，完全负担不了聘请一个律师的成本。

工作后，虽然因为主攻的是商事法律方向，钱唯并没什么机会近距离接触个人客户，合作的都是公司客户，但因为陆询给所里定的收费标准一直是在律协规定的区间内较高的一档，她也婉拒过不少无法承担高额律师费用的小企业。然而在交谈中，钱唯也发现，其实这些起步性质的小企业，反而恰恰是最需要专业法律服务的，如果在起步或是创业阶段得到专业的法律指导，规避很多未来的法律风险，这些小企业极有可能在几年内就成长壮大成中型企业。然而相当可惜的是，因为起步小企业本身就面临资金短缺的困境，绝对是会选择把钱用在刀刃上，投入到生产研发中去的，极少愿意花大价钱去买优质的法律配套服务。优质的律所又不愿意降低收费接待这些小企业，最终这些小企业不是选择了不花法律服务这个钱，就是退而求其次找了那些预算在自己能承受的范围内的律所进行服务。但一分价钱一分货，费用少的律所，也并不能真的提供给对方完善的法律服务。最终结果往往就是，企业虽然花了钱，但该规避的法律风险，仍旧没有规避，最终给企业在未来的发展道路上埋下了雷。

过去的钱唯一心忙着工作也没深思过这些事，然而重来一次的人生里，她看着陆询这样努力，也不自觉地被带动。

这是过去的钱唯从没有的感觉。她学习着法律，最初只把它当成一项未来的谋生技能，在工作中体会到帮助客户解决问题的快乐，然而真正接触了那些最需要却也最缺乏法律帮助的人群，经历了被诬陷偷窃项链的事件，她才意识到，这个社会里，法律的普及、程序正义的理念、疑罪从无等这些概念，很多人即便是工作体面的学校教职人员，也并没有真正理解。

“我们每一个大学生，应当拥有独立健全的人格，理性清晰的头脑，而我们法学院的学生，更是承担着未来法制进步的重任，更应该做到心中公正而悲悯，洞察而明理，对法律保持尊重、保持敬畏。”

那天校庆陆询的发言，直到今天钱唯都记忆清晰。她敬佩陆询雷霆般的手腕和令人敬畏的法律专业能力，更深深为他心中那种对法律的热诚和信仰所打动，这是钱唯第一次也是唯一一次如此全方位地佩服着一个人。这个人曾经是她的老板，如今，也是她的男人。

或许重来一次的人生里，这所有的经历都不是平白无故发生的；或许冥冥之中，命运一直在暗示着钱唯，去意识到她过去忽视的那些东西，去体验她没有体验过的爱情，去感知她学习法律、从事法律工作的意义。

所以这一次，钱唯决定做点什么。

她查了查她的银行余额，因为曾想着早日买房走上人生巅峰，她十分有意识地打工攒钱，如今比起陆询的兼职收入虽然还十分逊色，但放在2009年，也算是相当不菲的一笔存款了。

要拿这点钱做点什么，如果说原来的钱唯只是有这个模糊的意识，那么如今这个念头已经渐渐在她脑海里成型。

她想帮助更多人，那些需要法律服务和咨询，却没有足够金钱的人。

这一次，钱唯决定创办一个在线法律咨询平台，写好相应的法律合同模板，然后把这些普通人日常生活中容易涉及的法律合同模板，以及初创型小企业使用频率高的合同模板通通上传。只要注册会员，支付非常有限的会员费用，就能无限量使用平台里的所有合同模板。另外开辟一个普法窗口，定期将大家关心的法律案例进行深入浅出的分析，供用户参考。虽然想一想就觉得工程量浩大，并且初期网站还需要找到IT团队的承包方，简直是砸钱的活儿，但钱唯还是想试一试。

那么好的陆询尚且在不断努力着，她怎么可以就这么碌碌无为、毫无建树？

钱唯说干就干，各种搜集数据做初期调研，热火朝天地折腾了大半天，直到刘诗韵回来，她还趴在电脑前聚精会神。

“钱唯？你昨晚干吗去了啊？”刘诗韵大大咧咧地拍下了钱唯的肩，“怎么连学校也没回？”

钱唯镇定道：“大暴雨，来不及赶回来，我就在外面住了一晚。”

刘诗韵眼睛发亮道：“你住我家酒店了吗？我给你的VVIP卡，用上没？”

“没……雨太大了，附近没找到你家连锁的酒店，就随便找了家住了……”

刘诗韵十分懊恼：“本来还想问问你体验感受呢。”她看了钱唯两眼，突然有些狐疑地指了指她的脖子，“你看你昨晚都住的什么酒店啊，床单不干净吧，你看你这个后颈，有一小片红色，看起来像是过敏啊，你不痒吗？”

钱唯“唰”地红了脸，支支吾吾地摸了摸脖子：“可能吧……”

刘诗韵却不疑有他，语重心长道：“你下次可别乱住这种小破旅馆啊，很多毛巾、床单都不换的，你想啊，谁知道上一个房客是什么人，没准有尖锐湿疣啊，那个病你知道吧，会长一圈菜花啊……”

刘诗韵又思维发散了片刻，才终于想起了正事般地看了钱唯一眼，问道：“对了，你比较喜欢吃肉吧？就比较喜欢那种西北菜、韩国料理之类的？”

钱唯有些意外，但下意识地点了点头：“是啊，怎么了？”

刘诗韵转了转眼睛，状若不经意道：“这样啊，都说双胞胎的喜好一般都挺一致的，那是不是钱川也挺喜欢吃肉啊？”她不太自然地撩了撩头发，“我就是最近看了一本说双胞胎会心有灵犀而且很多爱好相同的书，有点好奇啊……”

“嗯，是，钱川也喜欢吃肉。”

“那你喜欢比较安静的环境，钱川也喜欢这种？”

“那倒不是。”钱唯想了想，“双胞胎也不一定喜好必然一致吧，比如我根本不喜欢体育，我平时都看偶像剧，但钱川只想看体育节目；我喜欢听轻音乐，但钱川喜欢听摇滚……”

“那他最喜欢的摇滚乐队是哪个？”

“滚石。”钱唯回答完，有些意外，“你怎么突然问了这么多关于钱川的问题？”

“有吗？”刘诗韵咳了咳，“我就顺口问问。”她看了看手表，“哎，学生会那边有点事，我先走了啊。”

钱唯也没在意，她此刻一颗心都扑在她的在线法律公益咨询平台上，直到陆询的电话来了，她才意识到竟然已经过了4个小时。

“钱唯，”电话里陆询的声音虽然仍淡淡的，但钱唯总觉得对方语气里隐隐有些控诉的意味，“我们分开4个小时13分钟了，你都没联系我。”

钱唯机智地反驳道：“你不是也没联系我！”她反攻为守地问道，“所以你为什么不主动联系我！”

陆询顿了顿，才声音有些不自然地道：“我是特意憋着没联系你的。”

“啊？为什么啊？”

陆询的尾音里有些害羞的意味：“我怕我弄疼你了，你不想联系我，所以想给你空间和时间，都说女生第一次以后心态会比较敏感……”

钱唯愣了愣，才反应过来他的意思，她的脸红得要炸了：“你别说了。”

“我不知道你是什么感受，可是我好像越来越喜欢你，越来越觉得离不开你了，好像每分每秒都想看到你，不用做什么，你在我身边就可以，我就觉得很安心。我本来是个很自律的人，该做什么的时候都能沉下心做什么，但今天完全不行，打开书，打开电脑，好像脑子里都只有你。我以前好歹能憋一个晚上不联系你的，但是现在不行，4个小时，好像已经是极限了。”陆询的声音有些沙哑，“我现在在你楼下。”

明明在分开之前说好了今晚不再见面了，然而陆询这家伙又枉视约定了。

陆询却仿佛知道钱唯心里所想般抢在她发言之前道：“我知道今天在分开之前说好了今晚不见面了，你不用来见我。”

“那你来我楼下干什么？”

“我就是想离你近一点。”陆询的声音低沉，“好像那样我会好受一点。”

钱唯明明知道陆询都是故意的，然而根本没法抵挡。他这个人，做任何事，对任何目标，从来都运筹帷幄，懂得人心，偏偏又生了这样一张脸，他用带了点委屈又挫败的语气说出这番话的时候，任何一个女生都没法拒绝。

等钱唯跑下楼，才发现陆询就站在女生宿舍楼不远处的路灯下，他那个身姿，经过的女生明里暗里都忍不住瞟两眼。

钱唯走上前，才发现他手里还拎着一份奶茶。

“给你。”

一边说着自己并不是来见她的，一边却连给她的奶茶都准备好了……钱唯意味深长地看了陆询一眼，陆询则转开了头，顾左右而言他道：“今晚月色挺好的，要不要一起散步？”

钱唯抬头看了看天，因为云层又多又厚，月亮压根就没出来，她指了指天，看了陆询一眼：“月色很好？你认真的？”

陆询却面不改色，望着钱唯的眼睛道：“你就像是我的月亮一样。”

真是……钱唯心想，有什么话和场景是陆询化解不开的吗？

心中虽然这样想着，然而不知道为什么，连抱怨都是甜的。12月的冬夜，风带了沉重的凉意，路上行人已经稀少，也显得有些萧瑟，然而钱唯和陆询并肩走着，喝着热奶茶，却恍然觉得竟然有种温暖如春的错觉，钱唯只觉得自己的脑子大概是坏掉了。

走了没两步，陆询过来拉住了她的手。明明已经是男女朋友了，然而两个人私下相处，偶尔仍带着初时的那点羞涩和欲盖弥彰，陆询的手指触到钱唯的手，两个人的心都有点悸动。

然而就是这样，陆询还不忘一本正经地装模作样：“我手有点冷，借你的手暖暖。”

钱唯忍不住有些想笑，她从来不知道，原来陆询这家伙竟然还能这么理直气壮地说瞎话，明明手比较暖的人是他。

两个人走着走着，不知不觉就走到了学校著名的情人坡，因为用的是常绿草皮，即便是冬天，这里仍旧绿草如茵。情人坡不远处，就是A大著名的月亮湾，那是一个月牙形的小型湖泊，并且非常难得，并不是人工的，而是天然的，是活水。月亮湾不远处就是A大的图书馆，从图书馆上可以俯瞰到半个月亮湾的湖景，平时这儿一直非常热闹，但冬夜人并不多，只是今天有点例外。

钱唯和陆询刚走到情人坡的背面，就被不远处传来的喧嚣声吸引了注意力。声音隐约是从月亮湾一侧传来的，带了女生哭闹控诉的声音，还有一些杂乱的人声，大约又是哪一对情侣吵架吧，钱唯和陆询对看热闹都没有兴趣。

“回去吧。”

然而正当钱唯跟着陆询准备往回走的时候，她听到了一声抬高了分贝的哭叫。

“钱川！你明明都单身了！为什么不能接受我？”

嗯？钱川？听到钱川的名字，钱唯脑内的神经立马绷紧，这下这个热闹不凑不行了。

等钱唯和陆询赶到月亮湾，才发现在湖边竟然站了小半圈人，不少人手中还拿着书，看起来多半是刚在图书馆结束自习准备回寝室的人。

钱唯奋力地拨开人群，才看到被围在人群的正中央的，不是钱川是谁？他此刻正站在湖的一侧，而他的身边站着刘诗韵。在他们两人的对面，在湖边那块高耸起湖面的观景台上，还站着一个女生，夜色下看不清对方的脸，但从身形的轮廓可以看出是个胖姑娘。

“钱川，我就问你，你同意不同意和我在一起？”那胖姑娘的声音带着哭腔，然而语气却挺强势，“你之前拒绝我是因为你有女朋友，可我打听过了，你已经分手了，现在是单身，那你就没有什么理由可以拒绝我了！”

“有没有搞错啊，还没有理由拒绝她？她是天仙下凡吗？这么胖，还逼着人家男生接受她，到底多大脸啊！她这个样子，得有200斤吧？谁敢和她在一起啊，怕不是要被压死……”

“就算是单身也不会和她在一起的，她不照镜子的吗？”

那女生一个人在寒风中喊着话，然而周围响起的声音中不少是对她的奚落和嘲讽。

舆论和形势几乎是一边倒地朝着钱川，这种情况下，钱川随便做出什么举动恐怕都会被理解。

钱川显然对此很头痛，他对着那姑娘大声道：“李琳琳，你先下来！”

“李琳琳”这三个字也唤起了钱唯的记忆，这不就是那个之前苦追钱川，甚至不顾隐私偏执表白的女生吗？

陆询对这个名字的反应显然也挺大，是李琳琳导致了他第一次情书表白惨淡收场，他想必也是印象深刻的……

“我不下来！”李琳琳却是态度坚决，“你要是今天不答应我，我就从这里跳下去！”她一边说着，一边作势要跳。

钱川只能稳住对方：“我是单身，但我现在真的不想谈恋爱，你先下来。”

“你骗人！你不想谈恋爱，你为什么和你身边那个女的大半夜的来情人坡！而且刚才明明还牵着手！”李琳琳的声音带了声嘶力竭的颤抖，“明明是我先排队等你恢复单身的。”

钱川十分无奈："这种事情根本不讲先来后到啊！"

虽然做出了寻死觅活的威胁，然而李琳琳的逻辑竟然十分优异，她迅速地指出了钱川的漏洞："你刚不是还说你不想谈恋爱吗？怎么现在说恋爱不讲先来后到？你看，你根本是在骗我！你就是不想和我谈恋爱！那我还不如死了算了！"

不是唬人，月亮湾的水其实挺深的，以前就出现过校外人士偷偷趁着夏夜跑来游泳结果溺亡的事故。要是李琳琳真跳下去，这黑灯瞎火的，还真的很危险，尤其是冬天，水太冷，就算下去救人，泳技过人的都有可能抽筋。

钱川欲哭无泪，他也不知道怎么招惹了李琳琳这么个煞神："强扭的瓜不甜啊……"

"没关系，就算不甜也没事，我先把它扭下来就行了。"

钱唯钻到了钱川身边："怎么回事？"

钱川却没看钱唯，而是直直地看向了她身后的陆询求救道："姐夫！怎么办！"

钱唯心想，可惜了我一腔热情，钱川这兔崽子自从有了陆询就对自己不屑一顾起来……一旦发生什么事，就跟陆询是他亲哥似的……

陆询沉吟了片刻，他看了眼在观景台上的李琳琳，因为她声称要跳湖，此刻围观的人更多了，就连图书馆楼上都有人趴在窗口看。人群中叽叽喳喳地充满着各种言论，有好言相劝李琳琳别想不开的，有看热闹不嫌事大、激将她要跳赶紧跳的，而她就这么站在寒风中，丝毫没有惧怕的模样，反而因为众人的目光和关注，显得情绪更加亢奋了。她甚至朝观景台的边缘又走了两步，在危险的边缘试探。

钱川一脸愁苦："我要怎么劝，她才能听我的啊！"

刘诗韵也有些急了："要不我们从她身后包抄把她拽走吧。"

"不。"陆询又看了看李琳琳，"你别劝了。"

钱川完全蒙了。

"你和她根本没有关系，她要寻死是她的事，就算她跳湖死了，和你也无关，自己想死，劝她干什么？"陆询的语气冷淡，他看了一圈围观的人，"大冬天的，谁这么闲一直在这里看她到底跳不跳啊，而且时间也不早了，再不走，宿舍就要关门了，今晚据说还要下雨，我们也回去吧。"

钱川有点意外："那李琳琳怎么办……"

"报警了，待会儿警察会过来的。"

陆询难得提高了声音，他那种冷冰冰的语气和不怒自威的表情，很快让不少围观的人有些不好意思地散开了。

这大半夜的，月亮湾湖畔寒风瑟瑟，站在这儿围观别人寻死觅活，似乎确实有点无聊透顶了。

不一会儿，刚才还围成半圆的圈子，很快就稀稀拉拉只剩下了几个人，而这几个人，大约也有些不好意思，也陆续走开了。

李琳琳见人都走没了，果然有些动摇的模样，她对钱川喊道：“我、我真的要跳了啊！”

“你就算跳了，钱川也不会喜欢你。你死了，顶多被学校里那些嘴碎的讨论个几天，过一个月绝对没人记得起你了。这么冷的天，也不知道你跳下去是会被淹死还是被冻死，但不管怎么说，死后泡水的尸体，会胀大，出现巨人观，眼球凸出，皮肉发绿，脸有篮球那么大，肚子也会鼓起来，全是腐烂后的气体，打捞的时候一不小心可能还会爆了……”

别说李琳琳，连钱唯、钱川和刘诗韵，都听得有些面部变色。

刘诗韵第一个撑不住了：“陆询你别说了，这些玩意儿你都从哪里知道的，光是想想我就受不了……”

“刑事证据学，课件PPT里不都有巨人观发展过程的图？以后上课不要睡觉。”

不管如何，陆询这一番恐吓的话非常有效果，李琳琳果然也撑不住了，她开始往后退，自从刚才没人围观后，她的情绪就渐渐稳定了下来。此时陆询使了个眼色，钱川便趁机绕到她背后，把她强行拽了下来。

至此，一场闹剧终于落幕，大家总算松了一口气。

钱川一颗心终于安定下来，他脱下自己的外套，给穿着单薄的李琳琳披上：“你下次真别这样了，感情这种事情不能强求，你用伤害自己的方式来唤起别人的注意，其实一点意思也没有，要真出了事，你想想你爸妈怎么办？”

李琳琳用手紧紧抓着钱川的外套，没说话。

钱川也没再说什么，他叹了口气：“算了，我们送你回宿舍。”

“他们不会在意的。”

“嗯？”

李琳琳咬了咬嘴角：“我爸妈，不会在意我的，可能我真死了他们才会在意吧。”

钱唯有些意外，却听李琳琳继续道：“他们只在意弟弟，平时我做什么他们都不会在意我，只有当我表现特别夸张的时候，他们才会分一点目光给我。”

李琳琳一边讲着，一边抽泣起来。钱川对女生哭一直没什么办法，他手忙脚乱地劝慰着李琳琳，给她递抽纸，然而他这样温和的举动，却仿佛触发了李琳琳眼泪的开关，她终于放声哭起来。

“对不起！对不起！都是我的错……”她哭得断断续续的，“是我自己有病，我明明知道自己这样不对，但我忍不住……”

李琳琳哭得太惨，刘诗韵也于心不忍地帮她顺了顺背：“怎么回事？”

“因为在家里，我从来得不到爸妈的重视。本来他们就觉得男孩才是自己家的人，女孩是外人，而自从我在初中时候生了场病，吃了激素药，一下子胖到了200斤，他们更是觉得我丢人，平时只带弟弟出门，几乎不带我。后来我发现只有我每次做出特别出格夸张的事，他们才会稍微关心我一点，所以为了得到他们的关心，我就下意识地行为夸张起来。”

钱川有点反应过来：“所以你不知不觉中把夸张的行为变成了习惯？”

李琳琳哭着点了点头：“开始只是在家里才会这样，可后来忍不住在学校里也这样了。每次得到别人的关注，就算是骂我，不知道为什么，我也觉得很开心，好像只有这样，我才是一个活生生的人，而不是被大家都忽略的空气。”

钱唯也有些意外。对于李琳琳的夸张行为，她从来没去深想过，大家对这种行为怪异的人通常以一个“奇葩”下定论，她不知道李琳琳背后竟然还有这样的故事。

钱川也相当愕然：“所以这就是你不断变换着用最夸张的方式倒追各学院男生的原因？就是为了获得关注，为了获得心理上的快感？”

“对不起，钱川，你真的是很好的人。”李琳琳抹了抹眼泪，“在我倒追的这么多人里，你是唯一一个对我非常温柔的人。别的男生，在收到我的表白信的时候，要不就是当场丢掉，要不就是背地里讽刺我，可你都没有，你一直很有礼貌，也很耐心，只有你，从来没有用我的外貌和体重来攻击我。可我因为你的温和，变本加厉骚扰你，给你添了那么多麻烦。”她的语气很痛苦，“我明明告诉自己不能再这样了，可我忍不住，我也不知道为什么。今天我在情人坡撞见你，就忍不住又这样了……我本来以为今晚我这样做，你肯定会烦我，可你刚才竟然还把外套给我披。”她鼓起勇气般，“所以我在想，我想把这些事告诉你，也真心实意地想向你道歉，之前的我真的太过分了。”

“表演型人格障碍吧。”

李琳琳有些意外地抬头看了眼说话的陆询：“你也知道？我去医院看过了，医生也是这么说的，我也在吃药。但医生也说了，表演型人格障碍一旦形成，靠目前的治疗方法很难根治，只能靠药物外加心理辅导，稍微控制一点。”说到这里，李琳琳挺沮丧，“所以我其实也不知道以后我是不是又要这样犯病。”

“你会忍不住有表演的欲望，对吗？”

李琳琳看向钱唯，点了点头。

“你很享受大家目光的关注？”

“嗯……”

“这种表演和受人关注的欲望一旦得到满足以后，就稍微能控制住自己一点？”

“是的。”

钱唯灵机一动道：“那要不要试试去参加学生会最近办的话剧社？”她看向刘诗韵，“前几天你不是说话剧社正好在招新吗？”

“既然你有表演欲望，又想被人关注，那不如去释放自己这种欲望呀，去话剧社表演，演技越是夸张，越是入戏，越是能得到观众的认可和掌声。你既释放了压力，又不至于打扰到别人，慢慢地再配合着吃药治疗，我相信一定可以控制好的！”

李琳琳也愣了愣，她看起来有些心动的模样，但随即又有些迟疑：“可是我……我这个身材，谁会想要看我演，就算我去报名，恐怕也没人愿意和我搭戏吧……”

“那我们就陪你一起话剧社报名好了！”刘诗韵拍了拍李琳琳的肩，“正好学生会要我去宣传多吸纳点话剧社的社员呢！另外平时我们也可以一起陪你健身减肥！你的五官其实很漂亮，减肥了一定是个大美女！”

“真的吗？”

“真的！”

李琳琳破涕为笑：“谢谢你们。”她又看了钱川一眼，“那如果我减肥成功了变美了，钱川，我能追你吗？”

“不行！”

钱唯相当意外，因为这掷地有声的两个字，不是钱川本尊说的，是刘诗韵发出的。

刘诗韵被一干人等盯着，也意识到自己的失态，她撩了撩头发，状若不经意地解释道：“钱川不是说自己分手后就看破红尘，无心恋爱，决定好好学习了吗，那怎么能让李琳琳追他呢，这就太破坏他的清修了，对吧？”

钱唯看了刘诗韵一眼，有些意味深长地道：“等等，你先给我解释下，你刚才不是和我说去学生会了吗？学生会不是明明在相反的方向吗？怎么这大晚上的，你突然和钱川一起出现在情人坡了？”

李琳琳有些悲愤地插嘴道：“我举报，我撞见他们的时候，他们还牵着手，我也是被这么刺激一下，才忍不住发病的……”

面对钱唯和陆询的目光，钱川红着脸硬着头皮道：“我和刘诗韵就是突然想起来比比谁的手大。”

钱唯看了看钱川那双明显是刘诗韵两倍大小的手掌：“大兄弟，找理由也找个好点的行不？这大小还用比？你不能直接用眼睛看？”

钱川理直气壮道：“我刚才不知道怎么的，突然就瞎了。”

刘诗韵则为了转移注意力，强行把炮火往钱唯和陆询身上引了过去：“钱唯，我还要问你了，这大半夜的，你和陆询两个人到情人坡来干什么？我听说这儿半夜常常有情侣钻小树丛的啊！你别以为我不知道啊！你们这个思想很危险了啊！小心啊，别越界啊！”

提起越界这个词，钱唯的脸就忍不住红了。

倒是陆询相当镇定，他看了刘诗韵一眼，慢条斯理道：“我和钱唯不论做什么事，都是有名有分的，不像有些人，不是情侣还在情人坡钻来钻去的，怕不是要在道德的底线兴风作浪。”

几个法学院的斗起嘴来简直是血雨腥风，钱川可怜巴巴地试图加入战局，被刘诗韵一把拦下：“你嘴笨，放着我来！”

最后是李琳琳看不下去了，她试探地问道：“那个……要不你们继续聊，我先走了？”

刘诗韵做事绝对雷厉风行，第二天就把几个人的名字都报进了话剧社。

“下周一就有剧目选角啊！别忘记了！”

钱唯点了点头，很快又沉浸回她的在线法律咨询网站里去了，之前设想得虽然已经十分详尽，但真正着手做起来，她才发现完全不是这么回事。她已经聘用了IT团队开发出了网站的雏形，这并不难；上传海量的法律合同模板，这对有执业经验的钱唯而言，除了要花时间，也不算难；她没想过，最难的部分是如何推广这个网站，她想过在A市各大高校发传单，在校园论坛打广告，然而这样吸引来的，也只是大学生群体，最需要法律咨询服务的普通劳动者并不一定会关注网络，如何从地面推广这个网站成了大难题。

“钱唯？”

钱唯愣了愣，才下意识回道："什么？"

陆询皱了皱眉，他的语气虽然仍旧很平静，但带了点隐隐的控诉意味："我们才出来了10分钟，你已经走神6次了。"

这语气，相当有怨气了……

钱唯马上给陆询一顿顺毛安抚。

陆询侧开了头，刚才绷着的脸终于微微有了放晴的趋势，抿着的嘴角也终于带了点弯弯的弧度，显然因为钱唯的重视，驱散了刚才被忽略的怨气，然而他咳了咳，还要显得自己不太在意道："你不要觉得我这样是因为你没在乎我，我主要是担心你有什么心事，毕竟和我在一起，还能让你分心的事，基本是没有的。"

钱唯这下乐了，她想，陆询这家伙倒还挺自信，她忍不住调侃道："你可别大意啊，没准我突然就移情别恋了呢。"她上下瞅了陆询两眼，"虽然你脸是脸，腰是腰，屁股是屁股，各方面都挺出众，但人嘛，骨子里都有点喜新厌旧的，满汉全席也有吃腻的一天啊，没准那时候偶尔尝尝路边摊，都觉得很有新鲜感呢！"

陆询却笑了："和我在一起，你没有机会移情别恋的。"他凑近钱唯的耳朵，"别做梦了。而且吃过满汉全席，是真的吃不了路边摊的。"陆询看了钱唯一眼，嗓音低沉性感，"路边摊有我好吃吗？"

陆询看向钱唯的这个眼神眼波流转微妙，无论是谁，被他这样看上一眼，恐怕都要脸红心跳。

钱唯捂了捂胸口："陆询，你再这样随便放电，我要报警了啊！"

陆询笑笑："你怎么不说是因为你导电？"

两人就这么互相调着情进了一家泰国菜馆。陆询这个月发愤图强，又变回了"款爷"，收到了翻译的外快之后就马上带着钱唯来吃之前没吃到的泰国菜了。

落座后点完菜，陆询却还是很在意地问："所以你最近到底在想些什么？"他顿了顿，"当然如果你不想说，我100%尊重你的决定，但我只是想让你知道，不管你遇到什么烦心的事，我都会站在你这边。"

钱唯看着眼前的陆询就忍不住心里充满了暖意，虽然他表面非常高冷，但是骨子里是个绅士，自己拥有能量，也并不会用这些能量去逼迫别人接受自己的方式。

钱唯也不想藏着掖着，她倒豆子一样把自己的创业计划和目前困境告诉了陆询。

陆询听完，沉吟了片刻：“你想过找A市各大法学院对接，把平台做成法律援助联盟吗？网站上可以开辟个‘法律诊所’实践基地，各个高校法学院由几名老师负责，在平台的求助区挑选适合进行法律援助的典型案件，在有律师执照的法学院老师指导下，学生一起参与，帮助收集资料、写起诉书等法律文书。据我所知，现在学院也一直很想仿照欧美的法学院那样做一个‘法律诊所’。法律这种东西，光是学法条看案例，和实际操作出入真的很大，我参与了几个案子以后也深有体会。但大二大三的学生，直接能进入律所接触到案子的还是少数，这样的实践机会其实挺少挺难得，你看其实不少立志未来做律师的同学，对法律实践是很热衷的。你这个平台要是能做起来，至少我们A大法学院是很乐意合作的，而引入了大学合作以后，就可以利用参与‘法律诊所’的学生一起进行地面宣传，就像我们上次普法活动那样。”

陆询的建议给钱唯注入了新思路，她有点兴奋地补充道：“对对，先和A市各大法学院接上头，慢慢扩大影响，在高校间推广，之后还可以去周边省市的法学院做推广，如果有我们A市法学院成功合作的案例，别的省市应该也会欢迎的。而且不仅可以和各大法学院合作，等平台越来越成熟，还可以和各家律所也对接上，请每家律所指派一名律师提供一些网络在线咨询和培训，因为我们的平台服务对象是那些低消费的人群，所以也可以去找那些小型的律所进行合作。这些律所的目标客户和我们的服务对象是一致的，我们平台的影响力一旦出来，就可以邀请这些小型律所入驻，和他们签订战略合作协议。每次在线咨询和培训支付他们一定费用，而平台也为他们提供宣传，使用我们平台的客户一旦需要请律师，自然第一时间会想到自己咨询过的这些律所，我们也会定向做推荐。”

“那邀请律所入驻平台提供在线法律咨询和培训的钱，你准备怎么支付？就算战略合作可以签订优惠价，但长此以往也是不小的一笔钱。”陆询喝了口茶，“虽然我知道你开办这个在线咨询网站的初衷是公益性质的，但是纯公益的东西都是烧钱的，我们没有这个资金能力，势必就面临着瓶颈，最终这样的平台只会无法维系，除非能找到一个盈利模式，至少能资金自给自足，让网站继续运营下去。”

钱唯双手捧着脸盯着陆询。

这倒是把陆询看得有些不安：“怎么了？”

“在想我的男朋友怎么这么厉害，分析问题永远这么犀利和一针见血。”

陆询虽然一张脸上表情仍旧寡淡，然而他的耳朵却几不可见地红了，他故作自然道：“也没有吧，也就一般般厉害。”

钱唯由衷地感慨道：“这个世界上到底有什么事能难倒你啊？你这样太犯规了，什么都懂，什么问题都能抽丝剥茧最后轻松解决。”她好奇道，“我在想，你这样，会不会觉得‘无敌是多么寂寞’？因为对你来说，什么都没有挑战性，对很多事，你都很难有长久的兴趣？”

“对你不会。”

钱唯愣了愣，才意识到陆询的意思。她突然就笑了，陆询这个人，一本正经却不经意间撩人，让人根本还没有招架的心理预期，就发现已经被对方势如破竹地打败了。

有了陆询的加盟，钱唯的在线法律咨询平台创业计划更是进展飞快。陆询出面搞定了A市几家法学院，钱唯根本难以想象，这家伙就靠着自己的一张脸和一张嘴，带着网站雏形的方案书，竟然就说服了以严谨和难搞著称的几大法学院。而钱唯也是第一次知道陆询的人脉和交际圈有多强大，网站刚开始运作没多久，他竟然已经拉到了几笔A大法学院往届校友的投资，真是相当可怕的公关能力和执行力，她简直心服口服，陆询这样的人不做合伙人，谁做？而另一方面，她也隐隐被激发了竞争欲，19岁的陆询已经可以做到这一步，那自己更应该努力做到更好！

因为有陆询加入，原本听起来颇为枯燥的创业，也变得带了点甜蜜，别的情侣约会是去逛街看电影，钱唯和陆询的约会就是在一起热火朝天地讨论创业。

“最初就采用会员收费方式，你说是采用年费模式还是包月？定多少钱呢？昨晚我搜集了几个类似的专业服务平台的收费标准，做了个调研报告，你要看一……”

然而话没说完，陆询就动作迅速地亲了亲钱唯的脸颊。

钱唯脸红道：“陆询！”

“嗯？”

“不是说好了讨论正事吗？”

陆询拿过钱唯手里的调研报告，挑了挑眉：“我现在为你的创业项目打工，没收一分工钱，连续跑A市的几个法学院，都要自掏腰包平衡差旅费，那作为员工要一点别的福利，不过分吧？”说完又凑近钱唯吻了吻她，他抬起头看向她，漂亮的黑眼睛定定的，带了点水汽，声音沙哑，“嗯？你说是不是，老板？”

“老板”这声称呼让钱唯有些心跳不已，上辈子陆询作为老板作威作福，这辈子没想到他却得喊自己老板，她颇有种飘飘然的扬眉吐气。在这种轻飘飘的得意里，她丝毫没来得及抵抗这位新晋下属的“以下犯上”，等她意识过来，陆询已经把她吻得嘴唇微微带了点艳红，然而他的脸上还带着点不餍足，写满了意犹未尽的惋惜。

钱唯赶紧坐离了陆询一点，她咳了咳，努力控制住自己不稳的气息：“怎么算打白工呢！我钱老板现在就允诺你，等我飞黄腾达，绝对少不了你，现在我就分50%的未来股权给你！”

“我不要股权，要你就够了。”陆询一边说着，一边就用荧光笔勾画出了调研报告上一个段落，“这一段数据有问题，这个网站我注册过，你统计的这个收费标准是他们已经拿到pre A轮融资以后的了，起步阶段采用的不是这个收费标准。我们的网站刚办，更应该参考的是他们起步阶段的数据。”

钱唯简直目瞪口呆，她想，陆询是人吗？真的是人吗？有人可以这样一边游刃有余地调情，一边又正儿八经地工作吗？最可怕的是，调情和工作，他竟然都完成得完美极了。

认真的男人很性感，既认真工作又认真调情的陆询简直让钱唯无法抵抗，她开始相信了，有些人不需要脱衣服就已经荷尔蒙外溢了。

陆询却还嫌不够似的，把钱唯往怀里一捞，又亲了亲她的鼻尖：“指出了数据的问题，是不是应该拿一点奖励？”

钱唯脸红心跳：“不是说我是老板吗？那你这个员工就算要福利也应该经过我同意吧？你怎么直接就抢福利呢？”

“没办法，老板太可口，员工又好久没拿到过工资了。”陆询眨了眨眼，“没吃饱。”他凑近钱唯的耳朵，咬了咬她的耳垂。

“色不异空，空不异色；色即是空，空即是色；受想行识，亦复如是……”钱唯心里恨不得有个什么清心寡欲咒，她对自己道，“专注工作，专注工作！”

经过陆询和钱唯的努力，网站运行渐入佳境，两人又用校友投资的款项买了搜索关键词，配合着法学院的地面宣传，网站渐渐有了自然流量。除开一开始的手忙脚乱，钱唯也渐渐掌控了局面，及时收集使用者的反馈并进行调整，她一人身兼数职，是“老板”，同时也是客服。下载模板后针对不同客户的需求，钱唯还负责提供模板修改意见，包括处理简单的法律咨询，虽然忙碌，然而每次看到有人用自己负担得起的钱享受到法律咨询的便利时，她内心还是十分满足。或许这就是法律的意义，不是去寻求建立一个只有少数人才能享受权利的体系，而是实现已有权利的平等，去尽可能保护那些弱者的权利，包括他们享受法律的权利。

“钱唯！走了走了，今天话剧社剧目选角了啊！”刘诗韵一边说，一边就过来拽了钱唯的手，“再不走要迟到了啊！”

陆询和钱川也在女生宿舍楼下，和钱唯、刘诗韵、李琳琳集合后，一起到了话剧社租用的活动室里。

让钱唯有些意外的是，参加话剧社的人竟然不少，但这么有文艺爱好的，果然大部分是女生。参加的男生本来就少，陆询和钱川往那儿一站，又是相当鹤立鸡群的效果。

话剧社的负责人讲了点社团规定和注意事项，然后就开门见山地直奔主题了：“我们社内演出的话剧剧目都是根据我们文学社社员的小说改编的，今天选角的是《她在你的梦里面》。先把故事大纲、主要人物角色的简单介绍人手一份发你们，另外就是每个角色的一段台词，给大家15分钟准备，时间到了以后，我们会按照人物顺序进行面试。你们选好自己想面试的人物，现场来演绎一段台词就行了。”

钱唯拿到大纲看了一眼，故事就是个狗血言情戏，多角恋。单纯的女主角和男配角青梅竹马，本来山盟海誓，却被半路杀出来的恶毒女配角栽赃陷害，导致女主角陷入牢狱之灾，恶毒女配角蒙蔽了男配角，取而代之，成功和男配角订婚。却不料出狱后的女主角黑化，开始步步为营进行报复，并抱上了男主角的金大腿，自此金手指大开。黑心女配角最后落得人财两空，轻信女配角而抛弃女主角的男配角也幡然悔悟，并因自责后悔再也忘不了女主角，变得不会再爱了。女主和男主最终双双携手，成为人生赢家。

陆询瞥了一眼大纲和人物简介，言简意赅：“我面试男配角，你面试女配角。”

“哎？”钱唯挺意外，“男配角女配角形象可都不咋好啊……”

陆询却很笃定：“我们本来就是为了陪李琳琳才来的，演男主角和女主角有点喧宾夺主了，而且还要创业，不能花太多时间排练。”

“那还有其他更配角点的人物，为什么不演那些？有不少路人甲啊，戏份还更少……”

“那些体现不出演技。”

不管如何，最终陆询和钱唯面试了男配和女配的角色，李琳琳虽然面试了女主角的角色，但因为她的形象问题，落选了。

李琳琳自然很沮丧：“我就说了，我这样胖，是得不到什么角色的。”

陆询却一点不着急，他看了话剧社负责人一眼，指了指李琳琳：“我们都是陪朋友来参加的，如果她不能演，那我们也不参加了。”

话剧社的负责人本想大干一场，好好排练这个话剧，去参加学校年末的新年晚会，好不容易来了陆询一行颜值在线的试镜人员，哪里肯放过。陆询这种自带流量和话题的校园偶像级人物，等于给他节省宣传费了。

他咬了咬牙：“行！”

于是就这样，最终大家彼此妥协，敲定钱川和刘诗韵演男女主角，陆询和钱唯演男女配角，李琳琳演女主的闺密，也是个戏份不少的配角。这个角色对女主角的感情复杂，既有友情，又充满嫉妒，在女配角陷害女主角时，她明明觉察到但没有提醒女主，然而在女主角真的深陷牢狱之灾后，却又只有她坚持探监。这是个非常立体复杂的人物，表现空间很大，李琳琳看了也跃跃欲试。

确定角色后，话剧社负责人就把各人涉及的剧本片段分发了下去：“你们可以回去先研究下，平时可以随时来活动室排练。”

钱川拿到剧本十分得意：“啊，哈哈哈哈，我是全剧大boss啊。”他眉飞色舞地盯着陆询看了一眼，“询哥，按照这个剧本，后面你还要上门来求我呢，哈哈哈，这剧情我都有点不好意思啊，哈哈哈！询哥这样的形象，感觉真不应该求人啊，我其实很舍不得你演这种剧情呢，后面我还要对你各种奚落痛骂，到时候演到这里，你可别怪我啊。我这个人一向比较入戏，要痛骂肯定就痛骂到底，但我是为了艺术献身，其实内心哪里舍得那么对你呀！”

然而嘴上说着舍不得，钱川的语气和表情完全暴露了他的内心，完全就是暗爽，大概是现实里遇到陆询只有吃瘪的份儿，能在话剧里扳回一局，他高兴得都快有些小人得志了。

刘诗韵翻了翻剧本，则难得地露出点不好意思的神色：“这个……男女主角怎么有吻戏啊？怎么还有好几场啊，台词……也有点那个挑逗啊……”她问道，“能删改吗？”

话剧社负责人摇了摇头：“不行，这几场男女主角互诉衷肠的戏可是他俩关系递进到高潮的精髓，绝对不能删。”他盯着钱川和刘诗韵看了几眼，“而且你们不是小情侣吗？我看你俩当着我的面都眉来眼去好几次了，不就在大家面前亲个嘴儿的事，害羞啥啊！”

刘诗韵还挺嘴硬：“你别胡说啊，我什么时候和他眉来眼去了啊！现代人，说话要负责的啊！”

她气势汹汹，然而这位话剧社负责人显然也是耿直的个性，遭遇强敌，不仅没有示弱，还继续不畏强暴道：“我这个人从来不说谎的。就我刚才和你说话的这几分钟，他都已经偷偷瞄了你好几眼了，而且开始他死活不肯演男主角，结果我说服你演女主角以后，他突然没怎么抵抗就同意了。你说说吧，你以为广大群众瞎啊！是不是？”

钱唯和陆询作为广大群众，向刘诗韵和钱川投去了意味深长的目光。

刘诗韵被看得有些脸红，但她仍旧努力地转移着话题：“你们先别说我，我这个吻戏，大不了借位就是了；钱唯和陆询，你们的戏份里可是有求婚的！实打实的啊！”

“哎？”钱唯刚才只是随便扫了两眼剧本，并没有细看，此刻刘诗韵一说，她才仔细看了看剧本，竟然真的有求婚。男配角抛弃女主角以后便和恶毒女配角在一起，并且深情求婚，这场求婚还是场大戏，要用男配角女配角你侬我侬来对照女主角正深陷牢狱之灾的悲惨。

钱唯细细看了几页台词，她看了眼陆询，挺不好意思的：“刚才我都没仔细看，这个求婚的台词……有点煽情啊，如果你不想演，我们可以再换别的角色……”

陆询沉吟了片刻，才道：“不换了，毕竟我们是为了陪李琳琳的，必要时候牺牲一下也是应该的。”他说完，一张脸表情淡然，但颇有种为了大局牺牲的感觉。

钱唯挺意外，她没料到陆询竟然有这么关爱同学的一面……真是可歌可泣啊！

一行人热热闹闹，最终也都接受了角色的安排，决定回去先读完整个剧本，再出来排练。对于这个结果，最高兴的莫过于李琳琳，她的一张脸通红，握着剧本像是握着一张百万支票一般激动。看得出来，除去家庭原因造成的人格障碍外，在骨子里，她对演戏是有兴趣的。以往因为胖并且行为怪异，大家都会孤立她，这是她第一次融在集体里，没有人过分关注她，但也没有人忽视她，她第一次体会到这种平凡的快乐，心里充满了感动。

让钱唯十分意外的是，在线法律咨询平台竟然比她想象的发展更快，短短几天，在陆询多管齐下的宣传方案操作下，平台的注册客户竟然每天直线暴涨。而因为她的后续服务也十分专业热心，第一批“吃螃蟹的人”从最初的观望到“反正不要钱，试试就试试”，最终成功用最低的成本获得了法律咨询服务，解决了现实问题。这第一批客户，于是便成了钱唯网站的活招牌，已经在网站尝到了甜头的人，自然而然向周围的亲戚朋友告知了这一平台，再配合着几个法学院普法活动时的一同宣传，竟然有越来越多的人愿意使用这个在线法律咨询平台。

这个创业计划方案推进得比钱唯想的更快，她和陆询还没主动出击去找合作律所，竟然就已经有一家律所伸出了橄榄枝。

陆询与对方的一位合伙人约好了时间，便和钱唯一同前往。

因为是一次战略合作会谈，钱唯与陆询都穿了正装。钱唯坐在陆询身边，不自觉就想多看对方两眼。她见识过28岁的陆询身穿正装一脸禁欲的模样，却还是第一次见到19岁的他也穿上正装。年轻的男孩子，身高腿长，身上笔挺的正装让他看起来褪去了青涩，然而那种青春的、年轻的又生机勃勃的能量，还是不间断地渗透了出来。

真的很帅。

“准备好了吗？”

在推门进入律所之前，陆询捏了捏钱唯的手，虽然他一直鼓励着她，但是她能感受到，即便是他，此刻也多少是有些小紧张的。然而他从来都能很好地控制自己的情绪，表现出来的，永远是那种生机蓬勃的自信和让人忍不住信赖的稳重。

这次两人拜访的律所是一家小型所，承接的都是诉讼类方向案件，接待两人的合伙人也十分年轻。

“我姓程，你们喊我程律师就可以。”

做律师的人，都喜欢节约时间，不喜欢绕弯子，程律师很快就进入了正题。他对与在线法律咨询网站建立战略合作非常有兴趣，听完钱唯和陆询对平台的规划和目前经营状况的介绍后，他便直接开始和陆询谈起了合作细节。

都是办实事的人，陆询和程律师谈得非常不错，这么几来几往，大家就确定了初步合作的计划。

谈到最后，程律师得知钱唯和陆询都还只是A大法学院大二的学生，非常惊讶：“真没想到你们两位这么年轻，竟然还是在校大学生，就已经这么有头脑了。”

钱唯也问出了之前一直有疑问的问题：“我们网站虽然作为初创平台来说发展势头不错，但是也没有到使用率很高、覆盖面很广的程度，其实我还挺好奇的，程律师您是怎么发现我们这个平台的？”

“这个啊，其实倒确实不是我发现的，是我们楼下另外一家律所发现的。”

"哎？"钱唯想了想，有了点印象，"刚才在写字楼下大厅里确实在水牌上看到了楼下还有家律所，好像叫'瑞仪律师事务所'？"

"对，就是瑞仪。"

"既然他们也关注到了我们，那看来我们也可以顺带去拜访一下他们，主动推荐一下我们的平台，看看能不能合作呢。"

程律师对此却讳莫如深地摇了摇头："他们家可不是你们的目标合作伙伴，甚至不仅不可能合作，还是竞争对手。"

陆询也有些意外："这话怎么说？"

"你们还没工作，可能不清楚，在律师事务所里，尤其是像我们这样的小型律所里，并不是所有的都真的致力于好好提供法律服务。有些小律所，就是一些讼棍集合起来创办的，有些律师也不是真的兢兢业业在提供法律服务，他们更像是投机主义者。尤其是做诉讼这块的，吃完原告吃被告，他们并不致力于给客户解决问题，而是想着办法利用客户不懂法律的弱势，骗他们一步步购买并不需要的法律服务。"程律师喝了口茶，"我举个例子，比如瑞仪之前接了一个借款纠纷案，出借人在年初借给了借款人10万块钱，但是因为直接给了对方现金，没有任何的转账记录，两人因为关系好也没签借条，更没有任何语音之类的口头证据佐证。现在出借人想问借款人要回自己的钱，找到了瑞仪，你们猜猜瑞仪给了他什么法律建议？"

"没有任何证据能证明存在借款的话，这样的案件原告无法举证，就要承担举证缺失的不利后果，也就是说，如果去起诉，原告要求对方还钱的主张，法院也基本无法支持。所以最好的办法是原告先与被告协商，不要打草惊蛇，尽量让被告签下书面的借款协议，这样再去起诉才比较好。"

对于钱唯的回答，程律师赞同地点了点头："是，一个法学院大学生都知道的操作，瑞仪却对这位出借人说，直接聘请瑞仪的律师替他起诉讨回钱款。"

陆询顿了顿，立刻就反应了过来："瑞仪的律师肯定知道这样的案件没有任何起诉的意义，却撺掇出借人起诉，恐怕是为了赚诉讼案件的律师代理费吧？一旦起诉，就可以按照标的额10万元收费，这比单纯的回复对方一个法律意见能赚的钱多多了。"

"是，就是如此。"程律师点了点头，"这位出借人起诉后果然得到了不利的判决，这之后才反应过来，再通过朋友介绍来找了我。但这不是一起孤例，瑞仪的操作就是这样的，他们并不在乎客户的利益，他们只想要赚最多的律师费，能讹一笔是一笔，不像律师，反而像是急功近利的商人。"说到此，程律师的语气也非常愤慨，“现在社会上很多人对律师没有好印象，就是因为有瑞仪这样的律师败坏了我们的形象。”

“他们这样的律所，并不把时间花到如何提高自己业务能力上，而是想尽办法利用低端消费人群不懂法律的弱点，对他们狠宰。而你们开办的平台，却让他们的很多潜在客户，能够直接在平台上进行免费或者低收费的专业咨询，比如刚才那个案件里的出借人，如果他能早点发现你们平台，先在你们平台上询问这种情况下的处理对策，就绝对不会被骗着去做无谓的起诉。”

陆询明白了程律师想说的话：“所以，我们这个平台，让他们这些坑蒙拐骗式的法律服务没有了立足之地。我们平台影响力越大，越多的人使用，他们可以赚黑心钱的空间就越小，所以他们不仅不可能和我们成为合作伙伴，反而会视我们为眼中钉，是这样吗？”

“年轻人思维就是快。”程律师显然对陆询非常看好，“就是这个道理。我之所以知道你们平台，是因为有天在电梯里听到瑞仪的几个混子律师在痛骂你们，说因为你们这个平台，已经坏了他们好几起到手的案子，他们咬牙切齿得很呢。”

三个人又聊了些别的，程律师看了看时间：“半小时以后我约了个客户，反正你们有我名片，关于合作有任何需要联系的事情都可以给我写邮件。现在真是英雄出少年啊，可惜我这庙小，否则我肯定要把你们两个挖进我的律所来。”

虽然钱唯和陆询还只是大学在校生，但程律师对待这次合作显然非常郑重也有诚意，他坚持送他们下了楼。

然而刚到楼下，钱唯就被写字楼门口巨大的横幅吓到了。

拉横幅的是几个四十来岁的中年人，脸上充满了无助和愤慨。

“瑞仪律所骗子律师王岳，没有职业道德，骗人钱财！”

横幅上赫然一行大字。因为在写字楼门口拉横幅会影响到整栋楼内其余公司的形象，大楼保安在与这几个中年人交涉，然而没过一会儿，这几个维权的中年人好不容易平息下去的怒火烧得更旺了。

他们对路过的一个西装革履的男人怒吼起来：“王岳！把我们的钱还给我们！你那时候说官司一定能赢，给我们各种保证，结果呢？输得一塌糊涂！你把我们的律师费赔给我们！”

钱唯循着声音看向那个西装男，对方还很年轻，三十来岁的模样，顶着一个大背头，戴着副眼镜，显得油腻精明。他正好经过大门，此刻正目不斜视地往电梯口走，显然他想努力对那维权的横幅视而不见。

其中一个维权的中年人终于突破了保安的拦截，朝着王岳跑去，他死死拽住了王岳的手，声音已经带了哀求："你把钱还我！那是我要给我女儿留下的大学学费啊！不是你和我说能赢吗？我现在也不在意赢还是输了，你把律师费还给我。"

王岳却狠狠甩开了对方的手："我什么时候和你保证过我能赢了？"

"你第一次接待我的时候不是就这么说了吗？还说不赢的话不收我律师费啊！那现在输了，你把我交的10000块律师费还给我！我们家真的不能少这个钱。"

"任何一个律师都不能保证一个官司一定输还是一定赢，我怎么可能做这种保证？本来起诉的结果就都看法官怎么认定事实适用法律，这些可是一早就和你们说过的，你们现在空口污蔑我允诺你们一定会赢，那也拿出证据来啊！你们有录音吗？"

那中年人被气得浑身颤抖："我怎么会想到录音，可你明明就是那么说的……"

王岳耸耸肩膀："饭可以乱吃，话不能乱说啊，你这样空口无凭的，想怎么污蔑都可以，什么'赢不了退还律师费'，这种事闻所未闻。我这儿可有咱们律师聘用协议上的白纸黑字啊，上面可说了，案子都是有败诉风险的，但我提供了专业法律服务，这就是要收费的，律师费不进行退还，写得清清楚楚的，一式两份，你那儿也有一份，自己回家好好看看。"

那中年人只是个没有法律专业知识的普通人，完全不懂得口头的承诺如果没有字据或者录音佐证，根本是没法落实的，而很多普通人也往往在生活中忽视了合同的效力，根本不细看，就随手签订了合同。

最终的结果自然是维权无能，在几个保安的再次拦截下，王岳非常潇洒地顺了顺头发，就准备走进电梯。在进去之前，他用余光看到了站在门口的程律师，两人显然并不对路，他看了程律师一眼，连带着分了点目光给钱唯和陆询，然后就颇为挑衅地笑笑走了。

程律师脸上露出嫌恶的表情，但对此，也只能无奈地叹了口气，他又关照了钱唯和陆询两句，才和他们礼貌地告辞。

那几个维权无门的中年人已经被保安请出了大楼，此刻站在门外，虽然还举着横幅，然而脸上都是茫然：钱没有了，怎么也追不回来了。

回学校的路上，钱唯义愤填膺地说："真是最怕流氓有文化，他这算律师吗？简直就是流氓行径啊！他的法律学到哪里去了，一点没有理解到法律公平正义的原则吗？而且竟然脸皮这么厚！简直是法律圈的耻辱！”她拉了拉陆询的袖子，心中非常澎湃激昂，“陆询，我们一定要把网站给办好！把平台推广开来，让更多人能够享受到这个公益性质的在线法律服务，至少不用受王岳这类人的蒙骗。我相信平台发展越好，这些低端流氓律所就越是没有生存的空间，收费高、业务能力差、蒙骗客户，早晚全部倒闭！”

第十八章...

创业？见“家长”？

因为这个插曲，钱唯对自己的创业计划更上心了，恨不得一天24小时都投入在平台上，直到被刘诗韵提醒。

“钱唯，你和陆询那段戏排练得怎么样了？过两天，要不我们一起连起来从头到尾排练一遍？”

因为大家平时都挺忙，不可能每次都把剧组全体一起叫上排练，所以最后按照戏份分成了几个小组，先两三个人一组把涉及对手戏的部分排练了，最后再找个时间集中起来把涉及所有人的戏份排练一遍，从头到尾过一遍整个话剧。

刘诗韵这一次对话剧活动十分上心。钱唯和陆询把时间花在创业上时，刘诗韵则很认真地每天都出去排练了，虽然有不少戏份是她和李琳琳的，但更多时候，是她和钱川两个人的对手戏。虽然每次她都极力遮掩，但钱唯还是能嗅到空气里那种春心萌动的味道。

“反正我先去和钱川对戏了啊，你和陆询也抓紧啊，虽然是配角，但你们也是有几个关键戏份的。”

钱唯看了看穿着宽松的运动型休闲装的刘诗韵，好奇道：“怎么不穿你那条号称‘直男斩’的针织白裙子？你平时外出不是最喜欢穿那条裙子吗？好像最近很久没见你穿了，还有你的那些高跟鞋，也落灰很久了啊，而且你也好久没化妆了。”

刘诗韵撩了撩头发：“不穿了，以后都不穿了。我其实根本不喜欢穿裙子和高跟鞋，这大冬天的，穿裙子虽然好看，可腿冷啊，我都怕以后老了得老寒腿；高跟鞋就更别说了，每次穿了和踩高跷似的，走路姿势都不自然了，都不能跑，一点都不舒服。”刘诗韵叉着腰，虽然穿着运动服，纯素颜，但钱唯总觉得她比任何一刻都光彩照人，“老子不伺候别人了，以后自己怎么舒服怎么来，我就是我，颜色不一样的烟火！”

“你不是说，这样不穿裙子不化妆不穿高跟鞋，活得太粗糙了，正常男人都不会喜欢？”

“我刘诗韵这么有钱，要男人喜欢干什么！”刘诗韵“哈哈哈”笑起来，“我每天看着我的银行存款就能笑醒。我想通了，我这么富，应该别人叫我爸爸，为什么我还要想着怎么去取悦和讨好别人啊，去他们的吧，看不惯我就忍着。没有男人喜欢我，我就自己喜欢我自己，反正爸爸有钱，我们有钱人是绝对不会孤老终生的，大不了老了包养一个‘小狼狗’，美滋滋！”她顿了顿，又补充道，“而且没准就有人吃我这一款呢？我不是普通人，我是个特别的人，所以也必须是一个特别的男人才配得上我，正常的男人看不上我，我还看不上他们呢。我不想伪装了，真正的爱情不需要伪装，而是让人可以大胆地做自己。”

刘诗韵说完，又爽朗地大笑了三声才推门离开，钱唯忍不住也笑了。

真好，刘诗韵又变回了无时无刻自信的她。或许她没有发现，这样的她简直像是个不停放光的小太阳，温暖、热情、率真，充满亲和力，让人不自觉看向她，想向她靠近。

钱唯没有点破，然而她也清楚地意识到了钱川那种不时去追随刘诗韵的目光，这两个人就算现在还不时会斗嘴，然而斗嘴中自然伴随着一种让人无法插足的氛围，这两个人之间正发生着一些奇妙的化学反应。

但刘诗韵的一番话确实提醒了钱唯，她叫上了陆询，准备一起去话剧社的活动室内排练一下两个人的对手戏。

然而两人推开活动室的门一看，里面一个人也没有，钱唯有点狐疑：“刘诗韵这家伙刚走没多久啊，说是来活动室和钱川排练了，人呢？”她掏出手机，“要不我来问问他们在哪儿？”

陆询却抽走了她的手机：“刘诗韵和钱川明显在一起，只是不在排练。”

钱唯愣了愣才反应过来。

“更何况我也不希望他们在。”陆询进了门，便随手把活动室锁了，“这样就只有我们两个人了。”

“哎？那锁门干吗？”

陆询一本正经道：“今天要排练的好几场戏，台词都挺羞耻的，万一我正好在和你对戏的时候，有人突然冲进来看到了，实在太破坏我的形象了。只要门不锁，我就担心会有人进来，我就没法入戏，不能把自己的演技发挥到最好的状态。”

“好吧……”

“那来演吧。”

钱唯翻了翻剧本：“我们的戏份一共有十几场，今天下午时间有限，要不先挑重点的几场排练？”

“嗯。”陆询点了点头，随即摊开了自己的剧本，上面已经用荧光笔做了标记，“我已经筛选好了，这几场重头戏，我们先来。”

钱唯接过来看了看：“哎？这台词怎么都这么肉麻……什么‘好想亲你100次’‘你亲亲我好吗’……”

陆询画出的第一个场景里，此刻的男配角还沉浸在对女主角的感情中，因此作为恶毒女配角的钱唯需要对男配角极尽勾引挑逗，说的台词各种简单粗暴。钱唯看着台词，有点脸红：“这种话怎么说得出口啊……”

“要不这个场景先过，先换下一个场景，等我进入状态再回头对这段戏。”然而当钱唯翻到陆询画出的下一个标记场景，又有点傻眼，竟然又是一段男配角和女配角打情骂俏的戏，她再翻，下一场还是调情戏。

“陆询！你是把剧本里台词羞耻的戏全部用荧光笔标记了吗？”

陆询表情镇定，语气更是义正词严：“你知道演员除了演技外，演戏时候最大的挑战是什么吗？就是台词了。很多演员都会死在背台词上，有些台词太长太拗口了。我挑选出的这几场戏，正因为台词太羞耻肉麻，平时生活中很少会这么说，很难记，所以演出的难度也比较大，我们时间有限，自然要从难度大的戏开始排练，先搞定这些难的，之后简单地随便对一下台词就行了。”

钱唯心想，我真是信了你的邪。

幸好钱唯往后又翻了好几场，终于见到了一场台词稍微没那么羞耻的戏。

“要不就先这场吧！”

陆询看了一眼，咳了咳，一本正经道：“这场戏我觉得张力不如其余的足，不能先换别的场景吗？”

钱唯很坚持道：“不行，这场！没得商量！”

陆询虽然有些不满，但最终抿了抿唇，接受了先排练这场戏。

这场戏是男配角和女配角感情渐入佳境进入热恋期的一个场景，两人依偎在男配角家的沙发上，互相喂着零食，讨论着最新的电视剧，说着情话。

“那我们先把台词对一下。”钱唯咳了咳，拿起了剧本。

她念起了让人牙酸的台词：“阿恒，你说这个电视剧里，为什么太坚强的女孩子没有人疼呢？”

陆询的脸色有些微红，然而竟然还能语气十分镇定地念着矫揉造作的台词：“如果是你的话，我一定会看穿你的逞强来疼你的。”

迎着钱唯复杂的目光，陆询轻轻地看了她一眼，用眼神催促着她继续。

钱唯只能继续扭转情绪入戏道：“如果是对着你，我一定没办法坚强。”

“为什么？”

“因为面对你，就不自觉想依赖，不自觉会变得软弱，好像那些铠甲在你面前都会自动解除。”

克服了最初的羞耻感，继续念着台词，钱唯好像慢慢地也进入了角色。

两个人终于一本正经地对起戏来。

……

“所以你有多喜欢我呢？”

陆询沉默了片刻，才盯着钱唯的眼睛道：“很喜欢，喜欢到睡前一定要听你说晚安才能安心；喜欢到每天做梦都想梦到你；喜欢到每天清晨都会早早就自然醒，因为这样就可以早点去见你；喜欢到第一次为了另一个人快忘记了自我。”

钱唯愣了愣，低头又看了一遍剧本：“哎？这一段剧本上没有啊……你……”

她的话还没说完，嘴唇上就传来了陆询唇瓣微凉的感觉。

“不是台词。”他亲了亲钱唯，样子有些狼狈的尴尬，“对不起，看到你就忘记了在演戏这回事。”

之后的对戏中，陆询又忍不住犯规了几次，这天下午的排练效率可想而知。

第二天，钱唯便不得不和陆询继续对戏，两个人磕磕巴巴念着那些甜蜜到尴尬的台词，竟然也有别样的乐趣。中间钱唯笑场了好几次，陆询每次都不得不停下来等她收拾好情绪继续入戏，那样子有点无奈，但又乐在其中。两个人在一起，虽然念着这么无厘头的台词，演着别人故事里的配角，但钱唯知道，在陆询的故事里，她永远是主角。

“那今天就到这里吧。”陆询翻了翻剧本，“只剩下最后一场求婚戏了，等下周再排这场戏好了。”

“对了，这周末别忘了。”说完了话剧的事，陆询状若不经意地提起了话题。

钱唯假意惊讶疑惑道：“周末要干什么？是要商量平台目前的流量问题吗？”

陆询明明在意得要死，但一张脸上还保持着泰山崩于眼前而不动的姿态：“上次在我家不是说过吗？”

钱唯却故意继续装傻道：“嗯？什么事啊？我不记得了哎。”

陆询这下终于有些绷不住了：“那是我第一次也是唯一一次邀请女生去我家里，你竟然忘了？”

看到陆询那张脸终于破功，钱唯才忍不住“哈哈哈”笑起来。也是这时，陆询才意识到自己被她骗了，小骗子明明心里记得清清楚楚，却还谎称忘记了来逗他。

钱唯一边笑一边点头：“我知道了，我知道了，我从你邀请我的时候就开始紧张了，也早就挑选好送给你爸爸妈妈的礼物啦。”

这下陆询的神色才终于缓和，大概为了维持形象，他装模作样地转移了话题：“说起网站来，自从上次改版以后，流量增长非常快，另外还有个好消息要和你分享。”

“嗯？什么好消息？”

“我们A大法学院作为第一个与平台合作的‘法律诊所’，已经从平台接到了两个案子。”

钱唯有些小激动：“那可真是太棒了！我听说我们院的‘法律诊所’有公益资金，那就至少有两个人能得到免费的法律援助了。一旦这两个案子能成功，我们可以宣传一拨，把它们作为案例推广，之后在客户和学校间影响都能扩大！”

“我还没说完。”陆询笑着拍了拍钱唯的头，“好消息还不止这些。这两个案子的当事人，其中一个本来都已经接洽了瑞仪律所了，就快要和那律所签订聘用协议了，结果身边正好有听过我们网站的亲戚向他们推荐了我们。因为在线咨询是免费的，他们抱着试一试的态度使用了平台，结果在本客服的专业建议下，认清了骗子律所，避免了被他们坑钱，选择和我们合作了。”

钱唯简直大为振奋：“真是太好了！客服小哥你真的很棒棒了！那另一

个呢？”

“你还记得那天我们在瑞仪律所楼下见到的那几个维权的中年人吗？”听到钱唯的夸奖，陆询显然十分受用的模样，他笑笑，“他们在程律师的建议下也找到了我们平台，虽然有些证据没有录音保存，但是还有一部分短信聊天记录，整理好这些记录和前因后果，已经足够向律协和司法局投诉王岳了。而且这几个中年人甚至还找到了其余的受害者，大家准备把各自上当的过程整理出来一起投诉。面对这么多投诉，恐怕王岳都有被吊销执照的风险了。除此之外，我们的平台上也新建立了一个行业黑名单板块，对王岳和瑞仪这样的律所，由受害当事人自行贴出进行曝光，提醒其余用户避免上当，帖子一发，才发现原来受过王岳欺骗的还有更多人。”

钱唯听完，十分解气：“就算不能吊销王岳的律师执照，他这个性质，至少也能给他停止执业三个月以上一年以下的处罚了，该！”

“没错。”

这一刻，钱唯只觉得，自己和陆询的努力没有白费，她的心中像是被种下了一小粒火种，在陆询的呵护下，如今这星星之火，已经有了燎原的趋势。她创建这个平台的初衷和目标，在缓慢却坚定地实现着。

终于到了周日陆询带钱唯见家人的日子，从早上开始，钱唯就紧张得睡不着，她早早起来不停试穿了好几套衣服，最终才选定了一套中规中矩的，下了楼。

陆询早就在楼下等，两个人看向对方，有些既害羞又温情的感觉，虽然是去做客，但两个人彼此心照不宣地觉得，颇有点去见家长的意味。

只可惜因为最近A大门口那条路在整修，通行不便，因此很多出租车都选择避开了这一拥堵难行的路段，钱唯和陆询在A大门口等了许久，也没能打到车。陆询看了眼时间，不得不改成乘坐公共交通工具。

“先坐地铁，到翠灵路站下了以后换乘23路公交车，再坐三站就到我家小区门口了。”

周末A大出行的学生多，地铁里也挤满了人，在拥挤中，钱唯眼尖地看到了陆询包里露出来的钢琴谱的一角。

她好奇地凑上去：“这是什么曲子？”

陆询却难得地镇定里带了一点紧张，飞速地把琴谱塞回了包里：“没什么。”

“所以我最近约你的时候你常常说有事是在练琴吗？”

陆询原本想尽可能转移话题，然而最终在钱唯亮晶晶的眼神里败下阵来，他的脸有些微微地红：“嗯。”

“你要在年末的新年晚会上弹钢琴吗？我听说新年晚会的节目不够，所以发动会乐器的同学去报名参加了，所以你要在全校面前演奏钢琴了吗？”

“不是。”陆询侧开了头，“今天你去我家里，就想着趁机弹给你听。”

他说完，又盯着钱唯的眼睛：“我在学钢琴的时候就发过誓，我的钢琴只弹给我喜欢的人听，只给我爱的人演奏。”

“哎？”钱唯想，情话说得倒是挺溜，你28岁时候还给只是普通同事关系的我演奏过呢。不过有什么关系，只给爱的人演奏，光是听这句话就够了。爱一个人，就是明知他说的话只是为了讨你开心，并不一定是真的，但也不自觉就觉得真的非常开心。

“不过很久没碰钢琴了，虽然最近找时间尽量练琴，但待会儿弹奏的时候不一定是我的最高水平。”陆询一本正经地做着解释，“我能弹得更好的，不信的话你可以多来我家听听。”

钱唯眯着眼睛笑了：“好。”

两个人就这样在拥挤的车厢里晃荡了好几站，又转了公交，终于到达了目的地。

钱唯一下车，呼吸到新鲜空气大松一口气的同时，就觉得周边的环境有些似曾相识，虽然街景多少有些变化，但她总觉得自己是来过这儿的。陆询家位于A市的郊区，周边的环境十分雅致，背靠A市的一座小山脉。

而跟着陆询走着走着，钱唯越发觉得有种陌生却熟悉的感觉，直到她站在“安澜山庄”四个大字前，才终于恍然大悟。

“你家就住在安澜山庄？”

陆询点了点头，有些意外：“怎么了？”

“你家附近是不是有个小寺庙，有100多年历史了，特别灵的？”

陆询愣了愣：“是有个小寺庙，确实是老建筑，不过没听过什么特别灵的说法。去年开始，政府把我们这块划归成了A市新区，为了引流和做点旅游噱头，才开始宣传这个小寺庙许愿非常灵，最近渐渐来的人才稍微多了点。”

这下轮到钱唯惊讶了：“哎？”

“你想去看看吗？虽然说特别灵是噱头，但这个寺庙周边环境相当不错，很有意境。”陆询看了看手表，“时间也还比较早，没准现在去我家，我爸妈还没把家里收拾停当呢，而且我在我家楼下的水产店里订了一批大闸蟹，正好要去取，你可以去寺庙看看顺带等我。”

钱唯点了点头，她的心里有些疑惑，总觉得冥冥之中有些千丝万缕的线索正在聚成一张完整的拼图。她朝着安澜山庄那条上山的小路走去，没多久，那座熟悉的小寺庙就又一次出现在了她的眼前。陆询说得没错，大概真是因为刚开始宣传这小寺庙的灵光，此刻寺庙里的人非常少，完全没有她上辈子去时需要排队许愿的盛况。

钱唯站在寺庙中的神明雕塑下，双手合十，就算此刻知道了这座寺庙灵光不过是宣传的手腕，但她仍旧在内心虔诚地许愿。人们许愿，也并非真的把希望全部寄托在神明身上，有时候只是为了表达自己做某件事的决心或是美好的祝愿。

不管是什么样的原因，自己能有这第二次的人生，都是命运的馈赠，钱唯虔诚地感激着冥冥之中的上苍，同时，她也牵挂着另一个人生里的一切。她不知道19岁的人生和28岁的人生，是不是平行的两个世界。在19岁的世界里，她收获了爱情、友情、亲情，拥有了想为之奋斗的目标；而在28岁的世界里，她已经死了，那陆询呢？陆询会有什么样的人生轨迹？

“不管如何，如果有平行世界，只希望陆询也能幸福，希望他有一个人爱，也爱着一个人。”钱唯在内心补充道，就算那个人不是自己。

虽然光是想想这个，她心中就有些酸涩，但爱一个人，会希望他幸福，她不希望28岁的陆询一直是孤单的一个人。他是那么温柔，那么英俊，那么让人不可自拔，他的眼神，他的话语，他关于未来的抱负，他的快乐和烦恼，都值得一个很好的人拥有。

从小寺庙出来走的是另一条路，钱唯低头走着，因为上辈子的前车之鉴，她走得小心翼翼，再也不敢一边走一边看手机了。十分巧合的是，小寺庙的外面竟然还真的又一次在施工，大约因为要把小寺庙宣传成一个景点，外面的路正在翻新，挖出了一个深深的施工管道坑。不过令钱唯非常欣慰的是，这一次，这个施工坑的外围都用显著的警戒线围了起来，并且竖有十分明显的标示。

钱唯松了一口气，当她抬起头，才看到在不远的对面，陆询拎着一箱大闸蟹，已经在路口等她，她朝他挥了挥手，加快了朝他走去的脚步。

然而就在钱唯刚走到施工坑边上的时候，从她身后突然冲出来了一个人，在她还没来得及反应过来之际，对方伸出手，用力就把她往施工坑里推去。钱唯在跌落之际仓皇回头，只来得及看清一张戴着口罩和帽子的脸，她记得帽子下那双精明油腻的眼睛，是王岳。

这双眼睛的主人怨毒又带了点报复的快感般看了钱唯一眼，便转身跑了。

“钱唯！”

耳边响起的是陆询撕心裂肺般的喊声，然而钱唯已经无暇顾及了，她重重地摔进了坑底，她想再睁开眼睛看一眼她的陆询，可一切都是徒劳，在剧痛中，她的世界彻底陷入了黑暗和死寂。

...第十九章

历经九九八十一难，取了个假经？

钱唯是在一阵仪器平稳而和缓的“嘀嘀”声中苏醒的。她只觉得嗓子干哑，头疼欲裂，浑身像老旧的仪器重新投入使用一般。缓了片刻，她才终于找回了身体的控制权，她轻轻动了动手指，才发现有个人正把头靠在自己手边的床侧上，大概是疲劳至极，已经睡着了。

然而她只是如此轻微的动作，对方就惊醒了。

“钱唯？你醒了！”入耳的是陆询那低沉的嗓音，带了点沙哑，显然他昨晚并没有休息好，然而此刻见钱唯醒了，他喜怒不形于色的脸上，也露出了狂喜般的神情。尤其是那双眼睛，像是被点亮了一般，从刚才的睡眼惺忪，一下子就变得清明起来。

钱唯本来内心充满着不安，但此刻一听到陆询的声音，就觉得放下心来，她下意识地就看向陆询：“陆询……”

可惜这一细看，钱唯吓了一跳。陆询虽然眼神明亮，但脸色差极了，白皙的脸上挂着两个深沉的黑眼圈。他穿着正装，但平日里一丝不苟的衣领有些歪歪斜斜，领带被拉松了，就那么随意地挂在领口，这对平日注重形象的陆询而言，简直是根本不会发生的事，而最让钱唯震惊的却是：

“陆询？我摔坑里以后昏过去了多久？难道我昏迷了好几年？你、你这……”钱唯看着陆询，惊愕道，“你怎么现在老了这么多？”

这话一出去，陆询那张脸果然马上就不好看了。

钱唯赶紧补救：“不不，不是老，是憔悴，憔悴！我理解你肯定是因为担心我，但你这憔悴得也有点厉害啊，乍一看你这脸都和二十七八了似的，不过没事，你别急，回头等我出院了给你买点面膜保养一下，男人也要对自己好点啊！”

可惜她的关心并没有得到陆询的认可，陆询不仅没有感谢她，反而脸色惊愕，带了点慌乱，他顿了顿，才缓和了神色，斟酌用词道：“钱唯，我就是28岁。”

钱唯不禁困惑。

陆询眼神复杂：“你就昏了一周，没关系，刚醒过来，可能还不清醒，我已经叫了医生过来。”

钱唯这下有点慌神了。她本以为自己醒来，还是19岁的世界，然而眼前的情况怎么看怎么不对，坐在她对面的，赫然是28岁的陆询。

钱唯心里充满了不安，她试探道：“你家住安澜山庄，是吗？”

陆询愣了愣：“是，不过早几年我就搬出来自己住了，现在我爸妈住那里。”

既然安澜山庄的事是真的，那陆询对19岁发生的事有印象吗？那是真实发生的吗？还是19岁的一切，都只是她一个人穿越去了平行的时空？甚至只是她昏迷时的一个梦？

“阿恒，你说这个电视剧里，为什么太坚强的女孩子没有人疼呢？”

钱唯想了想，决定咬牙念一句话剧里酸溜溜的台词，如果陆询记得，那么听到这句话，就知道这是19岁彼此之间的暗号了。

然而对面的陆询只是继续脸色莫测而复杂地看着钱唯：“你是工作途中摔进的坑里，算是工伤，我会对你负责到底的，治疗费的事你不用担心。”

钱唯不死心地又念了一句：“为你痴为你狂为你哐哐撞大墙？”

陆询抿了抿嘴唇：“你上次的休假计划，我批准了。”

钱唯还不死心：“全套888包夜？”

陆询的脸色已经有些难看了，但他忍了忍，没发作，冷冷地道：“高科机电收购案，我同意你加入。”

钱唯想，看来心中最坏的预感又灵验了……但她还是垂死挣扎地问道：“五千一晚的公狗腰？”

陆询这下脸完全黑了：“钱唯，你有没有听过见好就收、适可而止？”

“……”

钱唯这下彻底绝望了，眼前站着的，确实是她那位冷若冰霜、28岁高龄的老板，如假包换。

虽然心里是复杂的失落和难过，但钱唯也立刻收拾好了情绪，她看了看病房四周：“所以这间VIP病房？”

“我包了。”

“那不竖警示标志害得我掉进坑里的那个施工单位？”

“我已经收集好材料起诉了，目前对方提出了50万的和解赔偿金方案，但我没同意，我会继续起诉。”

钱唯摸了摸下巴：“50万其实也还行……要不我们就勉为其难同意了吧，毕竟走诉讼流程，一审二审，等我最终拿到钱，没准都一年后了。”

“钱唯，有点出息。”陆询的语气不容置喙，他侧开了头，“这种置公共安全于不顾的企业，就算赔偿1000万，我也不会同意和解。”

这果然是陆询的风格了……

然而钱唯还想说什么，突然便有一群医生风风火火地冲了进来，各路人马就这么给钱唯上了各种检查装置，鼓捣了大半天，一个年纪最大的带队的男医生才下结论似的开了口：

“各项身体指标正常，但因为摔的时候她是头着地的，大脑方面可能有点损伤，记忆会比较混乱一点，这也是正常的，恢复恢复就好了，毕竟语言功能等都没受到影响。出院回家后好好静养，观察一阵，有问题的话及时就医。”他朝陆询笑笑，“这次我们的治疗方案非常成功，就是后续可能……”

陆询站起身，打断了医生的话：“朱医生，我们出去说。”

而陆询前脚刚走，钱川后脚就风风火火地冲了进来。

“钱唯！你可算醒了！”钱川的眼圈竟然有点红，“你知道吗，你可吓死我了！爸妈都差点急得昏过去，之前一直守着你死活不肯走，一定要等你醒过来，我怕他们俩身体吃不消，所以昨晚死活把他们送回家安顿好了。现在你醒了就好，我待会儿就接他们过来看你。”

钱唯细细地看着钱川，28岁的他已经有了成熟男人的味道，不再是之前那个愣头愣脑的傻小子了，在国外待久了，举手投足间也相当绅士，不再毛躁。因为时差以及忙于工作，自从钱川出国后，钱唯和他之间的联系就少了，然而此刻再相见，她才发现，血缘里的亲情是永远不会变的。世事变幻，时光荏苒，但钱川还是那个钱川。

钱唯对他笑了笑："我没事，倒是你，放下手头的生意飞过来，美国那边的公司没了你岂不是要一团乱？刚度过最艰难的起步阶段，你别急，那边有事你赶紧飞回去。"

钱川定居美国后创办了一家体育图片摄影公司，对体育赛事进行跟拍，并且主攻体育视觉营销，旗下已经签约了十来个专职摄影师和设计师，另外还与市场上大量优秀的兼职摄影师进行合作。

钱川却摇了摇头："不，我不回去了，这次准备把公司整体搬迁到国内。"他的样子又仿佛回到了那个腼腆的大男孩，"经历你这次事故，我是想明白了，事业再重要也比不过家人，爸妈年纪也大了，你又孤身一个人打拼，我作为家里唯一的男壮丁，应该担起责任，照顾好你们。"他抓了抓头，"而且我考察过了，国内目前体育娱乐市场这块发展空间很大，涉猎的人少，我完全有可能成为这个领域最先吃螃蟹的带头人。"

"钱唯！"

钱川的话音刚落，刘诗韵那熟悉的大嗓门就传了过来，人未到，声已至。

"你可终于醒了！"刘诗韵进了门，放下花束，神情激动，要不是顾忌钱唯的身体，恨不得给她个拥抱似的，"我就知道你一定会醒，你这家伙一直有点狗屎运，不过你知道吗，你可把我们吓得够呛。尤其是陆询，他大概是怕你这工伤要一去不复还，他作为同学和老板实在难辞其咎，这一周里竟然什么案子都没有接，之前接的也全部移交给别人了，就这么守着你守了一个礼拜。刚才我看他在外面和医生说话，朝他打了个招呼，我看他虽然表情挺镇定的，但是手都在微微发抖，你这要是再不醒，他恐怕都要猝死了。"

钱唯心下有些悸动："他就那么守着我，我昏迷的一个礼拜几乎都没睡？"

刘诗韵点了点头："是啊。"她一边说，一边拿起水果刀，"我给你削个苹果啊。"

钱唯的心思又重新活络了起来。她想，虽然19岁那些不论是梦还是平行世界的经历，陆询并不知道，但有没有一种可能，或许冥冥之中自己经历那些，是上天为了给自己一个启示：陆询对自己其实确实有那么几分意思？

刘诗韵却不知道钱唯肚子里这些弯弯绕绕，她一边削苹果，一边想起什么似的非常愤怒道："今天说起来我可真倒霉，开车来的路上我前面有个傻子，明明能过的绿灯，结果开得拖拖拉拉，害得我这个跟车的开到路口就变成红灯了。还是个男司机，开了辆悍马，车牌号里还有个什么13B，妥妥的一个二货，开车也开得和尿频尿不尽似的。啊，对了，他也是开到医院的，估计真的是来看前列腺的，哈哈哈哈哈！”

“你说谁看前列腺呢！”刚才一直没说话的钱川坐不住了，他瞪着眼睛盯着刘诗韵，“我刚回国，A市这几年修路修得我都不认识了，开得慢很正常，你不要血口喷人！”

刘诗韵看了钱川两眼，恍然大悟道：“原来你就是那个二货前列腺男啊！”她转头带着询问意味地望向钱唯，“钱唯，这谁啊？看着倒是怪眼熟的。”

钱川出离愤怒了，他连刚才绅士稳重的形象都维护不下去了：“你把话给我说清楚，什么前列腺男？我的前列腺好得很！”

钱唯心想，虽然梦里的事并没有发生，但原本彼此不熟悉并且好几年没见了的钱川和刘诗韵，一旦有机会接触，竟然还真的是这样火星撞地球的死磕场景……

钱唯被他俩聒噪的斗嘴吵得捂住了耳朵：“静一静啊静一静，医院不得喧哗啊，注意下影响！”她看了眼刘诗韵，“对了，我手机呢？”

刘诗韵瞪了钱川一眼，从抽屉里帮钱唯拿出手机，递给了她，然后继续和钱川掐架起来。

钱唯也顾不上他俩，她心里只想着一件事，那就是，在她掉进坑里前陆询给她发的短信是什么内容。相比短信，陆询明明更喜欢打电话的，钱唯总觉得，那条短信里，是不是有一些什么内容。她正因为低头想看这条短信而掉进了坑里，经历了19岁的一切，那是不是冥冥之中，这条短信的内容就是解开一切谜题的关键？

或许……或许会不会是陆询扭捏的表白？会不会陆询在长久的相处中，其实也有一点点喜欢自己？

钱唯怀着巨大的期待和忐忑，颤抖着解锁了手机。

“法律援助案，看了没有？”

九个大字就这样映入了钱唯的眼帘，她听到自己身上火苗“噌噌噌”往上冒的声音。

我可去你的吧，陆询！

钱唯愤怒地想，我竟然就是为了看这条短信掉进了坑里？！

我可得忍住，打死老板是犯法啊！

等三天后钱唯最终在各路探视的亲朋好友的簇拥下出院，她还有些云里雾里的。陆询给她批了一个月的休假，可她在家里待了一天就忍不了了，她只是昏迷了一周，感觉就快跟不上时代了。

这一周里，娱乐圈知名模范夫妻被爆出是形婚，大红女歌手汪琳因抑郁症自杀，十八线女演员李萌嫣突然逆袭成了新晋影后爆红……

钱唯坐在办公室里，此时正是午休，她一边翻着娱乐八卦，一边吃惊不已，一周而已，感觉世界已经更新了好几代，连办公室里的实习生都换了好多新面孔。当然，唯一不变的是她们对陆询的崇拜和爱慕。

“陆律师真的是单身吗？”

“是的！我贿赂了行政部的姐姐，如假包换，真的是单身，而且你看他一天到晚疯狂加班，怎么有时间去恋爱啊？”

“可之前一两周他都没加班啊，人都找不到，不是去约会了吧？”

“你新来的，可能不知道，之前我们钱律师昏迷住院了，陆律师才放下了手头所有工作，听说他几乎联系了全国上下所有脑科的专家。”小实习生的声音充满了崇敬，“真的是中国好老板了，要是我昏迷了能得到陆律师这样的关注，我宁可去医院躺上一个月，没准陆律师还对我日久生情了……”

“你就继续美吧你。”

几个小女生也就是大学四年级的学生，叽叽喳喳地聊着，青春飞扬，毫无顾忌。

钱唯听着，心里不是滋味。重新回到生活轨道已经几天了，陆询却还是那个陆询，不苟言笑，一脸冷淡的模样，能用一个字回答的事绝对不用两个字，并且仿佛为了弥补之前她昏迷那一周他落下的工作一般，最近可谓是疯狂加班，恨不得住在律所的模样。

钱唯心里挺委屈，虽然陆询又变回了高岭之花，对自己也还是老态度，可她却不习惯这种相处模式了，每每望着他那样英俊到过分的脸，她的心里再也不能如过去那般心如止水了。不论是梦还是平行世界，和19岁的陆询所经历的一切都太鲜活了，就算知道自己单方面记忆里19岁的陆询或许只是自己的想象，但有些感觉，一旦苏醒，就难以让它沉睡。

从前的钱唯对陆询根本不敢幻想，陆询太完美了，太优秀了，优秀到让人产生距离感，让她觉得他是天上的人，而站在地面上的自己只配仰望和跟随他，她从没有，也从没敢想过和他发生点什么。

然而19岁的这一场经历，却让她真正地意识到了自己的内心。或许在她不知道的时候，她就用仰望和倾慕麻痹着自己，深埋下心底对陆询的那份悸动，而早在遥远的过去，在她都没意识到的过去，她已经开始不自觉地依赖陆询，不自觉地看向他……

越想就越是忍不住，钱唯趁着午休给刘诗韵打了个电话，她咳了咳："我最近看上个男的。"

刘诗韵果然非常来劲："钱唯啊钱唯，看不出啊，你这是要铁树开花啊！说说！长得帅吗？多大了？身高、体重、三围？家里有钱吗？父母健在吗？他妈好相处吗？"

钱唯选择性地忽略了刘诗韵的连珠炮，她清了清嗓子："现在的问题是，他应该对我不来电，是我单相思，你说怎么办？"

"追啊！"刘诗韵颇有种恨不得撸起袖子手把手教钱唯的语气。

"怎么追？"钱唯有些扭捏，"我没追过人。"

"投其所好啊！他喜欢什么，你就给他呈现出什么，每个男人内心都住着一个小孩子，你要满足他内心小孩子的一面，他就怎么都离不开你了！"恋爱专家刘诗韵虽然自己没吃过猪肉，却分析得头头是道，"再好好想想他喜欢什么类型的，一定别轻易表白，要撩拨勾引！表白了，你对他而言就没有神秘感了，而且男人都贱，都喜欢自己主动狩猎，你要主动了，他反而就不珍惜你了。所以你就要慢慢地勾引他，若有似无，让他心痒难耐，最后误以为是自己先喜欢上你，来主动追求你，这下你就赢了！"

"听起来难度很高啊……"

"其实还有一招必杀技，你想知道吗？"

钱唯挺心动："是什么？"

"那就是用精湛的技术把对方睡服！但是你恐怕没有这种技术啊，哈哈哈！"

钱唯想，如果思想龌龊算是犯罪的话，刘诗韵恐怕已经是无期徒刑了。

不过不管怎么说，刘诗韵的这番话确实给了钱唯一定的启发。既然陆询家住在安澜山庄是真的，那19岁的那些经历里，陆询的爱好，是不是也是真的呢？

"那么也就是说，陆询喜欢身材好、长相艳丽、眼睛漂亮的女生？"

就在钱唯思绪纷飞之时，本来还在八卦的几个实习生立刻鸟兽散了。钱唯抬头一看，才发现陆询从外面见完客户回来了，他还是一如既往，表情寡淡冷然，身姿笔挺地走进了办公室。

钱唯想了想，决定做个行动派，说干就干。她把扎成马尾的头发散了下来，用手拢了拢，掏出斩男色的口红抹上，然后照了照镜子，镜子里的自己竟然不仅没显得随意，反而有种慵懒和不经意的美感。虽然在医院躺了一周多，但她的皮肤反而变得非常透白细腻，配上红唇明眸，相当亮眼。

钱唯从桌上随手抽了一份材料掩人耳目，然后她想了想，咬了咬牙，把自己胸口白衬衫的扣子解开了两颗，这才深吸了一口气，敲响了陆询办公室的门。

“进来。”

钱唯推开门，陆询果然头也没有抬，他正聚精会神地盯着手边的一份案卷。

直到钱唯咳了咳，他才抬起头，见到是钱唯，有些意外，但至少放下了手头的工作：“什么事？”

钱唯一时之间有些紧张。她刚才一门心思只想着见陆询，根本忘记了想好个什么借口，幸而刚才随手抓着一份文件，于是她手忙脚乱地看了一眼，正是出事故前陆询给她的那个法律援助案。

钱唯只能硬着头皮随口胡诌道：“就这个法律援助案，我之前因为住院耽误了，现在手头又堆积了其他客户不少事，这个援助案我怕时间紧迫，准备得不够充分……”

陆询盯着钱唯的脸：“所以这个案子你看过了吗？”

钱唯只能胡乱点头撒谎道：“嗯，看过了。”她给自己留了条后路，“不过还没仔细研究……”

陆询垂下了眼睛，沉默了很久才道：“好，我知道了。这个法律援助案我会接手，交给我就好了，其余客户的事情如果时间来不及，也交给我就好，你先好好休息。”

不知道为什么，虽然陆询仍旧是那副面无表情的冷淡模样，但钱唯总觉得他的情绪在一瞬间有些低落和错愕，然而等她再望向他，他那镇定自若的模样，却让她觉得刚才那一瞬绝对是她因为光线变化产生的错觉。

算了，先不在乎这些不重要的细节！先干正事！

钱唯撩了撩头发，很希望陆询发现自己今天打扮的特别之处。她特意假装咳嗽般用手轻掩嘴角，咳了一阵，同时悄悄地动了动身体，挺起了胸，好让自己的领口若隐若现地呈现在陆询面前。

然而很可惜……

“你怎么突然咳嗽了？”

这不是重点好吗，陆询！重点是我的嘴唇！我的发型！我的胸！

虽然内心充满了咆哮，但钱唯只能强颜欢笑道：“可能有点感冒吧。”

行吧，醉心工作的陆询没发现自己妆容衣着的小心机也就算了，关心一下自己的身体也行吧，钱唯自我安慰道。陆询这样的姿色竟然单身到28岁，毕竟是有相当实力的，也不能太过苛求他，有关心自己的那份心就是好兆头了。

可惜……

“那你出去吧。”

钱唯不解道：“你让我出去？”

陆询皱了皱眉：“那不出去你还留在这里干什么？留下来把感冒传染给我吗？”

好啊，陆询！你就继续单身去吧！钱唯简直气到爆炸，她二话没说，站起来转身就准备往外走。

“等等。”

“嗯？”

“出去之前把衣服扣子扣上。”

“哎？”

陆询的头低着，看着自己手头的案卷，并没有看钱唯，但语气有些不自然：“领口开太大了。”

咦？

陆询把案卷往桌边一放，盯着钱唯语气不善道：“注意下形象，律师，讲究的是专业，你把领口开那么大干吗？需要把入所着装守则抄一遍吗？”

钱唯心里十分委屈，但嘴上辩解道：“我就有点热，今天空调不给力。”

“扣子全给我扣上。律师，讲究的是端庄。”陆询抿着嘴唇，然后他拿起了座机，拨了个内线，“叫行政部的小燕去和大楼物业交涉下，把空调开低点。”

于是一整个下午，钱唯在内心痛骂着陆询，和其余办公区的同事们都缩在座位上瑟瑟发抖，陆询是铁了心让自己把扣子全扣起来啊，这房间空调冷得还是人待的地方吗？！

想起19岁经历的种种，钱唯简直悲从中来，她此刻颇有种如此千辛万苦历经九九八十一难，却竟然取了个假经的悲壮感！

“刘诗韵，你说的办法根本不管用。”钱唯一下班就约了刘诗韵，此刻两人坐在一间清吧里，钱唯忍不住大吐苦水，“什么办法也不管用，人家根本是绝缘体。”

刘诗韵也相当意外：“不是吧？难道真的要上我最后的大绝招？”

钱唯白了她一眼：“可算了吧，还睡服呢？就算我脱了衣服往那儿一站，人家估计都不为所动，只会训斥我有伤风化、有辱斯文。”

刘诗韵也震惊了：“这世界上除了陆询竟然还有这种奇葩？！”

“……”

“等等！钱唯，你这个躲躲闪闪的眼神是怎么回事？你……你说的这个男人，不会就是陆询吧？！”

“……”

刘诗韵瞪大了眼睛：“钱唯，你怕不是摔坑里摔坏了脑子吧！我承认陆询看起来人格和肉体都很有魅力，但第一，你吃不到；第二，你就算吃了，不怕消化不良？”

钱唯忍了忍，没忍住：“我胃好得很，我消化得了。”

不管怎么说，刘诗韵大惊小怪了一阵之后，终于接受了钱唯竟然看上了陆询这个设定。

“钱唯，想听真话吗？”

就在钱唯把自己对陆询那点小心思选择性地讲给刘诗韵听以后，刘诗韵语气笃定地道：“你完了。我真是没想到，你竟然对陆询有了这种非分之想。”她啧啧道，“陆询哎！谁也看不上的天山雪莲陆询！是谁给你的勇气？梁静茹吗？”

“钱唯，你都是大难不死的人了，看待人生就更应该想开点了，你想啥不好要去想搞陆询啊！他这种人，搞不上的，你有这个劲，当初都能考上清华北大了！我警告你啊，你现在已经游走在失足的边缘了！”刘诗韵想了想，给钱唯下了定论，“我看你八成是最近春心萌动，平时又成天加班，见不到别的异性，要是我像你这样，别说对着陆询，怕是对着个公的癞蛤蟆都要爱上，所以我很理解你的心态，不过也别急！我爸朋友有个儿子，刚从国外回来，虽然比陆询的姿色差了点，但人也周正，而且情趣正常，为人温柔。你等着，过几天我就安排你们见面！”

两个人又聊了点别的，刘诗韵正准备请钱唯第二天去撸串，钱川就找上门来了。

他在清吧里探头探脑，终于找到了钱唯：“钱唯！可找着你了！”

钱唯有些意外：“怎么了？是家里有什么事？”

“没，就我看已经9点了，我来接你回家。”

刘诗韵忍不住发出一声嗤笑：“你以为钱唯才18岁啊？还有宵禁？9点钟不回家就要写检讨？和什么朋友在一起要列个清单给你汇报？”

自从上次在医院见面之后，钱川和刘诗韵算是结下了梁子，此刻相见，新仇旧恨一起涌上心头，这两个人之间又电光四射、火光十足起来。

“你这样的独生子女，当然体会不到我和钱唯之间的亲情！而且以你这种个性，恐怕也没有男朋友，你就算想大半夜有人来接，有人关心你回家没，恐怕也没有。”钱川自然不甘示弱，“而我们钱唯不一样，她可是有我保护的！”

“我刘诗韵要是公开招聘男朋友，你信不信这个酒吧里一半的男人都会来排队？倒是你，才绝对找不到女朋友！”

钱川气炸了：“我钱川会找不到女朋友？凭什么？”

“凭你前列腺有问题啊！”

最后钱唯只能充当和事佬，好说歹说，才终于化解了钱川和刘诗韵之间剑拔弩张的气氛。也不知是怎么回事，平日里装模作样走知性美女路线的刘诗韵，每次一见到钱川就彻底破功；而钱川见了刘诗韵，也是完全不顾平日塑造的稳重成熟的形象，两个人竟然齐齐变身幼稚鬼，钱唯想，这大概真是冥冥之中天注定的缘分吧。

因为搞不定陆询，钱唯挺郁闷，但郁闷归郁闷，班还是得上。

第二天一大早，钱唯就到了所里，然而陆询果然已经在办公室里不知道工作了多久，她看了看他办公室的灯光，心中感慨：就陆询这个样，基因再优秀又有什么用？恐怕等精子失活，都没找上对象……

只是钱唯刚打开电脑没几分钟，陆询办公室的门就开了，他就那么顶着那张英俊到奢华的脸蛋，冷若冰霜地朝着钱唯走来。

难道我有什么案子搞砸了？

还是客户的邮件忘记回了？

要不就是今天衣着不端？不对啊，我的扣子今天可全部扣起来了……

就在钱唯忐忑不安之际，陆询已经走到了她的办公桌前，他表情寡淡地看了钱唯一眼，然后丢下了一盒东西。

“吃了。”

说完这两个收费最起码200块的字，陆询就转身走了。

钱唯拿起来一看，是一盒感冒药，还有一小盒润喉糖。

“正好想起我抽屉里有。”陆询没回头，说完就重新进了办公室。

一个上午，钱唯看着桌上那盒感冒药和润喉糖，都有些魂不守舍。她不得不主动请缨，从几个同事那里抢了几份合同过来修改，才终于把注意力转移开来。就这么好不容易熬到了午休，刘诗韵的电话就来了。

“钱唯啊，昨天和你说的那事，我搞定了，今晚就一起吃饭。”

钱唯有些茫然：“啊？”

“就给你介绍男人那个事啊！”刘诗韵嘿嘿道，“七大姑八大姨本来给人家小伙子都安排好相亲了，我愣是从中作梗先插队了，今晚6点，美华地中海牛扒西餐厅，记得准时来啊。”

钱唯本以为刘诗韵昨天只是说说而已，没想到她行动力竟然这么强，她立刻回绝道：“那肯定不行，今晚我还要加班呢！”

刘诗韵怪叫一声：“你都工伤摔得差点挂了，还加班？而且陆询不食人间烟火，成天就疯狂加班，难道要你也陪着他就这么蹉跎人生？男人比女人有年龄优势，都说男人四十还一枝花呢，但女人四十呢？女人四十就叫徐娘半老了！”

“就……我最近也没什么谈恋爱的心思……”

“你可算了吧！你都想搞陆询了，你这都病入膏肓了！”

“……”

刘诗韵一锤定音道：“不管怎么样，你之后要加班我也管不了，但今晚你可必须抽空出来和人家吃个饭，就算你真看不上对方，也没想谈恋爱，也至少出来吃个饭，否则我这面子往哪儿搁啊！我这可真的是从七大姑八大姨那里虎口夺食抢来的优质相亲资源啊！”刘诗韵进一步游说道，“你就当交个朋友出来吃个饭呗，你这成天在所里加班，生活圈子也太窄了，而且多认识个人，没准以后还多个案源渠道呢！”

钱唯实在无法，只能点头答应。

午休结束，陆询一个内线电话，就把钱唯叫进了办公室。

“高科机电那个案子，你前期没能参与，现在后期还有部分法律意见书要写，这是材料，你先看一下，有什么不懂的问我，明早我们讨论下。另外分成的话，我按照你全程参与的比例给你。”

要是明早就要讨论，那吃透这些材料就势必要今晚加班了……

钱唯忐忑道：“这个案子我看了下截止日期，应该不急，能不能明天下午和你讨论？今晚我有些事……”

陆询顿了顿：“什么事？”

钱唯胡扯道：“是这样的，前阶段我不是大难不死吗，几个亲戚都挺担心我，请他们一起吃个饭告知下近期情况，让他们也放心点。”

陆询竟然十分通情达理地就同意了钱唯的请求，他点了点头：“好，没问题，你把邮件的自动回复改一下，今晚客户找你有急事的，让他们直接找我就好。”

钱唯大为感动，她真心实意道：“谢谢你啊，陆询。”

“你最近都不用加班了，把身体养好。”

钱唯刚想继续感动，就听陆询补充道：“只有身体好了，以后才能更好地加班。”

不管怎么说，不用加班，钱唯内心有点欣喜又有点失落，喜的是工作这么几年来，终于难得地能体会一下准时下班了；失落的是不加班，就看不到陆询了，虽然他像茅坑里的石头一样又臭又硬，但一本正经的样子，她觉得可真是好帅的！

下午没什么事，钱唯就一边翻着高科机电的资料，一边等着下班。

只是她没想到，热情的刘诗韵会在五点半准时出现。她走进所里的时候，陆询正在大办公区和钱唯的同事交代事情，一眼就看到了花枝招展的刘诗韵。

“哎！陆询！下午好啊！”

陆询看了看刘诗韵：“你来所里是有什么法律问题要解决？”

刘诗韵哈哈笑了：“没有啊，我能有什么法律问题？我不给别人制造法律问题就不错了，我是来接钱唯下班的。”

陆询皱了皱眉：“钱唯不是晚上要和……”

“原来你也知道啊，钱唯晚上要和我介绍的帅哥相亲啊！”刘诗韵挺骄傲，“我介绍的，质量保证！”

陆询没说话，只是抿着嘴唇，看向钱唯。钱唯大气也不敢出，她选择聚精会神地盯着垃圾桶……

刘诗韵却不知道这两人之间的风起云涌，她拍了拍胸口，大大咧咧道：“陆询你放心吧，我有预感，我们钱唯马上就要脱单了！作为老板，你可得好好感谢我！”

陆询冷着脸：“我为什么要感谢你？”

“你不知道？结了婚的员工会更加稳定啊，已婚人士相对来说不爱跳槽。”

原本对这类话题，陆询是完全不关心的，然而今天大概比较空，他竟然搭理起刘诗韵来：“只是相个亲而已，怎么到你嘴里就直接结婚了？”

“你没听过周杰伦？爱情来得太快就像龙卷风啊，大龄男青年女青年，只要相亲看对眼，基本认识半年也就结婚生孩子了，又不是十七八岁的小年轻，还卿卿我我、分分合合、你是风儿我是沙的，矫情。”

钱唯觉得大概是因为自己欺骗了陆询，他的脸色从知道真相开始就相当不好看，整张脸，黑得透透的。

钱唯觉得自己有必要解释一下：“陆询，你听我解释，我不是真的要去相亲，我就是……”

刘诗韵却豪迈地打断了钱唯：“钱唯，这有啥好遮遮掩掩的，我们陆询还能不理解你吗？大家都是那么多年的老同学了，陆询你自己说说，你忍心看着我们钱唯大好年华就这么蹉跎吗？你怎么能老把她锁在办公室里呢，她这个脸蛋和身材，当然要给别人欣赏啊！你这律所又不包分配男朋友，员工的终身大事，当然也要给人家时间去解决啊！”

刘诗韵这不开口还好，一开口，钱唯总觉得，陆询这脸更难看了。

算了算了，自己还是别继续杵在陆询面前了，三十六计走为上策。

“总之今晚我就准时下班了啊！待会儿可能路上要堵车了，我先走了啊！陆询，再见！哈哈哈哈！”钱唯根本不敢直视陆询的双眼，赶紧拉着刘诗韵就跑了。

刘诗韵倒确实没撒谎，她带来的这个相亲男品相看着还不错。对方叫周清，已经拿到了美国绿卡，目前准备回国定居，从事金融工作，挺健谈，话题变换也游刃有余，并且看着对钱唯相当有兴趣。一顿饭，他非常照顾钱唯，见到钱唯爱吃的菜，都非常体贴地往她面前送，钱唯的茶水没有了，他都非常周到地为她添加。

人是很好的人，然而钱唯却总觉得哪里都没对。

趁着周清去洗手间的当口，刘诗韵对钱唯挤眉弄眼道：“这个质量不错吧。”

钱唯喝了口茶，长叹一声：“唉！”

刘诗韵不乐意了：“你说说哪儿不满意啊，人家周清长得挺周正吧，个子也高，皮肤还白，眼睛也好看啊！”

“是啊，周清是长得很周正，但没有陆询帅；身高不错，但没有陆询高；皮肤挺白，但没有陆询白；眼睛挺好看，但没有陆询那种看你一眼都让你惊心动魄的悸动感。”

“可人家为人周到啊！陆询什么时候能屈尊给你端茶倒水？”

钱唯想了想，认真道：“我现在才意识到，我原来就喜欢陆询这种冷冰冰的气质，你想，陆询不体贴不周到，说明他确实从没有恋爱过，也没被人调教过原来还要对女生端茶倒水的，这也从侧面说明他还很单纯，不像周清一样懂得套路。陆询还是白纸一张，要是谁搞定了他，想怎么调教就怎么调教，未来还有很大的可塑性。”

刘诗韵同情地看了钱唯一眼：“钱唯啊，你已经毒入五脏六腑了，陆询那是正常人能改造得了的？”

“没关系，我想好了，要是改造不了，他不给我端茶倒水，我给他端茶倒水就行了。”

“钱唯，你这绝对是斯德哥尔摩了，常年遭受陆询凌虐，最终和他虐恋情深了。但朋友，你现在这个行为，就和一个人常年靠吃屎饱腹，吃多了就以为自己离不开屎、爱上屎了一样，其实只是一种错觉，醒一醒。”

“陆询要是屎，那我愿意勉为其难做一只屎壳郎。”

说完，钱唯又低头下意识看了眼手机。

刘诗韵有些不解：“你是有什么事吗？接了个比较事多的客户？从坐下到现在，你几乎保持着一刻钟看一次手机的频率啊。”

钱唯有些失落：“以前从没有我外出吃饭超过一个小时陆询还不给我打电话的例子，搞得现在我有点不习惯，可能都形成条件反射了，他不喊我加班，我都有点心慌。”

“现在还没过一个小时呢。”刘诗韵看了看手表，“还差十分钟。”

然而为了印证钱唯的话似的，刘诗韵话音刚落，钱唯的手机就响了起来，屏幕上赫然显示着“陆询”两个字。

钱唯接起了电话，她调整了一下情绪，故作镇定端着架子道：“不是说好了今晚上不叫我加班吗？别忘了啊，根据劳动法，标准工作日内安排劳动者延长工作时间的，支付不低于工资1.5倍的报酬啊，我给你做牛做马这么多年，什么时候把加班费都结算一下？”

电话那端顿了顿，钱唯才听陆询淡淡道：“钱唯，我建议你先看一下你和律所签订的劳动合同，里面写明了我们是采用不定时工作制的，需要我给你复习一下吗？不定时工作制指的是，没有固定工作时间的限制，针对因生产特点、工作性质特殊需要或职责范围的关系，需要连续上班或难以按时上下班，无法适用标准工作时间的工作制度。根据劳动部颁布的工资支付暂行规定，实行不定时工作制的劳动者，不执行普通用人单位加班工资计算的相关规定。”

钱唯想，我们为什么要在电话里讨论这些法律问题啊！陆询，你就不能收一收你的职业病吗！

她噎了噎，隔了很久才道："所以不是加班的话，是什么事？"

虽然电话里不动声色，但钱唯在内心深处期待着，说吧，陆询，说你需要我，说今晚没能和我一起加班才终于意识到没法离开我……

陆询也沉默着，过了大概一个世纪那么久，钱唯才终于再次听到了他的声音。

"钱唯，我过敏了。"

"怎么回事？"钱唯这下什么别的事都忘了，一颗心只剩下担心，她大惊道，"是什么过敏了？"

陆询有点略微的过敏体质，一旦碰到变应原，过敏症状会非常明显。上次的猫毛过敏事件，钱唯还历历在目，那一次简直称得上惨烈，陆询的眼睛肿得都快成一条缝了，可谓是颜值尽毁。

"应该是猫毛。"陆询的声音还挺镇定，"有个客户，带猫进来了。"

钱唯心里非常愤怒，同时又很心疼，陆询不能近猫，她几乎对他的每一个客户再三提醒了，但没想到还有人这么过分带着猫来律所。

她此刻根本顾不上其他，只简单收拾了包，向刘诗韵投去个道歉的眼神，然后飞速转身离开了餐厅，等陆询的声音再次传来时，钱唯已经上了出租车。

"你现在有空吗？"大概因为脸已经肿起来了，陆询的声音此刻听起来有些不自然，他的语气有些狼狈，"本来今晚说好了不让你加班，我也会说到做到，但现在突然过敏了，这样的形象实在不方便被别人看到，你毕竟看过一次了，我就想着也无所谓了。"陆询说到此，顿了顿，"当然，我也知道你在相亲，但想着如果你的相亲对象根本不对你的口味，那我这个电话正好让你找个借口可以离开。"

"那如果我的相亲对象不错呢？"钱唯抿着唇，她没有告诉陆询自己已经坐上了回律所的出租车。

陆询似乎没想到钱唯会这么回答，沉默了很久，才语气略带低气压地道："如果你的相亲对象很不错，那你还是抓住机会吧。"

"那你怎么办？"

"你关心你的相亲对象就好了，不用在意我。"虽然嘴上说着云淡风轻的话语，但陆询的声音听起来简直像是暴风雨前的平静，"反正这种过敏也死不了人，我大不了肿着脸忍着皮肤的瘙痒难耐继续加班，等明天应该就好了。毕竟你只是我的员工而已，不负责老板的私生活也是再正常不过的事。就算我让你加入了高科机电项目，给你批了休假单，为你支付了所有医疗费，还准备送你去英国我们的合作律所进行交流培训，但这些都是我作为老板应该做的，你不用为此有心理负担。”

不是叫我别有心理负担吗？钱唯心想，那你越说到后面越咬牙切齿还一字一顿的是怎么回事？

“那你好好相亲吧，我继续去过敏了。”陆询的声音凉飕飕的，明明听起来很平静，但钱唯总有一种错觉，电话那端的人，怕已经气到爆炸了……

“陆询。”

“嗯？”

“我在往回赶。”

陆询沉默了很久，才应了一声“好”，然而不知是不是钱唯的错觉，她总觉得在某个瞬间，她听到了非常微弱的一声轻笑。

钱唯慌慌忙忙冲进了律所，陆询难得地没在工作，他趴在桌子上，听到钱唯的声音，才抬起头来。

他那张常常让人惊为天人的脸，此刻果然因为过敏开始红肿了起来。

“我带你去医院。”

可惜陆询非常固执：“不去，看了也没用，还要抽血做变应原排查，检测结果一时半会儿都出不来，还不如用最原始的办法，洗个澡多喝水加速代谢来得省心，反正已经离开变应原了。”

上一次陆询对猫毛过敏，也是死活不肯去看医生，最终采用了非常保守的方式让过敏的红肿自行消退，为此花了一整个晚上。

然而这一次钱唯并不想再采用这种方式了，她看向陆询：“猫毛过敏吃普通的抗过敏药物就行了，你把药拿出来吃了吧。”

陆询转开头：“我没有药。”

按照之前19岁的那些经历，陆询会随时带着抗过敏药，会习惯性把药放在裤子口袋里……

钱唯鬼使神差地就伸出了手，等她反应过来的时候，她的手已经塞进了陆询左侧的西裤口袋里……

然而……很可惜，里面什么也没有……

陆询看着钱唯，钱唯看着陆询，场面有一些尴尬。

钱唯讪讪地缩回了手："哈哈哈，我自从上次摔进坑里以后，可能大脑还有点损伤吧，有时候控制不好四肢的行动，手脚不听使唤，哈哈哈，刚才也不知道怎么的，我这手就伸进你口袋里了，哈哈哈。"

陆询看了钱唯一眼："很多扒手被抓以后也这么说。"

既然都已经丢脸了，那不妨丢脸到底算了！钱唯想了想，最终还是决定继续咬咬牙豁出去，她这下狠准稳地把手塞进了陆询右侧的西裤口袋。

"找到了！"

或许老天这一次终于垂怜她，她终于在陆询的口袋里摸到了小药瓶，钱唯欢天喜地地掏出来一看，果然是抗过敏的药物。

"你不是带着药吗？"

陆询有些尴尬，但语气仍旧挺镇定自若："哦，我都忘了，上次过敏以后是配了药带着，不过吃这个药没什么效果，所以带不带都一样，我就没想起来。"

钱唯给陆询倒了水，递过药："还是吃吧。"

陆询最终拗不过钱唯，只能心不甘情不愿地把药吃了。

10分钟后——

钱唯看着已经重回英俊宝座的陆询，质问道："这药效果不是挺好？"

"虽然脸上是好了，但是身上还是痒的。"似乎为了佐证一般，陆询随手抓了下脸。

陆询的过敏危机解除，钱唯也算松了口气，然而新的问题也摆在她的面前，她这次相亲宴中途落跑，刘诗韵恐怕明天就要杀上门了……这么一想，钱唯又不由得心里怨恨起陆询来，要不是这家伙不解风情对自己不为所动，自己至于被刘诗韵拉去相亲吗？他对自己没意思也就算了，结果她相亲半路陆询这家伙竟然还冒出个过敏的幺蛾子。

"既然你过敏也好了，那我走了。"钱唯晃了晃手机，"刘诗韵刚和我说她那朋友还没走呢，两个人还在餐馆，还等着我去，我赶紧过去把这顿饭给请了以表歉意吧。"

"你等等。"

"嗯？你还有哪里不舒服？"

陆询咳了咳："你既然赶时间，那我送你去餐厅吧。"

钱唯十分意外："你今晚不加班？"

"我今天过敏还有点不舒服，就不加班了。"

“哦……”钱唯心想，最近的陆询看起来有点脆弱啊，平时的他可是轻伤不下火线的，连低烧都坚持加班呢……

“何况今晚是因为我，你才不得不中途离开这个饭局，我送你去也是应该的。”

这么想想，倒是也有几分道理，钱唯点了点头：“那行吧。”

这个点，路上不堵车，陆询的黑色宾利很快就把钱唯送到了目的地，钱唯收拾了东西就准备下车，结果令她意外的是陆询竟然也准备下车。

“嗯？”

陆询冷着一张脸，脸上没有特别的表情，语气沉着：“我也没吃饭，既然正好送你来了，那我和你一起去。”

“哦！好啊。”

陆询说得实在太自然而然了，钱唯直到答应完毕，才想起来有什么不对。哎？我这是相亲宴啊，你一起来吃干什么？然而陆询已经非常自若地走在前面了，这时候再赶他，显然也不合适。

算了，钱唯自暴自弃地想，反正也没真的想相亲，一起吃就一起吃吧，多个人，气氛还不至于尴尬。

可惜她完完全全地想错了，陆询竟然把这顿饭吃成了面试现场。

“你从事金融行业？具体是什么？现在金融的概念挺大的，上次我听说几个非法P2P也说自己是金融行业从业者。”

周清愣了愣，礼貌地道：“我是做二级市场的。”

陆询喝了一口茶，只抬了抬眼皮：“哦，你做二级市场啊，确实很忙啊。平时一天路演就赶五六场，半夜还要挑灯写汇报邮件、调研材料，大清早吧，还要开早会，出差回来累得半死，要是遇上股价波动，还要挨老板一顿批，挺不容易的。”

周清也笑笑：“我的工作效率一向不错，而且我是那种必须每天保证睡眠才能正常运作的人，平时也很注意自己的身体，定期健身，不会为了工作就舍弃了生活。我的调研报告也没有出过错，毕竟是从国外被高薪挖来的，老板生怕我跳槽，对我很客气。”

陆询抿了抿唇：“但做二级市场，平时上班忙起来接电话都得接到耳鸣吧，你耳朵还好吗？要我推荐个偏方给你吗？可以保护听力的，你们这样吧，现在年轻时候不觉得，以后老了，可能四五十岁就耳背了，沟通得靠吼。”

“我基本不会把私人手机号留给客户，平时大部分电话也是由助理来接。”

不知怎么的，陆询今天怕是和周清杠上了，两个人你来我往一来一回，就连迟钝的刘诗韵都闻到了硝烟四起的味道。好好的一顿饭，两个男人犹如商务谈判一般话语间夹枪带棒地明争暗斗着，一会儿谈估值，一会儿谈成长，钱唯和刘诗韵在一旁百无聊赖。

在经历了半个小时的唇枪舌剑之后，到底是做律师的陆询略胜一筹，他带了点满意的笑容，和周清交换了名片，终于达成了暂时的和解。大约因为旗开得胜，陆询非常自然地顺手想把单就买了。

周清皱了皱眉：“这顿饭本应该是我请钱唯吃的，我来买单。”

钱唯赶忙摆手：“不不不，我中途离席，实在是抱歉，应该我来买单。”

最后是陆询直接把卡塞给了服务生，取得了买单战役的最终胜利，他云淡风轻地看了眼周清，笑笑：“我毕竟是钱唯的老板，为她买单再正常不过。”

一顿相亲宴，结果最后钱唯愣是没和周清说上几句话，直接变成了两个男人争奇斗艳、攀比事业的角逐场：不仅工作要攀比，收入要攀比，身材要攀比，竟然连最后的买单都要明争暗斗一场。

围观了全程的刘诗韵表示目瞪口呆：“真是有男人的地方，就有江湖啊，啧啧，真没想到，男人的虚荣心、攀比心和嫉妒心这么强，可怕可怕。”

大约因为陆询的加入和各种针锋相对，周清自那一晚之后，就没有再联系过钱唯了……

钱唯对此不觉得有什么，反倒是陆询挺在意，第二天上班，他就故作姿态地走到钱唯身边，清了清嗓子：“昨晚那个做二级市场的，联系你了吗？”

陆询这个人吧，一旦认定谁是竞争对手，是一定要把人家干死才安心的。大约这次有国外留学精英背景、薪资又十分高的同龄人周清，激起了他的比较欲，因此一顿饭后，他还十分在意对方的近况。

“没有啊，没联系了。”

陆询从鼻孔里轻哼了一声，挺不屑：“我就看不起那些做金融的，成天就marketing和social挂嘴边，吹得比唱得还好听，骨子里有多少专业技能？尤其是做二级市场的，推的股票大跌了，说你买入的时机不对；没推的股票暴涨了，又说这是泡沫和不良市场，上下两片嘴皮，翻来覆去对的都是他们。”他说完，矜持地扯了扯嘴角，露出点胜利者的笑意，“我昨晚去吧，主要也是作为老板，替你把把关，这种人，三两下就在我的洞悉下打退堂鼓了，不能要。”他说完，才旗开得胜般地走了。

钱唯盯着陆询的背影，只觉得这家伙真是莫名其妙！

不过很快，她就没时间瞎想了。高科机电的案子，她作为后来加入团队的成员，需要补课的内容还很多，外加自己的几个长期法律顾问单位还有几个合同违约的案子，她很快就全情投入到工作中去了。

直到中午，几个实习生来约她一起吃饭，她才终于放下了手头的工作。

“哎，我和你们说，我有个惊天八卦！”

几个女生吃着吃着就忍不住胡侃来，从娱乐圈到法律圈，再到自己的律所。

“我们陆Par，明晚好像要去相亲！”

这个消息果然劲爆，一石激起千层浪，其余几个女生都不敢置信地叫起来，钱唯也没忍住，她顿了顿，就那么愣在了那里。

“不可能吧！我们陆Par不是万年清心寡欲不谈情爱，眼中只有工作吗？我和行政姐姐去八卦过，以前可是有好几个高管客户给他介绍上市公司老总的女儿甚至是副市长侄女的，还有人给介绍过那种十八线小明星呢，可我们陆Par见都没见就回绝了，说心不在此，怎么突然就要相亲了啊！”

“嘁，此一时彼一时啊，现在我们陆Par也28岁了，事业有成，工作都上了正轨，男人嘛，年纪大了渴望家庭了很正常啊，所以可能现在陆Par想结婚了吧！”

“这么说也是……快说说，对方什么来头？”

“我是在茶水间偷听到的，你们可帮我保密啊，我怕被陆Par灭口！对方应该和陆Par早就认识了，人常年在国外，这次刚回国，陆Par就邀请对方了，还说挺想她的，我还知道他们约在哪里，是在凯悦的西餐厅……”

后面几个实习生又叽叽喳喳说了点别的，但钱唯已经都听不进去了，她立刻匆匆结束了午饭，溜回会议室，给刘诗韵打了个电话。

“我们同学里当时谁出国了？最近刚要回来的那种？”

刘诗韵丈二和尚摸不着头脑：“哎？好像没有了啊，当时也就莫梓心留在国外待的时间久，可人家早回来了啊。”

两个人盘点了半天，钱唯也没把自己的潜在情敌挖出来，聊着聊着，她倒是想起了李崇文：“对了，你什么时候有空？一起去医院看看李崇文啊！”

“可以啊，不过人家早出院了啊，都回去上班了。”

“哎？化疗能结束这么快？”

“人家根本没胃癌，化疗什么啊！好着呢！”刘诗韵大大咧咧道，“不过你消息闭塞也不怪你，谁让你也在医院躺了一个礼拜啊。人家李崇文本来都准备听天由命了，结果那天我们几个一起去探望他，陆询就觉得不太对，他问了问情况，不太相信李崇文这么年轻会得胃癌，联系了好几个国内外的专家给李崇文复诊，才发现根本就是误诊。他只是消化性溃疡和胃黏膜糜烂，另外伴有轻度的胃出血，转了个院又住了几天，现在已经出院回法院去了。至于之前误诊的那家私立医院，最近还上了新闻呢，被爆出好几起误诊的案子。为了营收，这家医院习惯性地把病人的病情往严重上说，好鼓吹你接受他们所谓的进一步检查，还有服用那些昂贵的进口保健药。现在李崇文已经委托陆询帮他处理这起医疗纠纷了，另外也有不少受害病人家属找到陆询，准备走集体诉讼了。”

“哎？”钱唯相当意外，虽然剧情如此突变，但仔细想想，她也觉得内心十分安慰。李崇文是个好人，假以时日，作为一名法官，他就算不能彻底地改变中国法律实践，至少也能做出不少具有指导意义的判决，为法制社会进步添砖加瓦。

“不过，虽然之前被误诊成了胃癌，李崇文沮丧低落了好久，心理压力也很大，但另一方面这件事对他也算是个好的刺激，现在他加班可没原来那么拼命了，也觉得身体健康最重要。另外听说他和他们庭里的小书记员好上了，最近因为爱情的滋润，胖了不少。”

“哎？”

“就那个小书记员，你见过的，齐刘海长发长得乖乖的那个，听说他得胃癌了，哭得死去活来，他才知道原来对方暗恋他好久了。他住院期间人家雷打不动报到去照顾，知道他胃不好，天天花式煲粥，后面检查出是误诊，李崇文就表白了，两个人自然而然就在一起了。”刘诗韵笑笑，“所以你现在想去见李崇文，恐怕还得先预约，免得打扰人家小情侣约会。”

钱唯高兴的同时，忍不住发出了单身狗的惨叫：“为什么人家都脱单了！我却还在单身的道路上屹立不倒！”她愤怒道，“你知道吗？连陆询都要背叛单身联盟了！他明晚竟然要去相亲！他为什么不能像李崇文一样发现一下身边被忽视的爱意！不能看看我吗？我陪他加了那么多次班，他竟然想脱单不干了，做梦！”

刘诗韵的声音有些警觉：“钱唯，你要干吗啊？”

“我知道他在哪儿相亲，我要去搞破坏！我绝对不会让他得逞！陆询这辈子只能和我脱单，要不他就孤老终生吧！”

“钱唯，要不你去淘宝买个什么降头吧，还有那种回心转意符啊，爱你一万年符什么的，然后塞陆询办公桌抽屉里，我觉得期待那个还比较实际点……”

“滚！”

第二十章…

请和我结婚

第二天，钱唯一大早开始就密切关注着陆询，可惜这家伙并没有什么异动，明明晚上要去第一次相亲了，竟然完全不动声色，藏得可真深！

好不容易熬到了下午，果然到了五点半，陆询看了看手表，就离开了办公室，一改平日疯狂加班的风范，让同事们也窃窃私语议论起来。

陆询前脚刚走，钱唯就收拾起东西后脚跟了上去。她打了车，也直奔凯悦，准备制造一场说来就来的“偶遇”。

这个点，凯悦西餐厅里人并不多，钱唯几乎是一眼就定位到了窗边的陆询。他的对面坐着一个长卷发的女孩，唇红齿白，一双亮晶晶的眼睛顾盼生姿，此刻正一脸崇拜地盯着陆询，一双白嫩的手托着腮帮子，目光充满了天真和全身心的信赖。然而这还不是重点，重点是，从来不苟言笑搞得表情肌和坏死似的陆询，竟然在对着她笑，那笑容澄澈干净，完全不设防的模样！

钱唯当下心态就崩了，她看着这样的陆询，心里不是个滋味。

“小姐，您一个人吗？需要我为您安排座位吗？”

因为餐厅里此刻非常安静，服务生的声音就显得有些突兀了，陆询下意识便循着声音回了头，然后他愣了愣，有些讶然：“钱唯？”他盯着钱唯看了眼，定格在钱唯10厘米的细高跟和长裙上，他抿了抿唇，“你也在这里约了人？”

细高跟和长裙都是钱唯在刘诗韵的建议下换的，毕竟去搅和人家相亲，怎么也得把自己的装备升级升级。

钱唯此刻被陆询那么盯着，紧张得手心里冒汗，她干巴巴地笑了笑，胡扯道：“是啊，约了人。”

“周清？”

钱唯胡乱地点了点头：“是啊。”

“哦。”

“陆询哥哥，这位是？”坐在陆询对面的长卷发女生眨着乌黑的眼睛，好奇地看向钱唯。

陆询表情有些不好看，相亲撞见同事心情能好到哪里去，他瞟了钱唯一眼，言简意赅道：“同事。”

还陆询哥哥？我可去你的吧！你俩很熟吗？你俩认识很久了吗？你俩情哥哥情妹妹的经过我钱唯的同意了吗？

钱唯很愤怒，这勾三搭四的模样，陆询，你果然是个招蜂引蝶的“妖艳贱货”！

虽然内心充满了恼怒，但是面上钱唯还是只能保持着微笑：“那不打扰你们，我也坐那边等人去了。”

因为陆询冷冷的目光，钱唯哪里敢坐得离他太近，她只能委委屈屈找了个能看到陆询那桌情况但又保持一定距离的座位，然后坐下就掏出手机，在微信里和刘诗韵直播，同时痛骂陆询。

也不知道是不是因为她在场，陆询刚才还澄澈开朗的表情，变得有些阴晴不定，他刚才那种彻底放开的笑容是完全敛起来了，眉头微微有些皱，嘴角也带了点不悦的弧度。

钱唯心想，真是假正经，你调情就调情，难道被我这个同事看到了，就放不开了吗？好，我就是要这么杵着，让你这顿相亲宴，舒坦不起来！

然而钱唯的得意还没来得及持续多久，她的心就又一次遭受了重创。

陆询和那个长卷发女生聊着聊着，从餐厅门口就走来了一对衣着讲究的夫妻，看样子50岁左右，但两人都保养得当，从装扮来看，家境优渥。他们见了陆询，朝他笑笑，然后径直走到了他们那桌，亲昵地和长卷发女生说了什么，就在她的身侧坐下了。

钱唯对这一发展目瞪口呆，她的脑中警铃大作。

相个亲而已，竟然连女生爸妈都来了？看来出大事了！陆询这次来真的啊！

以陆询的性格，除非已经认定对方，否则是绝对不可能见对方父母的啊！

钱唯瞪着眼睛看着陆询那桌几个人气氛融洽。那对中年夫妻显然对陆询十分满意，看向陆询的目光中充满了慈爱，而长卷发女生也因为爸妈的加入变得更加活泼起来，接连几次给父母夹菜，甚至还主动给陆询夹了菜。

令钱唯十分不能忍的是，陆询竟然十分自然地把女生夹给他的菜，吃了！

那一瞬间，钱唯觉得大脑“轰”的一声，彻底炸了。

大概也是顾虑她这个同事在场，陆询和他们聊着聊着，就会偶尔扫她一眼，只是当她回望过去的时候，他已经转开脸佯装一切没发生过了。

没多久，陆询站起身，和桌上其余几人打了个招呼，便离席去了洗手间。经过钱唯的时候，他不咸不淡地看了她一眼，钱唯只好佯装还在等人的模样，不停地拨弄手机。

“小唯姐姐。”

陆询刚走了没多久，那个长卷发的女生就声音婉转地喊了钱唯的名字，她盯着钱唯，显得有些不好意思：“是陆询哥哥告诉我你的名字的，你等的人是没有来吗？”

钱唯咳了咳：“他临时有事，突然被老板叫去开会，走不开。”

“那你要不要和我们一起吃呀？”

“哎？”钱唯看着面前少女天真的神情，有些措手不及，这姑娘倒是骨骼清奇，自己的相亲宴，竟然叫上了男方的同事做电灯泡？

不过对于这个机会，钱唯简直求之不得，她刚才只能看到陆询一行人互动热烈，却苦于听不清他们在讲什么，她已经快憋坏了。

于是钱唯点了点头，索性大大方方地坐到了陆询那一桌。

“小唯姐姐，我一直很好奇，平时工作的时候，陆询哥哥是怎么样的呀？”

钱唯望着少女和那对中年夫妻关切好奇的目光，心下终于了然。

原来如此！对方邀请自己落座，主要是想通过同事侧面打听考察一下陆询的工作能力和他在同事间的口碑人品。

陆询的工作能力？那自然没话说！

在下属间的口碑？那自然是充满威信又高大光辉让人追随！

但现在是实话实说的时候吗？

当然不！

钱唯扪心自问，我来这里的目的是什么？还不是为了搅黄陆询的相亲宴，好进一步把他据为己有吗！

都到了最危险的时候了，钱唯！人不为己，天诛地灭，咬咬牙，上啊！

“陆Par啊，他平时工作非常认真，一直加班，基本上住在所里了。他也说了，就算以后谈恋爱结婚生孩子，还是会以律所为家的。我们陆Par的理念就是，女朋友也好，老婆孩子也好，都是人生里的过客，只有工作是永恒的！”

那少女和中年夫妇果然愣了愣：“他竟然这么想……”

“而且吧，其实在我们坊间，关于他还有个传闻。”

对面三人十分好奇：“什么？”

钱唯故意营造出了神秘的气氛，她压低声音道：“他那方面，可能有点问题。”

长卷发的女生到底是年轻人，很快就领悟过来了是哪方面，她捂住嘴：“陆询哥哥怎么可能……怎么会……”

中年夫妇愣了愣，但到底是经验丰富的老江湖，两个人虽然表情复杂，但仍旧按兵不动。

“你知道的，我们做律师的，平时伏案写作的时间久，睡眠少，体力也容易不济，我们陆Par这个病都是因为认真工作才得上的啊。”钱唯充满同情地道，“他为了节省时间，平时就不怎么喝水，你知道的，男人啊，常年不喝水，不起来走动走动，这可是很影响男性健康的啊。”

那长卷发少女还不相信，她辩解道：“可这种都是传闻和猜测而已，我才不信陆询哥哥会这样呢。”

钱唯喝了口水：“我亲眼见到了，他去建国男科医院。唉！所以你知道我们陆Par为什么这么多年不谈对象了吧！一切都是有原因的！我那天看他走进男科医院的背影，是那么无助和沉重，连我这个下属，都很心疼！”

长卷发少女表情复杂地看了看钱唯：“不说这个，那陆询哥哥平时为人肯定没话说吧？”

年轻人，我说到这一步了，你竟然还没放弃？钱唯心想，看来是时候再上把猛药了！

“人品啊！我们陆Par平时都挺好的，但一遇到案子比较难搞，他会暴跳如雷，甚至在办公室里狂骂别人4个小时，有时候还会打砸东西，好几次差点和另外的男同事对打了。他这个人就是对案子这么较真，他这种严格让我们每个下属成长都很快。

“还有，他特别细致和讲究完美。大家出去聚餐吧，都是走AA，我们陆Par会精确到小数点后三位，钱一分不能少了，他这种精益求精让我十分感动。

“他对女同事啊，特别照顾，平时空调打得冷了，他都会主动摸摸女同事的手，然后根据手的温度再要求行政人员调整空调温度的！”

……

一席话，讲得对面三人陷入了沉默，只眼神复杂地盯着钱唯。钱唯看着这三人的脸色，觉得这个相亲，百分百肯定是黄了。

正当钱唯讲得有些口干舌燥之际，陆询终于回来了。

他见到钱唯，有些意外：“你怎么在这里？”

“小唯姐姐约的人没来，所以我就把她叫过来一起吃啦。”卷发少女嘟起嘴笑了笑，“刚才我们聊了很多关于你的事呢。”

陆询有些意外，随即他点了点头：“那就一起吃吧。”他看了钱唯一眼，“既然你已经和他们聊过了，那应该是认识了吧。”陆询指了指卷发少女，“陆笙，我堂妹，刚回国。”然后他又指了指那对中年夫妻，“我爸妈。”

钱唯本来讲得口渴正在喝水，这下完全没绷住，一口水就这么喷了出来。

她惊恐道：“你、你爸妈？”

“嗯。”

钱唯抬起头，此刻她终于理解了刚才对面那三人复杂的目光是什么意思……

她都干了些什么啊！她刚才都在陆询的爸妈面前说了什么啊！这一刻的钱唯只想穿越回之前打死自己……

“所以刚才你们聊我什么了？”

陆询妈妈看着钱唯笑起来：“你这个同事挺有趣的，让我们了解了你不为人知的一面，还有一些律所秘密。”

陆询有些意外：“嗯？”

钱唯哪里还敢让陆询妈妈继续说下去，她马上自己给自己满上了红酒：“阿姨，我敬您！”

然而陆询的妈妈挺执着：“这小姑娘刚才说……”

钱唯只好又满上了一杯：“我再敬您！”

“她说……”

钱唯硬着头皮就这么来了一杯又一杯，直到最后自己脸颊都开始发烫，头有些晕乎乎的，她才知道自己这怕是醉了。

然而醉了也有醉了的好，她打哈哈笑了一阵，抚了抚额头，推卸责任道：“我刚才喝多了，也不知道自己都讲了些什么，哈哈哈哈哈。”

恐怕要不是陆询的爸妈在场，钱唯恨不得当场表演一段“我是谁，我在哪儿，我要干吗”。

一顿饭，陆询不明所以，陆笙和陆询的爸妈眼神意味深长，钱唯则头皮发麻，吃着鲜嫩的牛排，也味同嚼蜡。

几个人聊着聊着，都没当钱唯是外人。虽然她当着人家爸妈的面狂黑了陆询一拨，但陆询的妈妈非常大度，对钱唯一直温和地笑着，态度仍旧非常亲切。陆笙小时候和陆询一同长大，更是笑着说起了陆询的不少往事。

“其实我一直挺奇怪的，为什么陆询哥哥这么多年一直单身，你明明不是无性恋，我记得你大学时候不是还喜欢过一个女生去表白过吗？”

陆询握着刀叉切牛排的姿势顿了顿，他抬起头，抿了下嘴唇，打断道：“陆笙。”

他显然不想让陆笙提及这些事，然而陆笙只是吐了吐舌头，小丫头性格活泼，根本没理睬陆询眼神的警告，她八卦道：“他那时候还问过我，怎么给女生写情书好，可结果花了几天写出了情书，人家根本没理他，可把他打击得够呛，脸臭了几个月。”

“哎？”钱唯有些好奇，陆询竟然真的给人写过情书？

“陆笙！”

陆笙显然是个十分敬业的八卦少女，从不吊人胃口，开口讲的事就要一定讲完，她撇了撇嘴：“你多大来着？大二那年吧？19岁吧？”陆笙长叹了一口气，“啊，回想起来真是好惨烈的初恋回忆啊……”

之后他们还聊了什么，钱唯已经完全听不进去了，她醉得有些厉害，外加昨晚睡得不好，此刻又带了酒意还有困意，脑袋昏昏沉沉，慢慢地趴在了桌上。她只模模糊糊地想，陆询的情书是写给谁的？是写给莫梓心的，还是像自己的故事里那样写给自己的？在半梦半醒之间，她甚至区分不出什么是梦，什么是现实，甚至今天是否在这里和陆询一起吃饭，陆笙是否说了陆询的初恋往事，她都有些分不真切了。

这是梦吧？应该是的。

“钱唯？钱唯？”陆询的声音好像很近，又好像很远。

“你还能站起来吗？”

钱唯强撑着精神，努力睁开眼，她迷迷糊糊地看着眼前的陆询，迟缓地点了点头：“嗯。”

陆询抿了抿唇：“我送你回家。”他看了眼身后的爸妈和堂妹，“你先上车，我送完我爸妈和陆笙再送你。”

钱唯摆了摆手：“不、不用了。”她晃了晃手机，“我给钱川发过短信了，他会来接我的……”

陆询没有再说什么，几个人便一路沉默着坐着电梯下楼。

钱川的车之后会来酒店大门外接钱唯，而陆询的车停在地下车库，可当电梯到达一楼，钱唯走出去的时候，陆询跟了出来。

钱唯只来得及听到他转身对自己爸妈和陆笙道：“先送她上车，否则我不放心。”

等钱唯反应过来之时，陆询已经微微皱着眉站在了她身后，而因为他的这个决定，他的爸妈和堂妹也不得不在一楼先一起出电梯。

“陆询，不用送我，你们先回……”

可惜钱唯这话还没说完，脚下也不知道踩着什么滑的东西，她又不擅长驾驭10厘米的高跟鞋，当下在陆询惊愕的眼神里“哐当”一声狠狠摔了下去。

“疼、疼疼疼……”

钱唯摔到的是尾椎骨，疼是真的疼，这下她根本站不起来，外加醉酒后反应迟钝，就索性这么坐在地上了。她有些愤怒地想，只是做个梦而已，疼得用得着这么逼真吗?

“钱唯！”

“钱唯！”

耳边仿佛传来了钱川和刘诗韵的声音，钱唯循着声音抬头，才看到确实是他们俩，钱川正从大厅门口焦急地朝自己跑来。钱唯晕乎乎地想着，明明自己只把短信发给了钱川啊，怎么刘诗韵也来了呀?

“钱唯？你还能站起来吗？”

钱唯只觉得手脚都有些无力，她就坐在地上，看着陆询笑起来：“你现在的表情看起来好紧张，比上次恒河几个亿的项目并购出问题时还紧张。”

陆询看着她，抿着嘴唇，他似乎努力在维持着自若：“你先站起来。”

钱唯从来对陆询的指令言听计从，然而这一刻，她想，在自己的梦里，她要任性一回。她软绵绵地坐在地上，一张脸上还带着醉酒的红晕，眼睛湿漉漉地看向陆询：“不要。”

陆询没再说话，直接俯下身想要抱她起来，然而钱唯挣扎着推开了他。

凯悦大厅里虽然人并不多，但钱唯这个动静，也吸引了一些人的目光，其中似乎有人认出陆询来：“陆律师？”

陆询扫了对方一眼，只点了点头，也没在意那些探究的目光，他有些无奈地对着钱唯道：“别闹了，起来吧。”陆询揉了揉眉心，似乎知道醉酒的人没有理智和逻辑一般，他的声音非常温柔，像是哄小孩子一样，“要怎样你才肯起来？”

钱唯眨了眨眼，然后直直盯着陆询：“我摔倒了，要陆律师亲亲才能起来。”

这话下去，陆询的身体彻底僵硬了。

钱川则是瞪大了眼睛，见鬼似的看着钱唯，刘诗韵则是不忍直视般用手捂住了眼睛，陆询的爸妈和陆笙也表情复杂而愕然地看着钱唯。大厅里其余认识或者不认识陆询的人，也看着事态的发展。

醉鬼钱唯很不满，只是个梦而已，大家的反应为什么都这样？她委屈地想，我在梦里泡陆询难道都犯法吗？

然而，不论其余人如何反应都影响不了她，因为至少在她的这个梦里，主角陆询是按照了她的剧情行事的。

在片刻的僵硬和沉默后，一贯以高冷不近人情出名的陆询，就这样当着所有人的面，俯下身，亲了亲钱唯。他的动作小心翼翼的，又有些生硬，亲完了钱唯的脸颊，他才顺势把迷糊的钱唯从地上拉了起来。

钱唯对这个敷衍的吻十分不满足，她拽住了陆询的领带，把他拉近自己，然后主动亲了亲他的嘴唇，她嘟囔着：“我还要再亲一下。”

这似乎终于打开了陆询的开关，他不再顾忌周遭，终于捧着钱唯的脸，深深地吻起她来。

钱唯用手搂着陆询的脖子，热烈地回应着这个深吻，周遭仿佛有人震惊地在抽气，也有人掏出手机在拍照，但这一刻，世界仿佛都不存在了。钱唯在陆询怀里，她什么都不在乎了，而显然，此刻吻着她的这个男人，也什么都不在乎了。

这个梦，可真美啊。

钱唯害羞地想，就是在梦里，陆询怎么也能把她吻得脸红心跳气喘双腿瘫软？只是一个吻而已，陆询怎么这么像是要把自己拆吃入腹一样凶狠霸道？自己做这种梦，真是怪不好意思的。

钱唯是在轻微的头疼里醒来的，睁开眼，她很敏感地意识到，这里显然不是她的家，房内开着一盏昏黄的落地灯，让整个气氛显得有些暧昧和不怀好意。钱唯摸了摸身下的床，是酒店特有的那种大床房，配着统一质感的柔软又厚重的被褥。从摆设和装修风格可以看出，这是一家相当高档的五星级酒店，还是一个套房，钱唯摸了摸身上的衣服，还在，她松了一口气的同时又有些警觉。对于醉酒后发生了什么，她其实并没有多大印象，只依稀记得自己做了个相当真实且美妙的梦，之后的记忆就断片了。

她对于醉酒这件事相当懊恼，自己酒量不行，真不应该逞能。如果是钱川，绝对会带自己回家，而如今自己身处酒店，怕不是被不怀好意的“捡尸族”带来开房了吧？

就在她心下怀疑之际，外面套间的门被门卡“嘀”地刷了一下。

完了完了，色狼回来了！这还是个有钱的色狼！

钱唯提起了十二万分的警惕，手忙脚乱之下拿了个厚实的枕头，就趁着暧昧的灯光掩进了套间会客室的阴影处。

那色狼果然已经进了门，此刻正背对着钱唯在关门，倒是个身材匀称高大的男人。

钱唯也不管三七二十一就拎着厚重的枕头，劈头盖脸朝着对方砸去，趁着对方发蒙和下意识抵挡的那个刹那，她丢开枕头就往门外跑。

然而她的如意算盘打得太好了，她的手刚碰到房门，另一只手就被那个男人用力拽了回来，一个重心不稳，她就这么跌跌撞撞摔进了对方的怀里。

“钱唯，是我。”

伴随着这熟悉的低沉的声音，入鼻的是自己熟悉的男士淡香水味，带了点冷冽和草木香，钱唯刚才紧绷的神经，就突然全部放松了下来。

“陆询。”幸而昏黄的灯光掩盖住了钱唯脸上的红晕，不知道为什么，在这样只有两个人的空间里，光是闻到陆询身上的味道，钱唯也觉得心跳加速。

她为了掩盖自己的狼狈，开口道：“我怎么会在这里？刚才发生了什么？”钱唯摸不准之前当着他爸妈黑他的事暴露了没有，但她决定先给自己找好台阶，“我刚才吧，就喝多了，发生了什么事完全想不起来，总之不论是什么事，喝醉酒的我做出的行为，都不是我的本意，你不要有什么误会啊！”

然而她没料到，她这出下去，陆询彻底沉默了。他安静了很久，才声音略带喑哑道：“刚才所有的那一切，都只是你喝多了以后冲动之下的误会？”

完了完了，他果然是知道了！

听得出来，陆询在努力克制着情绪，钱唯只得赶紧拼命点头：“是的！是一场误会！希望这个小插曲对我们的关系不会造成改变！”

不知道为什么，陆询的表情看起来有一瞬间的失落和难堪，然而等钱唯再仔细分辨，他那张英俊依旧的脸上，又看不出任何破绽。

气氛一时之间有些沉默，钱唯抓了抓头，转移话题打破了这阵尴尬：“钱川呢？”她看了眼手机，“我明明给他发短信了啊。”

“他送刘诗韵回家了。”

钱唯满脸问号，这都什么跟什么，他不是和刘诗韵不对付吗？怎么这种时候竟然把亲姐姐丢在酒店，自己和刘诗韵跑了？所以自己刚才醉酒后梦到他和刘诗韵看来还真是个征兆啊！

陆询抿了抿唇，他这时候才想起什么般把手里的一瓶巴黎水递给了钱唯：“刚下去买的，你喝了酒，喝点苏打水对胃比较好。”

钱唯喝完巴黎水，抬头看了陆询一眼：“那你呢？你爸妈和堂妹呢？”

“我帮他们打车回去了。”

钱唯挺不好意思：“你应该送你家人的。”

“那难道就把醉成那样的你丢在酒店？”陆询低下了头，“就算我们没有别的关系，我也是你的老板，一个上司是不应该让下属有风险的。你后来直接睡着了，所以我也就在凯悦开了个房间让你先休息。”

虽然作为老板，陆询可以说非常优秀了，然而这话钱唯听了总觉得酸溜溜的，还就算没有别的关系？至于把咱俩关系撇那么清吗？她有些忐忑地想，难道自己的非分之想这么明显？陆询已经完全看穿了？

酒醒了，她自然没有继续拖住陆询的借口了，陆询没再说什么话，而是径自把钱唯送回了家，只是一路上，原本就寡言的他显得异常沉默。

虽然喝醉了酒，但不知道为什么，第二天钱唯竟然精神奕奕、光彩照人。早上有个企业客户出现了高管劳资纠纷需要她调解，因此她一上午都在客户的公司处理这事，等再回所里，已经是中午了。

然而她刚踏进办公室，就发现今天所里的气氛不一般，大家不仅不在办公，还围在一起热烈讨论着什么。

“我天啊，没想到陆Par真是热情似火，我真是看错了看错了。”

“所以说，我们陆律师真的脱单了？就这么脱单了？”

听到陆询的名字，钱唯本能地把头凑了过去：“你们在看什么？”

几个女律师，外加一群实习生，围着一个手机看着什么，见钱唯询问，和她熟悉的同事立刻热情地招呼她一起看：“‘激吻门事件’啊，你不知道吗？”

“激吻门？”

“就昨晚，我们陆Par，在凯悦大厅里和一个神秘美女当众激吻啊，钱律师你也太不关心八卦了吧，这段视频点击都快破百万了！”

钱唯一头雾水：“让我看看。”她接过手机，才发现是A大校园论坛的页面，而这上面飘着一条显示hot（热）的帖子，发帖时间是昨晚10点，然而截至此刻回复盖楼量惊人。帖子的标题相当标题党——

“暴风哭泣！A大法学院史上最冷艳高贵的高岭之花陆询当众激吻美女！又一个老公高调脱单！”

钱唯突然心里“咯噔”一下，有一种不祥的预感，她抖着手点开了这个帖子，播放了这段视频……

可以看出视频拍摄的位置有点远，确实是在自己昨晚才去过的凯悦大厅，周遭有点杂音，虽然因为距离和角度问题，女主角的脸蛋看不清楚，然而陆询的脸却是拍得明明白白了。

但别人没认出钱唯来，不代表钱唯自己不认识自己……她瞪大眼睛，看着视频里穿着10厘米高跟鞋和红色长裙的女主角，这不是自己是谁啊！

更为惊悚的是，自己就这么耍赖般坐在大厅地上，陆询来拉自己也不让。

钱唯心下犹如擂鼓，这，这不就是昨晚自己那个梦里的情节？

“别急啊，马上要亲了亲了，超激烈的！”

也不知道是谁，还好心地给钱唯来了个“节目预告”。

伴随着对方的话音落地，果然视频里的陆询俯下身，亲了亲坐在地上的人，然后把她拉起来，两个人拉拉扯扯，之后就这么旁若无人地在大厅里吻起来。

虽然不知道是谁起了“激吻门”这种恶俗的名字，但钱唯不得不承认，按照视频里自己和陆询的热烈互动，用激吻形容真是非常贴切了……

“看到了吗？是舌吻啊！舌吻！”要是手边有黑板，钱唯毫不怀疑眼前这位小实习生会敲起来，“简直是教科书般的接吻！”她感慨道，“我们陆Par颜值太高了，这简直像在看偶像剧一样，真没想到我们平时如此高冷禁欲的陆Par一旦解禁起来竟然这么热烈！我真的好羡慕这个女生啊，也不知道是何方神圣，你们知道是谁吗？”

“不知道啊，身材看起来前凸后翘的很好啊，是我们哪个企业客户的女高管？等等，不是谁有情报说昨晚陆Par是去凯悦相亲的吗？这就是那个相亲的姑娘？”

“这么火速，第一面就热吻，看来是一见钟情了，我预估我们半年就能吃到陆Par的喜糖。”

“哎？我怎么觉得这个女生轮廓和钱唯挺像的？”

钱唯连忙摆手，绷着面孔一本正经澄清道："别胡说啊！不是我啊！你们不觉得我比人家身材更好点吗？"

"嘁！"

众人发出了一阵嘘声，倒真没再往那个方向想。钱唯只庆幸自己昨晚想着去搅局，所以去凯悦之前换下了工作时的职业正装，换上了与平时风格迥异的大红裙和细高跟……

只是瞒得过同事，但并不代表这事就没发生过……钱唯回想起昨晚那段被自己以为是梦的经历，此刻只觉得血全往脑袋里涌，整张脸通红通红的，自己当着陆询爸妈的面黑陆询也就算了，还当着人家爸妈的面勾引人家儿子，并且任性撒娇拉着对方当众热吻！她根本没有勇气再看一遍那段视频，实在是太羞耻太辣眼睛了！

只是自己喝醉酒胡闹也就算了，一向行事稳重、永远冷静自持的陆询，为什么也这么顺从地配合自己啊！

钱唯咬了咬嘴唇，既然自己都已经放下矜持索吻了，那陆询也别想装傻，明明昨晚和自己在酒店大厅激吻，结果酒醒以后竟然至今都还没主动联系自己，这难道就是传说中的翻脸不认人？

钱唯一边想着，一边就往陆询办公室冲，陆询绝对得给自己一个说法！

"哎哎！钱唯，陆Par不在办公室！"同事张律师叫住了钱唯，"他一个小时前去机场了，B市客户企业的融资出了点问题，他要去处理，要出差两天。对了，上次你是不是做过一个破产重组的案子？"

"哎哎？钱唯？钱唯你去哪儿啊？你那个破产重组的案子，有资料给我参考参考吗？"

虽然知道自己好好在所里等着，陆询总会有出差回来的时候，但不知道为什么，钱唯此刻一颗心剧烈地跳动着，只觉得一分钟一秒钟都不能再等。

她的心里像是缠绕着巨大的丝线杂乱的线团，而自己正在一步步接近某种真相，她迫切地想见到陆询，迫切地想听到他的声音，迫切地想要在他身边。

或许有时候，所有的事情比她想的更为简单，剥离一切外界因素，在这个变化万千的世界里，唯有一件事情是最单纯的——

她喜欢陆询。

钱唯在出租车上从律所行政那里拿到了陆询的航班号，一下车就匆匆奔赴航站楼。此刻在熙熙攘攘的人群来往的机场，钱唯才突然有点意识到自己的冲动，就算知道了陆询的航班号，也并不一定就能见到他，刚才一路过来，她给陆询发的短信他并没有回。

航空公司服务台那儿没有陆询，行李托运处也没有陆询，然而或许是冥冥之中的运气，就在钱唯都快失望的时候，她终于看到了陆询。

他正排在安检的队伍里等待安检。

“陆询！”

钱唯再也顾不上其他，她对着陆询的背影大声喊着他的名字。

陆询顿了顿，然后回过头来，他看到钱唯，脸上难掩地露出惊讶的表情：“你怎么……”

“陆询，我喜欢你！”钱唯却直接打断了他的话，“喜欢到想和你结婚！”

安检处还有不少人在排着队，钱唯的大声宣告果然引来了所有人的目光，然而她一点都不在乎了，此刻她的眼中，只剩下陆询，她不在乎这个世界了，她只在乎陆询。

都索吻了，还有什么事能更丢脸吗？

这个时候，钱唯索性彻底放开了，她咬了咬嘴唇，鼓起了最大的勇气：

“你昨晚亲了我！所以你要对我负责！”

陆询整个人似乎都僵硬了，他瞪大了眼睛，完全不可置信般地看着钱唯。就在钱唯尴尬地以为自己这次告白失败的时候，陆询终于像是解冻般再次找回了自己肢体的主导权，他直接走出了安检口，走到了钱唯的面前。

一句话没说，陆询直接捧起了钱唯的脸，给了她一个吻。

安检的人群，包括机场的工作人员响起欢呼声、掌声和口哨声，此时，陆询将乘坐的航班响起了登机广播。

时间紧迫，他只能如此来去匆匆。

“等我回来。”这是陆询离开之前在钱唯耳畔留下的话，他的声音末梢甚至带了点微微的颤抖，这是钱唯第一次听到陆询这样的声音。和钱唯一样，原来他也在紧张。

原来他也会紧张。

钱唯是一路傻笑着回办公室的。

“冷静！钱唯！冷静一点！”

虽然不断告诫着自己保持镇定，然而快乐是藏不住的，就算嘴巴不说出来，眼睛也会偷偷告诉别人。

“钱律师，是有什么好事呀，嘴角都一直翘着？”

“钱唯，你摊上大款客户了？瞧你这小表情！”

钱唯想不通，自己只是好好待在办公桌前而已，怎么就有那么多同事络绎不绝来调侃她呢？自己这情绪外露得有这么厉害？

不管了不管了，她想，她还是去找钱川和刘诗韵冷静冷静。没多久前，她打电话约了两人晚上一起吃饭。

今天的钱唯无论如何没有心情加班。她翻开文书，就想起陆询的脸，打开电脑，又想起他，这样魂不守舍的状态，她索性早点下班，早早地就到了和钱川、刘诗韵约好的饭店里。

结果令她十分意外的是，钱川和刘诗韵这次又是一起来的。

“你们怎么一起来的？”钱唯十分不解。

刘诗韵清了清嗓子：“哎，我的车拿去保养了，和钱川一联系，他正好顺路也要过来，就来带了我。”

“等等。”钱唯转了转眼珠，“刘诗韵，我记得你有七辆车，周一到周日，每天开一辆，就算一辆保养了，其余的呢？”她又看了眼钱川，“而且你俩不是一个住城东一个住城西，顺的哪门子路？”

刘诗韵侧开了头：“正好4S店打折，所以七辆一起送去保养了，至于城东城西嘛，那个，我最近也在城东买了房子啊。”

钱唯心想，你可劲吹吧你，你刘诗韵什么时候还在意节省打折的保养费这种事？她心里有些了然，然而面上也没再戳穿，准备就这么静静地看刘诗韵和钱川表演。

“说起来，昨晚你们也是一起来的吧？”钱唯喝了口饮料，“那我想请你们首先解释下，为什么我昨晚醉酒做出那种事不来制止我？第二，我只给钱川发了短信，可为什么最后你们两个人一起来了？第三，钱川你不是据说要保护我护送我回家，结果就把我丢在凯悦，和刘诗韵一起走了？你俩不是号称十分不对付？现在两位倒是给我解释一下？”

钱川顿了顿，才梗着脖子道：“我来的时候，你已经死皮赖脸拉着陆询了啊！我根本来不及制止好吗！我本来约了朋友在酒吧看球赛，结果正好碰上刘诗韵也在那酒吧，还被几个醉酒的男人纠缠，我就帮她解了个围，又刚好接到你短信，就带着她一起往凯悦赶了。至于为什么抛下你一起走，我的天，我本来是想带你一起走的，但你死搂着陆询的脖子不撒手，和他过一会儿就亲一下嘴，过一会儿就抱一抱的，我拉都拉不走你。更何况你是没看见陆询的眼神，我要是真从他手里把你带走，我估计他能当场把我打趴下。”钱川不满道，“你又不是不知道19岁那年我去找他约架结果被他打成什么样了。我都28岁了，我也要面子的好吗！要是当场又打起来，我讨不到好处，我不丢人啊？”

钱唯噎了噎，她的语气相当一言难尽：“我昨晚有那么奔放？死抱着陆询不撒手？”

钱川翻了个白眼：“定力！矜持！你知道这四个字怎么写吗？而且你喜欢谁不好，为什么会喜欢陆询啊！”他的语气有一些崩溃，“他以前在学校就各种抢我的风头，我看他不顺眼很久了，和他的梁子也早就结下了。就算后来大概因为我人格魅力太大，他想修复和我之间的关系，对我态度友好不少，可我是个有‘气节’的人！我无情地拒绝了他的示好！”他看了钱唯一眼，“可现在这样，难道以后我竟然要叫他姐夫？”

钱唯愣了愣：“他以前曾经对你示好过？”

钱川点了点头：“是有那么一阵啊。当时有次遇到外校的小混混来抢篮球场，还使绊子把我们的队员撞伤了，本来就要输给对方了，结果正好陆询路过，他虽然还那个天山雪莲神圣不可侵犯的模样，但竟然就这么冷着张脸来帮忙了。结果他一上场，全场本来为我加油的女生全部倒戈了！”钱川想了想，“说起来你那次也在啊，你不是来给我送水吗。不过估计你没在意，每次你都嫌篮球赛无聊，那次也没好好看，一路都拿着手机不知道在和谁讲电话，就来了一下让队友把水给我，然后马上就走了。结果走的时候那群混混为了发泄还朝你的方向丢了个球，幸好陆询挡住了。他这很明显就是想和我重修旧好啊，事后还问我要了手机号码呢！”

钱唯瞪大了眼睛，她已经没心思去纠正钱川“重修旧好”的使用不当了，她只惊讶，这难道不是自己重生19岁的世界里才发生的事吗？这件事难道在这个时空的现实里也发生过吗？

“陆询帮我挡过球？我为什么一点没有印象！”

钱川撇了撇嘴：“你当然没印象，你那次都走出去好远了，一边走还在一边玩手机，根本不知道自己背后有危险，要不是陆询，你就要被砸了，事后我不是和你提过一嘴吗？结果你那次在背法条，随口敷衍了我两句，估计根本没进脑子。”

钱唯的心狂跳起来：“陆询大二的时候喜欢过一个女生，还给她送过情书，结果被拒绝了？你知道这个女生是谁吗？”

钱川沉吟了片刻，摇了摇头："不知道，我又不喜欢陆询，我关心他干吗？不过说起情书，我大二的时候也收到过，真是印象深刻啊。那时候遇到了个狂热追求者，竟然有本事人肉到我的家庭住址，情书都送到了家里来，现在想想都有些后怕。"

钱唯这下彻底心惊了："疯狂追你的人，是叫李琳琳吗？"

"原来你也记得啊！"钱川点了点头，"我那时候还和你抱怨过呢，当时你在准备期末考试吧，笑了我两声就没在意，我还以为你忘了呢！"

刘诗韵在一边没忍住："原来你竟然还被女生倒追过啊！"

"你这什么语气啊？我这么玉树临风、风流倜傥的男人，大学里可有一个加强连的追我呢！"

"可这么受欢迎的你，怎么到了28岁也没解决单身问题？"

"说得你好像不是单身一样！"

钱川和刘诗韵在一边拌嘴，钱唯却彻底蒙了。她的思维杂乱一片，她突然强烈地怀疑起来，或许根本就不存在19岁所谓的重生，自己重生的那些经历，或许根本就是真实发生过的……

她拉住钱川道："那封情书是不是没有署名？字写得很好看，很刚劲，像是男生的字？"

钱川有些丈二和尚摸不着头脑，但仍旧点了点头："是啊。"

"是什么时候送来的？是妈妈的生日吗？"

"不是啊，就哪个周末吧，反正我和你都在家。"

钱唯不死心，又找了19岁重生的部分经历和钱川核对，不出所料，虽然细节上略有出入，然而大事件上却能对上，竟然都是真实发生过的……

这下她彻底慌乱了，她真切地自我怀疑起来，难道真是那一摔，把脑子摔出问题来了？出现了后遗症？在28岁来一次任性的失忆症或者记忆错乱？可明明自己的经历是那么真实，那些重生经历的细节是那么丰富……

陆询的那封情书，真的是写给自己的吗？自己和他之间，真的曾经阴错阳差地错过吗？

钱唯的心中充满了疑虑，然而自己在这里不论怎么想都没有用，一切都需要另一位主角的确认。钱唯告别了刘诗韵和钱川，一路浑浑噩噩地回到家里，心里既焦虑又忐忑。陆询要出差两天，他回程的飞机是后天晚上8点13分到机场。因为此次客户企业保密要求非常高，在进入会议室之前，所有人的移动通信设备都必须上交保存，钱唯至今没能和陆询联系上，只在他飞机落地后收到了他的报平安短信。

“已落地，回来对你负责。”

言简意赅的九个字，钱唯却觉得意蕴深远。

然而钱唯没想到，她在这天晚上，就会见到陆询。

当门外响起敲门声时，钱唯刚洗好澡换上了睡衣，门铃响起来的同时，她的手机也响了。

“钱唯，开门。”

简简单单几个字，钱唯却心跳如鼓，不知道为什么，再次听到陆询的声音，她都觉得内心躁动不安，犹如1000只小鹿在拼命撞击着她的胸腔。

站在门外的陆询风尘仆仆，穿着一丝不苟的西装，英俊冷冽，精英禁欲系的气质尽显。因为容貌优异到甚至带着点攻击性，外加他那种天然冷的气场，乍看之下，他给人的感觉就是拒人于千里之外，然而他的行为就称不上冷淡克制了。他见了钱唯，没有多余的话，只是抱起她，俯下身就是一个吻。

“我回来了。”

这个短暂而缠绵的吻结束，陆询倒是仍旧镇定自若，然而钱唯的脸却红得快赶上煮熟的大虾了。

她把陆询迎进了客厅，一边扇着风给自己的脸降温，一边去倒水，为了掩盖内心的紧张和无措，她随口道：“事情处理完了？这么快就回来了？”

陆询抿了抿嘴唇，盯着钱唯说：“没处理完，想见你，所以先飞回来。”

A市和B市之间有4个小时的飞机航程，这并不是一个很短的距离。然而陆询此刻提起，却仿佛自己为了提前一点见到钱唯，只是飞了10分钟而已般轻松和漫不经心：“见完你再飞回去，明早还有会议。”

这是钱唯生平第一次见到陆询这么任性。

她红着脸道：“其实不用这么辛苦来回折腾着飞来飞去，我又不会跑。”

陆询看了钱唯一眼，语气挺稀松平常：“等不了。”

钱唯以往一直不信有人能把情话说得这么简洁，但现在算是信了。陆询这种人，就算只是淡淡地看你一眼，只蹦出两三个字，也能让人脸红心跳。

“我已经等了你9年。”陆询盯向钱唯，“钱唯，我没有再一个19岁到28岁的9年了，我现在一分钟也等不了。”

陆询的这番话，让钱唯彻底愣在了当场，因为情绪激烈，她的手微微颤抖着：“你19岁写情书表白的人，是不是我？”

这下换陆询愣然了，他皱了皱眉："你不知道？"

钱唯此刻望着眼前男人英俊的脸，只想仰天暴哭！兜兜转转，原来陆询19岁就给自己写过情书了！自己究竟错过了什么啊！我钱唯傻了吧唧地成天想着做老板的小狗腿，乱点鸳鸯谱，原来只要自己当初一点头，现在早就是老板的女人了！

"我没有收到，你的情书没有署名，寄到了家里，被钱川误以为是他的疯狂倒追者写的，我连看也没看到。"钱唯的声音有些沙哑，她盯着陆询的眼睛，一字一句地解释着。

陆询也没有预料到这个结局，他微微睁大了眼睛。

然而钱唯却没有停下，她还有太多太多的事需要求证。

"你以前的梦想是做法官是吗？"

陆询顿了顿，点了点头。

"那为什么改变了梦想？为什么做律师？"

陆询沉默了片刻，才终于开了口："大二那年暑假刚开始，大部分学生刚回家，少部分学生留下来参加了学校的实践项目。你们那栋女生宿舍楼有个留校女生丢了条很贵的项链，宿管阿姨为了找出来，没经过同意就直接趁着你们不在的时候搜了宿舍，结果在你抽屉里发现了项链……"

钱唯咬紧了嘴唇："为什么这件事我完全不知道？"

"因为我那次也留校，就顺手帮你处理掉了。"陆询低下头垂下睫毛，"监控和各种佐证可以证明你没有问题，不知道什么原因，那个女生诬陷了你。而没经过当事人同意就搜查宿舍，本来就有问题，既然你是无辜的，学校就索性把这件事按下不提了。当时留校的学生也不多，所以知道的人也少，等你们再来上学，也不晓得发生过这个风波。"

"'我希望有一天，我能够为我所爱的人辩护，而非为了所谓的客观立场，保持法官般的中立。'"钱唯轻轻地念着，"这是你选择成为律师的原因，是吗？"

陆询愣住了："你听到了？"

"什么？"

陆询有些狼狈："你昏迷的时候我对着你病床说的话。"

他解释道："你的主治医生说你的头遭到了撞击，很有可能会一直昏迷下去，最好的办法是陪你多说说话，外界的刺激对昏迷的患者非常有效。我那时候不知道说什么好，只是想告诉你，你是我选择这条职业道路的原因，我的人生轨迹和梦想只愿意为了你而改变。”他移开了头，耳朵微微泛红，“如果知道你能听到，我是不会说这些话的，太傻了。当时太急了，我有点不理智。”

“所以你也说了19岁时候跟我表白的事？”钱唯说完，又红着脸小声补充了一句，“你的不理智，其实我还挺喜欢的。”

陆询愣了愣，睫毛轻轻颤着，然后他声音低沉地回道：“没有。”此刻，不仅耳朵，他的脸都开始红了起来，“我只说了很多乱七八糟的话，你不记得更好。”

这下换钱唯疑虑了，她看了眼陆询，决定和盘托出：“可我做了一个梦，梦到自己摔死了，重生回到了19岁。在这段重生的经历里，你给我写了情书，却被钱川误以为是他的追求者写给他的，还有很多很多的事，我以为这些是我臆想出来的，至少是不存在于这个时空的，但是现在发现，不是这样的。我和钱川核对过，那些我不记得的细节和事情，他是能佐证发生过的。所以或许那根本不是重生，一切都是在现实里发生过的。”钱唯一边说，一边忍不住揪着自己的头发，“所以到底是怎么回事？是我精神错乱了吗？还是真的摔坏脑袋了？”她看了陆询一眼，“会不会现在和你的这段对话都是我臆想出来的？”

“钱唯，你知道吗？从昨晚你在机场对我说那番话开始，我才有这个疑虑，是不是眼前的一切都是因为我太喜欢你了，所以才臆想出来的？”

钱唯愣了愣，她从没有见过这样的陆询。今夜的他，看起来既强势又有些脆弱，很奇怪这样矛盾的两种气质出现在同一个人身上，然而陆询却让它们显得那么自然，他的一双眼睛就那么温柔地注视着她，他仿佛等待了她一生那么漫长。

“但是我现在可以确定，这一切是真的。”陆询黑亮的眼珠盯着钱唯，他用平静的声音说着让钱唯一点也平静不下来的话，“我的心跳现在恐怕快要超过150了，我在来的路上就掐过自己，很疼。”

“你也没有臆想，更没有重生。”陆询低下头，他的手臂肌肉线条还微微地有些紧绷，“你所经历的一切，都和你的治疗方案有关。”

“怎么回事？”

陆询顿了顿，说：“你被送进医院的时候，情况并不好，医院制定了两套传统的治疗方案，但都没什么效果，当时主治医生已经和你父母交代了最坏的结果，那就是醒不过来。”

钱唯有些惊愣，当初自己的情况竟然一度这样凶险吗？

“我不能接受你醒不过来这个结果。”回忆到这段往事，陆询的声音仍旧带了点苦涩，“我竭尽所能寻找别的治疗方案，大概也是老天垂怜，在我都快要绝望的时候，主治医生告诉我，对你的病情可能有效果的一种新药ACF-02刚刚通过了药监局的审批，在国内上市了。这种新药对刺激昏迷者的脑部效果很好，但也有一些明显的副作用，因为十分昂贵，又是刚刚上市，所以观望的人比较多，主治医生也和我说明了所有利弊。但你昏迷的时间越久，醒来的概率就越低。所以最后我说服了你的爸妈，由我出资，我们用了这种激进的治疗方案。”

陆询的眼睛澄澈而干净，他的语气已经尽可能地镇定平静，然而即便是此刻，钱唯都能从他那波澜不惊的语调里，听出当时情况危急时的惊涛骇浪和前后挣扎。

为可能永远无法醒来的病人选择治疗方案，这本来就是相当铤而走险的一件事，更何况陆询并非直系亲属，恐怕在做出决定的那一刻，他要承担的心理压力和负担，比任何人都重。

“新药的治疗方案如果能成功，那自然是好事，但是陆询，你有没有想过，如果一旦失败，后果会怎么样？极有可能我的爸妈都会怪你，认为是你的激进治疗方案导致了坏结果？”钱唯低声道，“这种时候，历来是多做多错，不做不错的，假如你只是提供足够的金钱支撑，不为我做出任何治疗方案的决定，对你会安全很多。”

“我想不了那么多。”陆询的声音喑哑，“就算只有万分之一的希望，我倾家荡产也会去试，就算背负骂名也在所不惜。”

钱唯总觉得，什么样的感谢和感动，此刻在他面前，比起他那些力挽狂澜的行为，都是轻飘飘的。

“所以这种新药是采用了什么样的治疗原理？”钱唯也有预感，事情的真相就和这种药物脱不开关系。

陆询抿了抿唇：“人的一生里每天都在接收各种各样杂乱的甚至无用的信息，就像今天你打车时可能和司机随便聊了两句，或者昨天买菜时和菜场老阿姨讨价还价，这些信息在发生的当时会储存进你的大脑。然而对这些被你认为并不重要的信息，大脑会区分出这部分短期记忆，并且为了给后续的记忆留出储存空间，把这部分短期记忆删除。而这种新药的原理就是刺激脑部细胞和功能，尤其是负责储存记忆的那一块，在这种药物的影响下，那些曾经被你删除的短期记忆也能恢复，你的大脑会被激发出潜能，会焕发新的能量，由此刺激大脑的主人苏醒。”

钱唯消化了许久，才终于有些反应过来，她试探着问道：“所以也就是说，这些细节和记忆，确实曾经发生过，钱川也和我说过，但是我并没有觉得多重要，所以忽视了，甚至很快就忘记了，根本不记得发生过，直到用了这种新药，在药物刺激下一股脑全部想起来了？”

陆询点了点头：“但副作用也很明显，因为一下子对大脑和记忆刺激非常大，在寻回过去短期记忆的同时，大量信息同时井喷一般地涌向你，甚至有些时间线都是错乱的，你会产生一些幻觉。”

所以虽然19岁的陆询给自己送情书这件事是真的，但并不是在自己妈妈生日那天送的，而是一个平淡无奇的周末，原来这就是虽然大事件对得上但很多小细节有差别的原因。那些纷繁而至的短期记忆，外加副作用的幻觉，愣是拼凑出了19岁一场重生的幻象。

至此一切终于都水落石出。

钱唯像在迷宫走了许久，她曾经迷茫和困扰过，然而最终有人伸出手，牵着她，为她拨开了眼前的迷雾，带领她一步步走出了困扰她的迷宫。

她直直望着陆询：“你为什么没有告诉我？”

为什么没有告诉我，为什么一个人承受着这些，为什么一个人硬扛着？钱唯无法想象，陆询该有多喜欢自己，才能把这些压力都独自吞咽消化，明明为自己付出了这么多，却从来不求回报，甚至不曾告知她，只是如此默默地、坚定地守护着她。

“主治医生说了，因为这种新药的副作用很难确认，不建议在你刚苏醒后就告诉你前因后果，刺激可能会太大，怕你承受不住所有错乱的记忆而崩溃。”陆询侧开头，睫毛在灯光下露出好看的弧度，“坦白说，如果你没有主动问我，我可能一辈子都不会说的。”

“为什么？”

“因为我不希望你因为感激我而和我在一起。”陆询看向钱唯，“钱唯，如果你只是对我心存感激，那请你一定要推开我，拒绝我，因为对于你，我没有任何抵抗力和自制力。”

钱唯没有说话，她直接捧起陆询的脸，主动亲了对方的嘴唇：“我喜欢你，从来就不是出于感激。”她盯着陆询的眼睛，“为什么你会觉得我是因为感激才和你在一起呢？”

陆询被这个突然的吻搞得也有一丝无措和慌乱，他努力维持着声音的镇定自若：“因为第二次表白，你又拒绝了我。所以我也不知道，你现在改变了主意，是出于什么样的原因。”

钱唯惊呆了："什么第二次表白？你什么时候对我表白过？"

陆询愣了愣："你没看到？"他转了转眼珠，很快反应过来，这下他的语气带了点兴师问罪的意味，"钱唯，那个法律援助案，你是不是直到现在都没看？"

"难道……难道你把表白信夹在了那个法律援助案里？"

陆询抿紧嘴唇，他没有说话，然而他那风雨欲来般的表情已经说明了一切。

竟然是真的！

钱唯的声音颤抖，直到此刻，她仍旧有一种强烈的不切实际感："也就是说，你一直喜欢我？从19岁到28岁？一直一直喜欢着我？9年？就这么死心塌地地喜欢我？"

陆询转开头，他看向窗外深沉的颜色：

"嗯。"

此刻钱唯简直想捶打自己的脑袋，她到底错过了什么？她想大笑，又想大哭，她不知道，她根本就不知道19岁的陆询给她写过情书，自己却阴错阳差地根本没有收到。她更不知道28岁的他竟然又写了一次！

她难以想象，陆询这样骄傲的人，在19岁第一次表白却遭到了无视，对于他是怎样的打击，然而即便这样，他竟然还默默守候了9年，直到28岁再一次表白。

"钱唯，这个法律援助案，马上看。"

"钱唯，法律援助案，看了吗？"

"法律援助案，看了没有？"

钱唯后悔自责地想，自己早该意识到陆询对这个法律援助案态度热切得异常，他已经提醒了她许多次，包括最后那条让她摔进施工坑里的短信，直到此刻，一切才都有了解释，陆询催促的从来不是让她去工作，而是她对他的回应。

得知钱唯又错过了自己的第二次表白，陆询的脸也忍不住有些黑："钱唯，虽然现在说有点煞风景，但我好歹也是你的老板，就算知道我喜欢你，你也不能恃宠而骄对老板的指示完全忽视吧？我提醒了多少次让你看法律援助案？结果你还骗我已经看了？"

钱唯嘟嘟囔囔地解释着："什么恃宠而骄啊，我根本不知道你喜欢我！"她突然想到什么一般，"而且你那是什么喜欢我啊！你那些油水多的案子，从来就不带我！你这叫喜欢？"

“你还记得晨阳机械并购案吗？”

钱唯愣了愣，然后有些赌气地点了点头：“记得，我可记得清清楚楚，那是你唯一一个带我做的项目！”

“那个案子，最后出具的并购尽职调查法律意见书，我出了错，差一点影响到客户几千万的并购决策，幸好在最后发现了。”陆询抿了抿嘴唇，“这种错误，作为一个律师，是非常致命的，如果没能及时发现，摧毁的不仅仅是客户的产业，也是我自己和我们所的职业生命。钱唯，我没有办法和你一起做同一个案子或者项目，因为光是你站在我身边，我就没办法集中精力，我没办法关注案件本身，我控制不了自己。只要有你在，我就变得不够职业，这太糟糕了。”

虽然这个原因导致钱唯错过了很多赚大钱的案子和机会，然而此刻听着陆询的解释，她竟然觉得，如果是这个原因的话，就算自己少赚了几千万，仿佛也可以接受。

“对不起，这是我的私心，导致你不能接触到我的那些案子，但我也私下和郑律师提过，她的项目，都是带着你的。有不少很锻炼业务能力的案子，我觉得适合你的，也都让别的律师推荐给你了。在年终的分红提成上，其实你比团队里的所有人都高。”

“你多发我的是不是？”

“嗯。”

钱唯简直出离地惊讶了：“陆询啊陆询，你知不知道经营一家律所的原则是什么啊？就是不养闲人啊！你这么自掏腰包给我开小灶，也不怕破产啊？”

“我养得起。”

钱唯噎了噎，她难得有机会站在制高点教训下陆询，结果还被他给堵回来了，十分不幸的是，他说得没错，他确实养得起……

“那你为什么不早点第二次表白？”钱唯一想起就这么阴错阳差错过9年，忍不住都有些想哭，“表白第一次就算失败，你不能再对我表白一次吗？”

“我问过陆笙，如果表白第一次被女生拒绝，短时间内第二次表白也是没有希望的。”陆询垂下眼睛，“还不如先潜移默化地在她身边，直到她自己都不知不觉习惯你的存在，那时候再表白，才能成功。如果太频繁地表白，不仅会被拒绝，还会引起女生的反感，导致连朋友也做不成。”

钱唯哭笑不得：“陆询，你就差那么一个朋友？既然追人，追不上还当什么朋友？索性追到底啊！失败了也没关系，至少自己努力过了，不是说这才是青春吗？”

“我不能失败。”陆询盯着钱唯的眼眸，一字一顿道，“对你，我承受不起失败。”

陆询的声音异常柔和却也异常坚定：“钱唯，你应该知道，我是个非常执着的人，对待工作是这样，对待感情也是，我从没有想过失败这个结果。我陆询喜欢的人，5年我等得了，9年我也等得了，第一次表白失败，没关系，我就守在你身边，守到你习惯我、依赖我、喜欢我为止。”

“那你不怕你等着等着我就脱单了结婚了？”

陆询对此却相当有自信，他笑笑：“不会的。”

“等等，陆询，你平时每晚都让我留下来陪你一起加班到半夜是故意的吧？为了让我没时间去认识别的男人，没时间去相亲，是吧？”

陆询咳了咳，镇定自若地否认道：“你想多了。”

虽然态度挺理直气壮，然而陆询的眼睛，却并没有敢回视钱唯。至此，钱唯算是看透彻了，加班这完全就是陆询的套路，他就是故意的，为了让自己没法脱单！然而自己这个死脑筋却误以为是他的报复，以为是因为自己帮钱川撬了他的墙脚……

终于解开了一直以来的误会，钱唯也一股脑把自己一厢情愿的错误事实认定告诉了陆询，也是至此，陆询才得知了莫梓心那场自导自演的表白，才意识到了钱唯一直以来的误解。

“我以前从没有想过莫梓心会自导自演。因为那场‘表白’，我一直以为你是喜欢她的，你一直以来的否认，我也认为是爱面子的嘴硬。这次昏迷期间，在药物对记忆的刺激和加强下，关于莫梓心那场所谓表白的记忆也被加强了，重新从脑袋里被翻了出来。”钱唯眨了眨眼睛，“可能确实我也很在意这件事吧，下意识就在脑海里回放当初的场景，每个细节都被无限放大，所以在记忆里，我的大脑已经为我对表白的真实性提出了质疑。”

“那不如说，在你的潜意识里，你希望那场表白就是假的。”陆询盯着钱唯，突然就笑了，“钱唯，或许你比你意识到的更早地喜欢我。能知道这些，我真的觉得非常幸福，好像觉得这辈子的奋斗目标都已经达成了。”

“可我还是觉得好可惜。”钱唯却忍不住遗憾，“如果早点解开这些误会，我们之间根本不会错过9年，明明我们19岁的时候就能谈恋爱的！19岁好吗！多青春年少，鲜活的生命力！虽然19岁的你和28岁的你本质上都是一个人，但错过19岁的你，我还是觉得很不甘心。”

“所以在你的那些幻觉里，是和19岁的我谈了一场恋爱？”

“是啊。”钱唯嘟囔道，“19岁的你可比现在可爱多了，直接坦率，天真可爱，张口闭口就是情话，充满激情，活力四射……”

“所以你和19岁的我，都干了些什么？”

“很多啊，约会啦，一起吃饭啦，一起自习，一起去看电影，一起跳探戈，一起参加法学院职业技能大赛、普法活动，还一起创业，一起去超市买菜，一起做饭，一起看球赛，一起健身运动，一起演话剧……反正就和普通的大学生情侣一样呀！”

大概是解开了误会，钱唯有些得意忘形，说着说着就放飞自我了，等她洋洋洒洒疯狂表扬了幻想中19岁的陆询一刻钟，津津有味回味了19岁的恋情半个小时，才发现眼前坐着的28岁的正主，脸色已然十分不好看了。

“你们一起做饭？”陆询的表情有些微妙。

钱唯不疑有他，点了点头：“是呀，在我的想象里，19岁的你可是说为了我要做上得厅堂下得厨房、贤惠懂事识大体的男人呢。”

“不，这不是重点，重点是，19岁的我们既然都住校，请问是去哪里一起做饭的？钱唯，你倒是给我解释一下。”

“这个……”钱唯一时有些紧张，糟了！她想，她真是得意忘形，忘了陆询这家伙变态般的思维和逻辑能力。

“还一起买菜？”陆询却不容她辩驳，“你老实交代吧，在你的想象里，你是不是对19岁的我做了什么不该做的事？”

钱唯摸了摸脑袋：“哎？我这好像突然有点头昏啊，是不是又有什么后遗症……”

“你的演技太差劲了。”陆询却并没有轻易放过钱唯，他只是乘胜追击道，“是同居？”

钱唯连连摆手：“没有没有！真的没有！”

然而陆询的脸色并没有好转，他的表情更加危险了：“那就是一夜情了。”

钱唯下意识又开始否认：“陆询，我警告你，你别乱说啊，我要报警了啊！”

“不是一夜情难道你还几夜情？”

钱唯像个兔子一样，被猛兽一般的陆询逼到无路可退，她最终捂着脸豁了出去：“一夜！就一夜！”

“没想到你内心竟然早就对我有这种非分之想，潜意识里倒是挺丰富的。”

钱唯捂着耳朵，满脸通红：“你不要再说了！”

陆询冷笑两声：“看你刚才表扬19岁的我表扬得那么投入，比起28岁的我，你是更喜欢19岁的版本是吗？”他的声音听起来有些阴阳怪气，“19岁，还是鲜嫩的肉体吧。”

钱唯目瞪口呆，陆询这家伙真是幼稚，竟然自己对自己还能吃起醋来！或许正是因为她太了解他，所以想象里19岁的他，也完全契合现实中他的性格，不论多大，这人活脱脱就是一个“亚洲醋王”。

对此，钱唯只能哭笑不得道：“我从今晚开始，抄《金刚经》！存天理灭人欲，行了吗！”

陆询想了想，抿了抿嘴唇，吐出难以取悦的两个字：“不行。”

“那要怎么办？”

陆询却没有回答钱唯，只是站起身，俯身吻住了正坐在沙发上的钱唯。

这个吻湿润而缠绵，仅仅是这样一个吻，就让钱唯完全乱了步调。她满脸通红地看着陆询那在她眼前放大的下颌线条，鼻息间都是他的气息，那种天然的、成熟强大的荷尔蒙，男人的味道，陆询的味道。

一个吻结束，钱唯只觉得自己被亲得四肢绵软无力，她轻轻地靠着沙发，看着伏在她上方的陆询，微微喘息着。

而一贯冷静自持的陆询，此刻也如钱唯一般，喘息着，看着她。

“19岁的肉体享受过了，28岁的要不要？不是做梦，实打实的那种。”

他说着，一只手一颗一颗地解开自己的衬衣扣子，眼神就那么直勾勾地看着钱唯。

陆询的表情配上他此刻低沉性感的声音，钱唯只觉得心悸，她根本没有办法对他说拒绝。

她只是笑了，用湿漉漉的黑亮眼珠回望着陆询，然后她伸出手，拽过对方的领带，让两个人贴近。她像一株带毒的艳丽藤蔓一样攀附在陆询身上，双手环住他的脖颈，她的发丝就垂在陆询的耳畔，她饱满的胸就压在陆询的胸口，她犹如一条美女蛇一般在陆询怀里妖娆地扭动，她轻声笑着，咬了咬陆询的耳垂：

“要。”

简单一个字，陆询引以为傲的自制力，甚至连抵抗都没有抵抗，就缴械投降全线溃败了。

钱唯不知道最后陆询折腾到了几点，只知道这家伙仿佛有着非人般的体力，他在餍足后洗了澡，订了凌晨的红眼航班，亲了亲睡得昏昏沉沉的钱唯才走。钱唯只来得及在睡梦中抓住他身上那种须后水清爽的味道。

第二天钱唯果然睡过头了，醒来还觉得浑身散了架一般，她感觉自己像是一辆老旧的拖拉机，好不容易修修补补能上路了，被个狂野的司机一开，又快抛锚了。

上班自然迟到了，幸而今天并没有什么事。

“钱唯，奶茶要喝吗？”

钱唯刚坐下，行政部的小燕就探头探脑走了过来，她手上提着五六杯奶茶，红光满面：“我今天买体彩中了500块，回馈社会回馈社会，请大家喝奶茶。”

钱唯笑着谢过小燕，挑了一杯。她喝了一口，奶味非常浓郁，显然用的不是奶精，红茶的口感也非常纯正，她忍不住感慨道：“真好喝！在我们楼附近买的吗？是哪家？这么有良心！”

小燕一边分发奶茶，一边回道：“就我们写字楼一楼的商铺啊，在拐角那边原来那家西餐厅倒闭了，上个月开始换上了这家饮品店，是一家猫咖主题的店，里面的猫品种都不错，光是布偶就有5只。我每次午休都会过去坐坐，上次连我们陆Par都去坐了呢！”

就在钱唯发出质疑之前，有人早一步比她提出了疑问：“不是吧？陆Par会去猫咖？不可能啊，他不是对猫毛过敏吗？”

此时另一位资深合伙人郑律师正走过，她今年45岁，和陆询的妈妈挺熟，对陆询而言算是半个长辈，她笑笑：“他虽然对猫毛过敏，但很小时候就知道了，随身带着抗过敏药的，去猫咖里坐也没事，稍微麻烦点，吃药就行了。”她颇有深意地看了钱唯一眼，“别人不知道，但他和你说过的，只可惜你好像没在意。”

钱唯愣了愣，想起陆询第一次严重的过敏。那次有个客户带了猫来，是只可爱的加菲，她十分喜欢，特意多摸了好几把，那猫和人亲近，腻歪在她的怀里不出来，她爱不释手，还特意抱给陆询看。

郑律师这一提醒，她终于有些模糊地想起来，那次当自己把猫抱到陆询面前时，他的身体是僵硬而抗拒的。那一次，他的行为非常不自然，然而钱唯只关心着手里的猫咪，压根就没发现陆询的异常。

那时候的陆询，是一种什么样的心情呢？明明早就在她面前说过自己对猫毛过敏，然而却被粗线条的她彻底抛到了脑后，就只能眼睁睁地看着自己被所爱的人忽视，他的心里，也不好受吧。

然而顶着这样失落的心境，他竟然还能算计钱唯照顾他，故意不吃抗过敏药，钱唯想，这拨操作真的只能服陆询了。

行政部的小燕算是新来没多久的，并不知道陆询之前那次严重的过敏，她对此十分愕然："可那天我明明看到陆Par下班后去了猫咖，点单的时候我就在他后面，他还故意去摸了摸那只美短呢，而且也没吃药。过会儿上楼，我见他就起红疹了，我本来想送他去医院，但他说不用……"

行了，这下她那场半路不得不离开的乌龙相亲宴，也有了解释。陆询这家伙就是故意的，为了破坏她相亲，故意去楼下猫咖摸把猫，故意不吃药，来一场说过敏就过敏的碰瓷。

钱唯虽然有些哭笑不得，但此刻没来由地，也有些心疼，太傻气了，她没想到，28岁在法律圈生杀予夺要风得风要雨得雨的陆询，会想出这种不仅不高明甚至可以说傻乎乎的招数。

她忍不住又有些想捂脸，陆询这个人平时闷闷地不说话，但心里到底是有多喜欢她啊！

"瑞仪律所的事出结果了！司法局的行政处罚决定书已经下了！王岳被吊销律师执照！二审判决也下了，因为妨碍做证罪，被判处有期徒刑一年！"张律师从门外进来，神情激动，"我刚从法院回来，听其他几个律师在八卦呢！真是活该！"

"哎？"钱唯愣了愣，竟然连瑞仪律师事务所和王岳，都是在现实中存在的？

她十分好奇："怎么回事？"

"就两个月前，你记不记得你接过个法律援助案，帮一个被拖欠工资的农民工讨薪的？"

钱唯点了点头："是有这么回事，不是已经成功把薪水要回来了吗？这事和瑞仪律师事务所有什么关系？"

"瑞仪本来要忽悠受害的农民工聘请他们的，结果我们提供法律援助把人家的客户截了和，我们也不是第一次这样了，人家能不怀恨在心？"张律师有些意外，"几次抢了王岳奶酪的人都是你，之前王岳不还直接冲到我们门上来想找你闹事吗？"

钱唯十分震惊："还有这种事？我为什么完全不知道？"

"那次你正好出去开庭了，陆Par在，给挡住了，怕他后续一直想报复你，死活咬定说你已经离职了。王岳找不到你，大概心里不平衡，为此还引发了点冲突，砸了个杯子，飞溅的玻璃碴还把陆Par胳膊擦伤了。”

“你们怎么都没和我说！我一点不知道！”

张律师做了个“嘘”的动作：“陆Par不让我们告诉你，怕影响你心情，也怕你心里有负担和压力，不过现在无所谓了，所以你还记得吗？上次你从法院回来以后，我们本来在讨论王岳和瑞仪的……”

钱唯想了想，这才恍然大悟！好像确实有那么件事，当初依稀听到同事们在聊着什么瑞仪的事，结果自己一凑上去问，大家竟然非常有默契地把话题硬生生转到昨晚的狗血电视剧上了……

或许记忆真的是很神奇的东西，兜兜转转，在这样日常的点点滴滴中，原来早就有了陆询爱着她保护着她的蛛丝马迹……

此刻，钱唯甚至有点感谢起这场让自己昏迷的事故来，或许冥冥之中，是有命运的吧，因缘际会为自己还原出时光里的那些秘密和爱意。错过9年很遗憾，然而抓紧当下，她和陆询，还有漫长的未来，那是很长很长的一生。

得知了瑞仪律所和王岳的事，钱唯更加坚定了内心的想法，或许在她内心最深处的潜意识里，她就想要帮助那些无力承担昂贵律师费用的人，才会在幻境中为自己构筑了一个创业的经历。

虽然自己已经不再是19岁，然而28岁，作为一名律师的自己，却比19岁时拥有更让人信服的工作经历和更广阔的圈内人脉。

钱唯的内心充满澎湃的激情，她想要真正地把公益法律在线咨询网站办起来，她想要为那些挣扎在底层的人们发声，她希望每个人不论贫穷、富贵、是否接受过高等教育，都能享受到法律的便利，都能拥有这一项权利。她想要扫除千千万万如瑞仪律所一般的渣滓律所，想要让王岳那样的流氓律师无所遁形，想要还律师的名声一个清白，想要一个健康有序的法制环境。

虽然理想很宏大，但钱唯的内心充满了乐观和激情，人活着，就得有梦想，就算是别人看起来天真过头的梦想，去做，万一真实现了呢？她自我鼓励道，连高岭之花陆询竟然都拜倒在自己石榴裙下了，这个世界有什么不可能呀！敢拼才会赢！

这么想着，钱唯立刻投入了法律在线网站的创业方案设计中，如今不仅可以寻求到法学院的合作，以自己的律师身份，很快也能打通各家律所！

“你们猜我刚才看到了谁？我在停车场，看到了李萌嫣！就那个之前因为演技过硬一夜爆红的！不知道怎么会在我们楼下的停车场，但是真人就和照片一样好看，脸小小的，皮肤很白，身材也很好！虽然戴着口罩、帽子和墨镜，但我绝对不会认错！”

就在钱唯热火朝天做着法律网站资料调研之际，她的同事陈律师跑了进来，双眼放光。陈律师平日里是个正经律师，但一到晚上，就变成了追星少女，对娱乐圈种种简直如数家珍。李萌嫣是她最近喜欢上的明星，钱唯已经听了不少她对李萌嫣各种吹捧夸奖的话，什么硬实力啊三观正啊不耍大牌啊。

结果陈律师的话还没说完，钱唯就见到她身后，那位新晋爆红的李萌嫣走了进来。

“请问……”

陈律师一个回头，果然收获了巨大的震惊：“李……李……李萌嫣！”

李萌嫣确实没有明星架子，她摘了口罩和墨镜，露出了她那张小巧精致的脸，钱唯看了一眼，确实挺美。可能最近她确实红，钱唯觉得李萌嫣有点面熟。

大白天的，竟然有这样重量级的明星来律所，行政部的同事马上忙着准备把人迎进会议室。陆询从半年前开始扩展了文娱类的客户，成功落实了几项影视融资法律事宜后，就开始有影视公司和明星的经纪公司找上门来寻求合作了，但是明星亲自来咨询法律事宜，这倒是第一遭，并且事前竟然没有预约。

小燕看着李萌嫣，有些紧张，她结结巴巴地解释道：“李小姐，我们陆律师出差了，如果您找他……”

李萌嫣却笑笑：“不，我不找他。”她转头看了看钱唯，“钱唯，我找你。”

伴随着众人精彩纷呈的目光，钱唯一头雾水地望着眼前的李萌嫣。

“我今天在附近拍戏，正好我的镜头拍完了，之前托人问过你的情况，知道你在这家律所，所以特意过来想看看你。”李萌嫣看着钱唯，“有些话，我一直想着当面和你说。”

直到两个人坐在会议室里，钱唯还是非常不可思议，她指了指自己：“是不是有什么误会？虽然我是叫钱唯，但我们认识吗？”

“你可能不认识李萌嫣，但李琳琳，你还记得吗？”

钱唯有些震惊地看着眼前的女孩，经她一提醒，她才在她脸上看出些昔日的影子。

“我减肥了，并且听了你的话，把我的精力发泄到真正的演戏上，现在付出的努力也都得到了回报。”李萌嫣优雅地撩了撩长发，“我一直想和你当面说一声谢谢。”

“我鼓励过你？”钱唯绞尽脑汁地回想，却仍旧一头雾水。这次昏迷醒来后，因为陆询的乌龙情书事件，她和钱川核对了当时的细节，也因为钱川的回忆，她才对李琳琳有了微弱的印象，才记起自己确实曾经是见过李琳琳一面的。当初她是个胖胖的女生，不知怎么喜欢上了钱川，拼命追，行为夸张，此后有些情景也与幻境中的发展相似。

然而钱唯可不记得现实中她和李琳琳发生过这么多羁绊，还有对她进行鼓励？那不是臆想中的事吗？怎么可能是真的？

“其实也不算你当面鼓励我。”李萌嫣笑起来，“你基本没怎么见过我，对我没有什么印象也很正常，能记起李琳琳这个人都已属不易。”她眨了眨眼睛，“当初我因为很多压力，在自己不知道的时候形成了人格障碍，控制不住就想对外发泄自己的表演欲，当时倒追钱川也给他造成了很大的困扰。有一天，我又去图书馆外面准备堵他，意外听到你和他在聊天，他在向你哭诉我的骚扰。”

“有这回事？”

李萌嫣点了点头：“我躲在树林里，本来以为你会像其他人一样骂我神经病不知好歹，但你没有，你不仅没安慰钱川，还嘲笑了他，然后随口说了一句‘她这么喜欢演，如果去当演员没准是个不可多得的人才，而且减减肥，五官其实不错’。这句话，我到现在都记得。”李萌嫣说到此处，眼神中闪过些动容的泪意，“因为我那时候胖，而且行为夸张怪异，没有人对我好过，大家孤立我，在背后骂我，这是我第一次感到陌生人对我的善意。你不记得这些事很正常，因为我对于你而言，只是人生里的一个过客，我的故事对于你也只是个不重要的插曲，但你可能不知道，你无心的随口一句话，永远地改变了我的人生。因为这种陌生的善意和温暖，我想去努力对抗我病态的表演欲，咬牙减了肥，参加了学校的话剧社，毕业后进入了影视圈，改成了现在的艺名，一步步努力，从最不知名的小人物开始演，锻炼自己的演技，直到今天，一切努力都有了回报。我当时就发誓，如果我有朝一日成功了，一定要当面郑重地感谢你。”

钱唯的内心十分震撼，她根本想不到，自己随口一句话，竟然会对他人产生这样深重的影响。或许有一句话说得对，你永远不知道你无意中传播的善意，会给那些在绝望中的人怎样的鼓励。人生处处与人为善，广结善缘，生活终将会给你惊喜。

她看着眼前美丽又充满自信的李萌嫣，由衷地为她高兴，真好呀，当年的丑小鸭，经过艰辛的努力，终于蜕变成了眼前发着光的天鹅。

钱唯真心实意道："你应该感谢的不是我，是你自己，如果不是因为你的内心足够坚定，能够咬牙坚持减肥，就算跑龙套也从不放弃自己，不放弃梦想，就算我对你成天鼓励100句，也不会有你今天的成功。你能有如今的人生，是你自己的功劳。"

因为过去倒追钱川的插曲，两个人聊着聊着，也熟络起来。李萌嫣和钱唯讲了不少娱乐圈八卦，钱唯也讲述了不少法律圈的糟心事，两个人都是直率性格，如今一聊，倒发现一见如故，十分契合。

可惜李萌嫣如今作为个新晋流量明星，通告繁忙，没一会儿，她的经纪人就给她来了电话催促，她虽然依依不舍，但也不得不和钱唯告辞。

"对了，能告诉我钱川的号码吗？"临走时，李萌嫣却想起了什么，"之前年纪小不懂事，对他造成了很大困扰，我想方便的话，请他吃个饭当面道个歉。"

钱唯点了点头，顺手就把钱川的号码给了她。她想，钱川要是得知当初倒追自己的李琳琳竟然是如今的当红花旦李萌嫣，恐怕要目瞪口呆吧，不知道怎么的，光是想想那场景，钱唯还挺期待的。

事情仿佛都安排好了似的，刚辞别了李琳琳没多久，钱唯就收到了陆询的电话。

钱唯飞快地按了接听键，按完以后，心里又有点后悔，自己这样秒接电话，从男女朋友的角度，显得自己一直在等着陆询电话似的；从老板下属的角度，显得自己无所事事似的……总之不妥，大大的不妥。

"钱唯。"

然而当耳边响起陆询那低沉磁性的声音，钱唯刚才那些纠结，就全都抛到脑后去了，她自我安慰道，爱情就是这样，少一点套路，多一点真诚……

她四处张望了一眼，压低声音道："你等我找个会议室躲起来再和你说话。"

"为什么要躲起来？"

钱唯有些不好意思："这个，咱俩谈恋爱的事，大家不还都不知道吗？光天化日之下这样卿卿我我，我也是要害羞的啦。"她掩进了一间会议室，"好了，你现在可以说了。"

陆询发出了低低的笑声：“钱唯，我是准备说工作的事。”

钱唯简直气成了河豚，她想，陆询暗恋自己这么多年，但自己毫无感觉，果然是有原因的，世界上竟然有这么不解风情的男人！

就在钱唯腹诽之时，陆询终于又开了口：

“逗你的，只是想告诉你，和我谈恋爱，不需要躲着别人。”他的声音低沉好听，钱唯想起了昨天晚上，忍不住就脸红了。

她掩饰性地咳了咳：“既然是工作时间，我们还是谈点正事吧，客户的事情解决得怎么样了？明天有可能提前回来吗？”

“我在早上飞B市的时候，就已经想回来了。”陆询的声音清冽，“可惜不能，钱唯，明天我也还回不来。这边出了点问题，比想象的复杂，正常预估的话，可能还需要在这里待上三天，但是我想我可以加班加点用两天时间解决完。”他笑了笑，“真是觉得很神奇，我现在不想工作的原因和想尽快完成工作的原因竟然是同一个。”

“你可一定要在两天内回来。”因为陆询的话，钱唯的脸还呈现着高温的状态，她咳了咳，努力让自己冷静下来，“陆询，这次我记得的，两天后就是你的生日。今年和未来的每一年，你的生日，我都想陪你一起过。”

“那万一我没来得及回来呢？”

“要是你回不来也没事，那我就飞B市好了。”钱唯想了想，补充道，“万一我过来了，就算你没时间和我一起逛街吃饭，那亲一下的时间总有吧，我就千里送吻好了，想想你竟然暗恋了我9年，总觉得我应该表示表示。”

“钱唯，能和你在一起，已经是我今年最好的生日礼物了。”

“陆律师，你这个嘴皮子挺利索呀。”

面对钱唯的调侃，陆询也笑了：“憋了9年的话，有点多。脑海里百转千回想说了很久，所以很流利。”

可惜陆询能中途出来打电话的时间有限，两个人没说太久，他就不得不和钱唯说再见了。

末了，陆询想起什么似的关照了下钱唯：“对了，我办公桌上有一个客户会计师事务所的询证函，昨天快递到的，你帮我处理掉吧。”

“没问题。”

不用陆询说，钱唯本来也准备进他的办公室。上次那个法律援助案的案件材料，在钱唯不知道其中夹有表白信的时候，直接移交给了陆询，以至于这份材料现在还在陆询的桌上躺着，而她对这第二封表白信的内容还一无所知。陆询因为目前手头的事，恐怕也没精力马上处理这个法律援助案，钱唯手头目前没什么事，决定还是对这个法律援助案进行善始善终的处理。

钱唯心想，错过了第一次的表白信，说什么也要看看这第二次表白，陆询说了什么。

爱你一万年？我暗恋你很久了？心悦君兮君不知？

钱唯心里有些欣喜，也有些好奇，她想，28岁的陆询，不知道会用哪种风格的表白。

她怀着这份心情，走进了陆询的办公室，拿到了询证函的材料，也看到了放在桌上的那份法律援助材料，她把两份材料一起收进了怀里，走出了办公室。

钱唯很难形容自己是怀着一种什么样的心情打开这份法律援助案的。她一页一页仔细地翻看着，心情有些五味杂陈。这个案件的客户是寻求离婚的妻子，从案情陈述和证据细节来看，她是个懦弱但温和的女人。她的父亲赌博，欠下一大笔债，为了还清这笔债款，她的父母用自杀威胁她，用亲情绑架她，让她成了包办婚姻的牺牲品，她嫁给了债主。因为父母的从中作梗，她错过了暗恋她数十年的隔壁穷小子。然而婚后，她却遭到了严重的家庭暴力，轻则受辱骂重则挨打，因为有了孩子，她想着为孩子忍耐，却不料丈夫变本加厉。如今她终于决定离婚，然而人生岁月已经蹉跎过半，当初暗恋她的隔壁穷小子为了她也至今未娶……

钱唯看着案卷里当事人的陈述，虽然是只言片语，但是足够令人唏嘘，有时候人生里的错过，是难以再回头的。钱唯突然觉得自己幸运，她和陆询曾经错过9年，幸而一切都还来得及。

翻着翻着，就到了案卷的最后一页，这一页却是一张白纸，上面是几段笔力苍劲的字句，那是陆询的笔迹。

“钱唯，我知道在前阶段的几个案件中，你虽然做了最大的努力，想帮助当事人，却因为法制不够健全，让对方钻了空子而败诉了，为此，你的状态一直有些不好，情绪相当低落。我知道你可能觉得世界很冷酷，并不温柔，但我只想让你知道，就算世界不会对你温柔以待，我会。

“世界尚不完美，但我们作为律师，就算多帮助一个当事人，也能改变这个环境。这个案子，我相信你一定能帮当事人争取到最好的离婚财产分割方案，同时也想让你知道，我不愿像这样错过你。我爱你，一直一直爱着你。”

钱唯想要努力忍住，然而眼泪已经流了下来。

她很想告诉陆询，她也爱他。

陆询不在身边的这两天里，虽然有些寂寞，但专注于手头的离婚法律援助案，钱唯也过得十分充实。她详细阅读了案卷材料，约见了当事人，与对方梳理确认了一些关键时间点，整理了证据目录，写好了起诉书，并去法院完成了立案。

结果很巧，在法院大厅她竟然遇到了李崇文。这是上次钱唯和刘诗韵去探望他过后的第二次见面。

“钱唯，”李崇文的气色很好，竟然比之前胖了些，眼角眉梢除了一贯的清俊外，也挂上了一抹暖色，他朝钱唯笑笑，“谢谢你上次和刘诗韵来看我，只可惜那次有个庭要开，没来得及和你们多聊，招待不周。”说到此，他有些无奈，“好像每次遇见你都正好有庭要开，不过正好有件事想要和你说。”

钱唯还没来得及反应过来，手中就被李崇文塞了一张红色的请柬。

“明年春天，我的婚礼，你一定要来参加。”他的表情明媚，“这一次误诊，虽然虚惊了一场，但也并非都是坏事，至少让我知道，原来身边一直有人在关心注视着我，即便我生病也不离不弃。这次身体出问题，也算是给了我个警示，让我适当放慢工作步伐。现在我总算知道，生活里除了工作，原来还有那么多其他的美好的事。”他看了一眼钱唯，“记得和陆询一起来。”

钱唯愣了愣，也笑了，她大方地点了点头。

走出法院的时候，钱唯收到了陆询的短信：

“明晚回来。”

简单的四个字，后面跟着航班号信息。

虽然陆询是明天的生日，钱唯恨不得从早到晚都能见到他，但她深知律师工作的压力，陆询至少能在明天生日当晚赶回来，她已经十分满足。

她抬了头，这一刻突然觉得，今天的阳光可真好啊，她的心情如头顶的天空一般澄澈而透明，只觉得轻盈又恬静，时光在每个人身上留下痕迹，然而它未曾亏待过任何人。

当你真正准备好拥抱幸福，或许才会发现，原来一切原本就是岁月静好的模样。

钱唯刻意等到了陆询生日当天的凌晨为他送上了第一句“生日快乐”，两个人又甜甜蜜蜜说了不少话，才各自去睡觉。以至于第二天，钱唯趴在办公室里，哈欠连天，一双眼睛眼泪汪汪。

“钱唯，今晚我们有个活动，你要不要参加？”

就在钱唯睡眼惺忪的时候，小燕神秘兮兮地凑了过来：“今晚我们准备……”

钱唯想也没想，回绝道：“不行不行，我今晚有很重要的事，集体活动没办法参加了啊，下次吧。”

开玩笑，今晚她可是要给陆询庆生的，什么事都得靠边站。

小燕还想游说：“真的不行吗？我们这次难得把大家都组织起来了哎，就等着今晚……”

“别别别。”陈律师走过，制止了小燕，她义正词严道，“我们组织这活动的初衷就是自愿加入，不能强人所难啊，我们钱唯一定是晚上真的有重要的事才会不能来的，对吧。”

钱唯感激地点了点头。他们律所里平时每个律师都很忙，其实每年除了年关外，很少组织大范围的集体活动，这次她没能参加，确实也有些遗憾：“下次吧，下次我一定参加，我掏钱请大家吃饭。”

小燕赶紧掏出手机准备录音：“来来，再说一遍，我好保留证据。”

陈律师拍了拍小燕的肩膀：“别录了，我们钱唯，岂是说话不算话的人？她今晚肯定也不是找借口，肯定真的是很重要的事，约会什么的。”

小燕有些狐疑：“可我看钱唯从头到脚每一个毛孔里都写着钢铁单身直女啊，而且她每晚几乎都在所里加班，有哪个男朋友可以受得了被女友这么忽略的？”

陈律师护卫钱唯道：“那人家不能今晚就是去相亲啊？作为我们所里脱单困难户榜上有名的人，钱唯的终身大事，自然比我们晚上的聚会重要！你说是不是！”

“等等……脱单困难户？所以我排第几？”

“你原来排第二。”

“所以现在呢？”

“现在排第一。”陈律师好心地解释道，“因为原来排第一的陆Par前阶段不是激吻美女火速脱单了吗！”

钱唯不死心：“这榜单谁组织排的？”

陈律师眨巴眨巴双眼：“我啊！”

等小燕走了，陈律师倒是还没走，她站在钱唯身边，含情脉脉地看着她。

钱唯了然道："说吧，什么事？"

"我买了好多李萌嫣的海报，你下次如果有机会见到她，能不能让她给我签名？"

钱唯心想，还以为陈律师给自己解围是出于同事爱呢，果然同事爱这种东西，不存在的。

钱唯几乎是魂不守舍地等到了晚上，陆询的航班却延误了，她一个人坐在接机大厅，心情焦虑。

她从没有如此坐立不安过，仿佛自从和陆询在一起后，她就变得再也不擅长等待。

航班在延误了一个小时后，终于落地。钱唯站在航班到达口，看着陆询风尘仆仆地走出来，明明周遭有那么多人，然而她却觉得，自己眼里只能看到陆询了。

她根本没有顾忌别人的眼光，直接冲上前，拥抱了陆询。陆询放下了行李箱，也深深地抱住了钱唯。

两个人就这样旁若无人地在人来人往的机场紧紧抱着彼此，钱唯呼吸着脖颈间熟悉的陆询的气味，只觉得内心变得异常温柔。

陆询亲了亲钱唯的头发，声音低沉："今晚的生日礼物是什么？"

钱唯看了眼时间，有些沮丧："我本来约到了最难约的那家米其林三星西餐厅，但是他家的规矩就是不等人，必须准时到，现在航班延误了一小时，我虽然联系对方说明了情况，但是还是没办法，今晚没法去了……"

陆询拉起钱唯的手亲了亲："没关系，有你在，已经是最好的生日礼物了。"

钱唯有些嘟囔："那我们去吃什么？米其林三星是吃不上了，其余的饭馆又总觉得不够特别……"

"和你在一起，就算吃路边摊也觉得像是米其林三星。"陆询看着钱唯，眼睛里像是装满了星辰一般，认真而幽深，"你没听过一句话吗？重要的从来不是吃什么，而是和谁在一块吃。"他笑笑，"和你在一起，不吃都没事，只要你在，就好了。"

陆询开着车带着钱唯回了市中心，最终两人也决定随缘。

陆询随手指了指路边一家馆子："就这里吧，合眼缘。"

这是一家温馨的家常菜馆，是家夫妻店，并不贵，但食材新鲜，菜品色香味俱全。饭馆内都是附近的居民，有带着孩子来庆祝考试名次提高的，有老朋友喝着啤酒吃着卤鸡脚叙旧的，也有小夫妻来外食的。虽然饭店内地方不大，也充满了大家聊天的声音，然而钱唯却没来由地觉得十分温馨。她以前曾经期待过轰轰烈烈的爱情，然而此刻才明白，人的一生里，或许终将遇到一个人，让你觉得和他每日过着简单重复的烟火人生，柴米油盐酱醋茶，也能甘之如饴。

“对了，陆询，我在想，怎么和所里同事公开这个事呢？”钱唯喝着橙汁，有些苦恼，“用什么方式比较不突兀让人好接受呢？我觉得潜移默化会比较好，否则他们可能会接受不了……”

“我们所里又没有禁止办公室恋情的规定，有什么好潜移默化的。”

“话是这么说，但……”

钱唯的话还没说完，就被陆询的手机铃声打断了。

陆询接起来听了没一会儿，眉头就皱了起来：“好的，我马上回去取。”

陆询挂了电话，抿了抿唇，说：“我得先回一趟办公室。高阳运动的法务告诉我有一桩需要紧急法律咨询的纠纷，材料他们昨天寄去所里了，所以我要回所里拿一下材料。”

钱唯有些失落：“那岂不是今晚你要用来加班？”

陆询的声音却很温柔：“等你睡了我再加班。”他凑近钱唯的耳朵，“今晚去我们的婚房吗？”

钱唯脸有些红：“什么婚房？”

陆询一本正经道：“以前一直以为很快就会和你结婚的，所以早早准备好了婚房，结果没想到一等等到28岁，今晚就带这房子的女主人回去看看。”

两个人就这么含情脉脉地回了律所所在的写字楼。此时已经是晚上9点了，楼里的白领基本都下班了，电梯里空无一人，陆询仿佛想克制，然而最终没有克制住，他俯下身，把钱唯推在电梯上细密亲吻。

两个人的唇，直到电梯抵达发出那“叮”一声才分开。然而有些事，一旦开了头，仿佛就刹不住车，陆询眼神幽深地看着钱唯，钱唯也没含糊，直接主动踮起脚，抬头亲了亲他。

两个人就这样维持着拥吻的姿势，陆询一只手搂着钱唯，腾出另一只手刷了门禁卡。

然而，让钱唯和陆询都始料未及的是，在门禁卡“嘀”的一声刷开的一刹那——

"Surprise（惊喜）！"

伴随着齐声的呼喊，"啪"的一声，有人按了电源开关，原本黑乎乎的大办公区，突然就彻彻底底地亮了……

"陆Par生……生……日……"

钱唯被陆询搂在怀里，和所里45号同事在灯光下无所遁形，面面相觑……

看来钱唯担心如何和同事们交代自己和陆询在一起这种事，根本是杞人忧天了……因为已经完全没有必要了……

所有同事中，小燕的表情最为夸张，她目瞪口呆，嘴巴里仿佛能塞下一个鸵鸟蛋："陆Par？钱唯？你们？"

被四五十双震惊的眼睛盯着，钱唯只觉得恨不得找个地洞钻下去，她刚才还赖在陆询怀里索吻撒娇啊！天啊！她都在同事面前做了什么！这犹如抓奸一般的尴尬！

她想，原来这就是同事们说的集体活动！怎么就没人和她好好说，这所谓的集体活动，是给陆询庆生啊！

而作为事件的另一位当事人，陆询的态度就冷静多了。他还是维持着一贯不怒自威的气场，只淡淡扫了一眼所有同事，丝毫没有什么害羞或不好意思，语气十分理所当然："我和钱唯会在三个月内结婚，到时候请大家喝喜酒。就是这样。"

钱唯一脸茫然："等等，你还没求婚呢！"

陆询看了她一眼，淡然道："但你不是在机场向我求婚过了吗？我答应了。"

"那三个月呢？为什么是三个月内结婚？"

"因为我已经问过了，A市最好的酒店，最近的婚庆档期要等将近三个月。"

钱唯想，陆询这家伙不声不响，竟然在内心筹划了如此一台大戏！

陈律师第一个反应过来，她逢迎道："恭喜陆Par、钱唯喜结连理！哈哈哈！我一看你们就很登对！其实我们钱唯和陆Par，一直位列所内脱单热门选手排行榜中的前三名，我一直就在想呢，你俩这么好的条件，脱单肯定分分钟，哈哈哈！"

钱唯很想质问陈律师，说好的脱单困难户排行榜呢？被你吃了？

耿直的小燕却还有些云里雾里没有反应过来："可……可陆Par之前不是和红衣美女在一起了吗？激吻门啊，你们不是都看了……"

“是钱唯。”陆询的解释也言简意赅，“我一直都只有钱唯。”他扫了一眼全体，“我今晚就觉得有些奇怪，照理说高阳运动的法务为人靠谱，不会做这种把紧急纠纷的材料寄到律所过了一天才告知我的事，所以这是你们商量好的？”

有人战战兢兢道：“那个……我们是想让你回所里给你一个惊喜……”

“是啊是啊！一直以来，在所里都得到了陆Par很多指导，我觉得学到了很多，所以心里一直很感激，尤其是我的毕业院校并不是什么名校，但陆Par还愿意给我一个工作机会……”

“是这样没错，陆Par，就是我人生的指明灯，照亮了我前进的道路……”

一群狗腿子，竟然就这么现场表演起吹捧大会了。

钱唯十分不服：“你们这也太没节操了吧？陆询有这么好？”

“要是不好，你刚才抱着我们陆Par干吗啊！”

“……”

“好了。”陆询终于开口控了场，“总之，我和钱唯在一起了，你们还有什么问题吗？没有问题的话，你们可以继续给我庆生了。”

“没有问题！哈哈！”

“没有没有。”

……

钱唯就这么看着大家热火朝天地拿出了蛋糕，为陆询点上了蜡烛。

她还处于一种淡淡的恍惚感中。因为踢爆了陆询和钱唯的恋情，同事们也都放了开来，随意聊着八卦，吐槽着极品客户，笑着看着陆询许愿吹灭了蜡烛，然后分食着蛋糕。

虽然原本想要的两人世界没有了，但是钱唯吃着嘴里的蛋糕，觉得这样的发展也很甜。

能和陆询在一起，能收到大家的祝福，有爱人，有并肩战斗的同事和朋友，这原本就是一件奢侈而美好的事了。

大家兴致很高，又去了KTV，最后热热闹闹到了凌晨才结束。陆询虽然并不习惯KTV里喧闹的气氛，然而看着钱唯和同事们一起唱着歌，竟然也一直面带笑意。关系公开后，他看钱唯的目光好像完全不再掩饰了，钱唯感受着他那种温柔又灼热的目光，只觉得脸上发烫，恐怕别说是同事，就是大马路上随便找个人，都能看出陆询对自己的爱意了。

虽然有点太肆无忌惮了，但……钱唯想，这感觉意外地还挺好的。

两个人本来筹划着等散场后再回去两人世界，然而却被刘诗韵一通电话打乱了计划。

“钱唯，你在哪儿？”刘诗韵的声音像是哭过，虽然努力掩饰，但钱唯还是意识到了她的低落情绪。

“怎么了？”

“我今晚不想一个人待着。刚才打你电话你没接，我问了你的同事，说你们都在星辉KTV，我现在在星辉楼下等你。”

钱唯有些担心，刘诗韵能半夜跑出来找自己，绝对是遇到了什么事。虽然陆询在身边让她总忍不住心猿意马，但她也并非见色忘友的人，她拉着陆询，很快下了楼。

刘诗韵就孤零零地坐在门口的台阶上，手边摆着一罐饮料，眼睛有些微红。她看了眼钱唯和陆询窝在一起的手，眼睛更红了点。

“我是不是打扰到你们了？”她有些尴尬，也有些失落。

钱唯看出她的异样，拍了拍她的肩膀：“这么多年的朋友了，说什么打扰不打扰，你怎么了？”

刘诗韵鼻子一酸，却还梗着脖子逞强道：“没事，不就失个恋！”

钱唯有些惊讶：“你什么时候谈的恋爱？！”

刘诗韵的眼神有些闪躲，瓮声瓮气道：“就这两天，刚谈，结果没想到这么快就崩了。”

“为什么分手？”

“对方劈腿！”刘诗韵提起这个，十分咬牙切齿，“还和我保证只喜欢我这种泼辣小辣椒，对我一心一意，我说一，不敢说二，结果呢？结果被我发现竟然偷偷在泡小明星！还和人家约好了要出去见面吃饭！”

钱唯听完十分义愤填膺：“什么人啊！快告诉我是谁，我们找人曝光他！一起曝光那个小明星！出轨劈腿一生黑！做一回娱乐圈纪委！”

说到名字，刘诗韵却有些回避，她的声音有些不自然：“算了，或许就是我们没缘分。”

钱唯还想追问，却被陆询拦住了。他看了刘诗韵一眼，语气却有一种洞察一切的了然：“她不想说，你就不要问了，让她先有空间平静下。”

本来钱唯要和陆询回他那儿，但看着此刻眼前形容惨淡的刘诗韵，作为朋友，钱唯说什么也不放心留她一个人待着，但把刘诗韵一起带去陆询那儿，显然也是不合适的。

“要不我们三个人一起去酒店开个房？我在网上查下附近酒店的预订情况？”

“有我在，开房还要什么预订？”刘诗韵很爽快，她掏出钱包，丢了一张卡给钱唯，“我家连锁酒店的VVIP金卡，送给你们了。”

钱唯有些不好意思：“我又不需要开房……”

刘诗韵眨巴了眨巴眼睛，直接跳过钱唯，对着陆询道：“我家最近开辟了情趣酒店业务，在国内几个大城市已经开了高端爱情旅馆，直接聘请了日本那边的设计师。日本的情趣酒店行业你懂的，现在光我知道的主题，就有医院、学校、办公室、电车……保证睡一年都可以不带重样的。这张VVIP卡在我家连锁酒店旗下所有主题酒店都能适用。”她把那张VVIP塞给了陆询，“我知道今晚我打扰你们两人世界，你心里一定有点想法，所以作为弥补，一定要收下这张VVIP卡。”

刘诗韵，你这个人思想真的很危险了！

陆询咳了咳，镇定自若地收下了VVIP卡，一本正经道：“我平时出差多，你家的连锁酒店覆盖面广，这张卡倒是对我挺有用的，多谢了。”

不管怎样，三人就近找到了刘诗韵家的连锁酒店。刘诗韵大手笔开了一间总统套房，然而这房间还没开多久，钱唯就接到了钱川的电话。

电话里钱川的声音很焦急：“钱唯，我问问你，你能联系上刘诗韵吗？我从晚上到现在打了她十几个电话了，她都没接，怕她出了什么事！这可怎么办啊！”

“你找她干吗？”

“本来说好一起吃饭的，结果她人就这么失联了！”

钱唯还想问什么，陆询就过来抢过了电话，他径直对着钱川报出了此刻他们所在酒店的位置和名字：“刘诗韵在这里，房间809，你马上来把她领走。”

“哎？”

就在钱唯莫名之际，刚才去前台借手机充电器的刘诗韵回了房间：“怎么了？”

钱唯实话实说道：“钱川刚才打电话在找你……”

结果钱唯的话还没说完，刚才还情绪稳定的刘诗韵就炸了：“他还有脸找我？他怎么不去找他的明星朋友？不是要一起吃饭好好叙个旧吗？呵呵，我刘诗韵怎么比得过人家当红花旦多金漂亮啊，他喜欢别人也是再正常不过……”

钱唯目瞪口呆地看着刘诗韵，这下她终于反应过来：“刘诗韵，你在和钱川谈恋爱？”

刘诗韵噎了噎，佯装镇定道：“不行吗！违法吗！”

“可你们不是不对盘？一见面就各种斗嘴？”

“因为每次斗嘴都分不出胜负，所以我们才决定在一起了一决高下。”刘诗韵说完，又有些颓废，“不过可能我们不适合吧，毕竟我这个火暴脾气，一般男的都受不了。他喜欢别人就喜欢别人吧，可得尊重我啊，喜欢了别人，那大方和我提分手就好了，又没分手，却和别人暧昧，这我完全不能忍！”

钱川、明星，这两个关键词终于在钱唯脑海里拼凑出了事情的线索。

“我想你是误会钱川了。”钱唯有些哭笑不得，她把李琳琳的事说了一遍，“所以李萌嫣和钱川是以前就认识的，这次李萌嫣也只是想找钱川吃个饭为过去的事道歉。而且我了解钱川，他这个脑子一根筋，别说我们老钱家的人不会做出轨这种没品的事，就是钱川这脑子，你也高估他了，他还出轨呢，你简直和我开玩笑……”

刘诗韵还没来得及表态，钱川就到了。他在门外焦急地敲着，钱唯开了门，把还有些扭扭捏捏的刘诗韵推了过去。

钱川这小子大概真是开窍了，十万火急地赶过来，手里竟然还买了束玫瑰花，见了刘诗韵，一张脸都是难以掩饰的紧张：“吓死我了，还以为你一直不接电话是出事了。”

眼神是不能骗人的，钱川刚才的神色已经说明了一切，然而刘诗韵嘴上还硬气道：“我怎么会出事，倒是你，应该别在我这里浪费时间，去见你的旧情人李琳琳啊。”

钱川愣了愣，才意识到刘诗韵为什么会突然失联：“不是这样的，她过去是追过我，但现在其实她也有圈内男友，我还和她说了我也有女朋友，下次约好有机会四个人一起吃个饭认识认识呢！”

刘诗韵有些不好意思：“我才不要和她一起吃饭，她现在这种颜值，我坐在她旁边一对比不是高下立现？”

“可你在我眼里是最可爱的呀！”钱川盯着刘诗韵，“只有你是伶牙俐齿能把我呛到无言以对的小辣椒啊。只有和你在一起，我才最舒服最自然，才知道爱情不是一方永远低姿态地捧着另一方，不用一方苦追另一方，也不需要把自己伪装成别的什么人，而是像这样平等真实。”

刘诗韵有点脸红：“你是不是在骗我？”

“不是！我对天发誓！如果我骗了你，就让钱唯的发际线全面后移！”

钱唯蒙了：等等？是不是有哪里不对？

钱川咳了咳，一本正经道：“因为钱唯是我最珍贵的双胞胎姐姐，所以我用她最在意的发际线发誓，希望你能看到我的诚意！”

刘诗韵终于破涕为笑。

这对新晋欢喜冤家终于和好，刘诗韵有些饿了，钱川自然非常殷勤地带着她出门找夜宵吃了。

于是宽敞的总统套房里，就剩下了钱唯和陆询两人。

“既然这样，那我们也退房走吧。”

然而陆询却拉住了钱唯，他笑了笑：“不走了，既然刘诗韵开了总统套房，就不应该浪费。”他凑近钱唯的耳畔，轻轻咬了咬她的耳垂，“而且我也想体验下和女朋友开房是一种什么样的感觉。”

第二天一大早，陆询仍旧比钱唯醒得早。钱唯还迷迷糊糊时就已经感觉到他的吻温柔地落在自己的额间，然后柔软的床另一侧微微下陷，是陆询起身了，没多久，卫生间里传来了电动剃须刀的声音。

昨晚都没觉得害羞，然而这样平淡无奇的早晨，钱唯反而害羞上了，她用被子遮住了自己的脸，总觉得和陆询在一起这件事，至今都像是梦一样。

钱唯就这样在梦境般的恍惚中被陆询哄着起了床，两个人不知道为什么，明明连那么亲密的事都做了，此刻眼神接触，仍旧带了点害羞。

陆询的眼神专一而认真，钱唯很快在这种眼神中败下阵来，她拽起被子，想遮住自己的脸：“我没化妆，也还没洗脸，你不要看。”

陆询对她幼稚的行为有些失笑，他轻轻地拿走她手里的被子：“傻乎乎的，你现在遮住不让我看，能遮一辈子吗？”他盯着钱唯，一字一顿认真道，“而且在我眼里，你不论怎样都漂亮。”

“可是陆询，我一直想不明白，你是为什么喜欢我？19岁的你，到底是因为什么喜欢上我的？”钱唯想了想，终于道出了一直以来的疑问，“大学的时候，说实话，我和你也不是多熟啊……”

“钱唯，你这个人就是这样，撩过别人就跑，事后还一脸无辜。”

“哎？我什么时候撩过你？”

陆询很无奈，也有些宠溺：“幸好我这个人心态好，否则恐怕已经被你气死100次了。”他侧开脸，睫毛轻颤，声音有些不自然，“说实话，我一直以为是你追我的。”

“你那时候成天在我面前转悠，有很长一段时间，我在哪里，你就出现在哪里，明明跟着我一直偷偷看着我，但我一回头，你又假装没有。说实话，这种伎俩我见得多了，不新鲜，这样做的女生太多了，只要不理睬，对你们冷淡到底，很快你们就会自讨无趣退散的。”陆询抿了抿唇，“但我没想到你这么有……有毅力，我这么无视你，你竟然还能每天巴巴地跟着我，甚至变本加厉，把我的行踪都打听到位了，甚至我去个电影院还能在距离我三排之内的地方看见你。”

钱唯看着陆询，忍不住戳穿了他：“你其实本来想说没想到我这么厚脸皮，而不是有毅力吧……”

“不要在乎这些细节。”陆询狼狈地咳了咳，“总之，对于当时的我而言，你就像是一块怎么甩都甩不掉的牛皮糖。一开始我对你跟踪我非常烦躁，但后来被你跟踪得多了，我都麻木了，好像习惯了，不论我在哪里，只要稍微抬头看看四周，就能找到你。之前没有女生能做到像你这样的，我想，你恐怕是迷恋我迷恋到不行了。”

钱唯斟酌了下语言：“你那时候是不是想着有这样一个疯狂的追求者，虽然有点烦，但自我感觉还挺好的，觉得自己特别有魅力啊？”

陆询看了钱唯一眼，深吸了一口气：“我虽然觉得很烦，但也觉得你挺可怜的，这得喜欢我到了什么程度。”

钱唯相当意外，她不知道自己当初的行为原来在陆询眼里竟然是这样的解读。

钱川那时候一根筋地迷恋莫梓心，他偏执地觉得陆询是他的情敌，又因为钱唯和陆询、莫梓心都是一个学院的，所以死求活求着让钱唯过去盯紧陆询。大学里相当一毛不拔的钱川，为此竟然还向钱唯上贡了自己半个月的生活费。

拿人手短，钱唯享受了钱川大半年的上贡，也根据他这位甲方的要求，紧密盯了陆询大半年。钱唯到现在还记得，钱川还给自己提了两点要求呢：第一是要知己知彼保证他百战不殆，要钱唯严密监控陆询在干什么，分析陆询这个情敌的性格，然后定期汇报；第二就是一旦陆询有和莫梓心一起的机会，钱唯就必须跳出来使劲地破坏。

然而钱唯从来不知道，陆询竟然会误以为自己这是迷恋他迷恋到癫狂了……

“后来我和莫梓心一起为了探戈大赛排练，你又成天过来送饮料，各种关心，做我们排舞的观众，认真地提意见。而且你当时只和莫梓心互动，我就觉得，你这人挺笨的，明明是想来看我，想和我说话，可事到临头又㞞了，又不敢，只好假意是来找莫梓心聊天，但其实动机一眼就能看穿了。所以我当时故意和莫梓心谈笑风生，却对你爱理不理，希望你自己知难而退，但你好像也都不介意，还乐呵呵地每天来，我真的很惊讶，怎么会有人，就真的喜欢我到了这种程度。”

陆询抿了抿嘴唇：“当时我印象最深刻的是，有一次我们排练完突然下了大暴雨，我们都没带伞，就过来送奶茶送水果的你带了，结果你竟然把伞让给了我们，自己一个人冒着暴雨走了。”陆询侧开了头，掩饰性地咳了咳，“之前一直觉得你有点烦，但那个刹那，我看着你冒雨跑开的背影，突然就觉得有点心疼。你只是喜欢我而已，又没有做什么十恶不赦的事，而且这么全心全意为我付出，其实还挺单纯的，虽然姿势挺笨拙，又从来是热脸贴我的冷屁股，还㞞，但有时候还挺可爱的。”

听着这些在陆询脑海中和自己完全不同版本的往事，钱唯的内心惊愕之余却也十分温柔。她盯着陆询，凑近亲了他一下，有些撒娇：“所以我是哪里可爱？”

陆询说到这里，脸有些微红，声音却还带了佯装的镇定自若：“就很可爱，虽然有时候有点吵，但眼睛好像一直自带笑意，总觉得什么时候看到你你都在笑，好像连带着我的心情也会变好。而且觉得你长得也还挺漂亮的，虽然死皮赖脸追我，但其实人还挺单纯的，可能实在是对我一往情深吧。”陆询咳了咳，“所以我决定就容忍你出现在我身边追我了。”

钱唯心想，看不出，表面冷淡疏离的陆询，原来内心戏这么丰富……

“我当时想，如果你再追追我，我就给你点暗示，如果你向我表白，看在你那么喜欢我的分上，我就答应你算了。”

钱唯看着陆询气呼呼的表情，突然有点想笑，她想，真没想到，高冷如陆询，竟然还有过这样的内心挣扎。

虽然不想不给陆询面子，但钱唯觉得自己还是有必要解释一下：“那个……其实我原来根本不是在追你，我只是帮钱川在盯梢你……只是帮他在破坏你和莫梓心，绝对不给你们两人独处的机会。去练功房不停送奶茶和水果，其实也是应了钱川的要求去监视你俩有没有什么亲密行为，顺带照顾他的未来女朋友。我不停和莫梓心聊天但从来不找你说话，也是因为本着莫梓心没准是我未来弟媳的考量，提前和她搞好关系，那天把伞让给她也是这个原因，但没想到她和你一起撑着走了……”

陆询虎着张脸：“我现在当然是知道了，难怪自从钱川和莫梓心在一起以后，你就从我的生活里消失了。”

“所以当时你觉得我为什么消失了？”

“我开始自我反省是不是自己对你太冷淡了，把你对我的喜欢耗尽了。”陆询呵呵冷笑一声，“结果没过多久，我就看到你和李崇文走得挺近，打得火热，原来是喜新厌旧。”

钱唯想了想，自己其实和李崇文在学生时代并不熟，只是确实有一段时间为了学院里的一个辩论赛，和他有过一段时间的简短讨论，结果这在陆询的眼里就成了打得火热?

男人吃起醋来，可真是了不得。

“那我都对你喜新厌旧了，你怎么后来还给我写情书表白？”

“我贱，不行吗？”陆询狼狈地瞪了钱唯一眼，“可能是被你下了降头吧，那段时间就觉得，不行，我要把你抢回来，你不主动，那我主动好了。”

钱唯模拟了下当时的情景和陆询当时的心态，突然就有些乐不可支，陆询啊陆询，无所不能的陆询，竟然也有过这样求而不得般的心路历程。她突然觉得十分同情陆询，试想，像他这样骄傲的男生，第一次喜欢一个人，结果对方竟然突然喜新厌旧了，他各种挣扎，好不容易做好了心理建设主动写了情书表白，竟然还被对方冷处理了，人生里最珍贵的初恋，随着这封情书就这样石沉大海了……对陆询这样的性格，这该是多么致命的打击?

然而他竟然还这样坚定地喜欢了她9年。

“我很想不通，为什么之前你明明喜欢我喜欢得那么死去活来，说不喜欢就不喜欢了，一点不含糊。我给你写情书，你理也不理。我不知道自己做错了什么，是因为之前对你太差了吗？”陆询低下头，“所以我想，我就默默地等你，默默地守着你，守到你重新喜欢我的那一刻。”

明明是已经过去的事，然而钱唯却有些忍不住情绪，她又想笑又想哭，心情懊丧又遗憾：“你这些事，为什么不早点和我说，要不是现在解开误会，我什么都不知道呢！就和你的表白似的，如果你不这么骄傲，能早点和我当面说，我们可能早在19岁就在一起了。”

对于错过了9年这件事，钱唯虽然嘴上不说，但心里一直是有些耿耿于怀的。9年啊，如果能早点在一起，9年里，她能和陆询拥有多少珍贵的回忆啊。

“19岁的青春没能在一起虽然很遗憾，但28岁也有19岁没法比拟的优势。”陆询摸了摸钱唯的头，“如果是19岁的我，不如28岁的我成熟，可能还会惹你生气，时间让我变得更加稳重，也变得更加有能量。19岁的我没有办法为你保证未来，但28岁的我可以，现在的我比19岁更加有底气，我能够保护你，能够给你想要的生活，能够为你遮风挡雨。”陆询看着钱唯，淡淡地笑了，“能让我在28岁和你在一起，我一直很感激命运。28岁也很美好，有你，有事业，有自己想要拥有的一切，只要初心不变，错过9年又怎样？有遗憾才是人生，没能在一起的9年，我们未来会有更多的9年来弥补。我有一辈子的时间听你告诉我，你想象中我们19岁在一起的故事，那些你幻想中的经历，我们有漫长的时间可以一件一件来尝试。”

陆询挑眉笑了笑：“何况有一件事，19岁是无论如何做不到的。”

“什么？”

“19岁，还不到法定婚龄。”

钱唯也笑了，然而内心感动的同时，也有些嘀咕，只恨自己当时情绪不稳定之下傻愣愣地在机场就说出了要和陆询结婚这种话，结果他这态度，是真的打定主意不求婚了？

虽说两个人兜兜转转错过9年，最终仍旧能牵手，已然是人生难得的幸事，但求婚这种事，是个女的都会期待，钱唯心里难免也有些委屈，只怪自己太大大咧咧了，结果这下连求婚都没体验到。

“对了，最近大四的学生求职季，今天下午我们学校法学院邀请我作为优秀毕业生嘉宾，进行简短的演讲，给法学院的学弟学妹们一点职业建议，你陪我去吧。”

两个人在酒店自助餐厅用晚餐，陆询送钱唯一同去律所的路上，笑着对她进行了邀约。

钱唯点着头应了，但心里多少还想着求婚的事。

可惜大家都是成年人了，就算再大的事，在工作面前，还是要有一个律师的职业责任。一回到所里，钱唯和陆询都收到了客户的咨询，不得不投入紧张的工作中去。

陆询演讲的时间是下午3点，此前他有一个客户企业投资会议需要列席，而钱唯有一个法院质证需要参加，因此两人最终决定分头行动。

钱唯的质证结束得早，她比陆询提前到了学校。

虽说工作后一直留在A市，但因为时间的关系，钱唯也鲜少回学校。这次她再次走在A大校园的银杏大道上，身边是欢声笑语、无忧无虑的年轻脸庞，有并肩骑着自行车驶过的小情侣，有青春飞扬、打着篮球的男生们，有坐在树荫下看书的女生，一切都是这么熟悉。A大的校园格局9年来并没有怎么变，只是这校园里的人，换了一批又一批。

她和陆询，曾经也在这里挥洒着青春，懵懂地成长过，9年前的自己，想过会有今天吗？

或许《阿甘正传》里讲得对，生活就像是一盒巧克力，你永远不知道你拿到的下一颗是什么。面对陆询，她内心里自卑过，自卑到从没有想过自己与他之间的可能，然而谁知道这样优秀的陆询，竟然原来默默地爱着她，爱了9年。

演讲的地点定在学校大礼堂，陆询显然非常知名，除了法学院的学生，竟然还吸引了其余各个院校的学生。

钱唯提早10分钟到了礼堂，能容纳上千人的礼堂竟然已经几乎乌泱泱坐满员了，她只能找了个靠近礼堂后方的位置。

“你知道陆询吗？那是A大法学院史上最厉害的活字招牌了，我们好多选了法学的女生，都是被他在法学院官网上那张脸骗进来的。明明他都毕业好几年了，法学院的老师也太有心机了，不停沿用他的脸作为法学院学生宣传照。我进法学院的时候还以为法学院男生各个长得和他那样好看呢，结果……呵呵，我都大四了，连个黄昏恋也没着落！”

钱唯的旁边，一位法学院大四的女生正在和大一的几个小学妹科普陆询的光荣事迹。

旁边一个女生也加入了讨论：“要是陆询愿意去娱乐圈，恐怕早就C位出道了！我见过他真人，比照片还帅，而且又高又白，身材还好，除了特别高冷，没有别的毛病！”

有个大一新生很好奇：“那他结婚了吗？”

“没有！没有结婚！我有个学姐是他客户公司的法务总监，绝对可靠的消息，不仅没结婚，而且单身！我这个学姐喜欢他挺久了，也各种暗示明示追过他，坚持了三年，结果他真的特别高冷，好像根本无心于感情，就是一心工作那种人，连我学姐最后都放弃了。”

几个女生热烈地讨论着陆询，讲着陆询大学期间各种真真假假的传闻，语气之间都是崇拜和爱慕。

钱唯坐在这群女生中间，忍不住微微笑着，她的心中有一种隐秘的快乐，别人都不知道，高冷的一心工作的陆询，是她的，只是她的。

很快，整个大礼堂座位告罄，走道里都站满了旁听的人，陆询准时走进了会场。他整个人看起来还有些风尘仆仆，显然是赶来的，然而3点整，分毫不差。

礼堂里的学生用热烈的掌声欢迎了他们这位年轻英俊的学长。

“比想象中还帅啊！”

“我的天啊！这个脸我能舔一年！”

不少女生被他的脸蛋惊艳，连钱唯都听到了不少窃窃私语。

“各位同学下午好，我是陆询，7年前从A大法学院毕业，现在是一名商事律师，很荣幸……

“吴晓波先生说过，今天的知识青年良心，一半在于律师界，一半在于传媒界。这是一种期待。如果我们国家，律师和新闻工作者能够有良心，能够坚守底线，能够坚守自己的职业道德，能够对法律有信仰，对真相有执着，那么我们的国家就能有良心。

“我们每个法学院毕业生，可能都会成长为法律工作者，进入法院、检察院、公证系统、律师行业。我们每个人，割裂开来，都是独立又普通的法律工作者，法律只是我们赖以生存的一个工具，也只是一份普通的工作。我们无法承担整个国家法制的进步，这个话题太沉重了，但只要我们每个法律从业者，做好自己那份在自己看来最普通的工作，信仰法律，也信仰善良，遵从公正也遵从真相，那我们每个普通法律人的点滴力量，就会凝聚成一股很大的能量，最终我们将会改变这个社会，这是专业的力量，也是信仰的能量……”

陆询的演讲生动风趣，从他在A大法学院上学期间的趣事开始，讲了他从懵懂到走上律师执业道路的心路历程，穿插了很多工作后经历的内心挣扎和案件困境，深入浅出，既引人入胜，又足够平易近人，最后自然而然过渡到了法律和信仰的意义。一场演讲，所有人都鸦雀无声地听着，没有人玩手机，只有那一双双年轻的眼睛投来的认真的眼神。

陆询永远有一种能量，他有一种让人想要追随和仰望的气质。这场演讲，他毫无保留，虔诚而又热血，他想要向这些未来的法律人传递他的信仰、他的良心、他的执着，还有他的坚持。律师，是赖以生存的职业，也是更高层次的精神需求，是career，而并非是简单的job。

一席话落，现场是经久不息的掌声。

世界是残酷的，社会会让你受伤，会让你痛苦，会让你怀疑，但十年饮冰，难凉热血。

这番说辞太过鼓舞人，现场甚至有女生落泪了。法学是就业率几乎垫底的专业，每一个法学生，或许都曾经迷茫过，然而或许陆询这番话，冥冥之中也能带给那些挣扎的心灵一些鼓舞吧。

钱唯环顾四周，这些年轻的脸庞里，不知道有多少人，会因为陆询这番话，选择坚守法律，这里面会有多少人，成为未来的检察官、法官或是律师？

中国的法制环境需要改善的空间还很大，然而钱唯这一刻，内心也是震撼的，如果每一个法学毕业生，都能坚守良心、坚守法律信仰，我们国家的未来，是不是也能够变得值得期待？

钱唯曾经也对法制环境失望过，然而这一刻，她的内心也如同在场每一个学生一般，充满了信念。

只要有一个法律人还在坚持，法律的良心和正义就永远不会消失。

“另外，今天在场的，除了各位外，还有我心里最重要的人。”演讲正题告一段落，陆询却并没有致结束词，他笑笑，“我热爱我的母校，因为在这里我不仅学到了专业知识，学到了法律人的信仰和坚持，更找到了我想与之度过一生的女人。”

本就热烈的现场气氛，一下子因为陆询这番话，被推到了制高点，现场甚至有男生吹起口哨来。

“钱唯，我想邀请你和我一起开启人生的新篇章。”穿过人群，陆询的眼光直直地看向钱唯，原来他早就发现她了，“我在A大爱上你，从19岁，爱了9年，所以我也想在A大的这间大礼堂向你求婚，始于这里，终于这里，从校园到婚纱。”陆询笑了，他的声音压得很低，透过麦克风，犹如低声呢喃，“我请求你嫁给我。”

“作为律师，我建议我的每个客户都能签署婚前协议，但我想告诉你，对我而言，你才是我的法律。没有婚前协议，我的一切都属于你。”

现场彻底爆发了，礼堂内响起了疯狂而热烈的掌声。

钱唯在这万千声响中，想要微笑，然而笑着笑着，竟然忍不住流下了眼泪。

她没有想到陆询会给她这样一场求婚。

然而这确实是钱唯心中最好的求婚了。不庸俗、不传统、不普通，高调、嚣张、不羁，有爱情、有梦想、有事业、有未来，她想要的一切，陆询都有，陆询都愿意给。他把自己整个人，连带着他的爱，如祭品般，呈现给了钱唯，捧着自己的心，毫不保留地送给了钱唯。

钱唯抬头，在她的泪光中，陆询正从台上下来，朝着她走来。

钱唯很小的时候，读过一个童话，童话的结尾说，这个世界上，会有一个人，他会拨开嘈杂的人群，走过荆棘，带着他的勇气和爱，缓慢而坚定地向你走来。

原来是真的。

【正文完】

番外…

双胞胎？！

求婚成功的当天，陆询就死皮赖脸跟着钱唯回了家。结果还挺巧，老钱夫妇都在家，然而钱唯连谈恋爱这件事都还没汇报，突然大变活人带回陆询号称要结婚，老钱夫妇说什么也不相信。

直到今天，钱唯还清清楚楚记得那场乌龙。

当时钱唯爸爸只是看了陆询好几眼，然后没说什么，只是留下钱妈妈招待陆询，自己把钱唯叫到了书房里。

“虽然爸爸妈妈一直希望你能找到自己的另一半，28岁也是个适合成家立业的年纪，但我和你妈也从来没逼过你，如果单身一个人，过得比两个人开心，也没什么不可以。”他看了钱唯一眼，话锋一转道，“陆询这个小伙子任何地方都没话说，长相好，有能力，为人也仗义靠谱。你当初昏迷，我和你妈都乱了阵脚，幸好有他，跑出跑进，联系医院、医生，确定治疗方案。除了这些，他还要处理一些工作的事，但就算这样，还腾出时间安慰我和你妈，给我们吃了一颗定心丸。要不是有他，你妈这个不经吓的，可能你还没醒过来，她就病倒了。”

“可是，陆询对你，对我们家有恩，和你嫁给陆询，这完全是两回事。”钱爸爸的语气很严肃，“我们家欠下的人情、欠下的治疗费，都可以慢慢还，但我不希望你因为感激或者想要报恩的心理，就贸然进入婚姻。进入婚姻的前提是两个人互相喜欢才对。”

钱唯听了半天，终于理解了爸爸的意思，她有些无奈有些失笑：“爸，你觉得我是这样的人？再说了，你知不知道别的女的都恨不得找个借口说陆询对自己有恩，好以身相许？就算我想报恩，陆询要是不喜欢我，能让我报？想要碰瓷他报恩的都快排出一个加强连了！

“何况我耽搁到28岁，还不是因为陆询吗？说来说去，我长得也不差，性格吧，也还行，要是能有机会和时间去认识认识男孩子，不求大富大贵，想要找个靠谱的对象，总是没问题的。如今都28岁了，还单身，说到底这事怪陆询这个老板，成天让我加班加班的。现在我还没嫁出去，不找陆询负责，我找谁负责啊？”

听到这里，钱唯爸爸也颇有微词：“是这样，我觉得我女儿要是最后被他这么耽搁了，得找他负责！”

“叔叔，我愿意负责。”

书房的门被钱妈妈轻轻推开，她带着陆询站在书房外，陆询表完态，她笑着朝钱爸爸招了招手：“行了，出来吧，我问过了，两个孩子是互相喜欢的，你就别给钱唯单独教育了。”

于是几个人重新回到了客厅。刚才陆询在和钱妈妈的单独相处中，显然已经用自己的人格魅力让她完全倒戈了。

“唯唯，小询平时收费都一个小时5000元起呀？那我们刚才聊了那么久，我岂不是都应该付给他10000块了？”

“阿姨，虽然我平时收费一个小时5000元起，但对钱唯对你们，我都不收费的。”陆询笑笑，“你们有什么法律问题，以后都交给我就行了。”

钱妈妈越看陆询越满意，掩着嘴就忍不住乐。

陆询继续云淡风轻地笑笑：“一直以来让钱唯不停加班确实耽误了她不少桃花，所以我负责。我希望您二位能同意让钱唯嫁给我。

“叔叔阿姨，我喜欢了钱唯9年，守了她9年，现在她终于答应了和我在一起，我真的非常珍惜，也很感激。现在她已经答应了我的求婚，我希望也能得到你们的首肯和祝福。”

看得出来，陆询这句话下来，钱爸爸还是有点迟疑。

面对这种场景，陆询仍旧非常有大将风度，他镇定自若地从包里掏出了自己的律师证：“这是我的身份证明。”

继而是单身证明，然后是一沓房产证书、机动车驾驶证……

“这是我的全套材料，请二位审核。”陆询笑笑，“这里还附上了酒店开房记录，我出差喜欢一个人住。还有5年来我所有的健康检查报告，可以证明我身体健康，并且遗传基因没有问题。”

钱唯根本不知道陆询竟然事先准备好了这么多东西，她想，这个男人还真是深不可测，实力不容小觑，难怪这么年纪轻轻就升Par了。

可怕可怕，真是相当可怕了。

钱爸爸开始还有些疑虑，然而随着对陆询材料的翻阅，他和钱妈妈脸上满意的神色越来越明显，到最后甚至完全不加掩饰了。钱唯都很想提醒自己爸妈，擦一擦嘴边的口水吧，你们对陆询的垂涎三尺姿态太明显了好吗！

看完了全套材料，钱爸爸简直神清气爽，看向陆询的眼神里充满了慈爱，钱唯都怀疑是不是陆询才是他的亲儿子。

“叔叔阿姨有什么问题都尽管问。”

最后是钱妈妈忍不住了，她盯着陆询看了片刻，才略有些迟疑道：“小询啊，阿姨就问问你，你看上我们钱唯，是认真的吗？”她想了想，斟酌用词道，“结婚这件事不能冲动，你要不要先冷静冷静？”

钱唯和陆询都不禁有些蒙。

钱爸爸也咳了咳：“是这样，你这个孩子非常优秀，我们绝对没意见，但你太优秀了，我们不求钱唯过什么大富大贵的日子，就希望她能找个知冷知暖的人，彼此扶持。婚姻和爱情不是一回事，婚姻里，两个人如果差距太大，是不能稳定和幸福的……”

钱唯心想：等等，爸爸，你刚才不是还说怕我是出于报恩心态嫁给陆询，怎么现在变成怕陆询想娶我是一时冲动了？

陆询眨了眨眼：“叔叔阿姨，钱唯很优秀，比你们想的还优秀，反而是我，很多方面并没有比得过钱唯。我们国内常常把优秀的标准定得非常单一，好像事业有成、有钱有权就是成功，但不是这样的，懂得生活，有情趣，为人热情率真，这些也都是很珍贵的品质。在这些方面，钱唯都比我优秀，反而是我，有很多方面要向钱唯学习。”

这一番话，把钱唯爸妈的担忧和疑虑解释得清清楚楚，又变相把钱唯夸了一遍。没有哪对父母不喜欢听对自己孩子的夸赞的，老钱夫妇在陆询的一席话下，简直像是被顺了毛的猫咪，只笑眯眯地盯着陆询，一脸越看越满意的姿态。

钱唯爸爸以前明明还说过，对钱唯未来的对象，可是要好好给个下马威的，钱唯很想喊，爸爸，说好的下马威呢？

陆询就这样四两拨千斤般轻松搞定了钱唯的爸妈，钱唯还没反应过来的时候，这三个人便已经如一家人般其乐融融地喝起茶聊起天来，让她看得目瞪口呆。

陆询搞定了自己的未来丈人丈母娘，就该轮到钱唯见未来公婆了。

比起陆询，钱唯就紧张忐忑多了，之前她还当着人家爸妈的面狂黑了陆询，如今坐在餐厅里，还有些冷汗连连。

倒是陆询，一脸淡然自若。

陆询的妈妈同样是一位资深律师，打扮得体，举手投足间都充满了职业女性的成熟魅力，然而她倒是并不如有些女强人般咄咄逼人。她看着钱唯，一直笑着："其实我早就想过有这样一天。我们陆询太闷骚了，就需要一个像你一样跳脱的女孩子把他点燃，和你在一起，他看起来眼睛里都是有光的。"

陆询的爸爸是一位红酒商，相当儒雅，两个人丝毫没有介意钱唯之前的行为，都是热情温和好相处的。

陆询的爸爸非常幽默，他拿着手上的红酒杯，就衍生着讲了不少好玩的酒文化故事，一来一去，钱唯的紧张也一扫而空。

临分别的时候，陆询的妈妈突然想起什么似的，从包里掏出了一个小袋子递给钱唯："这是我们陆询平时一直摆在床头的一张照片，现在我想应该物归原主了。"

本来一直淡定从容的陆询在这一刻反应激烈，他的父母刚走，他就伸手想过来抽走钱唯手中的袋子，幸而钱唯眼疾手快，避免了被他偷袭成功。

等跑开一段安全距离，钱唯掏出袋子里的东西一看，才发现是一个相框，里面是一张老照片，有个女生正倚靠在树荫下，放肆地笑着，阳光穿透树叶照射到她的脸上，她的眼睛微微眯着，完全没有意识到有人在偷拍。

这是19岁的钱唯。

钱唯突然就忍不住笑了："什么时候拍的？"

"有次运动会的时候。"

"你就每天放在床头？"

陆询扭开头，声音有些不自然："嗯。"

"就这么喜欢我？"

"嗯。"

“我也喜欢你。”

“嗯？”

钱唯凑到陆询耳边：“我也喜欢你啦！”

陆询的眼神温柔，他拉住了钱唯的手：“我19岁的梦想就是和你一屋两人三餐四季，以前觉得遥不可及，但如今竟然真的都实现了。”他亲了亲钱唯的额头，“钱唯，我也很喜欢你，以后也请多关照了。”

时间不知不觉过得很快，可能是越临近婚礼，钱唯越紧张，都有了点婚礼前综合征，她一边吃着甜点和刘诗韵聊着天，一边就忍不住有些犯恶心。

“总之，就因为我随口说了一句好想去温暖的海边办婚礼，陆询就真的包了一个岛，把所里的同事全叫上，包来回机票和食宿，准备再叫上你们这些亲友，先给我来一场海岛婚礼，之后再回国在A市的酒店宴请其余亲戚朋友办一场婚宴，也就是说……”钱唯说到这里，又来了一阵恶心，“反正就是，我要办两场婚礼，先和你预约下时间，我的海岛婚礼你和钱川可是必须来的啊……”

结果话还没说完，又一阵强烈的恶心袭来，这次钱唯就没那么好运了，她没憋住，“哇”的一声吐到了甜品店的地上。

钱唯虚弱地道：“不知道吃什么吃坏肚子了……”

刘诗韵却转了转眼珠：“钱唯，我觉得这事不太简单。”她嘿嘿一笑，“我嗅到一点不同的味道。”

钱唯有气无力道：“什么？先扶我起来陪我去挂胃肠科吧。”

“你要挂的不是胃肠科，是妇科。”

“啊？”

刘诗韵笃定道：“你这明显是怀孕了啊，朋友！”

钱唯有些脸红：“你别胡说啊！”

“这有啥害羞的，你们家陆询为了你憋了9年，这都要结婚了，难道要我相信他还能继续憋着和你每天晚上冰清玉洁？”刘诗韵撇了撇嘴，“走吧，我带你去检查。”

虽然钱唯死活不相信，然而等检查结果出来的时候，她无话可说了。

真的中奖了。

她在刘诗韵的督促下又做了B超。

“哇！双黄蛋啊！”刘诗韵拿着B超单，非常激动，“陆询可以的，一下子就中两个，没准是龙凤胎，30岁前就能儿女双全了！”

钱唯拿着B超单和检测报告，还有些发蒙，陆询的声音却从医院的走廊上传了过来。

“钱唯！”

“陆询。”

陆询的表情非常着急：“你没事吧？怎么来医院了？哪儿不舒服？”

“你之前说的，一屋两人三餐四季的梦想，恐怕实现不了了。”

陆询非常紧张：“你别紧张，不论是什么病，我们都能治好……”

“不是。”钱唯有些赧然地把检查单据塞进了他怀里，“我怀孕了，双胞胎，恐怕以后得一屋四人三餐四季了。”

回应钱唯的，是陆询狂喜的表情。这个一贯内敛冷静的男人，忍不住就在医院走道上，把钱唯抱起来，丝毫没有掩饰自己内心的激动。

虽然计划有点变化，但世界上有比这更加温柔的惊喜吗？

一屋四人三餐四季，倘若有你在，时光就很好。

番外...

陆唯小朋友的日记本

7月2日

放暑假了，真惨，我又要每天和陆芊在一起了。我有时候很想不通，为什么上天既生了我陆唯，却还给送了个添头陆芊？！我曾经问苍天，结果苍天什么都没告诉我，天空飞过一只鸟，还在我面前拉了一堆屎，幸好我动作快躲得快……我又曾经问爸爸，结果爸爸摸了摸我的头，很开心地说："因为妈妈家有双胞胎基因，所以爸爸才能一下子得到你和你妹妹两个小天使。"

爸爸，请你注意下，我是天使，可陆芊不是啊！她这样的，怎么是天使？！天使会老是抢哥哥的东西吗？我的草莓，我的纪念品，我的作业本，她什么都会来抢！

爸爸，你再不好好教育她，下一个校园恶霸，恐怕就是她了！

（知道你定期会看我的日记，请记住，这一篇来自你愤怒的儿子！）

7月4日

陆芊太可怕了。

她怎么有那么大力气？

今天路上，隔壁的王壮壮遇到了几个小学高年级的，按住他问他要"保护费”，结果陆芊路过，把高年级的那几个男生打跑了！

看来恶霸如果一心向善，还是有机会挽救的。

7月5日

我收回我昨天说的话。

陆芊今天又把我新买的汽车模型扭断了！扭断了！

她是怪力神吗？！

什么恶霸一心向善，不存在的，昨天她打跑高年级男生，不过是因为她比恶霸还恶霸而已！

7月6日

完了，又到了每年爸爸妈妈去国外度假享受二人世界的时候，这下我又要和陆芊到奶奶家或者外婆家去了，可是奶奶和外婆都更喜欢陆芊，我没有爸爸妈妈这两座靠山了！

我在一本书上看了，奶奶外婆这是性别歧视！

为什么我是男生，就要让着陆芊？平时出去如果下雨了，只有一把伞，她们还教育我，让我把伞让给妹妹！我不服！难道我是男的，我淋雨就不会感冒吗！

女生要做个精致的女生，难道我这样的男生，不能做精致的男生吗！

好生气！

7月8日

爸爸妈妈一去旅游果然忘了我……

都结婚这么多年了，孩子都上小学了，怎么每次出去都和蜜月似的……

不明白！

7月9日

爸爸理我了！

爸爸告诉我给我买了新的汽车模型！

爱爸爸！

妈妈给我买了好多衣服！

也爱妈妈！！

爸爸妈妈，我爱你们！希望你们看到，然后再多给我点零花钱就更完美了！

7月10日

突然发现……爸爸妈妈对我的爱原来是如此脆弱……

虽然我有了汽车模型和好多新衣服，可是陆芊有的比我多得多，她有好多芭比娃娃，还有好多小裙子，还有好多好吃的东西。

奶奶说，因为女孩子要富养。

呜呜呜呜，我也想做女孩子。

7月11日

今天的我不想做女孩子了。

女的太麻烦了，隔壁班的吴越月和我们班的吴琪对着扯皮了一个小时，就因为我到底更喜欢她们两个中的哪个这种问题。

拜托，你们这样，我怎么会喜欢啊？

太吵了，女的怎么这样呢？有这个时间和心情做点什么不好，多玩玩小汽车，多研究研究篮球也行啊。

真是无聊。

7月17日

爸爸妈妈回家了！

爸爸妈妈都多大了，为什么每次还要手牵手？那不是小朋友才做的事吗？

连我这个小学生都不愿意和别人手牵手过马路了，我的爸爸妈妈可真幼稚！

不过爸爸妈妈回来就好了，陆芊终于不能再作威作福了！我要好好告状！让爸爸妈妈批评教育她！

7月19日

今天遇到一个阿姨，说是想采访爸爸，想要爸爸的联系方式。

我看着这阿姨就不是个正经阿姨，要我爸爸的联系方式去采访，直接去他的律所不就行吗？为什么要来找我？

如果在律所见不到爸爸，那肯定是爸爸不愿意见她！

而且她看起来还很年轻，一点不像是《新闻联播》里的那种记者，肯定采访不好爸爸!

哼！别以为我年纪小就什么都不懂，臭阿姨，你这样的人我见得多了！还不是因为爸爸长得帅赚得多，所以你想着做臭小三！我假装记不住爸爸的手机号码，然后反过来问这个阿姨要了她的联系方式，说会给爸爸。

但我回家就给妈妈!

唉！我妈妈可长点心吧！这个世界是很危险的，我同桌的爸妈就因为爸爸喜欢上别人离婚了，他现在可惨了，变成了没有爸爸的孩子，成天哭，我可不想变成这样！看来是我这个小男子汉挺身而出的时候了，我要提醒提醒妈妈多注意爸爸身边的花花草草了！

7月20日

今天告诉了妈妈，结果妈妈竟然笑着告诉我："不会的，你爸爸的钱，都在妈妈这里。"

可是妈妈！没准那些阿姨，不是图爸爸的钱，是图爸爸的人呢？我很担心，会不会有富婆想要包养爸爸当小白脸呢？

可能我的话很有道理，妈妈陷入了沉思。

但妈妈根本没找爸爸谈话？

所以妈妈到底想出了个什么结果啊？

7月21日

虽然没找爸爸谈话，也没提起关于那些阿姨的事，但今天的妈妈大不一样!

妈妈早早起床然后化妆了!

她平时都不怎么化妆的!

而且她还穿上了那条非常好看的大红色的裙子!

平时她都是穿黑色的工作装的。

我这下更担心了，难道妈妈想出的办法就是，觉得爸爸已经喜欢别人了，所以自己也要打扮打扮去找别的男的？

唉!

幸好担心的不止我一个，这显然也引起了爸爸的重视，他可以说相当担心了!

他马上警觉地盘问妈妈今晚是约了谁。

妈妈笑笑，说这是个秘密。

结果爸爸不干了，连撒娇都用上了，死活要妈妈说出约了谁。妈妈说，反正你晚上加班，我约了刘诗韵呀。

爸爸不相信，最后的结果是，爸爸取消了晚上的加班，晚上专门盯着妈妈，和妈妈一起外面去吃饭了。结果两个人回来后手又挽在了一起，还互相盯着对方傻笑，爸爸趁着我不注意，还亲了口妈妈，可惜我只是假装没注意没看到而已，嘿嘿。

目前经我观察，爸爸妈妈感情稳定，他们应该是不会喜欢别人了，看来我不会变成没爸爸或者没妈妈的孩子了。

7月22日

陆芊今天不太对劲。

因为她一早上起来就特别乖地对我说，哥哥，我爱你。

还连说了十几遍。

我感觉很不安，心一直乱跳。

但是至今还没发现异常，这样我反而觉得更加危险了！

7月23日

哦，我终于安心了。

原来陆芊看上了一个娃娃，但是没钱买，想问我借钱。

哼哼，我指挥她帮我把袜子洗了，还指挥她以后乖乖当我的跟班，这才把钱借给了她。

不过看着她叫我哥哥的样子，觉得她还是不错的，虽然有点恶霸，但听话的时候还挺可爱。不过就因为她长得好看，平时只要不开口，安安静静站在那儿，大人都夸奖她温柔可爱，小学里还有不少男生喜欢她。

我只想说，现在的人啊！太肤浅了！

看东西看人，都不能看表面啊！

你们知道真实的她有多恶霸吗！

7月25日

突然发现了一件悲惨的事……

我的暑假作业本不见了……我明明都做完了，可是不见了！

再找一天，明天找不到，就只能重新补做了！

陆唯，加油！别往坏处想，不会的！你一定能找到！相信你自己！

7月26日

看来在绝对的命运面前，相信自己是没有用的。

作业本果然没找到。

一边哭一边开始重做。

7月28日

还在补作业。

7月30日

日记暂时不写了，要继续补作业……

唉，羡慕爸爸妈妈每天晚上都能在沙发上抱在一起看电视，羡慕陆芊做完作业了可以自己在房里看动画片。唉！我为什么这么惨？

难道因为我是被上天选中的男人吗？

一定是的！

陆唯，你是最棒的！

【全文完】

图书在版编目（CIP）数据

才不要和老板谈恋爱：全2册 / 叶斐然著. -- 南京：
江苏凤凰文艺出版社，2019.6（2022.3 重印）
ISBN 978-7-5594-3760-0

Ⅰ. ①才… Ⅱ. ①叶… Ⅲ. ①长篇小说 - 中国 - 当代
Ⅳ. ① I247.5

中国版本图书馆 CIP 数据核字 (2019) 第 099097 号

才不要和老板谈恋爱

叶斐然 著

选题策划	北京记忆坊文化
责任编辑	白　涵 刘洲原
特约策划	紫　木
特约编辑	诗　杰 绪　花
营销编辑	杨　迎
封面绘图	pinattsu- 林菻
封面设计	80 零 · 小贾
版式设计	天　缈
出版发行	江苏凤凰文艺出版社
	南京市中央路 165 号，邮编：210009
网　址	http://www.jswenyi.com
印　刷	环球东方（北京）印务有限公司
开　本	670 × 970 毫米 1/16
印　张	30
字　数	555 千字
版　次	2019 年 6 月第 1 版　2022 年 3 月第 3 次印刷
书　号	ISBN 978-7-5594-3760-0
定　价	69.80 元（全二册）